NEPOBEDIVO SRCE

NEPOBEDIVO SRCE

Milica Jakovljević Mir-Jam

Globland Books

SADRŽAJ

Diplomirani pravnik traži zaposlenje

Vrata se lagano odškrinuše na sobi medicinara Boška i pomoli se naborano lice starije žene prosede kose, gazdarice majka-Mare. Student je ležao na krevetu i učio. Na podu se nalazio dušek na kome je neko morao spavati. Medicinar podiže oči sa knjige.

— O, vi ste poranili majka-Maro! Šta hoćete?

— Neću ništa... Nego... da vidim nešto...

— Nije još otišao! Vama je krivo zbog dušeka! Kao da će vam upropastiti i pocepati dušek!

Gazdarica uđe u sobu i žalosnim glasom poče uobičajenu jutarnju pridiku svome samcu, studentu medicine.

— Ja sam sirota žena, sinko! Izdala sam tebi sobu, a ono već petnaest dana spava ti drug na mome dušeku. Nije pravo! Cepaju mi se stvari.

— Ama, šta vam se cepa? Pogledajte! Je l' se iscepalo gdegod? Čovek legne i ustane! Kazao je da će vam platiti za ovo što spava. Pa vi bar, majka-Maro, znate šta je siromah student?

— Znam, sinko, ali i meni je teško. Nisam ja kućevlasnica, kao ona tamo sa ulice. Ima praznih soba, mogla bi džabe da ih drži, ne jednog, nego i dva studenta! A ona ne trpi ni kuče ni mače, a kamoli čoveka! Čekaj da savijem ovaj dušek! Vidi, ovde se providi, samo što se ne pocepa.

— Kad postanem lekar, majka-Maro, kupiću vam dva dušeka... Majke mi, hoću!... Još bolje, odužiću se ja vama! Vi ćete biti domoupraviteljka kod mene. Uzeću vas pod svoje. Ako se oženim, možda moja žena neće umeti da kuva, a vi znate kako je student željan lepo da pojede; vi ćete samo da nadzirete kuvaricu!... More, što ću da vas obučem! Sve u svilu! Predstavljaću vas: moja tetka!

— Obešenjak si ti veliki! — nasmeja se majka Mara, koja je volela studente kao svoju decu, razumevala njihovu bedu, jer je i sama bila sirota, i odvajala im od svojih usta kad što lepo skuva... — Pa je l' išao gdegod za mesto, onaj tvoj drug?...

— Trči svakog dana, obećavaju mu svi, i sve se svrši na lepim rečima.

— A što sedi u Beogradu?

— Došao je radi službe... Svršio čovek prava još pre godinu i po, i nikako da dođe do službe. Bio je kod majke u unutrašnjosti. On je iz Sandžaka. Ima majku s malom penzijom i sestru daktilografkinju. One su ga izdržavale, a izdržavao se i sam. I pevao je po kafanama, pa neće čovek više! Vi znate najbolje, majka-Maro, kako se muče studenti. Vi ste naša dobra studentska majka.

— Majka... ali vi majku očerupaste... Vidim ja, moj dušek će propasti.

— Zar vam studenti traže dušeke? Vidite kako ja lepo spavam i na slamarici. Ali, izgleda, hladno je napolju.

— Bogami, hladno! Ovaj crni april dojadi! Kao da je februar! Hoćeš li da ti naložim? Ima još jedan naramak drva.

— Neću... Podvučem se pod jorgan pa učim...

— Stavi poda se dušek, biće ti toplije. Žuljaš se na slamarici bez nužde. Zato ti je i hladno.

— Čekajte, dok ja postanem doktor! Gospodski ću da živim!

— Samo bogato da se oženiš, jesi li čuo! Da ti žena donese miraz. Mrzim kad se uhvatite sa kojekakvim studentkinjama, pa nijedno nema ništa...

— Vi ćete, majka-Maro, da mi nađete devojku. Hoću lepu i pametnu!

— Kad dođe vreme da se ženiš, naći će se mnogo devojaka... A što se ovaj tvoj drug ne ženi?

— Pa koja će ga bez službe? Devojke traže položaj!

— Što je luda ova udovica Nada! Sve se raspituje za tvog druga. Matora žena, pa poludela za njim...

— Nije ona matora! Koliko ima godina?

— Ona kaže dvadeset sedam, a komšike pričaju da joj je trideset pet. Nema dece, pa nema briga. A muž joj ostavio lepu penziju... Hiljadu šest stotina dinara prima! E, da su meni tolike pare! Moja ti je penzijica svega šest stotina dinara. Šta mogu s tim?

— More, vi ste bogati! Da jedan student ima šest stotina dinara mesečno, smatrao bi se gospodinom...

— A koliko tebi šalje otac?

— Kako kad. Obično pet stotina. Može li s tim da se živi?

— Ne može, sinko! Mlad si i zdrav, mogao bi pola jagnjeta da pojedeš! Ajd', ja odoh, a ti metni ovaj dušek na krevet, biće ti toplije. Idem na pijacu... Znaš li, sinko, kako je sve poskupelo na pijaci?

— Vi ćete na pijacu? Molim vas, majka-Maro, uzmite mi pola kilograma sira. Evo vam deset dinara... Pošto je sir?

— Kako koji! Vratiću ti šta ostane.

— Nemojte da mi vraćate nego kupite jedan hleb, crni. Danas ću da učim, pa da imam ručak.

— A gde će da ruča ovaj, kako se ono zvaše?

— Ninoslav!

— Ninoslav! Gde će on da ruča?

— Gde stigne. U nekoj prčvarnici!

— Nesrećnici moji! Žao mi vas je. Više ste gladni nego siti... Gospod me ubio, što li sam ovako osetljiva!

— Pa vi ste dobra duša, majka-Maro!

— Ne vredi mi što sam dobra, kad sam i ja sirota. Da imam, sinko, ne bih ni kiriju tražila. Setim se uvek mog pokojnog Vlaje. Umrede mi u dvadesetoj... Jedinac! Učio je železničku školu. A ja jadna sve sam zamišljala kako će jednog dana da bude šef stanice. Zašto mene Bog ne uze nego njega mladog... — rasplaka se majka Mara, izbrisa suze, pođe vratima, pa kao da se nešto priseti, zasta. — Slušaj, sinko, što da ti kupujem sir? Da kupim pola kilograma pasulja i skuvam vam veliki lonac. Imaćete onda i ti i tvoj drug.

— Majka-Maro, tako bih vas poljubio. Pomislio sam, ali nisam smeo da vam kažem, da bar i moj drug ruča sa mnom. Znajte da ću, čim odem roditeljima, kazati mami da vam pošalje veliki paket kao prošle godine.

— Sve ja to činim za dušu mog jadnog Vlaje. Kad on mlad trune, bar da vi, sirota deca, ne gladujete. Izludela bih od tuge da s tobom ne porazgovaram.

Stara žena izađe brišući oči, a student Boško nežno je razmišljao o ovoj dobroj duši. Naljuti se, ali uvek popusti. Ustao je, prostro dušek i vratio se u postelju da produži učenje. S radošću je pomišljao na pasulj koji majka Mara ume tako lepo da zgotovi, pa još kad stavi i ljutu crvenu papriku!

Časovi prolaze. Čuo je kako ona odlazi i vraća se. Već dolazi miris jela iz kuhinje. On oseća glad. Navikao je da ne doručkuje, ali bi jutros sa slašću pojeo parče vrućeg hleba i sira. Prisetio se da ima pekmeza, koji je doneo od kuće. Eto mu doručka! Majka Mara je kupila hleb.

Ustao je iz postelje, protegao se, umio se i začešljao buntovnu i razbarušenu momačku kosu. Kroz prozor je video kako neko zateže konopac. To je udovica Nada prostirala rublje. Sve ružičasti kombinezončići! Pogledala je u njihov prozor. Znao je da je više interesuje Ninoslav. Zbilja je lep taj njegov drug! Samo je siromah... Trči, jadnik, na sve strane. Da li će danas nešto uspeti? Obukao se i bacio se na pekmez i hleb. Kako prija! Sreća što je ovako velika tegla, pa nikako dno da joj ugleda. Utolivši malo glad on nastavi sa učenjem. Nije lako biti student medicine. Vezan si za univerzitet i knjige. A on je zapeo da završi na vreme. Znao je da su i lekari sirotinja, ali bolje će živeti nego sada... I najzad da se skine ocu s vrata.

— Dobar dan, majka-Maro! — začu svog druga Ninoslava kako razgovara u kuhinji.

— Nađe li, sinko, službu?

— Ne ide to tako lako. Ali, na kraju krajeva, moram je dobiti. Treba trčati i imati jaka leđa!

— Treba, sinko! A zar ti nemaš nikog da se zauzme za tebe?

— Imam. I zauzimaju se, pa opet ništa. Izvinite što vam dosađujem. Ali ja ću platiti.

— Platićeš, znam. Ne mogu da se požalim na vas studente. Samo mi je jedan odneo dve kirije. Neka mu je prosto! Kazala sam: nek bude za dušu mog pokojnog Vlaje.

— Je li Boško u sobi?

— Ovde sam! — odazva se drug.

— Opet ništa! Obećao mi jedan poslanik da se nađemo kod „Londona", otišao ja, a njega nema. Na jedvite jade eto ga, pa ovo... ono... i vidim da ništa ne može da učini. Pogledaj samo koliki imam spisak onih kojima treba da idem i molim. Samo da ti pročitam. Ministarstvo socijalne politike: tu imam jednog poznanika, koji je kazao da će da se zauzme za mene kod ministra. Dalje: jedan državni savetnik, on je bio drug moga oca, pa sam išao da ga molim. Ured za osiguranje radnika... Advokat Petrović: rekoše da mu treba pisar... Jedan član Glavne kontrole... Gospođa Nikolajević...

— A šta ćeš kod nje? Je li bar mlada?

— To je naša kuma, a njen brat je pomoćnik ministra, pa da je zamolim da se zauzme kod brata.

— Imaš li ih još na spisku?

— Kako da nemam! Ovaj Janković je u Ministarstvu pravde. I jednog pukovnika treba da molim za protekciju jer mu je brat u Ministarstvu unutrašnjih dela. I za upravnika grada imam protekciju. Davao sam časove jednom gimnazisti, a njegov otac je intiman sa upravnikom grada. Kad bih mogao da dobijem mesto u policiji! Ne biram! Samo da se zaposlim. Dosadio mi je život!

— Ako ti je dosadio, pogledaj udovicu i njene kombinezončiće! Sve ih je poređala ispred našeg prozora. Majka Mara priča da se zaljubila u tebe. Majke mi, ti bi se najlakše uposlio kao ljubavnik. Prosto, ti si tip ljubavnika kakvog žene najviše vole...

— To je žalosno i nimalo laskavo za mene, kad bih vredeo samo kao ljubavnik. Ali sada baš ništa ne vredim ni kao muškarac! Izmoren sam!

— Pogledaj se u ogledalo! Nećeš! Onda pogledaj gore na orman! Eto ti hleba i pekmeza. Prihvati se malo! A imam i da te obradujem: službu nisi dobio, ali za ručak dobijamo pasulj, a samo kako majka Mara ume da ga skuva! Redak, čokalijski!

— More, dosađujem i tebi i ovoj dobroj ženi. Gnevan sam na celo društvo! Čim uđeš da moliš, ti si bednik! Čak i poslužitelji klasifikuju publiku. Dreždiš u predsoblju, i tek vidiš služitelj se vraća i saopštava nekom gospodinu: „Izvol'te gospodinu šefu!" Poslao je svoju vizitkartu, i odmah ga je uveo u kancelariju, a ti dreždiš...

— A jesi li ti išao u neko žensko nadleštvo?

— Ne znam nijedno žensko nadleštvo! Sem ako ne misliš na Kolo srpskih sestara ili Materinsko udruženje?

— Žensko bi te nadleštvo odmah uposlilo. Dopao bi im se. Još kad bi im zapevao i zasvirao na gitari! Ded, zasviraj nešto da te čuje udovica. Čim ti dođeš, ona se ušetka po dvorištu. Eno je! Pridržava štipaljkama kombinezončiće.

— Batali! Kako sam sav gorak na život, slađi mi je ovaj pekmez od udovice. Imaš li još koju teglu?

— Nažalost, nemam! Pisaću mami da mi pošalje.

— Dotle ću ja već da odem. Pa ni od onog direktora banke iz unutrašnjosti ništa! Pisao mu ja, a advokat Jović, njegov prijatelj, uveravao me da će lično da ispriča za mene, jer sam i advokatovog sina obučavao. To je bio nepodnošljiv dečko, ali sam ga dobro izmuštrao. Znaš da je položio maturu? Tako je dobar dečko ispao. Bio je u petom razredu gimnazije neuračunljivo derle, neće u školu, pravi ispade u gimnaziji. A dohvatim ga ja, pa drž' s njim, peti, šesti i sedmi razred. I dečko ti se preobrazi! Advokat priča da je isti slučaj i sa sinom direktora banke u jednoj varoši istočne Srbije... Pa eto, ništa ni tu!

— Zar bi išao da opet daješ časove?

— Išao bih! Imao bih stan, hranu i gledao bih da se uvučem u banku kod tog direktora. Dosadio mi je i Beograd! Zapamtio sam ga po gladovanju. Ja volim unutrašnjost. Nismo mi svi rođeni da budemo velikovarošani. Šta imaju od velikovaroškog života siromašni studenti? Niske i vlažne sobice, dvorišta sa užadima, prčvarnice, gurmanske izloge sa prasećim glavama kojima samo mogu da se dive, a creva da im krče. Od gospodskih limuzina dobijaš blato u lice kad besomučno projure kraj tebe. A u pozorištu smilovaće se da te puste na treću galeriju kad je prazno i kad je potrebna klaka studentskih dlanova. I kad posle zatražiš službu, nisu ti dovoljne kvalifikacije, ni što si gladovao, a na vreme položio, već treba neka jaka leđa da te podupru. Pa da čovek ne omrzne svet! Nego, ti imaš da učiš, a ja se zapričao!...

— Imam vremena... Možeš i da sviraš...

— Zar ti ne smeta gitara?

— Ne smeta mi... A zašto se nisi prijavio pozorištu da te prime u operski hor? Šteta je za tvoj glas!

— Da mi daju od predstave dvadeset dinara! I da me mesečno plaćaju! Neću. I da ostanem ceo život horista!

— Šteta što nisi mogao da školuješ glas!

— Kakva šteta! Nikad nisam mislio o karijeri operskog pevača. Znam dobro pozorišne intrige! Hoću da budem činovnik! Za to sam se i spremao. Žao mi je i moje sestre! Daktilografkinja u sudu. Sirota, od svoje plate je odvajala da bi mi pomagala. I nije pravo više da od nje tražim. Treba ja njih da pomognem. Mamina penzija je mala, a i njena plata je mala. Njih dve imaju svega hiljadu četiri stotine i od toga su mi slale koliko god su mogle. Mada sam se i ja sâm mučio i petljao. Kad sam pošao dala mi je sestra od svoje plate četiri stotine dinara. Znaš kako mi je bilo žao! Vidim da nema kostima, a devojka je. Odrekla se kostima da bih ja došao u Beograd da nađem službu. A ja petnaest dana obijam pragove raznih nadleštava. Sreća što sam pristojno odeven. Zaradio sam podučavajući đake i kupio ovo odelo. Inače bi pomislili po nadleštvima da sam kakav sumnjivi element.

Ninoslav stade kraj prozora.

— Otvori malo prozor. Nisam ga od jutros ni otvarao. Gle, sunce! Baš dosadi ova kišurina. Izgleda da je napolju hladno!

— Ako! Tako je prijatan dan! Ja nisam zimogrožljiv — govorio je Ninoslav.

— Ti si vrela sandžačka krv!

— Nije krv, nego sam trenirao. Uvek sam spavao u hladnim sobama, pa sam se očeličio. Čekaj da pogledam udovicu. Zgodna ženica!

— Ta bi ti dala besplatno i stan i hranu!

— Pa da budem kao jedan moj drug, koji je samo na taj način i uspevao da završi studije. Pričao je: „Gde vidim cedulju za samce, uđem u stan i prvo pogledam gazdaricu od glave do pete”. A bio je vrlo lep. „Pa joj gledam duboko u oči i govorim kao u šali: 'Ne bih, gospođo, mogao da plaćam stan. Hoćete li da me držite džabe?' Gazdarica se u prvi mah zbuni, ušeprtlja, ali ja je palim očima!” „Pa dobro, gospodine, dođite, pa ću vas jedno mesec dana držati besplatno...” I on ti se odmah useli! Posle ne plaća ni stan ni hranu, pa kad se zavade, on traži drugu gazdaricu. Priča da je uvek nalazio lepe gazdarice. Završio je univerzitet i oženio se.

— Evo pismonoše! Ima li za nas kakvo pismo?

— Ima. Za gospodina Boška Petrovića!

— To je za mene!

— A ko je Ninoslav Balšić?

— Ja! Dajte!

— Imate preporučeno pismo i jednu uputnicu na trista dinara.

— Trista dinara! Ko meni šalje trista dinara? Uđite! Čuješ li, Boško, trista dinara uputnicom! Sigurno mi sestra šalje.

Pismonoša uđe.

— Potpišite ovo preporučeno pismo.

Ninoslav potpisa.

— I uputnicu treba da potpišete.

— Od koga je novac?

— Piše na uputnici.

Ninoslav pročita naglas:

— *Aleksa Novaković, direktor banke...* Boško, to je direktor kojem me je preporučio advokat Jović!

Uzbuđen i obradovan, on dade pismonoši napojnicu od pet dinara.

— I pismo je od njega. To je svršena stvar! On me zove. Oberučke me prima. Kolosalan čovek! Šalje mi ček i novac za put. Da čuješ samo kako mi lepo piše:

Poštovani gospodine,

Moj prijatelj, advokat Jović, pričao mi je najpohvalnije o vama kao vaspitaču svoga sina. Kako je i mome sinu potreban takav vaspitač — on je u petom razredu gimnazije — ja vas molim, ako niste do sada dobili nikakvu službu, da odmah dođete k meni. On nije rđav dečko, ali ga je obuzela apatija prema životu i radu, a to mi je jedinac, i imam samo još kćer, pa možete shvatiti kako strepim za to dvoje dece, tim više što mi je jedan sin poginuo u automobilskoj nesreći, a druga kći umrla. Imaću u vidu vašu želju da vas uposlim u svojoj banci kao činovnika, jer je vredan mladić uvek potreban, a moj prijatelj mi je pričao kako ste se sami izdržavali i borili, i na vreme završili studije, što je za pohvalu. Uposlenje u banci biće vam nagrada od mene, ako otrgnete mog sina od ovog mrzovoljnog duševnog stanja. Šaljem vam trista dinara za put. Ako ne možete da dođete, zadržite novac kao poklon s moje strane siromašnom vrednom mladiću...

— Jesi li video kako lepo piše?

— Čuj, pa to je kolosalan čovek! Nisam mogao ni pomisliti da jedan direktor banke može biti tako osećajan... Mora da mu je dozlogrdilo to njegovo derle, pa se hvata za tebe kao davljenik za slamku. Neće ti posao biti lak!

— Ne brinem se za to! Imam ja načina da ukrotim bogatašku decu.

— I tebi nije dosadno da ponovo ideš da učiš bogatašku decu?

— Meni je glavno da dobijem službu u banci. Vidiš, nema nikog da se iskreno zauzme za mene. A kad ja doteram njegovog sina kao Jovićevog, da vidiš kako će da me čuva! Bogataška deca su razmažena. Ona ne znaju ni za kakvu brigu. Nisu ona imala prilike da budu gladna i da se raduju čokalijskom pasulju majka-Mare kao ti i ja!

— Nego, direktor piše da ima i ćerku...? Pazi, boga ti, da se ne zaljubiš.

— Ja da se zaljubim? U bogatu mazu? Imao sam prilike u mnogim kućama da se upoznam sa bogatim devojkama, ali sam se držao gordo, kao da sam iznad njih.

— A što da nisi iznad njih? Više si škola svršio, više znaš... More, opasan si ti sa tom tvojom lepotom! A jesi li kadgod zapevao?

— Retko! Jer, ako zapevam, onda moram uvek da ih veselim kad se oni časte i zabavljaju. Jednom sam pevao i nikad više. Ja pevam, a gospođice pričaju s kavaljerima. Na to se ja dignem, poklonim i odem. Kad pevam, hoću da me slušaju. Sad ću da obradujem majka-Maru. Je li malo da joj dam pedeset dinara?

— Nije malo... Biće zadovoljna.

— Gospođo, molim vas! — pozva je.

Žena uđe.

— Ja vam se čistim iz sobe! Izvinite što sam se i ja utrpao. Molim vas uzmite ovih pedeset dinara. Dobio sam službu i putujem.

— Hvala, gospodine! Neka vam je sa srećom! A kad je dobiste? Ništa mi Boško ne reče jutros.

— Sad sam dobio pismo. Dobio sam mesto u banci — namignu Bošku — i poslao mi direktor od plate za put.

— Hvala bogu kad ste dobili! Kad putujete?

— Prekosutra. Nego, trebalo bi da mi se opere rublje.

— Dajte, ja ću da vam operem. Jutros sam potopila i svoje.

— Baš dobro! Platiću vam ja i za to. Samo da mi bude gotovo za prekosutra. Evo vam deset dinara, kupite nam meso za ručak, pa ispržite šnicle. Da ručamo svi zajedno. I vi s nama, majka-Maro! Izvinite što sam vam dosađivao.

— Niste vi meni ništa dosađivali, ako niste vašem drugu!... Pokupite sve što imate da vam operem. Milo mi je kad moji studenti dobiju službu, pa odu veseli od mene. Svaki mi se javio.

Stara dobra žena uze rublje i izađe.

Predveče dođe jedan drug Ninoslavljev. Zagalamiše u sobi. Smejali su se mladićki, a Ninoslav zapeva. Kroz dvorište se ustumaraše da ga čuju. Udovica zovnu majka-Maru.

— Gospođa-Maro, a što se vaši samci toliko vesele?

— Pa... Ninoslav dobio službu.

— Ovde u Beogradu?

— Nije u Beogradu. Putuje prekosutra.

Mlada udovica uzdahnu. Taman je zamišljala lep roman. Vrata uz vrata, lep mladić, siromašan. Nije trpela bogataše. Najviše su je oduševljavali majka-Marini studenti. Dođu iz unutrašnjosti, sveži i sirovi, nemaju para za provod, što ti umeju besno da vole!

— A odakle je, majka-Maro, Ninoslav?

— Iz Sandžaka!

— Kakvu je službu dobio?

— U banci... Direktor mu je i platu poslao.

Udovica uđe tužna u sobu da sluša lepi glas Ninoslavljev.

Dve gimnazijalke priđoše prozoru.

— Gospodine, odškrinite malo prozor da bolje čujemo. Pevajte nam *Marelu*! Znate li?

Nežna ljubavna pesma zatalasa se kroz siromašno dvorište.

— Što divno peva! — šaputale su gimnazijalke, držeći se ispod ruke i uzdišući za lepim studentom.

— Jesi li čula? On putuje.

— Baš mi je žao. I ova udovica ga gleda! — ljubomorno su je grdile, a u sebi su obe pomislile da bi udovica imala više uspeha od njih.

Mladić stade kraj prozora sa gitarom. Video je male gimnazijalke i pevao. Pevao je što mu se budućnost smeši i što je otklonjeno teško pitanje: kako da se uposli? Zanimanje vaspitača je sporedno, a važno je što će postati činovnik u banci... Pesma mu je bila čežnjiva, a glas sjajan i topao. Posle tolikih brižnih dana prvi put je zapevao punim srcem.

Srdačnost i gostoljubivost srpske palanke

Voz ga je nosio kroz planinski kraj. Reka je vijugala, i, kad bi voz uleteo u tunel, izgubila bi se plavkasta zmija što se vijugala ispod visokih brda obraslih četinarima. Pokraj voza, drumom, prolazila su seljačka kola i seljaci sa ogromnim jagnjećim šubarama na glavi. U vozu, od Beograda, putovao je i jedan trgovac koji je bio iz varoši u koju putuje Ninoslav. Kad mu je spomenuo direktora banke, Aleksu Novakovića, on uzviknu:

— Znam ga! Vrlo dobri smo prijatelji! Njegova banka dobro stoji i vrlo je bogat čovek. Ima ogromno imanje, čitave komplekse šuma, vinograde. Samo ga je teško pogodila smrt njegovog sina. Razmrskao ga je auto. A druga ćerka mu umrla pri porođaju, tek što se udala. Ima jednog sina, samo ne voli školu. Ima i jednu ćerku. Ona je učila muziku u Parizu. Znam da je bila tamo godinu dana, pa se razbolela i vratila se kući. Na imanju su. Imaju vilu kao dvor. Inače, on je vrlo dobar čovek. Hvale ga činovnici. I ja sam imao posla s njegovom bankom. Hoćete li biti činovnik kod njega?

— Ne, ja ću biti učitelj njegovom sinu. Obećao mi je da će me posle primiti u banku.

— Ako je obećao, održaće reč. To je pravi čovek, vredan i preduzimljiv. Vrlo je ugledna ličnost u našoj varoši. Kad je sazidao kuću, pre četiri godine, pozvao me da je vidim. Biće vam lepo kod njih. Vi ste sigurno siromašni? Jeste li završili fakultet?

— Jesam. I vojsku sam odslužio. Mučio sam se i školovao.

— Onda ćete se nauživati lepote u njihovoj bašti. Imaju i šuma, i vinograda. Samo je nesrećan s decom. Ovaj mu sin ne voli školu. A on mnogo voli decu.

Ninoslava je zanimao razgovor sa trgovcem i već je zamišljao taj dvorac u kome će živeti, i smešio se u sebi misleći kako li će se snaći u takvoj gospodskoj kući. Da li je imao pristojno odelo za takvu kuću? Setio se da nema ni finog rublja. Ali on je s prezirom gledao na bogatstvo i nije ga se ticalo kakav će utisak da ostavi svojom spoljašnjošću. Trgovac je dalje pričao o svojoj porodici:

— Imam dve ćerke. Jedna studira u Beogradu filozofiju, a druga je kod kuće. Nisam dao obe da uče. Ova druga je svršila šest razreda gimnazije, pa neka je kod kuće. Udaću je. Svakoj sam sazidao po kućicu, to im je miraz. Samo se ova mlađa ljuti. „Meni je trebalo", veli, „da sazidaš kuću na dva sprata, kad Dobrilu školuješ." A ja joj velim: „Ćuti, dete, i reci hvala bogu kad mi je tata i ovoliku kuću sazidao!" Neću da im dam miraz u gotovu, nego kuću. Muče se roditelji, skupe miraz, dadu propalici u ruke, on ti sve proćerda, pa posle ćerka opet ocu na vrat, bez muža i bez miraza! Izvolite, gospodine, posetite nas kad budete slobodni! — srdačno ga je zvao trgovac Tasa Blagojević predstavljajući se.

Najzad stigoše.

— Hoćete li njihovoj kući ili u banku?

— Idem prvo u banku.

— Onda ćemo istom ulicom. Banka nije daleko od stanice. To je najlepša zgrada u varoši. Evo, to je banka.

Ninoslav uđe u banku i priđe poslužitelju.

— Molim vas, prijavite me gospodinu direktoru. Evo moje posetnice!

— Idite gore na sprat, tamo je kancelarija gospodina direktora.

Ustrčao je na sprat glatkim stepenicama od mermera.

— Možete li da me prijavite gospodinu direktoru?

— Sada ne može da vas primi, ima posla — važno je govorio poslužitelj.

— Odnesite mu moju posetnicu.

— Odneću, ali jutros ima sednicu, ne prima nikog — ravnodušno je govorio poslužitelj.

Malo zatim vrati se, i sasvim ljubazno i užurbano saopšti mladiću:

— Izvol'te, gospodin direktor je rekao da odmah uđete!

Mladić uđe čvrsta koraka, visok i uspravan, a u susret mu pođe simpatičan gospodin, crnih očiju i gustih obrva, s naočarima, malo prosede kose, ali još guste, sa prijateljskim osmehom:

— Baš mi je drago, gospodine, što ste došli. Dobio sam vaš telegram i kazao sam sinu: „Sad će doći jedan gospodin iz Beograda, koji će ti biti učitelj i drug”.

Pojava mladićeva napravila je prijatan utisak na direktora banke. Zagasite plave oči ispod dugih obrva imale su nešto lepo, energično, ponosito i pošteno u sebi. Malo upali obrazi pokazivali su da mladić nije živeo u blagostanju. Ali iz cele osobe izbijalo je nešto iskreno, pošteno i simpatično.

— Vi ste svršili prava?

— Još pre godinu i po dana.

— A imate li porodicu?

— Samo majku i sestru. Otac mi je bio činovnik i umro je davno. Sestra mi je činovnica.

— Sami ste se školovali?

— Nešto malo pomogle su me majka od penzije i sestra od svoje plate.

— To mi se dopada, kad vidim mladog, poštenog čoveka, koji sam nešto stekne. Sigurno imate volje za život i rad?

— Još koliko bih radio, ali gde da se zaposlim? Najžalosnije je što mi je već dvadeset šest godina, a još sam bez službe! Primio sam odmah vašu ponudu. Bolje išta raditi, nego sedeti. Od četvrtog razreda gimnazije dajem časove. Čini mi se da napamet znam sve gimnazijske predmete.

— Kad bi ih moj sin tako znao! A nije rđav dečko, samo ne voli školu, ne voli profesore. Imao sam povazdan neprilika s njim u školi, pa sam rešio da privatno polaže. Ali moram vam priznati: on ni učitelja ne trpi! Jedan je bio mesec dana, pa otišao. Drugi dva meseca, pa neće ni on više! Ne znam šta da radim s njim? Ali kažem vam, nije rđav dečko, ali ga škola nervira. To me najviše ljuti! Prosto ne razumem svoje rođeno dete! Nezadovoljno, a živi u blagostanju! Pitam se: da li sam pogrešio što mu sve ugađam? Ali ja sam nežan otac, volim decu. Rad sam da makar završi maturu, kad tako mora da bude. Siromašna deca, pa se muče i postanu ljudi, a moje dete ima sve što poželeti može, a kuburim s njegovom školom...

— Ja sam, gospodine, imao prilike da se uverim u mojoj karijeri vaspitača da ima mnogo inteligentne dece koja ne trpe školu, nervira ih gimnazijski sistem. Škola zamara, jer je program obiman. Treba naći načina da se nekako omile predmeti, ali da se đak ne prisiljava da uči i da se ne plaši ogromnim programom.

— Da, da, pravo kažete — raspoloži se direktor, kao da su mu ove reči vraćale poverenje u sina. — Jednom sam i ja kazao jednom profesoru: „Zaboga, zašto ste od nastavnog programa napravili bauk za đake. Skraćujte to i izbacujte sve što je izlišno!" Moj sin dođe često, i nervira se: „Eto, što moram ovo da učim? Zašto ovo?" Ja, kao bajagi, dokazujem da sve mora da se uči i da su oni, što su to uneli u program, sigurno pametniji od njega. A u stvari, i sam uviđam koliko ima nepotrebnih stvari. Sad ga vama predajem, gospodine, ako možete da išta stvorite od njega.

— Ja imam svoj metod, gospodine, i neka vas ne čudi. Sve uzimam kao od šale. Pođem s đakom u šetnju, kao nećemo da učimo, a ja ga malo-pomalo sve preslišam. Ionako sve predmete znam napamet.

— Eto. Tako vi samo s njim! To mi se sviđa! Njemu je potrebna i šetnja, jer je anemičan. Pravo da vam kažem, bojim se da ne učini nešto sa sobom! Voleo bih da utičete na njega, jer po onome što mi je pričao Jović o vama, ocenio sam da ste vi zdrav, uravnotežen i inteligentan mladić.

— Trudiću se, gospodine, koliko najviše mogu, da budete zadovoljni...

— Baš mi je milo, gospodine, što ste došli! A moje obećanje ću održati. Neka položi peti razred i primam vas u banku, a možete i nadalje biti kod nas, ako vidim da je vaš uticaj blagotvoran. A što se tiče honorara, odmah ću vam reći. Imaćete stan i hranu kod nas i plaćaću vam pet stotina dinara mesečno. Posle ću vam i povisiti. Jeste li zadovoljni s tim?

— Hvala, gospodine! Zadovoljan sam.

— Onih trista dinara ne računam. Vaša plata počinje od danas. Ako vam treba, daću vam unapred.

— Imam još novaca, nije mi potrebno...

— Sad me izvinite, imam posla u banci, a vi prošetajte po varoši, pa ćemo posle autom zajedno. Stanujemo izvan varoši: ja, žena, kći i sin. Kći je maturirala, pa je bila godinu dana u Parizu na konzervatorijumu. Učila je klavir, jer od detinjstva svira. Voli muziku. Ali se razbolela i vratila se kući. Sad je dobro. Verena je sa sinom jednog rentijera iz Beograda. Morali smo odložiti svadbu zbog njene slabosti. Preležala je grip i još oseća izvesne posledice. Ali, videćete kako je lepo na našem imanju. Kao vazdušna banja. Tako, prođite vi malo kroz varoš, pa se vratite u banku u pola jedan.

Ninoslav je izašao i šetao kraj lepih kuća i bašta... Spazio je park i, kako je bio prijatan prolećni dan, pošao je po alejama. Na klupama su sedeli đaci. Devojčice odmah zapaziše interesantnog nepoznatog mladića. Išao je gologlav i vetrić mu je gladio južnjačku crnu, kovrdžavu kosu. Ravnodušno je prošao pored gimnazijalki, a one se zagledaše u njega, dok su ih kolege ironično gledale i pravile viceve na njihov i na račun nepoznatog mladića. Obišao je park i pošao ulicama. Grad mu se svideo. Čist, širokih ulica, s asfaltiranim pločnicima i kaldrmom po sredini. Zasađeno drveće uz pločnike bacalo je hlad na jednospratne zgrade. U čaršiji su se dizale višespratnice, ali je svuda preovlađivao stil jednospratne gradnje. Preko kapija i ograda videle su se bašte.

— Gospodine! — viknu ga neko.

On zastade ne znajući da li njega zovu ili nekog drugog.

— Vas, gospodine, zovem! — vikao je trgovac Tasa Blagojević. — Ovo je moja kuća... Svratite da popijemo kafu!

Ninoslav se osmehnu u sebi. Eto, šta je gostoljubivost i srdačnost srpska! Upoznao ga u vozu, razgovarao s njim i zove ga u kuću kao davnašnjeg poznanika.

Mladić uđe u divnu baštu s velikim orahom.

— Sedite, gospodine! Najviše volim da sedim pod ovim orahom! Baš sam pričao mojoj ćerki kako sam se prijatno proveo u vozu sa jednim mladićem... Gino, donesi slatko! — viknu kćer...

Na pragu se pojavi crnomanjasta devojčica krupnih očiju, sva jedra i rumena.

— To je moja mlađa ćerka, što joj ne dam da studira. Ovo je gospodin s kojim sam doputovao iz Beograda. Svršio je prava, ali će biti vaspitač Staši Aleksinom.

Devojčica zbunjeno pruži ruku mladiću. Otac joj je pričao o njemu, ali nije kazao kako izgleda. Uletela je u kuću da donese slatko i u uzbuđenju prevrte čašu, koja pade i razbi se. Brzo je pokupila parčad, nasula slatko od dunja i donela posluženje. Spustila je poslužavnik na sto i otrčala da donese kafu. Opet se spotakla kad je nosila poslužavnik i da je Ninoslav ne pridrža, odletele bi sve šoljice. Malo se prosu kafa po tanjirićima, ali ih ona izbrisa.

— Jeste li se videli sa Aleksom?

— Video sam se. Vrlo ljubazan i fin čovek.

— Jeste, krasan čovek! Cela varoš ga poštuje! I njegova žena, gospođa Jovanka, vrlo je dobra. Ćerka im je lepa devojka! A ovo je moja Gina, tatina domaćica! Ja sam udovac, i nisam hteo da se ženim. Ćerke su velike, mogu da vode kuću! Ona mi celu kuću vodi. A kad joj je sestra ovde, zajedno rade... A sad je sama. Žao joj je što nije otišla na univerzitet, ali zar nije bolje, gospodine, da se sprema za domaćicu? Ima šest razreda gimnazije, dosta! Šta ženama više treba? Moja žena je imala četiri razreda osnovne škole, pa smo stekli. Ništa da ne radim, mogu da živim od kirija. Ali ne mogu bez trgovine. Imam manufakturnu radnju. Lepo sam je snabdeo. Gospa Jovanka Aleksina uvek pazari kod mene.

Razgovorni trgovac nije mogao da se napriča, Gina je stajala kraj oca i gledala krupnim crnim očima lepog mladića...

— Jeste li svršili fakultet? — upita ga.

— Jesam... Docnije će me gospodin Novaković uzeti za činovnika u svojoj banci...

— Ovde je vrlo lepo. Dopašće vam se naš grad — govorila je Gina, želeći da omili grad nepoznatom, tako lepom mladiću.

— Maločas me naljutila, moram da ispričam gospodinu.

— Šta imaš da pričaš! — mazila se Gina, koja je bila ljubimica tatina, i koja je u njemu volela i oca i majku, koju nije imala.

— Doneo sam joj šešir iz Beograda, a ona mu našla mane. Gospodin je iz Beograda došao, donesi neka vidi šešir! Takve sam šešire najviše video na devojkama. Ja sam trgovac, moram da se razumem u modu. Donesi!

— Neću da donesem. Nisam kazala da nije lep, ali sam drugi htela, pokazala sam ti u žurnalu, zašto mi nisi takav kupio? Krivo mi je na Dobrilu, što ona nije izabrala.

— Vidite, gospodine, kad je neko i otac i majka, mora da se razume i u ćerkine toalete i šešire!

Poseta i razgovor bili su vrlo prijatni Ninoslavu, kao da se već odavna poznaje s tom porodicom. Bilo je skoro dvanaest, oprostio se s njima i požurio u banku da ga direktor ne bi čekao.

Vila Miomira

Luksuzni auto, sav blistav na suncu, s mekim sedištima, jurio je ulicama i brzo izašao na drum sa dva drvoreda kestenova. U autu je sedeo direktor sa Ninoslavom, koji je mislio: šta li bi kazao Boško da ga vidi u ovom luksuznom autu?

U daljini se ocrtavala planina kao ogromna lađa s piramidastim vrhom, a iznad nje video se drugi planinski lanac, siv kao nebo pri mesečevom sjaju. Sve je treperilo radošću na prolećnom suncu, a nebo je bilo ogromno, visoko, plavo. Samo se u autu osećala toplina i miris duvana. Ninoslav je razgovarao s direktorom o svemu i svačemu. Čak se dotakao i politike. Razgovor o politici prekide direktor:

— Eno moje vile!

Mladić pročita: *Vila Miomira.*

Posmatrao je zadivljeno. „Gledaj, molim te, u kakvom ću dvorcu da živim." Bela vila, kao od mermera, imala je stubove na prednjoj fasadi ispred kojih je na prvom spratu bio trem, a na drugom stubovi su držali ogroman balkon, do kog su već dopirale ruže puzavice, priljubljene uz stubove kao zelene arabeske. Fine zavese njihale su se na prozorima, a jedna široka izletela je jednim krajem čak preko prozora, spuštajući čipku s resama niz beli zid. Oko bele vile zelenila se trava i rondele. A iza kuće videli su se visoki četinari i voćnjak...

Sluga pritrča i otvori gvozdenu kapiju. Auto pođe nasutom alejom, koju su oivičavale lisnate lipe. Šofer zaustavi kola i oni izađoše... U voćnjaku je sedeo visok dečak, dosta iždžikljao, crnih očiju i još neodređena izraza lica.

— Staša! — zovnu ga otac. — Hodi ovamo!

Dečak je ravnodušno prilazio i uzdignutih obrva gledao mladića, znajući ko je, ali potpuno ravnodušan.

— Ovo je tvoj učitelj, gospodin Ninoslav Balšić. Eto, to je moj sin... Nadam se da ćeš slušati gospodina, jer si imao prilike da čuješ od advokata Jovića, da je gospodin vrlo dobar nastavnik.

— Stanislav Novaković — predstavi se dečak.

— Opet čitaš detektivske romane, a kazao sam ti da ti to ništa ne koristi. Ne znam otkuda pronađoše detektivsku literaturu za omladinu? Čitaj nešto pametnije! I gospodin će ti isto reći.

— Ovo nisu glupi romani. Čik ti da napišeš ovako nešto! Treba imati mnogo fantazije.

— Zato i ne valja, što ima mnogo fantazije, a nema istine, pa počneš i ti da fantaziraš. Ja ću gospodinu reći sve o tebi.

— Hoćeš odmah da me predstaviš rđavim.

Otac se nasmeja.

— Naprotiv, hoću da te pohvalim!... Znate da on može da bude vrlo dobar matematičar. Samo neće da radi.

— Nadam se da ćemo se mi sprijateljiti, i on će biti dobar đak.

Na terasi se pojavi lepa sredovečna žena, krupnih crnih očiju, zainteresovana da vidi novog učitelja.

— Ovo je moja supruga.

— Milo mi je, gospodine, što ste došli!

Mladić se saže i poljubi ruku gospođi. Učtivi poklon mladićev i njegova otmena i lepa pojava iznenadiše majku...

Uđoše u trpezariju. Sto je bio već postavljen. Blistao je beli čaršav i fino porcelansko posuđe i srebro. Zrak sunca prelivao se na čašama i srebru. Prijatna svežina osećala se u trpezariji. Nameštaj je bio težak, orahov, otmen i sjajan. Šofer se pojavi na tremu, sa dva kofera.

— Gde ćemo gospodinove stvari?

— Ovamo, u sobu. Možda biste, gospodine, želeli da se umijete? Vi ste jutros doputovali?

— O, hvala! Baš bih voleo da se umijem. Jeste, jutros.

— Da vidite vašu sobu. Ove dve sobe su za mog sina i za vas. Soba do sobe. Možete da spavate i s njim u sobi, ali imate i svoju sobu, kad hoćete da čitate ili da se sami odmarate.

— Ja nisam nestašan da bih uznemiravao gospodina.

— Ti bi mogao biti i malo nestašniji — prekori mati sina. — On je suviše melanholičan.

— Život je dosadan, pa sam zato melanholičan.

— Kako život dosadan?! — uzviknu Ninoslav i obgrli ga oko ramena. — Život treba voleti! Kako je lepa ova vaša kuća, pa bašta, voćnjak! U ovakvoj kući čovek bi mogao zavoleti život. Pričaću ja vama kako se studenti u Beogradu muče i po kakvim sobiččima žive. Ovo je raj!

— Slušaj, Staša, šta govori gospodin! Ja mu po sto puta isto ponavljam, a on meni uvek: život je dosadan!

— Neće njemu biti dosadan život, kad je sa mnom. Videćete. Naučiću ja njega da ceni život. Ovo je moja soba? Pa ja ću kod vas postati monden... Bogami, vi ćete me razmaziti! Kako je sve lepo! Zamislite, Staša, da sam kao student imao ovakvu sobu. Čini mi se da bih dva fakulteta mogao svršiti. U ovakvoj lepoj sobici ja ću napisati doktorsku tezu.

— Ako! Radite, gospodine! To je za pohvalu. Nego, da mi ostavimo gospodina da se umije...

— Da vidim ima li vode. Katice, donesite hladne vode!

Koketna služavka se pojavi i vragolasto pogleda lepog gospodina. Ninoslav se u sebi smejao: „Gde li je Boško da vidi kako me svi uslužuju".

— Hajdemo mi Jovanka! Hajde, Staša!

— Neka Staša ostane! — zadrža ga Ninoslav. — Tako, Staša, vi i ja ćemo biti odlični drugovi. Hoću tako i da me gledate i nikako drukčije. Neću da vas gnjavim školskim predmetima. Lepo ćemo mi da učimo, a da nećete ni osetiti! Nekad ću ja vas da preslišavam, a drugi put vi mene.

— Kako mogu ja vas da preslišavam? Zašto?

— Da vidite da li znam vaš peti razred.

Zbacio je kaput i ostavši u čistoj košulji nasuo vode u veliki i fini porcelanski umivaonik. Sećao se da je u jednom velikom hotelu video ovako lep umivaonik. Voda se zacrni od gara s njegovih ruku. Prosu je u kofu i nasu drugu za lice. Sapun zamirisa kao parfem. Dobro se istrljao. Debeli peškir čupavac upijao se u lice. Iznad umivaonika bilo je ogledalo i spazio je svoje sveže lice. Danas je još mogao proći bez brijanja, a sutra će se obrijati. Zavukao je češalj u svoju vlažnu, gustu, sitno kovrdžavu sjajnu kosu. Češalj je zapeo u njegovim gustim kovrdžama. Morao je dobro da povuče. Uze kaput.

— Evo, izvolite! — dečak mu učtivo donese četku i nastavi s pažnjom da posmatra mladića...

— Jeste li vi, Staša, mrzeli svoje učitelje?...

— Nisam ih mrzeo, ali sam ih sažaljevao. Kad je meni dosadna škola, kako li je tek njima! Čudim se kako je moja sestra položila maturu. Ja nikad neću doći do mature.

— Kad položite peti i šesti razred, vi ćete se začuditi kako je laka matura. Sad možemo da idemo — zagrlio je dečaka, da bi ga oslobodio, jer je osećao u njegovim očima mrzovolju i nepoverenje.

Direktor je čitao novine, sedeći za stolom, a supa se već pušila u velikoj činiji. Miris supe zagolica nos Ninoslavu i on oseti da je strahovito gladan. Sinoć je večerao, a jutros se samo poslužio slatkim i kafom kod trgovca. Direktor ostavi novine.

— Izvolite, gospodine, za sto. Bogami, Jovanka, ja sam gladan. A šta će Miomira da jede?

— Katice, skoknite do gospođice i pitajte je šta želi. Recite joj šta ima za ručak. Naša kći je uganula nogu, silazila je s konja, nezgodno pala i uganula nogu. Maser je jutros dolazio iz bolnice i izmasirao joj nogu. Otac joj ne dâ da vozi kola i ona jaše.

— Za volan mi ne sme sesti!

— Mi smo imali strašnu nesreću. Sin nam je poginuo u automobilu — uzdahnu mati duboko, a oči joj se zamutiše. — A ona voli sportove, pa joj je otac dopustio jahanje. Kako da je Ilija ne pridrža kad je silazila s konja?

Ne volim ni to jahanje. Leti kao kauboj! Pa i ti si počeo da mi izigravaš kauboja — okrete se sinu.

— Samo tako i vredi jahati.

— Vredi, pa da slomiš vrat.

— Gospodine, sipajte supu!

— Ne, gospodine direktore, izvolite vi prvi — odbijao je učtivo mladić.

Nasuo je sebi tek posle gospođe. Dve ogromne knedle od džigerice plivale su po tanjiru kao lopte. Voda mu pođe na usta. Jeo je lagano, pazeći na svoje držanje, jer je video da je ovo otmena porodica. Mati i otac su mu se jako svideli. Bili su prirodni i iskreni. Osetio je odmah da imaju ogromnu brigu i bojazan za decu, i da ih jako vole. Da se upoznao s direktorom u banci, na poslu, možda bi stekao drugi utisak. Ali upoznao je oca i majku, a on treba da bude vaspitač njihovog deteta, da mu omili školu i, što je najvažnije, da mu omili život.

Služavka je koketno i uvijajući se silazila niz lakirane hrastove stepenice, koje su vodile na sprat:

— Gospođica Miomira neće ni supe, ni govedine, samo malo ćuretine, salate i pitu od jabuka.

Mati se sva uznemiri:

— Čuješ li, Aleksa? Neće supe! — govorila je gotovo plačnim glasom. — Što me ta deca sekiraju? Neće da jedu! Kažite gospođici da mora da jede supu.

— Naspi joj, Jovanka, i kažite joj, Katice, da je tata naredio da i supu mora da pojede. Daj joj ovo parče govedine. Nije ona tako debela da mora da čuva liniju. Trebalo bi da ja ne jedem ni govedinu, ni prasetinu, ali ne mogu, gladan sam! Služite se, gospodine! Što ste tako malo uzeli? Vi ste zdrav mladić. Jedite! Neka Staša vidi kako se jede. I on sve nešto mrljavi, zato je tako i žgoljav! Vidiš kakav je gospodin Ninoslav! A sigurno kao student niste živeli u izobilju.

— Više sam bio gladan, nego sit.

— Pa zašto ste onda učili? — upita Staša.

— Zato je učio, što nije imao ko da ga izdržava, kao ja tebe. Morao je da se muči da bi postao svoj čovek. Možeš li ti, sine, da predstaviš sebi šta znači gladovati i učiti?

— Verujte, gospodine direktore, da takvi studenti najbolje polažu ispite.

— Znam, gospodine. Bogatstvo kvari. Možda ne bih bio ni ja ovo što sam danas da mi je otac pružio sve ugodnosti, kao ja svojoj deci.

— Pružaš mi ugodnosti, a ne daješ mi slobode!

— A kakvu ti hoćeš slobodu?

— Kao što imaju moji drugovi. Idu kud hoće, prave izlete, uvek su na utakmicama. Ja volim fudbal. Zašto mi zabranjujete da igram? Večito me neko prati, kao da sam beba!

— Eto, sad možeš da ideš sa gospodinom. Bolje ti je da imaš društvo.

— Vi ćete, gospodine, biti moja guvernanta!

— Staša, šta govoriš? — naljuti se mati. — Već si počeo da vređaš gospodina! Ninoslav se nasmeja.

— Razume se, Staša, vaspitač je jedno vreme guvernanta, s tom razlikom što guvernante obično podučavaju jezike, a ja ću tebi objašnjavati i sport. Ja i Staša ćemo biti dobri drugovi.

Mati i otac su radosno gledali ovog prirodnog mladića, a Staša sa malo nepoverenja.

— Može da ti laska, Staša, da ti gospodin Ninoslav bude drug. On je svršio prava, ozbiljan je mladić. Od njega možeš samo lepo da naučiš... Jeste li odslužili vojsku?

— I to sam prebrinuo. Pa, pošto sam čekao službu, mislio sam da je bolje da idem za vaspitača, nego da sedim kod kuće. U Beogradu nisam mogao više da ostanem, nisam imao sredstava.

— Ja ću se za vas postarati u mojoj banci.

Katica se spuštala niz stepenice s poslužavnikom.

— Dajte da vidim šta je Miomira pojela. Pogledaj, Aleksa! Samo je knedlu iz supe uzela, a govedina joj gotovo sva ostala. Jeste li kupili u mlekari jogurt? Ona to voli.

— Jesam, milostiva.

— Moram telefonirati našem bakalinu da pošalje banane. Neka donese tebi u banku, pa ih ti autom donesi. Čitavu granu ću da poručim. Miomira voli banane. Odnesite joj jednu bananu i pomorandžu. Donesite i nama!

Služavka se vrati s punom činijom pomorandži, jabuka i banana.

Ninoslavu se činilo kao da sanja. Gledao je bogatstvo oko sebe. Nameštaj, jelo, piće, kolači, voće. Služavka je donosila i odnosila. Gozba kao na Rubensovim i Rembrantovim slikama. Pomislio je na svoje gladne drugove. A ovaj dečak u izobilju i bogatstvu ipak nije srećan! Osećao je da će se ugojiti ako počne ovako da se hrani. Kakvo zadovoljstvo, ovako obilan ručak.

Služavka se pojavi.

— Gospođo, donet je jedan paket s pošte. Gospođici Miomiri. Da potpišete listu.

— To je od njenog verenika. Kazao je da će da joj pošalje ušećereno voće. Skinite, Katice, omot. Jeste, voće je. Dve kutije. Nosite joj gore!

Katica ustrča lako uz stepenice. Mogla je da zapeva. Baš je lep ovaj gospodin! Već je rekla gospođici Miomiri: „Ah, što je lep gospodin! Kao sa filma. Nije kao oni raniji.” Ti joj se ništa nisu dopadali. A ona će ovoga đavolasto da gleda! Samo, što je tako ozbiljan? Baš ni da je pogleda! A nju svaki pogleda. Još kakva gospoda u varoši! Kad ide nešto da kupi, uvek prođe pored kafane gde sede gospoda, i oni joj dobacuju. Opisivala je oduševljeno mladića gospođici Miomiri, a ona je ravnodušno slušala. Katica joj se čudila u sebi. Kad bi ona bila bogata kao gospođica, kad bi imala milion miraza kao ona, sve bi muškarce ismejavala i sve bi ih zaludela. Kako je ravnodušno pogledala ušećereno voće, a verenik joj ga šalje! Ona nju ne razume. Ali ovog lepog mladića Katica bi i jošte kako razumela!

Ulazila je i izlazila iz trpezarije, donela kafu, brisala mrvice, odnosila tanjire... i mislila da sutra obuče plavu haljinu. Ona joj najlepše stoji!

Direktor se diže od stola.

— Ja ću malo da prilegnem, a šta ćete vi da radite?

— Ja i Staša idemo u baštu. Imate lep voćnjak. Da vidim onu šumicu od četinara...

— Ima i rečica ispod četinara. Ovo je vrlo lepo imanje. Zdravo je mesto. Tamo je vinograd. Mi ovde više provodimo nego u varoši. Miomira voli ovo imanje. Ona ima tri sklonosti: klavir, prirodu i konje. Sasvim je drukčija od brata.

— Ona je uobražena! Ja nisam uobražen.

— Kako smeš o sestri tako da govoriš!

— To svi u varoši kažu.

— To svi palančani kažu. Što se ne druži s njima...

— I moje učitelje nikad nije trpela.

— Staša! Šta to govoriš? — zaprepasti se mati. — Zašto Miomira da ne trpi tvoje učitelje?

— Kaže da se svi oni u nju zaljube, pa su joj dosadni... i pate zbog nje...

— Za mene se, Staša, ne moraš bojati! — nasmeja se Ninoslav. — Neću nikad kompromitovati tvoje drugarstvo!

— Kod gospodina mi se dopada što sve prima kao šalu. Molim vas, nemojte se naći uvređeni — zamoli ga mati.

— Staša je dete, pa kao dete i govori.

— Izvinite! Nisam ja dete! Ja imam punih sedamnaest godina. Uzeo sam osamnaestu. Mama i tata me smatraju balavcem, ali neću da i vi tako mislite.

— A ja bih, Staša, voleo da sam još dete i da nemam nikakvih briga. Što god duže budeš dete, sve ćeš biti srećniji. No, hajdemo u ovaj lepi voćnjak. Ovde je veličanstveno. Zbilja mi je vrlo prijatno što sam posle Beograda i jednog sobička naišao na ovako lepu prirodu. Hajde, Staša, da ti pričam o mom studentskom životu!

Uhvatio je dečaka ispod ruke i pođoše u voćnjak. Mati i otac ostadoše da prepričavaju utiske.

— Vidi se, dobar mladić! — prva otpoče mati.

— Nije njega zabadava hvalio Jović. Kaže, njegovog sina je preobrazio. Pametan mladić! Život ga nije mazio...

— Nije mnogo ni jeo, a mora da je, jadnik, gladovao. Lepo izgleda. Siromah, a otmen mladić. Jesi li video kako fino jede? Samo da ovog našeg Stašu može da opameti. Ja ću, Aleksa, da ga zamolim da spava s njim u sobi...

Joj, šta sam jutros videla! Otvarao tvoje fioke od stola i nešto tražio. A ja se sakrila da vidim šta to traži. Kad on uze tvoj revolver!... Gledao ga, pa ostavio. Ništa mu nisam kazala, nego dočepam revolver, i sakrijem ga u orman, gde ga nikad neće naći. Moram ovom mladiću sve da ispričam, i da ga zamolim da pripazi na njega da ne učini neko zlo sa sobom.

— Videćemo kako će on s njim...

— Pogledaj, Aleksa, kako lepo šetaju i nešto pričaju. Vidi, Staša se smeje! A to dete nikad da se nasmeje! Dođe mi da plačem kad pomislim da ovaj mladić, sirotinjsko dete, pa vidi, postao čovek, svršio univerzitet, a naše sve ima, a neće da uči, i mrzi život.

— Nemoj da plačeš... Ostavi se! Imam da ti kažem: jutros sam telefonirao i razgovarao s prijateljem, ocem Vladinim. On bi želeo da svadba bude u maju ili junu.

— Neće to hteti Miomira.

— Zašto odlaže svadbu kad je izabrala verenika?

— Takva je ona! Hoće još jedno leto da provede na moru kao devojka. A zašto i da žurimo? Zimus je preležala grip, neka se dobro oporavi. Sad je opet nogu uganula. Oni žure, jer je u pitanju njen milion. A koliko misliš Vladi da daš u gotovu?

— Dvesta hiljada. Ostalo njoj na knjižicu. Kazao sam: najbolje da joj sazidam jednu trospratnicu u Beogradu. Neka imaju rentu.

— Ali kuću na njeno ime.

— Sigurno neću na njegovo!... On nju voli. A Miomiru ne mogu da razumem. Čudna devojka.

— Ostavi je. To su devojačke ćudi koje će proći kada se uda.

— Šta se Staša onoliko smeje! Jovanka, vidi!

— Daj bože, da se smeje!

Otac i mati su zadovoljno posmatrali sina, srećni što se i on smeje.

Uzbuna u kući

Mati je zamolila Ninoslava da spava u sinovoj sobi i ispričala mu za revolver. Mladić je odmah pristao. Ta, on je spavao u sobiččima sa dvojicom i trojicom drugova, i, posle spavanja na podu i dušeku majka-Marinom, osećao se u ovoj gospodskoj kući kao rentijer. Samo jedno ga je brinulo: nije imao lepo spavaće rublje. Kupio je jeftinu pidžamu, a u sobi je fino posteljno rublje, svileni jorgan, jastuk s vezom... Dok je on o tom razmišljao, uđe Katica u sobu noseći neko rublje.

— Gospodine, izvolite, ovo su za vas pidžame! Imate i jutarnji ogrtač.

— Hvala, Katice!

— Kupatilo je gotovo, ako gospodin hoće da se okupa.

„Bogami, pa ovo je kao da sam bogataš!", podsmevao se sam sebi Ninoslav.

— O, to je divno, Katice! Baš sam želeo da se okupam.

„Da, gospodine", podsmevao se sam sebi, „vi ste živeli u višespratnim zgradama i sobarica vam je uvek spremala kupatilo".

— A gde je kupatilo?

— Izvolite sa mnom! Ovo je za gospodina, gospođu, gospođicu Miomiru i gospodina Stašu. A ovde se mi kupamo. Ja sam se sinoć kupala. Znate, gospođa nikog ne pušta u njihovo kupatilo. I ovde je lepo. Tako smo srećni što imamo kupatilo... i vodovod... Pored našeg imanja idu vodovodne cevi, jer mora i fabrika vodu da dobija, pa je gospodin uveo vodu u kupatilo — brbljala je Katica, uvijajući se oko lepog gospodina.

Vruća voda šiknu.

— Nemojte mi sipati vodu u kadu. Ja ću pod tuš.

Iz opreznosti nije hteo u kadu, jer je određeno da se kupa s poslugom. Naravno, pametni ljudi ne daju da im svako ulazi u kadu. On je bio zdrav, potpuno zdrav.

— I ne morate da mi grejete kupatilo. Ja volim hladan tuš.

— Zar se ne plašite da ozebete!? — uzviknu zadivljeno sobarica.

— Pre se nazebe u vrućoj vodi.

— Jest'! Vi ste tako snažni! — toplo ga je pogledala. — I gospođica Miomira se uvek tušira. Samo, gospođica je uganula nogu, pa se sekira... I vi ste iz Beograda?

— Jesam...

— Evo vam sapun, i čaršav za brisanje... Da vam donesem pidžamu?

— Molim vas.

— Odmah!

Otrčala je sva užurbana i srećna što je u kući jedan mlad i lep muškarac. Gospođica Miomira njih nikad ne gleda, pa makar bili i najlepši. Ima verenika i gorda je. Oni ne znače ništa jednoj bogatoj gospođici. Ostavila je gospodina da se kupa i otrčala u kuhinju da razgovara s kuvaricom, sva oduševljena.

Ninoslav se vrati iz kupatila, osvežen. Od njega se rasprostirao miris sapuna. Kosa mu je bila vlažna. On uze ubrus sa umivaonika da je još istrlja. Prozor je bio otvoren i spolja je ulazio miris jorgovana. Soba je gledala u travnjak sa ružama i rascvetanim šibljem. Fine senke zamračivale su travu. U daljini se videla planina i mesec iznad nje.

— Kako je lep ovaj kraj i bašta! — reče Staši, koji se već bio podvukao pod svileni jorgan.

— Meni je ovde sve dosadno. Ako ikad maturiram, voleo bih da živim u Beogradu.

— Ostavi ti to samo meni. Ja ti garantujem da ćeš položiti.

— Otkud vi znate kakav sam ja đak?

— Ti nisi gori od jednoga kojeg sam imao, pa je položio. Moraš imati više vere u sebe.

Dečak ga je gledao neprijateljski i sa čuđenjem. Dosadni su mu bili svi učitelji koji ga gnjave. A škola je još dosadnija. Otpratiće on i ovoga kao i druge. Prirediće mu iznenađenje već sutra ujutru.

Ninoslav podiže pokrivač i spusti se na sofu. Zaškripaše federi. Meka pidžama pripi mu se nežno uz telo. Svileni jorgan je bio tako topao i prijatan posle kupanja. Glatko i mirišljavo posteljno rublje gladilo mu je obraz. Kako je poneko srećan! Petnaest dana u Beogradu spavao je na golom dušeku pokrivajući se hrapavim ćebetom koje mu je greblo noge. A sad se gospodski opružio po mekoj sofi i pokrio se svilenim jorganom. Zar može život da bude dosadan u ovakvoj lepoti?

Miris jorgovana se uvlačio u sobu. Mesec je bio visoko iznad planine, okrugao i užaren. Bleda se svetlost uvlačila u sobu. Kako je soba bila lepa! Jednostavno obojeni zidovi, bledozeleni sa tamnijom prugom na ivici i po uglovima. Posmatrao je sliku na zidu. Predeo. Videla se voda, a mesečina pala na sliku pa se voda plavi. Visoko drvo pokraj vode. Đačka soba, ali lepa. Ima i knjiga na policama. Da li imaju biblioteku? Čita li gospođica Miomira? Ogledalo iznad umivaonika belasa se, a na zidu se njiše senka zavese. Njihanje zavese uspavljuje ga. Putovao je noću i pod mekim pokrivačem osećao sladak umor posle kupanja. Misli se još otimaju: pisaće mami, sestri i Bošku. Tutanj kamiona drumom trže ga baš kad htede san da ga uhvati. Začu i pisak voza. Mesec je još više osvetlio sobu. Staša je zaspao. Osećao je kao da se njiše i klizi. Posle se izgubio kao u nesvestici i san mu sklopi oči. Siromašni, diplomirani pravnik prvi put je zaspao dubokim snom u ugodnoj postelji gospodske kuće.

Nešto ga je strašno lupilo po licu. Urliknuo je i skočio kao lud. Nije mogao da dođe sebi, i osetio je kako mu nešto hladno klizi po glavi, licu, grudima.

— Šta je ovo? Ti si me polio vodom! — zaškripao je zubima.

„O žgebe nevaljalo!” Bio je kao lud, raspomamljen i ništa drugo nije znao nego dohvati bokal s vodom i pljusne je dečaku na glavu.

— E, tako! Da ti vratim!

Dečak kriknu, skoči iz postelje, voda mu se sjuri s glave na lice i prsa. Bled i iznenađen, gledao je svoga učitelja.

— Kako se usuđujete da me polivate?

— Onako isto kao i ti mene! Ovo ti je milo za drago!

I najednom, videći obojicu mokre kao pacove, Ninoslavu dođe smešno, zacenu se od smeha, a i dečko, zaražen njegovim smehom, poče da se smeje grohotom.

— Sad smo se istuširali! — skide pidžamu, izbrisa lice ubrusom i baci se na postelju. Jastuk je bio mokar. On okrete drugu stranu... — Da mi priznaš, je li ovo tvoj pokušaj da oteraš učitelja?

— Šalio sam se!

— Šala se prima! I ja sam se šalio! Od danas postajemo drugovi. Ali biće uvek: milo za drago! Što ti meni učiniš, ja ti vraćam. Niko ne sme da se ljuti. Slušaj, ti si pravo dete! Prskaš se vodom! Ali me nećeš oterati! Ja ostajem!

Staša ga je s čuđenjem posmatrao. Da li se on, zbilja, ne ljuti? Drugi su bili besni, izleteli iz sobe, tužili ga mami i tati, i odlazili. On je tada likovao. A ovaj se iskida od smeha. Ali najpre je strašno urliknuo. Podvukao se pod jorgan, razočaran i malo ponižen.

— Više ne vredi spavati! Ustajem! — Ninoslav se diže. — Kako je lep dan! Nigde oblačka! Jutros idemo u šetnju.

— A kad ćemo da učimo?

— Ima vremena. Ustaj i ti!

— Ja ne ustajem rano. Tek oko osam ili devet.

— Lenštino! Sad je pola sedam. Treba gimnastiku da radiš.

— Vi radite gimnastiku?

— Svako jutro.

— Hoćete da steknete liniju.

— Ne liniju, nego mišiće. Hajde, ustani i ti, pa da radimo zajedno!

Dečak se lenjo diže, sede i mlitavo opusti noge niz sofu. Ninoslav poče da se savija. Posle čučnu i ustade.

— Ti ne bi mogao da radiš gimnastiku?

— Mogao bih... Pogledajte!

— Sagni se malo više. Za tebe je švedska gimnastika. Treba da ti očvrsnu mišići. Da budeš muškarac! Vidi kako ja savijem ruku? Hajde još malo! Čučni! Brže! Ustani! Ti si se već umorio?

— Dosta je! Hoćete li da me tužite mami?

— Zašto da te tužim?

— Pa što sam vas polio vodom.

— To su drugarske šale. Je li, reci iskreno: mrziš li ti tvoje učitelje?

— Ne volim ih. Njima se plaća i još su gori nego profesori. Imam želju da im nešto napakostim.

— Kao sa ovim tušem jutros. Ali, to ti je promašaj! Mene ničim nećeš naljutiti. Ti si, ipak, dete, i znam da nisi rđav.

Katica je trčkarala po bašti i pevušila. Htela je da je čuje mladi gospodin. Negde su rzali konji. Lajao je veliki pas. Petao kukurikao, a kokoške kakorile.

— Hajde da prošetamo po voćnjaku.

U trpezariji, za postavljenim stolom za doručak, sedeo je direktor.

— Zar je i Staša ustao? — iznenadi se otac.

— Staša mora da ustaje rano kao i ja.

— To je zdravo! A on se uvek lenji u postelji do osam sati. Ja sam stariji čovek, pa volim da poranim ujutro. Sedite, popijte kafu! Katice, donesite i gospodinu. A šta ćete jutros da radite?

— Ići ćemo u šetnju.

— Ako, šetajte.

— Šta, zar je Staša ustao? — iznenadi se mati kad uđe u trpezariju.

— Ako nemate, gospođo, ništa protiv, ja ću Stašu navikavati da ustaje ranije. Rano ćemo da ležemo, a ranije da ustajemo. Radili smo jutros zajedno gimnastiku. Kazao sam mu da muškarac mora da ima razvijene mišiće.

— I ti bi, tata, trebalo da radiš gimnastiku s gospodinom, jer si pustio trbuh.

— Bogami, trebalo bi. Ali ja nisam momak! Ti treba lepo da se razviješ.

— Kako nam je bio lepo razvijen sin što je poginuo. Radio je već sa ocem u banci. Katice, donesite doručak.

Služavka je nosila belu kafu, puter, sveže barena jaja, kifle. Ninoslavu pođe voda na usta. Da ne sanja? Kao da je u banji u velikom hotelu, pa ga uslužuju. Debela kuvarica, rumena lica, s podbratkom, sva u čisto obučena, uđe u trpezariju.

— Šta ćemo, milostiva, da kuvamo?

— Idite, pitajte Miomiru, šta bi htela. A šta ti želiš, Staša?

— Meni je svejedno.

— Ali meni nije svejedno. Posle nećeš da jedeš. Kaži šta ti se jede, pa to da se skuva.

— Sad mi se ništa ne jede!

— Dobro, ali u podne moraš jesti.

— Ne brinite, gospođo! Ja vas uveravam da će jesti.

— Bila bih vam zahvalna, gospodine. On bi se popravio. Lekar je kazao da treba više da jede. Dosta je izrastao, a mršav je. Pogledajte kako je bled!

— Staša će biti lep momak!

Dečak se nasmeja.

— Šta će mi lepota?

— Zar ti nisi nimalo sujetan i ne želiš da budeš lep i snažan?

— Ni za šta on nema volje, gospodine. Ništa ga ne oduševljava. Takva ga je apatija obuzela! — jadao se otac.

— Šta ću kad me ne razumete! — prezrivo je govorio dečak.

— Potrudićemo se da te razumemo — odgovori Ninoslav. — A sad te molim da jedeš. Znaš, ja sam gladan i ispadam proždrljivac kad sam jedem. Meni za ljubav: jedno jaje ti, jedno ja, i ovu kiflu i malo putera!

— Eto, to me pojede živu! — uzviknu mati. — Mora čovek da mu priča i da ga nudi kao da je beba. Jedite, gospodine, samo ako možete! Uživam kad vidim da neko jede. Sirotinja bi želela, sine, da sedne za ovakvu trpezu, a njemu je dosadno.

— Mama! — zvao je sa sprata nežni ženski glasić. — Možeš li da dođeš gore?

— Idem! Moram opet masera da zovem telefonom. Nervozna je. Ona voli da šeta, da jaše, a sad ne može! Kako nogu da ugane. A kuda vi idete u šetnju?

— Staša će me voditi. Sad si moj pravi drug kad si sve pojeo. Kako je lep dan! Posle zagušljivih beogradskih ulica osećam se kao na letovanju.

Direktor ode u banku autom, a Staša se uputi sa svojim učiteljem u šetnju.

Bilo je već pola jedanaest. Mati se čudila što ih još nema. Otišli su posle sedam. Približava se i jedanaest, oni još ne dolaze. Mati uznemireno uđe u sobu kod ćerke.

— Odvede ga ovaj mladić, a već je vreme da se vrate.

— Šta se nerviraš, mama! Vratiće se!

Pola dvanaest. Mati neprestano pogleda na drum.

— Neću više da ga vodi u šetnju! Šta će im lepša šetnja od naše bašte. Mogli su i tu učiti.

Skoro će dvanaest. Mati nervozno podiže telefonsku slušalicu.

— Alo! Aleksa, oni se još nisu vratili iz šetnje, a skoro će podne.

— Pa neka šetaju. Mi ne ručamo pre jedan sat. Za ručak će doći.

— Kako ti to ravnodušno primaš?! Nepoznat čovek ti odveo sina, a tebi svejedno.

— Pa nije, valjda, gangster! Otišli su u šetnju i vratiće se. Bože, što ti možeš da se uzbudiš za svaku sitnicu!

— Mene je strah!

— Ostavi se, ženo, toga, molim te! Čega imaš da se plašiš?

— Dobro! Kad ti kažeš neću se plašiti.

Pola jedan... Direktorov telefon je opet zazvonio.

— Aleksa, oni još nisu došli!

— Ama, doći će! Zaboga, šta je tebi?!

— Kako šta mi je? Pa znaš li ti ko je ovaj mladić? Jesi li mu video legitimaciju? Može biti i neki apaš, pa da te uceni, odvede ti dete.

— Šta ti sad pada na pamet! — ljutio se muž, ali se uznemirio i sâm. Istina je, nije mu video legitimaciju. Ko zna ko je? Ali koješta! Odbijao je tu misao. Jović mu je pričao o njemu. — Dobro, doći ću odmah! Nemoj da se nerviraš!

— Blago tebi kad si takav! — doviknu mu žena ljutito i spusti slušalicu.

Direktor naredi poslužitelju da kaže šoferu da odmah spremi kola. Zabrinuo se i on. Jedno je dete. On je bogat čovek, mogu da ga ucene.

Mati je svaki čas istrčavala na terasu. Ali njih nema i nema!

— Ilija! — pozvala je slugu. — Izađi na drum, vidi idu li!

Katica je na sav glas pevala.

— Šta si se razdrala, Katice! — naljuti se na devojku.

Raspevala se, a ona nigde mira nema. Tako je bilo i onda kad im je sin poginuo. Sve joj je oživljavalo u sećanju. Nije ga bilo. Drhtala je. Zvala oca telefonom... a posle su javili za katastrofu.

Auto se zaustavi pred kapijom.

— Evo ih, gospođo! — uzviknu veselo Katica. — I stari i mladi gospodin, i gospodin učitelj!

— Vidiš, živi su i zdravi!... Sreo sam ih na drumu, pa ih dovezao... A ti si se prepala.

— Izvinite, gospođo! Tako mi je krivo, ako ste se uplašili. Nisam mogao pomisliti da ćete vi da brinete kad je sa mnom.

— Što da se plašiš, mama! Što smo lepo proveli jutro! Bili smo čak u selu, kod one vodenice. Ala je tamo, tata, lepo! Radili smo algebru. Pohvalio me gospodin Ninoslav. Kaže da sam dobar matematičar!

— Jeste, Staša zna dobro algebru.

— Hajde da ručamo! Što sam gladan!

Staša dočepa parče hleba i poče da jede.

— Jesam li ja vama kazao, gospođo, da će on ogladneti.

— Hvala bogu!

— Videćeš kako ću da jedem. Katice, donesi brže jelo.

Od hoda dečak se zarumeneo, oči su mu blistale. Ličio je na oca.

— A zamisli, Staša: sad si gladan, a da nemaš šta da jedeš! Tako mnogi studenti gladuju. I još moraš da učiš, a glad muči stomak i ne dâ mozgu da misli.

— Slušaj, Staša! — opominjao ga je otac.

— Ja ne bih živeo. Ubio bih se!

— Ali život se voli i kad se gladuje.

— Neću sad da filozofiram. Šta je u supi? Rezanci! Baš ono što ja volim!

Ručak je prošao u prijatnom razgovoru.

— Staša, lezi malo pa odspavaj — naredi mu učitelj.

— Imamo dve ljuljaške. Možete i napolju. Kaži, Katice, Iliji da veže ljuljaške.

— Kod vas je gospodski život! Do tri sata ćemo se odmarati, a posle ću te preslišavati druge predmete.

— Tata, ja moram predveče do krojača da probam odelo.

— Idi zajedno s gospodinom... Hoćete li pešice?

— Razume se. Nema ni dvadeset minuta od vaše vile do grada.

— I Miomira uvek ide pešice. Ona ne voli auto.

Staša otrča u svoju sobu.

— Jesi li videla, Jovanka, kako je jeo?

— Ja sam hteo da ga malo zamorim, da ogladni. Neću da mu namećem utvrđene časove, kao školsko vreme. Škola muči đake samo zato što je sve raspodeljeno na minute i sate: srpski, matematika, botanika! Pa sutra opet časovi. Čovek najlepše misli i stvara kad se šeta i korača. Ja ću njemu u šetnji da držim časove. Jedan algebarski zadatak rešili smo u šetnji; zastajkivali smo i išli i on nije osetio da je to čas. Opazio sam da on ima odvratnost prema školi i utvrđenom radnom vremenu. A on je u pubertetu, kad je organizam uznemiren. Njegovom organizmu treba kretanja, a ne da ga sputava klupa ili sto.

— Vi ste, kako vidim, dobar psiholog.

— Zato što sam stalno držao časove, morao sam pronaći metode da bih došao do uspeha. Čovek može da disciplinuje sebe tek kad potpuno formira svoju volju. Vi znate da morate ići u banku i kod vas je sve utvrđeno. Ja hoću da radim i ništa me u tome ne može pokolebati. Ali u dečakovom organizmu je kriza, koja mu stvara nemir i nervozu.

— Hvala vam, gospodine, što se tako trudite — prekide ga mati. — Samo da mi nešto kažete: da li vas je jutros pljusnuo vodom kad ste spavali?

— Nije, gospođo... To je bila šala. On je još dete.

— Nije to šala! Uh, kako me sekira to dete. Moram vam reći: pravi on mnogo ispada, ali budite dobri i oprostite mu. Katica mi je kazala, a posle sam i ja videla: sav vam je jastuk bio mokar.

— Samo vas molim, gospođo, nemojte ga grditi. I ja sam njega pljusnuo vodom.

— Ako! Hvala vam! — odobri mati, a otac se nasmeja.

— Tako, i vi njega! Takve nevaspitane postupke mu ne možemo dopustiti. Volim što spavate u njegovoj sobi. Sve se plašim da ne učini neko zlo sa sobom.

— Gospodine Ninoslave, vezali su ljuljaške — zovnu ga Staša.

— Vrlo dobro! Ala ćemo se nauživati!

— Mogla je i Miomira da izađe napolje. Ali ona se boji! Čim je noga štrecne, odmah zajauče. Ona je kazala da će da ga preslišava francuski, jer ona savršeno govori taj jezik. Bila je godinu dana u Parizu, a imala je i guvernantu. I Staša može da govori, ali neće. To je čudno dete.

Staša je otišao do tate u banku, a Ninoslav na poštu da preda pismo za majku i Boška. Išao je lagano i razgledao grad. U susret mu je išla jedna mlada devojka. On je zagleda, a ona njega. Zastadoše oboje iznenađeni.

— Ninoslave! Otkud ti ovde?

— Gle, Slavka! A otkud ti?

— Ja sam suplent u gimnaziji! A jesi li ti dobio službu?

— Nisam dobio službu, već podučavam sina direktora banke, gospodina Novakovića.

— A, dakle, ti si taj lepi mladić o kojem su mi pričale Gina, gazda-Tasina ćerka, i ćerka moje gazdarice! One poludeše za tobom! Videla te ćerka moje gazdarice kad si prošao pored naše kuće, pa mi te opisuje. Da si samo čuo kako ti se divila. A Gina mi je pričala kako se upoznala s tobom kad te svratio njen otac. Svako veče njih dve izlaze na korzo ne bi li te videle. Zar nisi mogao državnu službu da dobiješ?

— Nisam mogao. Gospodin Novaković mi je obećao da će me postaviti u svojoj banci, čim njegov sin položi peti razred, ako uspem da ga spremim.

— Joj što je to razmaženo dete! Nije glup, ali svakojake ispade pravi u školi! Direktor je pozvao njegovog oca i kazao mu da ga ispiše iz škole, pa neka privatno polaže, inače bi bili primorani da ga isteraju. I ja sam mu predavala. Njemu tako dođe, pa neće da odgovara. Pozovem ga, a on meni: „Nisam danas raspoložen da odgovaram". Besno bogataško dete! Predavala sam mu srpski jezik.

— Molim te, kad bude polagao ispit, nemoj da budeš stroga!

— Zbog tebe ću sve da učinim. Koliko mi je milo što te vidim! Da znaš što imam lep stančić! Dođi k meni! Ja sam sa svojom sestricom. Ona je u petom razredu, pa sam je povela sa sobom, neka bude kod mene i neka uči. Bila je zašašavila za tim Stašom. Oduševljena je njime! Kaže mi jednog dana: „Profesori njega ne razumeju, a on je inteligentan dečko!" Izgrdila sam je! Pevaš li još uvek? Jaoj, kad se setim tvoga glasa! Pa onog našeg putovanja sa „Obilićem"!

— Sad ne pevam.

— A je l' te čula Miomira kako pevaš?

— Nisam je ni video.

— Kako da je ne vidiš?

— Uganula je nogu, pa ne silazi sa sprata.

— Uobražena je! Ni s kim se ona ne druži. Ovde su svi mladići bili ludi za njom. Milion je u pitanju! Ali im svima izmače milion! Isprošena je za nekog rentijera iz Beograda. Čudim joj se, šta će joj bogataš kad je i sama bogata! Jedan poručnik je hteo zbog nje da se ubije. Jedva su ga drugovi spasli. Tražio je premeštaj ne bi li je zaboravio. Svi je zovu: lepa Miomira! A ja ne nalazim da je toliko lepa. Pazi i ti da se ne zaljubiš.

— Za mene se ti ne boj!

— Znam da si ti ozbiljan i da ne trpiš bogate. Dođi jednom s gitarom! Sad se setih. Nešto imam da ti predložim. Ovo bi bila senzacija!

— Ostala si ista, Slavka, uvek voliš senzacije!

— Pa čovek se ubajati kad nema senzacija! — nasmeja se mlada devojka.

— Evo u čemu je stvar: ovde se podiže spomenik palim junacima u ratu i prikupljaju se prilozi. Uskoro će biti priređena zabava s koncertnim programom. I naša gimnazija učestvuje. Učenice će izvoditi dve ritmičke igre, a đački orkestar će svirati. Ja sam u odboru za podizanje spomenika. I Miomira svira na klaviru. I njen otac je u odboru. On je ratnik, rezervni potpukovnik, ima puno odličja! Deset hiljada je dao za podizanje spomenika. Gospođice izvode jedan skeč — razveza Slavka nadugačko, kao žene kad govore uvod dok ne dođu do glavnog, te je Ninoslav prekide:

— A kakva je to senzacija koju misliš sa mnom da izvedeš?

— Evo šta: da ti uz gitaru otpevaš dve-tri pesme. Što će se to dopasti publici. A zamisli kad zapevaš. Imaš da potučeš ceo program! I ovde ti svet voli šlagere i sevdalinke. Ima u našoj školi đaka koji pevaju prave serenade, ali to nije za tvoj glas. Hoćeš li da pevaš?

— Pravo da ti kažem, ne peva mi se! Nisam gitaru hteo ni da pokažem u kući Novakovićevoj. Hoću da radim doktorsku tezu, a kod njih imam vremena kao da sam na letovanju. Hoću i ja da prikačim jedno „dr". Vidim da to pali.

— Neću ni da čujem! Moraš da pevaš! Da je zabava u drugu svrhu, ne bih te zvala. Ali nastalo je vreme kad je sve obuzelo oduševljenje da oživljavamo uspomene na stara herojstva. Neka se čuje ko su bili stari ratnici... A ja bih razglasila da ti pevaš.

— Onda bih još teže pristao, ako misliš da me reklamiraš. Dobro, pristaću, ali da se moje ime ne stavlja u program.

— To ti je divna ideja. Samo da napišemo: *pesme peva solo uz gitaru gospodin N...* ili, još bolje, da stavimo samo tri zvezdice. Ja ću to da unesem u program, jer naš nastavnik pevanja sastavlja program i u gimnaziji učenice spremaju skeč. I ja imam jednu ulogu. Da vidiš kako glumim. Ja sam i reditelj. Majke mi, mogla sam biti i glumica. Miomira nije htela da igra u skeču, a zvali smo je. Odgovorila je: „Ja ću svirati, a neću da glumim". Dakle, pristaješ li?

— Pristajem, pod uslovom, kako smo kazali, da niko ne zna da sam to ja pre zabave! Neću zbog Novakovića.

— Njemu će biti milo! To je vrlo simpatičan čovek i veliki veseljak. Samo su se povukli posle smrti sinove. Ali on je vrlo preduzimljiv čovek. Prvi je dao deset hiljada. Bogati su, i da znaš koliko! Nije ti to kao mi, što neprestano moramo da računamo.

— A kako ti živiš?

— Skromno! Imam sobicu, kuhinju, nabavila sam malo stvari. Kuvam sama. Skuplje bi me koštalo da se hranim po kafanama. Šalju nam malo i od kuće, jer nas smo dve. Moraš što pre da dođeš do mene.

— Baš ću doći!

— Nije daleko, mogao bi i sad da svratiš.

— Neka, drugi put. Idem da zovnem Stašu. On je u banci, a vraćamo se pešice. A kad je zabava?

— Dvadesetog...

— Ali kako ću bez smokinga?

— Ti imaš smoking... Još iz „Obilića"! Gde ti je?

— Ostao je kod kuće. Nisam ga ni poneo.

— E, pa imaš vremena da ga dobiješ od kuće. Piši neka ti ga pošalju poštom.

— Onda bih morao odmah sutra da pišem.

— Piši odmah! Tako me oduševljava što ćeš pevati. Senzacija! Miomira misli, sigurno, da će njena tačka biti najbolja. Ali kad ti zapevaš, ima svi da se sakriju! Pričala bih s tobom vazdan, a vidi šta nosim pismenih zadataka! Moram sve večeras da popravim. Ništa ne mrzim više nego kad mi dođe popravljanje pismenih zadataka.

— I ja treba Staši da zadajem pismene zadatke. Ti ćeš mi reći šta im daješ.

— Ne brini! Reći ću ti. Kad ćeš da dođeš k meni?

— Ne mogu da ti odredim dan. Kad dođem u varoš.

— Zar moraš da se obavežeš da uvek budeš uz Stašu?

— Oni su me molili da budem što više s njim. Kod njega je nervozno i neuravnoteženo doba puberteta. Mogao bi svašta da učini. Boje se!

— Boje se, jer je hteo jednom da se ubije. Čula sam. Služavka je pričala Gini, a Gina ćerki moje gazdarice. Samo, oni to kriju. Hteo je da se obesi. To da znaš.

— Čudan dečko! Živi u bogatstvu, a dosadio mu život. A ja i ti smo se mučili, pa nam nikad nije palo na pamet da izvršimo samoubistvo.

— Kakvo samoubistvo! Ja volim život! Mene sve oduševljava. Gledam mlade devojke, pa sve pesimisti, razočarane. A ja namestila moju sobicu, uživam, pa mi se čini da nema ništa lepše. Sašijem jednu haljinicu, pa sam sva srećna! I gospođica Miomira je isto tako mrzovoljna. Ona voli veliki svet! Pariz!

— A njeni kažu kako je oduševljava priroda.

— Oduševljavala bi i mene priroda, kad bih živela u takvoj vili. Jesi li video kako je kod njih? A tek na spratu u njenim sobama! Kao bombonjera!

A ona ništa ne radi. Imaju kuvaricu, sobaricu, baštovana, šofera. A ja, svršila fakultet, vajna nastavnica, pa sama perem sudove.

— Opet su ti lepe ruke! — nasmeja se Ninoslav.

— Nisu kao Miomirine. Da vidiš njene ruke! Kao od voska! Ništa ne radi. Neko se rodi i ceo vek ništa ne radi, a mi moramo ceo vek da dirinčimo: trči u školu, trči na pijacu, u bakalnicu. Jaoj! Da mi se ne zatvori bakalnica.

— Ti si za sve! Uvek si bila energična i vredna.

— Život me naučio. Ja sam seljačko dete.

Ninoslav je sa uživanjem slušao. Mačvanka! Razgovorna, vesela, prirodna, zdrava.

Oprostiše se i gospođica Slavka požuri u bakalnicu. Vraćala se kući s čudnim raspoloženjem. Niko nije znao. Krila je to i od same sebe, a Ninoslav nije ni slutio da ona njega simpatiše. Imala je svog dečka na univerzitetu, ali je ostala poštena devojka, sa zdravim patrijarhalnim pojmovima. Ona je pred sobom videla cilj: svoj nastavnički poziv, i sva se predala studijama, jer je znala da roditeljima, seljacima, nije lako da školuju decu. Otac joj je i trgovao sa svinjama i uvek je morao da čuva novac za nju, a ona je davala časove da bi zaradila za odeću i knjige. Slali su joj namirnice od kuće i često joj je večera bila hleb i sir. Delila je s drugaricama što je imala, a pomagala je i jednog druga, izgladnelog i siromašnog... To joj je bila ljubav, ali platonska i drugarska. A posle studija su se razišli. Ninoslav je bio nešto drugo. U potaji je volela tog visokog, lepog i ozbiljnog mladića i obožavala njegov glas. Činilo joj se da on ne obraća pažnju na nju kao na ženu, i gordo se čuvala da ne oda ništa od svojih osećanja. Nije bila lepotica, i osećala je da je Ninoslav lepši od nje, pa se bojala da ne bude smešna, ali imala je toplo srce devojaka koje nisu mnogo upadljive, i zato postaju interesantne, dobre drugarice, koje žele da osvoje mladića drugarstvom, a ne fizičkom lepotom. I sad ga je zvala kao drugarica, ali je osetila da bi on mogao biti za nju i nešto više i lepše. Nedostajalo joj je nešto u životu: ljubav! I, sada je žurila, raspoložena, raspevane duše, kao da je došlo nešto što će ispuniti njen život. Ona nastavnica, a on činovnik u banci! Više je volela da se uda za nekoga iz druge struke, nego za kolegu. Bila su tu dva mlada suplenta, ali bili su malo uobraženi i gledali su miraždžijke. Kad je to čula, pravila se i ona važna.

Baš voli što je došao Ninoslav! Kao da joj je pripadao, bio joj je najbliži drug i mladić koji ju je dobro poznavao i imao lepo mišljenje o njoj. Bilo bi ljubomore u njoj da Miomira nije isprošena. Dobro je što gleda bogataše i rentijere. Za dva meseca se udaje. A Ninoslav ostaje. Stašu će da progura na ispitu zbog Ninoslava! Zamoliće i matematičara. „Divan je Ninoslav!", šaputala je u sebi i uzdahnula. Kako je i školovanoj devojci teško da dođe do iskrene ljubavi. Bila je svesna koliko ima vrednosti: ume da sašije, veze, kuva, glumi, dobra je nastavnica, pa opet, nijedan poručnik ne bi pomislio da se ubije zbog nje. A da ima jedan milion miraza, sve njene vrednosti mogle bi i otpasti, jer bi milion sve pretegnuo.

Gina je stajala na prozoru.

— Da vam nešto kažem, Gino. Znate li koga sam videla? Onog mladića iz Beograda!

— Je l' istina?

— To je moj drug. Obećao je da će me posetiti.

Mala Gina sva planu. Pocrvenela je kao kragnica na njenoj bluzici. Gospođica Slavka je pogleda ljubopitljivo i produži put. Uzdahnula je. „Ninoslava uvek vole sve devojke!"

Popravljala je pismene zadatke kod kuće i bila je vrlo dobre volje. Nije bila stroga u ocenjivanju, jer su joj pred očima, između redova, bile duboke plave oči Ninoslavljeve, tako gorde i lepe, i sočna, muška usta, koja bi mogla zaludeti devojku i samo jednim poljupcem.

Nevidljiva Miomira

Gospođica Miomira nikako nije silazila iz svojih soba. Više je od nedelju dana kako je u njihovoj kući, ali nije imao čast da je upozna. Odnosili su joj uvek jelo; čuo bi samo njen glas sa sprata i ništa više. Ninoslav je već imao u svesti njenu sliku: uobražena devojka, malo govori, malo se smeje, prezrivo gleda, ne radi ništa.

Bila je jednom divna noć, obasjana mesečinom. Šetao je sa Stašom dugo. Preslišavao ga je, dobro je znao, večerali su i legli. Prozor im je bio otvoren i iz bašte se uvlačio miris jorgovana. Staša je odmah zaspao, utišao se i spavao mirno. A Ninoslav je još bio budan. Razmišljao je o svojoj tezi. Miris i čist vazduh dejstvovali su na njega kao opojno sredstvo. Osećao je da mu se zatvaraju oči. Najedared ga trgnuše zvuci klavira. Dolazili su sa sprata, iz Miomirine sobe. Najpre tihi, meki zvuci, žalosni kao miris izmirne; pa posle burni, kao vihori, olujine, duševna borba, jecanje ili srdžba, i posle se opet sve stišavalo i gubilo u noći. Rasanio se i slušao zatvorenih očiju. Kako može da bude uobražena devojka koja ovako lepo svira? Nije znao čija je muzika, ali osećao je da je teška, i da treba biti umetnica, pa svirati ovako virtuozno... Nizali su se akordi kao talasi. Iz tih melodija izvlačio se lik devojački i lebdeo pred njim u noći. Dočaravao je njenu sliku. Video je bledo, duguljasto lice prefinjenih crta, sanjalačkih, plavih očiju. Moraju biti tužne te plave oči i devojka tankog stasa kao stabljika cveta. Muzika stvara bestelesne, poetične snove, i kroz njih se provlači duša devojačka, puna poezije, bez ičega prkosnog i izveštačenog. Tako mu je iskrsavao lik Miomirin. Akordi su se talasali, a on je slušao. Sad je muzika bila teška, mučna, kao zvuk smrti. Šta li se krije u duši devojke ispod čijih se prstiju izvlače ove melodije. I ona se udaje za rentijerovog sina! Kao da je video njen život: auto pred kućom, barovi, varijetea, putovanja, luksuzne toalete i blazirani muž.

Teška i bolna muzika koja kida dušu prestade, a posle odjeknuše veseli akordi, kao da ptice cvrkuću, priroda se budi, lišće treperi, potočić preskače. Smešio se i slušao.

Staša se promeškolji, okrete se na drugu stranu, otvori oči i sanjivo promrmlja:

— Miomira bi mogla celu noć da svira! Što ne svira danju, nego noću! Jeste li budni, gospodine Ninoslave?

— Jesam. Slušam. Gospođica lepo svira.

— Dosadna je! Što me budi!

— Muzika može i da uspava...

— Ja ne volim klavir. Volim samo gitaru. Moram da naučim da sviram na gitari. Pomalo znam. Jedan moj drug svira, on će me učiti. Sad ću da joj viknem da prestane!

— To ne smeš da radiš. Gospođici čini zadovoljstvo i ne treba da je uznemiravaš. Ja volim da slušam. Kako je moguće da ne voliš klavir?

— Šta će mi klavir? Najlepša je gitara.

Ninoslav se nasmeja. Šta li bi radio Staša kad bi znao da on svira na gitari. Ništa, učiće ga. Možda će to uticati na njegovu prirodu i umiriti ga. Muzika i pesme imaju ogromnu moć. Do zabave neće reći da zna da svira na gitari.

— A voli li gospođica Miomira gitaru?

— Ne voli! Nju oduševljava klasična muzika. I stalno svira ono što ja ne razumem. Eto, slušajte! Šta je ovo?

— Ovo je sigurno Betoven.

— Šta će meni Betoven! Što ne svira šlagere i naše sevdalinke! I tata to voli, ali moramo svi da slušamo Betovena i Šopena.

— Nemoj da se sekiraš! Čuo sam nešto o tebi: simpatiše te jedna učenica... Ali neću da ti kažem koja.

— Koja učenica? Kažite mi! Ja ih ne trpim.

— Pst! — ućutkivao ga je Ninoslav.

— Miomira ima večeras sreću što je vi slušate. Inače bih se razderao da prestane.

— Ti nisi muzikalan! Pst!

Ninoslava je pomalo i nervirao. Zaklopio je oči i slušao. Muzika se stišavala, gubila i iščeze sasvim tiho kao uzdah.

— Hvala bogu, te prestade. A koja je to učenica?

— Sutra ću ti reći — nasmeja se Ninoslav i okrete se na drugu stranu.

— Ti mrziš devojčice! Šta je onda važno da ti pričam?

— Kad ste me zainteresovali, treba da mi kažete koja je.

— Gle, a zar tebe mogu devojčice da zainteresuju? — nasmeja se Ninoslav, koji je voleo da ga zadirkuje, jer je znao da je u njegovim godinama mržnja prema devojčicama reakcija nejasnih čežnji i buđenja seksualiteta. Hteo je i to da proučava u njemu, zato ga je golicao. — Sutra ćeš doznati. A sad da spavamo.

— Baš ne morate da mi kažete! Samo mi recite početno slovo njenog imena.

— Onda ćeš da pogodiš. Da kažem poslednje slovo.

— Pa dobro, recite.

— Svršava se na „a”.

Staša se podlaktio na jastuk.

— Anđa Simić? Je l’te?

— Ne znam.

— Ona je! Ona! Otkud vi nju poznajete?

— Njena sestra je moja drugarica sa studija.

— Gospođica Slavka!? Jaoj, što sam ja nju sekirao!

— A jesi li sekirao i Anđu?

— Nisam imao za šta. A ko je vama pričao o meni? I šta su vam pričali?

— Vrlo lepe stvari. Što se odnosi na Anđino mišljenje.

— Ona mi se jedina u gimnaziji i dopadala. Samo ona i vredi u razredu. Pa šta je kazala?

Ninoslav zevnu.

— Ja sam živ zaspao!

— Sad ste me rasanili, a vi živi zaspali?!

— A hoćeš li da zaspiš ako ti budem rekao?

— Zavisi od toga šta ćete mi reći.

— Ona te ceni kao najinteligentnijeg đaka i kazala je da tebe nastavnici ne razumeju. Je li to istina?

— Ocenite vi sami! — zadovoljno je govorio dečak kome je laskao taj kompliment.

— Sutra ćemo nastaviti. Sad spavaj!

Sutradan, Ninoslav se trgnuo. Probudilo ga je sunce. Otvorio je oči, pa ih brzo zatvorio, toliko je bio jak blesak. „Koliko je ovo sati? Osam! Majko moja, pa zar sam se ovoliko uspavao!" Skočio je brzo. Staša nije bio u postelji. Pogleda kroz prozor. Čuo je udaranje u gitaru... Staša je sedeo na klupi i svirao. Spazio je Ninoslava i udario u smeh.

— Vidite, pre vas sam ustao! Hteo sam da vam pokažem da mogu i ja da drnkam.

— To mi je milo! — odgovori mu Ninoslav.

— Nisam doručkovao, čekam vas. Čujete li moju gitaru? Ovo pravim serenadu Miomiri, da joj vratim za sinoćnje sviranje. Miomira! Čuješ li me?

— Čujem i divim ti se! — podsmešljivo je govorio glas sa sprata.

— Čekaj, naučiću ja, pa će Katica radije da sluša mene nego tvoj klavir... Je l'te, Katice, volite li više gitaru ili klavir?

— Milostiva gospođica tako lepo svira, ali ja ne razumem sve što ona svira, a gitaru razumem. Vi ste, gospođice, sinoć dugo svirali. Ah, tako sam uživala!

— Što ti Katica podvaljuje! A, znam, Katice, da ste je grdili kao i ja, što nam ne dâ da spavamo.

— Ti nemaš nimalo smisla za muziku! — odgovorila je Miomira.

— Uteši se! Gospodin Ninoslav te je slušao. On je bio oduševljen! Nije mi dao da vičem. Je l'te, gospodine Ninoslave?

— Jeste! — odgovori glas iz sobe.

Ninoslav se brisao ubrusom kraj prozora i slušao razgovor sestre i brata. Ali gospođicu nije video. Njen prijatni glas mu je dopunjavao sliku koju je sinoć zamišljao: visoka, vitka, gotovo mršava devojka, bleda lica, duguljastih očiju, gordih i tužnih, i dugih tankih prstiju.

— Miomira! — vikao je brat. — Miomira!

Ali se devojka nije odazivala. Javi se tek docnije.

— Staša, šta si hteo?

— Hoćeš li da me preslišavaš francuski?

— Hoću... Ali tek u pola dvanaest.

— Dobro, da znam.

— Nešto si, Staša, vrlo veseo? — dobaci mu sestra.

— A zašto bih bio tužan? Veseo sam, i bio bih još i više da mi sinoć nisi razbila san.

Ninoslav se smejao u sebi. Osećao je da je veseo, što mu je kazao za malu Anđu.

Sedeli su u voćnjaku i održao mu je čas.

— Tvoja sestra je kazala da će ti održati čas u pola dvanaest. Sada je toliko. Idi k njoj.

Staša je uzeo knjigu i otišao, a Ninoslav je ušao u svoju sobu. Čitao je knjigu koja mu je bila potrebna za doktorsku tezu... Bio se zadubio u čitanje. Najedared je čuo vrisku sa sprata.

— Mama! Mama!

Istrčao je u trpezariju.

— Mama, da vidiš Stašu! Mama!

Gospođa Novaković izlete iz kuhinje i, spazivši Ninoslava, uzviknu:

— Molim vas, gospodine Ninoslave, otrčite gore do Miomire. Sigurno je Staša nešto sekira. Uvek je jedi, a ona je osetljiva.

Ninoslav polete uz stepenice.

Otvorio je vrata, upao naglo u jedan salon pun boja, mirisa cveća i ugledao u drugoj sobi, okrenutu leđima, jednu devojčicu u kratkoj somotskoj haljini, ružičastoj kao cvet oleandera, razbarušene kovrdžave kose, malih nogu u crvenim štofanim cipelicama s belim krznom. Devojče u ružičastom vuklo je brata za ruku, da bi dohvatilo jednu svesku u njegovoj ruci koju je držao izdignutu visoko.

— Jesi li čuo, smesta da mi daš!

— Ne dam! Hoću da vidim šta pišeš.

— Ti si drzak! Šta ti imaš da čitaš moje pesme. Daj mi! — cikala je, a kovrdžava kosa na glavi tresla se od ljutine. — Mama! Hodi ovamo! Mama!

Ninoslav pritrča, pruži ruku preko kovrdžave ženske glavice i ote od Staše svesku.

— Izvolite, gospođice! — progovori on iznad glave razbesnelog devojčeta.

Ona se trže, okrete se i zastade... Nekoliko sekundi gledala je mladića zanemela. Njemu najednom dođe da prsne u smeh, ali se uozbilji i predstavi se devojci, a ona promrmlja svoje ime.

Dakle, to je ta gospođica Miomira.

Vizija za klavirom, visoka bleda devojka, s plavim očima i finim crtama lica, iščeze, a pred njim je stajalo devojče, prćasta nosića, kao Simona Simon, ogromnih očiju iz kojih je prštala ljutina kao varnice. Ličila je na malu, razljućenu pudlicu, sva u kovrdžama, crnpurasta, crnih obrva, koje su se koso spuštale prema nosu, a oko joj se čisto podvlačilo pod obrvu, veliko, crno, usplamtelo. Prkosne, mesnate usnice bile su rumene kao krv. Najedared se stiša, ublaži, ljutina iščeze, nekoliko trenutaka je gledala visokog, ozbiljnog, mrkog mladića, i nasmeši se:

— Kakvu ste lepu scenu videli! Dočepao moje... Šta ti imaš da čitaš moje pesme?

— Zašto pišeš, kad ne daš niko da pročita? Hteo sam da vi, gospodine Ninoslave, pročitate *Tajne ženskog srca*. Takav je naslov na svesci. Što ih ne štampaš?

— To je moja stvar, a ne tvoja. Možda ću ih štampati. Uvek me nasekira, kad god ga preslišavam!

— Ako vas sekira, izvadite reči i dajte mi, ja ću ga preslišati. Toliko znam francuski, da bih to mogao da učinim.

— Šta te sekiram? Što lažeš?! Ti si uvek nakraj srca: niko ne sme ništa da ti kaže! Ako ti mama i tata ugađaju, ja ne moram.

— Ugađaju mi što sam bolja od tebe! Ja sam bila odličan đak, a ti nećeš da učiš.

— Jesam li ja rđav đak? Recite, gospodine Ninoslave! Ja mrzim školu, ali nisam glup.

— On doista dobro uči i inteligentan je.

— Ali i to je glupost što mrzi školu. Ja sam najviše volela svoje drugarice.

— I ja volim drugove, ali ne volim profesore.

— Ne voliš profesore! Samo sekiraš mamu i tatu, a ti znaš koliko mama pati zbog Mileta.

Uzela je svesku i zaključala je u jednu fioku...

— Hajdemo, Staša! — pozva ga Ninoslav. — Zbogom, gospođice!

— Zbogom! — odgovori devojka.

Oni se udaljiše, a ona osta zamišljena. Priđe ogledalu, razmrsi kovrdže, otvori klavir, i akordi, topli i tužni, poleteše ispod njenih prstiju... Posle zaklopi klavir i prošeta kroz salon da bi videla može li da korača. Noga je nije više bolela. Savila se, da napravi jednu gimnastičku vežbu, ali je pri savijanju osetila kako joj se žila zateže...

Sunce je ulazilo kroz velika staklena vrata na terasi u njen salon. Fotelje su bile od krepona s rascvetanim ružama, kao da je cveće posuto po njima. Na podu je bio fini žanilski tepih s ružama. U bledoružičastoj spavaćoj sobi bila je sofa sa dve fotelje, te pisaći sto, tako da je pre ličila na kabinet za rad. To su bila Miomirina odeljenja, puna sunca, cveća, jastučića, raznih sitnica, slika. U jednoj sobici spavala je Katica, da Miomira ne bi bila sama na spratu. Ona je volela tišinu i klavir. Mogla je svirati po nekoliko časova dnevno.

Katica joj donese pismo.

— Ilija je doneo iz banke. Poslao ga gospodin.

Pisao joj je verenik. Čudio se što odlaže venčanje. Bio je ljut. Trebalo je da se venčaju u maju, a ona hoće tek na jesen... Prekorno je dodao: *Svaka devojka jedva čeka da se venča i ne odlaže, a ti neprestano odugovlačiš dan venčanja. Šta to znači? Voliš li ti mene? Prosto te ne razumem! Čude se i moji roditelji, a oni te vole i jedva čekaju da dođeš u Beograd.*

Miomira je ravnodušno pročitala pismo i nasmešila se: „Sve devojke žure, jer sve devojke nemaju milion". On je tražio hitan odgovor, ona stavi pismo u fioku, pored sveske pesama *Tajne ženskog srca*.

Sišla je na ručak. Otac je već bio došao.

— O, moja devojčica je dobro! — govorio je otac ljubeći je. Videlo se da je voli.

— Sasvim dobro koračam!

— Ne boli te noga?

— Ništa!... Mogu opet da jašem.

— A, to ne smeš! Jahanje ti je to i napravilo. Tvoja Dijana je luda! Ćudljiva je!

— Kao i ja, tata! I ja sam kapriciozna. Zato i volim da je krotim. Uvek je lepo nekog krotiti.

Ninoslav, koji je sedeo za stolom, osmehnu se.

— Krotiš ti u roditeljskoj kući, ali u muževljevoj je drukčije.

— Zašto drukčije? Ja ću se i kod muža pridržavati svojih životnih navika. On mi to ne može zabraniti.

— Nemoj dvaput da kažeš. Kad žena voli muža, odriče se mnogih navika iz devojačkog života.

Miomira napravi razmaženu grimasu.

— *Tajne ženskog srca* — prošaputa podsmešljivo Staša.

Crne oči se ljutito zaustaviše na njemu.

— Kakve tajne? — upita otac.

— Njene pesme se tako zovu. Hoće da štampa pesme.

— Pa neka štampa! Šta se to tebe tiče! Ja znam da ona piše pesme. I ja sam pisao kad sam bio mladić...

— Staša je takav prozaik da ne razume poeziju. Tata, ja ne mogu da ga preslišavam. Uvek me jedi.

— Neka času prisustvuje i gospodin Ninoslav, pa te neće jediti. Drži mu čas u njegovoj sobi.

— Da li vas, gospodine, ljuti? — upita Miomira.

— Mene ne! Mi smo vrlo dobri drugovi.

— Hvala bogu! On nije trpeo nijednog učitelja.

— A ni ti ih nisi trpela! Uvek si ih ismevala! — dobaci joj brat drsko.

— Zašto bih ja ismejavala tvoje učitelje?

— Ne znam ni ja. To si sigurno napisala u *Tajnama ženskog srca*.

— Dosta, Staša! Tako voliš da peckaš! — prekori ga mati.

— Vi svi drhtite da nju ne uvredim.

Crne su ga oči oštro gledale.

— A ja moju sestru ne bih nikad sekirao. Mi smo se tako lepo slagali — prekori ga Ninoslav.

— Imate sestru? — pitala je Miomira. — Da li ona studira?

— Nije mogla. Radi u sudu kao daktilografkinja. Svršila je četiri razreda gimnazije.

— A vi ste završili fakultet?

— Jesam.

— Pa zar je bolje da budete kućni učitelj, nego činovnik?

— Nisam mogao da dobijem službu, a nisam mogao da sedim besposlen.

— Čim Staša položi peti razred, obećao sam gospodinu Ninoslavu da ću ga uzeti u banku.

— Ja bih vam, doista, bio zahvalan — reče mladić.

Razgovarao je, ali nije ni pogledao Miomiru. Video je razmaženu bogatašku ćerku koja ne može da razume zašto nije dobio službu. Ostavljala je utisak čudnovate devojke. Osobito njene oči. Čas su bile kapriciozne, ljutite, čas bi se raznežile. Bila je i dete i žena. Kad bi s nekim govorila, pravo ga je gledala u oči, a njene su se oči širile kao da je fosforasti plamen izbijao iz njih. Unosila se u lice detinjski radoznalo i smelo. S takvim se pogledom okrete mladiću:

— Otkuda je ime Ninoslav? Nikad ga nisam čula.

— To je srednjevekovno ime. Ninoslav se zvao jedan vitez...

— I šta je bilo s tim vitezom?

— Zaljubio se u kćer vojvode Dragaša, lepu Jelenu.

— Pa je l' se oženio njome? — pitala je i smeškala se.

— Nije. Ona se udala za vizantijskog cara Manuila.

— Jadnik! Da nije izvršio samoubistvo?

— Ne, zakaluđerio se.

— To je još pametno. Bilo bi glupo da se ubio iz ljubavi. Trebalo je da se oženi drugom. Da je danas živeo, sigurno bi se oženio.

— Kako s nipodaštavanjem govoriš o ljubavi, a zaljubljena si u svog verenika! — dirnu je otac.

— O, nisam ja tako strašno zaljubljena u njega. Simpatičan mi je. Uostalom, za brak i nije potrebna ogromna ljubav.

— Eh, nije potrebna ljubav! — začudi se mati. — Žena mora mnogo da voli svog muža.

— Danas to nije potrebno! Kad je žena ludo zaljubljena u muža, ona sve traži u superlativu. Treba da bude najbolji, najverniji, najiskreniji, da nema uopšte mane. A muškarci imaju više mana nego vrlina.

— A zar devojke nemaju mana? — primeti Ninoslav.

— O, još koliko! Prva ja. Ja sam svesna svojih mana: kapriciozna sam, samovoljna, mora da bude onako kako ja hoću. Neću biti pokorna mužu: hoću da imam svoj individualni život i u braku. Ja sam sve kazala svom vereniku. I on se pomirio s tim.

— Jest', svi se muškarci mire dok se ne venčaju. A posle muž uzme uzde u svoje ruke — govorio je otac.

— Mene muž nikada neće moći da zauzda.

— Ti voliš o sebi tako da govoriš, a takva nisi. A ja te dobro znam kakva si. Ti si vrlo osetljiva i nežna priroda — branila je mati.

— Ja mogu biti osetljiva, ali imam i svoju volju. Vidiš, ja još neću da se venčam i on mora da čeka. Neće me ostaviti, u to sam sigurna.

— Zato što ste bogata devojka! — ne mogade da otrpi Ninoslav. — Da ste siroti i bez miraza, on bi vas ostavio. Ja imam sestricu, koja je izvanredno lepa devojka i vrlo dobra i skromna, pa mi se jednom žalila kako je nijedan mladić nije nikad pitao da li bi pošla za njega. A da je neko zaprosi, odmah bi se venčala, da se ne bi predomislio.

— To je žalosno! Ali, meni se čini, da nisam bogata, bila bih ista ovakva. Mislim da bih se uvek umela snaći u životu.

— Vrlo teško! Ja sam muškarac, pa sam osetio svu težinu i gorčinu života.

— A je li, Miomira, da gospodin Ninoslav ima kosu kao naš pokojni Mile — uzdahnu majka.

— Jeste! — odgovori tiho devojka.

— Kako sam vas videla, to sam opazila. On je bio kao vi, samo je imao crne oči. Ali ista crna kosa, talasava. Miomira ima takvu kosu. Uvek sam volela da uđem u njegovu sobu, pa da ga poljubim u kosu i tepam mu...

Dubok uzdah otrže se majci iz grudi, a oči joj se zamagliše. Mladi čovek pogleda Miomiru. Gledala je kroz prozor u baštu, a njene velike crne oči bile su zamagljene suzama. Tajac nasta za stolom. Kći se prisloni majci na rame.

— Eto, zato neću još da se venčam. Ti uvek plačeš za Miletom. A šta bi radila da ja odem? Zato sam prekinula konzervatorijum, ono što sam najviše volela u životu.

To je govorila sasvim druga Miomira, rastužena, nimalo kapriciozna, umetnička duša. Osećao se uticaj umetnosti i bogatstva... „Koji li je u njoj uticaj jači?", pitao se Ninoslav.

Katica priđe da pokupi tanjire i uto začu telefon u direktorovom kabinetu.

— Idite, Katice, vidite ko zove...

Čuli su je kako razgovara:

— Ovde Katica! Gospođica Miomira je dobro. Da, možete da dođete! Ona nigde ne izlazi.

Miomira se naglo okrete, oči joj blesnuše.

— Ko to hoće da dođe?

— Gospođica Gina i gospođica Vida. Čule su da ste uganuli nogu i doći će posle podne.

Miomira prasnu:

— Kako vi možete da ih pozivate, dok mene ne pitate? Možda ja neću da ih primim!

— Bože, Miomira, zašto da ih ne primiš? Gina je dobro dete i uvek se raspituje za tebe. Tako te voli!

— Znam da je dobra, ali mi je dosadna! Ja sam posle podne htela da odem autom do Živkice u selo.

— Možeš do Živkice otići sutra... A posle podne ih primi.

— Neću! Ja idem u selo. Danas je četvrtak i Živkica nema predavanja, ona se uvek obraduje kad ja dođem.

— Nema smisla! Gine mi je žao, ona je siroče bez majke. Uvek me svrati u njihovu kuću. Kako me lepo dočeka, pa se sve raspituje kako se kuva slatko, pekmez? To nisu glupe devojke!

— Nisu, ali meni su dosadne... Nemam šta s njima da razgovaram. Ja sam danas rešila da idem u selo i ići ću.

— Dobro, kad je rešila da ide u selo, ostavi je, neka ide! Zamolićemo gospodina Ninoslava da pravi društvo devojkama. Izvinite što vam moram dati i tu dužnost da dočekujete njene drugarice i zabavljate ih. Meni se čini da ste se vi upoznali s Ginom?

— Jesam... s njenim ocem... a pozvali su me posle i u njihovu kuću.

— O, pa što ne kažete! — uzviknu Miomira ironično. — Zato one i dolaze! Ne zbog mene, već zbog gospodina! Gle, pa vi imate uspeha! Odmah trče devojke za vama.

— Vi mi laskate, gospođice, ako verujete da devojke trče za mnom. Ja još ništa ne predstavljam da bih mogao da zainteresujem devojke.

— Suviše ste skromni, kad tako govorite. Čime treba da zainteresujete devojke?

— Položajem! A ja sam nezaposleni intelektualac! — hladno je gledao devojku i u njegovim ponositim plavim očima bilo je tuge, prekora i životne gorčine. — Dobro, gospodine! — okrete se direktoru. — Praviću društvo gospođicama...

— Učinićete zadovoljstvo i njima i meni — osmehnu se Miomira. — Nego, kako ćemo, tata, za auto? Milan treba da se vrati po tebe. Ako se ja zadržim, ti možeš doći taksijem. Koliko je sati?

Popela se u svoju sobu da se obuče, a Ninoslav je izašao u baštu sa Stašom. Spazio ju je posle kako izlazi, u jednom širokom, elegantnom, sportskom mantilu, boje lipovog cveta, s kragnom ukrašenom inkrustacijama kože kao zrela višnja. Imala je na glavi šeširić od filca ispod koga su se lepršale njene kovrdže. Nosić joj se kapriciozno ocrtavao s profila.

Auto odjuri, a Ninoslav pođe sa Stašom. Povukli su se u jelovu šumicu iza kuće, gde je bio sto i dve klupe. U šumici je bila prijatna hladovina koju stvaraju četinari, puna mirisa borovine. Sitno igličasto lišće bilo je naslagano po zemlji i zraci, provlačeći se kroz grane, obasjavali su suvo lišće i ono je imalo crvenkastu boju. Sva šumica je bila isprepletena senkama i zracima.

Iz šume su mogli videti kad dođu gospođica Gina i Vida.

— Ti si, Staša, nešto melanholičan? Opažam to već dva dana. Zašto kriješ od mene? Zar nismo dobri drugovi? Iako sam stariji od tebe, ja te smatram kao druga. Zašto mi se ne poveriš?

— Ne znam šta bih vam mogao poveriti. Tako mi dođe poneki put, pa sam tužan.

— Hoćeš da ti ja to objasnim: još si mlad. To je mladalačka tuga. Treba da budeš pametan dečko i sve da razumeš. To će proći.

— Priznajem vam, ponekad ne volim život. Dođe mi da se ubijem.

— Gluposti! Kako da ne voliš život? Imaš ovako dobre roditelje, ne oskudevaš ni u čemu, može se reći da si sin bogatih roditelja, pa da se ubiješ. Zašto da se ubiješ?

— Ne znam... Ne volim život.

— A voliš li devojčice?

— One su kapriciozne i uobražene.

— Zar i Anđa?

— Možda je i ona takva!

— Sutra ćemo da odemo u park i na korzo. Imaš da mi pokažeš sve tvoje koleginice.

— One bi se zaljubile u vas. Sve one gledaju svršene mladiće. Lude su za studentima i oficirima. Zato ih i mrzim!

— I ja ih zato mrzim.

Staša se nasmeja. Ninoslav je osetio da tuga u njemu dolazi od čežnje za ženom. Njega je interesovala žena, nije ju još imao i mrzeo je sebe zbog mučenja koje dečacima stvara pomisao i maštanje o ženi.

— Eno gospođica!

— Hoćete li da idemo?

— Hajdemo!

Ušli su u trpezariju gde su sedele gospođice Gina i Vida, kći Slavkinog gazde.

Crnooka Gina sva pocrvene kad ga spazi, kao da će taj lepi mladić dokučiti njenu tajnu: da je sve vreme mislila na njega. Dopao joj se na prvi pogled, čeznula je ga vidi na korzou, raspitivala se kod gospođice Slavke za njega, i bila očarana kad je čula kako je to divan mladić. Nastavnica Slavka joj je ispričala da će biti činovnik u banci, pa se u devojačkom srcu čitav san ispleo.

Iste snove imala je i gospođica Vida. I obe su došle kao bajagi da vide Miomiru, a jedva su čekale da se on pojavi.

On je bio nov mladić u njihovom gradu, zato i interesantniji, jer su znale sve ostale mladiće, poznavale šta misle o devojkama, hoće li da se žene, traže li miraz, ismevaju li devojke, s kim se zabavljaju? Ovaj je bio potpuno nepoznat i zato privlačan, tip kakav su obe volele.

Miomira je bila verena, sem toga uobražena, gledala je bogataše, i domaći učitelj njenog brata, makar docnije bio i činovnik u banci, nije za nju značio ništa.

— Vi se poznajete s našim gospodinom Ninoslavom? — pitala ih je mati Miomirina.

Mladić primeti ono „s našim” i bi mu prijatno.

— Ja sam se upoznala s gospodinom baš onoga dana kad je došao. A ovo je gospođica Vida Ristić. U njihovoj kući stanuje gospođica Slavka Simić, nastavnica.

Ninoslav se seti da je to devojka o kojoj mu je pričala Slavka i kako ga ona sa ovom malom stalno čeka na korzou.

— Nikako vas ne viđamo. Čak ni Stašu. Zar ti ne ideš na korzo?

— Kakva bih posla imao na korzou? — s omalovažavanjem odgovori Staša.

— Svi tvoji drugovi šetaju! A donele smo ti pozdrav od Anđe. Kazala nam je da te mnogo pozdravimo.

— Hvala! — Staša pocrvene.

— I mi ne idemo na korzo, ali tu je trgovina moga tate, pa posle podne odem u radnju, pomognem mu za kasom i vidim sve na korzou.

— Zar ste tako vredni da stignete i ocu da pomažete? — pitao je Ninoslav.

— Nije samo ocu da pomaže, nego i celu kuću vodi — hvalila je gospođa Novaković. — Blago onom ko nju uzme! Imaće u pravom smislu ženu domaćicu. Ona ti zna svaki posao.

Devojče obori oči i sva planu.

— I Vida je vredna — skromno je prenosila pohvale na svoju drugaricu.

— Sve ste vi vredne devojke. Samo Vida ima majku, kao i moja Miomira, pa ima ko da ih zakloni. Miomira nema potrebe da radi u kući. Radim ja, sobarica, kuvarica, momak. A tebi, valjda, šegrt iz radnje pomaže?

— Imam sada jednu devojčicu. Teže poslove ona svršava, a ja kuvam. Da dođete da probate moje slatko od jagoda. Na drugi način sam kuvala: svaka mi je ostala čvrsta i cela.

— Vidite, gospodine Ninoslave, ja sam stara žena i imam, bogami, da naučim ponešto od mladih devojaka.

— Kako, vi stari? — uzviknu Gina. — Vi ste lepi i još uvek mladi!

— E, deco, prošla je moja lepota! Ubila me žalost. Zbog njih dvoje sada živim. Je l'te da dobro uči Staša?

— Vrlo dobro! Staša je dobar đak.

— Meni je Staša odmah kazao da ste vi najbolji od svih njegovih učitelja.

— Je l' to istina, Staša?

— Zašto da nije istina, ne gnjavite me kao drugi! Vi imate vešt način: sve me preslišate, a ne zauzimate nikad stav nastavnika. Kad bih uvek šetao kroz prirodu i preslišavao se sa nekim, bilo bi mi mnogo prijatnije.

Gina pogleda Ninoslava i uzdahnu. Zbilja, i njoj bi bilo jako prijatno da šeta s njim svakog dana, pa makar je i matematiku preslišavao.

— Ja sam bila najbolji matematičar u razredu! — pohvali se.

— Žene ne znaju matematiku! — odricao je Staša.

— Jest', ne znaju! Ja bih i sad mogla da rešim koji god hoćeš zadatak. Do moje kuće je tvoj drug Siniša, pa pre neki dan došao da mu rešim jedan zadatak.

— Gospodine Ninoslave, idem da donesem vežbanku da joj zadate jedan zadatak. Znam da ćeš da se uplatkaš.

— Bogami neću! Dajte mi jedan zadatak.

— Ostavi se, Staša, kakvi zadaci! Sad ćemo da popijemo kakao s mlekom. Nisam htela čaj, nego kakao. Volite li, deco?

— Ja ne volim čaj! — priznade Vida.

— A kuvarica jutros umesila izvanredan kolač. Miomiri moram za doručak uvek da dam milhbrot, ona ne voli kifle... Ja mislim da će ona stići dok ste vi ovde.

— Baš nam je žao! Tako smo želele da nam malo svira na klaviru.

— Uganula je nogu i danas je prvi put izašla.

— Dobrila je pozdravila iz Beograda i kaže da je videla jednog dana u autu njenog verenika. A kad će se venčati?

— Kad Miomira odredi. A njoj je žao da ostavi ovu vilu, voćnjak, borovu šumicu. Kaže mi: „Mama, ceo život ću biti udata žena, a devojka samo sada. Hoću da produžim moje devojaštvo.” A žao joj je i mene da ostavi. Ona je vrlo osetljiva.

— Miomira je umetnička priroda — prošaputa Vida.

— Takva je bila od detinjstva. Njoj se ništa nije smelo reći, jer odmah plače. Staša već nije takav.

— On je muškarac. I ne sme biti tako osetljiv — branio ga je Ninoslav.

— Vi me jedini smatrate muškarcem, a oni svi zamišljaju da sam još uvek dete.

— Za oca i majku ti si dete i bićeš to uvek.

— Prolepšao si se, Staša! Bogami! — polaska mu Gina. — Što ćeš ti da budeš lep kad porasteš!

— Šta kad porastem? Pa ja sam sad viši od tebe.

— Jesi, ali Gina je udavača, a ti si još gimnazist.

— Ja i ne pomišljam da sam udavača — zbuni se Gina. — Kako bih mog tatu ostavila?

— Ti nećeš tatu ni da ostavljaš, nego ćeš mladoženju da dovedeš u tatinu kuću. Gazda Tasa je dobar čovek i veseljak, njega će svaki zet voleti.

Gina naže lice nad šolju s kakaoom da ne bi pogledala Ninoslava. Prosto je mogla da poljubi gospođu Novaković što joj ovako pogađa misli. Podigla je crne oči i spazila duboki plavi pogled Ninoslavljev.

Auto iznenada zatutnji i uđe u dvorište. Staša istrča na terasu.

— Miomira se vraća! Nema još ni pet. Kad brže?

Ona veselo uđe u trpezariju.

— Vratila sam se ranije, jer Živkica ima tečaj domaćinstva s devojkama. I ona im predaje. Malo sam posedela u školi, pa nisam htela da je zadržavam — poljubila se s Ginom i Vidom. — Znala sam da ste ovde, pa sam požurila.

Bila je toliko ljubazna da se Ninoslav začudi. Kakve se sve ćudi skrivaju u devojačkom srcu! Kad su javile da će doći, bila je ljuta. A sad priča, smeje se, zapitkuje ih, kao da su najbolje drugarice i milo joj što su došle.

— Zašto sedite ovde? Hajdemo gore k meni! Na terasi je tako lepo i odande je divan izgled. Ja sam u stanju da ceo dan presedim na terasi.

Ninoslav zasta u trpezariji, čekajući da ga pozove.

— Izvolite i vi, gospodine! — pozva ga ljubazno. — Da vidite kako je s moje terase lep izgled.

To je bio veliki balkon, sa lepom garniturom od morske trske. Bela morska trska bila je kao utkana i odudarala je od crnih politiranih prečaga. Takav isti sto bio je na sredini, s nogama od morske trske i okruglom politiranom pločom. Lepa vaza od belog brušenog stakla stajala je na sredini; imala je poklopčić s rupicama i u svakoj rupici bio je zaboden po jedan cvet jorgovana s dugom drškom.

— Što je ovde divno sedeti! — uzviknu Gina.

Sunce koje se spuštalo pozadi kuće, a terasa je bila okrenuta istoku, bacalo je rumen na okolna brda, kestenove, lipe i rascvetane jorgovane.

— Hoćeš li da malo sviraš? Otkad te nismo čule!

— Hoću — Miomira odmah prihvati.

Uđe u prvu sobu da im svira na klaviru. Vrata i veliki prozor gledali su na terasu. Do prozora je bio klavir. Podigla je poklopac i pogledala Ginu. Spazila je kako ona zadivljeno posmatra Ninoslava. Zadržala je pogled na njemu. Stajao je uza stub na čijoj se belini ocrtavao njegov vitki i visoki stas. Oči su mu zamišljeno posmatrale predeo, a lepi mu se profil ocrtavao u klasičnoj čistoti. Osmehnula se i sela za klavir. „Obe su zaljubljene u njega.” Pogledala je gde je Staša, da bi ga iznenadila i ispod prstiju joj zabruja jedan šlager.

On ulete u sobu.

— A, to ja volim! Šta ti meni neprestano Betovena i Šopena! Ne volim ja njih! To da mi sviraš. Što ne poručiš neke šlagere? To bi i Gina volela.

— Ja volim sve što Miomira svira.

— Ne govoriš istinu. Hoćeš samo da Miomiri bude po volji. Zar ovo nije lepo?

Pesma se svrši i zabrujaše tihi, bolni akordi. Gina spusti vez na krilo, kao da je zanosi muzika. Ali nju je više zanosio lepi profil ovog visokog zamišljenog mladića nego muzika. Muzika je dočaravala njegovu lepotu.

Miomira završi i ustade. Pogleda Ninoslava. Još uvek je bio u istoj pozi, nepomičan i zamišljen.

— Divno! — uzviknu Gina.

— Božanstveno! — ushićavala se Vida.

Staša se podsmehnu, a Ninoslav sede i zapali cigaretu. Miomira je iščekivala šta će on reći, ali on je ćutao. Nju to malo uvredi i okrete mu se podsmešljivo.

— Vi sigurno više volite šlagere, kao i Staša.

— Ne, ja se sa Stašom ne slažem. Šlageri zabavljaju kao laki feljtoni, a klasična muzika je studija, i filozofija, i razmišljanje.

— E, pa šta ste to vi sada razmišljali dok je Miomira svirala? Ded, recite! Znam da ništa niste mislili — reče Staša.

— Hoćeš da ti kažem šta sam mislio? Niko ne može biti ravnodušan kad vidi ovakvu prirodu, planinske vrhove, cveće. Eto, ovo što je svirala gospođica isto tako je lepo kao što je lep ovaj veličanstveni vidik i sva priroda koju sam posmatrao.

— Ala ste našli poređenje! Priroda je nešto drugo!

Sestra ga u šali dočepa za kosu.

— Moram te naučiti da sviraš na klaviru.

— Hoću. Ali naše pesme.

Otrčao je u sobu, seo za klavir, i lupkao po dirkama ono što voli.

— Hoćete li i vi doći na zabavu? — pitala je gospođica Vida.

— Ja igram u komadu. Gospođica Slavka nas sprema. A Miomira svira. Njena će tačka biti najlepša.

— Gospodin Ninoslav će doći s nama — dobaci Staša. — I ja ću da idem.

— Gospođica Slavka nam je kazala da vas je pozvala.

— A vi poznajete gospođicu Slavku? — upita Miomira.

— Sa univerziteta.

— Ona je vrlo simpatična devojka! — pohvali je Miomira.

— Miomira, što ne dođeš do nas i do gospođice Slavke?

— Baš ću doći. Prvi put kad dođem u varoš.

Ninoslav pogleda Miomiru. Ona hvali Slavku, a Slavka nju nije hvalila.

— Hoće li i tvoj verenik da dođe?

— Ne znam. Nisam mu ni pisala da ću svirati. Možda bi došao kad bih mu javila.

— Jaoj, pa što da mu ne javiš! Ja bih najviše volela da me moj verenik sluša — uzviknu Gina, pa se odmah zbuni i zabi glavu u vez. — Što ja ne znam da sviram!

— Šta ti je to potrebno, kad imaš radio! Više niko ne voli da svira kad ima gotovu muziku kod kuće. Navije radio i sluša. Još jedino gitara se može čuti.

— Uh, ja obožavam gitaru!

— To je težak i sentimentalan instrument — dodade Miomira.

— A što vi ćutite, gospodine Ninoslave? Mi devojke smo brbljive — interesovala se Vida.

— Slušam vas i vrlo mi je prijatno kad pričate.

— Ja ili Gina? — pitala je Vida.

— I vi i gospođica.

— A vi nas ocenjujete? Šta mislite o palanačkim devojkama?

— Mislim najlepše.

— Ja i ti smo palančanke, ali za Miomiru se to ne može reći.

— Pojam palančanke se izgubio. Devojke su danas mnogo obrazovanije i modernije. Šta se vi razlikujete od jedne Beograđanke? Ništa.

— To kaže i gospođica Slavka. A opet, kad dođe neka iz Beograda, digne glavu, pa misli da smo mi palančanke i da ne znamo ništa.

— A i mi imamo sve što ima i Beograd: bioskop, pozorište, muziku, kafane, korzo, dansing. I još smo gostoljubivije. Čikam ja jednu Beograđanku da li zna domaći posao kao mi...

— Ali to muškarci više ne cene! — uzdahnu Vida.

— Oni traže samo miraz.

— Ti imaš miraz. Sve one kuće ti ćeš naslediti?

Gini je bilo teško što je Miomira ovo rekla. Predstavlja Vidu kao miraždžijku, a svaki muškarac je lakom na miraz.

— Bogatstvo i novac ne znače ništa danas! — uteši je Ninoslav.

Gina ga pogleda usplamtelih očiju.

— I ja to isto kažem svome tati. Više bih volela da sam učila školu, nego što mi on sprema miraz — laknu joj što reče da i ona nije bez ičega. — Da sam bogata kao Miomira, nikad se ne bih udavala. Samo bih putovala. Išla bih i lađom, i vozom, i avionom.

— Pa to možeš lako, udaj se za avijatičara, pa ćeš leteti — dirala ju je Miomira. — Ili za mornarskog oficira.

— Volela bih da putujem kao devojka.

— I to dosadi. Ja volim ponekad da se zavučem u svoju sobu i po ceo dan bih mogla čitati i svirati.

— A pišeš li još pesme?

— Piše! Znam i kakav je naslov njenih pesama: *Tajne ženskog srca*.

— *Tajne ženskog srca*? Pročitaj nam jednu pesmu.

— Samo ih ja čitam, i pišem ih za sebe.

— Ja volim priče. Napisala sam jedan feljton! — pričala je Vida. — I dala sam gospođici Slavki da pregleda. Hoću da ga pošaljem „Ilustracijama". Rešile smo Gina i ja i jedan dopis da pošaljemo.

— Pa vi ste sve pesnikinje, pripovedači, volite muziku, glumu...

— Samo to niko ne ume da ceni — uzdahnu Gina uvlačeći plav končić u iglu.

Klube joj se otkotrlja čak do stolice na kojoj je sedeo Ninoslav. On se saže, dohvati i pruži joj ga, i prsti im se dodirnuše. „Što je sladak!", uzdisala je Gina.

— Šta ćemo da kažemo mi, nezaposleni intelektualci, koji živimo od danas do sutra, nemajući izgleda budućnost? I nas niko ne ceni.

— To nije istina! Vi ste svršen čovek, i ako niste dobili mesto, vi ćete ga dobiti. Imate fakultet.

— Ali nemam položaja, nisam ništa!

— Da odete na korzo, sve će devojke da potrče za vama, jer ste lepi — upade Staša. — One sve vole lepotu.

— Ali pobegnu od lepote, čim mladić ne znači ništa.

— Zar je neka devojka pobegla od vas? — pitala je Gina.

— Možda bi i pobegla, ali ja i ne pokušavam nijednu da osvojim.

— To grešite! Ispašćete gordi i uobraženi.

— Bolje i to nego da budem smešan. Siromašne mladiće devojke uvek ismejavaju, osobito one koje imaju od čega da žive.

Miomira se ugrize za usnicu. To je na nju mislio. Staša mu je rekao kako je ismejavala njegove učitelje. Morala mu je odgovoriti.

— Ismevaju se, možda, postupci nekog mladića, ali nikad inteligencija i karakter. I mladići umeju biti uobraženi i zaneti svojim maštanjima, što im ne dolikuje uvek.

— Svakom je dopušteno da mašta. Samo ne treba da izražava svoja maštanja. Žene više podležu uobraženju, a muškarci računaju sa realnim činjenicama.

— Ja ih ne volim zato što su realisti! Tako je divno kad je mladić malo sentimentalan — raznežila se Gina.

— To je samo u romanima. A život čini muškarca grubljim — tiho i bolno primeti Vida.

— Ja ne volim grubijane.

— Jedno je biti grubijan, a drugo grub. Možda je ispod grube spoljašnosti najnežniji karakter, ali ne sme da se ispolji, jer bi ga život dotukao.

Crnooka devojčica ga pogleda. U njenim očima iskrslo je pitanje: „Da li si i ti taj nežni karakter, a praviš se tako hladan i gord...”

— Ne vidim više da udevam konac.

— Upaliću svetlo.

— Vido, mi moramo da idemo.

Miomira ih isprati do kapije i vrati se na terasu. Videla ih je kako idu širinom druma, sve četvoro zajedno, i visoku figuru mladog čoveka koji ih je nadvisivao. Sedela je na terasi, podlaktila se na ogradu i posmatrala veliku, blistavu zvezdu Večernjaču. Miomira je bila nešto tužna. Tako, iznenada, zapljusnuo je talas tuge... Pokajala se što je ispala onako pred ovim mladićem i vratila se brzo da bi popravila utisak svojih reči. Osetljivost, koju je hvalila njena mati, uvek je korigovala njene postupke, jer je u suštini bila umetnička duša, sva u spletu melodija, koje raznežavaju čoveka i čine ga boljim. Ona je osećala na sebi ogroman uticaj muzike. Klavir je bio njen najbolji vaspitač. Kad god bi se naljutila, sela bi za klavir i osećala kako se melodije uvlače u njene nerve, stišavaju je, raznežavaju, prekorevaju i popravljaju.

Opustila se i uzela novine da pročita, jer ih posle ručka nije čitala. Sedela je u trpezariji. Čula je kad su se vratili Staša i Ninoslav.

Staša uđe u trpezariju. Podigla je glavu s novina, ali nije videla mladog čoveka. Čitala je još malo, pa izašla na terasu. Bila se presvukla i obukla ružičastu haljinu. Na električnom svetlu sva njena silueta zablista crveno. Spazila je jednu tamnu priliku kako sedi ispod jorgovana. Svetlucala je cigareta. Posmatrala je nekoliko minuta i ušla ponovo u trpezariju.

Auto s direktorom stade pred kapijom.

— Pa, kako ste se zabavljali s devojkama? — pitao je direktor Ninoslava.

— Vrlo lepo. To su bistre i razgovorne devojke.

— Gina je dobro dete! — hvalio je direktor.

— Vidi se odmah. To je devojčica kojoj je život rano nametnuo dužnosti i suzbio joj žensku kapricioznost.

— Ona nije kao ja, kapriciozna! — podsmehnu se Miomira.

Mladi čovek je ozbiljno pogleda.

— Vas ne poznajem, gospođice, i ne bih mogao verovati da ste kapriciozni. Vi ste srećna devojka, izuzetno srećna.

— Kažem ja mojoj deci da su oni srećni, presrećni!

— A kako vi zamišljate sreću? Treba li da sam srećna kad imam pred sobom svakog dana ovako obilnu i probranu trpezu?

— To je najvažniji uslov da čovek bude zadovoljan, a kad je zadovoljan, on stvara svoju sreću. Stomak je najveći revolucionar. Kad bi svako imao ovako lepu trpezu, u svetu bi vladao večiti mir.

— Žena traži nešto više od zadovoljstva: razumevanje!

— A zar mi tebe ne razumemo? — okrete joj se mati.

— To se ne odnosi na vas. U ženi vazda postoji neko nezadovoljstvo koje je čini nesrećnom. I u najvećoj sreći nezadovoljstvo se stalno pomalja.

Otac je pomilova po glavi.

— Ne znaš ni ti šta hoćeš.

— Jer gospođica ima sve što najbolji roditelji mogu da pruže.

— Ne osporavam: tata i mama su najbolji roditelji. A opet, dođe mi tako, pa nisam srećna.

— Dok se ne udaš, a kad budeš mati, pa ti beba zaplače, nećeš imati vremena da istražuješ svoja sitna nezadovoljstva — smejala se mati.

— To su devojačke fantazije! — dirao je otac. — Šta radi Živkica?

— Dobro je. Ima tečaj domaćinstva. Doći će k meni na tri dana. Toliko odsustva može da joj dâ upravitelj. Idem sada malo da sviram, pa ću da legnem. Prvo ću ti odsvirati šlager, Staša.

— Tako može, inače ću vikati da prestaneš.

Crvena silueta, zanosna nosića i razbarušene kose, izgubi se preko stepenica.

Jedna teška noć

Bilo je vedro i zvezdano nebo. Prozor je bio otvoren i čulo se zrikanje popaca i udaljeni pev jednog petla. Nešto kao da škripnu i Ninoslav se trže i otvori oči.

Taman da progovori i da upita Stašu što je ustao, ali se uzdrža da vidi šta će da radi. On je stajao kraj postelje. Osetio je da se Ninoslav trgnuo te zastade. Mladi čovek se umiri u postelji, kao da spava, ali ga je posmatrao kroz poluotvorene oči i nije gubio iz vida nijedan njegov pokret. On učini jedan korak. Bio je bos i oprezno se prikradao vratima. Nešto je držao u ruci. Dođe lagano do vrata, otvori ih i izađe. Ninoslav skoči iz postelje i poče lagano da se prikrada za njim. Staša uđe u kupatilo. Nekoliko je sekundi bila tišina. Ninoslav je predosećao nešto strašno. Gurnu vrata, otvori ih i munjevitim pokretom ščepa ga za ruku i odvoji od njegove slepoočnice revolver. Sav sleđen, prigušeno je šapnuo:

— Staša, jesi li poludeo? Zar to da učiniš?

— Pustite me! Šta se vas tiče? Ja ne volim život!

Gnevan i uplašen, mladi čovek mu grčevito steže šaku, a drugom mu istrže revolver. Uhvati ga potom ispod mišica i povuče u sobu i on se sruši na postelju. Upalivši svetlo, povadi metke iz revolvera. Bio je bled i strahovito uzrujan.

— Zašto, Staša, da se ubiješ?

— Ne znam, ne volim život! — zajeca dečak.

— Strašno! — uzdahnu Ninoslav. — Dobro, ne voliš život, a zar nisi pomislio na svoje roditelje? Da nisam na snu lak, ti bi sada bio mrtav. Staša, zaboga, pa šta to radiš? Ti si srećan dečko!

— Nisam ja srećan.

Ninoslav sede na njegovu postelju i pomilova ga po glavi kao stariji brat.

— Razumem te, Staša, ali i ti sebe treba da razumeš. To tako dođe. Ti si u pubertetu i to su krize tvoga organizma, ali treba da budeš snažan i da pogledaš malo u budućnost.

— A jeste li vi znali za ove krize?

— Možda sam znao, ali ih nisam doživljavao kao ti i nisam nikad pomislio da treba da dižem oružje na sebe. Dobro, reci mi šta te najviše muči? Zamisli da sam ja tvoj stariji, iskusniji drug, pa mi se poveri! Ja ću se truditi da ti pomognem. Mislim da ti nisam bio dosadan, nisam te gnjavio lekcijama, i sam si to rekao, razumevao sam te, ali hteo bih da mi se ti sam poveriš. Zar nisi pomislio u kakvom bi se položaju i ja našao da si se maločas ubio. Eto, ja sad neću imati mira, mislić́u da ti svake noći nameravaš da se ubiješ. Dragi Staša, pa život je tako lep! Znaš koliko sam ja gladovao, pa nisam pesimist. De, reci nešto, Staša! Zašto plačeš? Bolje ti da plačeš, nego tvoji da jauču. Kako je samo dobra tvoja mama!

— Niko me ne razume.

— Zar ni ja, Staša?

— Vi ste strpljivi i dobri, hvala vam. Žao mi je ako sam vas uznemirio.

— Nije meni stalo do moga spokojstva, nego do tvoga života i radosti. Hteo bih da si veseo, kao što pristaje tvojim godinama. Veseo, nestašan! Nešto da mi priznaš: jesi li imao kadgod ženu? Da li te to muči?

— Nisam, a ja imam drugove koji već imaju svoje ljubavnice... i znaju žene...

— E, pa ja ti moram naći ženu! — nasmejao se Ninoslav.

— Kako da mi nađete? — podiže dečak uplakano lice.

— Jednu devojku, pa da se zaljubiš u nju, da šetaš kraj njene kuće, da joj pevaš serenade. To je za tvoju mladost...

— Ne mislim ja na to. Jeste li vi u mojim godinama poznavali žene?

— U tvojim nisam! Prvi put kao maturant. Dakle, još dve godine čekaćeš i ti. A dotle ćeš misliti na samoubistvo. Posle će devojke da misle na samoubistvo zbog tebe.

— Kako je vama sve to smešno, a ja mnogo patim!

— Bože, Staša, što mi nisi kazao! Ja predosećam da ćeš ti biti veliki ljubavnik. Gospođica Gina ti je već napravila kompliment da si lep! — Ninoslav se šalio, a svega ga je poduzimala jeza gledajući oružje na stolu i misleći o tome šta se moglo dogoditi. — No, jesi li se malo smirio? Sutra idemo na korzo.

— A na korzou će sve vas gledati, a ne mene.

— Ja ti ih sve ustupam!

— Kako vi živite bez žene? Nigde ne idete sami? A sve bi se devojke s vama ljubile!

— Onda ne bih imao više smisla za ljubav i ne bih ih cenio. A ženu treba ceniti, i samog sebe treba ceniti, ako hoćeš da osetiš pravo zadovoljstvo. Kako su muškarci bili u ratu, pa tri godine niko nije imao žene! Kad sam gladovao, veruj mi, više sam voleo da imam ručak nego najlepšu devojku. Mi, siromašni studenti, nemamo avantura, niko nas i ne gleda. Možda neka koleginica zna našu vrednost, ali mi nemamo novaca ni za bioskop, ni za pozorište, ni poslastičarnicu, a one se polakome na bogatije mladiće... U tvojim godinama treba da budeš oprezan. Ima svakojakih žena i raznih bolesti.

— Znam, jedan moj drug se razboleo.

— Ti to znaš, a hoćeš da se ubiješ. Gde si našao ovaj revolver? E, Staša, jadna ti majka! Šta bi bilo s njom? Zar nisi na nju pomislio?

— Nisam. A Miomira me jedi. Nikad nije nežna prema meni. Stalno me sekira.

— Ona te voli. Njoj je krivo što si se svađao s nastavnicima i svaki čas menjao učitelje. Ona je bila odličan đak, a i ti možeš biti odličan... Idemo u posetu do gospođice Slavke. Je li njena sestrica Anđa lepa? Oduševljena je tobom. Plačeš li još? Gle, ti se smešiš! Tako! A, pronašao sam ja tvoju slabu stranu. Mora da si ti zaljubljen pa kriješ.

— Nisam, bogami!

— Moram i ja da se zaljubim, pa ćemo kao dva trubadura da idemo zajedno i udvaramo se. Nego, da mi obećaš da se nećeš ubiti dok ti ne priredim jedno iznenađenje.

— Kakvo iznenađenje?

— Neću da kažem. Čućeš! Jedno iznenađenje koje će te očarati i razveseliti.

— Šta je to? Što mi ne kažete? — dečak se pridiže na postelji. — Sad ste me zainteresovali, recite mi!

— Neću ti reći. Još petnaest dana, pa ćeš doznati.

— Kakvo mi iznenađenje možete prirediti?

— Možda mogu! Eto, sada si se raspoložio. Silan si ti dečko! Znaš, ja nisam trpeo bogatašku decu. Izgledala su mi dosadna i razmažena. Ali ti bi mogao da postaneš sjajan mladić! Šta misliš da studiraš posle mature? Ja pretpostavljam da ćeš dotle živeti. Kako je to glupo: da se ubiješ, a čezneš za ženom. Ja se ne bih ubio dok god ne bih imao bar jednu ženu. A kad je budeš imao, ti ćeš reći: ne vredi se makar zbog čega ubijati! Nego, šta ćeš studirati?

— Ne znam. Možda prava. Ja volim pravnike. Oni su veseli. U našoj varoši ima mnogo pravnika.

Ninoslav je osećao kako se Staša stišava i otpočinje normalan razgovor.

— Koliko je to sati?

— Pola tri.

— Da legneš, pa ćemo razgovarati. Samo da metnem revolver pod jastuk i da mi daš časnu reč da se nećeš ubiti dok ti ne priredim iznenađenje.

— Dobro! Neću!

— E, onda, laku noć!

Napravio se da spava, a sve vreme se trzao da ne zaspi i osluškivao je li dečko budan. Čuo je njegovo ravnomerno disanje i osetio da je zaspao. Bio je duševno izlomljen, ali nije mrzeo dečaka. Osećao je želju da ga spase. Sećao se svoga đačkog i studentskog doba, i kao stripovi izlazile su mu slike... Sirota majka, nežna sestra, pa vlažni stanovi u Beogradu, suv hleb, borba za svakidašnjicu. Uzdahnuo je duboko. Sita gospodska deca! Video je u mraku dva velika crna oka, topla i podsmešljiva, i bele ruke na klavijaturi. Odagnao je tu sliku, okrenuo se na drugu stranu i zaspao.

Sunce je bilo visoko kad su njih dvojica ustali. Obojica su se uspavali. Ninoslav je skočio i počeo da radi gimnastiku.

— Hajde, Staša, i ti!

Dečko se mlitavo dizao iz postelje.

— Ded, čučni! Ustani! Brže! Jedan, dva! Jedan, dva! Već si se umorio? Sad drugu vežbu! Ovo je za jačanje mišića. Vidiš kakvi su moji mišići na ruci. A tvoji su meki. Hajde! — želeo je da ga umori i fizički ojača. — Jutros ćemo do one potočare i šumice jorgovana. Čim doručkujemo, polazimo.

— A šta ćemo da učimo?

— Šta bude. Ti znaš da ja ceo peti razred znam napamet kao pesmu.

Dok se Staša umivao, uzeo je revolver i zaključao ga u svoj kofer.

— Gospodine Ninoslave, hoćete li da ispričate mami i tati o onome što je noćas bilo? — pitao je dečak bojažljivo.

— Bože sačuvaj! Kako njima da pričam? To ostaje naša tajna. Niko neće znati.

— Ja bih vas molio.

— Taman posla, njima da pričamo! To je bilo i nikad se više neće ponoviti. Je li tako, mali druže?

— Vi ste dobri i razumete me.

— Ali ti sebe ne razumeš. To me ljuti! Treba da si svestan da je sve to što ti stvara nervozu, apatiju prema životu, želju za samoubistvom, posledica puberteta. Ti si u previranju, kao vino koje još nije dobilo svoj pravi ukus.

Dečko se nasmeja.

— Idemo da doručkujemo, strašno sam gladan! Nemoj da mi se nećkaš za doručkom.

Brijao se, umivao, veselo pričao, i njegovo vedro raspoloženje prelazilo je i na dečaka, kome je bio potreban stariji, iskusniji drug. Ninoslav je osećao da je njemu potrebno i žensko društvo i razmišljao je kako to da izvede.

Pošli su kroz borovu šumicu, pa će pokraj reke do potočare, a više vodenice bio je breg s jorgovanima...

Miomira je šetala po šumici, u kratkoj suknjici crne boje i belom puloveru. Bila je kao devojčica. Ninoslav joj se ćutke javi.

— A kuda ćete vi?

— U šetnju! — odgovori Ninoslav.

— On mnogo šeta! Bolje bi bilo da zasedne i uči. Ja nisam šetala dok sam učila.

— Tebe se ništa ne tiče! — izbrecnu se Staša.

— Tiče me se što će mama i tata da se jede kad padneš na ispitu.

— Nemate razloga da se brinete, gospođice — odsečno reče Ninoslav. — Ovakav je moj metod i smatram da nije rđav.

— Radite kako znate — hladno odgovori Miomira, podiže svoj prćasti nosić i produži šetnju.

Jedila je gordost i hladnoća ovog visokog mladića. Kako s visine odgovara! Kao da je on nešto više od nje i ne trpi nikakav prigovor.

— Ona me uvek jedi — gunđao je Staša.

— Šta te jedi? Ona te voli i brine za tvoju budućnost. Ima i pravo. Ne treba pogrešno da tumačiš svaku njenu reč.

— A vi pričate kako je vaša sestra dobra.

— Zato što sam stariji od nje. Ali ja sam o njoj vodio računa kao gospođica Miomira o tebi. Ona je starija i misli da može da te prekori.

Miomira se okrenula i videla kako se udaljuju. Htela je najednom da ih vikne i kaže: „Hoću i ja s vama da šetam!”, ali se predomislila i ljutito skupila obrve. „Taj bi se uobrazio da zbog njega hoću u šetnju.” Otišla je u baštu, nabrala cveće, nalila svežu vodu u vaze i poređala cveće. Jednu vazu je unela u njihovu sobu. Ušla je i u drugu sobu, koja je bila određena za Ninoslava. Na stolu su stajale knjige i rukopis pisan olovkom. To je bila njegova doktorska teza koju je radio. Prelistala je nekoliko tabaka ispisanih lepim, muškim rukopisom. Jedno pismo ispade između tabaka u otvorenom kovertu, adresovano njemu ženskim rukopisom. Nešto je zagolica da pročita pismo. Uze ga, ali ga brzo ostavi. „Nema smisla da čitam tuđa pisma.” Pošla je vratima, pa zastala. „Zašto da ne pročitam? Možda je kakav tip. Primaju te učitelje, a ne znaju ni ko su, ni kakvi su. Suviše su poverljivi prema njima. Baš ću ga pročitati.” Izvukla je pismo iz omota.

Dragi Nino,

Kako smo srećne i ja i mama, što si u tako finoj i dobroj porodici. Ti si dobar, pa si zaslužio da i tebi ukažu pažnju. Mi smo presrećne što ćeš biti činovnik u banci. Mama se svake večeri moli Bogu da dobiješ postavljenje. Zašto si nam poslao dvesta dinara? Čuvaj za sebe. Mi lepo živimo. Ti hoćeš da mi se odužiš što sam ja tebi pomagala. Ja bih svoj život, mili Nino, dala tebi. Koliko se ponosimo tobom, i ja i mama. Ja verujem da će umeti da ocene kako si ti dobar i inteligentan mladić. Ako smo siroti, nas je mama lepo vaspitala. Kako ti zavidim što slušaš divno sviranje na klaviru gospođice Miomire. Ima lepo ime! Kako si nam je ti opisao, ja zamišljam da je divna devojka. Ona ne ide ni na korzo, ni na igranke, već voli prirodu i svoj klavir. I ja obožavam prirodu i našu bašticu. Sve je sada u njoj u cvatu. Što nam je rodila kajsija! Vratim se iz kancelarije i sedim u bašti. Mama i ja smo oduvek dve drugarice. Uveče sednemo i pričamo o tebi. Svako tvoje pismo donosi nam ogromnu radost. Piši nam češće! Ja znam da će mali Staša pored tebe sve da nauči. Ti si dobar i nežan i imaš najbolji vaspitački metod. Ja uvek slušam savete i biću uvek tvoja dobra sestrica koja te mnogo, mnogo voli i zajedno s mamom grli i ljubi.

Dušica.

Miomira je ostavila pismo na isto mesto i zamišljena izašla iz sobe. Šetala je po bašti, zavirila u kuhinju, gledala kako mese kolače, otišla u svoju sobu i uzela ručni rad, posle ga ostavila, sela za klavir i dugo svirala.

Ljutnja koju je jutros osetila prema ovom gordom mladiću, iščezla je. Kad su se Ninoslav i Staša vratili, čuli su se akordi klavira.

Prvi psihički dodir

Jednoga dana, dok je Staša bio u svojoj sobi i pisao zadatak, Ninoslav priđe Miomiri i reče joj tiho:

— Gospođice, imao bih s vama nešto važno da razgovaram.

— Važno? — Miomirine očice začuđeno se otvoriše. — Hoćete li odmah da mi kažete?

— Ne. Moramo biti sami, da niko ne čuje. A ovde može Staša da naiđe.

— Dobro. Doveče, kad on legne, dođite k meni gore.

— Doći ću...

Uzela je note i rasejano udarala po klaviru. Šta li ovaj mladić ima nasamo s njom da razgovara...?

„Neću da idem k njoj u sobu. Možemo razgovarati u bašti", mislio je Ninoslav. Ceo dan nije mogao da ostane s njom nasamo. Kao kakav stražar stalno je motrio na Stašu. Iako je bio miran, vedar, nije mu verovao. Doba puberteta je neodređeno i razdražljivo. Začas se može dogoditi tragedija. Ko je mogao verovati one večeri da on krije revolver i smišlja smrt. Taj revolver ga je mučio, jer je bio zaključan u njegovom koferu. Čak je i kofer stavio u orman, pa i orman zaključao. Bojao se da ga ne zatraže, pa bi ga morao predati majci, a u tom slučaju morao bi joj ispričati otkuda revolver kod njega. Zato je sve hteo da ispriča gospođici Miomiri i da joj preda revolver.

Posle večere Miomira pozva Stašu i Ninoslava:

— Dođite gore k meni da čujete šta ću svirati na koncertu!

— Hvala lepo, gospođice — odgovori Ninoslav.

— Ja neću da te slušam. Idem da spavam, živ sam zaspao.

— A, što, sine, da ne čuješ — prekori ga mati. — Ja nisam muzikalna, a uživam kad Miomira svira, iako sve ne razumem. Nauči se i ti da slušaš muziku.

— Ne mogu ja da dopustim da me neko gnjavi.

— Ne boj se, neću te gnjaviti! Nije mi stalo do tvoje kritike. Gospodin Ninoslav bolje razume muziku od tebe i ume da je shvati. Tako si čudan i ne razumem te.

— On je dobar dečko, nego tako priča. Voli i on muziku.

— Gitaru volim. Što ti ne učiš gitaru?

— Ostavi se tih gluposti! — obrecnu se sestra. — Ja se i ti u svemu razlikujemo. Na prvom mestu, za mene nisu držali učitelje, već sam sama učila.

— E, pa šta ću kad si ti takva mudrost! Ja sam glup! I znam da me ti mrziš.

— Koješta, Staša! Kako može sestra da mrzi brata?

— Mrzi me! Znam ja!

— Ostavi ga! S njim se ne može objašnjavati. On samo sekira čoveka.

— I ti mene sekiraš!

— Šta te sekiram...?

— Zašto se prepirete kad ste oboje dobri i znam da se volite kao ja i moja sestra! Istina, i mi smo se svađali toliko puta.

— Niste se svađali. Znam ja, pričali ste mi.

— Šta ti znaš? Bio sam ja strog brat kao i gospođica Miomira. Još je ona nežna prema tebi.

— Vi kod nje vidite neku nežnost, a ja ne vidim. Hoće ona na silu da ja slušam njene klasike.

— Ko tebe tera? Ti slušaš što ne mogu da zatvorim prozore, pa da se ne čuje. Izvini, molim te! Ne mogu da razumem kako neko može da mrzi klavir!

— On će ga zavoleti, uveravam vas. Videćete kako će pevati šlagere uz klavir.

— Tako šta može!

— Hoćete li vi, gospodine Ninoslave, da dođete gore do mene?

— Doći ću.

— A ja ću da legnem.

Ninoslav se dvoumio da li da ide. Čisto se plašio da ga ostavi samog, naročito posle prepirke sa sestrom. Ipak, rešio se da učini kraj ovim njihovim svađama koje su dečaka razdraživale. Posedeo je još u sobi, popušio jednu cigaretu i pregledao mu zadatak iz matematike. Ušao je posle u svoju sobu i pročitao nekoliko stranica svoje doktorske teze. Osluškivao je Stašu. Pozvao ga je tiho:

— Staša!

Dečko se nije odazvao, spavao je. Otključao je orman, uzeo revolver i spustio ga u džep. Izašao je lagano. Čuli su se zvuci klavira... Popeo se stepenicama. Mati je bila na terasi.

— Kako uči Staša, gospodine Ninoslave?

— Vrlo dobro, gospođo. Ja se nadam da će položiti.

— Samo je prgav.

— To je nervoza.

Klavir umuče. Miomira izađe na terasu.

— Hoćeš li, mama, ostati dok sviram?

— Ne mogu, Miomira. Idem da legnem. Sutra žena pere rublje, pa treba i ja ranije da ustanem. Gospodin Ninoslav će te slušati. Ja volim kad ona svira, a mene hvata san... Jesi li odgovorila Vladi?

— Jesam.

— E, još malo, pa nam ode Miomira.

— Neću još! Neću da te ostavim, mamice!

— Idi ti za svojom srećom. Ne možeš ti mene čuvati. I druge majke ostanu same, pa se s tim pomire — okrenula se bašti da joj Miomira ne ugleda suze.

— Sutra će lepo vreme — govorila je kao za sebe. — A mi večeras zaboravili krempitu! Kazaću Katici da vam donese. Laku noć! Pa sutra da mi kažete kako vam se sviđa Miomirino sviranje.

— Hoću, gospođo.

Mati ode.

— Šta ste hteli da razgovarate sa mnom? — ljubopitljivo upita Miomira.

— Reći ću vam, gospođice. Samo bih vas molio da prvo svirate.

— A što mi ne kažete odmah?

— Bolje je da prvo svirate. Ja ću sedeti na terasi.

Zapalio je cigaretu i pušio slušajući muziku. Bio je u senci, ali iz tame je mogao da vidi njen mali nosić i velike oči, koje su bludele sanjalački, zanete muzikom, kao da se na talasima akorda gube u beskrajnosti... Podlakćen na ogradu, posmatrao je njeno preobraženo lice. Ono više nije bilo prkosno, već oduhotvoreno nečim blagim, nežnim, sanjalačkim.

Ustala je, zaklopila klavir i izašla na terasu. Sela je na stolicu od morske trske. Svetlost iz sobe pade na njeno lice i crnu, sjajnu i kovrdžavu kosu. Mladi čovek je ćutao. I devojka je ćutala. Najzad, mladić progovori:

— Vaša muzika je nežna i topla kao ova noć. Kad svirate, imate drugi lik.

— To je uticaj muzike. Ja doživljavam svaki ton. Ne bih mogla živeti bez muzike. Čudim se kako devojke nalaze zadovoljstvo u igri. Mene najviše oduševljava priroda i muzika. I volim samoću. Ništa me nije strah. Da sam potpuno sama u kući, ne bih se plašila.

— Znači da ste odvažni, a to se ne slaže: muzikalnost i odvažnost! Muzika raznežava. Ona utiče i na živce. Muzičari su nervozni ljudi.

— Možda ova lepa priroda stišava moju nervozu?! Nego, šta ste hteli da porazgovarate sa mnom?

— Tiče se Staše! Voleo bih da budete popustljiviji prema njemu.

— To ste hteli da mi kažete! S tim se ne slažem. Prema Staši treba biti stroži. Vi ste suviše popustljivi.

— Takav moram biti prema njemu. On je bolesnik.

— Kakav bolesnik?! On je sasvim zdrav, nego je razmažen i obestan! Da sam ja njegov vaspitač, bila bih mnogo stroža.

— I upropastili biste ga.

— Dobro, videćemo šta ćete vi s njim učiniti.

— Zavisi i od vas, gospođice. A vi biste mi mogli pomoći. Meni je potrebna vaša pomoć.

— Ja mu pokazujem francuski, ali se uvek zavadimo. Hoćete li da ja još koji predmet preuzmem? Dobar sam matematičar.

— Nisu u pitanju predmeti, već vaša psihička intervencija. Želeo bih da s njim ne dolazite u sukob kao večeras.

— Pa mi ćemo ga iskvariti ako mu svi popuštamo.

— Naprotiv, učinićete mu dobro.

— Zašto?

— Zato, gospođice, što vi ne poznajete svoga brata.

— O, vrlo dobro ja njega poznajem!

— Vi, kao umetnička priroda, ne biste govorili tako da znate šta se moglo odigrati s njim neko veče.

Miomira diže glavu i otvori oči.

— Šta se moglo dogoditi?

— On je hteo... da izvrši... samoubistvo...

Mlada devojka se prisloni na sto i osta nepomična. Samo su joj oči bile široko otvorene. Iz njihove tame izbijao je ogromni strah.

— Je li to istina? — prošaputa bezbojnim glasom.

— Evo vam, gospođice, dokaza.

Ninoslav izvadi iz džepa revolver i spusti ga na sto.

— Šta je to? — užasnu se devojka kao da vide utvaru.

— Revolver! Uzeo ga je iz ormana vaše mame.

— I šta je sve bilo? Pričajte mi! Strašno!

Mladi čovek joj sve ispriča.

— Znate, ono jutro, kad ste ga prekoreli, zapravo i mene što ga vodim u šetnju, ja sam ga vodio da prošetamo ne bih li ga otreznio i otrgnuo iz teškog duševnog stanja. A preživeli smo obojica jednu tešku noć.

— Pa, što mi niste odmah kazali?

— Hteo sam da se borim prvo sâm s njim. Ali vi kvarite sve! Nervirate ga!

— Ja nisam znala šta se u njemu krije. Verujte, ja ga volim! Njega jedinog brata imam. Želim mu dobro, i zbog njega, i zbog mame, i zbog tate — glas joj se kidao kao kroz jecaj, a na svetlosti elektrike mladi čovek opazi dva velika crna oka kako blistaju od suza. Nije mogla više da se savlađuje, zaplakala je i kroz plač govorila: — Bilo bi strašno da se to dogodilo! Jadna mama! Ona još uvek ide po kući i plače. Koliko samo puta je vidim: uzme odelo moga poginulog brata, ljubi ga i plače. Pa zar i Staša da nešto učini od sebe? Verujte mi, sve ću učiniti što do mene stoji da ga raspoložim. Vi o ovom niste nikome pričali?

— Nikome! Morao sam vama da kažem i da vam donesem revolver. Možete misliti kako je to na mene delovalo. Ja ga ne puštam iz vida. Kad legnemo, pušim dugo i čekam da zaspi.

— Kako ste vi dobri! Brinete za tuđe dete, a mogli biste ga sasvim mirno ostaviti i otići. Zašto da se mučite?

— Nije to mučenje, gospođice. Osećam zadovoljstvo da ga spasem. Znam da je to kod njega duševna kriza i da će proći za godinu-dve. To je pubertet. Šteta bi bila ostaviti ga. Vi ste inteligentna devojka, vama mogu reći: njega muči i tajna o ženi. Ovde je usamljen. Njemu je potrebno društvo. On voli da ga smatrate mladićem, a vi ga još smatrate detetom. Uvređena je i sujeta u njemu. Jer današnji dečak ranije sazreva. Život mu pruža mogućnost da dozna mnoge stvari, koje još nisu za njega, a nikoga nema da mu ih objasni. Škola je sva od definicija i apstraktnih pojmova, a okolo život sa svim dobrim i lošim stranama. Nije ovo samo Stašin slučaj. Mnogo je dečaka nervoznih, neuravnoteženih, sklonih samoubistvu. Oni kriju svoja duševna stanja i treba biti veliki psiholog i steći njihovo prijateljstvo, pa da se povere. Inače lutaju sami ili stavljaju roditelje pred svršen čin: samoubistvo ili bekstvo od kuće. Zato bih želeo, gospođice, da ga i vi razumete i pomognete mu.

— Koliko ste se vi uneli u njegovu psihu!

— Ja sam toliko godina radio sa đacima i postao sam vaspitač.

— A ja sam pokraj brata i ne interesujem se za njega.

— Vi se interesujete, ali vi hoćete da vidite samo rezultat njegovog rada, a ne zanimaju vas psihički procesi u njemu, koji mu sprečavaju rad. Eto, šta bih ja želeo: da se više zainteresujete i da budete kao lekar prema njemu.

— Naučite me, ja ću vas sve poslušati. Bože, mi svi tu u kući, a i ne znamo šta se sve strašno može dogoditi, a vi, takoreći tuđin, brinete za njega. Hvala vam, gospodine! Oprostite mi ako sam vas uvredila. Ja sam onda i vama prebacila što ga vodite u šetnju. Vidite, nisu sva deca ista. Mi smo brat i sestra, ali je meni škola lako išla.

— Ali vi ste žena, a on je muškarac!

— Imate pravo! Videćete vi kakva ću biti.

— Ali, nemojte odmah! Dao sam reč Staši da nikom neću reći za slučaj sa revolverom.

— Ah, da! Revolver! Stajaće kod mene.

— Molim vas, recite gospođi da je revolver kod vas i sakrijte ga.

— Ne brinite ništa!

— Ja se nadam, gospođice, da ćete mi pomoći.

— Ja ću sve preduzeti. Prvo ću mu nabaviti šlagere. Sutra pišem vereniku... Časove francuskog ću mu držati u vašoj sobi. Ako hoćete, mogu i matematiku da radim s njim. Vi ćete predavati, a mi ćemo zajedno raditi zadatke!

— Kako hoćete, gospođice.

Oči, još suzne, bile su joj divne i široko otvorene, kao u deteta. Bilo je nečega toplog i detinjastog u tom trenutku na njenom licu...

Osećanja se prikradaju kao plima

Staša i Ninoslav sedeli su ispod jorgovana i preslišavali se. Jutro je bilo blago i meko kao svila. Staša je dobro znao lekciju, i Ninoslav ga pohvali. Najedared sa sprata zabruja muzika.

— Ovo je šlager. Slušajte, gospodine Ninoslave!

Mecosopran zapeva.

— Miomira peva! Otkud joj ova pesma? Moram da otrčim gore!

Sav razdragan on otrča uz stepenice. Ninoslav se smešio: „Sigurno je dobila šlagere". Uskoro se začuše tutanj i vika.

— Daj mi!

— Ne dam! Čik, da me uhvatiš!

Miomira u kratkoj haljinici marinske boje, u malim cipelicama, projuri kroz baštu, a Staša za njom.

— Dobila je šlagere! Daj mi!

— Uhvati me!

Male nožice su letele po bašti, i Staša opruži korak. Pobegoše iza kuće, a Ninoslav se diže da vidi njihovu jurnjavu. Sestra je bežala kao srna, s notama u ruci, a Staša je jurio. Taman da je uhvati, ona mu se izvi i pobeže. Naletela je na Ninoslava i počeše da jure oko njega u krug.

— Uhvatite je! — vikao je Staša. — Otmite joj note!

— Neću! Uhvati je ti!

Besno su jurili uokolo, dok Miomira ne malaksa i pruži mu note.

— Čitajte! Pa ovo je sve što ja volim! Kad si ih dobila?

— Jutros. Poslao mi Vlada.

— Sjajno! E, ovo ja volim! Što jedan moj drug peva! A ovo su nove pesme! Hajdemo da nam sviraš. Zaboga, nemojte sada matematiku! — molio je Ninoslava.

— Dobro. Propustićemo jedan čas.

— Da idemo gore? Sve imaš da mi sviraš! I da pevaš!

Ustrčaše uz stepenice. Staša je blistao od zadovoljstva.

— Jednom da zovnemo tvoje drugove i drugarice! I tog druga što lepo peva.

— Znaš ga! To je Stojan Lazić. Zovemo ga Stole. Reci pravo, zar nije bolje od klasične muzike?

— Toplije je — povlađivala mu je Miomira. — Što si se oduševio! Htela sam da te iznenadim.

— Znam ja da si ti dobra, samo kad hoćeš.

Sestra ga zagrli i poljubi.

— Od sada ću ti svakoga dana svirati šlagere!

— Tako i treba! Imaš da me slušaš!

— Vidi ga samo koliki je! Moram da ga slušam. Pogledajte, gospodine Ninoslave! Veći je od mene!

— Ja ću biti visok kao gospodin Ninoslav. A ti si mala. Što ja volim da budem visok!

— Ne boj se! Ti ćeš rasti još dve godine. Bićeš kao ja — hrabrio ga je Ninoslav.

— Imam jedan predlog da vam učinim — reče Miomira. — Da idemo u bioskop. Ima popodnevna predstava. Mrzi me da idem sama.

— Sjajno! Hoćete li, gospodine Ninoslave?

— Zašto da ne! Ja volim bioskop. A ko igra?

— Šarl Boaje.

— Njega volim — obradova se Ninoslav.

— A Miomira voli Tejlora! Sviđa li se i vama taj Tejlor? Ne znam što su žene lude za njim — podsmevao se Staša.

— Zato što je interesantan. Ima divne plave oči... visok je i lep — okrenula se brzo klaviru, jer se setila da i Ninoslav ima plave oči. Tamnoplave. Pogledala ga je. On se s terase zagledao u planine, a ona je posmatrala njegov lepi ozbiljni profil i senku trepavica. — Neka te presliša gospodin Ninoslav, pa da posle podne budeš slobodan. Idemo u bioskop, a posle na korzo. Otkad nisam išla na korzo! Ići ćemo pešice. Ne volim autom. Pešice ćemo i da se vratimo.

— Što si ti danas tako dobra? — čudio se brat.

— Zašto? Zato što još malo ostajem ovde. Kad se venčam, hoću da me se sećaš i kažeš da sam bila dobra sestra.

— Nećeš ti još da se venčaš!... Znam ja. I sama si kazala.

— Sad sam se rešila.

Skupljala je i uređivala note i pogledala Ninoslava. Njegovo lice bilo je mirno i ravnodušno.

Pre nego će poći, Ninoslav se dobro očetkao. Imao je jedno odelo, lepo i novo, čuvao ga je i četkao kao svaki siromah koji ne može često da kupuje odela. Prvi put ide s gospođicom Miomirom, pa nije hteo da bude aljkav.

Mati ih isprati:

— Sad si sav srećan što ideš u bioskop!

— Ići ćemo često, ako gospodinu Ninoslavu nije dosadno da ide s nama — veselo će Miomira.

— Meni je, gospođice, vrlo prijatno s vama i Stašom.

— Zbilja, Miomira, nikad nisi išla ni s jednim mojim učiteljem u bioskop.

— Priznajem, nisam.

— To je uspeh, gospodine Ninoslave! Pobedili ste Miomiru!

— Ja bih više voleo tebe da pobedim.

— Zar nisam poslušan?

— Jesi!

— I to je vaš uspeh. Danas sam baš veseo!

— Ti treba svakog dana da si veseo!

— A zašto si veseo? — pitala ga je Miomira.

— Ne znam. Tako mi došlo!

— Možda ćeš nekog da vidiš. Znate li vi, gospođice, za njegovu simpatiju?

— Koja je? Recite!

— Sestra gospođice Slavke.

— E, pa svratićemo posle bioskopa do Vide.

— Ja neću da idem...

— Je l' istina? A znaš li ko tamo stanuje?

— Ne znam...

— Kao bajagi ne znaš! Nemoj da izmičeš! Stani!

— Što se pravi važan! — zadirkivala ga je sestra i bila vesela što su ga ona i Ninoslav raspoložili i što je on ovako razdragan. Zbog njega je išla u bioskop.

Znao je to i Ninoslav i pri tom je gorko pomislio: možda je njegovo društvo dosadno ovoj bogatoj devojci. Ali ona je tako iskreno pričala, šalila se, zadirkivala brata, da na njenom licu nije bilo ni trunke dosade. Ninoslav je sada video jednu sasvim drugu devojku.

Iz bioskopa su izašli u šest časova i pošli na korzo.

— Da svratimo prvo kod Vide. Bogami, Staša, imam nešto da je pitam zbog koncerta. Tu je i gospođica Slavka. Da vidim kada je generalna proba. Ići ću i komad da gledam. Vida i Gina igraju. A, eno gospođice Slavke.

Nastavnica se vraćala iz škole kući. Spazi Ninoslava s Miomirom i kao da je nešto ubode u srce. „Sa njom ide, a mene još nije ni posetio", uvredi se. „Bogata, pa mu laska!" Ipak se nasmeši i kao inteligentna devojka savlada ljubomoru. On je njen drug, a Miomira je verena. Pozdravila se ljubazno:

— Jeste li pošli ka meni?

— Pa... Možemo i do vas. Pošli smo do Vide. Htela sam da je pitam kad je generalna proba.

— U nedelju. Hoćete li doći?

— Hoću.

— Dođi i ti, Ninoslave. Je l' vi znate da smo mi drugovi sa studija? Istina, on je bio pravnik, a ja filozof... Ali smo zajedno pevali u „Obiliću".

— Da, čula sam.

— Vida nije kod kuće. Sad sam je srela. Svratite k meni, da vidite moju kućicu. Nije elegantno kao kod vas, ali meni se čini da je sve lepo.

— Mogu misliti. Vi ste vredna devojka, hvalila vas je Vida. Sve sami radite u kući i još imate časove u školi, a stignete i da spremite pozorišni komad.

— Od detinjstva sam naučila da radim. Izvolite!

— Što je lepa bašta! Ovo su kalemljene ruže! — uzviknu Miomira.

— Kad se rascvetaju, sva bašta miriše.

Staša zastade.

— Hajde, Staša, i ti. Anđa je kod kuće. Znam da uči.

Staša pocrvene, a Ninoslav se osmehnu. Anđica je čula razgovor i već se stvorila na pragu. Bilo je to divno plavo devojče, smeđih vitica koje su joj padale preko ramena na grudi, i krupnih plavih očiju. Ličila je na sestru, samo je bila lepša, mlađa i svežeg blistavog lica, sa pravilnim nosićem. Crna keceljica ocrtavala joj je stas, a ispod kratke suknje videle su se lepe nožice. Zbunila se kad je ugledala njih troje. Nije poznavala Ninoslava, a Miomiru je znala.

— To je moj drug Ninoslav, o kome sam ti pričala. Eto ti tvoje simpatije, Staše! Uvek te ona brani. Ne da nikome ni reč protiv da kaže. Da je ona u kolegijumu, zavadila bi se sa nastavnicima zbog tebe.

— Ja sam kazala da nastavnici Stašu ne razumeju. Mi žalimo što ti ne ideš u školu, jer si bio dobar drug.

— Nastaviće on šesti razred s vama.

— Ako položim. Možda će me oboriti.

— Zašto da te obore ako znaš — ohrabri ga gospođica Slavka. — Ti si inteligentan dečko, samo si buntovnik.

— I ja ću postati buntovnik na času matematičara. Nijedna devojčica ne voli matematičara. Mi osećamo kako on uživa da daje rđave ocene. Njemu je slađa dvojka nego petica! — uzbuni se mala Anđa, a obraščići joj se zarumeneše. „Seja mi nije pričala da je Ninoslav ovako lep", mislila je u sebi. „Da ga, možda, seja ne voli? Oni bi bili lep par", oduševljavala se mala Anđa, jer je želela da se njena sestra lepo uda.

— Što je lepa vaša sobica! — uzviknu Miomira. — Sigurno ste sami radili ove jastuke?

— Ja i Anđa. Moram i nju da pohvalim.

— Ovaj goblen sam ja izvezla — pohvali se Anđa, otvorena i bistra mala Mačvanka.

— Baš je lepo videti ovakvu sobicu! — iskreno se divila Miomira.

— Kupila sam ove sofe na otplatu. Celo moje gimnazijsko i studentsko doba prošlo mi je po tuđim sobama i tuđim stvarima, pa mi je dodijalo! Zar sad, kad sam nastavnica, i svoj čovek, da opet budem u tuđim stvarima? Rešim se i kupim. Nemam više ništa, samo ovu sobu i kuhinju, ali sam tako srećna u svome.

— Je l' se hranite iz kafane?

— Ne. Sama kuvam. Nekad ja, nekad Anđa.

— I vi, Anđo? — iznenadi se Miomira.

— Mora, bogami! A ona voli svaki posao. Kad ona ima da uči, ja radim. Lakše nam je kad smo zajedno. Sad mi je lepši život, a kao studenti svi smo se namučili. Beograd je skup... Ali, Ninoslave, kako ti lepo izgledaš! Popravio si se.

— Živim kao rentijer na letovanju. Ništa ne radim, dobro se hranim... Badavadžišem!

— Ali ne! Vi toliko radite sa Stašom — pohvali ga Miomira. — I pišete doktorsku tezu.

— Sve je to lakše nego ispiti na fakultetu.

— A hoće li gospodin Novaković da uzme Ninoslava u banku?

— To zavisi od Staše — odgovori Ninoslav.

— Zašto od mene?

— Pa... ako ti položiš, primiće me. Ako padneš, nema smisla da me primi.

— O, primiće vas tata i da Staša padne. Ali Staša će položiti.

— Staša, i ja verujem da ćeš položiti! — tvrdila je Anđa.

— Anđo, zašto nikad ne dođete sa drugovima i drugaricama do Staše?

— Nije nas Staša zvao, a mi bismo došli.

— Ja nisam znao da biste došli — zbunio se Staša.

— Ja vas sve pozivam na jedno posle podne kad nemate predavanja. Ali i vi, gospođice Slavka, da dođete...

— Hoću, vrlo rado — Slavka se malo odobrovolji zbog komplimenata Miomirinih. — Anđo, skuvaj kafu! Donesi slatko!

Anđa je kuvala kafu u kuhinji odakle se osećao miris špiritusa. Staša je iz sobe mogao da je vidi. Devojčica se smeškala, uzbuđena i rumena. Veselo su, uz kafu, pričali o školi.

— A ko je taj pevač iz Beograda koji će pevati? — pitala je Miomira.

— Čućete. Pozvala sam ga iz Beograda. On je radio-pevač.

— Hoće li pevati uz gitaru? — interesovao se Staša.

— Uz gitaru...

— Što sam ja dobila šlagere od verenika! Kad dođete, sviraću vam.

— Da nas naučite da pevamo — molila je Anđa.

— Pa da zapevate na odmoru. Ječi odmah učionica od šlagera, i to ljubavnih. A direktor zabranio da se peva!

— Uh, baš nas briga! — odgovori Anđa. — Opet ćemo mi pevati.

— Kakav vam je kolegijum, gospođice Slavka? — interesovala se Miomira.

— To nas pitaj! — okrete joj se Staša.

— Vi drugim očima gledate nastavnike, a mi drugim.

— Ali ne volite ni vi nastavnici kad odocnite, a direktor uđe, sedne za katedru i čeka vas. Kao stražar! Čak i mi đaci to ne trpimo i čudimo se kako on zauzima takav superioran stav, kad je i on profesor — bunila se Anđa.

— Šta se to vas đaka tiče! — branila je direktora Slavka, a u sebi je davala za pravo Anđi. — Svi su se u kolegijumu ljutili na direktora zbog njegovog stražarenja. Ponižava ih pred učenicima.

— Već je sedam — pogleda Miomira na satić. — Treba da idemo. Do osam ćemo stići.

— Nećete autom?

— Pešice je prijatnije.

Slavka pritajeno uzdahnu. Zamisli lepu šetnju ispod kestenova, kroz polja, miris livada, i Miomiru pored Ninoslava. Otkuda ona s njima da ide? Da li joj se sviđa? Uzdahnula je i da bi se utešila, zapita Miomiru:

— A kad se venčavate?

— Ne znam ni ja. Moj verenik je hteo sad u maju, a ja sve odlažem.

— A zašto odlažete?

— Zbog mame. Ona mnogo tuguje. Žao mi je i Stašu da ostavim. Zar ti nećeš žaliti za mnom? — upita ga sestrica.

— On vas mnogo voli! — potvrdi Anđica. — Pričao mi je da ste velika umetnica na klaviru.

— Staša vam je to pričao?! Čujete li, Ninoslave? A, zamislite, Anđice, on ne trpi klasike.

— Iako ne trpim klasike, moram ti se diviti što si naučila da ih sviraš, jer oni su teži nego šlageri.

— Dolazite li k nama iduće nedelje? — pitala je Miomira Slavku.

— Dolazimo. I Anđica i njene drugarice.

— I Steva neka dođe i ponese gitaru, i Stole! — zvao je Staša.

Slavka i Anđa ih ispratiše do kapije.

Tuga pritisnu Slavku kad ih vide kako se udaljuju. Miomira je lepa. Tek sada je dobro zagledala. Njene krupne oči imale su tajanstvenu lepotu. A mali sladak nosić, davao je neku bezazlenost njenom licu. Usne su joj bile sočne, rumene, nabubrele. Nije se mučila, nije proživela teške godine studentskog života kao ona. Ne trči na dužnost i ne pazi na svaki minut da ne odocni. I ne juri iz škole kao ona, u mesarnicu, piljarnicu, da pokupuje i sprema ručak. Šta joj vredi što je intelektualka, kad je stalno umorna i nikad bez posla.

Njih troje su se vraćali vrlo raspoloženi.

— Gospođica Slavka je divna devojka! — pohvali je Miomira.

Kao bogata i lepa devojka, nije imala razloga da bude ljubomorna. Svesna je bila da bi svakog muškarca mogla da zaprosi i pristao bi zbog njenog novca. Ali njeno bogatstvo umanjivalo je u njenim očima privlačnost muškaraca i osećala je prema njima prezrivu ravnodušnost. Odlučila se za udaju što je videla da je njen verenik bogat, i da mu nije stalo do njenog novca. Svi drugi otimali su se oko nje zbog bogatstva. A ona je bila umetnička priroda koja je tražila nešto više od života. Devojke su je manje volele nego ona njih, što je i Ninoslav osetio iz Slavkinog mišljenja o Miomiri.

— Odakle je ona rodom? — zapita Miomira.

— Iz Mačve. Ona je seljačko dete.

— A kako je fina i inteligentna devojka!

— Mačvani su bistri. Samo se i ona namučila na studijama. Roditelji joj imaju lepo imanje, ali seljak teško može da odvoji novac deci za školovanje. Davala je i časove. Žalila mi se više puta, ali uvek je bila raspoložena i puna duha.

— Vidi se. Nema ni trunke koketerije u njoj. A njena sestrica je još lepša. Kako ti se ona sviđa, Staša?

— Dobra je drugarica.

— Ona je oduševljena Stašom. Da nije malo zaljubljena u tebe?

— Uh, ljubav! Žene i ljubav! Ja im ne bih verovao.

— Zašto? Ja bih mogao verovati.

— Jeste li vi bili zaljubljeni? — iznenada će Staša.

— Svakako da sam bio.

— A sada?

— Sada nisam...

„Kako on živi ovako monaški?", pomisli Miomira. „Da li mu se sviđa gospođica Slavka?" Primetila je ona, kao žena, dva-tri duža topla pogleda gospođice Slavke na licu Ninoslavljevom. U sutonu nije mogla da ga vidi, ali se njegov visoki stas izdizao iznad njenog i Stašinog. Išla je u sredini, između njih dvojice i držala Stašu ispod ruke. Njemu je laskala sestrina pažnja, a ona dva lepa, krupna plava oka male Anđe, lebdela su pred njim u pomrčini.

— Baš smo se danas prijatno proveli! Bar ja! Ne znam kako ste se vi osećali, gospodine Ninoslave?

— Ja? Izvanredno! Nisam odavno išao u bioskop i bilo mi je prijatno. Dobar je ovaj vaš bioskop.

— Šta god Beograd gleda, gledamo i mi! — uzviknu Staša.

— Jesi li i ti, Stašice, bio zadovoljan? — pitala ga je sestrica.

— Ja bih svakog dana išao, samo kad bi i ti htela.

— Ja sam gotova da idem kad god hoćeš, samo mi reci.

Noć se spuštala nad poljima i livadama. Osećao se miris mlade pšenice i rascvetalih vrba pored reke. Miomira je udisala vazduh punim grudima i bila je jako zadovoljna. Ovo prijatno pešačenje rasteralo joj je teško duševno stanje i strah zbog Stašinog pokušaja samoubistva.

Mama ih veselo dočeka, jer je uživala kad su raspoloženi. Otac je već došao i čekali su ih da večeraju. Posle večere Staša donese gitaru. Ninoslav ga je zadirkivao:

— Čini se da si raspoložen za serenade!

On se smeškao i kao sve odbijao od sebe, ali dva plava oka lebdela su neprestano pred njim...

— Da li bi ti, Miomira, umela nešto da sviraš na gitari?

— Daj mi da vidim? Pa ja bih lako naučila — hvatala je tonove i smejala se.

— Svirate li vi, gospodine Ninoslave?

— Ne sviram.

— Eh, da ste još gitarista, što bih vas voleo — šalio se Staša.

— Ništa, učiću s tobom. Kad dođe taj tvoj Stole, pokazivaće nam...

Miomira ode u svoju sobu. Nije joj se još spavalo. Sela je u fotelju od morske trske. Na terasi je bio mrak, samo se svetlucala bela trska. Nebo je bilo zarumenjeno, na strani gde se pojavljivao mesec, kao užarena ploča. Vazduh je bio hladniji i rosa se osećala na lišću puzavica, a miris poslednjih cvetova jorgovana širio se. Osetila je miris duvana. Nagla se preko ograde. Videla je senku Ninoslavljevu na prozoru u prizemlju. Sigurno je pušio...

Dugo je ta senka bila na travi. Spazila je najednom Katicu. Izašla je iz letnje kuhinje i zastala u senci jorgovana... „Da li ona gleda Ninoslava?", trže se Miomira. Možda on nije monah, kako ona zamišlja. „Zar je i on takav?" Nagla se preko ograde da vidi da li je još na prozoru. Ali senke je nestalo i svetlost je bila ugašena. Oblaci sakriše mesec i mrak obavi bašticu...

Svukla se i uvukla u postelju, pod meki svileni ružičasti pokrivač. Prozor je bio otvoren i osećala je miris četinarske smole. Čula je zrikanje popaca. Osluškivala je tajanstvene glasove u noći i kao da ih je prenosila na klavijaturu. Ali san joj nije dolazio. „Sutra treba Vladi da pišem; on bi hteo svakog dana da mu pišem." Okrenula se na drugu stranu, a san joj i dalje nije dolazio. „Pila sam večeras kafu kod gospođice Slavke." Mirisna noć se uvlačila u sobu. Okrenula se na drugu stranu. I tek tada polako utonu u san...

Anonimno pismo

Mladi, elegantni rentijer ljutito je čitao pismo bez potpisa:

Skrećemo vam pažnju, gospodine, da vaša lepa verenica, gospođica Miomira, ima vrlo prijatno društvo. Često odlazi u bioskop sa jednim lepim gospodinom. On je vrlo romantične spoljašnosti, i izgleda da vašoj verenici ne smeta što je on samo učitelj njenog brata, i po svemu sudeći njoj je vrlo prijatno u njegovom društvu. Ovoliko da znate kako stvari stoje.

Strpao je pismo u džep i nastavio da gunđa u sebi. Znao je on da nešto ima čim ona neprestano odlaže venčanje.

Mlada, bogata, ima udvarača. Ona mu se dopala, i, kao iskusni, blazirani mladić, odmah je osetio posebni šarm tog devojčeta. U prvi mah mu je izgledala kao palančanka. Bogata miraždžijka iz unutrašnjosti, koja ne zna šta će od dosade, pa došla u Pariz da uči sviranje. Ali, ukoliko je češće s njom bivao, a upoznali su se u Luvru, u Parizu, sve više mu se dopadala. Bistro devojče, duhovito, malo patrijarhalno, ali moderno. Pokušavao je na sve moguće načine da je osvoji, ali uzalud. Počela je da ga uzbuđuje i on se svojski zagrejao. Još kad mu poznanici rekoše da je bogata, on se odmah reši da je zaprosi. Uveravao ju je da se kod njega radi samo o ljubavi, ali nije odbio predlog da joj otac sazida trospratnicu u Beogradu. Živeo je na velikoj nozi i trebalo mu je mnogo novaca. Blazirani monden i bogataš bacao je silne pare na žene: varijetkinje, otmene dame, kraće ili duže veze. Na brak nije mislio. I tek sada se ozbiljno rešio. Dopala mu se Miomira. Osetio je, kao blazirani mladić, da će to sveže devojče biti divan instrument za njegova perverzna uživanja. A kad već mora da se ženi, bolje što je bogata. Ljupka mladost Miomirina dražila ga je, a trospratnica ohrabrila za brak...

Pozvao je odmah arhitektu i poručio da mu izradi plan kuće koja bi donosila veliku rentu. Zato je žurio svadbu, a i devojče ga je uzbuđivalo. Nije se mogao zakleti da će biti veran muž, ali je bio ubeđen da će se u bogatstvu lakše zadovoljiti i umiriti. Dosta je žena imao u životu i uvek se zaricao da je to poslednja, a iza poslednje dolazila je nova. I tako su se nizale žene u njegovom životu. Raskidao je veze i ostavljao ih, samo jednu nije mogao. I to ga je jedilo i žurio se sa venčanjem. Gde sada i dete da se umeša? On otac! A ko zna ko je otac? Morao je davati izdržavanje i suze podnositi, i sve samo lepim, da ne napravi skandal! Nije trebalo da prizna to dete! Kao bajagi, pljunuti on. Otkud se to može odmah videti? Dete kao svako dete. A ona mu neprestano sugeriše: iste tvoje oči, tvoj nos! Neka ide bestraga i ona i dete!

Seo je u fotelju i ponovo raširio zgužvano pismo. Mora otići iznenada da vidi tog lepotana.

Začu se kucanje na vratima.

— Slobodno!

Mlada devojka uđe u garsonjeru.

— Mislila sam da nisi tu... Možda ti je krivo što sam došla, ali morala sam. Teško mi je! Idem kao luda.

— Zašto ideš kao luda? Novac si dobila. Dajem ti svakog meseca i obećao sam da ću ti uvek davati — mrzovoljno je govorio.

— Ti misliš dosta je da mi daš novac, pa da budem srećna. Ne mogu ja ovakav život da izdržim: ni muža, ni porodice... Kad sam pobegla od kuće, mislila sam da sam u tebi našla sve. A ti se sada ženiš! Ja to ne mogu preživeti! Nemoj da se ženiš, preklinjem te! Ne tražim brak, obećala sam da nikad neću zatražiti da se venčaš sa mnom, ali budi slobodan zbog našeg deteta. Kad se oženiš, zaboravićeš i mene i dete.

— S tobom se ne može razgovarati. Govoriš čas jedno, čas drugo. Kao da nisi normalna.

— I nisam! Zar je moj život normalan? Vanbračno dete! Šta da kažem svetu? Ko mu je otac? A svi znaju!

— Ti svuda pričaš... Tebi je po svaku cenu stalo da pokvariš moju veridbu. Ako to učiniš, znaj da ću otići u inostranstvo i dve godine nećeš čuti za mene. Ali ćeš tada biti ostavljena sama sebi. A ovako, ja ću ti obezbediti život. Obavezala si me tim detetom i neću te se odreći.

— Ti si me se odrekao, čim se ženiš. Niko me neće uzeti s tuđim detetom. Svi će me prezirati. Vlado, zar možeš to da dopustiš? Zar naše dete da se potuca bez oca?

— Ostavi te sentimentalnosti! Dete! Neprestano dete! Ko zna da li je i moje?

— Šta kažeš? I ti možeš takve reči da izgovoriš kao da sam bila nevaljalica i svakom se podavala? A ti si me prvi imao! Ti si me odvojio od roditelja! Ja bih danas bila bar krojačica, imala bih svoj zanat i našla čestitog muža.

— Naći ćeš ga i sada. Daću ti miraz, pa se udaj... Nijedan muškarac ne bi bio ovako velikodušan prema tebi.

— Ti svoju svirepost nazivaš velikodušnošću! Da me udaš? Majku svoga deteta? Više bi ti voleo da ja izvršim samoubistvo sa tvojim detetom. Ja sam tebi teret! Ti mrziš i mene i dete. Ona je bogata! Kći direktora banke! Doneće ti miraz! Uživaćeš s njom! A ja treba da se povlačim kroz život sa tvojim detetom. Ne mogu ja takav život... Bolja je smrt! Ali prvo ću se tebi osvetiti!

— Jesi li došla da mi to kažeš? — govorio je ledenim glasom, a u očima mu se video blesak mržnje. — E pa dobro! Osveti mi se! A da li znaš da se i ja tebi mogu osvetiti? Za dva dana policija te može ispratiti u tvoje mesto.

Devojka preblede.

— Da me proteraš?! — vrisnu ona i pade na pod, grčeći se i jecajući. — Neću ja dočekati da me ti proteraš! Ima mnogo lakši put da te oslobodim i sebe i deteta. Ne boj se! Ja sam te volela! Bio si mi prva ljubav! Verovala sam u tebe kao u Boga. Bila sam ti verna kao pseto! A ti me tako nagrađuješ: pretiš mi proterivanjem! Da, možeš, i lako ti je to da učiniš! Bogataš si! Tebi će svi više verovati nego meni. Ja sam bednica! Devojka sa nezakonitim detetom!

Tresla se od jecaja. On je stajao, nepomičan i hladan, a zatim joj priđe, diže je za ramena i posadi na fotelju. Bojao se da ne napravi skandal pre njegovog venčanja i morao je da je umiri laganjem.

— Ti me vređaš i zadaješ mi bol kad tako govoriš. Ja sam ti to kazao samo onako. Nemam ja srca da to uradim. Volim kad si pametna. Lepo smo se o svemu dogovorili i pristala si na moju ženidbu. Ti znaš da moji roditelji nikako ne dozvoljavaju da se tobom oženim. Odrekli bi me se. Ništa mi ne bi dali. Šta bismo onda ja i ti radili? A ovako ćeš biti obezbeđena. Ja te se neću odreći. I dalje ću te posećivati. To će se lako udesiti. Ti ćeš uvek biti moja žena, samo ako budeš pametna i ne budeš mi pravila scene. Kako je Ivo?

— Rastu mu kutnjaci, pa ima temperaturu. Cele noći je vriskao — briznu ona u plač setivši se teške noći nad rasplakanim detetom. Pade zatim na kolena, obgrli mu noge, uhvati mu ruku i poče je ljubiti. — Vlado, nemoj da se ženiš! Zbog našeg deteta!

Čovek je ponovo diže, posadi na fotelju i sede namršten na sofu.

— Ponavljaš jedno te isto! Život ćeš mi uništiti.

Ona ućuta, izbrisa uplakane oči, diže se.

— Budi spokojan, neću ti ga uništiti. Bićeš srećan! A meni šta bog da. Život moj i moga deteta u mojim je rukama.

Muškarac je hladno pogleda. Da je mogao doviknuo bi joj: „Pa ubij se! Oslobodi me bede. Dosadila si mi!" Ali oćuta i usiljeno se nasmeši:

— Ti si lepa žena, sigurno će se neko u tebe zaljubiti.

Ona uzdahnu teško i ništa ne odgovori. Pođe vratima.

— Kuda ćeš tako uplakana? Umiri se! Idi umij se. Misliće neko da sam te tukao.

— Bolje bi bilo da si me i ubio.

— Ja nisam ubica.

— Ali ubijaš svojim postupcima. Kakav si bio nekada, a kakav si sada. Uveravao si me da sam najslađa devojčica. Ah, kako su lude osamnaestogodišnje devojčice! Ništa mi devojke ne znamo i ne umemo da pogledamo u budućnost!

— Priznaćeš da je tvoja budućnost sada bolje obezbeđena. Šta bi inače bila? Krojačica! Mučila bi se i šila. A sa ovim što dobijaš od mene živećeš gospodski.

— Kad bi se život sastojao samo u tome: imati krov nad glavom i hranu. A što prezirem samu sebe i što plačem svakog dana nad detinjom posteljom, to nije ništa! A ja tebe volim! Ja ne mogu bez tebe! Razumi me! Imaj sažaljenja prema meni!

Čovek zagnjuri lice u šake i uzdahnu teško. „Što sam ja naišao na bedu!", mislio je u sebi. Devojka ućuta, priđe umivaoniku, umi lice, izbrisa se i navuče rukavice.

— Zbogom.

Kretala se i govorila kao bez svesti. Mozak joj je bio ukočen, a ruke ledene.

— Zbogom, Mila, i nemoj biti tako osetljiva. Razmisli, pa ćeš se uveriti da ti nisi toliko nesrećna kao što misliš. Hoćeš li biti pametna? — prišao joj je i spustio ruke na ramena.

— Pokušaću!

— Hoćeš još novaca?

— Ne treba mi! Imam... Dođi da vidiš Ivu! On tebe zove „tata". Tako je sladak i lep!

Grudi joj zadrhtaše, htede da vrisne, ali se savlada, pritrča vratima i istrča niz stepenice. Suze su joj tekle niz lice, a srce jaukalo od bola i poniženja.

Rentijer odahnu kad ona ode. Otvori prozor da se malo osveži. Napast! Samo da se venča, da mu ne napravi pakost pre venčanja. Izvadio je sliku Miomirinu. Dva velika crna oka pravo su ga gledala, a sočne su se usnice nežno osmehivale. Šta bi ona radila da dozna za ovu vezu? Ona je mala palančanka, iako je živela u Parizu. Da li bi se pomirila s tim? Koješta! Zar se žene osvrću na prošlost muškarca? To je nužno zlo s kojim se one mire. Umeće on nju da oblaže.

Rešio je da uveče otputuje i da sutra iznenada dođe k njima i vidi tog romantičnog mladića. Počela je da ga peče ljubomora i da ga obuzima bojazan da je ne izgubi.

———

Miomira je ustala rano, ali je osećala neku melanholiju. Zbog kišice koja je rominjala nije mogla da izađe u svoju jutarnju šetnju. Najviše je volela da pešači u sportskim cipelama uzanom stazom kroz livadu pokraj potočića, i da se vraća ovlaženih cipela od rose, vlažne kose i sva rumena. Jutrom se nije šminkala, ali njene sočne usnice i obrazi zarumeneli bi joj se od šetnje, te je osećala zadovoljstvo kad bi se pogledala u ogledalu.

To kišno jutro bila je malo bleda i bolela ju je glava. Nije svirala, jer je znala da Staša uči, a uskoro će polagati ispit. Čitala je i vezla, a zatim sišla u trpezariju. Čula je Stašin smeh iz sobe. Razgovarao je sa svojim učiteljem. Pomislila je da ode k njima, ali je odustala. Taj mladić je tako ozbiljan! Možda ne voli da ona prisustvuje času. A kopkalo ju je da vidi što se smeju. Jutros joj je bilo dosadno. Da li zbog kiše? Naljutilo ju je i pismo verenikovo. Prebacuje joj neprestano zbog odlaganja venčanja. A njoj je žao mame. Šta li će biti i sa Stašom? Začu ga opet kako se smeje veselo, dečački, i bi joj milo. Ustala je i prišla njihovim vratima. Kucnula je i zapitala:

— Mogu li da uđem?

— Izvol'te, gospođice! — čula je dubok i mek Ninoslavljev glas.

— Uđi! — viknu brat.

— Što se Staša toliko smeje?

— Rešavam zadatke iz algebre. Gospodin Ninoslav reče da neću rešiti, a ja pogodio. Ni ti ne bi umela ovaj zadatak da rešiš.

— Jest', ne bih umela!

— Hajde da rešiš. Dajte joj zadatak, Ninoslave!

Razveseli se i Miomira.

— Ti misliš da neću znati?

Ninoslav joj je izdiktirao zadatak. Ona ga zapisa i poče da rešava. Zastade malo. Staša udari u smeh.

— Čekaj da malo razmislim.

Ninoslav se smešio. Njegove duboke plave oči, zasenčene trepavicama, bile su tako lepe kad se smešio. Miomira ga pogleda. Opazi njegove bele zube ispod mladih, svežih mladićkih usana. Zbuni se malo i pogreši...

— Znam. Čekaj samo! Malo da razmislim!

— Uplatkaćeš se! — kikotao se Staša, nagnut kraj Miomire.

Nagnuo se i Ninoslav i smešio. Osećao je fini parfem iz njene crne i sjajne kose. Kovrdže su joj se spustile na čelo. Mala ruka je čvrsto držala olovku.

— Nemojte, gospodine Ninoslave, da joj pokazujete! Ne smete! Ona kaže da je odličan matematičar.

— I jesam! Ali nisam dve godine radila algebru! Ovako je...

— Nije! — bučno je vikao Staša.

Miomira zastade zbunjena i pogleda Ninoslava kao da je želela da joj malo prišapne... „Ima divne oči", pomisli on i spusti pogled na zadatak.

Nasmejaše se i dečak i mladić. Miomira je malo zastala, a Staša smehom zagluši tiho kucanje na vratima. Osetiše samo kako se otvoriše vrata i na pragu se pojavi jedan crnomanjasti mladić, elegantan, zaglađene kose, nežna lika, blazirana pogleda.

— Vlada! — uzviknu prvi Staša.

Rentijer je stajao na vratima kao da razmišlja treba li da uđe ili da se vrati? On spazi sliku: Miomira nešto piše, a pokraj nje romantični lepotan. Oči mu se zamutiše i oseti vrelinu na licu.

— Gle! Ti! — uzviknu Miomira, ali bez uzbuđenja ili straha što ju je zatekao kraj lepog mladića. — Sedi, molim te — mirno ga ponudi, kao da nije iznenada došao već da je bio tu i ušao da je ponovo vidi. — Ja rešavam jedan zadatak iz algebre Staši. Sad ću ga svršiti. Već sam ga dopola rešila. On me dira da ne umem.

Rentijeru jurnu krv u glavu. „Dakle, sve je istina!"

— Da ti samo predstavim: ovo je Stašin učitelj, gospodin Ninoslav Balšić, diplomirani pravnik, a ovo je moj verenik.

— Neka, ja ću te pričekati u trpezariji dok ne izradiš zadatak — izgovori verenik hladno, i ne pružajući ruku Ninoslavu, izađe i zatvori vrata.

Miomira zastade i pogleda Ninoslava. On je bio ozbiljan i ćutao je.

— Baš sam mogla da rešim sada, ali posle ću. Moram da idem. A imala sam pet iz matematike, verujte, gospodine Ninoslave!

Ona ga kratko pogleda, a on ju je ozbiljno posmatrao i mislio o tome šta bi on radio da njegova verenica s nekim sedi i rešava zadatak iz algebre... Kako ga je samo ravnodušno primila? Da li bogate devojke imaju srca? Hoće li to biti brak samo da bi se nazvala ženom? Čudna devojka!

Istrčala je u trpezariju.

— Izvini, Vlado! Znaš, zbog Staše sam radila matematiku. Ja sam bila odlična iz matematike.

— Što nisi nastavila — hladno je govorio. — Nisi morala da žuriš.

— Ti se ljutiš?

— Što da se ljutim? Algebra je mnogo važnija nego verenik! Bar sam video koliko si se obradovala što sam došao, i kako si me srdačno dočekala!

Ljubomornim pogledom obuhvatio je njenu privlačnu figuru, rumeno lice, blistave oči i kovrdžavu kosu. „On se njoj sigurno dopada...” Njen mirni ton još više ga naljuti.

— Zbog Staše sam radila zadatak. To dete je tako melanholično i teško doživljava pubertet.

— Pa ga ti razveseljavaš i ideš s njim i njegovim učiteljem u bioskop, pa sam čak i ja doznao o tome u Beogradu.

Dok je govorio, uporno ju je gledao, a ona oseti kako su joj tuđe te oči i cela njegova pojava, i taj ljutiti ton kojim je govorio. Ravnodušno i bez iznenađenja, i ne trudeći se da se opravda, nastavljala je:

— Ko je to mogao da ti kaže? Neko iz pakosti. Jeste, išli smo u bioskop, pa šta? Zar ja ne smem da posetim bioskop?

— Znam ja da si ti vrlo samostalna priroda i da ne trpiš prigovore, ali treba da vodiš računa da ima postupaka koji mogu da kompromituju.

— Pošto te ja poznajem, mene se ne tiče šta svet o tebi govori.

— I ja sebe poznajem, pa, ipak, vodim računa o sebi.

— I ti si zato došao, da me prekorevaš?

— Prekorevam te zato što te volim... Ali ti to ne osećaš. Sad mi je jasno zašto odlažeš venčanje. A ja jedva čekam da se venčamo!

Osetila je hladnoću prema njemu i začudila se samoj sebi... Kao da je bio neko do čijeg joj mišljenja, laskavog ili rđavog, nije nimalo stalo.

— Ja sam ti kazala razlog zbog koga odlažem venčanje.

— Jesi!... Ali ja sam tek danas shvatio pravi razlog.

— Šta hoćeš time da kažeš?

— Ono što sam video!

On je ustao, jer ga je nervirao njen ton i ravnodušnost koju je spazio... Prošetao je i došao do vrata koja su izlazila na terasu.

„Da li se mi razumemo?”, pitala se Miomira. Taj čovek bi želeo da gospodari, a njena se samostalna priroda tome protivi. Zapalio je cigaretu, okrenut leđima; ona se zaboravi jedan trenutak, kao da njega nema u sobi i nastavi da u mislima rešava algebarski zadatak. Smešila se kao da vidi nasmejano lice Stašino i priznavala u sebi: „Čini mi se da nisam umela da rešim zadatak!” Verenik se okrete i spazi njene blistave oči koje se smeše. To je bio uzrok da ponovo prasne ljubomora u njemu.

— Kako si vesela! Što se smešiš? Da li ti je smešno što se ja ljutim?

— Smejala sam se, jer nisam umela da rešim zadatak.

— Pa hoće li ovaj i tebi predavati algebru? Vidim da ti je neprestano u glavi algebra... Šta li se sve skriva ispod te tvoje zamršene kose?

— Baš ništa! Živim u prirodi i sanjarim uz moj klavir. Znaš li da sam opazila da smo mi različite prirode? Ti si u Parizu rekao da se kontrasti dopunjuju. Da li je to uvek tačno?

— Kako si došla do takvih misli? Sve više me iznenađuješ. Ali ja nisam glupak.

— Naprotiv, ti si vrlo inteligentan!

On joj priđe naglo, spusti ruku na njenu kovrdžavu kosu, zagleda joj se u oči i najedared se štrecnu: „Da li ona zna za Milu?” Gledao ju je nekoliko trenutaka i osećao toplinu njene glavice i mekoću sjajnih crnih kovrdža.

— Miomira! — tiho je prošaputao. — Ti si za mene zagonetka! U tebi je nešto što ne mogu da razumem... Da li si namerno takva?

— Svaka žena treba da bude pomalo zagonetka! — osmehnu se ona.

On se naže, hteo je da joj pritisne poljubac, ali se začuše koraci i Staša upade, veseo:

— Znaš da nije umela da reši zadatak? Što bi se uplatkala da nisi ti došao!

— Čekaj, videćeš ti da li ću se drugi put uplatkati.

— A što su divni oni šlageri! Znaš, Miomira, juče kad smo šetali, gospodin Ninoslav mi je zviždao onaj šlager što mu se dopada. Što divno zviždi! Dok je on zviždao, ja sam pevao.

Miomira opazi na verenikovom licu izraz dosade i ljubomore.

— Znaš što se Miomira prodobrila! Ranije nikad nije htela da mi svira šlagere, a sad svakog dana.

— Izgleda da šlagere volite i ti i tvoj učitelj? — kušao je dečaka.

— A, gospodin Ninoslav se divi njenim klasicima. A ja ih baš ne volim. Hajde da nam sviraš!

— Mogu, ali neću šlagere, već ono što ću svirati na koncertu. Vlado, hoćeš li doći na koncert? Istina, tebe ne oduševljavaju palanački koncerti.

— Zbilja, program će biti vrlo lep.

— Miomirice, hajd’mo gore da odsviraš onaj šlager — nežno je Staša molio sestricu.

— Jaoj, ti njegovi šlageri! — osmehnu se mati koja uđe. — Kako su, Vlado, prijatelj i prija?

— Vrlo dobro. Pozdravili su vas mnogo. Oni se nadaju da će naše venčanje biti u maju.

— To je Miomirina stvar. Kako ona odluči. Roditelji nikad ne ubrzavaju svadbu. Svako voli svoje dete.

— Ti ćeš plakati kad ja odem? — dirala je Miomira.

— Što da plačem? Neću. Vlada je dobar. On će te voleti. Znam da te i njegovi roditelji vole.

— To Miomira neće da zna.

— Eh, kako da neće! Ona će biti dobra snaha.

— Ali nije dobra verenica. Jutros me je tako hladno dočekala.

— Takva je ona. Ponekad se zavuče u sobu, pa je u stanju da ceo dan ne izlazi... Svira, piše...

Miomira je sanjalački gledala u baštu, a verenikovo lice se zateglo i obrve mu se uzdigle. Sakrio je svoj pogled u oblaku dima cigarete, ali je opazio sanjalački izraz Miomirin.

Popeše se u Miomirinu sobu. Verenik je šetao po terasi i slušao muziku. Osećao je da se nešto krije u srcu ove čudne devojke. Staša mu je bio dosadan. Želeo je da ostane nasamo sa njom. Znao je on šta najviše deluje na žene. Nekoliko poljubaca i one se raznežavaju. A nije mu išlo u račun da izgubi ovo lepo i bogato devojče. Prekorio je sebe što je odao ljubomoru. Time joj daje oružje u ruke. Ali ga je ljutilo što i ona nije ljubomorna. Bio je naviknut da su uvek devojke ljubomorne na njega. Bio je svestan da je lep i bogat. I prvi put, pojava jednog mladića uznemirila ga je. Sakupljao je utiske koji su ga mučili: svršeni pravnik, radi doktorsku tezu, lep. Svašta se zbiva u devojačkom srcu. Treba se što pre venčati. Odmah bi u maju počeo sa zidanjem kuće. Do novembra bi mogla biti pod krovom, a možda i gotova.

— Slušaj ovaj šlager! — divio se Staša.

Miomira prekide sviranje.

— Dolazim do zaključka, Staša, da si zaljubljen.

— Šta ti sad?! U koga sam zaljubljen? Po čemu izvodiš taj zaključak?

— Što voliš ljubavne pesme. A zaljubljen si u jedno lepo plavooko devojče. Prekosutra ti priređujem žur. Jutros sam to javila telefonom gospođici Slavki.

Dečak sav pocrvene.

— Kad si javila? I kako ti to bez mene javljaš?

— Pa sad ti kažem, da se ne bi mnogo uzbudio.

— Uh! Da se ne bih uzbudio! A ko će sve da dođe?

— Anđa će sakupiti društvo.

Dečak slete niz stepenice sav crven. Miomira izađe na terasu. Naslonila se na stub i obgrlila ga rukom. Oblaci su se cepali i između njih se ukazivalo sunce i svetlost, kao zlatno jezero.

— Biće lep dan! Hoćeš posle ručka da se provozamo? Možemo ići do sela, do jedne naše rođake učiteljice.

Verenik je ćutao i stajao iza njenih leđa. Mlada devojka je govorila kao da govori za sebe:

— Tako volim ovaj predeo. Uvek je lep. I navikla sam da živim u prirodi. Ne znam kako ću se naviknuti na Beograd. Nekad me je oduševljavao velegradski život...

— Znam... I ja osećam da više ne voliš Beograd. Ovde je tako lepo, svi te vole, obožavaju, dive se tvojoj muzici...

Ona se okrete da ga pogleda, a on joj obgrli ramena i privuče je sebi. Htede da je odvoji od stuba, ali se ona čvrsto pripila uz njega. Mladi čovek oseti kako se ona otima. On zastade, pogleda je u neverici i odmače se hladan i gord. Izvadio je novine, seo i počeo da čita. Nešto mu je kljucalo u glavi. „Ona me ne voli.”

Miomira sede na tršćanu fotelju. Htela je da otpočne razgovor, pa ga zapita:

— Jesi li bio skoro u operi?

— Nisam.

— Zar nisi bio na premijeri?

— Nije me interesovalo. Ići ću drugi put.

Čitao je i dalje. Ona se diže, sede za klavir, jer je videla da je ljut. On zgužva novine i spusti ih u džep. Svirala je, sva zaneta, kao da nikog nema u sobi. Da li ona to njemu svira i želi da je čuje? Stao je iza njenih leđa i najedared je dočepao za ramena i zario usne u njen lepi beli vrat.

— Ti si drukčija, Miomira! — šaputao je.

— Uvek sam ista. Možda me nisi dobro upoznao, pa zato misliš da sam drukčija — izvila mu se iz naručja i nasmejala.

Pošla je na terasu. On polete za njom da je uvuče u sobu, ali se pojavi Katica.

— Gospodin je došao i zovu vas na ručak.

— Ima li večeras voz za Beograd?

— Zašto pitaš?

— Hoću da se vratim.

— Ima i sutra po podne. A što žuriš?

— Da ti ne bih dosađivao — prišao joj je, uhvatio je za ruku i tiho rekao: — Reci mi, Miomira, šta je to u tebi?

— Šta je u meni? Ništa!

— Nisi iskrena! Misliš li ti ozbiljno na naše venčanje?

— Mislim, samo ja ću ti, Vlado, iskreno reći: htela bih još jedno leto da provedem sa mojima.

— Da čekamo leto, pa da se venčamo na jesen?! Zašto?

— Zbog mame. Da je naviknem na misao da ću je ostaviti... Bogami, zato...

— Ne verujem ti!

— Pa kako da te uverim?

— Ako se venčamo u maju... Najdalje u julu! Toliko ti dajem roka. Ti bi više volela da sam ravnodušan, pa da odlažem venčanje godinu dana. Zar ne osećaš koliko te volim?!

— Ako me voliš, pristaćeš na avgust.

— Ispadam smešan, bogami! Molim verenicu da se venčamo, a ona neće odmah. Stid me je od svojih roditelja.

— Ja ću im pisati. Oni me razumeju.

— I vole te — zavukao joj je prste u kosu i privukao svojim usnama njena mala sočna ustanca.

Otrgla se i strčala niz stepenice, a on za njom. Čudila se zašto joj nije bio sladak njegov poljubac. Ne, ona mora sebe da ispita. Šta je ovo u njoj? Što joj je ovako tuđ sada?

Za stolom, tata je sedeo u začelju, mama desno od njega, verenik levo, Miomira do njega, a prema njoj, do mame, Ninoslav. Tata je veselo pričao, šalio se i zadirkivao Miomiru i Stašu. Miomira je osećala da je njen verenik usiljen. Sigurno mu je bilo neprijatno prisustvo Ninoslavljevo. Iz učtivosti upravio mu je dva-tri pitanja, posle razgovora s Miomirinim ocem, ali krišom se okretao i pogledao Miomiru, i hvatao poglede ovog lepog mladića. Počeo je da naslućuje da se ovde zapliće nešto. Da ona ne učini nešto sa ovim mladićem? Da ne misli da joj je, kao bogatoj devojci, sve dozvoljeno? Da ne raskrsti sa svojom čednošću? U Parizu mu je kazala da je čedna. Počeo je da sumnja. Želi da se provede. Pogledao je pravo u mladićevo lice i ljubomora ga opet preseče. Interesantan je i lep, a ona je temperamentna. Nju treba obuzdati i čuvati! Ova blizina je opasna.

— Mi ćemo posle podne do Živkice u selo. Hoćeš li i ti, Staša, s nama?

— Hoću.

Verenik steže usne. Zašto li vodi brata?

— Hoćete li i vi s nama, gospodine Ninoslave? — okrete se Staša učitelju.

— Hvala. Neću — odgovori mladić dubokim glasom.

— Zašto nećete? — navaljivao je dečak, koji nije osećao šta se događa u srcu verenikovom.

— Idi ti sam! — mirno je odgovorio Ninoslav, jer je video kako ga ispitivački i hladno posmatra verenik. — Imam nešto da radim.

Miomira je ćutala i gledala Ninoslava. Ništa nije govorila, ali se u njenim divnim crnim očima razlivala nežna toplota, dok su joj mali prstići gnječili mrvicu hleba.

——

Verenik je ostao i sutradan, i tek se posle podne spremao da ide.

Pre ručka Ilija izvede Miomirinu Dijanu da je uzjaše i prošeta.

— Dijanice! — zvala je ona sa terase. — Ti si moja lepa Dijana, ali si nevaljala! Naljutiš se poneki put! Tako me je zbacila da sam uganula nogu.

Ninoslav je sa Stašom bio u bašti. Prišao je Dijani. Ona je kopala nogom, kapriciozna kao žena. Svi su je posmatrali sa terase.

— Čekajte da je ja uzjašem — zatraži Ninoslav od Ilije.

— Nemojte! — uzviknu uplašeno Miomira. — Ona je luda! Zbaciće vas.

„Hoće pred njom da se pokaže", gnevno je mislio verenik i osećao ovog mladića kao neku moru u grudima. Tako bi ga dočepao i izlemao.

— Staša! Odmakni se! — naređivala je Miomira.

— Šta se plašiš? — hrabro je govorio dečak. — Gospodine Ninoslave, nemojte jahati.

Ali mladić lako uskoči u sedlo. Dijana ga oseti, poče da besni, da se propinje, bacaka, ali mladić joj prileže uz vrat, čvrsto držeći dizgine. Kapija je bila otvorena i ona jurnu.

— Poginuće s njom! — vrisnu Miomira i, sva bleda i usplahirena, izlete na kapiju.

Verenik je stajao bled, stegnutih pesnica u džepovima kaputa. Vilice mu se ocrtaše na obrazima, kao da steže zube. Misli li ona da je on šonja i otkud ovakve ispade da pravi? A, naučiće on nju kakva mora biti njegova žena.

— Mama, umirio ju je! — sva uzrujana govorila je Miomira. — Da znaš, tata, kakav je jahač i kako se drži na konju! A ja nisam imala pojma!

— Dobro, hodi ovamo! Gde je sada Staša? — zovnu mati.

— A tako sam se uplašila da ga ne zbaci!

Pogledala je verenika, ali kao da je se ništa nije ticalo šta se u njemu zbiva. Važnije je da jedan mladić nije poginuo. Nije se čak ni popela na terasu, nego je stajala pod lipom i čekala da se pojavi Ninoslav.

On utera Dijanu, ispravljen na konju, držeći čvrsto dizgine. Sjaha lako, potapša je po vratu i predade Iliji.

— Nije ona tako strašna kako pretpostavljate! U vojsci ima gorih konja. Samo, treba je ukrotiti.

Verenik je grizao usnu. „Da li on i nju kroti?" Dohvatio je jednu grančicu puzavice i povukao je. Trže se, kad se ona polomi. Slušao je Miomirin glas.

— A otkud ste vi takav jahač?

— Ja sam služio u artiljeriji, a artiljerac mora da bude dobar jahač.

— Nisam znala! — prošaputa Miomira. Lagano se pela na terasu i mislila: „On bi mogao da mi pravi društvo na jahanju, kad bi mu tata kupio jahačko odelo". — Idem da se obučem! Koliko je sati? — pitala je verenika.

— Ne moraš da me pratiš. Mogu ja i sam! — hladno odgovori verenik.

Osetila je njegovu hladnoću i malo življe uzviknu:

— Zašto da te ne pratim? Zar ne želiš da idem s tobom?

— Možda ti je dosadno!

— Gle? Otkuda da mi bude dosadno? — osmehnu se ona kao da hoće da ga ohrabri, a njega još više razdraži njen osmeh i obrve mu se spustiše nad oštrim pogledom.

Staša je dečački larmao u bašti, zadivljen Ninoslavljevim jahanjem.

— Vi biste mogli biti učitelj jahanja! Jesi li videla, Miomira? A ti sve pričaš kako si jahačica!

Mladi rentijer je kipteo od ljutine i ljubomore. Već mu je dosadilo da neprestano sluša: „gospodine Ninoslave, gospodine Ninoslave", a još teže mu je bilo da gleda njegovu visoku pojavu i lepu glavu. Kako se samo pravi važan! Kao da je veliki gospodin. Uvukao se u bogatu kuću i ko zna kakve namere ima. Prilazio je Miomirinoj mami i opraštao se s njom.

— Žao mi je, Vlado, što nisi i danas ostao? — govorila je ona iskreno. — Pa, dođi opet! Pozdravi mnogo priju i prijatelja! Reci im da se ne ljute što venčanje neće biti u maju. A ja ću već ubediti Miomiru da ne brine za mene.

Njemu je bila dosadna i tašta. Kako oni samo slušaju kćer! Svima zapoveda. A otac i mati i ne opažaju kako je opasno držati u kući ovog lepotana, koji nema ništa i razmeće se kako radi doktorsku tezu. Da li Miomira zna da on nije završio prava? A i šta će mu? On je rentijer.

— Kako, zar ćeš ti bez mantila? — naljuti se mati, videći Miomiru u haljini boje lipe s crvenim ukrasima od kože.

— Pa nije hladno... što da vučem mantil?

— Nemoj da me jediš! Ponesi ga! Može pasti kiša. Katice, idite donesite joj mantil. E, pa još jednom da se oprostimo. A gde je Staša? — pitala je mati. — Staša!

On dotrča. Bio je u borovoj šumi sa Ninoslavom. Verenik pogleda gde je Ninoslav, ali se on izgubi u šumici. Nije prišao ni da se oprosti, jer je video njegovo namrgođeno lice.

— Staša, i ti ćeš s nama?

— Mogao bi i gospodin Ninoslav! Gospodine Ninoslave! — viknu dečak. — Hoćete li i vi s nama?

— Neću! — odbi mladić iz daljine.

„Kako taj odgovara kratko i oštro. Mora da mu pridaju mnogo važnosti u kući”, sav ljut razmišljao je verenik.

Auto odjuri. Ninoslav se vrati. Pomislio je da bi mogao i on da ode do varoši. Kiša je prestala i drum je bio bez prašine. Divna šetnja! Da ode do Slavke da je zamoli da mu nađe gitaru, da ne bi svoju donosio...

Prišao je gospođi Novaković i učtivo joj rekao:

— Gospođo, ja ću do varoši.

— A što niste s njima, autom?

— Volim da prošetam.

— Da, baš je prijatno. Možda ćete ih naći tamo, pa se vratite zajedno. Je l'te, gospodine Ninoslave — poče mati poverljivo — ne mogu nikako nasamo da ostanem s vama. Recite mi iskreno, znate, majka uvek brine, kako Staša uči? — ponavljala je često isto pitanje.

— Vrlo dobro, gospođo. Nemojte ništa brinuti. Staša će biti dobar dečko.

— O, hvala vam, gospodine! Tako me lepo utešite. Ja vidim da ste imali mnogo uticaja na njega. Sviđa mi se kod vas što ste ozbiljni, a opet ste s njim kao s drugom, i shvatate da je on još dete. Samo da položi ispit!

— Položiće, sigurno. Ja sada idem do njegove nastavnice, gospođice Simić.

— A da, kod gospođice Slavke!

— Zamoliću je da se zauzme i kod drugih profesora. Ona je moja drugarica sa studija.

— Da, treba zamoliti. Aleksa neće. Uvek se ljuti: „Što da ne bude kao i drugi đaci?" A ja ga umirujem da nisu sva deca ista! Baš dobro što poznajete gospođicu Simić. Ona će doći sutra k nama i dovesti njegove drugove. Kaže mi Miomira kako ste joj vi kazali da je njemu potrebno društvo. A zar mu mi branimo? Njegovi drugovi mogu da dolaze svakog dana.

Mladić joj se pokloni.

— A zar ćete bez mantila? Ponesite, bolje će biti!

— Nije mi potreban.

Katica se približi.

— Gospodine, imate neki trun na leđima, čekajte da donesem četku! — ona otrča u kuću i izlete sa četkom. — Evo, ovde!

Četkala ga je po ramenu i leđima i uzdisala. „Oh, kakav vrat! Snažan i lep! Što bi taj umeo da stegne u zagrljaj."

Uzdahnula je kad je otišao.

Drugarica je uvek gotova da iskreno voli svoga druga

Ninoslav je šetao ulicama i razgledao varoš. Mislio je da kupi kravatu, ali odlučio je da najpre ode do Slavke. Ušao je u dvorište i zakucao na njena vrata.

— Slobodno! — čuo je njen glas.

Iznenađeno je uzviknula kad ga je spazila:

— O, ti si, Ninoslave! Baš si me prijatno iznenadio! Izvini, ja sam peglala — zbuni se — gotova sam. Uđi u sobu. Samo da ostavim peglu. Znaš, vešerka mi pere, a ja sama peglam. Ne može sve da se plaća. Posle podne nemam časova pa ugrabim i pokoji domaći posao da svršim.

Bilo joj je milo što je video kako je ona vredna. On je siromašan, njemu je potrebna žena kao što je ona.

Razgovarala je s njim iz kuhinje, dok je dizala ćebe sa stola i stavljala vezen čaršav. On je šetao po njenoj sobici, dolazio do kuhinjskih vrata i prilazio prozoru, zagledao njene jastučnice i veselo govorio:

— More, ti si se ogazdila! Kuću stekla!

— Šta ćeš, to mi je jedina radost.

— Eh, zar nemaš nikakve druge radosti?

— Pravo da ti kažem, nemam! Znam, ti misliš da li ne vodim ljubav s nekim? — pitala je sva rumena i bi joj milo što je zadirkuje. — Kakva ljubav! Ovo je palanka... Odmah bi me ogovarali. A ti znaš da sam ja ozbiljna. A nisu svi mladići kao što si ti.

— Zar sam ja nešto izuzetno?

— Nisi sigurno kao jedan momak, sudija, koji me je sasvim otvoreno pitao hoću li s njim da živim? Vide da sam se sama probijala kroz život, pa se čude što tako pošteno živim i ne veruju mi da sam poštena — govorila je veselo, a obuzimala ju je prijatna toplina. — Izvini, ja ovako u domaćoj haljini! — opravdavala se, a znala je da joj je haljina nova i da joj vrlo lepo stoji. Pogledala se krišom u malom ogledalu na zidu u kuhinji. Zadovoljna, ona uđe u sobu, pošto je stavila lonče za kafu na primus.

— A znaš zašto sam došao? Zbog gitare! Hoćeš li mi doneti na koncert gitaru onoga đaka?

— Hoću! Nemaj brige! Kazala sam mu da je gitara za onoga pevača iz Beograda. Tvoje će ih pesme najviše uzbuditi... A mi sutra dolazimo k vama. Zvala me Miomira.

— Reče mi Staša.

— Vidi, Anđica oprala svoju kragnicu od čipke. Sva je srećna što će doći u posetu Staši. Blago ovoj deci! Nema ničega lepšeg od gimnazijskog života! Oni to ne shvataju...

— Da... Znam... Ali imam još nešto da te zamolim: nemoj da budeš suviše stroga pri ocenjivanju Staše.

— To se zna! Nemoj o tome ni da mi govoriš.

— On dobro zna.

— Verujem, kad ga ti podučavaš. Ti si savestan.

— Kakav je taj matematičar? — pitao je Ninoslav.

— Prema đacima je vrlo strog, prema mladim nastavnicama vrlo bezobrazan.

— Šta kažeš?

— Opasno mi se udvara!

— A kako ti primaš ta udvaranja?

— On je oženjen!... Ti oženjeni u kolegijumu bezobrazniji su od mladića. A ima ljubomornu ženu, koja ga svakog odmora zove telefonom. Uvela je u kuću telefon da bi kontrolisala muža. A on ti je pred ženom svetac, a svaki čas gleda da pipne neku nastavnicu ili je stegne za ruku, a meni neprestano govori: „A vi tako sami? Šteta!”

— Možeš li, onda, štogod da izdejstvuješ kod njega za Stašu?

— Zamoliću ga!

— Da se nisi zaljubila u njega?

— Jaoj, treba da ga vidiš! Ne bih ga ni pogledala. To nije moj tip. I oženjen je! Što mrzim te oženjene što nasrću na devojke! Nego, kako si ti? Kako Miomira? Opasno je za tebe, neprestano si s njom. Da se ti ne zaljubiš?

— Ona je verena devojka. A ti znaš da mene nikad nisu oduševljavale bogataške ćerke.

— Miomira nije rđava! — iskušavala ga je Slavka.

— Ona nije ono što su beogradske mondenke. To je devojka koja živi u samoći, sa svojim klavirom. Inteligentna je.

Slavku nešto steže u grlu.

— Da, inteligentna je... Bila je i u Parizu.

— Ova dva dana bio je kod njih njen verenik.

— Zbilja? — obradova se Slavka. — Kako ti se dopada njen verenik?

— Otmen mladić... Malo smo razgovarali.

Slavka je pričala i osećala kako joj toplina udara u obraze. Njihovo drugarstvo moglo bi se razviti u divnu ljubav. Tako bi volela da joj češće dođe. A potom izgovori glasno:

— A što ne dođeš češće? Bogami, osećam kao da si mi rod.

— Nisam imao vremena, a znam i da si u školi.

— Mogu ti reći kad sam posle podne slobodna. Dođi, pa da idemo u bioskop — ljubazno ga je pozvala, kao iskrena, inteligentna devojka, koja odmah otvara svoju dušu bliskom drugu.

Donela je slatko i kafu i veselo su pričali, podsećajući se doživljaja iz studentskog života.

— Hoćeš li da prošetamo? — predloži Ninoslav.

— Mogu.

— Hteo sam da kupim kravatu.

— To ćeš naći kod gazda-Tase. Da vidiš i Ginu. Pocrkaše Gina i Vida za tobom. A što ti spremam klaku! Gore je galerija, u sali, i tu će da stoje đaci. Moja Anđica ne zna ko je pevač, ali sam joj kazala: „Kad se pojavi, imate da ga pozdravite aplauzom".

— Nemoj, molim te! Možda im se moj glas neće dopasti.

— Tvoj glas da se ne dopadne!? A znaš li ti da je šteta što nisi operski pevač?

— More, biću zadovoljan da postanem i bankarski činovnik.

— Ne brini! Proguraću ja Stašu.

Zatvorila je vrata na kuhinji da bi se obukla. Bila je brzo gotova i izašli su na ulicu. Volela je da je svi vide s njim i da malo napravi ljubomornim onog sudiju, i jednog poručnika. Svi bi hteli ljubav, a neće da se žene.

— Hajde da se malo prošetamo korzom, neka te vide devojke — pozva ga Slavka.

Bila je raspoložena i veselo je pričala. Najednom, reč joj zastade u grlu. Pred jednim izlogom stajala je Miomira sa Stašom i držala ga ispod ruke. „Dakle, on je zbog nje došao? I ona ga čeka", pomuti tuga divno raspoloženje gospođice Slavke.

Staša ih prvi spazi.

— Miomira, evo gospodina Ninoslava!

Mlada devojka se brzo okrete i ugleda nastavnicu sa Ninoslavom. Gospođica Slavka se usiljeno osmehnu. „Ona ga voli i ljubomorna je", sinu kroz svest Miomiri.

— O, baš dobro što sam vas videla, gospođice Slavka! Sutra dolazite? Je li sigurno?

— Razume se! Dovodim čitav razred!

— Divno!

— Ne, ne! Šalim se!... Ali biće ih desetak. Krećemo na ekskurziju. Pešice!

— Nemojte samo dockan da dođete.

— Najdalje do četiri sata — veselo je govorila gospođica Slavka. Neraspoloženje iščeze. „Ona ima verenika! Zar ona da gleda Ninoslava?"

Staša zapita:

— A što vi niste pošli s nama autom?

— Ti znaš da ja volim da pešačim.

— Zar mora baš uvek s tobom i gospodin Ninoslav? Baš mi je sada pričao o vama i hvalio vas, pa bi hteo da je stalno s vama u društvu. Ne moraš ti uvek biti sa gospodinom Ninoslavom.

Dečak se zbuni i tek sada pomisli: „A, ima on ženu! Nije kao što me je uveravao... Zato i ide sam...”

— Hajde, Staša, da svratimo u knjižaru — pozva sestra brata, želeći da se odvoji od njih. Opazila je malu promenu na Slavkinom licu.

„Sigurno joj je verenik zapretio”, pomisli Ninoslav, koji je video njen zategnuti i uobraženi izraz lica.

— Ako hoćete, možete s nama autom. On je pred bankom — pozva ga Staša.

— Ostanite vi, gospodine Ninoslave, koliko hoćete — popravi brata Miomira. „Baš je naivan!”

Slavka je ljubazno pogleda. „Ona je dobra i pažljiva!”, pomisli o Miomiri, ali se mala strepnja kao hladna struja provlačila toplinom njenog srca. „Ona je lepa, a on je gleda svakog dana.” Brzo se okrenula i uhvatila jedan pogled Ninoslavljev kojim je gledao Miomiru. Nešto je zatreperilo bolno u njoj... „Ali on uvek tako gleda”, uteši ona sebe. Kad i nju posmatra, pogled mu je osećajan i dubok, kao da izražava ljubav. Ah, divan je! Tako bih bila srećna s njim.

— Idi ti, Ninoslave, autom! Ja ću sama kući.

— U koliko se vraćate?

— U sedam — odgovori Staša.

— Ako se zadržim, nemojte me čekati.

Slavka se osmehnu. „On je dobar. Ne voli bogate devojke!”

— Dolazio vam je verenik?

— Jeste, pa sam ga ispratila.

— Kad se venčavate?

— Ne znam ni ja. Avgusta ili septembra. Idem još na jedno letovanje sama.

Slavka klonu. „Zašto ne misli na venčanje? Lako je njoj! Bogata, pa joj se može.” Nastavljala je tu istu misao kad je ostala sa Ninoslavom.

— Voli li ona svoga verenika?

— Šta ja znam.

— Čudim se što odlaže venčanje — brzo se pokajala što to reče. Dala je time na znanje Ninoslavu da joj se dopada. Odmah se popravila: — Pa da...

bila je slaba od gripa. Možda se i sada ne oseća dobro. Stalno živi u prirodi... Jesi li video njene sobe?

— Jesam. Svirala nam je jednom neke šlagere.

— Jesi li ti pevao? — brzo ga upita.

— Nisam. Neću do koncerta. Nemaju oni pojma da pevam. Samo zviždućem.

„Kako li će Miomira primiti njegov glas?", pomisli ona tužno. Poče da ga kuša:

— Što ne ideš autom?

— Neću još! Neka oni idu!

„Njemu je prijatno sa mnom", pogledala ga je i osetila kako joj uzdah puni grudi. „Tako bih ga poljubila. Zašto nije malo slobodniji?"

— Jesi li video ovu ulicu? Tu su sve nove i lepe kuće.

— Nisam.

— Hajde da prošetamo tuda.

Ulica je bila malo mračnija, sa manje sijalica.

— Obožavam kad je varoš osvetljena. Što li su ovako retke sijalice?

Slavka uzdahnu. Njemu smeta pomrčina, a ona je tako voli.

— Žali opština struju! — našali se, ali oči su joj bile tužne. „On sigurno voli crnomanjaste", iskrsavale su joj razne misli.

— Kako je lepa ova vila! — zastao je. — Svaka kuća ima puno cveća.

— I kod njih je lepa bašta — opet se vraćala u mislima Miomiri.

— Jeste, uvek je cveće po vazama.

— To Miomira namešta?

— Jednom sam je video kako stavlja cveće po vazama.

— A ona ništa ne radi u kući? — pitala je da bi ga opomenula kako ona radi. Zatekao je sa peglom u rukama.

— Imaju dvoje mlađih... Nisam video da išta radi.

— Neko je baš srećan! Znam ovde jednu devojku do naše kuće. I ona je bogata. Spava do deset.

— Opazio sam da gospođica Miomira rano ustaje. Nekad kad mi ustanemo, ona već šeta.

— Zbilja? — uzdahnu Slavka. Čisto se naljuti na sebe što pita o njoj. Vodila ga je i dalje, ali poče opet da ga kuša. — Možda bi ti autom?

— Kakav auto! Neću! Idem pešice!

Uđoše u neko sokače, još mračnije.

— Sad ćemo ponovo izaći na korzo!

On se ništa ne doseća. Kako su muškarci neosetljivi. A ona je želela samo jedan stisak njegove ruke. Ženska srca su uzbudljivija.

Izašli su na korzo. Videla je kako su ga devojčice i devojke gledale i okretale se za njim.

U susret su im išla tri oficira. Među njima i poručnik koji joj se udvarao. Osmehnula mu se. On joj se javio i pogledao Ninoslava. Htela je da ga napravi malo ljubomornim.

— Ovaj mi se poručnik udvara.

— Meni se čini da ti imaš mnogo udvarača! — dirnu je Ninoslav.

— Živa mi Anđa, nemam! I ne marim. Ti znaš da ja volim drugarstvo. A sa ovdašnjim muškarcima ne smeš da prošetaš. Odmah gledaju da te odvuku u neki budžak i da te dočepaju i zagrle — ljutila se kao bajagi na njih, a u stvari je bila ljuta na Ninoslava što nije iskoristio neki budžak.

— Ti ćeš pešice?

— Koliko je sati?

— Pola osam!

— Oni su otišli. Ako!

Milo ga je pogledala. Ovakvog mladića bi mogla ludo da voli. On ume da bude dobar drug. „Da su i drugi kao on!", uzdahnula je.

— Sutra ćemo se videti. Za Stašu ne brini!

— Ja se uzdam u tebe!

Oprostiše se i ona ode kući sva uzbuđena. Da on dobije mesto u banci, a ona je nastavnica, pa da se uzmu. Anđica će da studira prava, pa može da bude i u selu, samo da odlazi na polaganje ispita. A ona bi joj pomagala. Kako to sve izgleda lepo i lako ostvarljivo, a kako je teško udati se, iako je školovana devojka i svoj čovek.

Ninoslav nije video Miomiru kad je došao. Nikad nisu večeravali pre osam ili pola devet i on je stigao na vreme.

— A zašto Miomira neće da večera? — pitao je otac.

— Kaže da je boli glava. Popila je mleko i legla.

— Nešto ju je nasekirao Vlada — izgovori je Staša.

— Šta ima on da je sekira? — iznenadi se mati. — On je vrlo pažljiv prema njoj.

— Meni se tako čini. Miomira je bila ljuta.

— On se ljuti što ona odlaže venčanje. Eto, zašto! Što su ti verenici nestrpljivi da se venčaju, a posle im dosadi bračni život! — ljutila se mati.

— Gle? Šta ti pričaš! Dosadi bračni život! Da nije i tebi dosadio? — našali se direktor.

— Predratni brakovi nisu u pitanju, nego današnja moderna mladež. A hoćete li vi, gospodine Ninoslave, da se ženite?

— Još ne mislim. Ne bi me uzela nijedna devojka, jer nemam nikakav položaj.

— Ja ću vam stvoriti položaj — pljesnu ga direktor po ramenu. — Ocenio sam da ste dobar mladić. A pravnici su najbolji bankarski činovnici. Je li tako, Staša?

— Da su moji profesori kao gospodin Ninoslav, nikad ne bih bežao iz škole.

— Možda su oni, sine, isto tako dobri, ali pred njima nije jedan đak, nego ceo razred. Majka ne može uvek da razume svoju rođenu decu, a kako će profesori da podese ponašanje prema tolikim đacima, kad svaki ima svoju ćud i vaspitanje.

Staša je protestovao, a majka ga je s ljubavlju gledala. Posle je govorila mužu:

— Jesi li video, Aleksa, kako je Staša drukčiji? Postao je življi i nije više melanholičan, učtiviji je... Baš je ovo krasan mladić! I ovo što sutra dolaze Stašini drugovi i drugarice je ideja gospodina Ninoslava. On je kazao Miomiri da je Staši potrebno društvo. Kaže mi Miomira da Staša simpatiše sestru gospođice Slavke. Neka ih! Deca su!

— Rekao mi je gospodin Ninoslav, kad Staša bude u sedmom razredu, više nećemo morati da brinemo o njemu.

— Daj bože! — prekrsti se mati. — A Vlada je malo ljubomoran. Ni Miomira nije trebalo da onako trči za gospodinom Ninoslavom, kad je uzjahao Dijanu. A ona se sva prestravila. Videla sam kako mu je bilo krivo. A nema razloga. Ninoslav je tako učtiv mladić. Nikad ne pogleda Miomiru drsko, kao drugi muškarci.

Legli su. U kući je vladala tišina. Samo se iz letnje kuhinje čuo Katičin smeh. Pomagala je kuvarici i brisala joj tanjire, a Ilija ih je obe zadirkivao.

Miomira nije spavala. Legla je, pa ustala i čekala da vidi izlazak meseca. Bila je nešto nervozna. Bliska udaja kao da je plašila. Ispitivala je otkud u njoj osećanje straha od udaje? Da li je to ono nepoznato u muškarcu što je plaši. Živela je bezbrižnim životom deteta, u lepoj prirodi, kraj nežnih roditelja, voljena i mažena, uživajući u muzici. U njenoj devojačkoj mašti ljubav je bila nešto uzvišeno. Ona je volela da koketira sa svojim modernizmom i u društvu muškaraca nikad nije pokazivala svoju pravu prirodu. Volela je da im protivreči, pravila se neosetljiva, jer je verovala da svi oni vole njeno bogatstvo i da su zbog novca u stanju da podnose sve njene kaprice. A kad bi ostala sama sa sobom, ovako u noći, pod čistim nebom i blistavim zvezdama, bila je prava Miomira, čija je duša bila puna nežnih melodija.

Pred njom se sada pojavio lik verenikov, njegovo zategnuto lice, hladne oči, čula je njegove prekore. Sve ju je to otuđivalo, jer nije mogla u njega da pronikne. Njihovo poznanstvo i ljubav nisu bili satkani iz niza sitnih duševnih doživljaja, potrebnih da se upoznaju navike, temperament i pogledi na život jednog muškarca. Osećala je da ga ne poznaje; on je živeo u društvu, njoj nepoznatom, i to ga je udaljavalo, i brak joj je izgledao kao da se penje uz brdo, želi da dođe do vrha, a ne zna šta je na drugoj strani.

„Nisam pročitala novine. Dole su u trpezariji.” Htela je da zovne Katicu, ali nije želela da svojim glasom naruši noćnu tišinu. Sići će sama. Ružičasta košulja od svile spuštala joj se do zemlje kao haljina stila direktoara. Privezala ju je pojasom, koji je povlačio nabore i isticao njene fine mlade, čvrste grudi. Navukla je papučice, spustila se lagano stepenicama i ušla u trpezariju, koja je još bila osvetljena. Novine su ležale na stolu. Uzela ih je i raširila...

Vrata kucnuše i na njima se pojavi Ninoslav. Zastao je iznenađen pred dugom nežnom siluetom u blesku ružičaste boje.

— Oprostite! — prošaputa mlada devojka sva zbunjena. — Zaboravila sam novine.

— A ja sam došao da uzmem šibice — promuca mladić. — Ali mogu i posle.

On se brzo povuče u svoju sobu, a ona ustrča uz stepenice.

Zaboravila je da čita novine. Spustila ih je na sto i bacila se u postelju. Pred očima joj opet iskrsnu lik verenika: mrzovoljan, kiseo, kao kakav muž, koji već ima pravo nad njom i koji kao da joj govori: „Sumnjivo je što odlažeš venčanje kad je ovaj lepotan u kući".

„Lepotan!", prošaputala je i nasmešila se. „On voli gospođicu Slavku. Sigurno će se njome oženiti. Zato je i došao k nama."

Ustala je da ugasi svetio. Pomrčina prekri sve stvari u sobi. „Da vidim mesec." Jedan oblak ga je pokrio. Naslonila se na stub terase i pogledala u baštu. Opet je videla senku mladog čoveka na prozoru. „Zašto li on ne spava?"

Lagano je ušla u sobu u kojoj su se nazirali obrisi stvari i legla.

Stašin žur

U bašti je bilo puno galame. Devojčice su larmale, pevale, igrale. Izneli su gramofon i ređali ploče.

— Vidite, moja Anđica igra bolje od mene. Igraš li ti, Ninoslave?

— Igrao sam nekad, ali nisam odavno!

Slavka je videla usplamtele oči devojčica kako gledaju Ninoslava. Dečaci nisu ništa vredeli kraj ovakvog visokog i lepog mladića. On je opazio poglede mladih devojaka i izdvojio se na jednu klupu sa Slavkom i Miomirom, ostavljajući Stašino društvo samo njemu. Đaci su voleli gospođicu Slavku i bili su slobodni pred njom.

Slavka je pričala:

— Znate, kad gledam devojčice u školi, osećam da sam u poređenju sa njima starinska devojka. Zamislite, jedna mala, u trećem razredu gimnazije, priča slobodno: „Ja ne mogu da zamislim kako moj tata i mama mogu tolike godine da žive u braku. Četrnaest godina otkako su venčani, i sve isto: mama ustane, sprema doručak, ispraća nas u školu, kuva ručak. Sutra opet isto. To je strašan život! Ja se neću udati do tridesete godine, da ne bih rađala decu i nanizala toliko dosadnih godina života."

— A ko se to neće udati do tridesete godine — iznenađeno upita mala Anđa, koja je dotrčala sa Stašom, zajapurenih obraščića.

— Jedna iz trećeg razreda!

— A, znam! Ona mala Lula! To je hipermoderno dete!

— A da li i vi nećete do tridesete godine da se udate? — pitala je Miomira Anđu.

— O, ja to ne mogu da garantujem! Zavisi od toga da li ću se zaljubiti — otrčala je, vitice su joj se njihale, i Staša odjuri za njom. — Žmurke! Igramo žmurke! Prvo Staši oči da zavežemo, a mi unaokolo, pa da pogađa ko ga je uhvatio — komandovala je Anđica. — Hodite i vi, gospođice Miomira. Hodite, gospodine Ninoslave!

— Posle ćemo i gospodinu Ninoslavu da vežemo oči — predlagala je Divna, jedna mala crnka.

— Sve su to već male žene! — govorila je Slavka Miomiri, motreći svaki njen pogled koji bi upravila na Ninoslava.

— Hodite! — zvale su devojčice.

Zavezale su maramom oči Ninoslavu. Cika ženskih glasića razlegala se po bašti. Čas su mu se primicale, a čas odmicale od njega, ali čvrsto su držale kolo. Ninoslav je išao opruženih ruku, i njegovi dugi, lepi prsti obuhvatiše jedno nežno lice s kadifastim obrazima. Povlačio ih je preko lica, pa onda preko kovrdžave kose i dotakao se malog nosića. Brzo je spustio ruke.

— Gospođica Miomira!

Skinuo je maramu i ugledao rumeno lice ispod kovrdžave kose.

Slavka je uzdahnula: što nije njenu glavu obuhvatio i milovao joj obraze? Miomira otrča da vidi šta je sa zakuskom. Obrazi su joj goreli. Katica je nosila velike činije s kolačima i sendvičima. Tanjirići su bili poređani po stolu... Nizale su se pite, torte, sitni kolači.

Mladi svet je bio razdragan i gladan.

— Sad šlageri! — uzviknuše svi i začu se tutanj uz stepenice.

Svi su zauzeli mesta na terasi i po sobama. Miomira je svirala. Devojčice su pevale, muškarci ih pratili. Jedan gimnazijalac zapeva. Slavka pogleda Ninoslava i osmehnu mu se. Htela je da kaže: „A kako li će tek biti oduševljeni kad tebe čuju!" Pogledala je ljubomorno fine Miomirine obraze i Ninoslavljeve ruke. A Miomira nesvesno poče da svira nešto što je odgovaralo njenoj duši. Melanholična muzika se širila i gubila, njihala se nad baštom i upijala u cveće.

Ninoslav je sedeo zamišljen, a vragolaste devojčice uzdisale su za njim. Mala lepa Divna, priđe Miomiri i zvonko je poljubi u obraz.

— Što ste slatki!

Slavka je vrebala Ninoslava. Anđica je bila najrazgovornija, jer se osećala kao da ima najviše prava, pošto je Staša bio zaljubljen u nju. Zapovedala mu je raznežena muzikom:

— Ti moraš da nastaviš šesti razred s nama.

— To je sigurno! — govorio je dečak, već opčinjen čarima male žene, čije su ga grudi i telo više uzbuđivali nego sve što je govorila.

— Tango! — vikale su uzbuđeno devojčice.

Kavaljeri poleteše da im obgrle pleća. Anđa se pripijala uz Stašu, a njena kosica je mirisala na kolonjsku vodu od jorgovana. Melodija ih je sve uzbudila, a tango opijao. Uzbuđena je bila i Slavka, a Miomira se setila kako ju je sinoć Ninoslav video u spavaćici.

Bašta se utiša kad odoše. Staša je razdragano pričao.

— Ti si zaljubljen! — dirao ga je Ninoslav.

— To je drugarstvo — odbijao je dečak. — Ona je, zbilja, vrlo inteligentna i ume da bude drugarica. Nikad ona ne gleda studente i potporučnike kao njene drugarice.

— Pa i ne može, kad gleda tebe — nastavio je zadirkivanje Ninoslav.

— One druge sve su zaljubljene u vas! Bogami! Samo šapuću: „Jaoj, što je sladak!" Divna mi je poručila da vas pozdravim, a Verica je kazala da ste zaljubljeni u gospođicu Slavku.

— O, šta li su te male sve izmislile! Nisam ja ni u koga zaljubljen — odbijao je Ninoslav.

Naslonio se na prozor i pušio.

A Miomira je lagano prišla i pogledala preko terase. „Zašto opet ne spava?"

Jednoga dana mu je rekla:

— Vi dugo stojite na prozoru.

— Da. Čekam da Staša zaspi. Uvek sam na oprezu. Pubertet je promenljiv kao letnja temperatura.

— Šta, vi se još uvek bojite?! — uplašila se Miomira.

— Ne bojim se! Ali bolje je biti oprezan.

— Zato vi tako dugo stojite na prozoru!

— Uživam u prirodi! — mirno odgovori mladić, a njegov se lepi duboki pogled zaustavi na njenim sjajnim očima...

— U nedelju je zabava i koncert. I vi ćete s nama?

— Da. Voleo bih da vas čujem.

„Kako mu je melodičan glas, kao u pevača", mislila je Miomira dok je šetala kraj vrba i reke.

Moć pesme i gitare

Bilo je sedam časova uveče... Svi su se spremali za koncert. Ninoslav je dovršavao pripreme. Pogledao se u ogledalo. Nije mu bio rđav smoking. Mogao je još da posluži. Nije najnoviji, ali uveče se ne vidi. Sestra mu ga je poslala poštom, ali ga je prethodno dobro iščistila i ispeglala. Staša je prelistavao neku knjigu. On se nije udešavao. Ići će na galeriju s đacima. Anđa mu je kazala da dođe gore.

— Ama, ko je taj pevač iz Beograda? — pitao je Ninoslava.

— Ne znam.

— Vi znate sve pevače.

— Otkuda da ih znam? Ima ih mnogo!

— Mene ta tačka u programu najviše interesuje.

— Ako se razočaraš?

— Svakako će bolje pevati od jednog osmoškolca... Što je taj Vojin uobražen u svoju lepotu i svoj glas! Moraju uvek da ga mole u društvu da peva, mnogo se pravi važan...

— Jeste li gotovi? — pitala je gospođa Novaković.

— Jesmo, gospođo.

— Hoćete li kolonjsku vodu? — ponudi Staša Ninoslava. — Kupila mi Miomira kad smo ispratili njenog verenika. Kazala mi je da je i vama dajem. Fina je!

— Hvala, Staša.

— Ja ne volim njenog verenika — iskreno priznade Staša.

— Zašto ga ne voliš? Vidi se da je dobar mladić.

Staša napravi grimasu.

— On misli da sudi Miomiri, a Miomiri niko ne može da sudi.

— Pa muž treba malo da sudi svojoj ženi. Zar ti misliš, kad se oženiš, da ćeš dopustiti da ti žena zapoveda?

— Ja se neću nikada ženiti!

Ninoslav se nasmeja.

— U osmom razredu ti ćeš već pomišljati na ženidbu. A kad budeš brucoš, verićeš se. Ako se ne veriš tada, kad završiš fakultet nećeš misliti na ženidbu. Kao što i ja ne mislim.

— A maturantkinje se interesuju za vas.

— Devojke se više interesuju za mladiće nego oni za njih. E, hoćemo li, Staša? Čekaj da uzmem džepnu maramicu.

Izađoše u trpezariju. Gospodin i gospođa Novaković su sedeli i čekali ih.

— O, kako je lep naš gospodin Ninoslav! — uzviknu gospođa Novaković.

— U njega će se večeras zaljubiti sve devojke! — polaska mu direktor banke. — E, ništa bez mladosti!

— Ništa mladost ne vredi kad je prazan džep! Da ste vi momak, gospodine direktore, više biste imali uspeha kod devojaka nego ja... Ovo mi je stari smoking, još kad sam pevao u „Obiliću". Dobio sam ga od jednog druga.

— Vi imate lep stas, pa vam sve lepo stoji. Kakav je to miris? Lepo miriše!

— Staša mi dao. Kupila mu ga gospođica Miomira.

— Vidiš kako imaš dobru sestricu. Čak ti i mirise kupuje.

— Ne znam... nešto se raznežila.

— Uvek je ona nežna, nego si ti grub... Lepo ti stoji to teget odelo. Jesi li ti, Aleksa, četiri karte uzeo?

— Ja neću s vama! — uzviknu Staša. — Neću da se utrpavam u prvi red. Idem na galeriju.

— On će s drugovima!

— I drugaricama! — nasmeši se direktor.

Staša pocrvene.

— Miomira, jesi li gotova?

— Idem, mama!

Na stepenicama se pojavi ružičasta vizija. Meka haljina, sva u malim naborima, prozračna kao magla, vijorila se oko vitkog stasa. Rumen joj je padala na lice, gole lepe mišice, i sva je blistala u toj rumenoj svežini. Samo joj je kosa bila crna, kovrdžava, meka i sjajna. Vrhovi malih zlatnih cipelica provirivali su ispod duge haljine kao dva šiljasta uzana listića.

Mati ju je nežno gledala.

— Kako se moje devojče udesilo!

— Lepše bi bilo da žene nose dugačke suknje. Koliko si viša! — govorio je otac.

— Jesam li viša, tatice? E, nisam ti još ni do ramena!

Bacila je pogled na Ninoslava i videla koliko je visok i vitak. Crno odelo i bela košulja davali su malo bledila njegovom licu, a kosa mu je bila tamna i prelivala se preko finog potiljka u sitnim talasićima.

— Da se ogrneš, Miomira!

— Nije hladno.

— Neću da čujem! Odmah da se ogrneš. Znaš da si preležala grip. A devojke najviše nazebu na zabavama. Lep ti je taj cvet u kosi.

— Dopustite, ja ću da vas ogrnem — ponudi se kavaljerski Ninoslav. Uze od nje meki ogrtač od crnog velura i raširi ga. Zapahnu ga božanstveni miris.

Miomira priđe velikom ogledalu u predsoblju.

— Ovde se najbolje vidim. Molim vas, gospodine Ninoslave.

Mladi čovek priđe s ogrtačem. Stajao je iza nje i oboje se ugledaše u ogledalu. Njena kovrdžava glavica dopirala mu je do prsiju. Ona podiže oči i pogleda ga. Videla je dva ozbiljna tamnoplava, nedokučiva oka...

— Hvala! — prošaputa ona i pođe napolje gde ih je čekao auto.

Miomira i Ninoslav sedoše na prednja sedišta. Auto odjuri. Staša je neprestano pričao, sedeći pored šofera, a Miomira je ćutala. Jedan kraj njene meke, vazdušaste haljine, pao je na koleno Ninoslavu. Mladić je bio nepomičan, kao da se bojao da ne povredi tu meku, svilenu materiju.

— Ti ne nosiš note? — pitao je otac.

— Ja sviram napamet!

— Ako te izazovemo, hoćeš li da ponoviš? — pitao je brat.

— Ne znam.

— Hoće, kako da neće! — govorila je mati. — Odsviraj još nešto.

— A ja jedva čekam da čujem tog pevača iz Beograda.

— Tvoje šlagere!

— Šlageri i sevdalinke pale još i te kako! Može on više da dobije aplauza nego ti.

— Zar da dobije više aplauza od Miomire, koja je učila konzervatorijum? — prekori ga mati.

— A to i nije neki sjajan pevač čim je anoniman — osmehnu se Ninoslav.

— Ja volim da slušam sevdalinke — oduševljavao se direktor. — U mladosti sam ih i sâm pevao. A sad sam ih pozaboravljao.

Auto se zaustavi pred kafanom. U sali je bila gužva. Cela varoš je došla, jer devojke su prodavale karte, a kad one nude, niko ne može da odbije. Jedna grupa mladih elegantnih oficira pokloni se direktoru i njegovoj ćerki. Ninoslav je išao iza njih. Pojava visokog, lepog mladića u smokingu izazva opšte interesovanje.

— Ko je ovaj? — zapita jedan poručnik. Oficiri nisu znali. Jedan civil im objasni:

— Jedan diplomirani pravnik, a sad je učitelj njihovog sina.

— I gardemsje gospođice Miomire. Da li ona s njim vodi ljubav? Bogami, opasan tip!

Mala Gina, koja je bila maskirana, i provirivala kroz zavesu, spazivši Ninoslava objašnjavala je drugaricama:

— On je svršio prava. Vrlo dobar mladić. Tako ga Staša sluša! A posle će biti činovnik u banci. Ja i Vida smo se upoznale s njim.

Mala Gina je cele večeri mislila na njega. Samo ju je zbunjivala gospođica Slavka. Da li ga ona voli? Svet je zauzimao mesta u sali. Gina je gledala gde će da sedne Ninoslav. Seo je do gospođe Novaković.

— A gde je Miomira?

— Evo je iza bine... Pst!

Ninoslav je mirno sedeo. Slavka ga je videla, pozdravila se s njim i došapnula mu da je gitara tu. Ponosila se što je i ona učestvovala u sastavljanju programa. Verovala je da će najviše uspeti Ninoslav i komad koji je ona spremala.

Najzad je koncert otpočeo. Muzika, recitacije... Došla je na red Miomira.

Kad se pojavila, pozdravio je aplauz. Mala Anđa je na galeriji prva zapljeskala, a đaci prihvatili. To je sestra Stašina, a Staša je njoj vrlo simpatičan. Ružičasta vizija sede za klavir. Bele ruke s finim prstima dodirnuše dirke. Slavka se prikrila u pomrčini, kraj vrata, sela na jednu stolicu i slušajući Miomiru gledala Ninoslava. On ju je posmatrao, ozbiljan i nepomičan. „Da li mu se ona dopada?”

Zvuci klavira su bili tako tužni. Miomira se sva zanela, kao da ti zvuci ne dolaze s klavira već iz njenog srca... Mati ju je gledala s ljubavlju; tuga joj je ispunjavala srce. Setila se svoje izgubljene dece! Plakala bi od radosti što to svira njena kći, i od tuge što je izgubila dva mila deteta. Ninoslav je začuo majčin tihi uzdah. Otac se smešio. Na galeriji mala Anđa je šaputala Staši:

— Miomira je tako slatka! I božanstveno svira!

Gazda Tasa, Ginin otac, je slušao, ali nije razumeo. Voleo bi da zasvira nešto srpski, sevdalinku, da čovek zajauče ili podvrisne. Mladići su se zagledali u njene fine obnažene ruke i oblike koji su se ocrtavali ispod meke haljine.

A za Miomiru niko nije postojao u sali. Izgubila se u carstvu melodija, kao u nekom drugom svetu. I kad je tiho udarala poslednji akord, kao da se osvestila. Aplauz je grunuo. Doneli su joj ogromnu korpu sa crvenim ružama i tri buketa. Ona se klanjala, smešila, ne razaznavajući nikog, sva su se lica stapala. Ali, ipak, spazila je jedan crni smoking i lepu glavu sa sitnim talasima kose koja se prelivala. Plave oči su se smešile, a ruke mahnito pljeskale.

Slavka je uzdahnula, i sklonila se iza pozornice. Jedno veliko ogledalo pokazalo joj je njenu skromnu crnu haljinu od satena i veliki crveni cvet na grudima. Nešto joj je bilo tužno... A njeni glumci i glumice larmaju, zapitkuju je da li su dobro našminkani, treba li još ruža ili krejona... Traže mastiks za brkove: jednom studentu levi brk se odlepio, a on na pozornici treba da poljubi jednu devojku. Koliko je samo bilo diskusija zbog tog poljupca. Jedva su umirili njene roditelje da će poljubac biti samo markiran.

Ninoslav je čitao program. Još dve tačke pa dolazi on.

Sala se zamrači za jednu recitaciju, a Ninoslav ugrabi priliku i došapnu Miomiri, koja je sela pokraj njih:

— Izvinite, nešto sam zaboravio.

Brzo je izašao. Slavka ga je čekala. On se pojavi iza kulisa.

— To je pevač iz Beograda! — šaputale su devojke i sve se načičkale iza bine da ga čuju.

Ninoslav uhvati nekoliko tonova na gitari.

— Sad treba da izađeš.

Slavka požuri u salu da zauzme svoje mesto.

Na pozornici se pojavi Ninoslav sa gitarom. Za trenutak u sali zavlada mrtva tišina... Svi su gledali tu visoku, lepu pojavu u crnom sa gitarom.

Staša prigušeno kriknu:

— Ninoslav!

On oseti kako ga zaprepašćeno dočepa jedna vruća i meka ženska ručica. Bila je to Anđa.

— Ju! A seja mi nije kazala da je to on!

Staši je zastao dah u iščekivanju. Nežni zvuci gitare kao da su milovali, a onda se razleže meki, sjajni, topli muški glas. Pesma ljubavi i čežnje prodirala je u ženska srca. Devojke su uzdisale, a sevdalije se podsetiše mladosti i prošlosti. Glas je bio tih, pa sve jači, snažan i strastan kao zagrljaj! Slavki udari vrelina u obraze. Oči su joj blistale. Posmatrala je čas Ninoslava, čas Miomiru. Pratila je svaki njen pokret. Ona je začuđeno otvorila svoje velike crne oči kad se pojavio Ninoslav. Posle je sva kao ukočena gledala i ne trepćući. Otac se nagnu, nasmeši se i reče im nešto. Mati se okrete Miomiri i zadovoljno joj prošaputa. Miomira je ćutala. Poslednji tonovi kao uzdah skliznuše po sali... Nasta tajac, a posle urnebes! Devojčice i devojke su vrištale od uzbuđenja. Galerija zamalo da se sruši.

— Ninoslav! — vikali su ženski glasići.

— Kako se zove? — pitale su Stašu maturantkinje.

— Ninoslav Balšić.

— Ninoslav! Bis! Bis!

Direktor i mati zapljeskaše. A Miomira tek posle. „Šta li se priseća?", ljutila se Slavka.

Gitara opet zabruja. Ninoslav zapeva Stašin omiljeni šlager, što mu ga je zviždukao. Dečak je bio ushićen. On mora položiti ispit, kad mu je učitelj priredio ovakvo iznenađenje. Cela sala je bila razdragana. Opet urnebes!

Razdragan je i pevač. Svaka pesma je sve lepša i sjajnija.

— Kakva visina! — čudila se jedna maturantkinja.

— Pst! — grde je druge želeći tišinu.

Publika je uzbuđena pesmom i kao pobesnela. Već četvrtu pesmu je otpevao, a oni traže još. Pevač se pokloni i pođe iza bine. Jedna devojčica istrča sa velikim buketom. Slavkine oči su blistale. Ona mu je poslala buket. Još su ga izazivali, a on je izlazio i klanjao se.

— Anđo, hajd'mo iza pozornice! — zovnu je Staša. On više nije imao mira na galeriji. Da on od njega krije ovakav glas! Pa još i gitaru! Šta će Miomira da kaže na ovo?

Sleteli su niz stepenice i upali iza pozornice.

— Jaoj, što ste me iznenadili! — uzviknu Staša. — Pa zar ste mogli da krijete od mene da ovako divno pevate i svirate? — oduševljeno je govorio dečak.

— Jaoj, što imate sladak glas! — šaputala je Anđica.

— Ja sam tebi kazao da ću ti prirediti jedno iznenađenje. Zar si zaboravio?

— Nije mi bilo ni nakraj pameti da vi možete biti taj pevač! Što silno pevate! Sve su učenice poludele! Od sutra mi dajete časove iz gitare.

— Dobro!

Ninoslav je stajao iza pozornice. Bilo mu je nezgodno da izađe u salu. Slavka je sva treperila. Činilo joj se da će Ninoslav osetiti koliko ga ona simpatiše.

— Jesam li ti kazala da ćeš sve potući!?

— I gospođica Miomira je divno svirala.

— Jeste! To je umetnost, ali naš svet voli ono što razume... Deco, na pozornicu...

Ninoslav je ušao u salu kroz mrak. Prišao je svome mestu.

— Čestitam, gospodine! — šaputao mu je direktor. — E, što sam uživao! Alal vam vera kako pevate!

— Nisam mogla ni sanjati da ovako lepo pevate! Staša će poludeti. On je sigurno došao da vam to kaže — govorila je mati.

— Jeste.

— Još više će vas voleti — nastavljao je otac.

— Lep glas! Doista, lep glas! — govorili su otac i majka, a Miomira je ćutala. Nijednu laskavu reč da izusti. Ninoslav zna da ona ne voli šlagere i ne čudi ga to. On joj se okrete i progovori ljubazno:

— Vi ste, gospođice, izvanredno svirali. Toliko je psihologije i osećajnosti bilo u vašem sviranju.

Ona je ćutala i gledala preda se. Kao da je sva utrnula.

— Od koga si dobila onu veliku korpu s ružama?

— Vlada mi je poslao vozom iz Beograda.

Završen je pozorišni komad. To je bio svršetak koncertnog dela. Stolice su pomerene, a vojna muzika je zauzela mesto na bini. Otpočela je igranka.

— Mi ćemo u kafanu! Izvolite i vi s nama, gospodine Ninoslave. Sad, kad znamo da vi pevate, ima da napravimo kod kuće veliku večeru, pa da sakupimo društvo.

Staša dojuri za njihov sto.

— Jesi li čula, Miomira? Ti ne voliš šlagere, a jesi li videla kakav urnebes napraviše šlageri?

Miomira se smešila.

— Staša je najsrećniji!

— Jesam. Od sutra počinjemo časove iz gitare.

— Čekaj dok ne položiš ispit! — utišavao ga je otac.

— Ja sam spreman za ispit. Tata, ja idem s mojim drugovima da ispratimo drugarice do kuća, jer đacima nije dozvoljeno da ostanu na igranci.

— Idi, pa se vrati.

Staša otrča da isprati Anđicu i njenu drugaricu.

Jedan poručnik priđe njihovom stolu i zamoli Miomiru za igru.

Slavka priđe njihovom stolu.

— Ovo devojče para vredi! — hvalio je direktor. — Ona je najviše radila za koncert. Mačvanka, zna šta je rat i koliko je žrtava palo u Mačvi. Lep ćemo spomenik podići palim junacima.

— A kako vam se dopada Ninoslavljevo pevanje?

— Ja ne mogu da se povratim od čuda, da mi imamo u kući pevača, a da ne znamo. To me je najviše oduševilo!

Slavka je zračila od sreće.

— Hoćeš li da igramo? — pozva Ninoslava.

On ustade. Ona je večeras bila srećna. Gledala je njegove duboke oči i smešila mu se. Upita ga:

— Šta ti kaže Miomira?

— Ništa...

— Kako? Ništa ti nije kazala?

— Ne voli ona šlagere i sevdalinke. Ona je umetnica, a ja sam amater.

— A znaš kako je pažljivo slušala! Nije trepnula. Nego, ona je malo uobražena. Možda joj je krivo što su tebe toliko izazivali. Da znaš, sjajno si izgledao na bini! — drugarski mu je laskala.

Taman se pustiše, a devojke ih opkoliše: Gina, Vida i još tri njihove drugarice. Vatrene očice i unakrsna pitanja upraviše se lepom pevaču:

— Jeste li vi učili pevanje?

— Pevali ste baš onu pesmu koju ja najviše volim.

— A znate li *Zelene oči*?

— Jeste li pevali Miomiri?

— Vi ste prava završili?

— Čule smo da ćete biti činovnik u banci?

— Kako vam se dopada kod nas?

Mladić se okretao desno, levo, odgovarao kratko:

— Ne! Znam... Nisam... Da, prava sam završio... Nadam se... Tako mi je obećao gospodin Novaković.

Slavka se smešila, ali joj je osmeh bio ukočen, jer je videla sjajne poglede mladih devojaka i osećala da bi se sve u njega zaljubile! Bilo joj je milo što je ona istakla Ninoslava, svog dobrog druga, i priredila mu ovakav uspeh.

Kad je mladić samo diplomirani pravnik, nema važnosti. Ali kad je pevač, ne pitaju ko je, šta je, već uživaju, a radost koju pesma stvara uzdiže ga u očima žena i osvaja njihova srca.

Muzika zasvira... Jedan poručnik požuri do Slavke. Ona se osmehnu Ninoslavu, želeći da vidi da li je ljubomoran, ali ništa ne opazi. Devojke su ga milo gledale u iščekivanju koju li će pozvati za igru. On se okrete Gini, jer se prvo s njom upoznao...

Slavka je igrala, a poručnik joj je ironično šaputao:

— Ko je ovaj lepi pevač?

— Diplomirani pravnik i moj drug sa studija.

— I vaša simpatija sa studija? Je l'te?

— Ne! Mi smo drugovi.

— Sad mi je jasno zašto sam u pozadini vašeg srca. Kako mi se čini, ovaj s gitarom stao je prvi u borbeni red i spreman je da kidiše! Dakle i vi ste kao i sve devojke: dosta da zasvira na gitari, pa da vas osvoji.

— Zar vi mislite da sam ja tako površna devojka? Muškarac mora imati mnogo osobina da bi se meni dopao.

On je pritisnu malo jače na grudi i šapatom je upita, gledajući je drsko:

— A kakve osobine treba da ima muškarac? Mogu li znati?

— Na prvom mestu da je drug.

— A zar ja ne bih mogao biti drug?

— Ne, vi ste osvajač i zavodnik.

— To je krajnji cilj svakog muškarca. Mislite da vaš drug nije zavodnik? — zastao je, povukao je u ugao i smelo upitao: — Kad ću da vas posetim? Zašto me ne pozovete?

— Imam razloga.

— Intelektualka, a ima razloga. Takve razloge mogao bih primiti od ovih palanačkih devojaka.

— Ja sam seljanka, stroga sam i otporna.

— Dopustite mi jednom da dođem, pa da vidite da li ćete biti strogi. Osećam u vašim očima da ste temperamentni. Vi čeznete za muškarcem i mučite samu sebe.

— Vi me prosuđujete kako vama godi. A ja imam briga: škola, kuća, moja sestrica.

— Pa zato vam je potreban drug koji bi vas tešio...

— Jeste... Potreban mi je! Ali ga u vama neću naći, nego samo ljubavnika. A ja to neću.

— Inteligentna devojka i ne ume da shvati život!

— Sve smo mi iste!

— Zato mi muškarci i patimo.

— Vi? Ni najmanje. Svakog dana ste na korzou.

— Od dosade! Više bih voleo da dođem u neku sobicu i da porazgovaramo. Glupo je živeti u palanci. Nego, ja ću vas iznenaditi jedne večeri. Upašću vam u kuću!

— Zar tako mislite o meni?

— Mislim i pobesneo sam. Moram da promenim taktiku.

Ona se osmehnu. Ipak joj je prijao ovaj razgovor. To je sve što devojka može da ima od života, ako hoće da je čestita. Da sluša smele, čak i drske dvosmislene reči; da se dopada, ali da bude i vređana...

Pogledala je preko sale i videla Ninoslava u društvu gazda-Tase, Vide i Gine. Tuga je kosnu. Poručnikove reči nisu je mogle veseliti. To nije bila ljubav, već egoizam mužjaka. On joj je i dalje pričao, a ona je očima tražila Miomiru. Trgla se. Videla je njena dva ogromna crna oka okrenuta prema Ninoslavu. Oči su joj plamtele! Tuga i srdžba ispuniše joj srce. „Šta ona hoće kad ima verenika?” Naljuti se i na poručnika. Nimalo poštovanja nije bilo u njegovim rečima. Svaki nudi ljubav, a niko ne spominje brak.

Priđe joj jedan suplent i pozva je za igru. Ninoslav je još sedeo za stolom. Gazda Tasa se razveselio:

— E, što sam uživao! Pa kad zapevaste onu sevdalinku, podiđoše me žmarci! Ima da dođete jednog dana k nama da pevamo i veselimo se. Šta pijete?

— Ništa! Hvala!

— Kako ništa? Morate jednu čašicu vina. A što ja imam vino! Naćeću jedno kad vi dođete. Odsada kad kod mene pazarite, sve ću vam davati ispod cene koštanja, samo zbog pesme. E, da je ovde Dobrila! I ona peva. A i Gina peva, ali neće da pusti glas.

Kelner priđe Ninoslavu:

— Gospodine, molio vas je gospodin direktor da dođete jedan časak za njihov sto.

Gina se rastuži, a Vida je taman pomislila da će i ona igrati sa Ninoslavom.

— Gle, s kim je ono Aleksa? Sa Stajićem i Stajićkom. To je opasna žena! Bogami, čuvajte se, gospodine Ninoslave!

Gina gurnu oca da ne priča dalje, uozbilji se i pogleda jednu lepu, visoku plavu damu. Ninoslav se udalji. Slavka ga je pratila očima. Videla je i ona gospođu Stajić.

Neodoljiva gospođa

— Izvinite, gospodine Ninoslave, što sam vas pozvao iz društva mladih devojaka, ali naš kum i kuma su želeli da se upoznaju sa vama. Kuma je očarana vašom pesmom.

— Čestitam vam, gospodine! — govorila je lepa dama posle predstavljanja. — Ja sam slušala mnogo pevača, ali vi imate neobičan glas — upravila je pri tom svoje duguljaste zelene oči na mladog čoveka, koji je ravnodušno slušao komplimente. — Otkada je gospodin kod vas? — pitala je dalje. — Nisam vas nigde videla!

— Mi smo se već srodili sa gospodinom Ninoslavom! — šalio se direktor. — Staša je oduševljen s njim.

— Sad imate u kući i pevača i pijanistkinju. O, kumica je prava umetnica! Ona svira dušom. Je l'te da bi ona bila za film? Samo je divljačna. Ja je zovem divljakušom. Koliko volim da dođe k meni, a nje nikako nema — umiljato je govorila lepa kuma.

— Ja nigde ne idem! — tiho je govorila Miomira. Bila je rasejana i nešto mrzovoljna, obrazi su joj goreli, sva je buktala, a haljina joj je bacala na lice rumeni odsjaj.

— Zbilja, ovde je dosadno! — razmaženo je govorila gospođa Stajić. — Da nemamo radio i auto, ne znam kako bih živela. Dođite, kumice, pa da se izvezemo.

— Hvala!

— I ja sam počela da učim jahanje! A ti se bojiš za mene — okrete se mužu.

— Kako kumica jaše?

— Kako? Eto, uganula je nogu skidajući se s konja.

— A, ja neću biti tako neoprezna. Srce moje, nemoj da se plašiš — okrenula se mužu, snažnom, plavom, dobrodušnom čoveku, koji bi je mogao podići jednom rukom. — A jeste li vi, gospodine, jahač? — okrete se Ninoslavu.

— Kao kauboj! — pohvali ga Novaković. — Niko ne sme da uzjaše Miomirinu Dijanu, ali jednog dana gospodin Ninoslav je ukrotio.

— Takvog kavaljera vredi imati na jahanju! Idete li na jahanje s gospodinom? — obrati se ona Miomiri.

— Ne! Ja idem sama.

— Ko vas, kumo, uči jahanju? — pitala je gospođa Novaković.

— Jedan poručnik.

— A ti nisi ljubomoran? — dirnu direktor kuma.

— Trebalo bi ja da budem ljubomorna! Pogledajte! Eno njegove simpatije!

— Ko je njegova simpatija? — iznenadi se gospođa Novaković.

— Ona mala činovnica! Znam ja! Ali gledam mu kroz prste. Kumice, da dovedete gospodina da mi peva. A ja ću vas pratiti na klaviru. A kako je u vašoj bašti? Ići ćemo, Andre, k njima ovih dana.

— Šta ti mene sve po francuskom Andre, a ja sam Andra!

— Neću tako da te zovem. Zar nije lepše Andre? Ti si uvek suva proza!

— Mi muževi svi smo proza, a žene poezija!

— Jednu cigaretu, da u dimu zaboravim tvoje uvrede — govorila je mazno.

Sva je bila izveštačena, koketovala, pravila se umiljata, dodirivala muža rukom kao da je zaljubljena u njega, a sanjalačke oči i čežnjive poglede bacala je na Ninoslava, koji se hladnim, dubokim, plavim očima, trudio da dozna kakva je ovo žena. Nije zatvarala usne kad govori, i reči su joj prelazile preko usana razmažene, meke, razvučene. Više je podsećala na damu iz varijetea nego na familijarnu ženu. Poneki put bi otvorila oči i zeleni blesak bi zasijao u njima, i jedan trenutak zadržala bi taj fascinirajući svetli pogled na mladiću. On je okretao glavu, začuđen i zbunjen. Da li to muž vidi? I kakav je ovo brak?

Muzika zasvira i parovi počeše da se okreću. Miomira pogleda Ninoslava. Njemu se učini kao da mu govori: „Pozovi me za igru". Dvoumio se. Ali se seti Stašinih reči da ona ne trpi njegove učitelje! Govorila je da se svi zaljube u nju! Gordi mladić okrete glavu i zapita nešto direktora. Miomira je sedela. Jedan mladić joj priđe i ona ustade.

— A što ti, Kaća, ne igraš? — okrete se „Andre" svojoj ženi.

— Nemam kavaljera! Ti si me okupirao, pa niko ne sme da me angažuje.

— Evo gospodina!

— Vrlo lepo igrate, videla sam. Ne volim igrače koji su nespretni. Nisi ljubomoran kad igram? — okrete se mužu.

— Samo izvoli! Ja ću se već utešiti.

— Čuješ ti, napraviću ti scenu! Čuvaj se ti mene! — govorila je u šali dok je uzdizala visoki, vitki stas, sva utegnuta u haljinu od lamea.

Parovi su ih gledali. Spazi ih i Miomira. A opazi ih i Slavka.

— Vi ste sjajan pevač i igrač! — gledala ga je poluzatvorenim očima i govorila gospođa Stajić. — Izvolite jednom k meni. Ali s gitarom.

— Hvala gospođo! — učtivo odgovori mladić.

Na obnaženim leđima osećala je toplu mušku ruku. Zadrhtala je i upravila na njega zelenkaste zamagljene oči. On okrete glavu. Dovede je do stola, ostavi i priđe Slavki.

— Kakva je ovo žena? — upitao je.

— Kurtizana!

— Kakva kurtizana, pa ona je udata?!

— Udata, dabome, ali ona živi na jednu stranu, a muž na drugu. To je jedan kompromisni brak: ona njemu daje slobodu, a on njoj. Cela varoš zna za njene avanture. Verujem da je bacila oko i na tebe. Voli mlade, lepe momke! Na njenom žuru uvek je čitav roj mladića. A mladići joj se dive kako je inteligentna i savremena žena! Šofira, jaše, pliva, vesla, igra tenis... Poručnici joj daju časove iz jahanja. Možeš misliti kakvi su to časovi! Besna je i bogata. On je izvoznik i liferant! Pare je namlatio. Ona mu je druga žena. Ostavio je prvu i veliku ćerku. One su u Beogradu. Ona je mnogo mlađa od njega. On ima četrdeset sedam godina, a ona nema više od trideset. Jedan nečastan brak, da se prosto zgadiš! Kažu da ga seksualno privlači, ali da on nije u stanju da zadovolji njenu prirodu, pa je pušta da se provodi kako hoće da bi je zadržao kraj sebe. A i on nju vara. Izdržava onu činovnicu. Ona za to zna i kao bajagi je ljubomorna. Svakojakih čuda ima u životu. Ko zna, možeš i ti upasti u njenu mrežu!

— Koješta! Ona mi je antipatična! Eno dve stolice! Hoćeš li da sednemo?

Slavka je bila srećna: sedeće s njim i razgovaraće. Kako je on mio drug! U svako doba dana i noći mogla bi ga pozvati svojoj kući. Da je i poljubi, ne bi je uvredio. A poručnik ju je vređao svojim rečima. Bilo je u Ninoslavu nešto lepo i pošteno što uliva poverenje i izaziva divljenje. I čak kad bi žena bila pred iskušenjem s takvim muškarcem, bila bi u stanju da opravda i sebe i njega.

Vraćali su se autom u pola tri. Staša je sedeo između oca i majke, a Miomira napred s Ninoslavom. Dečak nije mogao da uzdrži oduševljenje. Hvalio je svoga učitelja:

— Jesi li čula, Miomira? Ti ne trpiš šlagere, a pobediše!

Roditelji su bili srećni što je Staša oduševljen svojim učiteljem. I direktor je prihvatio sinovljeve hvale.

— Bogami, sve nas iznenadiste! A šta ti, Miomira, misliš o glasu gospodina Ninoslava? Mi ga svi hvalimo, a ti ćutiš. Da čujemo tvoju kritiku, ti si najmuzikalnija.

— Ne možete vi tražiti da se moje pevanje sviđa gospođici Miomiri. Ja sam neuki pevač, bez škole.

On oseti kako se Miomira okrete prema njemu i u pomrčini auta opazi dva ogromna crna oka.

— Vi ste neuki pevač, ali imate takav glas da biste, kad bi ga školovali, mogli postati svetski pevač.

— Bravo! — uzviknu dečak sav srećan što sestra, koja je pijanistkinja, ovako govori.

Ninoslav je pogleda, malo iznenađen. Skromno je priznao:

— Meni su u Beogradu uvek govorili da treba da školujem glas. Ali školovanje glasa je skupo i ja sam se pomirio da budem činovnik i da razveseljavam sebe svojom pesmom.

— More, vi ćete razveseljavati i nas — uzviknu direktor.

— Šteta je ako ne školujete glas — nastavi tiho Miomira. — Vi biste bili dramski tenor. Ja sam slušala u Pariskoj operi jednog čuvenog italijanskog pevača kad je gostovao u *Toski*. Verujte, večeras me je vaš glas podsetio na njegov. Treba da školujete glas!

Ninoslav je slušao iznenađen. Kako je ona zatvorena devojka: sad ga hvali, a sve vreme je ćutala. Malo zagonetna priroda.

— I naša kuma se oduševila — smejao se direktor.

— Ona se sa svakim oduševljava — podsmehnu se Miomira. — Ta žena mi je odvratna! Bilo mi je neprijatno što su nam večeras prišli.

— Pa šta ćeš kad smo kumovi! On je u poslovnim vezama s tvojim ocem. Ne volim ih baš ni ja, ali moramo da ih trpimo.

— Šta sve đaci ne pričaju o njoj! Jedan iz šestog razreda priča da je njegov brat, potporučnik, bio njen ljubavnik.

— Kakav je to razgovor, Staša! — prestravi se mati. — Zar vi đaci o takvim stvarima pričate?

— Ti bi se zaprepastila da čuješ o čemu sve đaci pričaju!

— Zato te ne puštamo samog. Sreća te smo našli gospodina Ninoslava! Gde si ti večeras bio?

— Ispratio sam Anđu i njene drugarice. Nisam bio sam. Mnogo je đaka bilo. Učenicima nije bilo dozvoljeno da igraju.

— Gde će učenici da igraju sa udavačama? — začudi se mati.

Miomira je ćutala i slušala ih. Uopšte, malo je govorila.

— Ti si nešto neraspoložena, Miomira? — brižno je pitala mati kad stigoše kući. — Tako si crvena! Da nemaš vatru?

— Ne znam! Osećam jezu — sela je na stolicu u trpezariji.

— Vidiš, nazebla si! Tanka haljina, gole ruke. Odmah da uzmeš aspirin!

— Tako sam žedna!

— Katice, dajte slatko i vodu.

— Imam da vam saopštim jednu novost, Katice! — oduševljeno uzviknu Staša — Znate li ko je pevač iz Beograda? Gospodin Ninoslav! Jaoj, što peva! Hajde, otpevajte nam jednu pesmu! Molim vas!

— Ostavi, Staša! Umoran je gospodin Ninoslav. Već je tri sata. Sutra će ti pevati.

— Što se radujem, gospodine! Vi ćete nam pevati? — smešila se Katica. „Ako bude još i pevao, ja ću poludeti za njim", mislila je Katica.

— A ti, Miomira, molim te, uzmi aspirin! I odmah da legneš. Pipni, Aleksa, kako su joj vreli obrazi!

— Ništa to nije, mama. Proći će do sutra.

Razišli su se po sobama i legli. Svetlost se ugasi u kući. Zora se pomaljala, ali Staša nije spavao. Bio je uzbuđen i neprestano se prevrtao u postelji. Osećao je malu i meku Anđinu ručicu. I kako mu se ona naslanja na mišicu da se još jače privije uz njega. Posle Anđa iščeze i on ugleda naga leđa njihove kume i Ninoslavljevu ruku na njenoj koži. Obrazi su mu goreli i nešto ga je gušilo, i kao da mu je sto mrava milelo po telu.

A Ninoslav je spavao mirno i slatko. Čudilo ga je kako može tako mirno da spava, a njegova ruka je bila na nagim leđima kuminim. Petao zakukurika i rasani ga. A posle mu izađe pred oči Katica. Vide je kako se sagla, čisti baštu, bosa, a noge joj nage, belasa se prevoj ispod kolena... Bilo mu je teško i vrućina. Očni kapci mu postadoše teški, sklopiše se i on kao da utonu u mekoću dušeka. Ono trnje i bockanje po telu poče da iščezava...

Devojačka tuga

Mati je požurila uz stepenice da vidi šta je s Miomirom. Deset je sati, a ona ne ustaje. Uplašila se da joj nije zlo. Ušla je lagano u Miomirinu spavaću sobu. Ružičasta zavesa od muslina lako se lelujala od povetarca, obasjana sunčevim zracima. Rumena svetlost prosipala se po celoj sobi i na postelju gde je ležala mlada devojka. Kovrdžava crna kosa u neredu se rasipala po jastuku, a dve lepe obnažene ruke, sklopljene iznad glave, pravile su beli krug. Oči su joj bile otvorene, detinjaste i sanjive.

— Ti si budna? Kako ti je? Uplašila sam se da nemaš vatru!

— Sasvim mi je dobro. Nemam vatre. Uzela sam aspirin.

— Pametno si uradila. Jesi li videla ruže što ti je poslao Vlada? Kako su lepe! Eno ih na terasi. Čudo da Vlada nije došao? Je li znao da ti sviraš?

— Znao je, ali nije hteo da dođe. Kazao je da neće dolaziti dok god je ovaj lepotan u našoj kući.

— Koji lepotan? Gospodin Ninoslav?

— Ljubomoran je na njega.

— Budi bog s nama! A gospodin Ninoslav je tako učtiv i pošten mladić! Gledam ga sinoć kako se lepo ponaša. Neće da se utrpava za naš sto, nego se izdvojio sa devojkama i gospođicom Slavkom. Da je seo pored tebe, kakvi su palančani, odmah bi svašta izmislili. Niti te je pozvao da igraš s njim. To je lepo od njega!

— Vrlo lepo! — prošaputa Miomira.

— A gospođica Slavka je sva srećna! Sigurno on nju simpatiše.

— Svakako! — još tišim glasom odgovori Miomira.

— Srećni smo što nađosmo ovakvog učitelja Staši.

— Samo mu tata malo plaća! Šta je to pet stotina dinara! Treba da pomislite da je on diplomirani pravnik!

— Zar je pet stotina dinara malo? Šta govoriš? A koliko vredi hrana koju ima kod nas, pa onakva soba, postelja, usluga. Kad bi se sve izračunalo, to bi koštalo više od hiljadu pet stotina dinara. Nemoj ti da se praviš suviše galantna! Tvoj otac je izdašne ruke. Deset hiljada je dao za spomenik.

— Jeste, tata je veliki kavaljer, ali kad zna da će to odjeknuti u javnosti: direktor Novaković dao deset hiljada! A kad treba povisiti platu, on je cicija! Jer niko neće znati da je povisio platu učitelju svoga sina. A on treba da mu plaća bar osam stotina dinara. Ja bih mu dala hiljadu dvesta!

— Ti bi dala od tuđih para! Ali pitaću te kad budeš svoja gazdarica, hoćeš li biti tako izdašna?

— Ovde je u pitanju budućnost, pa čak i život vašeg jedinca.

— Zašto život? — usplahiri se mati.

— Pa... život, dabome!... On vodi računa o njemu, ide svuda s njim, naterao ga je da jede... Staša je postao sasvim drugi dečko, a mogao je svašta od sebe da učini... Ti to znaš dobro!

— Znam, sine, i hvala mu! Ja sam tako pažljiva prema gospodinu Ninoslavu. Kad Staša položi ispit, daćemo mu novčanu nagradu. Samo nemoj da govoriš o povišici. Čuvaj očeve pare! I našu poslugu mnogo plaćamo. Uzeću jednu devojku i da kuva i da sprema. A ja posebno plaćam još i vešerku! Vidim da gospodin Ninoslav ne nalazi mane ovakvom životu i da je zadovoljan. Došao je mršav, a kako se popravio. Gledam ga sinoć na zabavi, najlepši je među mladićima. Prolepšao se zbog naše kuhinje.

— On je učio i zaslužio je da bolje živi, i da mu tata da povišicu. Ako vi nećete, ja ću mu od svog džeparca davati još po trista dinara.

— Ostavi se takvih gluposti, Miomira! Ti si pametna devojka. I nema smisla da budeš tako darežljiva prema jednom mladiću. Ko zna kako bi on to shvatio!

— Morao bi shvatiti da cenim njegov rad, jer vidim da ima velikih promena na Staši.

— To treba da razgovaraš s ocem! — popuštala je mati.

— Kad smo već bogati, neka se time i drugi koristi. Ja ništa ne cenim bogatstvo!

— Ne ceniš, a vidi kako imaš lepu sobu, pa lepo rublje, postelju i sve ugodnosti.

— Ja bih mogla da živim i bez tih ugodnosti. Davala bih časove klavira, pa bih se izdržavala.

— Ti da daješ časove?! — nasmeja se mati. — Zahvali bogu što ti je otac stekao i osigurao vas da celog života imate od čega da živite. Kad čovek ima para, svi ga više cene.

— Ali s novcem čovek nije srećan!

— Zar ti nisi srećna? — bojažljivo je pitala mati.

— Nisam ja u pitanju, već govorim uopšte.

— Ostavi se toga! Ne volim o takvim stvarima ni da razgovaram. Ti si mi jutros nekako čudna. Nego, vide li ti sinoć našu kumu Stajićku?

— Videla sam kako su se svi smeškali kad je igrala sa gospodinom Ninoslavom. Zato je i došla za naš sto, da bi se upoznala s njim!

— Šta te se tiče? On je mladić, neka radi šta hoće kad su žene lude... A ču li sinoć Stašu šta reče za nju? Otac mu se smeje: „Šta ćeš, zamuškarčio ti se sin!" Kako zamuškarčio? Sedamnaest mu je godina! Strepim ja od tih žena! Razgovaraću sa gospodinom Ninoslavom da pripazi na njega. Gore je imati muško dete nego žensko! Hoćeš li da ustaneš?

— Hoću! A znaš šta sam htela, mamice? Da odem do Živkice u selo.

— Šta ćeš u selu?

— Volim da idem! Na jedno tri dana! Ona je srećna kad ja dođem. Ima lepu seosku kućicu, baštu, pa piliće. Javi tati telefonom da mi pošalje auto. Za sat i četvrt ja sam u selu. Auto će se vratiti do pola jedan. Ako se zadrži, neka tata uzme taksi...

— Dobro, javiću mu. A šta ćeš da jedeš u selu?

— Ima ona živine, jaja, sira! Ti mi spremi da joj ponesem malo šećera, kafe, putera, čokolade i badema. Da nas dve umesimo kolače. Ona nema tih stvari u selu. Poneću joj i knjiga za čitanje što sam dobila iz Beograda.

— Dobro. Idem da ti to spremim.

Miomira skoči iz postelje. Došlo joj najednom da ide u selo. Bila je potištena. A nije znala uzrok. Obukla se i izašla na terasu. Ruže su bile u vazi. Nalivala je vodu u druge vaze i razmestila u svaku po dva-tri cveta. Brzo je izašla iz sobe, doručkovala i pričekala auto.

— Mogli su Staša i gospodin Ninoslav da te isprate.

— A gde su oni?

— Otišli su da uče.

— Neka, sama ću. Bolje da Staša uči!

Skupila se u ugao i razmišljala. Ponovo je bila neraspoložena. Šta joj je? Da li je srećna? Sinoć je imala uspeha, pljeskali su joj, dobila je mnogo cveća, a sve je to ravnodušno primila. Kavaljeri su joj prilazili, igrali s njom, a ipak je osećala samoću. Činilo joj se da su sve druge devojke srećnije. Njoj trče što je bogata, a da nije, ko zna, možda bi sedela u jednom kutku sale, nezapažena. Vredi li ona štogod? Često je slušala laskave reči, ljubavne izjave, ali im nije verovala. Jedni su joj laskali, a drugi je mrzeli. Mrzeli su bogatstvo njenog oca. Da li je oko nje bio oreol očevog novca? Zašto gospodin Ninoslav nije hteo sinoć s njom da igra? Uvredio ju je mnogo. Da li je ta uvreda izazvala potištenost i neraspoloženje u njoj? Sa svima je igrao, a s njom nije hteo. Zašto? Da li je mrzi što je bogata? Da, on mrzi bogataše. Mrzi i nju, bogatu devojku! Sve su mu druge simpatičnije. I Gina, i Vida, i Slavka. A ona počinje da ga ceni više nego druge. Možda ga baš zato i ceni što je tako nedokučiv i na odstojanju. Kao da joj govori svojim gordim, plavim očima: „Idite vi, gospođice, dalje od mene! Mi smo dva sveta." Oči su joj bile otvorene i namrgođene kao da razgovaraju s njim. U razmišljanju je zaboravila da je verena. Tek posle joj pade na pamet: „Možda nije hteo da igra sa mnom što sam verena?" Mahnula je glavom i uvalila se u drugi ugao. „Zašto sve to?" Nije još mogla, niti je htela da zagleda u dno svoga srca.

Stigli su do škole. U dvorištu je bila tišina, jer su đaci bili na času. Čuo se glas Živkičin:

— Koliko je sedam i osam?

Dečji glasić je odgovarao. Lagano je kucnula i otvorila vrata.

— Miomira! — uzviknu Živkica. — Što si me iznenadila!

U razredu zavlada tajac i lepe očice devojčica i dečaka u gunjevima, detinjastom radoznalošću gledali su nepoznatu devojku.

— Tri dana ostajem kod tebe! Je l' voliš?

— Kako da ne volim! Deco, hajde spremite se kući! A ja se čudim što te nema. Je li bila zabava? Nisam mogla da dođem. Nemam večernje haljine.

— Pa ja sam mogla da ti dam.

— Neka, drugi put. Ti da mi naučiš sabiranje! — okrete se jednom đačiću.

Deca odoše, i one izađoše. Miomira se pozdravi sa učiteljem i učiteljicom, bračnim parom. Seljačići su se okupili oko auta.

— A ti sa autom došla? Baš volim. Pitaju me neki dan za tebe učitelj i učiteljica. Mnogo si im se dopala. Kažu: bogata devojka, a tako ljubazna i prirodna. Hajdemo mojoj kući!

— Čekaj, donela sam ti nešto. Ovo je mama spremila, ne znam šta je sve stavila. Dajte, Milane, tu korpu!

— Jaoj, šta si donela! — uzviknu mlada učiteljica.

— Milane, vi sada idite i vratite se u subotu. Mogu li da ostanem do subote? — obrati se Živkici.

— Nemoj da me ljutiš! Ja sam sva srećna kad ti dođeš. A u koliko sati će doći u subotu?

— Ujutro... Čim tatu odveze u banku.

— Znaš, neka dođe ranije, pa ću te ja ispratiti do drugog sela. Tamo imam dve koleginice, a došao je i jedan mladi učitelj. Što je divan! A zamisli: on je jedini mladić, a nas osam devojaka u okolici. Baš hoću da autom odem tamo. Neka vide kakvu imam rodbinu. Ja ću ostati kod njih da prenoćim pa ću se pešice vratiti u ponedeljak. A javiću im da dolazim.

Ušli su u njen stan: malo predsoblje, jedna veća sobica i mala, koja je služila kao kuhinja. Sve je bilo čisto sa mnogo ručnog rada.

— Kako ti je lep ovaj čaršav na stolu! Radila si kocke pa sastavljala! Kao irska čipka! Baš je divan!

— To sam dovršila pre neki dan. Vidi ovo jastuče! Malala sam, pa posle gumirala svilu i napravila jastuče.

— Kako si lepo naslikala ruže. Da vidim šta imaš novo?

— Ovaj ćilim. Kupila sam ga od jedne seljanke. Pogledaj ove četiri stolice u kuhinji. Obojila sam ih zeleno.

— Izvanredno!

— Seljačke stolice. Radio ih jedan stolar u selu. Ali meni se sviđaju baš zato što su seljačke.

— Imaš ukusa, Živkice! Gle, kako se ovaj kockasti čaršav na stolu slaže sa stolicama.

— To je moja trpezarija.

— Gle, i polica! Gde si našla ove tanjiriće sa cvetićima?

— Doneo naš bakalin, seljaci ih kupuju.

— Ja to volim. Sve ti je u tonu: čaršav, stolice, tanjirići.

— To mi je jedina radost. Inače samujem.

— A taj kolega?

— Divan, ali uobražen! Da sam ja sama, a njih osam, digla bih glavu. Uhvatiće ga jedna raspuštenica. O njoj se svašta priča. A nijedna nema kućicu kao što je moja! Za onih pet stotina dinara, što sam ih dobila od tebe, kupila sam ovaj divan... Da vidim šta si mi donela. Jaoj, badem! Pa čokolade! Puter! Vidi koliko je šunke i salame. Tetka Jovanka je zlatna! Vidi, i tegla sa slatkim, i veliki kolač! Imam dosta badema, umesiću tortu, pa ću pozvati koleginice i kolegu. Za danas imam ručak, juče sam kuvala. Znam da si gladna. Odmah ću da postavim ove moje tanjire sa cvetićima. Samo da podložim vatru i podgrejem ručak. Pa, pričaj mi kako je bilo na zabavi!

Slušala je s pažnjom o svemu, naročito o Ninoslavu i njegovom lepom pevanju.

— A kako je Vlada?

— Dobro je... Poslao mi je cveće...

Mlade devojke su veselo razgovarale za ručkom.

— Ja ću u školu, hoćeš li i ti sa mnom?

— Hoću malo, a posle bih da prošetam. Ovo je selo romantično.

— Nemoj samo da se zaljubi neki seoski momak u tebe.

Smejale su se...

———

Miomiri su prolazili prijatni časovi u selu. Već dva dana kako je kod Živkice. Ujutru ona nadgleda ručak, a Živkica ide u školu. Auto je očekivala u subotu. Interesovalo je da li će doći Staša i Ninoslav? Živkica je ujutru očistila piliće i ostavila da ih Miomira pohuje. Opasala je njenu crvenu kecelju preko svoje ružičaste haljine. Bila je prava mala domaćica. Zažarila se kraj šporeta.

Torta se pekla u rerni i ona je svaki čas otvarala da ne izgori. Taman je uzela viljušku da okrene piletinu na drugu stranu kad začu korake kroz hodnik. „To je poslužiteljka, došla da donese vode."

— Vi ste, Malvina?

Niko ne odgovori i koraci se približiše. Na pragu, dodirujući vrata temenom, pojavi se Ninoslav.

— Ah! To ste vi! — uzviknu Miomira, viljuška joj ispade iz ruke, a obrazi postadoše crveniji od kecelje.

Saže se da dohvati viljušku, a lice rumeno od vatre iz šporeta, zajapuri se još jače. Promuca zbunjeno:

— Jeste li vi sami došli?

— I Staša je sa mnom. Ostao je kod škole, a ja sam došao da vam javim da smo stigli.

— Sigurno vas je mama poslala?

— Da, gospođa me zamolila da dođem sa Stašom.

— Sirota moja mama! Uvek se boji. Lepo je što ste došli da vidite ovaj kraj. Selo je romantično. Zašto ne sednete? Izvol'te!

— Hvala. Kako je lep ovaj stan! Podseća me na kućice iz stripova Volta Diznija.

— I ja sam to isto kazala Živkici! Kućica joj je kao iz bajke. Izvinite, ja moram da pazim na ručak.

— Zbilja, ja vas posmatram i čudim se, jer vas nikad nisam video u ulozi domaćice. Znate da vam lepo stoji. Ličite na malu seosku učiteljicu.

— Vi ste mislili da se ja ništa ne razumem u domaćim poslovima. A ja volim da radim po kući. Svoje sobe sama raspremam. Vrlo sam pedantna. Čini mi se da Katica svuda ostavi prašinu. Jaoj, moja torta! Nešto jako miriše.

Danas ćete jesti moj ručak! Da okrenem tortu! Gde li je krpa? Ala je narasla! Nije pregorela! Još malo pa ću je izvaditi...

Ninoslav je stajao kraj prozora i posmatrao voćnjak. Ram prozora uokvirio je divnu sliku: dunja, ispod nje trava prošarana belim margaretama, a malo dalje kvočka sa pilićima. Selo, lepa sobica, zelene stolice, Miomira u crvenoj kecelji, sva zajapurena kraj šporeta. Njene bele ruke dohvatale su čas kašiku, čas viljušku, podizale poklopce na šerpi i loncu, otvarale rernu, sve to mu je bilo novo, prijatno, mnogo bliže njemu i njegovom životu nego gospodska vila i Miomirin apartman. Stajao je i posmatrao mladu devojku, i nasmejao se:

— Pijanistkinja i kuvarica!

Nasmeja se i Miomira, a njene velike crne oči zablistaše u detinjskom raspoloženju.

— O, da znate, kad sam bila u Parizu, što sam volela da idem u posetu jednoj srpskoj porodici u kojoj su bile majka i dve ćerke studentkinje, jedna je bila pijanistkinja, a druga je studirala francusku književnost! Imale su samo jednu sobu, a mi, Srpkinje, skupimo se kod njih, puna nas soba! U toj sobi njihova mama je kuvala ručak na rešou. Pa kad nam javi da dođemo na pasulj, mi smo najsrećnije. Tako sam volela to društvo u Parizu. Više sam bila u društvu Srba nego Francuza. Istina, poznavala sam jednog filmskog glumca i jednu francusku opersku pevačicu, i još neke umetnike, ali naš srpski kružok bio mi je najsimpatičniji.

— U Parizu ste se upoznali sa vašim verenikom?

— Jeste. Baš u Luvru. Posmatrala ja jednog dana egipatske skulpture, kad neko progovori srpski pokraj mene. A znate kako je u tuđoj zemlji kad čujete maternji jezik! Posle smo šetali, išli u operu, i onda jednog dana on me upita: „Hoćete li da se udate za mene?" A ja, ne razmišljajući, kao u šali, kažem: „Hoću!" Mislila sam da se i on šali. Kad ono, on je ozbiljno mislio. Ali, kao san mi je prošla ta godina u Parizu. Zašto vi niste konkurisali za kakvu stipendiju?

— Konkurisao sam, ali je nažalost nisam dobio. I za stipendiju treba imati protekciju.

— Čula sam — tiho izgovori Miomira. Gledala ga je nekoliko trenutaka, a on je polako pošao u predsoblje.

— Ovde ima još jedna soba?

— Uđite da vidite kako je slatka ta sobica. Naša Živkica je prava domaćica. I vrlo je inteligentna. Ona svira na violini i vrlo dobro govori nemački. Pogledajte šta ima nemačkih knjiga. To je njena pedagoška literatura.

Ninoslav uđe u sobu. Na stolu, na lepom čaršavu od čipke, stajala je otvorena knjiga i na knjizi tabak hartije i stihovi ispisani olovkom. Nagnuo se i počeo da čita stihove. Najedared se začu bat ženskih nožica i, sva usplamtela, u sobu ulete Miomira.

— Neću da to čitate! To sam ja pisala! — jurnula je da dočepa tabak hartije, ali Ninoslav ga brzo dohvati i izdiže visoko u ruci.

— Hoću da pročitam! Ne dam vam!

— Nećete! Ne smete da čitate! Dajte mi! Jaoj, ne dam vam!

— Ali ja hoću! — uporno je govorio mladi čovek, a zenice mu blesnuše čudnim sjajem.

Mlada devojka pruži ruke, još vruće od vatre, dohvati obema šakama njegovu snažnu mišicu, da je povije i istrgne hartiju. Ali muška ruka je bila snažna i on je iznad njene glave počeo da čita. Ona mu je otimala, ispinjala se na prste, pružala ručice da dohvati hartiju i, najednom, kao da je malaksala od borbe, kao da je nešto elektriziralo, oseti da je na grudima muškarca, opusti ruke...

A ruka mladog čoveka klonu.

— Evo vam vaših stihova! — izgovori on i odmače se brzo od nje, a tabak ostavi na sto.

Ona ga dohvati ćutke i strpa u džep od kecelje. Mucala je, zbunjena i postiđena što mu se naslonila na grudi, a on se trgnuo, odmakao, osvestio se...

— To ja... onako... pišem ponekad... Ovo sam jutros napisala. Nije za čitanje... Za mene samo...

Mladić spusti ruke u džepove od kaputa i osta stojeći. Nije govorio ništa. Ona otrča u kuhinju, a on izađe u dvorište. Miomira se sruči na stolicu i podlakti se na sto. Videla ga je u bašti. Išao je lagano, visok, sunce je treperilo na njegovoj crnoj kosi, a video se njegov profil, ozbiljan i zamišljen.

Ustala je, htela je nešto da uzme, a nije znala šta. Zbunila je čudnovata zbrka misli i osećanja. Ali kroz sve misli provlačilo se nešto raspevano i srećno. Kao da ju je sve vreme neka misao tištala, pa iščezla, i kao da je sada našla objašnjenje svojoj potištenosti i razlog svog naglog odlaska u selo.

Živkica upade u kuhinju.

— Jaoj, što je divan! Ja sam se iznenadila. Ti pričaš da lepo peva, a ne kažeš kako je sladak! Pravo srce! Gde je?

— Eno ga u voćnjaku!

— Uh, što nije neki učitelj! Je li dolazio ovamo?

— Jeste. Pogledaj, ručak je gotov. Napravila sam fil za tortu, hladi se da bi se stegao puter. Vidi što se lepo ispekla torta!

— Moj šporet izvrsno peče! Čekaj da vidim Ninoslava! Sladak je! Što ga ranije nisi dovela? Danas ću vas ispratiti! Hoćeš li da svratimo do mojih koleginica? Da napravim ljubomornim učitelja. Molim te kaži pred njim: „Živkice, dođi da provedeš nekoliko dana kod nas!" Je li, a dopada li se on tebi?

— On je vrlo inteligentan i dobar mladić.

— Hoćeš li ga zamoliti da nešto otpeva?

— Hoću, ako bude hteo da peva.

— Ima li on kakvu ljubav?

— Ne znam.

— Uh! Ovaj život na selu, pa zaboraviš i kakvi izgledaju školovani muškarci. Hajde da postavimo. Imamo lep ručak. Je li on video da si ti kuvala?

— Začudio se kad me video kraj šporeta. Gledao ti je sobu... Sve mu se dopada. A, evo i Staše! Jesi li gladan, Stašice?

— Jesam. Hajde da ručamo. Gde je gospodin Ninoslav?

— Eno ga u voćnjaku! Vidi, ko ono razgovara s njim! Jedna seljanka.

— Kakva seljanka! Nema više seljanki! To su gospođice!

Živkica ih je nudila za stolom, a ona je malo jela, bila je uzbuđena, srećna. Znala je da će biti tužna kad oni odu, i biće joj još teža samoća seoske učiteljice, ponovo će uvideti kako je prazan njen devojački život. Ali u ovom trenutku upijala je svaki pogled mladog čoveka, upućen njoj, kao što vruća zemlja usisava kišne kapi. Bila je srećna i zahvalna, i činilo joj se da je često pogleda... Govorili su mnogo i brzo, i čudila se samoj sebi koliko priča. A Miomira je ćutala, sva crvena kao njena kecelja.

— Miomira mi je pričala kako divno pevate. Tako bih rado čula jednu pesmu.

— I ja bih voleo, gospodine Ninoslave, da otpevate onu moju pesmu — molio je Staša.

— Nisam raspoložen za pesmu! — odbijao je mladić.

— Svi pevači tako govore. Što da niste raspoloženi? — protestovala je Živkica. — Ne morate da pustite glas. Samo da se čuje. Volim Miomiru što mi uvek svira kad je zamolim.

— Drugo je svirati, a drugo pevati.

— E, nemojte da vas molimo — prihvati i Miomira.

— Bez gitare ne vredi.

— Uh, sad još i gitara!

— Pevajte! — navaljivao je Staša.

Ninoslav zapeva, tiho, meko, ljubavnički, kao da peva dragoj. Živkica ga je posmatrala, očarana, ustreptala, a Miomira se podlaktila na sto, oborila oči, zagledala se u plavi cvetić na tanjiriću. „Njega vole sve žene", mislila je, a pesma mladićeva bila je tako slatka. Njegov topli glas je milovao i uzbuđivao.

— Divno pevate! — uzdahnu Živkica. Ništa više nije mogla da kaže, jer je svu obujmi pesma kao snažni muški zagrljaj.

Miomira je ćutala i osećala malaksalost. „Šta li on misli o meni? Zašto sam mu se, maločas, naslonila na grudi?" Htela je da se susretne s njegovim pogledom, ali ju je mladić izbegavao. Pričao je Staši, pričao učiteljici, a nju je obilazio očima. Ona ustade, malo uvređena.

— Idem da se obučem. Treba odmah da pođemo... Ima li nešto da ti pomognem? — pitala je Živkicu.

— Ništa! Ja ću da sklonim tanjire, neka ovo stoji! Da istresem samo čaršav.

— Hoćeš, Staša, malo da prošetamo? — pozva ga Ninoslav.

— Iziđite na onaj brežuljak, videćete kako je odatle lep izgled.

— Ja bih u njega mogla da se zaljubim — uzdisala je Živkica.

U autu Miomira je ćutala, a Živkica je govorila, devojački brbljivo, tim pre što ju je slušao lepi mladić preko puta. A on je umeo da sluša i da gleda. Miomira je osetila kako mu je prijatno Živkičino pričanje. Možda je bila njegov tip. Bila je plava, a i Slavka je plava. Sigurno voli plave devojke. A ona mu se jutros naslonila na grudi. Zašto da se zaboravi? Neprestano je peklo to sećanje i diralo ju je što je ne gleda, izbegava njen pogled, priča o svemu i svačemu, skreće pažnju Staši na lepe predele pokraj puta. Sve mu je drugo bilo interesantnije od nje same.

Oprostili su se sa Živkicom i njenim koleginicama i kolegom. Mlade učiteljice su posmatrale Ninoslava s oduševljenjem. A kolega je malo uzdigao obrvu, kao da mu je nešto bilo krivo.

— Ja ću doći uskoro. Ostaću tri dana. A vi morate da mi pevate! — govorila je Živkica Ninoslavu da bi je čuo mladi učitelj. A on je grizao usnu i podsmešljivo posmatrao plavu devojku, za koju je čuo da je inteligentna, izvrsna domaćica i da ima lepu kućicu.

Auto odjuri. Ninoslav sede kraj Miomire. Ona mu je ponudila mesto. Odmakla se u ugao i ćutala. Staša je pričao i vazda zapitkivao Ninoslava. Njoj se nije pričalo. Ali je osećala da je mladić kraj nje raspoložen, razgovoran i baš to ju je tištalo. Jer kod nje je tuga preovlađivala u svakom osećanju.

Kad siđoše iz automobila, mati ih odmah presrete rečima:

— Molim te, idi na telefon! Ceo dan te je zivkala kuma Stajićka. Sutra moraš da ideš sa gospodinom Ninoslavom k njoj.

— Zašto moram? — začudi se Miomira.

— Došli su joj oni Amerikanci, muž i žena, o kojima nam je pričala. Znaš, upoznala se s njima prošle godine, oni uvek provode po dva-tri meseca u Dalmaciji, sprijateljili su se, pa ih je pozvala u goste. Htela bi da ti dođeš da sviraš i da gospodin Ninoslav peva, da vide našu inteligentnu devojku i da čuju srpske pesme.

— Šta ću joj? Ona voli da pozira u salonu, da pokazuje svoje društvo, a mi svi treba da izigravamo neke uloge koje nam je ona namenila.

— Ama, nije tako, Miomira! Ljubazno te je zvala i veli: „Baš bih volela da mi kumica dođe! Ona je tako inteligentna devojka.”

— Ti misliš da je njoj toliko stalo do mene? To je prilika da pozove gospodina Ninoslava. Da, vas ona želi da vidi, a ja išla ne išla, njoj je svejedno. Glavno je da vi odete. I otići ćete sami, naravno, s gitarom.

Mladić je hladno pogleda i oštro odgovori:

— Ako vi, gospođice, nalazite da ne treba da idete i nemate obaveza prema gospođi Stajić, ja imam još manje. A ja neću ići, jer gospođu ne poznajem. Video sam je ono pola časa na zabavi.

— To je njoj bilo dovoljno, jer je svesna da je neodoljiva žena, a muškarci su vrlo slabi. Znam ja dobro gospođu Stajić! Sa njom ćete se vrlo lepo provesti! — podsmehnu se Miomira. — I treba da idete!

— Otkuda vi znate da bih se ja lepo proveo? Vi mislite da meni čini zadovoljstvo čim me pogleda neka dama i da odmah trčim na njen poziv.

Miomirina ironija iščeze sa lica i ona se zagleda svojim velikim crnim očima u njegove tamnoplave dužice. Učini joj se kao da joj je time hteo reći: „Mislite li vi da mene možete uzbuditi ako mi se naslonite na grudi?” Ta je pomisao uvredi i ražalosti, i zapita mamu tišim glasom:

— A kada je zvala?

— I jutros, i posle podne. Idi i razgovaraj s njom! Možda je kod kuće.

— Ako ja budem išla, hoćete li vi sa mnom? — okrete se Ninoslavu.

— U tom slučaju, ići ću... Istina, obećao sam gospođici Slavki da ću je sutra posetiti...

— Onda vi ne možete! — prošaputa Miomira mirnim i ravnodušnim tonom, iako joj srce ugrize sumnja: „On voli gospođicu Slavku”.

— Ja ću se njoj izviniti... Mogu drugog dana...

— Nema smisla da otkazujete posetu koja vam je mnogo prijatnija — govorila je s osmehom.

Miomira priđe telefonu i pozva gospođu Stajić... Saslušala je i naposletku odgovori:

— Dobro, doći ćemo!

Iz očevog kabineta vrati se u trpezariju. Smešila se Ninoslavu i proučavala na njegovom licu utisak svojih reči:

— Gospođa Stajić vam, gospodine Ninoslave, priprema jedno veliko iznenađenje.

— Kakvo iznenađenje?

— Nije htela da kaže!

— Da ne misli da vas oženi nekom bogatom Amerikankom? — nasmeja se mati.

— A, to nikako, jer kad je u pitanju mladić koji se njoj dopada, ne bi ga ona nikom ustupila — ironično će Miomira.

— A vi zamišljate, gospođice Miomira, da sam ja neka stvarčica, koja se može odmah prisvojiti. Moja je ličnost mnogo otpornija!

— Sumnjam... Svi ste vi muškarci do izvesnog stepena otporni, a posle glavački letite, osobito kad je u pitanju udata žena.

— Ako tako mislite, gospođice, ja neću ići! — tvrdoglavo reče Ninoslav.

— Ama šta govoriš, Miomira! Znate, i ja Stajićku za nešto osuđujem, ali ona Miomiru veoma voli, i ceni inteligentnu devojku. A gospodin Ninoslav tako lepo peva i svira da će se, zbilja, dopasti Amerikancima.

— Nego, vi treba da javite gospođici Simić da nećete doći k njoj. Ona će vas čekati. Možete i telefonom. Možda je još u gimnaziji.

— To bi dobro bilo.

Ninoslav uđe u kabinet. Miomira je slušala njegov razgovor iz trpezarije.

— Obećao sam ti, ali neću moći sutra da dođem...

„Da li će joj reći istinu ili će joj slagati”, mislila je Miomira.

— Idem s gospođicom Miomirom kod gospođe Stajić. Došli su joj neki Amerikanci. I ti si čula za te Amerikance?

„Sirota gospođica Slavka!”, sažali se Miomira. „Ako ga voli, biće joj teško jer zna kakva je Stajićka.”

— Prekosutra mogu da dođem. Sigurno!

„Dakle, opet će otići k njoj. Da je uteši!” Izašla je u baštu i legla u naslonjaču.

Gospođa Novaković ode u kuhinju, a Ninoslav uđe u Stašinu sobu. Svirali su malo, pa posle radili zadatke iz algebre.

Miomira je ležala u naslonjači. Opružila se i osećala slatku malaksalost i tugu. Večernja tišina spuštala se nad baštom, a opet je bilo puno sitnih šumova, tajanstvenih i slatkih.

Mlaz svetlosti iz Stašine sobe padao je po travi. Ona je bila iza toga svetlosnog mlaza, u senci žbunova, ali je videla visoku figuru Ninoslavljevu kako šeta po sobi, nasmejan, ozbiljan ali zamišljen. Očekivala je da će se nasloniti na prozor i pogledati gde je ona, jer je video da je izašla u baštu. Ali on je ostao u sobi, ravnodušan i ozbiljan. Miomira sklopi oči. Htela je u mraku da se udubi u svoje biće, da proučava sebe i dozna šta je to u njoj. Ljutnja ju je peckala. Otkuda ta ljutnja? Zbog Stajićke? Što li ga zove? I kakvo li mu iznenađenje sprema? Hoće da ga osvoji! Kako je to lukava žena! Pogledala je u njihov osvetljen prozor. On je bio okrenut profilom. Zadrhtala je. Ah, tako bi zavukla prste u njegovu kosu... Ne! Ne! To je bezumno! Ona je verena. Ta reč „verena" odjeknu u njoj tupo i ona oseti jezu. Kao da se plašila svoga verenika. Osećala je u njegovim očima nešto neprijatno. Da li je život ostavio traga u njegovom životu? Poredila je oči Ninoslavljeve i verenikove. Ove duboke, tamnoplave oči, ulivale su poverenje. Nikad je nije pogledao zavodnički, drsko, bezobrazno. Kako je bio simpatičan njegov lepi, pošteni pogled.

Večernju tišinu narušavao je Stašin dečački smeh. Obojica su se smejala, i Miomira ih je gledala nasmejanim očima. Uživala je u smehu svoga brata. Kako je poštena, zdrava i iskrena priroda ovog nepoznatog mladog čoveka unela vedrinu i raspoloženje u njihov život. Za stolom su uvek raspoloženi. Svi diskutuju. Ali ovaj mladić svemu daje ton: i razgovoru o politici, i o muzici, o svim stvarima u životu. On na sve gleda pravilno, uravnoteženo, zdravo, kao što jede sa apetitom svojim zdravim, belim zubima. Ničega neprirodnog i blaziranog nema u njemu; on joj ne laska, ne udvara joj se. Nijedan kompliment nije dobila od njega, sem pohvale za sviranje. Kako ume da sluša kad ona svira! Opazila je da duboko doživljava njenu muziku. On ima duše, nije rasipao svoja osećanja u životu.

Miomira je bila i vesela i tužna. Zaklopila je oči i ugledala sebe na grudima mladog čoveka, sasvim blizu njegovih usana i očiju.

— Miomira, da ne nazebeš? Dosta je sveže. Jesi li se čime ogrnula? — čula je mamin brižni glas.

— Nije mi hladno! Tako je prijatno!

Očev automobil stade pred kapijom.

Posle dva sata zavlada tišina u kući.

Ninoslav nije odmah legao. Osećao je da mu se ne spava. Nekoliko noći bio je nervozan i imao je nemiran san. Gospodski život u otmenoj kući već ga je počeo nervirati. Dobro se hrani, na čistom je vazduhu, lepa postelja, ne radi skoro ništa, ne brine se, pa se nekako razmekšao, raznežio i postao nervozan. Ne bi mogao ostati dugo u njihovoj kući. A od jutra do mraka mu je pred očima ovo crnomanjasto devojče, s malim nožicama, kovrdžave kose, velikih očiju koje gledaju strasno i ispitivački. Ona je čas dete, čas žena. Dobije čovek volju da je povuče za kosu kao devojčicu, da trči s njom kao s detetom, ali i da je ščepa u naručje i uguši poljupcima. A danas onaj dodir na grudima! Ako ga ona uzbuđuje, sme li se podavati uzbuđenju? Šta je u toj devojci? Kapric, želja za muškarcem, ili detinjastost? A što je verenica? Da li ona voli svoga verenika? Je li nevina? Možda je moderna, slobodna devojka, koja koristi život i svakog muškarca? Raskinula sa nevinošću i može ugrabiti još koji trenutak slasti do braka, a isto će raditi i kad se uda. Tražio je nešto što bi umanjilo njenu vrednost. Bogata devojka, razmažena, naučila da joj se svi udvaraju. Možda čeka da joj i on laska... Šta je on za nju? Učitelj njenog brata. Niko i ništa! Ta razmišljanja ga uvrediše, a uzavrela mladićka krv uzburka se u njemu... Odbacio je kritike i pohvale, a pred njim je bilo dražesno, mlado devojče koje bi ščepao, pritisnuo na grudi, zagnjurio se u one velike detinjaste oči, upio se na rumene, vrele usne koje su mamile na poljubac... U slepoočnicama mu je nešto udaralo, a glava mu je sva gorela. Naslonio se na prozor i zapalio cigaretu da bi se umirio. Udisao je duboko dim od duvana, kao da udiše miris ženskih usana. I opet ju je stvarao pred sobom, u spavaćici. Zašto šeta po kući u noćnoj toaleti? Da ga sretne i uzbudi. I posle da se smeje. Sve one samo draže i mame muškarce.

Noć je bila sveža, ali oblačna, bez zvezda. Ninoslav se naslonio na prozor. Oko njega je bio mrak, samo je svetlucala njegova cigareta. U bašti je bila tišina... Najednom se začu laki šušanj iznad njegove glave. Podigao je glavu i spazio belu siluetu. „Miomira.” Mlada devojka kao da oseti da ju je on spazio i brzo iščeze, a Ninoslav se odmah skloni s prozora, baci u postelju, i oseti kako mu slepoočnice još jače udaraju.

Ideja Amerikanaca koja je uzbudila Miomiru

Vratili su se u deset sati uveče od Stajićke, i to pešice.

— Bože, Miomira, zašto nisi javila da dođe auto? Pešice, po drumu, u deset sati? Umrla bih od straha da sam znala — govorila je mama.

— Tako je bila prijatna šetnja, a gospodin Ninoslav je dovoljno snažan da me sačuva od svakog napada. Nego, da ti saopštim iznenađenje koje je Stajićka pripremila gospodinu Ninoslavu. On će dobiti stipendiju od Amerikanaca i ide u Italiju, u Milano, da školuje glas. Očarani su njegovim glasom i proriču mu da će jednoga dana pevati u Metropoliten operi u Njujorku.

Ninoslav se nasmeja glasno:

— A vi ste to, gospođice, primili ozbiljno. Ništa manje nego Metropoliten opera!

— Zašto da ne primim ozbiljno? Vi ne znate šta je u stanju da stvori Stajićka! A vi ste joj se dopali. Kod nje to nije ljubav prema umetnosti, već simpatija prema vama — priznade Miomira.

— Zbog toga ja to i ne primam ozbiljno, jer me niko ne može ubediti da moj glas ima osobitu vrednost.

— Ali vaš glas ima vrednost. Amerikanci su to osetili, kao što su osetili i lepotu naših pesama. To je muzikalan svet. Vi ste srećni što je to preuzela gospođa Stajić, a ona se ne bi zauzimala za vas da ste neka rugoba. Najzad, njene prave pobude nećemo objašnjavati, ali njeno zauzimanje može vam doneti veliku slavu.

— Ma šta vi to pričate? Objasnite mi! — umeša se mati. — Je li istina to za stipendiju?

— Gospođo, to je bio samo razgovor.

— Ali razgovor koji može postati stvarnost — uzbuni se Miomira. — Evo, mama, da ti ispričam. Žena tog Amerikanca bila je pevačica u Mjuzikholu u Njujorku. Amerikanac je multimilioner i oženio se njome iz ljubavi, a ona je napustila Mjuzikhol. To je muzikalna žena i njoj je kuma Stajićka pričala o pevanju gospodina Ninoslava. Amerikanka je našla da gospodin Ninoslav ima vanredan glas. Probala mu je uz klavir sve registre i našla da je on dramski tenor. Dakle, taj fah trebalo bi gospodin Ninoslav da razvija; pevao bi Marija Kavaradosija, Radamesa, don Hozea u *Karmen*. Kaže ona da je figura i glava gospodina Ninoslava za herojske tenore... I kad je isprobala njegov glas, ona se okrenula mužu i nešto mu rekla engleski, a posle rđavim francuskim saopštila da bi oni dali stipendiju gospodinu Ninoslavu...

— I ja sam je već prihvatio, gospođo — smejao se Ninoslav. — A za mesec dana putujem u Milano.

— Zašto da ne prihvatite? Vi ste sve shvatili kao šalu i smešno vam je, a ja sam to primila kao nešto ostvarljivo.

— Gospodin Ninoslav je pametan mladić — dodade otac — i zna da će biti sigurniji sa nameštenjem u banci nego da školuje glas i da ga jednog dana ipak izgubi.

— Ti, tata, govoriš kao finansijer. Uvek računaš sa zaradom. A slava? Biti slavan operski pevač više vredi nego biti bogataš, direktor banke, pa čak, ako hoćeš, i ministar!

— Jeste, gospođice, ali prvoklasni pevač.

— A zašto da ne budete prvoklasni pevač, kad imate prvoklasni materijal? Treba imati više ambicija! Šta vas očekuje u banci? Da sedite za pisaćim stolom i uvek jedan te isti posao od jutra do mraka. A pred vama se otvara ceo svet. Ako oni vama ponude stipendiju, kao što su kazali, vi biste učinili najveću pogrešku da je ne primite. Idite dve-tri godine i studirajte pevanje. Ništa ne gubite. Prava ste završili i u svako doba možete biti činovnik.

— Što ti padneš u vatru kad je reč o umetnosti! — nasmeja se otac. — A ti prva, čim si videla Vladu, promenila si mišljenje o muzici. I gospodin Ninoslav hoće da se ženi.

— Nisam ja promenila mišljenje. Drugi razlog je bio što sam napustila studije. Možda sada žalim...

— Gospodin Ninoslav neće žaliti. Lepo ću ja njega u banku, pa da ga posle oženimo. Gospođica Slavka je simpatična devojka. Šta velite, gospodine Ninoslave?

Miomira ustade od stola i izađe na terasu. Gledala je u baštu, ali je osluškivala razgovor u trpezariji.

— Ne mislim još na ženidbu, gospodine direktore. Treba prvo da udam svoju sestru. Ona me je pomagala. Kad se oženim, to više neću moći.

Miomira se vrati u trpezariju. Mladi čovek je pogleda. Bila je u istoj haljini u kojoj je išla kod gospođe Stajić, od crnog velura, sjajnog i toplog kao njene oči. Velika crvena ruža bila joj je na grudima. Sva je bila u dva tona, crnom i ružičastom. Crni velur je isticao sjaj njene kose, a crvena ruža je dopunjavala rumenilo usana. Lice joj je bilo uzbuđeno. Zastala je iza Staše koji je pažljivo slušao razgovor.

— Šta ti, Stašice, misliš? Da li bi savetovao gospodina Ninoslava da studira pevanje?

— Sve što je škola i kancelarija, meni je odvratno! Da ja imam glas kao vi, nijedan trenutak ne bih razmišljao. Zamislite, vratite se kao operski pevač, pa se pojavite u beogradskoj operi. Dojurio bih da vas čujem.

— Zašto da dojuriš? Ti ćeš tada biti student i stvorićeš klaku gospodinu Ninoslavu — smešila se Miomira i svojim sjajnim očima posmatrala mladog čoveka koji je pušio i ironično se smeškao.

Staša se dalje interesovao:

— A gde biste studirali?

— U Italiji, u Milanu — nastavljala je Miomira.

— Ti bi mi, tata, morao dopustiti da i ja odem do Milana. Nisam nijednu stranu zemlju video, a ovamo, ti si neki bogataš! — jadao se Staša. — Je li, Miomira, jesu li ti Amerikanci, zbilja tako velikodušni? — pitao je brat.

— To su milioneri za koje nije ništa dati nekoliko hiljada dinara mesečno, a dopali ste se i Amerikanki.

— Ko je sve bio kod kume?

— Sakupila nas je kao kolekciju. Bila su dva poručnika, Mirković i Lilić. Oni su predstavljali našu vojsku. Divio im se Amerikanac: „Lepi vojnici!" Onda mašinski inženjer Stanković...

— I to je lep čovek! — nasmejao se direktor.

— Kod Stajićke nikad nećeš videti ružne muškarce.

— Ali je gospodin Ninoslav bio najlepši od sviju — polaska mu direktor.

— Izgleda, jer je imao najviše uspeha.

— Šta vi to govorite o mom uspehu! — podsmehnu se mladić. — Ja sam išao po dužnosti, da vama učinim po volji.

— A zar vam nije bilo prijatno? Kažite istinu!

— Nije mi bilo neprijatno. Moram priznati, gospođa Stajić je interesantna žena.

Miomira zaustavi na njemu jedan ukočeni i široko otvoreni pogled.

— Da, ona je neodoljiva žena! To svi muškarci kažu.

— Ne mislim na njenu spoljašnost nego na umešnost s kojom je zainteresovala Amerikance za mnoge stvari u našoj zemlji.

— A, ume ona! — uzviknu direktor. — Žene je ogovaraju, ali ona ume da bude i poslovan čovek! Sve poslove u ministarstvu ona mužu svršava...

— Zato što je lepa i što to njen muž zna i iskorišćava je za svoje liferacije. Lepe se žene svuda lakše probiju. Ali to je baš i žalosno u njihovom braku... Oni imaju svako svoj život, a vezuje ih materijalni interes.

— Ja ne znam šta je u njihovom životu, ali gospođa bi umela da napravi propagandu našoj zemlji. Njen salon je sav u nacionalnom stilu.

— To je ona spremila da Amerikanci vide. Znaš, mama, jednu sobu je namestila pirotski. Stotinu sitnica je nakupovala: seljačke rukavice, opanke, bakračiće, keramiku, mali mangal, tkanice, jeleke, suknje, puno koječega. Čitav muzej!

— Meni se to svidelo, gospođice, a Amerikance je to zanimalo.

— Ja ne kažem da nije. Ona nije glupa žena. Ume ona od te svoje propagande da izvuče korist. Čuli ste kako kaže da su je pozvali na jezero Komo, gde imaju vilu. Neće ona žaliti da potroši na njih, ali će se pored njih provesti i ona. A ona voli da izigrava veliku damu. U tome ima i malo hohštaplerskog.

Ne volim ja takav svet! Vi se nemojte obazirati na ovo što ja govorim, nego prihvatite stipendiju. Recite vi samo Stajićki da hoćete, i ona će vam sve svršiti. Još ćete i vi otići na jezero Komo. Ima ona moći nad muškarcima! — nasmeja se Miomira.

— Vi zamišljate, gospođice, da smo mi muškarci igračke u rukama žena.

— U rukama devojaka niste, ali ste igračke u rukama udatih žena. A ona se, mama, danas tako lepo obukla! Zavrte pamet i Amerikancu. Znaš kako je zove? Mej Vest!

— A je l' bilo još žena?

— Ne, samo Amerikanka, ona i ja. Ti znaš da ona ne trpi mnogo žena. Ona je više u društvu muškaraca, jer, kaže, mnogo je prijatnije: muškarci ne ogovaraju, već joj se dive.

— A divite li joj se vi, gospodine Ninoslave? — zapita ga Staša.

— To ću ti reći kad završiš maturu. Sada me ne bi razumeo. A gospođica Miomira mi ne bi verovala.

— Zašto? Recite!

— Ne mogu ništa da kažem, jer su nas gospoda vrlo ljubazno dočekala. A vi, gospođice, ne date da ja dođem do reči, da kažem kakav ste vi utisak ostavili na Amerikanca. On je u vama video našu rasnu interesantnost.

— Ja sam ravnodušna na komplimente — podsmešljivo je govorila Miomira. — Klavir je obična stvar za Amerikance. Ali vaše srpske pesme su bile nešto novo i egzotično. I, žene umeju jače da se oduševe od muškaraca. Zato ćete vi i dobiti stipendiju, što dva ženska glasa važe kao deset muških, a vi ste oduševili i Stajićku i Amerikanku. Ja žalim samo jedno: što moj tata nije shvatio da treba da bude vaš mecena i da vam on školuje glas.

— Što si ti, Miomira, fantasta! Ja ću bolje osigurati gospodina Ninoslava.

— Osiguraćeš ga, ali time što ćeš ga postaviti za činovnika nećeš mu pružiti radost života. Ti si, tata, bankar i ne možeš da shvatiš šta je umetnost — izašla je opet na terasu, uzbuđena i crvena, i govorila je otuda: — Bolje bi bilo da gospodin Ninoslav, docnije, kad postane slavan, kaže: „Gospodin Novaković mi je bio mecena!"

— Što žene mogu lako da se oduševe! Ali se lako i rashlade! Sreća što smo mi muškarci mnogo hladniji. Takva je ona oduvek bila... Ali ti si moja dobra ćerkica! I ja ti praštam tvoje mane!

— Ti si materijalista! — tiho je govorila Miomira.

— Ali od mog materijalizma svi živite, i vidim da vam nije rđavo. A ona već zamišlja kako vi pevate na pozornici, a svet vam aplaudira. Imam ja jednu sestru, gospodine Ninoslave, uobrazilja kao i Miomira. Pisala je pesme, volela da bude glumica, a na kraju, udala se za jednog trgovca i sad čuva decu i kuću. Tako će i naša Miomira.

Miomira prekide razgovor:

— Dakle, šta ste rešili, gospodine Ninoslave.

— Rešio sam da zamolim gospodina Novakovića da me postavi u banci.

— Što ste vi prozaični! Zato ću sad da pronađem jednog pevača na radiju.

Uskoro se zatalasa snažni i topli muški glas.

— Čujete li? Opera! Italijanski peva... Što je to lep jezik!

Miomira je sela na divan i zamišljeno gledala Ninoslava.

— Kako je topao glas! Vi ste pevali u operskom horu?

— Jesam. Znam sve velike arije iz opera.

— Znate? Ja imam *Tosku*. Hajde da probamo sutra. Hoćete li?

— Možemo!

— Imam i *Travijatu* i *Aidu*. Vi biste u *Aidi* bili Radames.

— Biće on moj činovnik! — nasmeja se direktor.

— Uh, tata, što me ljutiš! Ne, vi morate da učite pevanje!

— Kako je svaka žena kapriciozna: što hoće, hoće! Ti, Jovanka, nisi bila ovako ćudljiva! Ona je na moju sestru!

— Je l' da, gospodine Ninoslave, da ćete primiti stipendiju?

— Neću, gospođice!

— Dobro! Nemojte! Idem da spavam! Laku noć! A, čekaj, mamice! — vratila se i poljubila mamu.

— A mene nećeš da poljubiš?

— Neću! Finansijere ne volim!

— Finansijeri drže ceo svet.

— Ali zbog finansija i kapitala pati ceo svet.

— Ipak tvoje fantazije imaju oslonac u mome kapitalu.

Male nožice ustrčaše uz stepenice, malo zatim zabruja na klaviru velika arija iz *Toske* koju Mario Kavaradosi peva u crkvi.

Nije odmah legla, nego je razmišljala. Osećala je nervozu i bilo joj je krivo na Stajićku. Zašto da to bude njena ideja? Šta je sve u glavi ovog Ninoslava? Ništa nije mogla da dokuči. Učtiv je i uzdržljiv, to je sve što je mogla da sazna. Danas ga je krišom posmatrala, ali nije mogla da spazi nijedan blesak u njegovim očima, niti ma kakvo uzbuđenje za bilo koju od žena, a njih su bile tri. A sutra ide gospođici Slavki. Da li je zato tako učtiv? Napadala je i Stajićku. Pomisliće da je ljubomorna. A ona ne trpi takve žene. To su žene čiji život ima jedino erotični smisao. „A zar i sama ne čeznem za nekim erotičnim uzbuđenjem?", priznade u sebi. Glava joj klonu na sto, a miris cveća je opi. „Da li će se pojaviti na prozoru? Obično popuši cigaretu." Prikrala se ogradi s desne strane, odakle je mogla da ga vidi. Nije bio na prozoru. Ušla je lagano u sobu i legla. Rešila je da ga nagovara i sutra. Ali zašto neće stipendiju? Zašto više voli da radi u banci njenog oca?

Ujutru je ustala rano. Nešto je tražila po fioci. To je bila mamina knjižica sa receptima za kolače. Čitala ih je i našla jedan kolač koji joj se svideo. Obukla se i sišla u kuhinju.

— Mama, jutros ću ja da mesim kolače.

— Što ti? Mesiće kuvarica.

— Hoću baš ja! Kod Živkice sam mesila, i jako su mi lepo ispali.

Mati se smejala gledajući je kako mesi.

— Iznenadiću Stašu. On ovo voli. A gde su oni?

— Eno ih u borovoj šumici...

Mutila je puter i pokreti su joj izazivali niz misli: „On ne voli bogate devojke. Više sam mu se svidela kod Živkice. Iznenadio se kad me je video kraj šporeta."

— Ako, samo mesi! Treba da naiđe Vlada da te vidi... Svaka žena mora da zna domaći posao — laskala joj je mati. — Baš da vidimo kakvi će biti tvoji kolači!

Posle jednog sata već ih je sekla i ređala po činiji.

— Da odnesem Staši da proba... Jesu li oni još u šumici?

— Jesu!

Nosila je kolače na tanjiriću i bila još sva rumena od vatre.

— Da probate moje kolače! — govorila je veselo.

— Ja sam već probao vašu tortu i iznenadio se. Izvrsni su! Otkuda u vama ljubavi prema domaćinstvu?

— Čim sam žena, moram voleti i kuću.

— Kad si ti volela kuću? Ti nikad ne mesiš! Što su fini kolači! — govorio je brat iskreno.

— Zbilja, vi ste dobra domaćica! — laskao joj je Ninoslav.

„Posle podne ide kod Slavke. Ona će sigurno umesiti kolače i pohvaliti se. Ide sam... Možda će se i ljubiti", zamislila se najednom i zagledala se u Ninoslavljeve usne. Ustala je naglo, kao da joj se učinilo sve ovo glupo i smešno. Gordost se pobuni u njoj i, podigavši nosić, ona se udalji s praznim tanjirićem, ali i tužnom prazninom u srcu. A posle podne sela je u baštu i uzela vez. Htela je da ga vidi kad pođe Slavki. Došla joj je jedna misao: da pokuša da ga napravi ljubomornim. Rešila je da to izvede isto posle podne.

Čim se Ninoslav udalji, polete telefonu.

Počela je da okreće brojeve i odjednom zasta. Nema smisla. I koga da zove? Htela je da zove jednog činovnika iz banke da je priceka posle šest na korzou, pa da prošetaju. Oni su i neki daljni rod, a Ninoslav to ne zna. Ali našta sve to?

— Neću — prošaputa i obuze je neka seta.

Lagano se popela u svoju sobu i uzela dvogled. Pratila ga je u daljini. Lagano je išao drumom... Uzdahnula je i ostavila dvogled. Prišla je ormanu sa ogledalom i pogledala se. Analizirala je samu sebe. Ona je uvek imala uspeha, ali je bila svesna da su svi znali da je bogata. Ta misao ju je uvek mučila. Možda je gospođica Slavka bila srećnija.

Otvorila je orman. Obuze je dosada i poče da vadi haljine. Zagledala ih je i prinosila licu. Jedna kutija na ormanu bila je puna raznih šeširića. Stavljala ih je na glavu i zastajkivala pred ogledalom. Izvadi jedan beli filcani šešir.

Vrlo lepo je stajao uz njenu crnu kovrdžavu kosu. Uze i jedan kostim plave boje. Zaboravila je na ovaj kostim. Zbilja, lepo joj je stajao s belom svilenom bluzom. Tesan žaketić je fino isticao njen stas. Stavila je beli šešir na glavu. Primicala se i odmicala ogledalu i smešila se samoj sebi. „Idem!", opet prasnu u njoj radost. Pošla je, pa zastala. „Što se ja ludiram..."

U beloj bluzici i marinskoj suknjici sišla je u trpezariju. Mati je pogleda.

— Baš ti lepo stoji plavo! Pa što ne nosiš taj kostim?

— Zaboravila sam na njega. Ja kad nešto zavolim, u stanju sam samo to da nosim.

— Ja ti se čudim... Nosiš samo onaj žuti mantil i haljinu. A plavo ti lepo stoji. Idi, Miomira, javi tati telefonom da pošalje Jankovićki auto. Hoće da dođe u posetu sa Ostojićkom, a i njena majka bi došla, a ona je stara žena, pa ne može pešice.

Miomira prenese poruku tati i ode u baštu. Šetala je kroz borovu šumicu, ali je obuze dosada i seta. Nije mogla, ili nije htela sebi da objasni šta joj je. Zašto je sve tužno oko nje? U šumici je bila tišina i svuda unaokolo mir. To je rastuživalo i otkrivalo uzburkanost njenih osećanja. Išla je brzo, kao da beži od same sebe, a splet raznovrsnih osećanja odzvanjao je u njoj kao akord s klavijature. „On je sad stigao do Slavke", provlačilo se u njoj kao moto simfonije. Da, to je moto njenog uzburkanog duševnog stanja ovoga časa: on je otišao u posetu jednoj devojci! Pošla je brzo, kao da hoće da moto ostane iza nje, u borovoj šumici. „Idem!", prostruja u njoj odjek volje i savlada je kao bujica koja probija branu. Više je ništa neće zadržati...

Utrča u kuću, i spazivši majku, reče joj brzo:

— Idem u varoš! Gazda Tasa je kazao da će dobiti lepe goblene, pa hoću da kupim jedan.

— Zašto ne sačekaš auto?

— Kakav auto! Ja volim da prošetam, a to nije nikakva šetnja kad idem autom!

— Onda kupi i meni konca, crnog i belog, i jedno klube lanenog pamuka...

— Hoću!

Brzo obuče žaketić, stavi beli šeširić na svoju kovrdžavu glavicu, pozdravi se s Katicom i ode.

Bila je vesela... Ali samo nekoliko minuta, i odmah je obuze tuga... Zamislila se i išla drumom, a posle je skrenula u livadu kraj druma i išla jednom putanjom koju su ugazili pešaci. Putanja je prolazila pokraj livada i njiva... Mirisala su polja i osećao se povetarac, topao i svež... Drumom je jurio neki automobil. Prepoznala je njihovog šofera. On zaustavi kola.

— Gospođice, imam nešto da vam dam... Jedan telegram!

Pozdravila se sa trima gospođama i auto odjuri. Razvila je telegram i pročitala: *Zašto mi ne pišeš? Vlada.*

Rasejano je gledala ispred sebe i ne trudeći se da makar u mislima odgovori zašto ne piše. Zbilja, nije mu pisala. Nije imala volje. U njoj je vladala disharmonija, kao na radio-aparatu kad se sukobljavaju razni talasi. Nešto je isprepleteno u njoj i nikako da uhvati pravi tok u svojoj duši...

Posvršavala je kupovine u trgovini. Našla je divan goblen. Gazda Tasa joj se obradovao.

— Što ne odeš do Gine? Došla je i Dobrila. Kod kuće su, imaju žur. One će voleti da te vide — govorio joj je prisno gazda Tasa, jer je ona bila drugarica njegove Dobrile.

Ali njoj se nije išlo. Otišla je u park i na klupi spazila Anđu s jednom drugaricom. „Oni su sami."

— Imate li predavanja, Anđice?

— Imamo, ali smo izgubile jedan čas, pa smo došle u park. Šta radi Staša?

— Dobro je, ostao je da piše pismene zadatke. Kad ćete da dođete k nama?

— Kad nas pozovete. Divno smo se provele onda. Staša prekosutra polaže?

— Da, polaže.

— On će položiti. A šta ste to kupili? — pitala je slatka devojčica milo gledajući Miomiru. Bilo je u njoj i malo stida, jer se bojala da Miomira nije doznala da je ona preko Stoleta poručila Staši da joj se mnogo dopada. Stole je, opet, doneo poruku njoj od Staše da je voli, pa se nadala da će doći s Ninoslavom u grad i da će biti u parku. — Što ste danas lepi, gospođice

Miomira! — ljubazno je govorila devojčica. — Divan vam je šeširić — odmah je opažalo žensko oko.

— Sve je ovo staro! A šta radi gospođica Slavka?

— Dobro je. Zašto ne odete kod nas? Tamo je i gospodin Ninoslav! Seja mi reče da će danas da dođe...

— Hvala, drugi put ću... Treba da idem do tate u banku.

— Pozdravite mnogo Stašu! Da mu kažete da iduće godine mora s nama u školu. Zašto da uči privatno?

— Reći ću mu. A vi ga, Anđice, terajte da stalno ide u školu. Ni ja nisam za to da privatno polaže. Hoćete li kući?

— Ne. Idem sa Lelom do njene kuće da mi da jednu knjigu.

„A oni će stalno biti sami", pomisli Miomira.

— Zbogom! — oprosti se s malom Anđom i nastavi šetnju.

Otišla je na korzo. Grupa na ćošku uskomeša se. Jedan reče:

— Evo gospođice Miomire!

— Divna je! — dodade drugi, i njih dvojica pođoše za njom.

Njoj nije bilo neprijatno. Smeškala se u sebi i pravila ozbiljna. Zaželela je da joj priđe neki poznanik, i da ih sretne Ninoslav. Tek što je to pomislila, kad se pojavi mašinski inženjer Stanković, koji je bio kod Stajićke.

— O, kakva prijatnost, gospođice, da vas vidim! Istina, ja se posle viđenja sa vama uvek ožalostim.

— Zašto?

— Pa vi ste verenica! Sve mislim da niste ozbiljno vereni.

— Kako da nisam? Otkud vam takav zaključak?

— Jer mi je krivo što ste vereni. Najlepše devojče nam ode iz varoši.

— Tako su mi govorili svi mladići, a ja vidim ovde mnogo devojaka lepših od mene.

— Kako za čiji ukus! Za mene ste vi najlepši!

— A za mene ste vi najveći laskavac koji ne govori istinu.

— Vi me bacate u očajanje kad takav sud donosite o meni. Mi, inženjeri, nismo ljudi koji umeju da laskaju. Mogao bi da vam laska jedan potporučnik, ali mi, koji stalno radimo sa matematikom, volimo istinu u životu i nemamo smisla za laž, jer laskanje je laž. A kuda ste vi pošli?

— Kupovala sam nešto, pa izašla da prošetam.

— Zar vam nije dosadno na imanju?

— Ni najmanje!

— Podsećate me na neku rusku groficu koja živi na svom imanju, a muškarci čeznu za njom. I ja sam jedan od tih. Mnogo sam čeznuo za vama. A vi to niste znali.

— A zašto mi niste kazali?

— Jer su mnogi uzdisali za vama, pa bih ispao smešan.

— Mislite li da su svi uzdisali iskreno?

— Verovatno da nisu. Zato i nisam želeo da se ubrojim u gomilu vaših obožavalaca.

— To ste pametno uradili.

— Ali ja se, ipak, mogu nadati da ćete mi jednog dana pokloniti malo pažnje.

— Kad, pa ja se udajem?!

— Ništa to ne smeta. Nećete vi večito misliti na svoga muža.

— O, varate se! Ja ću biti dobra žena i čuvati svoj brak.

— Sumnjam. Sve se devojke zariču da će biti divne i dobre ženice, a posle godinu dana braka zaborave na svoje zakletve. To već postaje životni princip.

— I vi čekate taj momenat kad one počinju zaboravljati svoje dužnosti. Vi ste veliki ženskaroš. Čula sam... I obično se udvarate udatim ženama.

— Neće me devojke, pa mi ne ostaje drugo nego da tražim naklonost gospođa.

— Sve bi one vas htele, ali vi nećete.

— Pokušajte da učinite jedan eksperiment, pa da vidite da li ne bih i ja stavio sebi bračnu uzdu oko vrata.

— Dobro... Pokušaću.

— Da čujem? — pogleda je inženjer vatreno.

— Hoću da navodadžišem za Ginu gazda-Tase Blagojevića. To je divna devojčica.

— Auh! Šta mi vi nađoste! A ja sam očekivao nešto sasvim drugo.

— A šta ste to očekivali?

— Da ćete mi reći: pokvariću veridbu.

— Dakle, kad bih ja pokvarila veridbu i zapitala vas da li hoćete da me uzmete, vi biste odmah pristali?

Mladi inženjer uzdahnu.

— Kako vi volite da se šalite s ljudima!

— Jer se i oni šale s devojačkim srcem.

— S vašim srcem se nikad ne bih šalio. Znate li da vas volim?

— Znam.

— Kako znate? Ja vam nisam kazao.

— Nije potrebno da mi kažete. Mene svi muškarci vole.

— Koketna devojčice!

— Zašto ne bih bila koketna? Ja sam bogata i znam da svi vole moje bogatstvo.

— Ljuti me to vaše bogatstvo! A vi i ne znate da imate lepe očice, i taj vaš nosić, i ustašca. Jaoj, kako me vi uzbuđujete!... Hoćete li da prošetamo ovom ulicom?

— Vi ste veliki obešenjak i volite da glumite zaljubljenog.

— Glumim? — mladi inženjer je pogleda prekorno. — Dobro, onda ćemo razgovarati o drugim stvarima.

— Sad nemam vremena. Evo nas pred bankom!

„Ninoslav je još kod Slavke”, ljubomorno je mislila jer ga nigde nije videla.

— A kad ću vas opet videti?

— Ne znam.

— Mogu li da vas posetim?

— Izvol'te!

„Zbilja, mogla bih ga zvati kući, da mu sviram i da ga izazovem da mi pred Ninoslavom napriča puno laskavih reči.”

— A kad mogu doći?

— Kad hoćete!

— Mogu li u petak?

— Tada Staša polaže ispit. Nemojte toga dana!

— Onda u nedelju?

— Dobro.

On joj steže ruku ljubeći je duže nego što pristojnost dozvoljava.

Ostavila ga je, ušla u hodnik i pričekala da on ode, pa pošla kući. Nije htela da ide sa ocem. Ići će sama pešice, možda će je stići Ninoslav. „Da nije dockan?", pitala se bojažljivo. Suton se spuštao kad je izašla iz grada. Treba joj četvrt sata dok stigne do kuće. Nije se nikad ovako dockan vraćala sama. A mesečine nema. „Koješta!", hrabrila je sebe. Ona je moderna devojka i ne boji se ničega. Ko bi nju napao?! Sumrak je bivao sve gušći, a put pred njom sve tamniji. „Nije trebalo da idem."

Bila je sama na drumu. Zastajkivala je i okretala se. On treba da naiđe. Ala bi se iznenadio! Ali zašto ga nema? Ispred nje, preko livade, prođoše dve tamne ljudske prilike. Ona zadrhta. Oni zastadoše kao da je čekaju. Bila su to dva seljaka sa šajkačom. Pošla je lakše, a oni su se ispred nje smejali i zastajkivali. Obuze je strah. Više joj je ostajalo puta ispred nje nego iza nje. Da li da se vrati? Zastala je, a stadoše i seljaci i okretoše se. Od straha zapišta joj u ušima, a noge joj se odsekoše. Učini joj se kao da seljaci pođoše nazad, pravo ka njoj.

Ogromni strah je obuze i ona pojuri nazad. Jurila je kao njena Dijana, stežući u ruci paketić s goblenom i maminim koncem. Srce joj je strahovito lupalo. Učini joj se da čuje za sobom korake, ali nije smela da se okrene. „Užas! Oni će me napasti, napastvovati." Na drumu nije bilo ni žive duše! Bežala je svom snagom svojih malih nogu. Najedared spazi kako joj jedna silueta ide u susret... „Ninoslav!" Spašena je. Već je htela da padne kad spazi kako i Ninoslav juri prema njoj. Prepoznao je i potrčao, a ona, malaksala, pade mu na grudi, kao uplašeno dete, koje beži od opasnosti i traži zaštitu na majčinim grudima.

— Gospođice Miomira! — uzviknu mladi čovek. — Otkuda vi u ovo doba sami? Zašto bežite? Šta se dogodilo? — pitao je uplašeno i bezbroj misli pojuri mu kroz svest.

— Up... la... ši... la sam se! Dva čo... ve... ka me ju... re!...

— Pa niko vas ne juri! Vidim dva čoveka u daljini. Zaboga, zašto sami idete drumom po mraku?

Držao ju je u naručju kao stariji brat i zaštitnik, a ona se nije otimala sa njegovih grudi. Osećala je da je zaštićena i strah je popuštao, ali je još teško disala i nije mogla da povrati dah, a srce joj je silno lupalo, kao da se popelo u podgrlac.

— Ne bojte se! Nema nikoga... Ali ovo je nerazumno s vaše strane, da idete sami! Zašto mi niste kazali da se nađemo i da pođemo zajedno?

— Nisam ni mislila da idem. Posle tek, kad ste vi otišli, setila sam se da imam nešto da kupim u trgovini za sebe i za mamu. Nisam se nikada ovako uplašila.

— Vidim da ste se uplašili. Da stanemo da se malo odmorite.

Njegova ruka još je bila obavijena oko njenih ramena i pod prstima je osećao lepo žensko rame. Spustio je ruku, a ona je još uvek stajala kraj njega kao da joj je žao što se ta topla muška ruka odvojila od njenog ramena.

— Srce mi tako strašno lupa! — pritiskala je rukom grudi.

— Dajte mi taj paketić da ga ja nosim.

Uzeo je paket iz njene ruke, a njoj kao da laknu, jer joj je u ovom trenutku sve bilo teško. Kad se odmorila, počela je da priča o ona dva čoveka, kako su pošli za njom.

— Svašta vam se samoj u noći moglo dogoditi.

— Ja sam hrabra i ne plašim se.

— Možda su hteli samo da vas uplaše neki seoski đilkoši.

— Mi žene smo, ipak, slabe.

— Sad priznajte da ste se uplašili.

— Priznajem. Nama je uvek potreban muškarac da nas štiti.

— Vi ćete se skoro udati, pa ćete stalno imati zaštitnika.

Nju ovo iznenadi i reče veselo:

— Neću se ja skoro udati!

— Zašto?

— Tako! Ne udaje mi se!

Mladi čovek ućuta, a ućuta i devojka. On oseti da je ovo ćutanje čudnovato i pređe na drugu temu:

— Znate da sam bio u bioskopu?

— Zar niste bili kod gospođice Slavke?

— Bio sam i kod nje, ali ona je danas morala na sednicu. Posedeo sam jedan sat, pa sam prošao pored bioskopa i, kako je bio lep film, svratim.

— Da sam znala, i ja bih išla s vama.

Nešto je razblaži, nežno i toplo. „Samo je jedan sat bio s njom.” Tužno osećanje iščeze, a ono ju je držalo od juče, kad je Slavki saopštio telefonom da će doći. Kao da se sve razbistri, i sve joj postade jasno. U mirisnoj prolećnoj noći, u kojoj se čulo lagano šuštanje lišća, nazirale tamne krune drveća i belasao put kao reka, u njoj se sve ozari i jedna divna, blistava misao sinu kroz celo njeno biće, kao trag zvezde koja preleće preko neba: „Ja ga volim!” Dođe joj da zastane, da mu se baci na grudi, da mu prošapće: „Ja vas volim!” Spotače se pri tom na jedan kamičak na drumu i oseti kako je on prihvati za mišicu. Ona odmah povrati ravnotežu, a i prisebnost. „Ne, to ne bih smela reći. Možda on ima devojku.”

— A kako je gospođica Slavka? — upita mirnim glasom.

— Dobro je. Išao sam kod nje zbog Staše, mada je on spreman, ali, opet, računam: mogu mu postaviti neko pitanje i zbuniti ga, a, poznavajući Stašu, može i on nešto da odbrusi.

— Kako se vi svega dosećate!

— Ja poznajem psihologiju đaka i najviše sam uticao na Stašu da bude strpljiv i taktičan prema profesorima. Oni su nervozni ljudi. Živimo u nervoznom veku, vremenu, i svi smo izmučeni događajima i svojim brigama...

— A vi niste nervozni?

— Ja umem da vladam sobom. Zlo bi bilo kad bih se u mojim godinama nervirao za svaku sitnicu. I kad sam nervozan, stišavam sebe.

„Zato on neće nikad pokazati svoja osećanja”, mislila je Miomira. „Snažan je.” Žensko srce htelo je da skrene razgovor na jednu osetljivu temu, ali nije znalo kako da počne. Htela je da ga pita da li je voleo? Ali odbaci i pomisao na to. Njoj to ne dolikuje. To bi mogla da pita kakva šiparica. Ućutala je i tako su lagano išli jedno pored drugog.

— Lep je ovaj kraj! — ču se melodičan glas mladog čoveka.

Ona se strese kao u groznici. Tako joj najedared prođe kroz srce melodija njegovog glasa.

— Jeste! Ja uživam u ovom kraju — odgovori mu i nastavi dalje: — Vi imate melodičan glas i kad govorite. Zašto ne primite ponudu Amerikanaca i ne školujete glas? Zar vi ne biste bili srećni da budete operski pevač?

— Bio bih, gospođice, ali da li sam siguran da ću postići uspeh? Poznajem više njih koji su studirali pevanje. U početku su zamišljali da će biti sjajni operski pevači, a promašili su karijeru. Toga se i ja bojim. A onda, naša opera ne plaća naročito pevače. Oni što su razvrstani, postali su činovnici, sa činovničkom platom. To je smešno: operski pevač — činovnik! Ali ti ljudi moraju da misle na starost i penziju. Oni nemaju velike honorare da bi tim honorarima mogli sebe osigurati za stare dane. Takav život ne stvara radost.

— Možda bi vaša karijera bila drukčija i donela vam veću slavu i veće bogatstvo.

— Sumnjam... Zato me ne oduševljava ponuda Amerikanaca.

— Ne razumem vas! A oduševljava vas da budete činovnik u banci moga oca. Kolika će vam biti plata? Hiljadu pet stotina dinara!

— Ali to je bar sigurno i neću doživeti razočaranje u svoje ambicije. Ništa gore nije nego kad se čovek sam razočara u svoj talenat.

— Vi ste suviše realista.

— Zar u današnje vreme čovek može da bude idealista?

— Vi dajete utisak mladića koji bi mogao biti idealista. Vaša spoljašnjost ostavlja takav utisak.

— Vi to gledate devojačkim očima i možda me drukčije gledate nego što sam ja u stvari.

— A kakav ste vi u stvari? Volela bih to da znam...

— Običan mladić, kao i svi moji drugovi koji su preživeli mučne i okrutne godine studija.

— Zar to ne utiče na vaš karakter? Mislim u pozitivnom smislu?

— Možda. Mi smo lišeni mnogih zadovoljstava u životu, i ozbiljnije radimo, i strože shvatamo život.

— Kako vi posmatrate mene i moju porodicu?

— Kao jednu srećnu i bogatu porodicu.

— A mrzite li nas što smo bogati? Siromašni svet uvek mrzi bogataše. Na primer, mrzite li mene?

On se nasmeja:

— Zašto bih mrzeo jednu devojku koja je srećna što joj je otac bogat čovek. Vi imate i svojih lepih osobina: volite umetnost i prirodu. U vašoj kući, koliko sam ja video, ne vodi se život kakav se vodi u bogatim kućama. Vi živite usamljeno! Vaši roditelji ne organizuju kockanje i terevenke!

— To ste dobro zapazili. Moj tata nije bio bogataški sin, a mama je iz jedne stare patrijarhalne porodice. Njeni roditelji su bili vrlo strogi. Otac joj je pre rata bio okružni načelnik, i ona je strogo vaspitana devojka. Kad se tata počeo bogatiti, mama nije unosila u kuću navike bogatog sveta. Ona se sva posvetila deci. A ja sam odrasla pored mame. Volim sport. Volim i fudbalske utakmice, skijanje, plivanje, planinarstvo.

— To je pametno. I ja volim sport. Imao sam drugove koji su mi pozajmljivali skijaško odelo i skije, pa sam često išao na skijanje.

— Ali vi ste i dobar jahač! Htela sam nešto da vam predložim: imam jedno jahačko odelo moga brata. Ono bi bilo taman za vas, jer ste istog uzrasta, pa da zajedno pođemo na jahanje?

— Ako vama čini zadovoljstvo, ići ću.

— Meni bi bilo zadovoljstvo, ali ja ne bih htela da vama bude dosadno.

— Jahanje ne može da bude dosadno. To je divan sport.

— Dobro! Hoćete li sutra?

— Nemojte sutra, nego kad Staša položi. Hteo bih da ga sutra sve preslišam i da sam s njim u društvu. Osećam da imam uticaja na njega.

— I ja sam to opazila. Njemu imponuje vaše društvo. Vi se prema njemu ponašate kao da vam je drug. Kako ste vi to dobro zapazili: dečak voli da se pravi starijim!

— To je u psihi muškaraca. Žene su večita deca. Kad biste nekoj starijoj ženi kazali da je prava devojčica, ona se ne bi našla uvređena. A mladiće najviše vređa kad ih devojke nazivaju balavcima. Ja nisam hteo da Stašu gledam kao balavca, jer bih time odobravao sve njegove postupke, već sam mu sugerisao da je stariji i ozbiljniji i da život i školu treba ozbiljno da shvati.

— Koliko smo mi srećni što ste vi došli Staši za učitelja.

Zažalila je što ovaj put nije duži. Išla bi satima ovako s njim u razgovoru. Ali, evo i kuće. Belasala se u tami i zelenilu.

— A gde ste se vi našli? — pitala je mati.

— Imam da vam ispričam, gospođo, o hrabrosti gospođice Miomire — pričao je veselo zapanjenoj majci.

Ona ga je slušala pa pljesnu rukama:

— Bože, Miomira, to od tebe ne bih nikad očekivala! Da ti ideš sama noću!

— Moderna devojka! — naljuti se otac. — Zamišlja ona da su muškarci noću na drumu džentlmeni. Da se nisi više usudila da ideš sama!

— Zašto ste im ispričali? — prekori ona Ninoslava. — Vidite kako me grde!

— Treba da te grdimo! — uzbuni se mati. — Hvala vam što ste nam sve ispričali. A da nisi srela gospodina Ninoslava, šta bi bilo?

— Nisu oni nju ni jurili, više se ona uplašila — reče Ninoslav, a zatim dodade: — To je bio odjek vaših koraka.

— Ipak, to je bio prijatan doživljaj! — nasmeja se Miomira. A prijatno joj je bilo što je srela lepog mladića, pala mu na grudi i osetila kako bi bilo toplo u njegovom naručju...

Posle večere sedeli su u bašti. Staša je oduševljeno pričao o svom zadatku. Ninoslav mu je zadao da napiše o tome koji je bio najteži trenutak u istoriji srpskog naroda dvadesetog veka.

— Pisao sam o povlačenju kroz Albaniju.

— Dobro, sine... To je istina. Ja sam kao pešadijski oficir iskusio šta je povlačenje.

— A jesi li, sine, spomenuo okupaciju? — pitala je mati.

— Jesam... Ali više sam pisao o Albaniji.

— Ali i okupacija je strašna. Kad se samo setim onih povorki žena pred prodavnicama. Sve su nam na gram delili... Jednom petnaest dana nismo imali masti u kući... Pa one tuče žena u komandanturi... Pa sve odneseno iz kuća... Bože, dobro smo živi ostali, šta smo sve izdržali!

— Tata, da ti pročitam zadatak.

— Hajde, čitaj!

On je sa zadovoljstvom čitao pod sijalicom postavljenoj na grani lipe.

— Tako, sine! Dobro si to sročio!

— Odlično! — pohvali ga Miomira.

— Vidite kako Staša ima lep stil! — hvalio ga je Ninoslav. — Ovo bi moglo da se štampa.

Dečko je blistao.

— Moj sin je dobro dete. Hodi da te mama poljubi!

— Neću! — kao odbijao je.

— A što nećeš da te majka poljubi?! — prekori ga Ninoslav. — Da ti znaš kako ja moju mamu mazim i ljubim!

Miomira, ispružena u naslonjači, zadrhta. „Nežan je, umeo bi da voli.”

Staša priđe mami, poljubi je i sede joj u krilo.

— Tako ja njih uvek mazim. Ti si moje dete. Pokojni Mile bio je u sedmom razredu gimnazije, pa mi sedne na krilo. A već o Miomiri da i ne govorim. Ona mi je mnogo umiljata.

— A oko mene se umiljava samo onda kad hoće novac da mi izvuče.

— Eh, što tako pričaš, tata! Ti znaš da te ja volim.

— Gospodine Ninoslave, kad sam ovako lepo napisao zadatak i svi su zadovoljni, hoćete li da malo svirate na gitari i pevate? Da idem da vam donesem gitaru?

— Donesi!

Otrčao je i vratio se sa gitarom.

— Ugasi sijalicu, smeta mi! — prošaputa Miomira.

Sva je klonula u naslonjači. Katica i kuvarica iznesoše stolice i sedoše ispred letnje kuhinje. Mirisna noć je bila oko njih, a gitara zabruja i topli, visoki dramski tenor mladog čoveka poče tiho, pa jače, i kad se zagrejaše glasnice, glas se zatalasa, pun i snažan, i ispuni meku prolećnu noć... Pevao je pesmu za pesmom, raspevane duše, a Miomira je, opružena na stolici, zaklopila oči i utonula u slast melodija kao da su se one pretvarale u milovanje koje je klizilo po njenom licu, usnama, vratu... Zaklopljenih očiju, malaksala od milovanja njegovog glasa, najedared je donela odluku.

Tajanstveni razgovor srca

Svi su polegali, a Miomira je još bila na terasi. U mekoj i tihoj prolećnoj noći sređivala je svoja osećanja. To je bila topla, strasna melodija, koja se provlačila kroz njene nerve, a kao moto, jasno, snažno, vatreno, izbijala je njena odluka. Da li je to ona odmah odlučila, čim je videla ovog visokog, ozbiljnog mladića, u čijoj se svakoj reči osećala lepota karaktera?... Glava joj klonu na sto, zaklopila je oči kao violinista koji svira zatvorenih očiju, da bi se uživeo u sebe i iz samog sebe izvlačio melodije. A noć je bila mirisna, tiha; pokatkad bi samo povetarac zalelujao lišće i razneo bi se tajanstveni šušanj, kao pijanisimo pevača. U njoj je sve pevalo. Osećala je strujanje krvi čak u vrhovima prstiju. Pritisla je ruke na svoja ramena kao da bi htela da oseti stisak njegove ruke, zaštitnički i častan... Kako joj je bilo divno na njegovim grudima.

— Ja mazim moju mamu! — šaputala je njegove reči i činilo joj se kao da je rekao: „Ja bih vas mazio".

U toj poetičnoj noći osetila je šta je prava ljubav. „Ja ga volim", priznade samoj sebi i bi joj slatko što više ne mora da krije od sebe. Odjednom joj blesnu odluka: „Raskinuću veridbu i udati se za njega. Otići ćemo posle u Pariz... ili Italiju... On da uči pevanje, a ja da nastavim klavir." Odluka je bila toliko snažna da je podiže sa stolice kao talas, i ona se naže preko ograde da vidi ima li svetlosti u njihovoj sobi. Ali svuda je bio mrak. Smešila se, kao da je videla njegovu crnu kosu na jastuku i duge trepavice na zaspalom licu. Prošaputa:

— Ninoslave, ja vas volim...

Pas projuri kroz dvorište i voz pisnu u daljini. Trebalo je da legne, ali joj se nije spavalo. On je bio tu, sasvim blizu i kao da je osećala njegov dah na svom licu. To je bila ljubav: upoznati, zavoleti, udati se. Devojke bi bile srećnije kad bi proživele u istoj kući mesec-dva pokraj svog mladića. Tek u domaćem životu se upoznaje karakter. Analizirala ga je od prvog dana. Koliko je različitih predstava dobila. Poznavala ga je i kad diskutuje, i kad je veseo, ozbiljan, kad jede i kad šeta. Znala je kad se budi, kad radi gimnastiku, kad piše, šta čita. Ninoslav je živeo u teškim prilikama i izgrađivao čestiti karakter. A uz to imao je i divan glas! Zadrhtala je. „Zašto je večeras ovako toplo pevao?" Je li to njoj pevao? Glava joj je pala na ruke; zavukla je prste u svoju kovrdžavu kosu. „A možda je večeras srećan, jer se poljubio sa gospođicom Slavkom?" U njenim mislima nasta disharmonija, kao u orkestru kad bi zabrujali pogrešni tonovi...

„Da li je to mogućno?", upita sebe i kao da pita uspavanu noć... A laki šušanj lišća donese joj šapat i miris... „Ne, on je bio u bioskopu." Ali joj nikad i ničim nije pokazao da mu se sviđa. Zašto krije? Treba ga podstaći, izazvati. Da li bi ga to iznenadilo? Možda bi se još više uvukao u sebe? On je siromah, a ona bogata devojka. Možda joj neće verovati. On ne zna šta se odigrava u njoj i da je ohladnela prema vereniku. A pročitao je onu pesmu u selu. Zar nije mogao protumačiti da se na njega odnosi? Otada kao da je još više uvučen u sebe. Ozbiljan i nedokučiv. A tako je večeras toplo pevao o ljubavi! Kako bi bilo divno: on operski pevač, a ona pijanistkinja. Kakva harmonija dvaju bića! Umetnost bi ih spojila. Umetničke duše se najbolje razumevaju. On je umetnik i po duši i po liku. Oči su joj se sklapale i na svojim ramenima osećala je njegovu toplu ruku.

Ležala je u postelji, a misli su joj se nizale: „Njega bi voleli svi: i Staša, i mama, i tata. Već su se navikli na njega. Ali moram biti oprezna." Mladići ove vrste su nepoverljivi. I on je gord. Siromaštvo daje ljudima više dostojanstva nego bogatstvo. Njen verenik je ohol i uobražen. Raskinuće s njim. Ta misao ju je mučila. Ne boli je, nego joj je neprijatno. Kako će on to primiti, kako da izvede i kaže mu? Odlagaće venčanje, to je najbolje. A Ninoslav neka se zaposli u banci. Ali ako ode u grad da stanuje, pa ga salete devojke? Gina i

Vida već trče za njim. Pa Slavka... Žene uvek imaju mnogo konkurentkinja. Ne, ona će da mu kaže kako ga voli. Zašto da mu ne kaže? Ona će ga zaprositi. Siromašni mladić se ne usuđuje da zaprosi bogatu devojku. Onda ona ima pravo da zaprosi njega. A ako ispadne smešna!? Eto, kakav je njen život! Pa i ona nije srećna. Ne može da dozna da li je voli, a ne sme da mu kaže. „Iščekivanje je, ipak, slatko", šaputala je u sebi i osećala kako se gubi i oči joj se sklapaju. I opet se trzala i šaputala njegovo ime. Učinilo joj se da je sasvim blizu, u njenoj sobi, na njenim grudima, na njenim usnama.

U ružičastoj pidžami prišla je prozoru da vidi da li su oni u bašti. Ranije su ustajali od nje. S prozora spavaće sobe videla je mirisno borje iza kuće. Tu su jutrom sedeli. Jeste, bili su u šumi. Staša joj je bio okrenut leđima, Ninoslav licem. Slušao je šta Staša govori i lagano prevlačio rukom preko čela kao da rasteruje neku misao.

„Ti si divan!", šaputala je u sebi.

A mladić kao da je čuo tu misao, i kao da se brani i otima.

„Noćas sam rđavo spavao. Sav sam izlomljen. Samo da položi, da dobijem posao u banci, pa ću preći u grad. Slavka kaže da mogu naći stan, ima jedna lepa soba!"

Fluidni razgovor se nastavljao. Lepa devojčica u ružičastoj pidžami, sakrivena iza zavese, šaputala mu je:

„Ti ćeš da učiš pevanje, a ja klavir."

„Što je ona sinoć išla sama po drumu? Čudnovato devojče! Ona je temperamentna. Oči su joj divne. Ali to je bogataška kći, kapriciozna!"

„Ja bih te mnogo volela i bila bih tvoja slatka ženica", šaputalo je devojče.

„Zašto je onu pesmu napisala? Koješta! Ona voli flert! Možda bi se ljubakala. Tako se i udaju devojke: hoće prvo da se naprovode i dobro izljube, da im ne bude žao kad se udaju, a posle će da nastave isto."

— Hoćete li da me preslišate botaniku? — upita ga Staša.

— Možemo.

Dečak je govorio, a on rasejano postavljao pitanja. U mozgu mu se rasplinuše druge misli. „Ismejavala je sve učitelje, ali mene nije. Moram priznati da je pažljiva. Ja ne bih dopustio da me iko ismejava. Odmah bih ih napustio."

— Dobro, Staša! Vidim da sve znaš. Položićeš. Budi sutra hrabar i nemoj da te obuzme trema.

„Kakav će to biti brak? Ne izgleda da ga mnogo voli", sumnjičio je Miomiru.

„Ja ću raskinuti veridbu! Hoću!", šaputala je devojka.

„Sinoć je bila slatka sa belim šeširićem, onako opružena na naslonjači. Ima divno telo", izbi jedna misao iz vrele mladićke krvi.

— Vi ste nešto zamišljeni celo jutro? Jeste li štogod neraspoloženi? Da vam nisam postao dosadan? — upita ga bojažljivo Staša.

— O, Staša, kako da mi budeš dosadan! Ti si moj mali drug. Nikad ti meni ne bi bio dosadan. Ja volim da te slušam. Nisam dobro spavao. Dugo nisam mogao da zaspim. Možda zbog toga što sam pevao. Ja se rasanim kad pevam.

— A što ste sinoć divno pevali! Jeste li videli kako vas je Miomira slušala? Pobedismo mi njenog Debisija sa šlagerima i sevdalinkama!

— Gospođica Miomira sluša iz učtivosti. I kad joj se ne bi sviđalo, ona bi slušala.

— Nije istina! Ja nisam čuo lepši glas od vašeg!

— Hvala na komplimentu, Staša... Nego, daj da pređemo na francuski.

— Pa to će Miomira sa mnom.

— Mogu i ja!

Hteo je da Staša čita i prevodi, a znao je da on to radi dobro, ne bi li ostao sa svojim mislima...

— Nisam doneo francusku lektiru. Idem da donesem.

Ninoslav ostade sam, a Miomira je pratila svaki njegov pokret. Podlaktio se rukom i zaklopio oči, kao da se odmara.

„Nešto je neraspoložen", šaputala je devojka i poželela da dokuči šta se krije u njegovom neraspoloženju.

„Da li je ona ustala?" Mladi čovek podiže glavu i pogleda njen prozor, a devojci zalupa srce i sva ustreptala pobeže do sredine sobe.

„Ti si srce", šaputala mu je mlada devojka. „Tako bih milovala tvoju kosu! Tako bih ti ljubila usne. Hoćeš li da me voliš? Voli me mnogo, ludo! Ti si moja ljubav!"

Odmakla se od prozora kao u bunilu, a ogromna radost ispuni joj srce, što će ga opet videti, razgovarati s njim, što je neprestano u njenoj blizini, što mu čuje glas, smeh, korake...

„A mama i tata ne bi voleli da oni idu u Pariz! Mama bi, možda, volela da se ona uda za Ninoslava. Uvek ga hvali. I tata ga ceni. Ali ako dođe Vlada?” Zaboravila je na njegov telegram. Sad će mu napisati pismo i poslati ga ekspresno. Šta da kaže? Da se ne oseća dobro. Zbilja, mogla bi simulirati neku bolest. Reći će da ima temperaturu. To je najbolje. Posledice gripa. Samo neka ne dolazi... Ali on neće lako pristati na raskid. Da li on voli nju ili njen novac? Sigurno novac. Bogataši su gramziviji na novac od siromaha. I onaj mašinski inženjer Stanković udvara joj se zbog novca. A drzak je! Ne ceni on ženu bila verenica ili udata. Da je s njim sinoć bila na drumu, on bi je napao. A kako je Ninoslav bio učtiv.

Sela je da piše pismo. Sati su prolazili. Sišla je u kuhinju, a potom se popela u sobu. Svirala je na klaviru. Osećala je da joj je život besciljan. Ona voli umetnost i treba njome da ispuni život.

Oni su se vratili. Ninoslav je seo u naslonjaču u bašti. Videla mu je glavu iznad naslonjače. Odmarao se i sunčao. Ona ga je gledala sa terase. Možda je njemu sav ovaj rad dosadan? Ko zna, možda ga i ponižava. Svršio je fakultet, a nema svog položaja. Rastužila se: on ništa više nema u životu osim ovih pet stotina dinara od njenog oca. A oni imaju toliko bogatstvo: sve ove apartmane, banku, šume, novac. A on je završio fakultet, pa je domaći učitelj. Taj mladić ima toliko vrednosti, a društvo ga nije nagradilo. „Ja ću te zato nagraditi! Ti ćeš biti moj mužić. Uživaćemo oboje u bogatstvu moga tate. Bićemo umetnici. Ti internacionalni tenor, a ja pijanistkinja. Voleću te mnogo.”

Lagano je silazila. Htela je da ga iznenadi. Prići će mu iza leđa i banuti ispred njega. Da vidi utisak. Njene se male nožice oprezno zaustavljaju, a meki ženski glas progovori:

— A vi ste se vratili iz šetnje?

Mladi čovek se prenu, otvori oči, brzo se diže iz naslonjače, i nekoliko sekundi njegove tamnoplave oči gledale su lepo devojče u blesku crvene boje, sa crvenom mašnom u kosi...

Njene crne oči, smešile su mu se zadovoljne i zaljubljene. „Iznenadio se”. Ali njegov ton, priseban i učtiv, rashladi je.

— Šetali smo, pa sam prilegao na sunce... Volim da se sunčam... A danas je tako topao dan. Staši je potrebno da šeta, da se osveži. Jutros sam ga preslišavao i više neću. Vi niste izlazili u šetnju?

— Nisam — odgovori uzdržano mlada devojka. Obične su joj njegove reči. Volela bi da su toplije, ili da ne govori ništa, da je posmatra dugim, tajanstvenim pogledom... Ali i ona će biti prisebna; ume i ona da bude gorda. Ne, neće mu reći da ga voli. Htela bi da to on njoj kaže. — Danas je divan dan! Samo da ne padne kiša! Malo je omorina... Sunce jako peče. Moje ruže su se rascvetale. Ove crvene najviše volim.

Udaljila se lagano, a mladić ponovo sede u naslonjaču. Pratio je pogledom, a zatim zatvorio oči da je ne gleda. „To je zbog blizine.” Nešto ga prisiljava da je posmatra i pogled mu se spušta niz njena bedra. „Ona je sigurno nevina. Poznaje se. Još su joj bedra nerazvijena.” Prosuđivao je to kao muškarac koji poznaje žene... „Noga joj je lepa”... Sunce ga je prljilo i bilo mu je prijatno, ali ga je nešto bockalo po celom telu. Bio je nervozan. „Ona je lepo devojče! Zašto je bogata?”

Stala je kod ruže i mirisala je. Najednom se naglo okrete i uhvati njegov pogled. Gledao ju je velikim lepim očima, punim svetlosti. Srećno mu se nasmešila.

— Hoćete li da vam uberem jednu ružu? — upita ga, a srce joj se uzburkalo.

— Nemojte! Šteta je... Gledaću je odavde.

— Zašto? Ima mnogo pupoljaka. Jednu meni, a jednu vama.

Mladi čovek oseti kako mu nešto vrelo prostruja kroz telo. „Zbog nje je hteo da se ubije jedan poručnik. Da, ima u njoj nešto tajanstveno, zavodničko. Oči, nosić, usne.” Ustao je kao da hoće da ide. Opet je bio ozbiljan i spokojan.

— Evo vam ruža! Zakitite se. Ja ću da je stavim u kosu. Pridržite da stegnem pantljiku, pa ću je uvući ispod nje... Ne mogu sama. Možete li vi da je provučete ispod pantljike?

„Ovo je koketerija”, hrabrio se Ninoslav, pa reče veselo:

— Sutra Staša polaže! Nadam se da će položiti.

— Da... znam.

„Kako krije svoja osećanja!”

— Idem mami da me vidi zakićenu — odvoji se ona, a tuga je pritisnu. „Ima li ovo smisla što sam radila? Namećem mu se i uzbuđujem ga. Svaki muškarac bi se uzbudio, čak i kad ne bi imao nikakvih osećanja.” A njoj nije stalo do toga. Ona bi htela da oseti uzbuđenje duše, ono tajanstveno, duboko, što se zove ljubav...

Celo posle podne izbegavala ga je i sedela na terasi... Kajala se, ali je bila i srećna što je otkrila pravo i duboko osećanje u sebi. A da li će naći odziva u njegovom srcu, nije znala. Zar ijedna devojka može da zna da li je voli jedan muškarac?

Majčine brige i strah

Gospođa Novaković je bila uzbuđena, jer je Staša to jutro polagao ispit. Ninoslav je otišao s njim, a Slavka je kazala da će ih odmah izvestiti je li položio.

— Šta ti misliš, Miomira, da li će položiti?

— Hoće, mama... Nemoj da brineš...

— Brinem se, jer osećam da će biti veliki preokret u njegovom životu ako položi. I sad opažam da se izmenio nabolje. Divan je ovaj Ninoslav!

— Da li ti se dopada?

— Dopada mi se što je dobar i pošten, i što je Stašu preobrazio.

Miomira je bila srećna što majka tako govori.

— Koliko je sati?

— Deset i četvrt.

— On sad polaže... Slatki moj sin! Bože, daj samo da položi! Idem u kuhinju.

— Hoćeš ti da mesiš kolače? Daj da ja mesim. Ono što Staša voli. Da ga iznenadim. Njemu se dopadaju moji kolači.

— Nemoj ti, ja ću sama. Sedi u očevu sobu. Rekao je Staša da će mi se javiti od Alekse. Ako se obe zamajemo dole, nećemo čuti telefon.

Jedanaest... dvanaest... pola jedan.

— Jesu li javili štogod? — pitala je mati.

— Još ništa...

— Možda su ga oborili... pa ne smeju da jave... Bilo bi zlo da ponavlja peti razred. Kako bi to na njega uticalo!? Sva sam uznemirena. Ja mislim da ta crna gimnazija svima roditeljima dozlogrdi! Žali mi se pre gospa Nada, žena onog poreznika Toše: „Lako je tebi, moja gospa-Jovanka, bogata si i jedno dete imaš u gimnaziji, a ja četvoro školujem: dvoje u osnovnoj školi, a dvoje u gimnaziji. Jedan mi je u drugom razredu osnovne škole pa svaki čas: 'Daj mi, mama, za plastelin! Daj mi za računaljku! Daj mi za čitanku!' Taman", veli, „njega podmirim, a onaj u četvrtom razredu plače: 'Ja neću da idem u školu, učitelj nam je kazao da moramo da donesemo pare.' Plače dete, a plačem i ja, jer nemam da mu dam. Omrzla sam i učitelje i profesore. A tek gimnazija, pa udžbenici!" Pokazuje mi jadna kakve cipele nosi. Sve joj potpetice krive.

— I ti si se, mama, mučila kod svoga oca?

— Kako da nisam! Puna kuća dece! Ja sam svršila višu žensku školu, ali nisu toliko tražili udžbenike kao danas. Sećam se jedne naše *Istorije* od Isajlovića. Kupusara! Svi smo učili iz nje, i ja, i moje sestre, i braća. Nismo mi imali udžbenike. Sve smo učili iz pribeležaka. Što sam ja mogla brzo da pišem! Pričam da se zbunim i sve mislim što ih nema. Koliko je sati? Četvrt do jedan. Pao je on na ispitu! Teško meni!

Telefon zvrknu. Miomira polete. Mati sva pretrnu.

— A, vi ste, kumo? — javi se Miomira.

— Nek ide bestraga! Šta sad ona! — prošaputa mati, ljuta što se razočarala.

— Možete! Dođite u ponedeljak! — govorila je Miomira. — Hoće Stajićka da dođe u ponedeljak sa Amerikancima. Išla je s njima čak do Ohrida, a sutra ovde pravi izlet.

— Besna žena, nema briga i žalosti, pa joj se mili da pravi izlete... Idem ja, Miomira, do kapije da vidim dolaze li autom. Ako se vraćaju autom, onda je pao na ponavljanje.

Puna strepnji mati pođe do kapije.

— Šta je sa Stašom? — pitala je Katica.

— Ništa... Još polaže... Idem da vidim idu li.

Zaželela je da ne vidi auto... „Bože, da li ti profesori znaju kako je materinskom srcu?... Nema ih!", laknu joj...

Sa terase je trže veseli glas:

— Mamice! Položio je! Vrlo dobro je položio! Staša se javio telefonom. Odmah dolaze!

Mati klonu od radosti i prekrsti se:

— O, hvala ti, bože, samo kad završi taj peti razred.

Miomira strča, zagrli mamu i poljubi je.

— Jaoj, mamice, što se radujem! Dobar je naš Staša!

— Kako da nije dobar! Slatko moje dete! Baš je učio — zaplaka mati.

— Za to, mama, moramo da zahvalimo i gospodinu Ninoslavu. On je s njim mnogo radio. Imao je tako lep metod da je Staši sve lako išlo.

— Kako da nije... On mu je mnogo pomogao!... Neću mu zaboraviti nikad. Spasao je on našeg Stašu! Čini mi se da je taj peti razred najgori... Mi roditelji ne umemo s decom. A život bih svoj dala za tebe i njega! A ovaj mladić dođe nepoznat, niti ga videli ni čuli, pa lepo s njim. Kad bi samo hteo da ostane kod nas dok Staša ne svrši šesti razred... Reći ću Aleksi neka ga vodi kao činovnika u banci, ali neka bude kod nas.

— Neće, mama, on to hteti. On želi da ima svoj položaj u društvu, da bude činovnik. Kad bude u banci, moći će uvek da dođe do nas. Nego, mama, ti treba da častiš i gospodina Ninoslava i Stašu.

— Hoću, kako da neću! Daću im i jednom i drugom po sto dinara.

— Bože, mama! Da daš gospodinu Ninoslavu sto dinara! Onda je bolje da mu ne daš ništa! Staši da daš sto dinara, ali gospodinu Ninoslavu treba da daš bar pet stotina.

— Eh, ti! Pet stotina! On će biti zadovoljan i sa sto.

— On je vaspitan i neće pokazati da je nezadovoljan, ali pravo da ti kažem, ja bih to smatrala za uvredu. Zar tvoj lepi sin nije položio peti razred? — udarala je Miomira na osetljiva mesta mamina srca. — I zar nisi skinula brigu? Ja bih mu dala hiljadu dinara!

— Znam da bi ti dala, ali to je mnogo... Najzad, mogu trista! More, zadovoljan je on kod nas. Kako se samo popravio!

— Ne, mamice, moraš dati pet stotina. Kao da to predstavlja neki veliki izdatak za tatu! Mi bacamo novac na mnoge nepotrebne stvari.

— Bogami, ja ne bacam! Naučila sam ja kod mog oca da štedim.

— Ali daćeš mu pet stotina!

— Pa... Moram... Kad si me tako saletela!

Mati odvoji jednu petstotinarku i jednu stotinarku.

— Mama, nećeš mu dati tako iz ruke, nego daj da to stavim u jedan koverat. Otmenije je.

Miomira poljubi majku u jedan i drugi obraz, dočepa petstotinarku i ustrča uz stepenice u svoju sobu... Ostavi petstotinarku u svoju fioku, a iz nje izvadi hiljadarku od svoje male ušteđevine. Blistala je od radosti. Neće mama ni znati. Dobiće hiljadu dinara: od mame pet stotina i od nje pet. On će misliti da to sve mama daje. Setila se pisma njegove sestrice kako mu zahvaljuje na dvesta dinara. „Srce, kako on njih pomaže!" I od ove će im hiljadarke sigurno poslati. A potrebno mu je jedno odelo. Ali, i to će ona za njega izvući od tate. Odmah, čim tata dođe. Došapnuće mu. A nju tata voli, učiniće joj. Jedno fino odelo od engleskog štofa. Tako će biti divan! Ona bi mu izabrala štof. Bila je uzbuđena, obrazi su joj goreli, ruke su joj bile vrele, a u srcu slatko. „Ja sam zaljubljena u njega", šaputala je. Prišavši ogledalu reče:

— Ja ga volim.

Zalepila je omot, pošto je stavila unutra hiljadarku. „Mama neće znati." Ali ako on kaže, ona će mami objasniti da i ona voli svog jedinog brata. Zašto radi Staše ne bi žrtvovala pet stotina? To je njen novac.

Začula je auto i strčala niz stepenice.

Staša ulete:

— Da si samo slušala kako sam znao! Neka kaže gospodin Ninoslav šta mu je kazala gospođica Slavka!

— Znam ja da si ti moje pametno dete — grlila ga je i ljubila mati. — Hvala vam, gospodine Ninoslave!

Miomira joj tutnu omot u ruke.

— Vi ste se mnogo zauzeli. Moram nečim da vam se odužim. Ovo vam je jedan mali poklon od mene. A evo i tebi, sine, sto dinara!

— Ih, sada ćemo na utakmice i u bioskop!

— Zahvaljujem vam, gospođo. Niste morali ništa da mi dajete. To je bila moja dužnost!

— Ako, uzmite... Vi ste momak, kupite šta vam treba.

Otac se pojavi na vratima trpezarije. Bio je zastao u dvorištu. Čitalo mu se raspoloženje na licu.

— A ti si, Jovanka, mislila da neće položiti. Celo jutro si me zivkala telefonom. Nije meni zabadava Jović preporučio gospodina Ninoslava. Dobro ste ga izmuštrali.

— Nisam ja njega muštrao... Učio je on sam... Ali šta će mu ispiti? Privatni đaci uvek imaju muke sa ispitima. On je sposoban đak i može lako i bez briga da uči, i treba da prelazi iz razreda u razred. Dogodine, Staša, moraš da nastaviš šesti razred kao redovan učenik!

— Ali, jezik za zube! Ne možeš ti nastavnicima da se protiviš. Gde će šut sa rogatima?! Jesi li bio učtiv dok si polagao? — pitao je otac.

— Bio sam kao jagnje.

— A šta kaže gospođica Slavka? — pitala je mati.

— Da je položio skoro odlično. Iznenadila se i ona i drugi profesori. Dugo su ga ispitivali.

— Moja sva deca su dobri đaci. Samo što je on u školi inadžija. Što sam se ja jutros iznervirala! Neću moći ništa da ručam.

— A ja mogu! — uzviknu Staša. — Sad ću da pevam, da trčim, da se šetam! Ispit je položen, a sad je na redu gitara!

Telefon zazvoni. Miomira otrča.

— Tata, zove te jedan gospodin!

— A ti si, Ante? Kad si došao iz Beograda? Pa dobro. Dolazim odmah. Da mi pričaš šta su oni iz Beograda poručili? Dobro, doći ću... Možeš i ti k meni u banku. Biću tamo u tri sata. Do viđenja!

— Tata, imam nešto da ti kažem! — šapnula je Miomira. — Ti treba da častiš gospodina Ninoslava. Znaš šta da mu kupiš? Jedno odelo.

— Kakvo odelo? Ima on odelo.

— Šta ima? Samo jedno odelo. A kako su feš tvoji činovnici u banci. Hoćeš li, tatice? I da mu sašije tvoj krojač. Zar ti, tata, ne vidiš kako je on preobrazio Stašu? To je sreća za sve nas — pomislila je da li da kaže tati kako je Staša hteo da se ubije, ali se trgla. Zašto tati da pokvari radost? On bi patio i strepeo. — Tatice, to je red. Ti si bogat čovek! Jedno odelo je za tebe sitnica.

— E, sitnica ovamo, sitnica onamo, pa me očerupaše...

— Ali ovde je u pitanju tvoj sin jedinac. Tata, to je red i treba da učiniš.

— Dobro, kupiću...

— Ali sad da mu kažeš, pa da posle podne ide po štof...

— Ama ti se nešto mnogo za njega zauzimaš? Pazi ti, nemoj da to čuje Vlada.

Miomira sva pocrvene, ali izgovori hladnokrvno:

— Zauzimam se što volim svoga brata. Ja ću se udati, a vi ostajete sa Stašom, i on treba da bude dobro dete i vaša radost, a ne sekiracija.

— Umeš ti uvek da izvučeš pare od mene kao i tvoja majka. Znaš da sam nežan i popustljiv. Dobro, neka bude kako ti želiš.

Dok su oni još bili u sobi, Ninoslav je uzbuđeno prišao gospođi Novaković.

— Gospođo, đa vam se zahvalim! Nisam zaslužio toliko da mi date — poljubio joj je ruku.

— To je sitnica, gospodine! Ja sam toliko srećna, pa hoću i vas da obradujem!

Ninoslav je, doista, bio iznenađen kad je video hiljadarku. I na tako otmen način mu je predala novac. Pomislio je: da nije to Miomirina ideja?

— Nemoj, tata, odmah nego pošto ručamo — šaputala je Miomira ocu. — Onda mu kaži za odelo.

Tako je i bilo. Direktor poče veselo:

— Posle podne, gospodine Ninoslave, da odete do gazda-Tase, da izaberete dobar štof i da vam moj krojač sašije jedno lepo odelo. To vas ja častim što je Staša položio.

— To je suviše, gospodine direktore! Ja sam i od gospođe dobio poklon u novcu.

Miomira pretrne da se ne izrekne koliko, ali on pređe preko sume.

— Što se radujem! — uzviknu Staša. — Da biramo zajedno! Hoćeš li i ti s nama, Miomira?

— Hoću, ako gospodin Ninoslav želi i moj ukus da vidi.

— Meni će biti vrlo prijatno, gospođice. Vaš ukus je bolji od moga. Ja sam kao student uvek kupovao jeftina odela.

— Idemo li pešice? — pitao je Staša.

— Pešice! To je divna šetnja.

— A ja ću, mama, posle podne da kupim gospođici Slavki jedan lep servis za čaj, i da joj pošaljem iz radnje. Znam da se i ona zauzela za Stašu. A ona ima lepu kućicu i voli lepe stvari.

— Idi, kupi joj!

— Staša bi položio i bez njene protekcije. Sama mi je to jutros rekla — govorio je Ninoslav.

— Verujem, ali ipak, ona je dobra devojka i zamolili smo je... Biće joj milo! Telefon zazvoni.

— Trči, Staša, vidi ko zove!

— Gospodine Ninoslave, zove vas gospođica Slavka.

Miomira obori oči. Slušala je njihov razgovor. Mladi čovek je odgovarao:

— Sutra posle podne mogu doći. Bićeš kod kuće? Nedelja je... Dobro... Oko pet.

Miomirino oduševljenje splasnu kao mehur. Trudila se da bude vesela, ali u mozgu je nešto kljucalo i stalno je slušala one reči: „Sutra u pet". Odmah je prihvatio poziv. On nju voli. Oko Miomire kao da se sve zamagli, a u toj magli lebdeo je lepi lik mladog čoveka, još privlačniji nego maločas. Ona nema uspeha. On je i ne gleda. Sme li se uživljavati u ovaj ljubavni zanos, koji joj od sinoć uzbuđuje i telo i srce? Zar da otima gospođici Slavki mladića koga ona, možda, voli?

Uzela je knjigu, otišla u borovu šumicu, zavukla se u hlad, sela na klupu i rasejano je prelistavala. Videla je Stašu kako leži u ljuljašci, a Ninoslav piše pismo. „Možda piše majci. Poslaće im novaca." Neizvesnost ju je mučila. Trebalo je potisnuti bujicu osećanja koja su je obuzela. A zar je to moguće? Zar ne bi bilo bolje da se odmah venča? Uplašila se od te pomisli. Analizirala je svoj strah i došla do zaključka da ne voli verenika.

Ustala je, i najednom pošla k njima. Pogledala je nežno Stašu i nasmešila se:

— Znaš šta sam rešila, Stašice? Pošto si položio ispit i nemamo više briga, ja se venčavam za tri nedelje.

— Lažeš! Nećeš ti još da se venčaš! — uzviknu dečak, a u glasu mu se osećala žalost i sumnjičenje.

Ona baci pogled na Ninoslava. Oborio je oči i kao da je čitao adresu na pismu. Nije hteo da digne pogled, lice mu je bilo tvrdo kao od bronze...

— Mislite li vi, gospodine Ninoslave, da ona govori istinu? — pitao je dečak.

— Zašto ne bi bila istina? Gospođica je verena — mirno je govorio Ninoslav.

Pogleda mladu devojku i spazi dva velika, topla, pronicljiva oka koja ostadoše na njegovom licu nekoliko sekundi i susretoše se s njegovim lepim i ozbiljnim očima. Miomira zadrhta. Da li je instinktivno osetila pitanje u tim očima: da li je to istina, ili nešto još lepše, tajanstveno i nedokučivo.

— A tebi je žao da gospođica ode iz kuće?

— Sad je bila dobra i bilo bi mi žao... Slušaj, nemoj da se udaješ!... Znaš šta mi je predložio gospodin Ninoslav? Ako dopuste tata i mama, da odemo nekoliko dana do njegove kuće!

— Jeste, pozvao sam ga. On voli da putuje i taj put bi mu bio prijatan. Kod nas nije otmeno kao kod vas. Moji stanuju u kiriji u jednoj turskoj kućici, ali imamo divnu baštu. I okolica je lepa, pravili bismo izlete.

— Moli tatu i mamu da me puste.

— Sa gospodinom Ninoslavom oni će te pustiti.

— Divota! Što se radujem! I što volim da putujem! Kad se ti udaš, ja ću doći u Beograd na aeromiting, pa ću i ja da letim! Voleo bih da budem avijatičar. Mene nauka ne oduševljava. Ja volim sport i avijaciju. Ali ću morati i prava da završim. Miomirice, idi moli mamu!

— Pustiće te... znam!

— Hoćemo li da idemo do krojača?

— Još malo. Oko četiri sata. Danas je tako toplo. Osećate li kako divno mirišu borovi i jele! — pitala je Miomira.

— Ovde je najprijatnije! Kao u vazdušnoj banji.

— Nećeš ti to imati u Beogradu.

— Neću — prošaputa Miomira tužno i spusti pogled na bronzano lice mladog čoveka.

On skrete pogled u stranu, kao da je izbegavao njene lepe oči... Izvadio je cigaretu iz tabakere i zapalio. Mlada devojka se polako udaljavala. Staša je zaklopio oči, a Ninoslav je gledao za Miomirom. Imala je haljinicu od plavog tankog materijala poprskanog ružičastim cvetićima. Svaki joj se mišić ocrtavao ispod tanke tkanine. Zaklopio je oči kao da spava i podlaktio se na sto.

Klavir zabruja... Nežna ljubavna pesma koju je on pevao one večeri.

„Zašto svira ovu pesmu?", upita se mladić. A onda ustade, kao da je hteo da pobegne od akorda koji su odzvanjali i vizije ove devojčice za klavirom.

— Malo ću da prošetam...

Išao je lagano, a igličasti žuti listići škripali su pod njegovim nogama.

Ljubomora

— Mama, danas posle podne doći će inženjer Stanković — govorila je Miomira majci, želeći da to čuje i Ninoslav.

— Dobro, neka dođe!

Nije vredelo što on dolazi kad Ninoslav ide. Ali je htela da zna: „Ti ideš gospođici Slavki, a ja ću imati u poseti Stankovića...”

— To je onaj što ti se udvara? — pitao je Staša. — Šta će ti on kad si verena?

— Gle, kako si ti strog brat! On poznaje i tatu. Doći će sve da nas poseti.

— Meni sigurno ne dolazi u posetu. Ja i gospodin Ninoslav idemo zajedno. Ja ću s drugovima u šetnju.

— I sa Anđicom? Je li?

— Ako bude htela.

„A njih dvoje će ostati sami”, pomisli Miomira.

— A zašto ne trpiš Stankovića?

— Kažu da je on veliki mangup. Jedna je iz sedmog razreda bila zaljubljena u njega. I njen je otac inženjer.

— Kako ti, Staša, znaš sve spletke!

— Deca u školi znaju s kojim muškarcem koja učenica vodi ljubav i pričamo o tome.

— A ti mene kritikuješ! Zar ja nisam skromna?

— Jesi! Zato se i čudim šta će ti taj Stanković!

— Zlo bi bilo za gospođicu da si ti stariji! — dirao ga je Ninoslav. — Ti joj nigde ne bi dao da izlazi.

— Šta se to mene tiče! — detinjski odgovori Staša i pojuri da uhvati mače.

— A vi ćete posle podne gospođici Slavki? — tiho je pitala Miomira i zamišljeno gledala preda se.

— Mi smo bili dobri drugovi na univerzitetu — iskreno je govorio mladić.

Pogledao je zamišljenu Miomiru. „Šta je ovoj maloj?" Opet je osetio bockanje po celom telu. Ućutao je i on i posmatrao kako Staša hvata mače.

Miomira podiže glavu i pogleda ga, a onda bez reči ustade i pobeže... Utrčala je u sobu, legla na sofu i zaplakala.

— Gde je Miomira? — dojuri Staša s mačetom. — Ovo je njeno ljubimče.

— Otišla je gore.

Staša otrča na sprat i vrati se začuđen, i tiho reče Ninoslavu:

— Šta je Miomiri? Plakala je... Da se nije štogod naljutila?

— Nije...

— Čudim se, šta joj je.

Dečak nije mogao sebi da objasni, ali Ninoslav je znao i osetio je kako mu nešto vruće pritisnu slepoočnice i steže ga u grudima.

— Hajdemo do nje da je diramo što plače. Žao joj je što će nas ostaviti.

— Ja neću da idem... idi ti sam!

— Ama, hajdete! — navaljivao je Staša, uhvati ga za ruku i povuče. — Polako... da je iznenadimo... — šaputao je Staša Ninoslavu.

Ušli su u klavirsku sobu i videli je na sofi spavaće sobe, opruženu, okrenutu njima leđima. Staša zviznu. Miomira se trže, skoči, i oni spaziše njeno uplakano lice.

— A! Jesam li vam kazao! Doveo sam gospodina Ninoslava da vidi kako plačeš. Što ti možeš začas da zaplačeš! — smejao se dečak, dok je Ninoslav bio ozbiljan i počeo da se izvinjava:

— Dovukao me gore... Nisam hteo da dođem.

Sva zbunjena, kao da je mladi čovek otkrio njenu tajnu, ona kroz suze i smeh odgovori:

— Bože, što si smešan, Staša! Pa plačem, setila sam se da ću uskoro otići... Žao mi je mame... tate i tebe... Svaka devojka žali kad se rastaje s roditeljskom kućom. Vi ćete se smejati što plačem! — okrete se Ninoslavu. — Žene su osetljive. Mnogo više nego muškarci. Staša neće plakati kad ja odem. Derište jedno! — dohvati ga za kosu nežno i sestrinski.

On se trže i izađe na terasu.

— Sedite, gospodine! — ponudi ona šapatom Ninoslava.

Mladi čovek sede na fotelju u uglu sobe, prema klaviru. Zavesa je bila spuštena, a prozor otvoren. Mešao se dah prirode s finim mirisom devojačke sobe. Ona pođe dva-tri koraka po sobi, popravi kosu pred ogledalom i sede za klavir... „Da li pogađa zašto plačem?”

On uze jednu knjigu s police, ukoričenu, sa zlatnim natpisom na francuskom: *Skulpture u Luvru*.

— To sam kupila u Parizu. Često sam išla u Luvr. Ja volim slikarstvo. Pomalo sam slikar-amater.

— Da niste vi radili onu *Mrtvu prirodu* na zidu?

— Jesam.

— Vrlo ste je lepo izradili. Naročito kriške lubenice.

— Imali smo vrlo dobru nastavnicu iz crtanja. Bila je slikarka, pa sam uzimala privatno časove kod nje... A u Parizu sam učila malo i slikarstvo.

— Vi imate talenta i za muziku i za slikarstvo.

— I poeziju! — dodade Staša sa terase.

— Uvek me dira za pesme.

— Ne znam što ih kriješ?

— Svaka devojka je pomalo pesnik.

— Dokazano je da se nikad jedan talenat ne pojavljuje sam. Kod vas je muzika i slikarstvo...

— A vi ste pevač i... Kakav se još talenat krije u vama?

— Ništa više!

— Možda niste sebe proučili, a morali biste naći sposobnost još za nešto.

— Proučio sam ja sebe dobro i znam sve svoje sposobnosti.

— Volite da se bavite psihoanalizom?

— Više me interesuje psihologija drugih.

— Znači da ste dobar psiholog?

— Kad hoću.

— A kad nećete!?

On nije odgovorio, ali je osetio kako ga lomi groznica. Nije trebalo da dolazi. Što ovo devojče započinje ovakav razgovor? Neprestano ga bocka...

Počela je da svira nešto što još nije čuo. Akordi zabrujaše. Nije to bio Stašin šlager, već ono što ona voli.

Ninoslav spusti knjigu na policu i zagleda se u njenu sliku *Mrtva priroda*. Slika mu je otkrivala devojački život, pun boja i melodija. Klavir ga je erotično uzbuđivao, a boja nedozrele višnje njenih usana zavodila... Zaneo se i zagledao u nju, i ona iznenada uhvati njegov pogled. Oči su joj bile vlažne od suza, sjajne, umiljate i zaljubljene. Kao da je najednom pročitao u njima: „Ja te volim!" Zadrhtao je, ali sva njegova fizička i psihička snaga usprotivi se čari i zavodljivosti njenih lepih očiju. Branio se od nje, napadao je u sebi: „Bogata, razmažena devojka". Nesvesno uze jednu knjigu s police, lagano, da ne naruši kakvim šumom lepotu njenih akorda... Opet slike. Ticijan! Jedna naga žena opružena na divanu, a organista svira na orguljama, okrenut prema njoj. Zaklopio je brzo knjigu i ostavio je. Pogledao je mirno i spazio kako jedna suza kliznu niz njen obraz. Bio je opčinjen. Nije imao snage da se skloni od tog milog lica devojke i žene. Klonuo je najednom na naslon fotelje i zatvorio oči kao da ga hvata nesvestica... Njoj malaksaše ruke od uzbuđenja... Usne su joj se micale kao da šapuće slatke reči mladom čoveku... „Ninoslave", šaputala je, ali se ništa nije čulo... Klavir umuče... On otvori oči, otrezni se... i progovori običnim glasom, kao da je hteo da se opravda kako njega samo muzika zanosi i ništa drugo:

— Lepo ste svirali! Staša, kako si ti pažljivo slušao!

— Ovo je lepo što je svirala — rasejano odgovori Staša.

— Doista, vi ste velika umetnica.

— Možda bih bila da sam nastavila konzervatorijum... Glupost sam učinila što sam se verila...

— Zar je ljubav glupost? — začudi se Ninoslav.

— Ne, ljubav nije glupost... Ljubav je isto tako lepa kao i umetnost. Zato baš i kažem... jer... — nije završila rečenicu i ostala je zamišljena za klavirom. Dodirivala je prstima dirke, kao da traži ton svog srca...

Ninoslavu zapišta u ušima. Krv mu jurnu u glavu. Osetio je želju da nešto steže i stegnuo je svoje ruke. Ustao je najednom. Bio je kao pijan. „Možda ona voli flert." Uživa da pobeđuje, ali njega ne može da pobedi. Strahovito se čuvao da ne bude pobeđen. Poznavao je dobro svoju vrelu krv. On bi bio lud u ljubavi i tražio bi da mu se na isti način vraća. Ne dopušta da bude ismejan i predmet flerta i zabave kapriciozne devojke. Sve bi dao jednoj ženi, ali bi tražio da i ona bude njegova. Ova mala ima verenika, a uzdiše za njim. Vraćala mu se njegova prisebnost. Bolje je imati jednu ženu za dve-tri noći nego pokloniti srce nestalnoj devojci... A ovde je postojala opasnost. Sve je navodilo na iskušenje.

— Hoćete li da posle podne krenemo? — zapita ga Staša.

Miomira ga pogleda pravo u oči, očekujući njegov odgovor.

— Nećemo pre tri časa. A ti jedva čekaš da se nađeš s drugovima i drugaricama? — reče osmehujući se pri tom Miomiri, ali njene su oči bile prevučene melanholijom. — Mi smo vas uznemirili, gospođice — govorio je veselo iako je spazio tugu u njenim očima. — Hvala na sviranju... Danas ste divno svirali!...

Ona je ćutala, a svaka njegova reč bila joj je bolna. „Kako veselo govori, a maločas je bio uzbuđen i zatvorio je oči." Da je mogla da otprati Stašu, pa da bude nasamo s njim. Ne! To bi bilo glupo. Ponižavala bi se. Gordost joj se povrati.

— Kad odete do gospođice Slavke, pitajte je da li joj se sviđa servis.

— Pitaću je.

„Dakle ide!"

— Ah, što je toplo napolju! — govorila je izlazeći na balkon. — Osećate li kako mirišu ruže? — glas joj je bio spokojan.

— Osećam.

— Hoćete li u šetnju? — pitala je i čekala da je Ninoslav pozove.

— Koliko je sati?

— Pola dvanaest — odgovori Staša.

— Možemo!

— Hoćeš li sa nama? — pozva brat sestru.

— Neću!

„On me ne zove." Osetila je nervozu i bol. I ljutila se na samu sebe. Ne sme se predavati ovakvim osećanjima. Ostala je na terasi i videla ih kako se udaljavaju.

Posle ručka, oko dva sata, najednom iščeze sunce i zafijuka vetar.

— Gospodine Ninoslave, vi ne možete ići... Ovde će neka olujina — govorila je mati.

— Nećemo ići po kiši. A kad prestane kiša, možemo.

— Ako ne bude blata!

Miomira je osećala potajnu veselost. Ninoslav je bio miran, a Staša nervozan. „To je drugarica sa univerziteta. One su obične svojim kolegama. Ali možda on njoj nije običan... On ne može biti običan nijednoj devojci."

— Pogledaj, Staša, kakav crni oblak ide! Kiša tek što ne padne! Iziđi, Aleksa, da vidiš! Ovako je jednom bilo prošle godine kad nam je olujina slomila jedan bor.

Olujina se diže. Besnela je, savijala grane, stabljike ruža, a prašina, kao oblak, kovitlala se i jurila iznad druma.

— Moj prozor u spavaćoj sobi nije zatvoren! — uzviknu Miomira i potrča. — Hodite gore k meni. Lepše je gledati odozgo kad pada kiša.

Popeše se, samo je Ninoslav otišao u svoju sobu.

— Staša, zovni i gospodina Ninoslava — reče mu otac.

Sedeli su na terasi na prvom spratu.

Vihor se utiša i velike kapi kiše zašuštaše po lišću, najpre kap po kap, a onda udari pljusak. Zamagli se sva priroda od kišne bujice. Kao kroz rešeto slivala se kiša i napravi se zastor od vode. Potočići potekoše između aleja. Lišće na ružama drhtalo je i povijalo se. Oblaci se izjednačiše, izgubi se njihova crna boja, a celo nebo je posivelo.

— Uh, ova kiša! Baš sad je morala da padne! — jadikovao je Staša. — A da smo otišli u jedan, ne bi nas kiša uhvatila.

Ninoslav se smeškao, a Miomira je ćutala. Tek posle reče:

— A vas će čekati gospođica Slavka. Nego, znate šta? Da joj pošaljemo auto, pa neka ona dođe k nama. Šta mislite, gospodine Ninoslave?

— Kako vi hoćete.

— To bi moglo! — prihvati otac. — Inače smo sami.

— Pa kad njoj šaljemo auto, možemo i mi autom. Zbilja, da pođemo autom čim stane kiša — preinačavao je Staša. — Hoćete li, gospodine Ninoslave?

— Videćemo da li će kiša stati.

— Inženjer Stanković reče da će danas doći — saopšti Miomira. — Ali neće ni on doći po ovoj kiši.

— Dobro bi bilo da neko dođe, da malo porazgovaramo, kada sam već i ja kod kuće — govorio je otac. — A vi, gospodine Ninoslave, od prvog k meni u banku... Daću vam hiljadu pet stotina mesečno. Vi biste hteli Stašu malo da vodite vašoj kući?

— Tata, ti ćeš dopustiti?

— Hoću. U gospodina Ninoslava imam poverenja. Koliko mislite da se zadržite?

— Jedno nedelju dana.

— A kad će vaše odelo da bude gotovo?

— U četvrtak.

— Što ćete biti elegantni, gospodine Ninoslave! A, vedri se! Eno sunca! Znao sam ja da kiša neće dugo. Ovo je bio oblak. Tata, čim stane, mi ćemo autom.

— Kad si navalio, idite. A ti, Miomira, nećeš s njima?

— Neću. Obećao je Stanković da će doći.

— Eno jednog automobila. To je Stanković!

— Milane, otvori kapiju neka auto uđe da ne kisne čovek kroz baštu.

Mladi inženjer istrča iz auta.

— Staša, siđi dole, i dovedi ga ovamo — naredi Miomira.

Inženjer je bio u mantilu, skide ga u predsoblju, predade ga Katici i, elegantno obučen, pope se uz stepenice.

— Pravi ste delija! Ne plašite se ni kiše ni grmljavine! — hvalio ga je direktor.

— Obećao sam gospođici Miomiri da ću doći, i kad sam dao reč, ja bih se popeo na vrh Rtnja da bih stigao njoj u posetu.

Ninoslav podiže jednu obrvu slušajući lažljivu slatkorečivost mašinskog inženjera. „To devojke vole: da im se laska.” Miomira oseti zadovoljstvo što joj je Stanković ovo rekao. Vide i uzdignutu obrvu Ninoslavljevu, a spazi i kako Stanković oštro pogleda Ninoslava.

— Vi ste veliki kavaljer i laskavac! — dirnu ona inženjera.

— To je moja nevolja što gospođice misle da laskam i kad najiskrenije govorim.

— Devojke bez laskanja ne bi mogle da žive! — nasmeja se otac. — Kad im mladi ljudi laskaju, njima je prijatno.

— A hoćete li vi uskoro da se ženite? Znam da poludeše devojke za vama.

— Lažu me.

— A jesu li vas lagale, gospodine Ninoslave?

— Ja im nisam nikad mnogo verovao.

— A žene treba muškarcima da veruju?

— Mi smo bolji i iskreniji od njih! — nasmeja se inženjer. — Ovamo smo jači pol, a u stvari smo slabiji...

— Jaoj, evo sunca! Tata, mi odosmo!

— Idite! Neka Milan istera auto.

Miomira se u sebi ljutila na Stašu: sve joj je pokvario. Htela je da koketuje sa Stankovićem, da bi saznala ima li ljubomore kod Ninoslava, a on ga odvodi. Mladi inženjer kao da je osećao šta treba da joj kaže, izgovori veselo:

— Hoćete li me se setiti koji put kad se udate?

— Ne znam! — osmehnu se ona koketno.

Ninoslav ustade. Bio je ozbiljan i hladan kao čelik.

— Zbogom, gospodine! — pruži ruku inženjeru. — Do viđenja! — pokloni se ostalima.

Miomirino raspoloženje iščeze i jutrošnja tuga ponovo je pritisnu. Čula ih je još kako govore u predsoblju na prvom spratu.

— Ah, sad se setih!... Treba nešto da pošaljem gospođici Slavki — viknula je: — Staša, pričekajte me! — i otrčala u svoju sobu i uzela jedno staklence finog parfema. Strčala je niz stepenice. Želela je samo još jednom da pogleda Ninoslava i da oseti šta je u njegovim očima. — Staša, daj ovaj parfem gospođici Slavki i mnogo je pozdravi.

— Ala miriše fino!

— Kupila sam ga u Beogradu — govorila je i gledala Ninoslava, kao da ispituje kako će on primiti što ona Slavki šalje miris.

— Vi ste vrlo pažljivi prema gospođici Slavki. Znam da nije navikla na takve pažnje — govorio je sa osmehom i ona nije mogla da shvati šta misli.

„On nije ljubomoran na Stankovića", zabole je.

— Gospođica Slavka je dobra devojka — lagano je odgovorila, a u njenim lepim očima bilo je nespokojstva. — Želim vam prijatan provod!... Vidite kako Staša hvata maglu!

„Da li i Ninoslav jedva čeka da ode? Kako je nedokučivo srce muškarca... Zašto i mene nisu pozvali? Ali nije me pozvala ni Slavka. Voli ona da on dođe sam. Ja joj sigurno nisam mnogo simpatična." Izašla je na terasu u prizemlju i pogledala u nebo kao da je htela da vidi ima li oblaka, a u stvari htela je da njih pogleda kad budu ulazili u auto...

— Izvedriće se! — rekla je naglas. „Šta se ova Katica neprestano uvija kad vidi Ninoslava?!"

— A dokle ćete ostati? — pitala je mati s balkona.

— Sad pa kad nas vidiš! — odgovori Staša.

Uđoše u auto. Ninoslav pogleda Miomiru kroz prozor i klimnu joj glavom. Staša se okrete ka zadnjem prozorčetu i mahnu rukom.

„On je rođen da bude gospodin", mislila je Miomira. Sviđao joj se svaki njegov pokret. Sve je kod njega bilo učtivo, odmereno i otmeno. „Iako smo siromašni, nas je mama lepo vaspitala", setila se kako mu je sestrica pisala. Da, on je lepo vaspitan i vanredne inteligencije. Gde je sve to naučio? Priznao je da je bio odličan đak u gimnaziji. Nameštala je ruže u vazi i u mislima razgovarala s njim.

Ali ono bolno u njoj poče da je tišti. Zašto siromašni mladići ne vole bogate devojke? Zašto misle da one moraju biti rđave? Ninoslav nju ne ceni mnogo. Ona je sigurno za njega devojka koja ne radi ništa, razmažena, kapriciozna. A gospođica Slavka ima vrline. Možda bi ih i u njoj našao, ali neće da je upozna. Neće da shvati zašto je plakala... Nekad su srećnije siromašne devojke.

Pošla je uza stepenice. Spazila je auto kako se izgubi. Nije ni slutila kakve misli muče Ninoslava. Staša je ćutao, a on se predao svojim mislima. Odahnuo je, kao da se probudio i oslobodio se neke hipnotizerske moći. To devojče mu prosto pali mozak svojim očima. Da li ga ona izaziva i podstiče da napravi neku glupost? Ali, to ona neće dočekati od njega!

Otimao se i osećao da gubi snagu... Šta je to s njim? „Blizina. Ništa drugo", umirivao je sebe. Viđa je svakoga dana. Sluša svakog dana klavir. Ona svira naročito ono što on voli! Ne! Ne! Vreme je da se čisti iz njihove kuće.

Imao je on mnogo iskustva u životu; uvek je pobeđivao svojom voljom. Jednom se u njega zaljubila jedna mlada žena čijeg je sinčića spremao. Poludela je za njim... A on je pobegao jer je imala dobrog muža i zgadio se na takvu ženu koja je bila u stanju da ga prevari. Zar i Miomira ne bi prevarila verenika? „A možda ne voli verenika?" Odbacio je tu pomisao, jer je osetio da mu je prijatna. Zamislio je Slavkinu sobicu. Ali velike crne oči potiskivale su Slavkin lik.

— Voliš li što ćemo ići mojoj kući? — zapita Stašu.

— Još pitate! Da se niste predomislili? — uplaši se Staša.

— Nisam, nego hoću da znam, raduješ li se?

— Ja jedva čekam da pođemo. Ali da sačekamo vaše odelo... A sutra dolaze Amerikanci. Ako vam opet ponude stipendiju, hoćete li je primiti?

— Mani, kakva stipendija! Ne misle ni oni ozbiljno.

— Ja bih voleo da postanete operski pevač, ali bi mi bilo žao da odete iz naše varoši. Ala će devojke da trče za vama!

— Šta vredi kad ja neću trčati za njima — osmehnu se, ali ga je nešto peklo u glavi. Da li su to bila ona dva crna oka... „Čudo što se nije udala za inženjera Stankovića? Dosta je lep čovek i na položaju je..."

A Miomira je u tom trenutku mislila: „Ne bih se udala za ovog Stankovića. Ima nešto nesimpatično u njemu. Banalan je prema ženama. A inače je vrlo spreman inženjer." Smatralo se da je najbolja partija u varoši, i devojke su gledale da ga osvoje, ali on se uvek upletao u avanture. Voleo je udate žene i slobodne devojke. Zbog toga je i bio banalan. Sve je smeo da kaže i da pokuša. Verovatno se nadao da će danas zateći Miomiru samu. Znala je da bi pokušao da je poljubi. Miomiri su takvi postupci bili odvratni. Ona je imala svoju iluziju o muškarcima i volela je da je poredi sa stvarnošću. Njena predstava o muškarcu, kojeg bi mogla voleti, potpuno se poklapala s Ninoslavom. Da li se taj lik neosetno formirao u njenoj svesti po nekom shvatanju života, dok mu još nije našla obličje? „On je sad kod Slavke... Sam u sobi s njom.” Klonula je obeshrabrena na naslon stolice.

— Vi ste nešto melanholični? — zapita je inženjer. — Zar toliko volite svoga verenika? — sumnjivo je pitao, a ona je osetila da drugo misli.

— Kad sam ga izabrala, sigurno ga volim.

Pogledao je zavodnički, kao muškarac koji ne veruje ženama i koji zna svoju moć.

— Dođite i sutra! — pozva ga Miomira. — Biće kod nas gospođa Stajić sa Amerikancima — gledala ga je i smešila se: „Znam da si i ti jedan od njenih ljubavnika”.

— Ako budem imao vremena — mirno je odgovorio.

„Kako su muškarci siti žena... Ne trči više za njom. Druga ju je zamenila.”

— Kad ste kupili ovaj sportski auto?

— Ima tri meseca. Ja volim da pravim izlete, a nije bio skup... Uzeo sam ga na otplatu.

— Sa autom kod devojaka imate još više vrednosti.

— Znam... Auto više vredi nego ja.

— Ma kakav auto! — uzviknu mati. — Vi ste školovan mladić, imate položaj i platu... Vredite vi i bez auta.

— To je isto, mama, kao što i ja ne vredim, već moj miraz. A ja bih najviše volela da me neko uzme bez miraza.

— Da li to znači da ćete se i po drugi put veriti? — zapita je lukavo inženjer i naže se prema njoj da joj zagleda u oči.

— Ko zna? Možda ću se i veriti — osmehnu se ona. — Ali niko me ne bi uzeo bez novca, kao ni druge devojke.

— Samo vi raskinite veridbu, pa ćete videti!

— Šta govoriš, Miomira! — iznenadi se mati. — Kakvo raskidanje veridbe? Ti voliš Vladu!

A inženjeru se učinio sumnjiv ovaj visoki i lepi učitelj njenog brata. Ne reče ništa, ali je svaki čas pogledao ovo čudnovato devojče. Nije se plašio njenih kaprica, jer je dosada nadjačao svaki ženski kapric. „Moram doći i sutra", pomisli. Okrenuo se ocu i počeo s njim razgovor, ali je osećao parfem lepe devojke koja ga je dražila svojom blizinom. Spazio je njene male noge, fine ruke, lepi stas.

— Zar nećete ništa da nam svirate?

— Ne znam da li volite da slušate.

— Zato sam i došao.

Ona se nije dala dugo moliti i sede za klavir da bi ostala sa svojim mislima. Muzikom je umirivala svoju dušu. U ovom trenutku ništa veselo nije odgovaralo njenom duševnom stanju. „Oni će se poljubiti", odjekivalo je neprestano u njoj, a muzika je pratila njene tužne ljubomorne misli... Inženjer je ušao u sobu. Mogao je slobodnije da je gleda. Seo je na istu fotelju na kojoj je sedeo Ninoslav. Njegov zavodnički pogled bio je sjajan. Ona to opazi, ali osta ravnodušna. Zamišljala je da je sluša Ninoslav. Sve što se nameće nije je oduševljavalo. Skromnost i ponos Ninoslavljev uzbuđivali su svaki njen živac. S njim bi joj bio divan život. „Ne bismo morali ići u Pariz. Mogao bi ostati u banci, pa jednoga dana da postane direktor i da zameni tatu. Stanovali bismo ovde... On bi se popeo na sprat, u moja odeljenja..." Misli joj prostrujaše do vrhova prstiju i ona sva malaksa. Bila je zaneta svojim osećanjima i muzikom, a inženjer njenim licem i zanosnim nosićem... Ustao je, prošetao se po sobi i stao iza njenih leđa, sasvim uz nju, kao da gleda note, i raširenih nozdrva udisao miris njene kose... Okrenuo se balkonu i proverio da ga niko ne vidi. Vrelim rukama stegao joj je obe mišice. Akordi umukoše najednom i Miomira naglo ustade, a on se odmače. Gledala ga je podsmešljivo kao da mu govori: „Mangup ste! Ali to vam ne vredi!"

— A što ti prekide? — zapita otac približivši se vratima.

— Tražim neke note... Setila sam se... Nešto nisam odavno svirala.

Inženjer je izašao na balkon i posmatrao je. „Ona nije nevina", mislio je. „Verenik je to obavio još u Parizu... Ali zašto se ne venčaju? Da nije uzrok ovaj učitelj njenog brata? Maločas je samo ćutao. Nešto mu nije pravo. I odmah se izgubio."

Klavir ponovo zabruja. „Ona nosi milion. A dobiće još. Ona je sama, i brat... A trči za bogatašem! Rentijer! A zašto ne za intelektualcem?" Ova ga pomisao rashladi i on se okrete da posmatra baštu. Spazio je Katicu. Gledala ga je odozdo i smeškala se... Nasmeši se i on njoj. Katica pojuri mače da bi je on video. Milovala ga je i pritiskala uz lice. „Sve su žene iste", mislio je inženjer.

— Posle kiše je lepo u bašti — progovori mati kad prestade muzika i nagnu se preko balkona.

Katica se izgubi kad spazi gospođu... Ali je i dalje iz kuhinje kradimice gledala inženjera. Znala ga je i ona. Viđala ga je uveče pred kafanom... Jednom je kupovala nešto u bakalnici preko puta kafane, a on je sedeo pred kafanom i za svakim se devojčetom okrenuo i nešto dobacio... I ona je onda izašla, pa prošla pored njega i nasmešila mu se da vidi da li će i njoj da se nasmeši kao gospođicama. Bila je zadovoljna, jer je i ona dobila osmeh. A gospodin Ninoslav joj se nikad nije osmehnuo. Uzdahnula je i ona kao Miomira.

— Hvala, gospođice, na sviranju... Šteta što niste nastavili studije na konzervatorijumu! Pariz je divan... Ja sam francuski đak. Gimnaziju sam u Francuskoj svršio, tamo sam se i na tehniku upisao, pa sam se posle vratio i nastavio u Beogradu.

— Onda vi lepo govorite francuski? — pitala je mati.

— Vrlo dobro.

— Hajde, govorite malo s Miomirom. Volim kad ona govori francuski.

— A govorite li i vi, gospođo?

— Ni ja, ni Aleksa...

Inženjer se osmehnu. Kad već ne razumeju, onda da bar kaže nešto Miomiri. Brzo joj je izgovorio:

— Odlazim tužan, gospođice! Hoćete li da mislite malo na mene?

— Ne malo, ne mnogo! — odgovorila je Miomira vragolasto.

— Pozitivno ili negativno?

— Vi zaslužujete i jedno i drugo da se misli o vama.

— Mene interesuje pozitivno! Mogu li se s te strane nadati da me nećete sasvim zaboraviti?

— Tata uvek priča da ste vi odličan inženjer i tih se pohvala uvek sećam.

— Ali od toga ja nemam nikakve koristi. Ja bih više voleo da sam lep kao učitelj vašeg brata i da imam njegov glas. Zar se još niste zaljubili u tog mladića?

Miomira sva pocrvene, kao da joj je otkrio najskriveniju misao.

— Nije mi ta ideja pala na pamet — lagala je.

— A zašto ste tako pocrveneli?

— Zato... što je toplo... a ja sam svirala...

— Poznata mi je devojačka lukavost!

— Kako divno govorite oboje! — divila se mati.

— Nisam badava slao novac u Pariz. Vidiš, Jovanka, Miomira je bila vredna: dobro svira, a dobro i govori francuski.

— Gospođica vrlo dobro govori. Ima i dobar akcenat. Sad sam doznao vašu tajnu — okrete opet francuski.

— Kakvu tajnu? — pravila se da ne zna na šta misli.

— I uverio se zašto nisam imao uspeha kod vas.

To je iskreno izgovorio i bilo mu je krivo što je ovaj gitarista osvojio njeno srce. Sve je dovodio u vezu: njene reči o raskidu veridbe i ovo naglo crvenilo... „Ona ga voli.”

— Vi ste dobar inženjer, a i dobro govorite francuski — pohvali ga Novaković.

— Samo žalim što ne znam da sviram na gitari i da pevam! — obrati se on roditeljima srpski. — Danas mnogo vredi kad neko svira na gitari — govorio je ozbiljno, a ismejavao Miomiru i Ninoslava.

— I ja volim gitaru! — naivno je govorila mati, ne razumevajući pravi smisao njegovih reči. — Gospodin Ninoslav uči Stašu, pa i Miomira ponešto nauči.

— Gospođica Miomira je vrlo muzikalna i osećajna, ona će lako naučiti gitaru.

Ona je sređivala note i nije izlazila iz sobe, ali je sve čula i smeškala se. Prišla je ogledalu i zagledala se u svoje lice.

— Ja idem, gospođice! — hladno reče inženjer.

— A što ne ostanete da večerate kod nas? — zadržavao ga je direktor.

— Treba da se nađem s nekim društvom.

— Je li muško ili žensko društvo?

— Ovog puta muško. Nisam ja tako velik ženskaroš... Devojke me klevetaju..

— Da sam na vašem mestu i ja bih bio ženskaroš!

— Treba i vi da se ženite — savetovala ga je gospođa Novaković.

— Neću još, gospođo... Zbog jedne nesrećne ljubavi.

— Zar vi imate nesrećnu ljubav?

— Da, gospođo, ja... Voleo sam jednu devojku, a nikad mi nije verovala da je volim... I sad mi ne veruje.

— Zaprosite je, pa joj kažite da je volite!

— Ne vredi, gospođo! Jedan mladić je tako nesrećan, a svi misle da je srećan i donžuan.

— Biti donžuan, to je dobra reputacija danas! — dobaci mu veselo Miomira.

— Za mene je to nesreća... Zbogom, gospođice — prošaputa on, podiže joj ruku, prinese ustima i uzdahnu.

Njegov auto odjuri. Vozio je sam.

— Dobar i energičan mladić — pohvali ga direktor.

— I veliki ženskaroš! — dodade Miomira.

— Nije on ženskaroš što hoće, nego su ga žene takvim napravile — branio ga je direktor.

„A zašto Ninoslav nije ženskaroš?", htede da kaže Miomira, ali ućuta. „I on je lep. Ali nema položaj i auto. Ja ću mu stvoriti položaj i auto", mislila je šetajući po sobama sva raznežena i zaljubljena. „Ali ako on voli gospođicu Slavku?" Sedela je dugo na divanu sama u sobi, i gledala kako se sumrak spušta i uvlači u sve kutke. I u njenoj duši nije bilo svetla. Da li je prava i velika ljubav svetlost koja obasjava život žene?

Staša utrča u trpezariju.

— Što smo se lepo proveli! Gospođici Slavki je bilo krivo što nisi i ti došla.

— A gde si ti bio?

— Sa gospodinom Ninoslavom... kod gospođice Slavke.

— I on je išao s vama? — iznenadi se Miomira.

— Vodio sam i njega... u parku je još vlažno.

Miomira ga nežno pogleda, živci joj popustiše, a nešto blago i toplo razli joj se po telu. „On nije zaljubljen u Slavku."

— A da znaš što joj se tvoj servis dopao! Mnogo te je pozdravila. I mirisu se obradovala. A servis nije imala. Kaže da je uvek pozajmljivala šolje za čaj od gospođice Vide. Gledala je taj servis u trgovini, ali nije imala novaca da ga kupi. Pili smo svi čaj iz tvojih šoljica. Gospođica Slavka kaže da si ti zlatna devojka.

— Pa ko je sve bio kod gospođice Slavke? — veselo je pitala Miomira.

— Bila je gospođica Vida i jedna nastavnica, ti je znaš, gospođica Nestorović, predaje istoriju, i ja i gospodin Ninoslav. Posle smo ja i Anđa otišli do Divne. U njenom dvorištu stanuje Stole, došao je i on, a bile su još i dve drugarice pa smo pevali i svirali.

— O, pa to si ti bio na žuru!... Dokle si ostao tamo?

— Do šest.

„Da li je Ninoslav imao vremena da ostane nasamo sa Slavkom?", štrecnu nešto Miomiru. Nije mogla da ga pita koga je zatekao kad se vratio, ali pogleda mladića pravo u oči, želeći da iz njegovih očiju dokuči ono što nije mogla od Staše.

— Kao što vidite, Staša se lepo proveo! — dirao ga je Ninoslav.

— Pa i vi ste se lepo proveli! Imali ste tri gospođice! — uzviknu Staša, koji je postao malo đavolast.

— Ja smatram Slavku kao druga i ne gledam u njoj gospođicu, niti izigravam kavaljera prema njoj.

Miomira mu se osmehnu. Kao da je pogodio šta je muči, pa hoće da je umiri. Ali osećajnost koja muči ženu sumnjama, raspiri u njoj novi bol: „Zar nije nimalo ljubomoran zbog Stankovića". Sve ju je to mučilo i zbog toga je rešila da sutra, kad dođu Amerikanci i Stajićka, pomno motri na njega. Pozvaće opet Stankovića. Mora ona proniknuti u njegovo nedokučivo srce.

Ninoslav je te večeri pisao pismo Bošku, medicinaru... Da li su redovi bili podsvesni refleks doživljavanja onog što nije hteo sebi da prizna, ili ne, tek ispod njegove ruke klizile su rečenice:

Ta mala Miomira divna je devojčica... Zamisli jednu zamršenu kovrdžavu kosicu, ispod koje te gledaju dva tajanstvena, topla, crna oka, puna pitanja i tajni. Nemoj misliti da ću se zaljubiti. Moram te utešiti: verena je! Udaje se za beogradskog mondena. Čudi me ta kontradikcija: devojka sa dušom umetnice, ravnodušna prema životu u kom nema muzike i prirode, i monden, gospodičić iz barova i varijetea! Da li je zbog one narodne „para traži paru" i ova tajanstvena devojčica pod hipnozom novca i rentijera?

Javljam ti radosnu vest da je moj đak položio ispit vrlo dobro. Na njemu sam primenio metode modernog vaspitanja i uspeo sam. Priznaju mi to i roditelji. Dobio sam kao poklon hiljadu dinara od majke, a od oca elegantno odelo. Ne bi me poznao da me vidiš. U četvrtak će biti gotovo. Uskoro postajem bankarski činovnik. Odmah ću štampati posetnice, pa ću jednu prikucati više postelje da bih svako jutro mogao da se uverim da sam činovnik, a ne nezaposleni intelektualac. Kad se smestim, hteo bih da mi dođeš u goste. Pozdravi majka-Maru. Žao mi je što je bolesna. Želim i tebi da uskoro prikačiš „dr". A nadam se da ću i ja to isto učiniti... Ovih dve stotine dinara šaljem ti da bih ti se odužio za sve tvoje sitne pozajmice koje si mi velikodušno činio bez interesa i bez nade na vraćanje...

Tvoj Ninoslav

On je bio ljubomoran

Društvo je bilo veselo i osveženo lepom noći, punom čarobne tišine i mirisa rascvetane bašte. Napolju je bio postavljen veliki sto. Amerikanka je bila oduševljena baštom, ružama, lepom vilom i borjem, celom Jugoslavijom, a Stajićka — Ninoslavom. Stanković je bio uzdržljiv, jer nije hteo da pokaže Stajićki da ga manje interesuje. Dužnost udvaranja ostavio je advokatu, zastupniku Novakovićeve banke, koji je bio raspuštenik i ženskaroš, više smeo i duhovit nego lep, ali to je palilo kod žena. Bio je čovek druge mladosti, što mu je umanjivalo cenu kod Stajićke, jer ona je volela prvu mladost. Svaki čas je upućivala Ninoslavu neko pitanje, smatrajući da je vrlo duhovita i da ona daje ton razgovoru, i umešnošću kozera uvlači sve u razgovor. Ninoslav je bio na oprezu, opazivši dva velika crna oka ispod kovrdžave kosice, koja nisu umela da se pretvaraju. I, najednom je video u tim očima blesak. Da li je to ljubomora? Nagnuo se prema Stajićki kao da joj nešto priča. Nije još ni dovršio šta je hteo, hrabro izdržavši sjaj njenih zelenkastih očiju, kad začu Amerikanku kako se obraća Miomiri na francuskom. Miomira joj je odgovorila takođe na francuskom, ali je glasno ponovila i na srpskom, kao da je htela da prekine Ninoslavljev razgovor:

— Ja ću otvoriti vrata i prozore, pa ćete čuti klavir.

U haljini od bele svile, s crnim pojasom, izgubila se u kući i ustrčala uz stepenice... Zastala je u mračnoj sobi i lagano prišla terasi, pa se nagla da vidi da li Ninoslav još priča. „Ona će ga odvući... Odvratna žena.” Gledala je Stajićku s mržnjom i spazila kako Amerikanac pruža Ninoslavu svoju posetnicu. Čula je Stajićkin glas:

— Zavisi jedino od vas: hoćete li da studirate pevanje i postanete slavan pevač, ili da budete samo činovnik... Ići će on... Ja ću ga dovesti.

Miomira je stegnula zube, i da je mogla dobacila bi joj: „Nećeš ga ti nikud dovesti! Ja mu neću dati!” Ninoslav je čitao posetnicu, a posle se zamislio. Stajićka ga je nešto pitala, a on joj je ravnodušno odgovarao. Spazila je ruku advokata raspuštenika na naslonu Stajićkine stolice i videla kako joj pipka leđa. Iza njih je bila pomrčina i niko nije opažao tu ruku. „Nevaljalica!” Miomira potom uđe u sobu i sede za klavir. Svirala je samo sebi, kao da nema društva. Kroz melodiju joj se prikradao Ninoslav. On je bio kraj nje, prosto je osećala njegov dah na licu... njegovu ruku na svojoj kosi... Smešila se i šaputala: „Kako te volim!” Začula je korake, i srce, uzbuđeno maštanjem i melodijom, zadrhta.

Osvestila se kad je spazila Stankovića. Bilo joj je neprijatno. On je drzak! To su vaspitanici u školi ljubavi gospođe Stajić. Navikli da pipkaju žene, da ih nasilnički ljube, uzimaju i ostavljaju, bez osećanja. On je ćutao i stajao nasred sobe, posmatrajući je. Pravila se kao da ga ne vidi i nastavljala sviranje. Lagano je seo, kao da ga zanima muzika. A cele večeri osećao je njeno lepo telo u mekoj, beloj, svilenoj haljini. Spazio je njene poglede upravljene Ninoslavu i izveo zaključak da je vereničko osećanje popustilo. Rešio se da brzo stupi u akciju. On nije verovao nijednoj devojci, pa ni Miomiri. Kao i mnogi muškarci smatrao je da je ona devojka koja čezne za muškarcem, snažnim i zdravim, i koja ne može da se odupre zagrljaju i poljupcima. A on davno vreba trenutak da je zagrli i poljubi. To devojke i traže. Hteo je i da izigrava romantičnog i zaljubljenog viteza. Slušao je muziku, čežnjivo je gledao i uzdisao.

Miomira završi i osmehnu se:

— Otkuda vi?

— Bojim se za vas... Tako sami u kući... Mogao se neko sakriti i napasti vas.

— A niste pomislili da bi neko mogao biti uvređen što ste došli za mnom? — mislila je na Stajićku.

Gledala ga je podrugljivo. Dohvatila je druge note i nastavila sviranje, ne pogledavši ga. Videla ga je kako se približava i staje iza njenih leđa. Sva se narogušila i očekivala njegov napad. On se tobož zaneo slušajući njeno sviranje. Prevrnula je poslednji list, bila je već kod poslednjih nota. Najednom je osetila njegov dah na svome licu. Skočila je, odgurnula stolicu, i pobegla nasred sobe.

— Vi ste suviše slobodni!

— Ne slobodan, nego suviše zaljubljen u vas!

— Da, zaljubljen u svaku ženu!

Tek što je izgovorila poslednju reč, on jurnu i ščepa je rukama. Hteo je da je poljubi, ali ona mu se odupre u prsa i izvi telo preko njegovih ruku koje su je čvrsto držale oko pojasa.

— To je drsko i neučtivo! Pustite me! Ja ne trpim takve muškarce!

— Gospođice Miomira! — ču se glas hladan kao čelik.

Inženjer je pusti, okrete se i spazi Ninoslava. On je stajao na vratima bled i razdražljivo je posmatrao inženjera. Izgledalo je kao da će da jurne na ovog napasnika, ali se savlada i okrete se Miomiri:

— Amerikanka vas je zamolila da svirate Debisija.

On htede da se udalji, ali začu:

— Ostanite, gospodine Ninoslave!

Hladno je pogledala inženjera kao da mu govori: „Odlazite!" On se ironično osmehnu, izađe na terasu, postoja malo, više besan nego ljubomoran, videći koliko pažnje ukazuje ovom gitaristi.

— Sedite, gospodine Ninoslave — govorila je Miomira tražeći Debisija u jednom svežnju nota.

Mladić je još uvek stajao i video inženjera kako ga uskiptelo posmatra. I u njemu je nešto kipelo. S mukom se savlađivao. Maločas je osetio želju da ga dočepa i tresne o pod.

Inženjer se izgubi i začuše ga kako silazi niz stepenice.

— Baš ste došli u pravi čas! On je vrlo drzak. Zamišlja da je svaka devojka Stajićka, s kojom svaki muškarac može da radi šta god hoće!

Bilo joj je lakše kad je ovo izgovorila. Pogledala je Ninoslava. On se podlaktio na sto, posmatrao je i pitao samog sebe: „Zašto sam hteo da ga tresnem o pod?" Prevukao je rukom preko čela, kao da hoće da razagna nervozne misli i čudna osećanja... I ne znajući zašto, progovori podsmešljivo:

— A možda sam u nezgodan čas upao?

— Šta ste hteli time da kažete?

— Mislim da je jasno šta sam hteo da kažem.

Miomira prevuče nervozno rukom preko klavijature i upravi na njega svoje iznenađene oči, koje su svojim crnilom na belini haljine izgledale još veće.

— Vi me vređate!... A nisam to od vas očekivala... Ja baš volim što ste došli, jer bi taj gospodin dobio šamar od mene... Takve tipove ja ne trpim.

Ninoslav htede nešto da kaže, ali se uzdrža i odmah ustade:

— Bolje da idem! — bio je uzbuđen i nije mogao da se savlađuje.

— Pa... idite! Dole je gospođa Stajić... Vi joj se dopadate — nije mogla više da se savlađuje i ljubomora se ogledala u njenim lepim crnim očima.

— Ni meni se takve žene ne dopadaju! — odgovori Ninoslav oštro kao i ona njemu.

Prišao je bliže klaviru i pogledi im se ukrstiše, topli, sjajni i puni ljubomore. Za nekoliko trenutaka on je savladao sebe, seo na stolicu i slušao... Ona je svirala i gledala ga. A njen pogled je govorio: „Hodi, zagrli me... poljubi! Na tebe se neću ljutiti." Završila je Debisija, i glava joj klonu na klavir. Na usnama su joj drhtale reči: „Ja te volim", ali ih nije izgovorila. Dohvatila je brzo jedan šlager.

— Hoćete li da pevate?

— Ne mogu! — muklo odgovori mladić.

— Ali ako vas ja molim... Pevajte!

— Ne mogu, gospođice, ovog časa da pevam. Izvinite me!

Pošao je vratima, a ona ustade... Izašao je na terasu, a iz njenog grla se otkide:

— Gospodine Ninoslave!

Zastao je... Samo nekoliko koraka i ona bi bila u njegovom naručju... A ona je to i čekala, otvorenih usnica, zagonetna kao noć, topla kao podnevni zrak... Čekala je i otvarala ustanca da mu kaže reč ljubavi.

— Da, Miomira lepo svira... — začu majčin glas, i taj glas otrezni mladića.

— Ja idem dole! Hoćete li i vi? — izgovori nesvesno i malaksalo, a mlada devojka oseti njegove reči kao hladan tuš.

„Uvek je pribran i svestan.”

— Idem i ja.

Čula ga je kako pobeže niz stepenice, a ona ugasi svetlo, nasloni se na vrata i zagleda u divno zvezdano nebo. Zatreperi ogromna radost u njoj: „On je ljubomoran”. Ostala je tako nepomično nekoliko trenutaka, kao da osluškuje akorde njegovog srca.

U šumici jorgovana

Staša je nagovarao Ninoslava:

— Morate da obučete odelo da vas vide mama i Miomira. Da znaš, Miomira, što lepo stoji odelo gospodinu Ninoslavu! I krojač mu je kazao: „Kad imate tako lep stas, moram da vas lepo udesim".

— Pa obucite, gospodine Ninoslave, da vas vidimo — govorila je gospođa Novaković.

Mladi čovek ode u svoju sobu i vrati se uskoro, preobučen.

— E, baš vam divno stoji! Kako ste elegantni! — divila se mati. — Je li, Miomira?

— Jeste — prošaputa crnooka devojka. Gledala ga je raznaženo. — Sivo se lepo slaže s vašim očima i s vašom crnom kosom.

Miomira je stajala iza majčine stolice i blaženo posmatrala Ninoslava. Mislila je, koliko lepih osobina ima taj mladić. Kakav karakter, elegancija, lepota... I kakvo divno vaspitanje, koje mu je davalo toliko otmenosti.

— Pa jesi li srećan, Stašice, što sutra putuješ? — pitala je brata.

— Jedva čekam da mi prođe ova noć.

— Spremiću vam mnogo kolača, bombona, čokolade... Da odnesete i vašoj sestri. A vama, gospodine Ninoslave, daću pet stotina dinara da date vašoj mami za kuću, da se ne troši zbog Staše.

— Bože sačuvaj, gospođo, ja to neću primiti. Nikako, neću! I moja mama i sestra to ne bi primile. Imam dosta novaca. Možete dati Staši samo za voz. Zar moji da ne dočekaju Stašu nekoliko dana? Nije to neki veliki trošak.

— Ja se bojim. Ne bih htela da im Staša bude na teretu.

— Kako da im Staša bude na teretu? On je moj mali drug. Voleće ga i moja mama i sestra.

— A hoćemo li da ponesemo gitaru?

— A zar da idemo bez gitare?

— Je l'te, gospodine Ninoslave, je li vaša sestrica plava?

— Jeste.

— Kolika je rastom?

— Kao vi. I vašeg je stasa.

— Htela sam nešto da vam dam da joj ponesete. Imam jednu divnu plavu haljinu od štofa. Nijednom je nisam obukla. Plavo meni ne stoji dobro, a kupila sam je gotovu. Ne mora uopšte da se popravlja, potpuno je moderna! Hoćete li da ponesete tu haljinu vašoj sestri kao poklon od mene?

— Hvala, gospođice... Ali to je i suviše. Ona će se obradovati, ja to znam... Ja sam joj već pisao o vama kako lepo svirate.

Miomira je bila sva srećna.

— Doneću haljinu da je spakujete.

Otrčala je i brzo se vratila noseći haljinu, jednu kutiju pudera i jednu veliku bocu kolonjske vode koju je dobila od verenika. Raširila je haljinu.

— Je l'te da je lepa?

— Vanredna! Moram priznati da moja sestra nema tako elegantnu haljinu.

— Biću jako srećna ako joj se dopadne. Daćete joj i ovaj puder. On je svetliji, i nije za moje lice. To je za plavuše, ali je vrlo fin... I ovu kolonjsku vodu!

— Gospođice, to je mnogo poklona! Čime ona vama da se oduži?

— Vi ste nas i suviše zadužili što ste Stašu spremili i što je on položio... Biće nam neobično kad sutra otputujete. Bila nam je kuća puna pesme, muzike, razgovora — govorila je Miomira. — Hoćete li da uzmete ovu haljinu? Dajte da je lepo savijem i uvijem u papir, a vi je samo stavite u kofer... Ona se ne gužva.

— Hvala lepo, gospođice — reče Ninoslav i odnese haljinu, pomišljajući na radost svoje sestrice.

Staša izađe sa knjigom.

— Ja ću da dovršim *Pokošeno polje*.

— I ja sam čitala *Pokošeno polje*. To je delo mladog i talentovanog pisca koji je rano umro. Šta bi on sve dao književnosti da je ostao u životu!

— Hoćeš li da prošetaš, Miomira? — upita je mati.

— Hoću.

Pogledala je Ninoslava. On je pogodio njenu misao i ponudi joj se:

— Hoćete li dopustiti da i ja pođem s vama?

— Samo ako hoćete!

Osetila je laku tremu. Kada bi samo smela da mu prizna da ga voli! Da li to ima smisla? I kako bi on to primio? Bila je sva uzbuđena kad su prošli pokraj reke i posle se stazicom uputili šumici jorgovana. On je bio u novom sivom odelu i ona ga je gledala zadivljeno, misleći u sebi: „Mi bismo bili divan par... Moram... Reći ću mu kad zađemo u šumicu jorgovana."

Brala je usput cveće i nosila buket u ruci koji se divno slagao sa njenom haljinom marinske boje. U šumici je vladala tišina, pokatkad isprekidana koloraturnim cvrkutom ptica i lomljenjem suvih grančica. Cvetovi jorgovana venuli su na žbunju, a lišće je prekrivalo zemlju.

— Ovde je divota sedeti! — reče Miomira i spusti se na hrapavo stablo.

Ninoslav je stajao. Nije hteo da sedne u novom odelu. Ona ga pogleda i opet je uzburka ona misao: „Kad bih mu kazala da ga volim?" Crvenilo joj udari u obraze od te pomisli. Brzo ga upita, da bi sakrila uzbuđenje koje je stvorila osamljenost u šumskoj tišini:

— Vi ste juče dobili Amerikančevu adresu! Šta ste odlučili? Hoćete li da idete da školujete glas?

— Ne! Ostajem pri onome što sam kazao. Ja sam u godinama kad je već vreme da imam osiguranu egzistenciju. U dvadeset šestoj godini postajem činovnik, zahvaljujući vašem ocu. Zar sada kad sam jedva dobio zaposlenje da učim pevanje? Ne volim da gledam u nesigurnu budućnost, jer nemam dovoljno pouzdanja u svoj glas. To nije isto što su prava ili doktorska teza. Sve sam to mogao sa sigurnošću i lakoćom da savladam, ali u školovanju glasa ima puno nepredviđenih opasnosti. Koliko je pevača sa rđavo postavljenim glasom, koji su brzo svršili svoju karijeru.

— Ona ga prekide:

— Pa vaš je glas postavljen! To je jedan od onih bogomdanih glasova, koji su danas retki. U Italiji biste mu dali lepotu belkanta! Ja najviše volim italijansku školu i zamišljam da biste vi bili sjajan dramski tenor. Inače imate i dramsku spoljašnjost.

— Sve je to primamljivo, ali ja neću više da živim od iluzija.

— Ja vam ne odobravam, ali neću ni da vas hrabrim.

— Osećate i vi šta se može dogoditi s jednim pevačem?

— Ne mislim na to. Naprotiv, uverena sam da biste postigli veliki uspeh. Ali bi mi bilo krivo da vam Amerikanci daju mogućnost da školujete glas. Hoćete li da vam kažem šta mislim: volela bih da tata bude vaš mecena.

— Ostavite, molim vas! To ne bih nikad tražio od gospodina Novakovića.

— Znam. Ali ja bih tražila. Možda bih uspela kod tate. Recite mi: hoćete li da školujete glas?

— Ne želim, gospođice, da zloupotrebim dobrotu gospodina direktora. On je dobar čovek, postaviće me u svojoj banci, potreban sam mu kao bankarski činovnik, a ne kao operski pevač. A zašto se vi toliko zalažete za mene, kad ste napustili konzervatorijum? — pogledao je pronicljivo kao da je hteo da dokuči šta nju pobuđuje da ovo govori.

Ona se zbuni, zagnjuri lice u buket kao da ga miriše, a velika arija ljubavi zatalasa se u njoj: „Zato što te volim! Da li da mu ovo kažem?" Ućutka međutim melodiju srca i izgovori razumno, gledajući ga svojim lepim, otvorenim, iskrenim očima:

— Zato što mi nemamo mnogo pevača, i što vi imate glas koji bi vam mogao stvoriti svetsku reputaciju, i što se pevačima vrlo retko pruža prilika da nađu mecene koji bi ih školovali. Naš svet pomaže humane ustanove, ali umetnika se niko ne seća. Na vašem mestu ja se ne bih ni trenutka dvoumila. Što ste tako tvrdoglavi? — pogledala ga je umiljato, kao da je htela da ga razneži pa da joj sve prizna.

— Vi vršite sugestiju na mene.

— Htela bih, ali ne mogu. Koliko je vremena kako ste kod nas, a još vas dovoljno i ne poznajem.

— Nisam ja nikakva zagonetka! Običan mladić.

— Nije sasvim tako. Eto, ja bih htela da doznam šta ste juče pomislili o meni kad ste ugledali onu scenu sa Stankovićem?

— Pomislio sam da ste primili u kuću jednog drskog mladića koji često izvodi takve scene u životu, a nikad nije dobio pesnicu od žene, pa se usuđuje na svaku da nasrne. Jer takav sam utisak dobio: on vas je napao, a vi ste se branili.

— Jeste... napao me. Vidite, to je inteligentan čovek, ali žene su mu dozvolile takvu slobodu.

— Da je kakav nezaposleni intelektualac, sigurno mu ne bi dopustile takvu drskost. Ali on je odlična partija: inženjer, ima svoj auto, dopadljiv čovek, slatkorečiv, a žene to vole.

Ninoslav ućuta i osmehnu se, a njoj bi čudno što se smeši.

— Zašto ste se sada osmehnuli? — zapita ga živo.

— Zato što osećam izvesnu protivurečnost kod vas. Kako vam može biti odvratan kad ga pozivate dva dana uzastopce?

„On je ljubomoran", uzbudi se Miomira i radost je svu obujmi. Mislila je: „Zato što si mi ti mio, pa sam htela da te napravim ljubomornim". Ali njene reči, koje je izgovorila, bile su protivurečne:

— Htela sam da imamo više društva kad dođu Amerikanci, a on dobro govori francuski.

Ninoslav zapali cigaretu i mirno povuče jedan dim, a njoj se učini kao da nije poverovao i da se nešto zbiva u njemu. „Kad bih znala šta misli u ovom trenutku?" Ispitivala ga je lukavo:

— Meni se sinoć učinilo da ste mogli i da ga udarite?

— Ja bih zaštitio svaku devojku kad bi je napao neki nasrtljivac.

Ona ga pogleda uvređeno. Razočaraše je reči: „svaku devojku". Zašto je ovako rezervisan? Je li to gordost ili ravnodušnost? Da, on je ne voli. To je sasvim jasno. Njena radost iščeze. Zar je nju iko voleo? Niko i nikada! Svi su je lagali. On je pošten što neće da izgovori laž. A kad bi mu ona kazala: „Ja vas volim!", šta bi odgovorio? Da li da mu ovako, naprečac, kaže? Kako je divan trenutak za ispovest: samoća, jorgovani, tišina, miris šume. Da, samo se u veličanstvenoj prirodi može iskreno voleti. Misli su joj bile tužne i pogled zamagljen, svaka crta lica osenčena tugom, a male ruke su joj malaksalo ležale na cveću. Shvatila je da bogatstvo ništa ne vredi. Ljubav je najveće bogatstvo, a ona se ne može zadobiti novcem, već srcem. Novac je, štaviše, neprijatelj ljubavi. Možda i ona ne može da zadobije ljubav ovog mladića jer je bogata, a on je mrzi zbog njenog bogatstva, jer se mučio, a mučio se baš zbog toga što jedni žive u izobilju, a drugi u siromaštvu. A zar je ona tome kriva?

Podigla je glavu i odjednom sva uzdrhtala. On je stajao naslonjen na drvo i gledao je. Taj pogled je morao počivati na njoj sve vreme dok je ona razmišljala. Čitav svet njegove duše ugledala je u njegovim očima. „On me voli", jauknu u sebi od bolne duše. I da se ta sreća ne bi narušila, ona ustade i ne govoreći ništa, požuri brzo, sve brže, zalete se nizbrdo i jedva se zaustavila kod jednog stabla. Naslonila je glavu na deblo, sakrila lice i osetila kako joj suze klize. Čula je da je i on strčao, prišao joj, očekivala je da će joj njegove ruke dodirnuti ramena, privući je na grudi. A umesto svega toga čula je njegov, kao i uvek, priseban glas:

— Da požurimo, gospođice. Možda je gospodin direktor došao.

Kao da je ošinuo rečima. Pošla je ispred njega, da ne bi video njene suze, a u njoj se nešto srušilo. Šta ona traži od ovog mladića? On voli neku drugu devojku. Zato i hoće službu u banci, da bi se oženio, a ona se zanosi njime, i vidi ljubav u njegovom običnom, radoznalom pogledu... Savladala je sebe i upitala ga:

— Koliko je sati?

— Pola jedan.

Išla je brzo, ne gledajući ga. Osetila je kako ide uporedo s njom, okreće joj se i govori:

— Staša je tako radostan što putuje.

Htela je da ga pogleda, te nesvesno podiže prema njemu svoje lepe suzne oči. Smešila se i odgovorila istim tonom:

— Da, vrlo je srećan! Vi ne znate koliko ste stekli mamino i tatino poverenje. Ni s kim oni ne bi pustili Stašu da putuje.

— Ja ću o njemu voditi brigu kao o svom bratu.

— Mi smo se svi u to uverili.

Mladić je govorio mirno, ali je osećao kako mu nešto tutnji u glavi i kao usijana igla bocka u slepoočnicama. „Zašto je plakala?", pitao je samog sebe, a onaj tutanj u glavi napravi čitav haos u njegovom mozgu... Naišli su na jedan divan hlad i jednu klupicu. Počeo je da gubi vlast nad sobom i hteo je da je uhvati za ruku i zamoli da sedne. Ali je išao dalje, a koraci su mu bili teški kao da gaca po neravnoj zemlji. Obuze ga bezumlje. Htede da je dočepa u zagrljaj, da je ludo, divljački pritisne na grudi. I opet se savlada i pusti je da izmakne. Izađoše na livadu pokraj reke i prođoše kroz hlad vrbaka.

— Kako je toplo danas. Sigurno će biti kiše! — govorio je kao da razgovara sa običnim prolaznikom.

— Neće! Ja znam, kiša dolazi otuda. Toplo je. Ja volim sunce, ali sad ću se zavući u svoju sobu, moram da pišem vereniku...

On oseti kako ga ona usijana igla udari još jače u slepoočnice.

— Vi volite svoga verenika? — zapita je podsmešljivo.

— Volim ga! — dobaci mu i ona podsmešljivo. — Zaljubljena sam u njega! Možda on to ne oseća. Ali ja ga silno volim!

Zastala je i pogledi im se susretoše. Ninoslava obuze bes. Hteo je da pita: „Je li to istina što govorite?" Zausti da kaže, ali ono snažno u njemu, što je gospodarilo njegovim osećajnim bićem i nepoverljivost prema ženi, otrezni ga. „Ona koketira sa mnom. Bogata je i treba svi da budu ludi za njom. Koketira i sa Stankovićem, uzbuđuje ga i draži, a posle se otima. I da je on sada zagrli, možda bi zvala u pomoć. Žene su uvek dvolične." Izgovorio je ravnodušno kao odgovor na njeno priznanje:

— I treba da ga volite. To je dobar mladić.

Ona je razmišljala da li on ovo ozbiljno misli, ali nije imala više volje da govori. Izgledalo joj je kao da će joj reći i ismejati je: „Takav je mladić za tebe".

Direktor još nije bio došao kad su se vratili iz šetnje. A kod kuće ju je čekalo nežno pismo verenikovo. Pisao joj je o svojoj velikoj ljubavi i čežnji za njom. U njoj se sve uzburkalo. Šta se ona zanosi ovim mladićem, koji je prosto ismejava? Zar nije mogao osetiti da ga voli? A postoji li uopšte uzajamna ljubav? Ne! Uvek jedno više voli. I ona bi više volela Ninoslava nego on nju, a ona to ne bi htela; za nju bi to bila najveća uvreda. A verenik je nju više voleo nego ona njega. I zašto da se ne uda za njega? I tako apsolutne ljubavi nema. Nešto se kidalo u njoj. Bol i ljubomora lomili su se. U takvom duševnom stanju sela je, posle ručka, i pisala vereniku, javljajući mu da je rešila da se venčaju u julu i da odmah odu na svadbeni put.

„Tako, lepi Ninoslave! Bio si gord i čekao da ja tebi izjavim ljubav. To nećeš dočekati; udaću se i ostaviću te. Praviš se da me ne voliš, a ja ću silno patiti, ali patićeš i ti." Zatvorila je pismo, strčala, predala ga šoferu, i rekla mu da ga preda preporučeno. Laknulo joj je kad je auto odjurio i odneo njeno pismo.

Popela se na sprat, zatvorila se u svoju sobu, i tek tada joj je puklo pred očima da u julu treba da se venča. Legla je i tiho plakala, ali nije htela sebi da prizna zašto plače.

Predveče zazvečaše praporci na konjima i seoske kočije zaustaviše se pred vilom.

Gospođa Jovanka, koja je plela u bašti, uzviknu:

— Živkice! Ti!

Mlada učiteljica potrča tetki i zagrli je. Ljubeći je, gospođa Jovanka viknu:

— Miomira! Hodi da vidiš ko je došao!

Na balkonu se pojavi Miomira.

— O, Živkice! — uzviknu i strča u baštu. — Dobro si se setila da dođeš. Otkad si obećala.

— Nisam mogla ranije. Očekivala sam nadzornika. A bila je i zaraza zaušaka, pa sam i ja bila obolela. Prošlo je i dobro se osećam. Uzela sam tri dana odsustva i jedva sam čekala da dođem. Hoću i haljinu da kupim, pa da dam da mi se ovde sašije.

— Ima jedna vrlo dobra krojačica. E, baš mi je milo što si došla! — govorila je gospođa Jovanka.

— Da li bih mogla da se umijem? Koliko je prašine? Obukla sam gumeni mantil, ali mi je sva kosa prašnjava.

— Hajde u kupatilo... tu je umivaonik... a ako hoćeš, naložićemo kupatilo, pa se okupaj.

— Mogla bih... U selu nemam kupatila, pa se u koritu kupam. Da mi je da se jednom ljudski okupam u kadi.

Miomira je odvede u kupatilo, i čim ostadoše same, Živkica je upita:

— A gde je Ninoslav? Je li još kod vas?

— Jeste. Otišao je sa Stašom u varoš da nešto kupe. Sad će se vratiti.

— Jedva čekam da ga vidim! — iskreno je govorila Živkica, ne sluteći šta je u srcu Miomirinom.

— Moram da te ožalostim: oni sutra putuju!

— Ko putuje?

— Ninoslav! Ide do svoje majke i vodi Stašu sa sobom.

— Uh! Baš sam malerozna!

— Pa što nisi ranije došla?

— Nisam mogla! Eh, što mi je krivo! U selu nemam nijednog kavaljera, pa i ovde da mi otputuje tako lep mladić. Zadrži ih, neka ostanu bar jedan dan.

— Ne mogu. Već su javili da dolaze. A i Staša jedva čeka da ide. Položio je ispit vrlo dobro.

— Pisala si mi o tome. Srećna sam zbog Staše. On je dobro dete. Ali zašto da idu? Kako bi bilo da ga nateraš da doveče malo peva?

— Hoću.

— A hoće li ga teča Aleksa postaviti u banci?

— Hoće.

To je razveselilo Živkicu.

— A kako tvoj kolega?

— Digla sam ruke od njega! Uhvatila ga ona učiteljica, raspuštenica. Dolazio je u selo i videla sam da mu se dopada moja kućica. Ali neću više da ga pogledam!

Umila se, uredila i izašla u baštu.

— Da mi pravo kažeš, jesi li gladna, Živkice? — pitala je tetka. — Još neće večera, a ti bi mogla da se malo prihvatiš. Šta bi jela?

— Prilično sam gladna. Dajte šta imate.

— Katice, donesi putera i šunke! Donesi i jedno parče ćuretine i pitu. Jedi ti sada, pa ako manje večeraš, ništa ne mari! A, evo i gospodina Ninoslava i Staše!

Živkica se sva zbuni i steže ruku Miomiri. Ninoslav se ljubazno pozdravi.

— Vi idete baš kad sam ja došla — tužno je govorila. — A ja sam se
nadala da ćete mi pevati. Morate mi nešto otpevati — gledala ga je zavodljivo.
Kako bi bila srećna da nju voli ovakav muškarac. Sve su to neostvarljive želje
devojačke. Nijednog učitelja, svog kolegu, nije mogla da pridobije! I ovoga
će uhvatiti neka raspuštenica...

— Večeras će nam pevati gospodin Ninoslav! — prihvati i mati.

Miomiri se Ninoslav nije obraćao nijednom rečju. Kao da se nešto odigralo
između njih, ili su oboje osetili u isti mah šta im se zbiva u srcu, pa su to iz
gordosti krili jedno od drugoga.

Veče je bilo divno, sedeli su u bašti, a Ninoslav je pevao.

— Oh, što imate divan glas! — uzdisala je mlada učiteljica.

— Ama, svaki put kad vas slušam, čini mi se da sve lepše pevate! — hvalila
ga je gospođa Novaković.

A Miomira je jogunasto ćutala. Pustila je da mu se svi dive, razgovaraju
s njim, smeju se i šale, a u njoj je bilo nešto bolno, izgubljeno, neka rana na
srcu koju je prvi put u životu osetila, jer je prvi put zavolela.

Sutra ujutru pošli su svi zajedno u varoš automobilom. Živkica je htela
da s Miomirom kupuje u varoši, a Ninoslav i Staša su pošli na stanicu. Mati
ih je ispraćala i davala Ninoslavu brojne napute.

Živkica, vesela i razdragana, neprestano je pričala i gledala lepog mladića.
Njeno srce usamljene devojke, čisto kao planinski izvor, bilo je gotovo da se
odmah zaljubi. A Miomira se uvukla u ugao i predala svojim mislima. Oči
su joj bile velike, tužne i lepe. Nekoliko puta susretala se sa plavim očima
i brzo okretala glavu, kao da se boji onoga dana kad će morati da zaboravi
ovog nedokučivog mladića koji je bio veća zagonetka nego što je ona sama.

— Jeste li kazali gospođici Slavki da putujete? — zapita ga iznenada.

— Da, juče smo svratili do nje — odgovori Ninoslav.

Miomira uzdahnu. „On nju voli i oženiće se njome.”

Prodavačica marama i čarapa iz Beograda

Nedelju dana je prošlo od Stašina odlaska. Jedno veliko pismo stiže to jutro. Pisao je oduševljeno i hvalio se kako su ga lepo dočekali, kako su divne mama i sestra gospodina Ninoslava. Vole ga kao da im je rod. Šetaju se, prave izlete i on ne može da se najede. Svakoga dana sviraju na gitari, pevaju, imaju društvo. Mati je brisala suze od radosti što je njen Staša tako srećan. Sedela je sa Miomirom u njenoj sobi iza spuštenih zavesa i razgovarale su.

— Gospođo — čula je Katičin glas iz bašte.

— Šta je Katice? — upita Miomira.

— Jedna gospođa je došla iz Beograda. Prodaje čarape i marame, pa pita hoćete li da kupite nešto.

— Pa neka dođe gore! — reče Miomira.

Mlada, crnomanjasta devojka, vitka i elegantna, pojavi se pred Miomirom. Nosila je ručno koferče.

— Da vidim šta imate, gospođice?

— Čula sam za vas u gradu. Jedna gospođa mi je kazala da ste vereni, pa sam donela neke sitnice. Imam lepih marama, a imam i nekoliko pari čarapa. Donela sam više, ali sam ostavila u hotelu, a za vas sam izabrala ono što je najlepše.

Otvorila je koferče i Miomira kako pogleda uzviknu:

— Ala je lepa ova od somota! Samo šteta što je plava! Mama, da li da je uzmem? Baš je lepa!

— Kako hoćete — govorila je prodavačica, gledajući je tužno.

„Ona je sirota", sažali se Miomira. „Moraću da kupim nešto."

— Imate li i od tila i od čipke? Mama, za tebe bi bila ova od čipke. Ti ćeš da skineš crninu.

— A za kim ste, gospođo, u crnini? — uzdahnu i prodavačica.

— Sin mi je poginuo pre tri godine... Ali ona se sada udaje... i treba da skinem crninu... Crnina se skine, ali žalost ostaje doveka.

— Gospođo — viknula je Katica iz bašte. — Molim vas, dođite jedan čas u kuhinju.

— Evo me! Ništa ne mogu bez mene! Trči ovamo, trči onamo, padam s nogu...

Gospođa Novaković siđe u kuhinju i zadrža se u njoj čitavih pola sata.

— Ona prodavačica još je gore — govorila je kuvarica. — Šta li se toliko zadržala?

— Koliko je sati? Jedanaest! Jutro začas prođe. Ti, Katice, pokupi lišće po travi. Vidi koliko je vetar natresao sa lipa. Ručaćemo u trpezariji. Napolju je toplo. Milane, hoćete li skoro autom?

— Još malo...

— Kad pođete, možete povesti i ovu prodavačicu. Pešice je, jadnica, došla. A danas je vrućina.

Pošla je opet Miomiri. Začudi se kad ih ne vide na balkonu. Pogleda u Miomirinu klavirsku sobu i zasta iznenađena. Miomira se podlaktila na sto, uzbuđena i namrgođena, a prodavačica je pokrila lice maramom i jecala.

— Zašto plače gospođica? — zapita mati.

— Ona je, mama, gospođa... pa mi se žali... težak je život u Beogradu... a muž je ostavio...

— Bože, kakvi su muškarci! Da ostavi tako mladu i lepu ženu!

— Sirota sam, gospođo, a danas sirota devojka teško prolazi kroz život. A ja sam ga volela mnogo i verovala mu.

— Ništa danas nije brak. A daje li vam kakvo izdržavanje?

— Daje mi sada, ali ko zna dokle će mi davati... Moram i sama da radim.

Još uvek podlakćena o sto Miomira je tužno gledala i poče da je teši:

— Umirite se, gospođo. Možda će vam se on vratiti.

— Hvala vam, gospođice! Kako me lepo tešite. Izvinite što sam bila ovako dosadna. Šta ćete, kad je čovek pun očajanja i jada u duši, lakše mu je kad nekom ispriča. A vi ste me tako lepo razumeli. Hvala vam, gospođice! To vam neću zaboraviti! Nisam mogla verovati da neko ima tako divnu dušu kao vi.

Briznula je u plač... Gospođa Jovanka se sažali:

— Nije vam lako, dabome... Dobro što šofer ide autom u banku da doveze mog muža, pa sednite i vi u kola. Ne možete pešice... vrućina je...

— Velika vam hvala, gospođo! Ljubim vam ruke!

Miomira je silazila za njom niz stepenice. Silazila je i mati pitajući Miomiru:

— Kupila si i za sebe i za mene?

— Jesam... Nekoliko stvarčica.

— Dobili ste, gospođo, novac?

— Jesam, hvala!

— Evo, šofer je isterao kola. Sedite vi lepo u auto, pa se odvezite. Gde biste u podne išli po drumu!

Miomira je isprati do kola. Pre no što će sesti u kola, prodavačica se brzo okrete, zgrabi Miomiru i poljubi je. Grudi su joj se tresle od jecaja kad je sela u auto koji je odnese.

Miomira je stajala u bašti kao ukopana i trže se tek kad je mati zovnu:

— Žao mi je ove jadnice. Mora da je mnogo propatila kad ovoliko plače. A što si se ti ućutala? Nešto si neraspoložena?

— Pa potresao me život ove jadne žene. Dala sam joj trista dinara da se ne muči toliko. Idem malo da prošetam kroz moje borje i voćnjak.

— Nemoj samo po suncu da te ne zaboli glava.

— Ja obožavam sunce! — uzviknu veselo Miomira.

Najednom, kao da nešto zablista u njenoj duši. Kao da sunce blesnu kroz oblake. Išla je lagano, pa sve brže, i što je brže koračala, sve joj je bilo vedrije, lepše i toplije u duši. Kao da je nešto iščezlo što je mučilo i sa čime se borila. Počela je da pevuši jednu pesmu koju je pevao Ninoslav, zastala je, obgrlila stablo vrbe i gledala kako bistra reka teče, a senke vrba se njišu na talasima.

Jedna misao joj najednom iskrsnu. Ona požuri kući sva srećna, da saopšti majci i da je zamoli da joj to dopusti. Utrčala je u trpezariju i ugledala majku s pletivom u ruci.

— Mamice, da ti nešto kažem. Znaš šta sam rešila: pošto Staša i gospodin Ninoslav dolaze u ponedeljak, a sutra je petak, ja bih otputovala do njih! Da se malo provozam i vidim je li sve onako kako Staša piše, i posle bismo se zajedno vratili.

— Kako sama da putuješ! A gde ćeš da odsedneš?

— U hotelu!

— Sama devojka da odsedne u hotelu?

— Bože, mama, šta se ti bojiš? Pa zar sam sama putovala u Pariz, a da ne mogu u ovaj gradić!

— Znam... sine... ali Vlada može da dođe, a ti si verena. Sama si pričala da je on ljubomoran na gospodina Ninoslava.

— Zar će on znati gde sam ja? Neće on doći do ponedeljka. Ja sam još uvek vaše dete i slobodna sam. A ti dobro poznaješ moj karakter. Idem sutra, mamice! Da vidim našeg Stašicu! Tako volim mog lepog, malog bracu!

Mama se razneži čim joj spomenu njenog ljubimca.

— Dobar mamin sin! Kako mi samo lepo piše! Hvala milostivom Bogu kad se on otrže.

— Ali, reci, mama, hvala i gospodinu Ninoslavu!

— Ja to uvek kažem... Pa... ništa... idi kad voliš da vidiš brata!

— Baš volim što putujem. Ako se tata usprotivi, mamice, da budeš na mojoj strani.

— A kad se tebi tata protivio? On ti sve čini... Uvek je on tebe najviše mazio. Kad ja odobrim, on ne pravi pitanje.

— Onda sutra putujem i stići ću k njima u sedam. Uzeću sobu u hotelu, neću da se utrpavam kod njih, a posle ću otići njihovoj kući. Znam ulicu i broj kuće... Poneću samo malo koferče... A posle podne idem, kad dođe tata, u varoš da kupim čokolade da im ponesem.

Otrčala je u svoju sobu, otvorila brzo fioku i zagledala se u jednu sliku. Dugo ju je posmatrala. Izraz lica joj se izmeni, veselost iščeze, a crne oči joj zablistaše. Posle se ražalosti, nežno pogleda sliku i ostavi je u fioku.

Ušla je u spavaću sobu. Videla je na zidu veliku sliku svoga verenika. Oči joj se zamračiše. Brzo skide sliku sa zida i ostavi je u jednu fioku. Zamišljeno je šetala po sobi. Pokupi listiće opale s ruža na stolu. Diže milje da ga istrese i spazi ispod miljea tri stotinarke. „Jadnica! Ona nije uzela novac!" Držala je stotinarke u ruci i pomislila: „Znam njenu adresu! Poslaću joj novac u pismu."

Uzela je plavu maramu i prinela je licu. „Ne, ovu ću odneti Ninoslavljevoj sestrici... Taman za onu plavu haljinu. Divno će joj stajati." Veselost je obujmi, sede za klavir i Ninoslavljevi šlageri zabrujaše pod njenim prstima.

Sutra ujutru, otputovala je sva razdragana i srećna.

————

U subotu uveče zaustavi se pred vilom automobil. To je verenik stigao iz Beograda.

— Vlado! Otkud ti? — iznenadi se mati. — Nisi javio da ćeš doći.

— Pisao sam Miomiri da ću možda doći ovih dana.

— Ništa mi nije kazala.

— A gde je Miomira?

Mati se zbuni. Šta sad da kaže? Brzo se seti:

— Vlado, ona je otputovala!

Verenik se uozbilji:

— A kuda je otputovala?

— Do... moje sestre, u Niš. Otišla je na dva-tri dana. Davno je zovu i žele da je vide. To je moja sestra od tetke. Imaju vilu u Niškoj banji.

— Zbilja je Miomira čudnovata! A ja sam je zvao da dođe u Beograd... ima četiri meseca kako nije dolazila kod mojih — jetko je govorio. — Mislio sam da sada pođe sa mnom automobilom.

— Ona će doći sama, Vlado, kad se vrati. U ponedeljak se vraća! Oni su je toliko zvali.

— I mi je zovemo, ali ona ne dolazi k nama. Pravo da vam kažem, u poslednje vreme ne mogu da razumem Miomiru. Želeo bih da znam šta je to s njom? Ranije je bila drugačija!

— Uvek je ona ista, tebi se to samo čini. Voli ona tebe, kao i ti nju. Koliko mi je pričala o tebi kad je došla iz Pariza.

— Možda je onda pričala, ali sad vam sigurno više ne priča.

— Razgovaramo mi svakog dana o tebi.

— Je li vam poznato da mi je pisala da hoće u julu da se venčamo. Zato sam i došao da utvrdimo dan i da odemo u Beograd da poručimo nameštaj.

— Nije mi kazala ništa... Ali to je njena stvar. Kad god hoće, može da se venča!

— Sve mi je ovo nekako nejasno.

— Kako nejasno? Ako hoćete, možete za nedelju dana da se venčate. Otac će joj dati novac za nameštaj i za jedan dan sve ćete pokupovati.

Verenik se namrgodi. Mrzeo je ovakve razgovore. Kao da oni njemu čine čast. Palančani! A on ima devojaka na svaki prst! Jedila ga je i ta trospratnica. Neprestano odlažu zidanje. Da su pametni, trebalo je već da počnu sa zidanjem, pa onog dana kad se venčaju da i kuću dobije.

— A gde je Staša?

— Staša je položio ispit, sigurno ti je pisala Miomira, i otišao je sa gospodinom Ninoslavom do njegove porodice. Majka i sestra žive mu u Sandžaku, a Staša tamo do sada nije bio.

— Pisala mi je Miomira da je položio — mrmljao je verenik. „Da nije i ona s njima?" Htede da se uveri. — Ja bih mogao sutra da odem do Niša i da dovedem Miomiru.

— Pa... Kako hoćeš! — zbuni se mati... „Jaoj, ta Miomira, nije trebalo da ide", mislila je u sebi. On je voli, ljubomoran je i može svašta da učini. I šta je njoj trebalo da izmišlja i laže. Nastavila je da govori ne bi li i sebe i njega umirila. — Možda će ona sutra doći, pa možete da se mimoiđete. Ostani malo da meni praviš društvo. Sama sam, pa mi je sva kuća gluva bez njih. Baš se radujem što si došao. Vidi kako je lepo kod nas u bašti. Hoćeš li pivo, ili slatko i vodu?

— Pa... Mogu čašu piva!

— Mi uvek držimo na ledu.

Mladi čovek izađe u baštu, a mati pritrča telefonu:

— Aleksa! Došao je Vlada. Molim te, kad dođeš, reci i ti da je Miomira u Nišu kod moje sestre od tetke. Nemoj da se izrekneš kuda je otišla. Reći ću ti zašto. Ljutit je što je nije zatekao. Hajde, požuri kući!

Laknulo joj je kad je sve rekla mužu, ali ju je, kao patrijarhalnu ženu, sve to jedilo. Nije mogla da razume kćer. Ima Vlada pravo što se ljuti. Kad ga je izabrala, treba da ga voli! Svakom bi bilo krivo da čuje da mu je verenica otišla u goste momku koji joj nije ništa. I sama je bila luda što ju je pustila. Današnje devojke čovek ne može da razume. A taj Ninoslav je lep. Počela je da sumnja da se on njoj dopada. Lepo svira na gitari, lepo peva, po ceo dan su zajedno, ko zna šta ona misli i oseća? Osuđivala ju je. Ovo je pošten mladić od dobrih roditelja, i nema smisla što ona čas hoće da se venča, čas neće. Mora da mu bude krivo. I da bi odobrovoljila zeta, jer je osećala krivicu Miomirinu, nudila ga je za večerom, gladila ga po kosi, pričala mu sve lepo o Miomiri, a hvalila i njega jer je opazila da je ljutit.

Spomenuše i zidanje kuće i on ispriča tastu da ima jedan plan, koji je, tobož, njegov otac poručio za jednu kuću koju namerava da zida, a nije hteo da prizna da je po njegovom nalogu arhitekt napravio plan kuće koju tast treba da mu sazida.

— Ja sam mislio sutra da idem u Beograd, imam posla. Hoćeš li ti da ostaneš da pričekaš Miomiru? — reče mu tast.

— Ja sam mislio da odem do Niša.

Otac i mati se pogledaše.

Posle, u spavaćoj sobi, gospođa Jovanka je govorila mužu:

— Idi sutra s njim u Beograd! Odvedi ti njega da ne čeka Miomiru, jer je u Nišu neće naći, a oni će sve troje zajedno da se vrate.

— Eto, šta su ti moderne devojke! Neka je! Ali neće putovati sama kad se uda, moraće da čuva muža i kuću.

Ujutru se verenik pope u Miomirine sobe. Išao je iz sobe u sobu. Najednom spazi da njegove slike nema na zidu. Zastao je i osetio kako mu nešto štrecnu u glavi. Zar ona njega da ismeje? Mala palančanka! Gde je njegova slika? A zašto ju je sklonila? Koračao je ljut po sobi i zavirivao u svaki ugao. Povuče jednu fioku. Bila je zaključana. Povuče drugu. Tu su bila njegova pisma. Htede da ih uzme, ali ih ostavi. „Šta li je u ovoj zaključanoj fioci", povuče je ne bi li je otvorio. Začuo je korake. Pojavi se mati.

— Jesi li video, Vlado, kako je sve lepo i čisto kod Miomire? Ona će biti dobra domaćica. Da znaš kako ona mesi lepe kolače. Staša kaže da Miomira mesi najlepše kolače. I treba da radi. Neka je žena i najbogatija, mora da posluje u svojoj kući. I tvoja majka je vredna i dobra žena.

— I vi se mnogo dopadate mami. Zvala vas je da dođete.

— Doći ću, sigurno. Kad se vrati Miomira, eto nas! Da vidimo nameštaj i da vidim taj tvoj plac. Miomira ne može bez bašte i lepog izgleda.

— Tamo će imati lep izgled — verenik se zatim nasmeja i nastavi kao u šali: — Opazio sam da moje slike više nema na zidu.

— Kako to? Ja to nisam primetila.

— Eno, onde je stajala, a više je nema.

— A znaš šta to može da bude? Mora da je brisala slike, pa zaboravila da je okači. Ona često briše slike sidolom. To sve sama radi.

Mati ga je umirivala, ali i sama se začudila šta je sve to sa Miomirom. Ne može devojka s mladićem da se igra. Videla je da Vlada to ne trpi. Nije ni njen Aleksa dopuštao da ona radi šta hoće. Kao mlad bio je i jošte kako ljubomoran i ona ga je slušala. Ali ovo je drugo doba i druge generacije.

Smirila se tek kad muž odvede Vladu u Beograd. Ali ju je nekakva strepnja obuzimala. Očitaće ona Miomiri čim se vrati.

„Pričao nam Nino"

Putujući vozom, Miomira je bila sva srećna. Stigla je u sumrak. Odmah je potražila kola na stanici i radoznalo je gledala interesantnu varoš kroz koju je proticala reka, a kraj obale su bile kuće raznog stila, turske i pokoja moderna.

Kazala je kočijašu da je odveze u najbolji hotel, gde joj dadoše čistu i lepu sobu. Zadržala je kočijaša da bi je posle dalje odvezao. Umila se, malo napuderisala, poprskala ruke kolonjskom vodom i sela ponovo u kola, rekavši kočijašu ulicu i broj Ninoslavljeve kuće.

Kočijaš je vozio glavnom ulicom, tipičnom čaršijom s dućanima, ćepencima, čardacima, uz koje su se uzdizale višespratnice, kao nagoveštaj novog doba. Bilo je vreme zatvaranja radnji i trgovci su skidali robu iznešenu ispred dućana, i zastajali s punim rukama džempera, kombinezona, marama, da bi videli lepu gospođicu u kolima, koja je radoznalo posmatrala i desno i levo. Ispred jedne kafane bili su između nekoliko oleandera stolovi prekriveni šarenim čaršavima. Za njima su sedeli činovnici i studenti i svi se, kao po komandi, zagledaše u crnooku devojku. Spustiše na sto pivo, špricere, ostaviše ćevapčiće i zapitaše se: ko li je ovo? Jer lepa, elegantna devojka, prava je senzacija za muški svet u palanci. Niko je nije poznavao i jedan mladić zovnu dečaka sa ulice:

— Stavro, bre! Trči da vidiš gde će ova kola da se zaustave! Dobićeš dinar!

Dečko nije čekao da mu se dvaput kaže, odjuri, utrkujući se s kolima, i vrati se sav zadihan, objašnjavajući mladiću gde su kola stala.

— Pa tu stanuje Ninoslav — primeti jedan. — Ko li to njima dolazi? Da prošetamo posle večere ispred njegove kuće.

— A ko je onaj dečko s njim? — zapita drugi.

— Kažu da je to sin jednog direktora banke kome je davao časove.

— On je dobio službu?

— U banci kod tog direktora.

— Da nije i ovo neki rod direktoru?

— Ko će mu znati! Važan se napravio Nino!

I dok su se oni interesovali ko je ta lepa devojka, Miomira je ušla u baštu. Kola se izgubiše po neravnoj kaldrmi, a mlada devojka zasta u bašti. Zapahnu je svežina i opojni miris cveća. Videla je neku visoku biljku na kojoj se nazirao veliki crveni cvet. U dubini bašte opazila je dve leje s mladim lukom i sitno drveće s gustim lišćem. Sve je bilo čudno, novo, pa i miris drukčiji. Lagano je koračala i začula smeh Stašin i Ninoslavljev. Dečak uzviknu:

— Važi!

A na tu njegovu reč prsnu ženski smeh, detinjast i sladak. Osmehnu se i Miomira, ali srce joj silno zalupa. Zavila je za ugao kuće i spazila nizak doksat ispred kuće na koji se dolazilo preko tri stepenice, a ladolež se penjao uz kanap i pravio zavesu od zelenog lišća. Iza te zavese sedeli su njih troje: Ninoslav, Staša i Ninoslavljeva sestra.

Zastala je kao ukopana, sva uzbuđena. Htela je da se pribere. Pogledala je Ninoslava, pa njegovu sestricu. Divna devojčica, slična njemu, samo sve ono što je kod njega bilo oštro i muško, kod nje je bilo nežno, ženstveno, umiljato. Bio je u letnjoj košulji s kratkim rukavima uz čiju je belinu njegovo lice bilo još tamnije, a profil oštriji. Smejao se. Zubi su mu bleštali.

— Gospođice Dušice, dajte gitaru. Naučio sam onu pesmicu. Da je odsviram? — pitao je Staša Ninoslava.

— Čik! Ali znam da ćeš da pogrešiš na jednom mestu.

— Neću da pogrešim! Evo!

Svirao je i smejao se, a oni su ga gledali. Miomira je slušala i uživala gledajući svog malog brata. Popravio se, pocrneo, zarumeneo i postao nestašan.

— Što vi ne pevate?

— Nema više pesme! Mora da se večera. Jesi li, sine, gladan? — pitala ga je jedna lepa, sredovečna žena, silazeći iz drugog odeljenja.

„To je mama Ninoslavljeva", prošaputa Miomira. „Kako je simpatična!"

— Što sam gladan! Mnogo smo šetali. Daleko me je vodio gospodin Ninoslav. Nikad nisam video makova polja.

„Ovo je mak", seti se Miomira gledajući visoko cveće.

— Čekajte, Staša, imam da vas diram za ovo devojče preko puta! I ona je u petom razredu. Želi da se upozna s vama. Jutros ste se gledali s prozora — šalila se Dušica.

— On postaje opasan, vidi, boga ti! — dirao ga je Ninoslav. — Sve devojčice pitaju za njega. Zapazile odmah kako je elegantan! Sve si đake zbrisao!

— Nemojte da mi dirate dete — govorila je Ninoslavljeva majka, prišla Staši i zagrlila ga.

Miomiri zasuziše oči. „Kako su svi divni i nežni. I kako vole Stašu. Mama bi plakala od radosti da ovo vidi."

— A što sam nešto lepo spremila večeras! Ono što ti voliš! Čule smo od Nina.

„Nino, srce!", šaputala je Miomira.

— A šta to? — pitao je Staša.

— Videćeš! Dušice, postavi sto.

Miomira je još uvek stajala u senci jednog drveta, i oni je nisu videli iza zavese od ladoleža.

— Daj mi gitaru! — zatraži Ninoslav.

Počeo je da svira i peva. „Moja pesma", uzbudi se Miomira. Disala je kratko, a srce joj je lupalo. Glas mu je bio topao kao tiha noć, kad se mesec pomalja. „Kad svrši, pojaviću se. Kakav li će izgledati kad me vidi?" Pevao je razneženo, kao da je pokraj njega žena koju voli i kojoj peva.

— Što ne pustiš glas! — javljala se mati. — Kad ti zapevaš, svi u komšiluku istrče i stanu uz plot da te slušaju.

Miomira se trže i pogleda u plot desno i levo. Videla je dve ženske glave. Mogu je spaziti. Čim prestane Ninoslavljeva pesma, ući će. On će je prvi videti, jer je okrenut prema ulazu.

— Što je naša predsednica u Kolu sestara žalila što ti nisi bio ovde da pevaš na njihovoj zabavi. Veli mi: „Gospa Živana, šteta što vaš Nino nije ovde da zapeva!"

— A da znate, gospođo, kakav je uspeh imao gospodin Ninoslav kod nas na zabavi.

— Pričao nam je... Ali hvalio je i gospođicu Miomiru da divno svira.

— Gospođica Miomira je veliki talenat. Ja se čudim što nije nastavila konzervatorijum.

„A to mi nije kazao", pomisli Miomira.

— A šta će joj? Bolje da se uda kad ima dobru priliku. Jednog dana i tebe ćemo, Nino, da oženimo! Bogami, dolaze već provodadžijke. Čule su da si dobio službu u banci.

— Gle, a za koga mi navodadžišu? Odbij ti to sve! Kaži da ja ne mislim još dugo da se ženim. Prvo ću da udam Dušicu.

— Baš ćeš me udati! Niko me neće bez miraza.

— Kakav miraz?! Ti si lepa devojka. Ja ne bih nikada tražio miraz. Kad se budem ženio, ženiću se iz ljubavi. Je li tako, Staša?

— Razume se!

„On ne voli bogatstvo", rastuži se Miomira.

— Mama, šta je s tom večerom? Mi smo gladni!

— Evo, sine! Samo još pet minuta — izašla je opet, rumena i lepa sa svojom prosedom kosom.

Sin je zagrli nežno i poljubi.

U tom trenutku Miomira se pojavi na ulazu.

Ninoslav je ostao kao paralizovan nekoliko sekundi, mati je gledala iznenađeno, pitajući se ko li je to, a lice joj se razvedri kad ču sinov glas:

— Gospođica Miomira! — požurio joj je u susret, sav smeten, ne mogavši ništa više da kaže, a dva lepa crna oka ništa drugo nisu videla nego njegovo uzbuđeno lice. On je prigušeno nastavljao: — To je sjajno što ste došli! Nikad nisam mogao ni pomisliti! — ničega više nije mogao da se seti da kaže, toliko je bio uzbuđen.

Staša prevrte stolicu kad je skočio, a mati uzviknu:

— To je gospođica Miomira? Bože kako ste nas obradovali!

A sestrica istrča iz sobe:

— Gospođica Miomira! Bože!

— Ja sam došla kao nezvan gost! — prošaputa mlada devojka, kad je Ninoslav dohvati za ruku i prinese je ustima.

Osećao je kako mu je nešto potreslo sve moždane ćelije, a potres se preneo na srce i prekinuo mu glas. Najzad se savlada i progovori:

— Eto, mama, to je gospođica Miomira.

— Kako je gospođica lepa! — nežno je prihvati mati i iskreno, srdačno, poljubi u jedan, pa u drugi obraz.

Zagrli je i sestrica Ninoslavljeva, govoreći uzbuđeno:

— Kako se radujem što ste došli! Ja sam odmah napala Nina zašto nije došla i gospođica Miomira s vama?

— E, što si me iznenadila! — uzviknu brat. — Zašto nisi odmah s nama pošla?

— To je moja krivica — izvinjavao se Ninoslav. — Ja se nisam usuđivao da vas pozovem. Nisam mogao pomisliti da biste pošli s nama.

— Nino baš kaže — govorila je mati gledajući milo lepu devojku — „Nisam mogao da pozovem gospođicu Miomiru, naša kućica je tako skromna. Da vidiš ti, mama, kakva je njihova gospodska kuća!"

— Jaoj, što ste zlatni! — uzbuđivala se Dušica. — Znam da vi nećete naći mane našoj kućici. Nino nam je pričao kako ste vi skromni u bogatstvu i da niste mondenka već umetnica.

Svi su stajali uzbuđeni, a mati se povrati:

— Sedite, gospođice! Baš dobro što nismo večerali, da i vi večerate s nama.

— Nemojte da se trudite zbog mene! Ja ću malo da posedim, pa idem u hotel.

— Kakav hotel?! — iznenadi se Ninoslav. — Nećete vi maći odavde! Mi vam oduzimamo svu slobodu.

— Bog s vama! Zar u hotelu da odsednete? Pa mi imamo dovoljno mesta — nije htela ni da čuje mati.

— Zar vi tako pažljivi prema našem Ninu i da nam ne učinite radost da i mi vas dočekamo — nežno je govorila sestrica i ponovo zagrlila Miomiru. Najednom se setila i uzviknula: — Da znate što mi divno stoji vaša haljina!

Toliko sam bila srećna kad sam je dobila! Odmah sam je obukla. Ništa ne treba da popravljam.

— Baš mi je milo! — uzbuđeno je govorila Miomira i bacala topli pogled na Ninoslava, koji je stajao i nije skidao oči sa njenog lica.

— U svakom pismu Nino nije mogao da se nahvali vas, vaše mame i oca.

— A mene niste hvalili! Tako! Da znam — reče Staša.

— I tebe je, sine, hvalio! Znate, gospođice Miomira, što smo zavoleli Stašu. On je moje dobro dete. Veseo je i umiljat! Šalimo se i pevamo po ceo dan. Čak i ja pevam s njim.

— Ja sam od mame nasledio glas — reče Ninoslav smejući se.

— U mojoj porodici svi su bili pevači... Pevam što sam srećna. Skinula sam veliku brigu kad znamo da je Nino dobio službu. Bog neka da sreće vašem ocu i vama! Ima u našem mestu još nekoliko pravnika, pa nikako da dobiju službu. A roditelji su im se mučili i školovali ih... Kako ste lepi, dušo moja! Nino nam je pričao kako ste lepa i dobra devojka!

— I kako divno svirate na klaviru — dodavala je sestrica.

— A šeširić da skinete — priđe Ninoslav i diže joj šešir sa glave.

— Što imate divnu kosu! Pričao nam je Nino.

Ona je bila uzbuđena što je slušala šta je sve Nino pričao o njoj.

— A vi ste vereni, gospođice? — pitala je sestra.

— Jesam — kratko odgovori Miomira i odmah pređe na drugi razgovor. — Donela sam vam nešto.

— Zar opet? Onoliko ste mi poslali pa opet. A čime ću ja vama da se odužim? Ali spremila sam i ja nešto za vas.

— Nemojte vi, gospođice Dušice. Ovo je za vas — i pruži joj jednu kutiju.

— Da vidim šta je — ushićeno je govorila Dušica i brzo otvorila kutiju. — Jaoj! Marama za onu plavu haljinu! Savršeno! Pogledaj, mama! Od pravog velura! Pa čarape! Tri para! Što su lepe! — iskreno se divila kao sirota devojka koja nema mogućnosti da kupuje takve skupocenosti. — Što ste slatki! Moram da vas poljubim — zagrlila ju je i nekoliko puta poljubila.

Miomira pogleda Ninoslava. Njegove oči su nepomične, duboke i tamne. Zadrhtala je od tog pogleda. „On me voli.”

— Da ostavim ovo pa da večeramo, a posle ću da obučem haljinu da me vidite, i da metnem ovu maramu.

— Izvol'te, gospođice Miomira, ovde! Staša, sine, ti ćeš da ustupiš mesto gospođici, a ti sedi ovde.

— Sve sam vas uznemirila — izvinjavala se Miomira.

— Niste nas uznemirili, nego obradovali — odgovorio je Ninoslav. — Ovde sam ja domaćin i ima da me slušate.

— Inače je ona neposlušna — dirao je Staša.

— A to se ti šališ, gospođica Miomira je vrlo nežna i osetljiva.

— A jesam li uobražena, kao što naši palančani kažu?

— To nisam opazio. Devojka je uobražena kad se razmeće svojim luksuzom, bogatstvom i položajem, a vi ste vrlo prirodni i povučeni.

— Šta li ćete pomisliti o ovoj našoj starinskoj kućici? — bojažljivo je upitala mati. — Sve je u njoj starinsko.

— Ovo je sve poezija! Mi imamo lepu vilu, zna gospodin Ninoslav, a ja uživam kad odem u selo kod moje rođake učiteljice. I ona ima lepu malu kućicu.

— Pričao nam je o tome Nino. I kako ste vi kuvali i mesili tortu. Takva devojka danas vredi. Sve treba znati. Moja Dušica zna sve poslove u kući. Ono je njena sobica! Ukrasila je svu sa narodnim tkaninama. Sutra ćete videti. Jednu zavesu je sama izradila. A voli i baštu. Sve je povrće sadila sama. Imamo malu gradinu u kojoj je svako parče iskoristila. Celo leto ima zeleni iz naše bašte. Ništa njoj nije teško. Čim dođe iz kancelarije uveče, zaliva cveće i zelen.

— Mama, pa hoćemo li večerati? Znaš da je Staša gladan — opominjao je Ninoslav.

— Sad ćemo, sine. Zapričala sam se i ne mogu da se nagledam gospođice Miomire.

— Sutra će biti senzacija kad vi prođete kroz varoš. Naši mladići, čim vide devojku sa strane, noge da polome oko nje — ogovarala ih je Dušica.

Smejali su se i Ninoslav se povrati od uzbuđenja. Posle večere mati je šaputala sa ćerkom.

— Idite vi do hotela da uzmete kofere gospođice Miomire, a ja ću od gospa-Soke da pozajmim jorgan. Ima ona lep atlasni jorgan, daće mi ga. Neka ona spava na Stašinom divanu, a Staša na Ninovom. Ja i ti ćemo u moj krevet, a Nino neka spava u tvom krevetu.

— Jesi li videla, mama, kako je ona mila i lepa devojka? Je li, šta ti misliš: voli li ona našeg Nina?

— Ona je verena... Kako da voli Nina?

— Šta će joj rentijer?! Baš je naš Nino divan! Kako bi oni bili lep par!

— Ćuti, nemoj da te čuje Nino. On nju ceni i poštuje. Hvala bogu kad je dobio mesto. Moramo lepo da je dočekamo. Idi ti sad s njima, a ja ću da joj namestim postelju.

— Idemo svi do hotela! Vidite kako je lep mesec! Naša varošica je tako lepa noću. Pogledajte moju baštu. Ovo je mak. Videćete kako su divna makova polja. Ovo su dudovi! Što su slatke dudinje! Imamo i jedan badem.

Mati ih je ispratila do kapije. Jedna grupa mladih ljudi išla je sredinom ulice. To su bili oni iz kafane, što su se interesovali za nepoznatu devojku.

— Pazi! — uzviknu Jole. — Eno je! Boga ti, ona je odista došla njima u goste. Ko li je ona? Silno devojče! Vidiš što je slatka bez šešira! Da je nije verio? Prava lafica!

Išli su jedni drugima u susret. Dušica je držala Miomiru ispod ruke.

— Zdravo! — uzviknuše četiri mladića i prođoše, a Jole dodade:

— Nino, pardon! Nešto da ti kažem.

Ninoslav zastade i studenti mu priđoše.

— Je li, ko je ovo devojče?

— Što si ti radoznao? E, pazi da ti ne kažem! — nasmeja se Ninoslav.

— Šta se izmotavaš! Nemoj da misliš da me nešto naročito interesuje, već smo se kladili: ja kažem da je to jedna studentkinja iz Beograda, a Sreta tvrdi da nije! Eto zašto te pitam!

— Do sutra možeš da pričekaš, pa ću ti reći. Hoću da ne trepneš cele noći i da misliš ko je — šalio se Ninoslav, poznavajući studenta Joleta, koji je važio za najvećeg donžuana u varoši, jer je bio lep i gazdinski sin.

— Mora da si ti mnogo zainteresovan, kad nećeš da kažeš. Baš i ne moraš! Ala je sjajna! Alal ti vera! More, što si ti potuljen, a veći si mangup od mene!

— To si mogao sutra da mi kažeš! A sad nema smisla da me zadržavaš.

— Pa požuri! Vidim da si nestrpljiv. Blago tebi s tvojom kevom. Samo mi kaži, je l' kod vas odsela?

— Da ne misliš serenadu da praviš?

— Pusti ti mene da se ja upoznam s devojčetom.

— Hoćeš?

— Ja hoću, ali ti ne daš!

— Zbilja, hoćeš li?

— Znam ja da se ti šegačiš sa mnom.

— Dušice! — viknu Ninoslav. — Pričekajte nas. Hajde! — okrete se drugu.

— Ja neću sad!

— Pa želeo si da se upoznaš s njom!

Student je oklevao, ali se predomisli i ostavi društvo. Ona trojica, koji su išli s njim, ostadoše zabezeknuti.

— Pazi ga, što je mangupčina!

— Uvek je on nasrtljiv — podsmehnu se drugi. — Ja se ne bih utrpavao nikad.

— Nasrtljiv, ali sve su lude za njim iako znaju da ih laže. Hajdemo u inat i mi za njima!

— Nemoj! Ispadamo smešni.

Ninoslav dovede druga:

— Gospođice Miomira, moj drug Jovan Zamfirović, student prava, želi s vama da se upozna. To je inače Jole, veliki kavaljer, svira na gitari, peva i opasno se udvara devojkama. Sve ga obožavaju.

Miomira se osmehnu svojim krupnim lepim očima, pogleda studenta i izgovori:

— Miomira Novaković.

— On me je, gospođice, tako predstavio da ćete vi odmah steći o meni rđavo mišljenje. A on se to šali, verujte! Nema skromnijeg mladića od mene. A ubi nas palanačka dosada i starinske predrasude.

— Ali ovde je divno! Pogledajte kako je interesantna ova kuća s lozom oko prozora i doksata! Ja prvi put dolazim u Sandžak.

— Da, gospođice, kućice su lepe, ali bolje bi bilo da su moderne, jer bi i svet bio moderniji. A mi koji živimo u Beogradu, pa okusimo malo prestoničkog života, patimo kad se vratimo i stalno se sukobljavamo sa starijim generacijama koje nas ne razumeju.

— A što biste vi želeli moderno? Zar u ovome starinskom nema lepote?

— Nema, gospođice, verujte! Vidite nas četvoricu! Kao očajnici sedimo sami pred kafanom, šetamo ulicama, a devojke posle osam ne smeju da se maknu iz kuće. Ne smemo ni do kuće da ih otpratimo. Ovo će biti senzacija što mi šetamo s vama. I vaš ulazak u našu varošicu bio je senzacija. A vi ste Beograđanka?

— Ne!

Miomira mu reče ime svoga grada iz istočne Srbije.

— A ja sam se kladio sa svojim drugovima da ste studentkinja. Čini mi se kao da sam vas video na univerzitetu.

Ona trojica su se sasvim približila. Ninoslav se osmehnu i pozva ih.

— Hodite i vi s nama u društvo! Gospođice Miomira, ovo su četiri lafa iz naše varoši. Sve Sandžaklije!

Mlada devojka ih je gledala i donese glasno zaključak:

— Ima kod Sandžaklija nečega klasičnog. Oni me podsećaju na stare Grke i vi ste, gospodine Ninoslave, grčki tip.

— O, Nino je najlepši mladić u našoj varoši! — uzviknu Jole. — Devojke pocrkaše za njim — htede on da mu vrati milo za drago.

— Ali Nino je gord! Ne zanima se on s devojkama kao vi, Jole — umeša se Dušica, koja nije dala da se kaže ružna reč o njenom bratu u prisustvu Miomirinom, jer je ona svojim ženskim srcem osetila da Miomira simpatiše njihovog Nina. Još čvršće je uhvatila ispod ruke Miomiru, želeći da joj pokaže svoje prijateljstvo.

Jole je nastavljao ispitivanja:

— Studirate li vi, gospođice?

— Studirala sam muziku.

— Klavir?

— Klavir!

— A jeste li čuli Nina kako peva?

— Jesam. On ima vanredan glas!

— Da znate kakav je uspeh imao gospodin Ninoslav kad je pevao kod nas! — uzviknu Staša.

— Ne sumnjam. Zbilja, ti imaš divan glas. Je li mladi gospodin vaš brat? — zapita Miomiru.

— Jeste.

Jole je sad sve shvatio. Ovaj dečko je sin bogatog direktora banke, Nino će biti činovnik u njegovoj banci i stanuje u njihovoj kući, a ovo devojče je u istoj kući. Osetio je da je, možda, ispao malo smešan što se utrpao, kad je tu Nino, a ona dojurila za njim. Sve je već jasno: ljubav, a možda i nešto više! A možda i nije ljubav. Bogata devojka, pa hoće da ima ljubavnika! Ali mora mu se priznati, upala mu je sekira u med! Devojče kakvo se samo poželeti može! Jole je uzdahnuo, ali je osetio zadovoljstvo što se upoznao.

— Kako je divna ova ulica! Vidite ove senke i sjaj mesečine. Što vi ćutite, gospodine Ninoslave?

— Slušam vas.

Ona ga pogleda raznеженim očima, a Jole zadrhta. „Zar on nije nimalo ljubomoran?" Miomira oseti bol. „Sasvim mu je svejedno što je okružuju ovoliki."

Pošto su otkazali sobu u hotelu, Miomira zapita:

— Da li bih mogla da pošaljem telegram tati i mami da sam zdravo stigla?

— Možemo zajedno!

Ona i Ninoslav uđoše u poštu.

— Telegram će stići sutra, i mama će biti mirna — govorila je izlazeći iz pošte.

— Koliko ostajete, gospođice, ovde? — pitao je Jole smelo.

— U ponedeljak se vraćamo.

— A, ne damo mi u ponedeljak! — uzviknu Dušica. — Koliko ste vi svi pažljivi prema nama i našem Ninu pa hoćemo i mi vama malo pažnje da ukažemo — reče Dušica u inat Joletu, koji je mislio da će se gospođica Miomira odmah zaljubiti u njega.

— Dabome da nećete ići! — dodade Ninoslav, koji spazi Joleta kako je zaljubljeno gleda. Smešio se u sebi, jer je znao koliko je Miomira gorda devojka. Celo veče je bio uzbuđen i neprestano se pitao: „Zašto je ona došla?"

— U nedelju imamo kermes! Bila bi šteta da to ne vidite, gospođice. Park je na brdu, a sviraće vojna muzika.

— U nedelju ću još biti ovde.

— Bićete vi i posle nedelje! — milo je govorila Dušica, stežući joj ruku.

— Znaš, Miomira, ja bih mogao ovde da letujem! — uzviknu Staša.

— Reći ću tati da te pusti da dođeš s gospodinom Ninoslavom. Kako su lepe kuće pored reke.

Zaviše u njihovu ulicu i mladići ih ispratiše do kapije. I odmah donesoše zaključak: oni se vole i ona mu je ljubavnica. Možda će se Nino oženiti njome jer je bogata. Svi su, ipak, uzdahnuli: lepo devojče i još bogato.

Mati ih dočeka sa osmehom:

— Dugo ste šetali.

— Videli smo celu varoš. Tako mi se sviđa, ima nešto posebno, svoj stil, ljude, miris, lepotu...

— Da si videla, mama, kako je Jole poleteo da se upozna s gospođicom Miomirom.

— Pa ako, Dušice! Gospođica Miomira je lepa devojka, pa svi vole da se s njom upoznaju. Nego, jeste li umorni? Ja sam namestila postelje. Staša, sine moj, ti ćeš da spavaš na Ninovom divanu, a gospođica Miomira na tvome, bolji su mu federi.

— Nemojte! Neka on spava gde je spavao dosad. Mogu ja na svakoj postelji.

— Šta možeš? Nemoj da pričaš! Ti voliš da ti je sve ugodno, znam ja tebe — rugao joj se Staša.

— Volim u svojoj kući, ali mogu i pod šatorom da spavam.

— Biće vam lepo ovde, dušo moja.

Mati uđe za njima u sobu, a proviri i Ninoslav. Spazi jorgan od ružičastog atlasa, bele čaršave, navlaku i obgrli majci ramena, zahvalan što je Miomiri spremila lepu postelju.

— O, biće divno! A ja i inače slatko spavam.

Dušica je poljubi i njih troje odoše u drugu sobu.

— Što je divna devojka! — šaputala je Dušica. — Vidi kakvu mi je maramu donela! — prinela je licu i uzela čarape da ih navuče na ruku. — Pogledaj, mama, kako su fine i tanke! Nikad u životu nisam imala ovakve čarape — srce joj je bilo ispunjeno slatkim nadama i prošaputa, okrećući se bratu: — Možda te ona voli, Nino?

— Nemoj koješta da govoriš! — strogo je govorio brat. — Ona je verena s jednim elegantnim mladićem, rentijerom, beogradskim mondenom.

— A zar on mora biti savršen ako je rentijer i monden? Ti si sigurno bolji od njega! Možda je ona to uvidela.

Brat se nasmeja:

— Što ti imaš fantaziju! — onda joj zapreti: — Nemoj da se šališ glavom da joj tako što kažeš. Ona je ponosna devojka i vrlo ozbiljna, ja ću ti odmah objasniti zašto je došla: htela je da vidi u kakvoj je kući Staša. Ja sam ga doveo, oni su imali poverenja u mene, ali vi ne znate koliko se njihova mati boji za njih.

— Nema šta da se boji kad je s tobom u našoj kući. Baš smo bili pažljivi prema njemu. Ona je sva srećna što se on popravio.

Legli su, ali Ninoslav nije mogao ni da trene. Razbio mu se san i neprestano se pitao: „Zašto je došla?" Dao je objašnjenje sestri, ali nije u to ni sam verovao. Osećao je da ne može da izdrži ovu borbu u sebi. Onaj potres, koji je osetio kad ju je ugledao, objasnio mu je šta mu se skriva u podsvesti, a što ne sme sebi da prizna. Zaricao se da će prikupiti svu snagu da ostane korektan prema njoj. Nije želeo zaplete i skandale. Ona je verena i taj mladić je ljubomoran na njega. Možda nije lepo od nje što nema obzira prema verenikovim osećanjima. I čime mu garantuje da bi bila bolja prema njemu? Večeras je namerno upoznao sa studentima, da bi video kako ona to prima. Bila je ravnodušna, a u pošti, posle predaje telegrama, zastala je i zapitala ga: „Je li vam neprijatno što sam došla?” Odgovorio joj je ljubazno: „Zar možete takvo pitanje da mi postavljate? Ja sam oduševljen što ste došli.” Otrgle su mu se te reči i spazio je topli sjaj u njenim očima. A čuo je i njeno oduševljenje: „Očarana sam kako su me vaši ljubazno dočekali”.

Samo, mora zapretiti Dušici da je ništa ne ispituje, jer žene su radoznale, vole da dokuče tajnu srca druge devojke. A on ne misli ništa, niti će dopustiti da ispadne ni najmanje nepošten. Kad stupi u banku, uzeće stan u varoši, a ona će se udati. Pomisao na to steže mu, kao klešta, prvo srce, a posle mozak, i oseti ono bockanje po celom telu. Imao je želju da zapali cigaretu, ali nije smeo. Ležao je nepomičan, sav u znoju i vatri, a nije smeo ni da se makne, da mati i Dušica ne bi osetile da je budan i da ne posumnjaju šta se događa u njegovom srcu.

Sestrino srce

Miomira je otvorila oči. Soba je bila puna sunca i rumenih boja. Još sanjiva, u prvi mah nije znala gde se nalazi. Posle se setila i osmehnula. Počela je da razgleda po sobi; na jednoj stolici bili su poređani šareni jastučići. Soba je bila obojena ružičasto, čista s niskom tavanicom. Na zidu je bilo nekoliko fotografija Ninoslavljevih iz mlađih godina. Sigurno kao maturant, još dečačkog izgleda, bujne kose i lep. Smešila mu se. Druga fotografija predstavljala je njihovu porodicu: majka, Dušica i on. Dušica je bila još devojčica, a on mali gimnazijalac u kratkim pantalonama. Razgledala je svaki kutak i stvarčicu, i čudila se kako joj je sve milo i blisko. Na sredini je bio starinski politiran sto s jednom nogom u sredini, prekriven miljeom s kosovskim vezom. Mala vaza od keramike bila je puna ruža. Njena umetnička duša svuda je nalazila slikarski motiv. U uglu je bio orman i na njemu nekoliko tegli slatkog. Spustila je pogled na pod i spazila svoje cipelice od plavog antilopa sasvim očišćene. „Gle, cipele su mi očistili.” Nežno je pomislila: „Kako su pažljivi”.

Kroz divnu čipkanu zavesu videla je seljake kako prolaze ulicom s magarcima natovarenim vrećama, drvima, korpama. Muslimanke, pokrivene glave, sedele su na konjićima. Bio je pijačni dan i seljaci su dolazili u varoš. Za nju je sve to bilo novo, i ljudi, i ulica, i čaršija. Najednom je čula u predsoblju Stašin glas:

— Idem da je probudim! Što ovoliko spava? Pola devet je! Neću da je čekam! Idemo mi u šetnju.

— Mir! I nemoj tako da larmaš — stišavao ga je Ninoslav. — Zašto da je budiš? Neka spava! Ona je putovala, umorna je i ne smeš da uđeš u sobu.

Miomira se smešila. „Kako je zlatan! Ne dozvoljava im da me bude."
Svaka ju je njegova reč raznežavala. Čula ih je kako šapuću i najednom viknu:

— Staša, probudila sam se. Brzo ću biti gotova.

— Hvala bogu! Ti nikad toliko ne spavaš.

— Gospođice, nemojte da žurite! — odgovori Ninoslav. — Možete da spavate koliko god hoćete. Grdio sam ga što glasno govori. Hajdemo, Staša, u baštu!

— Sad ću i ja! — odgovori Miomira i skoči iz postelje.

U sobi je bio umivaonik i bokal pun vode. Uzela je svoju četkicu i pastu za zube iz koferčeta. Osetila je kako je laka planinska voda, dok je prala svoje lepe zube. Obukla je jedinu haljinu, u kojoj je došla, od zagasitoplavog mekog žerseja sa crvenim ispustom, crvenim pojasom od antilopa, kratku malu haljinu, koja joj je divno ocrtavala stas. Fine cipele i tanke svilene čarape dopunjavale su njenu eleganciju. Poprskala je kosu losionom, malo se napuderisala, narumenela usnice i izašla iz sobe.

Stajala je na pragu trema. Zasenilo je zelenilo i cvetovi maka, zaliveni raskošnim južnjačkim suncem. Kao očarana posmatrala je gradinu i spazila ispod lipe, za stolom, Stašu, Ninoslava i njegovu majku.

Kad je spazi, Ninoslav ustade od stola, a Staša se nasmeja:

— Ala si se ti jutros pokazala... spavaš do devet...

— Ako, dušo moja! Putovala je, sine, pa je umorna.

— Ljubim ruku, gospođo — požuri Miomira Ninoslavljevoj majci i saže se da je poljubi u ruku.

— Hvala — trže se mati. — Čekajte da ja vas poljubim — nežno je govorila i poljubi je u obraz.

— Što je divno ovde! To je gradina gospođice Dušice? A gde je ona?

— Otišla je u sud. Pozdravila vas je mnogo i molila da je izvinite što mora u kancelariju. Zamoliće sudiju da je pusti, dobar je i učiniće joj.

— Žao mi je što mora na dužnost. Ona je tako zlatna!

— I ona je sva srećna što ste došli! — reče Ninoslav.

— Jeste — potvrdi mati. — Celo jutro mi je pričala: „Jaoj, mama, što je slatka gospođica Miomira!"

Mlada devojka pogleda Ninoslava, ne bi li u njegovim očima pročitala misli li i on kao njegova sestrica. On se smešio i gledao je vatrenim pogledom... „Da li on mene voli?", zadrhta Miomira.

— Hoćete li da vidite baštu moje sestrice?

— Kako da ne! Jesu li ovo dudovi? Šta ih je! Kako im je veliko lišće.

— To su kalemljeni dudovi. Svet ovde gaji svilenu bubu, pa svuda ima dudova. A znate kako su dudinje slatke. Od njih se i slatko kuva — pričala je mati.

— Ovi makovi! Baš je to dekorativan cvet. Pogledajte ovu stazu.

Kroz gradinu se odužila staza obrasla zelenom travom, a sa obe njene strane bili su visoki makovi nežne zelene boje, sa crvenim i belim cvetovima. Dve leje sa obe strane zelene staze bile su zasađene lukom, boranijom, patlidžanima i drugim povrćem.

— Je l' moguće da sve ovo gaji gospođica Dušica? — pitala je Ninoslava koji je šetao sa njom.

— Uzela je čoveka koji je sadio, a nešto je i sama zasadila. U blizini je sreski rasadnik, ona se poznaje sa ženom ekonoma, pa ju je i on upućivao. Hoćete li da vam otkinem ovaj crveni mak?

— Hoću.

Ninoslav joj prinese cvet uz kosu.

— Kako vam lepo stoji!

— Dajte da se zakitim! — pričvrstila je cvet i pogledala Ninoslava koketno. — Je l' mi lepo stoji?

— Sad bi vas trebalo naslikati. I nazvati sliku *Devojka s makom*. Zbilja ste me mnogo iznenadili svojim dolaskom.

— Prijatno ili neprijatno? — pitala je vragolasto.

— Zar vi možete nekome biti neprijatni? Sinoć su svi studenti požurili za vama da se upoznaju. Moraću biti na oprezu da bih vas sačuvao. Ko zna, možete se ovde u nekog i zaljubiti?

— To nije isključeno! — odgovorila je veselo, značajno ga pogledala i ubrzala hod.

— Divim se, gospođo, gospođici Dušici! Kako je vredna! Trebalo je da uči agronomiju, kad ima toliko smisla za poljoprivredu.

— I ona to kaže, pa i dan-danji žali što nije završila fakultet. Žalim i ja, ali kako sam ja, udovica s jednom penzijom, mogla dvoje dece da školujem na univerzitetu? Plače poneki put: „Šta je to biti daktilografkinja? Niko me ne ceni.”

— Vidite, gospođice Miomira, ja je zato grdim. Ne čini položaj čoveka nego čovek položaj! Ona je načitana devojčica, i ne sme da potcenjuje samu sebe — dodade Ninoslav.

— Tako je, sine, ali niko to ne ceni... Zar će neki mladić da dođe da vidi kako ona radi u bašti i po kući. Svako jutro ona se digne rano, sve ponamešta, uveče zaliva cveće... Zna sve poslove... Dođe joj žao i plače: „Niko mene, mama, neće uzeti”.

— U pravu ste, gospođo. I ja sam kazala: da sam devojka čiji otac nije direktor banke, ni mene niko ne bi pogledao.

Kapija škripnu.

— A, evo gospođice Dušice!

— Pustio me sudija — radosno je govorila i pritrčala Miomiri.

Poljubile su se kao da su davnašnje prijateljice.

— Divila sam se vašoj gradini!

— Je l’ istina? — detinjski se obradovala. — Što ste lepi sa tim makom!

— Ovo me je zakitio gospodin Ninoslav.

— Je l’ se lepo slažete s mojim bratom?

— Kao drugovi.

— Divan je on! — uzviknu Dušica i u ushićenju poljubi brata. — Je l’ vam kazao kako divno radi drvorez?

— Nemam pojma — začudi se Miomira.

— Zašto nisi pokazao? Pokazaću vam ja jedan ram što je izradio.

— A šta još znate, gospodine Ninoslave? — htela je da dozna Miomira.

— Ništa više, gospođice. Nemoj me preuveličavati. Ja sam prosečan mladić.

— Vi ste iznad prosečnog — pohvali ga Miomira.

— Evo ti, Dušice, kifle! Izvinite, nisam umesila kolač, znam da vi to volite, pričao nam je Nino.

— Vi ne smete da pričate šta ja sve volim. Mogu ja i bez kolača. Molim vas da se ne trudite mnogo.

Posle doručka mladić je veselo govorio:

— Imam jedan predlog! Posle podne idemo fijakerom u obližnje selo. Ima tamo i srpskih i turskih kuća... Znaš, Dušice, uzećemo fijakeristu Trajka. Volite li da se izvezemo fijakerom?

— Volim — oduševljavala se Miomira. — A u koliko sati idemo?

— Oko dva sata.

— A zašto mi niste kazali o drvorezu? Znajte da ćete me učiti čim se vratimo kući.

— Hoćete li da primite ovaj rad od mene? — ponudi joj Dušica.

— Hoću... Baš je lepo izrađen... Staviću u njega maminu i tatinu sliku.

— I ovo jastuče sam vam spremila.

— Ala je lepo! Ja sam ga jutros gledala.

— Znate, to su stari narodni motivi. Ovo je bio rukav. Seljanke ih seku i prodaju, one ne znaju vrednost narodnih vezova. Ovaj ručni rad star je sedamdeset godina.

— Vidi se...

— Seljanke više ne vezu ovakve divne vezove... Imam i jedan milje za vas. Pogledajte.

— Vi ste ovo vezli?

— Da, uzela sam motiv sa ovog rukava i prenela ga na milje.

— Ovo je umetnički urađeno! Tu je bilo mnogo rada.

— To vam poklanjam.

— A šta će vama da ostane?

— Ne brinite! Izvešću ja drugo. I ja i mama vezemo. Hoću da i vi imate uspomenu od mene.

— Šta imaš još da daš za uspomenu gospođici Miomiri? — pitao je brat.

— Pronaći ću.

— Gde ti je ona torbica?

— A, dobro si se setio!

— Dosta je ovoliko! Nemojte vi, gospodine Ninoslave, da izmišljate šta će sve da mi dâ gospođica Dušica, treba i njoj.

— I ja sam mislila o toj torbici! Evo je! I to je ručni rad. Vidite kako je bogata naša narodna nošnja: same šljokice i srma.

— Velika vam hvala — uzbuđeno je govorila Miomira. — A ima li ovde kakvih sitnica da se kupi?

— Imamo jednog kujundžiju, Stavru. Ima lepih filigranskih radova — reče joj Ninoslav.

— Da odemo jutros?

— Idemo. Mamice, soba je gotova! Ima li šta da ti se pomogne?

— Ništa, ja ću sama. Došla mi je Savka, pomoći će mi i ona.

— Vrlo dobro... To je jedna mlada žena koja nam pomaže pokoji put. Ja sam gotova, samo šešir da stavim. Ali što je Nino lep u ovom odelu! — divila se bratu. — Kako je dobar vaš tata! Ovde svi misle da je on bankarski činovnik. I zavide mu...

„Kako bi mu tek zavideli kad bi znali da ga ona voli", Dušica se neprestano molila Bogu da se njen Nino oženi Miomirom.

Kući su se vratili u dvanaest. Miomira je oduševljeno pričala o svemu. Donela je filigranskih stvarčica. Kupila je jednu ogrlicu Dušici, a i sebi. Sva je bila zarumenjena od južnjačkog sunca i Dušica ju je gledala sa divljenjem.

Kočijaš Trajko zaustavi fijaker pred kućom.

— Idemo! Zbogom mamice!

Svi izljubiše mamu i posedaše u fijaker. Iz svih su kuća izvirivali da ih vide, a mama je stajala pred kapijom dok kola nisu krenula. Drum je vodio kroz plodna polja. Ninoslav je pokazivao Miomiri polja duvana i makova.

— Veličanstveno! — divila se skrušeno Miomira. — A šta je ono?

— To je pamuk!

Sve joj je bilo novo... Kako svaki kraj ima nešto svoje!... U blizini sela čuli su se gočevi i zurle.

— Sigurno se sprema svadba.

Čula se i pesma, razvučena, tužna.

Ušli su u lepo selo.

— Da posetimo jednu srpsku i jednu tursku kuću. Ovde ćemo svratiti. To je gazda-seljak! Da vidite kako je uredio svoju kuću, a kako je nekad bilo u ovom kraju! I stoka i ljudi zajedno su spavali. Pogledajte cveće! I pogledajte ovaj voćnjak!

— A kakav je ovde svet?

— Vrlo pošteni i vredni ljudi! Ćutljivi su i junački snose svako zlo — objašnjavao je Ninoslav.

Pošto su razgledali srpsku kuću, odoše u tursku.

— A mi ne smemo! — ljutio se Staša.

— A tebi baš žao! — dirao ga je Ninoslav. — Hajde da prošetamo kroz ovaj voćnjak.

Muslimanke ih uvedoše u jednu veliku sobu. Unaokolo su bili minderluci, a pod od cigala bio je prekriven ogromnim šarenim ćilimom. Žene su bile u širokim šalvarama, povezane maramama. Vitice su im se spuštale niz leđa, sve su bile bele i rumene.

— Njih retko sunce dodirne, zato su bele...

Donesoše im crnu kafu.

— Uzmite, gospođice Miomira! — šapnu joj Dušica.

Mlade Muslimanke pažljivo su posmatrale varošanke. Nabraše im cveća i dadoše im pune ruke.

Išli su posle i u džamiju i crkvu. Obišli su ruševine drevnog grada. Peli su se na jedno brdo sa divnim izgledom. Suton se spuštao, a goč i zurla neprestano su odjekivali poljima.

Vratili su se svi raspoloženi i gladni.

Posle večere Ninoslav je pevao, a preko plotova susednih kuća izvirivale su glave. Dušica je sa Stašom zalivala baštu i cveće zamirisa još jače. Topla južnjačka noć se spuštala. Život varoši stišavao se bez huke automobila i sirena. Čula se zrika popaca, a iz jedne kafane, daleko od njihove kuće, dopirali su zvuci harmonike. Ninoslavljev glas bio je topao i sjajan u ovoj lepoj noći.

Sutradan pre podne pismonoša donese poštu. Bilo je jedno pismo za Ninoslava.

„Od koga li je?" On ga otvori pred Miomirom, i ona spazi ispisane četiri stranice.

— Od Slavke! — progovori Ninoslav.

Miomira oseti nervni potres. „On se dopisuje sa Slavkom, on je voli." U jednom trenu njeno se raspoloženje raspršta kao mehur. Savlađivala se, pričala, ali je jedva govorila. Smešila se, htela je da ohrabri sebe, ali misao je kljucala: „Najveću glupost sam učinila što sam došla". Osetila je poniženje. Šta će reći Slavka? On je njoj pisao, a Miomiri uzgred, uz mamino pismo, a ona je došla sva ushićena, i počela da veruje da je on voli.

Zalogaji su joj zastajali u grlu i izgubila je apetit.

— Šta je to? Vi malo jedete! A ja sam ovo najviše zbog vas kuvala — čudila se mati.

— Verujte, nisam gladna.

— A maločas ste kazali da ste gladni — prekori je Ninoslav i pogleda je pažljivo. Poznavao je svaki njen pogled. Osetio je senku neraspoloženja u njenim očima. Veselo je pričao ne bi li je oraspoložio. Ali ko će raspoložiti devojačko srce u koje se uvukla sumnja?!

Dušica se spremala za kermes, obukla je plavu haljinu, vezala oko vrata plavu maramu i došla da je vidi Miomira. Ona joj je laskala, ali tuga je pokrila njenu radost, kao oblak nebo.

Dušica je pogleda.

— Ama, vi niste raspoloženi? Najedared ste zaćutali? Žao mi je!

— O, kako da nisam! Rano sam jutros išla po suncu, pa me zabolela glava... Proći će to.

Dušica joj ne poverova. Prišapnu bratu u drugoj sobi:

— Što si morao da kažeš da je pismo od gospođice Slavke! Ona je ljubomorna, ali je divna. Ja sam videla da te ona voli... jeste, voli te.

— Nisi ti psiholog! — odbijao je brat. I njega je zabolela glava i nešto se u njemu komešalo. — Ja nju bolje poznajem od tebe. Ona je nekad vesela, a nekad tužna. Ali to ne znači da je ljubomorna. To je umetnička priroda.

Dušica mu nije verovala i bila je srećna što je Miomira tužna.

Otišli su na kermes. Park je bio na brdu, a pogled sa brda veličanstven. Bilo je mnogo sveta. Svi su posmatrali Miomiru. Dušica je bila ushićena. Jole priđe Miomiri. Hteo je da sve devojke vide kako se on sa njom već upoznao. Sitne intrige se spliću oko Miomire i Ninoslava kao paučina. „Kako je nije sramota da mu dođe u kuću!?" Grdili su i njegovu sestru: „Vidi kako se obukla! Od nje je dobila haljinu. A kakva je ono marama na haljini? Uhvatila je ispod ruke bratovu ljubavnicu! A lako je njoj! Bogata je! Može da ima deset ljubavnika, i opet će da se uda za koga bude htela!"

Kući su se vraćali pešice. Čula se gitara i pesma. Lipe su mirisale. Dušica uhvati ispod ruke Stašu kao mlađeg brata.

— Vi ste moj kavaljer! — i požuri ispred Ninoslava i Miomire da bi oni ostali sami.

Oni su išli jedno pored drugoga, a obavijala ih je noć i miris lipa.

Ninoslav zastade.

— Gospođice Miomira, hoću da budete iskreni i da mi kažete zašto ste danas tako tužni?!

Ona se trže, kao da je pogodio tajnu misao u njoj, i veselo odgovori:

— Otkuda sam tužna? Kako vi to opažate?

— Nije potrebno biti veliki psiholog pa to opaziti. Priznajte, najednom ste se oneraspoložili.

— Nije istina!

— Onda niste iskreni. Ja vas poznajem vrlo dobro i mogu da zapazim svaku promenu na vašem licu.

— Zar ste me toliko proučili?

— Bio sam dosta u vašoj kući. Vi ste složena i pomalo zagonetna devojka, ali ne umete da budete pritvorni jer svaki vaš pogled blista iskreno i otvoreno.

— Hvala na komplimentu! Zbilja, ovo je vaš prvi kompliment.

— Nemam običaj da laskam, ali vi nemojte da zabašurujete, nego recite zašto ste tužni?

— Šta je vama toliko stalo da znate?

— Zato što ste u mojoj kući i mogu pomisliti da vam je neprijatno kod nas, ili da smo vas nešto uvredili.

— Bože, šta ste vi pomislili! Ja se u vašoj kući osećam kao među svojima... Vaša mama i sestrica su divne...

— A zar ja nisam divan? — šaljivo je pitao, zagledajući joj u oči.

— Muškarcima ne laskam, kao vi ženama.

— Vraćate mi milo za drago.

— Jer ste i vi zagonetni i nepobedivi.

— Nepobediv? Pa niko nije pokušao da me osvoji i pobedi. Možda bih se ja predao bez borbe.

— Sumnjiva bi bila ta pobeda. Vi se ne predajete lako. A možda se varam... Ali nije trebalo da dođem!

— Zašto? — trže se mladi čovek i zastade. — Sad već postajem nervozan što krijete od mene razlog vašeg neraspoloženja...

— Baš kad hoćete da čujete, reći ću vam: gospođica Slavka bi mogla sasvim drukčije da shvati moj dolazak, a ja ne bih želela da toj dobroj devojci zadajem bol.

Ninoslav zastade i pogleda je iznenađeno:

— Kakve veze može imati vaš dolazak sa gospođicom Slavkom?

— Ona vas voli... i vi nju volite! — izgovori Miomira i dade oduška svome bolu.

— To je, dakle, taj razlog?

— Jeste. Ja ne želim nikome da stvaram bol. Htela bih da i vi shvatite zašto sam došla.

— Ja sam to shvatio odmah.

— Zašto? Objasnite mi!

— Vaša mama je pustila Stašu, ali ona toliko strepi za njega i u stvari ne zna kuda je otišao. Zar ja moram biti idealan mladić? Možda sam neki hohštapler?!

— Koješta! — uzviknu Miomira.

— Budite iskreni... i vi ste došli da se uverite gde je Staša, u kakvoj je porodici.

— Nije sve tako. Prvo morate odbaciti naša sumnjičenja o vama. Vi ste od prvih dana ostavili utisak da ste karakteran mladić. A ja sam došla, zbilja, da vidim Stašu i da napravim jedan izlet.

— To sam pogodio. A Slavka, kao moja drugarica, neće pomisliti da ste došli mene da vidite.

— A hoćete li vi da pomislite?

— Ne. Ja sam jedna malenkost za vas: učitelj vašeg brata! A vi ste bili pažljivi i podnosili me. Inače, vi ne trpite Stašine učitelje.

— Ala ste vi zlopamtilo! Sećate se Stašinih reči i mislite da se one odnose i na vas.

— Zašto se ne bi odnosile? Nisam ja nikakav izuzetak.

— To govorite sa ironijom... Vi ste izuzetak. A šta mislite o meni što sam ovamo došla kao verenica? Da li bi vama bilo pravo da vaša verenica ode u goste u kuću jednog mladog čoveka?

— Ona to nikad ne bi smela da uradi.

— A kako sam ja smela?

— Ne znam. Svakako želite da očuvate svoju samostalnost, i kao verenica i kao supruga.

— I to vam je Staša ispričao.

— Mogao sam i sâm da izvedem ovaj zaključak.

— Interesantno! Do kakvih ste još zaključaka došli o meni?

— Da ste vrlo slatka devojčica.

Ona poklecnu, a on je uhvati za mišicu.

— Zar vi dopuštate sebi da laskate?

— Ovo nije laskanje već iskrena pobuda. I moja sestra i mama isto su to kazale.

— Vaše laskave reči su vrlo skupe.

— Utoliko su iskrenije.

— Laskajte mi još! Hoću da čujem.

— A jeste li vi često slušali laskanje?

— Od lažljivaca jesam. I od svih koji su iza mene videli samo bogatstvo moga oca.

— Onda neću više ništa reći.

— Zašto? — zastala je, a grudi su joj se brzo dizale i spuštale.

Oko njih je bio suton pun mirisa lipa, slatkog kao čežnja. Mladi čovek je bio strahovito uzbuđen. Volja mu je malaksavala savladana vatrom krvi. Video je u sutonu dva velika lepa oka koja su ga dražila, izazivala i milovala. Stajali su jedno prema drugom i ona podiže ručicu i uhvati mu rever od kaputa!

— Što ćutite? — pitala je šapatom.

A svaka reč joj je bila puna slasti i umiljatosti. Još samo jednu sekundu i stegnuo bi je vatreno, divljački. Ali iza njih se razleže smeh seoskih devojaka koje su se vraćale sa kermesa.

— Nikad nisam mogla verovati da je ovaj kraj tako lep! — prošaputa Miomira tek da bi nešto kazala, a sva je drhtala. „Da li me voli?", treperilo je u njoj pitanje.

— Da... lep je! — izgovorio je mladić rasejano, kao da ne čuje njeno pitanje.

— Volite li više biti ovde ili kod nas? — ispitivala je trudeći se da otkrije ton koji bi želela da čuje.

— Ja volim i istočnu Srbiju. Ima šuma, a ja volim šume i planine. Moji su svi gorštaci. Jeste li se razveselili? — zapita je najednom i priđe joj.

— Razveseliću se kad me uverite da gospođici Slavki neće biti žao što sam došla — razdragano odgovori ona i oseti kako im se mišice dodiruju.

— U to ne sumnjajte.

— A čime ćete me uveriti?

— Nikad nisam Slavki govorio o ljubavi.

— Ali ste joj pisali i ona vam je odgovorila. Meni niste hteli da se javite nego ste me samo pozdravili u maminom pismu — devojačko srce nije moglo da otrpi, a da ne iskaže ono što ju je mučilo.

— A šta bi vaš verenik kazao da nađe moje pismo? Vi ste vereni i ja to uvek imam na umu.

— A da nisam verena?

— U tom slučaju bih se čuvao da ne biste stekli o meni mišljenje kao o inženjeru Stankoviću i ostalima.

— Kako ste vi oprezni! Kao da ste imali puno doživljaja sa ženama.

— Naprotiv, oprezan sam kao mladić koji nije imao doživljaja i avantura. Da, tako je, gospođice Miomira.

Ona htede da mu se baci na grudi, ali se uzdrža i prošaputa:

— Baš je lepa ova šetnja. Opisaću je u jednoj pesmi.

— Hoću li ja pročitati tu pesmu?

— Nećete.

— A ako podgovorim Stašu da vam ukrade *Tajne ženskog srca*?

— Zar ste upamtili naslov?

— Ja ništa ne zaboravljam.

— Uverila sam se.

— Ne pamtim ja samo zlo, nego i lepo.

— A šta ste lepo zapamtili o meni?

— Vi me iskušavate.

— Da, ali znam da ste vi zatvorena priroda.

— Bolje je. Muškarci su skloni da se istrče, a posle bivaju ismejani. A ja to neću.

— To vam je mana! — smejala se srećno i detinjski.

— Osuđujete li me zbog te mane?

— Još kako! Ali sad sam vesela i sve vam praštam.

— Onda sam srećan.

— Zar vam čini toliko zadovoljstvo kad sam ja vesela?

— Radujem se. Ja sam domaćin u kući i hoću da mi je gost veseo.

— Čak i onda kad vi niste iskreni? — pogleda ga lukavo.

— Da li je iskren samo onaj koji glasno govori?

„Kako bi se ona igrala s mojim srcem", pomislio je sa strahom.

— A kako da se zna šta se misli kad se ćuti. Treba li da se pogađa?

Bili su u senci lipe i izmakli društvu koje se smejalo i hučalo. Mladić prošaputa:

— Miomira!

Ona se strese. Očekivala je celim bićem njegove reči i zagrljaj. A on izgovori tiho:

— Miomira je lepo ime.

Mlada devojka duboko uzdahnu.

Dušica i Staša pričekaše ih i nastaviše sve četvoro ulicom. Ona ponovi u sebi: „Miomira!" Prvi put ju je nazvao imenom. Nešto je hteo reći, ali nije smeo. I to što nije kazao više ju je uzbuđivalo nego da je izlio čitavu bujicu strasnih reči. Kako muškarci mogu da zalude onim nedokučivim i tajanstvenim u sebi što se ne izgovara već naslućuje!

Dušica ih je pažljivo posmatrala kod kuće. Mala sestra je lukavošću ženskog srca nastojala da prozre šta je između njih. Opazila je da je Miomira veselija, a njen Nino zamišljen. Da li on strepi da li ga voli? A ona njega voli, to je izvesno. A ko njenog Nina ne bi voleo? Pitala je da se uveri, ali izdaleka, grleći je:

— Hoćete li opet doći k nama?

— Ne znam... Treba da vi k nama dođete.

— A kad se udate, vi više nećete doći — htela je Dušica da čuje šta ona misli o svojoj udaji.

— Onda ćete vi doći k meni u Beograd.

Sestrica uzdahnu: „Dakle ona se, zbilja, udaje". Pogledala je brata, a on je uzeo gitaru i oborio pogled. Ništa nije mogla da dokuči, ali joj se učinilo da je Nino tužan. A Miomira se nasmeja kao srećna devojčica.

Ali plima tuge opet nadođe. Dok je ležala u postelji, san nikako nije hteo da je uhvati, priznavala je sebi: „Ludo ga volim". Ali mladoj devojci nije dovoljno što je postala svesna svoje ljubavi. Nju je stalno mučilo jedno pitanje: „Kako da doznam da li me voli?"

———

Gospođa Novaković je uzviknula radosno kad je ugledala Stašu:

— Sine moj lepi, kako si se popravio! Šta znači promena! Bogami, vi ste njega, gospodine Ninoslave, dobro hranili!

— Znaš, mama, ovde nikad nisam imao apetit kao tamo. A što su mama i sestra gospodina Ninoslava dobre! Njegova me je mama mazila kao ti.

Majci se napuniše oči suzama.

— Hvala, gospodine Ninoslave. Zato ste vi tako dobri što imate dobru majku i sestru.

— Da znaš, mama, što su mile i ljubazne! — hvalila ih je i Miomira. — Osećala sam se i ja kod njih kao da smo rod. Pozvala sam gospođicu Dušicu kod nas u goste.

— Ako, Miomira! Da nam dođe bar na mesec dana.

— Obećala mi je.

— Ne mogu Staše da se nagledam! A jesi li se uželeo svoje mame?

— Jesam — govorio je Staša i grlio majku.

— Pa šta ima još novo kod vas?

— Ima jedna novost: otac je prodao Dijanu. Ne smeš, Miomira, reč da rekneš. Nećemo da dopustimo da još jednom padneš s nje. To je pravi arum! A dolazio je i Vlada, čim si ti otputovala. Pričaću ti posle o svemu.

Ninoslav se udalji da ostavi Miomiru nasamo s majkom. Predosećao je da je verenik bio ljubomoran.

Mati nastavi:

— Ljutila sam se malo na tebe. Nema smisla: otišla si u goste u kuću gde je jedan mlad čovek, a ti znaš da je Vlada ljubomoran na Ninoslava. Morala sam da izmišljam i lažem da si kod tetke u Nišu. A on je hteo da ode u Niš, te ja nateram Aleksu da ode s njim u Beograd. Donekle ima prava da se ljuti. Ja, kao starinska žena, na sve gledam drugim očima i ti najzad treba da kažeš hoćeš li da se venčaš s njim?

— Videću.

— Kako, videću? Šta to znači, Miomira?

— Videću kad ću da odredim dan.

— Nemoj da zbijaš šalu s brakom.

— Ne zbijam ja šalu, nego ozbiljno razmišljam, možda ozbiljnije nego ti.

— Ne mogu da te razumem. Ali pokajala sam se što sam ti dopustila da ideš u Sandžak. Ja sam popustljiva, a ti umeš da me obrlatiš.

— Ništa nisi pogrešila što si me pustila. Gospodin Ninoslav je pravi drug! Bar sam videla u kakvoj je kući bio Staša. Zar tebi nije milo što se Staša vratio ovako svež? I ja sam se osvežila! Je li da jesam?

— Jesi! Tako si rumena!

— Ti si moja divna mamica! Ti ne umeš da se ljutiš — zagrlila ju je i ljubila i nije joj dala da dođe do reči. — Nemoj, mama, da mučiš samu sebe! Hajde da ti pokažem šta sam dobila. Pogledaj: jastuče, tašna, pa milje, torbica, ram!

— Bože, divote! — iznenadi se mati i zaboravi svoju ljutnju na ćerku.

A Miomira nastavi da s oduševljenjem priča o Dušici i Ninoslavljevoj majci, jer joj je srce bilo puno slatkih uspomena i volela je da priča o svemu lepom što je u vezi s Ninoslavom.

Nameštala je jastuče i milje i šaputala sama sebi: „O, umela bih ja biti divna ženica i verna kao mama tati, ali ne Vladi". Naježila se sva kad je pomislila na njega i rešila se da ode u Beograd.

Uveče je tata saopštio Ninoslavu da od petnaestog može da stupi u banku, i dodao zatim:

— Ostavljamo vam na volju hoćete li da stanujete kod nas, ili ćete uzeti stan u gradu.

Ninoslav je shvatio da gospodin Novaković time hoće da mu dâ na znanje da treba da pređe u grad. Odgovorio je:

— Uzeću stan u gradu.

Staša se trže, a Miomirine oči postadoše još veće.

— Jao, zar ćete nas ostaviti? A ja još nisam naučio da sviram na gitari. Obećali ste i Miomiri da ćete je učiti drvorezu. Jesi li video, tata, kako gospodin Ninoslav pravi lepe drvoreze?

— Video sam. Ali ne možemo mi, sine, da obavežemo gospodina Ninoslava da stalno stanuje kod nas. On je mlad čovek, treba da prošeta s devojkama, da posedi u kafani. A mi ga držimo ovde kao u internatu.

— Što se toga tiče, gospodine direktore, meni je bilo vrlo lepo kod vas. Ovo vreme koje sam proveo u vašoj kući, neću nikad zaboraviti.

Miomira uzdahnu. „Dakle hoće u grad. Tamo je Slavka."

— Jedino što ću biti bliže banci.

— Pa vi možete uvek ići s tatom autom — uzviknu Staša. — Kako ćemo mi, Miomira, bez gospodina Ninoslava? — žalosno je govorio Staša.

— Ja se nadam da ćemo se mi viđati svakog dana.

Miomira se seti onog događaja s revolverom. Bojala se za brata da će ostati bez uticaja ovog pametnog mladića, a bojala se i da će se sasvim udaljiti od nje. A ona nije htela da ga izgubi! Zbog toga reče:

— Znate šta? Ostanite još malo, dok mi ne odemo na letovanje, pa posle pređite u varoš.

— I ja sam to htela da vam predložim — prihvati radosno mati. — Mi ćemo na letovanje... posle će Staša u školu... Miomira se udaje... pa ćemo i mi preći u varoš. A u našoj kući ima jedna lepa sobica na spratu, možete stanovati kod nas. Samo, mi vas ne obavezujemo. To je vaša volja. Ali ja sam vam tako zahvalna što je Staša postao ovakav. Ovo je sada drugo dete.

— Bogami, vi ste bili moj najbolji drug.

— Uhvatili vas, gospodine Ninoslave, pa vas ne puštaju! — smejao se direktor, koji je kao muškarac osetio da je ovom lepom mladom čoveku potrebno da malo proskita.

— Ostanite kod nas — molio ga je Staša. — A ja ću svakog dana posle podne dolaziti u banku, pa ćemo se pešice vraćati kući. Naučiću da sviram na gitari!

Ninoslav nije imao kud, morao je da ostane. Izbegavao je da pogleda ona dva lepa vatrena crna oka koja su očekivala njegov odgovor.

— Dobro, Staša, ostaću tebi za ljubav.

— Ih, što se radujem! Voliš li i ti, Miomira?

— Ja volim što se ti raduješ — tiho je izgovorila mlada devojka. — Idemo onda da napravimo izlet u planinu. Popećemo se do planinske kućice. Ali tek kad se vratim iz Beograda. U Beograd idem prekosutra.

— Treba da odeš. Vladini su roditelji vrlo dobri i žele da te vide.

— Ja ću da odsednem kod tetke.

— Odsedni kod tetke, ali odmah idi kod Vladinih.

— Otići ću — prošaputa Miomira.

Otišla je u svoju sobu i dugo svirala na klaviru. Posle je pokupila sva Vladina pisma i vezala ih pantljikom. Uzela je i jednu sliku i dugo je gledala.

U Beogradu

Kad je sišla s tramvaja, Miomira se uputila jednom poprečnom ulicom do Ulice cara Nikole. Tražila je broj kuće. Tu je stanovala prodavačica koja joj je prodala marame i čarape, a zaboravila da uzme novac. Htela je da je poseti i da joj preda novac. Našla je broj kuće i popela se do četvrtog sprata. Jedna devojka se spuštala niz stepenice. Miomira je zapita za prodavačicu.

— Da, ovde stanuje. Kod kuće je. Baš sam bila kod nje.

Miomira zakuca na vrata. Začula je brze korake i plač detinji. Vrata se otvoriše. Prodavačica uzviknu:

— Vi, gospođice?! Kakvo iznenađenje! Izvolite! — otvorila je vrata, Miomira uđe, a prodavačica ih zaključa za njom.

Posle jednog sata Miomira se spuštala stepenicama. Pogled joj je bio ozbiljan i osenčen tugom. Zastala je na ulici. Kuda će sada? „Idem do Vladinih.“ Stanovali su na Senjaku. Uhvatiće tramvaj kod „Londona“. Bilo je četiri sata posle podne, a dan je bio veoma topao. Na ulicama je bilo mnogo sveta. Išla je rasejano, ali u njoj je blistala radost. Iz te radosti nikla je odluka. A Miomira je umela da bude vrlo odlučna devojka. Htela je da ode do Vladine majke. Bila je to dobra žena.

Došla je do Senjaka i našla njihovu kuću. Bašta je bila puna cveća. Devojka je zalivala cveće.

— Je li gospođa kod kuće?

— Nije.

— A mladi gospodin?

— Nije ni on. Čini mi se da je otputovao.

— Ništa, ja ću pričekati.

— A ko ste vi? — pitala je devojka gledajući lepu i elegantnu gospođicu.

— Ja sam verenica gospodina Vlade.

— O, vi ste gospođica Miomira?! — uzviknu služavka. — Izvolite u kuću. Gospođa će se brzo vratiti. Otišla je nešto da kupi.

Uvela je Miomiru u trpezariju.

— Sedite, gospođice! Gospođa svakog dana priča o vama. Kaže kako ima lepu i dobru snajku. Hoće li skoro biti svadba? Što se ja radujem svatovima! Vidite, gospođa je kupila novu trpezariju. Veli: hoće da joj bude elegantna kuća kad joj dođe snajka. Kaže da lepo svirate na klaviru. I gospodin uvek priča kako ste lepi! Sedite, gospođice! Gospođa će biti jako srećna kad vas vidi.

Miomira je sela na divan i uzela novine. Ali ih je ubrzo spustila. Nije joj se čitalo. Razne su se misli uzvitlale u njoj. U sobi je bila tišina, samo se čulo udaranje velikog zidnog sata. Svaki čas bi zatutnjao tramvaj i čuo bi se pisak voza. Sedela je zamišljeno. Najednom se nasmešila. Setila se Ninoslava. Udaljena od njega, ona je svakog trenutka mislila o njemu. I svaka misao je bila radosni drhtaj. „Ja ga volim", šaputala je sedeći u sobi svoje svekrve. „On je divan!"

Čula je korake u predsoblju. Devojka je govorila:

— Nikoga nema. Tu je samo gospođica, verenica gospodina Vlade.

— A, gospođica Miomira! — začula je muški glas.

Devojka otvori vrata i u sobu uđe jedan visoki, simpatični i suncem opaljen avijatičar, poručnik. Priđe Miomiri i predstavi se:

— Dragoslav Mitrović.

— O, ja sam čula o vama! Pričao mi je Vlada. Vi ste njegov kum.

— Jeste. I on je meni o vama pričao mnogo lepih stvari — pogledao je mladu devojku i našao da je privlačnija nego što mu je pričao Vlada.

— A vi ste jedan od onih avijatičara koji prave akrobacije u vazduhu? Osećate li kadgod strah?

— Avijatičar ne oseća nikada strah dok je u visini. On ne sme da se plaši, nema vremena za to. On mora biti priseban i hladnokrvan. Tek kad se spustimo, mi vidimo u kakvoj smo opasnosti bili, i tada osetimo strah.

Govorio je, a nije skidao pogleda s rumenog, crnpurastog lica Miomirinog i njenih crnih očiju, blistavih i čarobnih. „I taj mangup ovakvo devojče da nađe!", pomislio je u sebi.

— Ja nisam nikad letela, a baš imam želju.

— To možete uvek... U nedelju imamo let s publikom. Možete doći s Vladom.

— Obećala sam mami da neću leteti.

„Slatko devojče!", šaputao je u sebi avijatičar, gledajući njene rumene usnice koje su se otvarale pri govoru kao mali ružičasti poklopčić.

— A kako ste vi kum sa Vladom?

— Njegov otac je mene krstio.

— Još u Parizu mi je pričao o vama da ste vrlo smeli. Je li opasno praviti viraže u vazduhu?

— To su obični zaokreti aeroplanom koje izvode avijatičari.

— Jeste li doživeli kakvu veliku opasnost?

— Jesam. Jednom umalo što nisam ispao iz aparata.

— Strašno! A kroz oblak kad letite, mora da je divno?

— Divno je... Okupamo se na suncu...

— Zato su svi avijatičari bronzasti, jer imate svakog dana vazdušna i sunčana kupanja. Avijatičar je postao idol svih devojaka.

— Je li avijatičar i vaš idol? — upitao je i smelo je pogledao.

— Nije. Nisam imala prilike da ih malo bolje upoznam. A priznaću vam, ja sam oduvek volela umetnike, osobito pevače — setila se najednom Ninoslava i poredeći ga sa avijatičarem našla da obojica imaju lep i pošten izgled. — Ali znam, neke moje drugarice smatrale su avijatičare za božanska bića.

— Dok letimo, mi smo božanstveni, ali čim se spustimo na zemlju, one nas smatraju običnim smrtnicima i neće da nam oproste nijednu manu.

— Vi ih ne smete razočarati kao drugi mladići.

— Šta možemo kad i mi imamo mane i slabosti kao svi ljudi.

— A vi biste želeli da vam ih oproste zbog opasnosti koju doživljavate?

— To bi nam bila nagrada.

U predsoblju se začuo uzvik Vladine majke:

— Šta? Došla moja snajkica? Drži, Rozo, ove pakete!

Krupna gospođa, proseda, sveža u licu, malo muškobanjasta izraza, uđe u sobu.

Miomira ustade, a ustade i avijatičar.

— O, pa dobro si se setila da nam dođeš! Već sam počela i ja da se ljutim kao Vlada. Jesi li video, Dragoslave, kako imam lepu i dobru snajku...

— Vi znate, mama, zbog čega nisam dolazila. Mati još uvek tuguje.

— Znam, znam. Ali volim i ja da te vidim. Neke me moje prijateljice pitaju: „Gde li je tvoja snajka da je vidimo?" A ja ne znam šta da kažem. Posle svet svašta izmišlja. A kako si se ti, Dragoslave, setio da dođeš?

— Išao sam ovuda pa svratih, znam da ste se ljutili što nisam došao s mamom na ručak.

— Jesam. Kum, pa nikad da nas posetiš! Ja sam danas predosećala da me neko čeka kod kuće. Htedoh da idem do jedne prijateljice, ali rekoh: neka, idem kući! Boli me malo ova leva noga. A kako je moja kuma?

— Sad je bolje, pozdravila vas je i kazala da dođete da posedite malo. Tako je divno na našem imanju.

— Pričao mi je Vlada.

— A gde je Vlada?

— Otputovao je u Novi Sad. Imamo kupca za jednu našu kuću, pa otišao da se pogodi s njim. On i njegov otac neprestano špekulišu s kućama. Zidaju, pa prodaju. Ja im se u to ne mešam. Ali, kako si mi ti lepa! Popravila si se, pa si mi elegantna.

Pogleda je i avijatičar. I on je video odmah da je ona vrlo lepa i elegantna devojka. Bila je u haljini od impregnirane materije, crnoj s velikim razbacanim cvetovima crvene boje. Imala je crveni šešir. Nokti, šešir, njene usne, sve je bilo u istom tonu. A oči velike, sjajne, tajanstvene...

Avijatičar je samo navratio, nameravajući da odmah ide, a nije mogao da ustane. Prijatno mu je bilo da gleda u ovo čarobno devojče.

— Vidim, vi ste, mama, kupili novu trpezariju.

— Bogami, jesam. Hoću i ja da budem moderna. Neću da se obrukam pred vašom kućom. Vlada me sve dira kako će vaša kuća biti elegantna i moderna. A ja ti zovnem jednog starinara, prodam mu moju staru trpezariju i kupim novu. Hoću da moja snajka uživa kad dođe k meni. A Vlada će se pojesti živ što nije ovde.

Nije znala, a možda je slutila, da joj je sin otišao na ljubavno putovanje. Još je bio momak i divno je provoditi se kad može da se zadužuje, a ima ko da plaća dugove. A verenica ima oca bogataša, koji će mu sazidati kuću.

— I on mene nije zatekao kod kuće kad je dolazio.

— Znam. Vratio se sav besan. Pričaću ti još nešto.

Avijatičar ustade da bi ostavio svekrvu i snaju nasamo. Začudi ga ova poslednja rečenica njegove kume. Vlada da besni na ovo divno devojče! A bio je mangup i ženskaroš da ne može gori biti! Nije ga cenio, jer mu je bio poznat njegov avanturistički život. Znao je da se kocka, da uvek ima ljubavničke veze i pravi izlete s problematičnim ženama. I, posle takvog života, hteo bi jedno bogato devojče, lepo kao cvet. Pogledao je Miomiru sažaljivo. Da li ova devojka, koja izgleda inteligentno, ume da oceni karakter muškarca? Zbilja, devojke su čudnovate. Njihov ukus mladić ne može da shvati. Da li i ona voli bogataša? Miomira ga razočara i on ustade...

— Pa dođi opet, Dragoslave — zvala ga je kuma.

On izađe zadržavši u svesti dva velika, tamna oka.

Svekrva malo kao u šali, ali i prekorno upita:

— Kakav je to lepi mladić, Stašin učitelj? Ljut je došao Vlada. Veli: šta će im u kući mladić, kad je ona verena?

U Miomiri se nešto uskomeša i uskipe. Njena otvorena, čestita priroda htede da prasne: „Ima li pravo vaš sin da meni išta prebaci?", ali se savlada, uviđajući da nema smisla govoriti to majci, već njenom sinu. A došla je odlučna da svekrvi izjavi da je ohladnela prema njenom sinu. Ipak, stiša se i, svojom uobičajenom ravnodušnošću, odgovori svekrvi:

— To je jedan vrlo pošten mladić koji je potreban mome bratu.

— I ja mu to isto kažem: ne možeš ti da zapovedaš njenom ocu i majci, a Miomira je još u roditeljskoj kući, i ona je dobro dete.

— Mislim da sam bolja od njega i ispravnija u svakom pogledu — izgovori mirno, iako je u njoj nešto besnelo.

— Dabome da si ti dobra. Ja te svuda hvalim. Ali i Vlada je dobar. On je vrlo nežan. Ali muškarac je, voli te, pa mu je krivo. Biće on vrlo dobar muž. Pravo da ti kažem, grdila sam ga: šta ti imaš da budeš ljubomoran i ljut? Zar će Miomira da gleda učitelja svoga brata? Kao da Miomira nije ocenila da si ti fin mladić. Svršio si škole na strani, govoriš dva strana jezika, putovao si i video toliko sveta. On je mogao biti diplomata, samo da je hteo. Ali šta će mu diplomatija? Ne voli on državnu službu. Živećete vi lepo od rente. Bio je ljut i zbog nekog konja koga je taj mladić uzjahao, a ti se uplašila.

— Ja sam se uplašila, jer je to opasan konj. Ne bih bila rada da on pogine. A taj mladić je vrlo skroman, a mučio se da svrši školu. Izdržavala ga je majka, sirota udovica.

Miomira nije mogla da otrpi. Jer ni svekrva joj nije bila simpatična. Nešto muškobanjasto je bilo u njoj, i grubo, iako se pravila ljubazna. Setila se svoje mame, nežne i plemenite; setila se i Ninoslavljeve majke, koja je bila sama duša i dobrota. Kako bi ona volela Ninoslavljevu majku i njegovu sestricu. A ova je predstavljala svog sina kao savršenstvo. Da li je ona bila u samoobmani ili je želela da zavara Miomiru? Nije mogla ni da je osudi, jer svaki je sin svojoj majci najbolji. Osetila je da zauzima hladan stav prema svekrvi. To je dolazilo od neraspoloženja prema njenom sinu i ljubavi prema Ninoslavu. „Nino", šaputala je u sebi. „Šta li on sada radi? Srce moje, da li će misliti o meni?" Usne joj se razvukoše u fini osmejak, a nasmešiše joj se i oči. A svekrva je pomislila da se smeši njoj i nastavi hvale o svom sinu:

— Znaš kakav je Vlada domaćin! On mi je izabrao ovu trpezariju i jedva čeka da ima svoju kuću.

I majka je to jedva čekala, jer je strepela za njega, a njegovi dugovi su joj dojadili. Pa još ona nesrećna „šnajderka" s detetom. Ta joj je život zagorčala i želela je da se on što pre venča. A bojala se, kao od vatre, da ta devojčura ne pokvari veridbu. Sin ju je umirivao da će joj dati jednu svotu novca, pa će ona otići. I ona je materinskom sebičnošću opravdavala sina. Po njoj, on nije bio kriv ni za dete. To je ona, nevaljalica, htela dete. Da ga veže detetom, pa da ga natera da se venčaju. Ali ona joj je lepo poručila: da joj ne sme ni do praga doći. Izbaciće i nju i dete. Ne priznaje ona to dete. Da joj „šnajderka" bude snaha! Gospod je ubio! Te nevaljalice tako rade. Hvataju bogataše. Ali neće uhvatiti njenog sina. Ne da se on uhvatiti, a ne da ni majka. Ko zna čije je to dete, pa sad njen sin da mu bude otac?!

Uzdahnula je i pogledala Miomiru. Lepa devojka i od dobrih roditelja. Bogat tast će uvek pomagati zeta zbog ćerke. A njenom sinu bilo je potrebno mnogo novaca. Toliko su mu slali u Grac, a ipak se vratio bez diplome. Samo jed i sekiracija s njim.

— Mama, ja sam došla i zbog kuće koja treba da se zida. Rešila sam da se moja kuća zida na placu koji će tata kupiti.

— Zašto? — trže se mati. — I mi imamo lep plac.

— Vi možete na tom placu sazidati drugu kuću. Bolje da ovu sazida moj tata na našem imanju.

— Jest'... pravo kažeš — obradova se svekrva.

— Tata može da kupi plac.

— Hvala bogu, dobrog je stanja i tvoj otac — razveseli se ona. — Da znaš samo kakav je plan kuće! Imaćete sedam hiljada rente — izreče se svekrva.

— To je dosta!

— I otac mu kaže: imaćeš sedam hiljada rente, to vam je dosta za život. Drugo pričuvaj.

— Sedam hiljada je suviše! — priznade Miomira.

„Unapred izračunao", podsmehnu se ona u sebi. „Zaljubljeni verenik! Treba da mu donesem sedam hiljada rente!" Setila se Ninoslavljevih pet stotina koje mu je davao tata. Kako je on dobar! Radi ceo dan sa Stašom za pet stotina. A tako je gord!

Svekrvi je bilo milo što je Miomira raspoložena, a nije ni slutila da ona misli o drugom.

— A je l' Vladi dosta sedam hiljada? Zar on ne troši više?

— Ne mogu da kažem da troši mnogo, ali društvo ga uhvati, a on je vrlo izdašne ruke. „A, čekaj", kažem mu ja, „kad se oženiš, rasteraće Miomira tvoje drugove!" Ti si pametna devojka, umećeš da vodiš kuću.

Miomira oseti da ona čeka da oženi sina, valjda i zbog njene rente.

— Pa kad misliš da se venčate? — zapita je svekrva. — To Vladu najviše ljuti, što stalno odlažeš.

— Znate... mama... nešto ću vam priznati — pade Miomiri najednom na pamet da slaže da bi objasnila odugovlačenje. — Ne osećam se dobro... Imam ponekad temperaturu... Bole me pluća.

Svekrva zaneme i nekoliko trenutaka ne reče ništa. Tek posle se sabra.

— Pa jesi li išla lekaru?

Miomira oseti da je ovo upalilo. Zašto da majci priča kako je ohladnela prema njenom sinu? Ovako je bolje.

— Nisam išla... Nije to ništa ozbiljno... Ali hoću još jedno leto da provedem kao devojka... da se sasvim oporavim. To su posledice gripa.

— Nemoj to olako da uzimaš. Treba da odeš lekaru. Hoćeš li da te odvedem jednom specijalisti?

— Neću... proći će to... Samo sam došla da vam to kažem... Recite vi Vladi.

Mati je bila poražena. Možda je to početak tuberkuloze, pa da zarazi i njenog sina. Pogleda je s čuđenjem.

— A kako divno izgledaš! Ko bi pomislio da ti išta fali. Sve devojke u Beogradu da ti pozavide na tvom zdravlju.

— Zato što živim na imanju. A tamo je borova šuma, čist vazduh, jaka hrana. Ovo će proći.

— Kako da neće! Ali čuvaj se! Posledice gripa dugo se povlače.

— E, mama, ja sad idem.

— Zar nećeš da večeraš kod mene? Ja sam sama. I Obrad je otputovao u Zagreb.

— Hvala... Ne mogu... Zadržaću se, a tetka će se brinuti.

— I to mi je krivo! Zašto kod tetke da odsedneš, a ne kod nas? Ideš i kod tetke u Niš, a kod nas nećeš da dođeš. A ja jedva čekam da te vidim.

Miomira se izvinjavala, a sve joj je bilo dosadno u ovoj kući, pa i ova laskanja i peckanja svekrvina. Činilo joj se da svi vide samo onu kuću i četiri cifre: sedam hiljada rente! Da je sirota, ne bi je ova svekrva ni pogledala. Ono što je u njoj kipelo i izazivalo gnev, podiže je sa sedišta. Ni svekrva nije bila iskrena.

— Onda da dođeš sutra na ručak. Dođi još ujutru, pa da ceo dan sedimo i razgovaramo.

Miomira uzdahnu. Kako će to izdržati i ima li smisla da dođe? Doći će ipak. A posle dva dana će otputovati. Neće sačekati Vladu. Ne mari ni da ga vidi.

Svekrva je isprati i izljubi, i Miomira uhvati tramvaj. Sišla je kod „Londona", pretrčala ulicu, stala na pločniku i najednom spazila avijatičara Dragoslava. On je stajao ispred jedne trgovine s gitarama. „Ah, mogu da kupim Staši gitaru", seti se i pođe u trgovinu. Avijatičar joj se javi i nasmeši se, a ona progovori:

— Hoću da kupim gitaru za brata.

Ušla je, ne misleći da li je avijatičar ostao pred trgovinom, sva srećna što će obradovati Stašu i Ninoslava. Izabrala je najbolju gitaru, platila i kazala da je pošalju kući. Avijatičar je sve vreme gledao s ulice i video kako proba gitaru.

— Kupili ste? — upitao je.

— Jesam. Moj brat uči da svira na gitari. A to je lep instrument za domaću zabavu i lako ga je svuda nositi. Znam da će biti sav srećan. Zbogom! — pozdravi ona avijatičara.

— Ja čekam jednog druga — objasni on svoje stajanje na pločniku.

Nije govorio istinu. Čekao je da ona siđe s tramvaja. Dvoumio se da li da joj se ponudi i pođe da je prati, ali je odustao. Ona je verenica njegovog kuma. Bio je ogorčen na tu veridbu, poznavajući dobro svog kuma, i dugo gledao za lepom devojkom, sve dok se nije izgubila u masi.

Kad je došla tetki, bio je već mrak. Dugo su razgovarale o svemu i svačemu, dok se tetka odjednom seti:

— Ti znaš da sam ovu sobu izdala dvojici studenata. Obojica su medicinari, a jedan poznaje toga Stašinog učitelja.

— Gospodina Ninoslava? Je l' istina?

— Jeste, njega! Pa hteo bi da se upozna s tobom.

— Dobro, zovnite ga! Je l' tu?

— Nisu kod kuće!

— Da se on ne zove Boško?

— Jeste, Boško! Kad dođe, zovnuću ga.

— Gospodin Ninoslav mi je pričao o njemu. To je vrlo dobar mladić, taj Boško.

Obradovala se što će moći da čuje nešto više o Ninoslavu, a interesovalo je i da li je Ninoslav pisao nešto o njoj. Doznaće to ona. Bila je sva vesela što će s njim razgovarati o Ninu i pričala je tetki:

— Taj Ninoslav je jedinstven mladić.

Večerala je s tetkom i slušala tetkine hvale o sinu koji je bio lekar i otišao u Pariz na specijalizaciju. Svaki čas tetka je zahvaljivala Miomirinom ocu.

— Nikad neću zaboraviti zet-Aleksinu dobrotu što daje mom Milanu pomoć. Ne bi nikad otišao u Pariz da nije zet-Alekse. On je tako vredan i na vreme polaže ispite, nikada nije pao. Sav se posvetio medicini. Znam da je i moja Jovanka uticala na Aleksu, što joj nikad neću zaboraviti... Mi smo se uvek volele kao sestre... Ona je srećna, lepo se udala, Aleksa je stekao, dobar je čovek. Samo da vas nije ta velika žalost zadesila...

— Zato je mama najviše uticala na tatu da Milanu šalje pomoć u Pariz. Šta vredi što je tata stekao i što smo svi bili srećni, kad nas je takva strašna nesreća zadesila. Ja volim vašeg Milana kao da mi je rođeni brat.

— I on vas voli... On će biti spreman lekar. Zato sam i izdala ovu sobu studentima. Vajdica! Dodam od penzije svakog meseca i pošaljem mu i ja po nekoliko stotina. Hvala bogu, imam penzije dve hiljade i dve stotine. Meni samoj dosta je hiljadu dinara, i to da lepo živim.

Čule su studente kad su došli.

— Taj student te je video kad si danas izašla. Sreo te je na stepenicama. Ja mu kažem da si moja sestričina, odakle si, a on uzviknu: „Pa kod njih je moj najbolji drug! Baš bih se upoznao s gospođicom.” Idem da ga zovnem. Svi me u kući pitaju za tebe: „Ko je ta divna gospođica?” A ja im kažem da si ćerka direktora banke, kako je tvoj otac bogat, ima ogromne šume.

— A ja, tetka, ništa ne cenim bogatstvo!

— Ćuti, dete, kako da ne ceniš! Da je moj pokojni Sreta živ, ko zna na kakvom bi položaju bio danas. Ali, ipak mi je ostavio lepu penziju. Idem da zovnem Boška. Da zovnem obojicu? Skuvaću kafu i izneću im malo jabuka i pite.

Tetka izađe u predsoblje.

— Gospodine, hodite da vas upoznam s mojom sestričinom. Hodite i vi, gospodine — pozvala je i drugog. — Da popijemo kafu.

Studenti uđoše u sobu i zbuniše se kad ugledaše lepu kovrdžavu glavicu i dva otvorena, predusretljiva, topla oka.

— Vi ste gospodin Boško? — okrete se jednom.

— Ne, to sam ja! — odgovori drugi, crnomanjasti.

— Gospodin Ninoslav mi je toliko pričao o vama! Vi ste njegov dobar drug.

— Da... Mi smo vrlo dobri drugovi, iako nismo na istom fakultetu. Kod mene je bio u stanu kad je dobio pismo od vašeg gospodina oca. Mnogo se obradovao. Hvali mi se u svakom pismu da mu je vrlo lepo kod vas i da ste svi pažljivi prema njemu.

— A on vam piše? — zainteresova se Miomira.

— Tri sam pisma dobio.

— On je jedinstven mladić! — oduševi se Miomira.

Boško je pažljivo pogleda. „Da li je ona zaljubljena u njega?", posumnja on i nastavi sa hvalama o Ninoslavu.

— Ninoslava vi ne poznajete kao ja. On je bio vredan student i nikad nije pao na ispitu. Vrlo je ozbiljan i nijedna devojka nije mogla reći za njega da je mangup.

— I ja sam to opazila. On ima stroge pojmove o životu. A vi ste stanovali kod neke majka-Mare? Gospodin Ninoslav je pričao kako je to dobra, starinska žena.

— Znate da je umrla pre nedelju dana?

— Šta kažete? Umrla? To gospodin Ninoslav ne zna.

— Nisam stigao da mu napišem. Ja sam još stanovao kod nje i kad sam se jedne večeri vratio kući, a ona mrtva.

— Jadnica! Njoj je sin umro?

— Jedinac. Mnogo je tugovala za njim. A imala je slabo srce.

— Baš ću reći gospodinu Ninoslavu da je umrla. A je li vam pisao kako je imao veliki uspeh na koncertu?

— Nije. Ali mi je pisao da vi izvanredno svirate na klaviru i da uživa svakog dana u vašoj muzici.

— To vam je pisao?!

— Pisao mi je da živi gospodski kod vas... i da je dobio fino odelo. Čak sam i ja dobio od njega na poklon dvesta dinara, kad mu je vaša majka dala hiljadu dinara posle ispita vašeg brata.

— Šta kažete? I vama je poslao? On je divan mladić! — otrže se Miomiri iz prepunog srca. Gledala je umiljato Boška kao da očekuje da će reći još nešto lepo o njemu.

— Vi znate kako on lepo peva? Često sam ga slušao. Devojke su bile lude za njegovom pesmom.

Ona se uozbilji.

— Ali to mi se sviđalo kod njega: nikad nije flertovao i varao devojke.

— Je l'te? — osmehnu se ona, a posle se brzo uozbilji.

„Zašto ona voli da joj pričam o njemu?", pitao se Boško.

Tetka donese kafu i kolače.

— Uzmite, gospodine! — nudila je jednog i drugog.

Miomira opazi kako uzeše po jedno parče kolača i brzo pojedoše. „Zar oni nemaju jaku hranu?", uzdahnu. Spazi kako onaj drugi, slabiji i skromno obučen, krišom pogleda kolače. Miomira se rastuži. Kako je žalosno kad mladi školovani ljudi gladuju!

— Uzmite, gospodine! — nudila je umiljato.

Uze i ona jedan kolač da bi im pravila društvo i nastavi da ih svaki čas nudi. Neko zakuca na vratima.

— Ko li je to?

Tetka otvori.

— Doneo sam gitaru.

— A, to sam ja, tetka, kupila Staši. Gle, on je već sad doneo, a ja sam mislila da će sutra. Hvala, mali! Pričekaj da ti dam napojnicu. Razumete li se i vi u gitare! — upitala je medicinare.

— Ja ne sviram, ali Dušan zna pomalo.

— Molim vas, vidite da li je dobra gitara?

— Odlična! Znaš, Pera ima ovakvu istu. A kome ste je kupili?

— Mom bratu.

— Čuo sam za njega... Ninoslav ga je hvalio da je dobro dete i kako on kaže: „vrlo savitljiv dečko”.

— Zbilja! A ja sam se sve bojala da ga on hvali samo da bi nas umirio, a on ga, eto, i vama hvalio. Njega gospodin Ninoslav uči i da svira na gitari.

— A učite li i vi?

— I ja ponešto znam. Ali mene će gospodin Ninoslav učiti da radim drvorez.

— Da... on radi drvorez.

— A znate li da piše doktorsku tezu?

— Znam... Poručio mi je da vidim neke knjige u knjižari, a ja još nisam stigao.

— A kakve su mu knjige potrebne?

— Napisao mi je.

— Dajte vi meni spisak tih knjiga, pa ću mu ih ja nabaviti.

„Voli ona njega. Odmah ću ga izvestiti o tome.”

— Hoće li Ninoslav biti činovnik u banci? On mi se hvalio.

— Od petnaestog...

— Kad odete, pozdravite ga mnogo. Zvao me je da napravim izlet do njega, kad postane bankarski činovnik.

— Pa... dođite! Da vidite kako je lepo naše mesto. Gospodin Ninoslav ima dve sobe na raspolaganju kod nas. Može vam ustupiti svoju sobu.

Boško je gledao začuđeno. „Kako je ovo iskrena i prirodna devojka...” Da li ona voli Ninoslava, pa joj je i on simpatičan kao njegov drug?

Mladi ljudi ustadoše. Bilo im je obojici žao što ne mogu duže da posede u društvu ovog lepog devojčeta. Kafu su popili, pojeli pun tanjir kolača, nagledali se lepih devojačkih očica i odoše u svoju sobu.

— Auh! — uzviknu Boško i sruši se na krevet. — Boga mu, ko sada može da uči? — šaputao je drugu. — Jesi li video kakve ima oči? Sagoreše me! A kakav si ti zaključak izveo?

— Zaključio sam da je vrlo lepa.

— Ama, zaključak u vezi sa Ninoslavom!

— Šta mu znam? Da nema nešto među njima?

— Što si banalan! Nema ništa, to sigurno znam. Nego izgleda mi da ona voli Ninoslava.

— A i ti si mi neka bistrina! Što mora da ga voli? Hoće da se zabavlja.

— Ne poznaješ ti Ninoslava. Ali, bio bi glup ako je ne bi zaludeo. I lepa i bogata devojka. Otac joj je milioner!

— A ona ne liči na milionerku. Kako je prijatna!

— Vidim ja da tebi behu prijatni i ona i kolači. Smazao si nekoliko. A ja se kao uzdržavam, da ne misli da smo gladnice.

— Bogami, večeras sam bio gladan. Ništa nije valjala večera u menzi. Ovi me kolači potkrepiše. Kod ove gospođe uvek nešto lepo miriše iz kuhinje! Što me taj miris uvek zagolica!

— A mene zagolica Miomira! Slušaj, noćas ćeš ti praviti izvode. Ne mogu da učim! — Boško se proteže na krevetu.

— Umij se malo hladnom vodom! — dirnu ga drug.

— Nisi nimalo duhovit! Zamisli, ovde spava... Samo da joj lupnem u zid! Nego, znaš li ti da je ona verena? — ispravi se on najednom i sede na krevet.

— Šta kažeš?

— Za jednog rentijera iz Beograda.

— E, sad me prošla volja za njom! — razočara se Dušan. — Rentijer? Onda nije inteligentna devojka.

— Blesave su te bogate devojke! Onakav Ninoslav i ona traži rentijera!

— Je l' ona bila verena kad je Ninoslav otišao k njima?

— Jeste.

— Onda... ne boj se! Može ona i da pokvari veridbu.

— Gle, ti ponekad pametno misliš. Kako bi bilo da mi pokvarimo tu veridbu i da je udamo za Ninoslava?

— Ti si večeras dobio želju da ženiš i udaješ.

— More, ja bih se večeras ženio, makar i bez popa! Evo ti, odavde izvod da napraviš.

— Kakav izvod? Večeras ovo moramo da se preslišamo. Protegni se i ustani! Zaljubljiv si, znam ti slabost.

— Ala pogađaš! Otkako se spremam za ispit, prosto sam imun na ljubav. Uzbudio sam se zbog Ninoslava! Šta ti veliš, da li da idem u goste? Pozvala me i ona.

— Idi, a sad sedaj za sto.

Boško sede mrzovoljno, ali se reši da napiše Ninoslavu.

A u isto vreme dok su oni učili, Miomira je pisala pismo Ninoslavu, ispričala mu je o susretu sa Boškom i o smrti dobre majka-Mare.

Dva pisma

Toga dana Ninoslav je prvi put došao kao činovnik u banku. Dovezao ga je autom gospodin Novaković, uveo u kancelariju gde su bila još dva činovnika i predstavio ga. Vrata na drugoj sobi bila su otvorena i dve mlade činovnice, jedna bankarka a druga daktilografkinja, radoznalo su gledale novog kolegu i bile uzbuđene njegovom pojavom. Porasla mu je odmah važnost u njihovim očima što ga je dovezao gospodin Novaković i što stanuje kod njih u kući. To je velika protekcija, pa su i oba činovnika bila vrlo pažljiva prema njemu i odmah su ga počeli upućivati u posao. Kancelarija je bila svetla, elegantna, kao u svim bankama, pod parketiran, sve je bilo čisto... i vladala je tišina. „Gospodska služba", mislio je Ninoslav, sećajući se sreskog suda, gužve po hodnicima, prašine, zapare, vike pozivara, svakojakih tipova.

U toj prijatnoj atmosferi prošlo mu je jutro. Pred podne poslužitelj mu donese dva pisma. Poznao je Boškov rukopis. Čitao je iznenađen. *Upoznao sam se s gospođicom Miomirom.* „Kako da se upozna?" Što god je dalje čitao, sve više je bio iznenađen, a naročito kad je pročitao poslednje reči: *Ona tebe voli...* Ninoslav spusti pismo u džep. Zagledao se u neka akta koja su mu dali, a iz druge sobe, pažljivo i sa uzdahom, posmatrale su ga dve mlade činovnice, ali je on bio zanesen i rastrojen drugim mislima.

Tek posle se setio drugog pisma. Rukopis mu nije bio poznat. Otvorio ga je i okrenuo poslednju stranu. *Miomira.* Toplota ga zapljusnu, i želja da preleti očima pismo. Ali mu jedan činovnik nešto reče i on ostavi pismo u džep. Pročitaće ga posle, mada je bio zainteresovan kao gimnazijalac.

Časovnik je pokazivao dvanaest. Činovnici su se spremali. Ustade i on. Pričeka da izađu svi, pa da sam čita. Osmehnu se pri prvim redovima: *Iako vi meni niste napisali od kuće, ja vas se sećam iz Beograda...*

Četiri pune ispisane stranice. Opisala je susret s Boškom, prijatne utiske o njemu, a kroz svaki red osećala se nežnost ženske duše. Dirnule su ga njene reči: *Jadna vaša majka Mara, presvisnula je od tuge za sinom.* Iznenadile su ga i reči: *Lep je Beograd, raskošan, blistav, ali ja jedva čekam da vidim moju borovu šumicu, moje ruže, i da udahnem miris lipa...*

Izašao je iz kancelarije. Direktor nikad ne polazi pre jedan sat. Zašto da ga čeka i utrpava se u auto? Može i pešice. Šetnja će mu prijati. A sad mu je bilo potrebno da se prošeta, osveži i da ponovo pročita Miomirino lepo i nežno pismo. Uzbudilo ga je i Boškovo pismo, jer mu je objašnjavao ono o čemu nije hteo i nije smeo da misli. Idući pešice, umirio se i savladao. Sve to razbuktalo u njemu razneo je i ublažio povetarac, on je počeo logično da razmišlja i izveo zaključak: „Ovo je s njene strane jedno lepo drugarsko pismo i ništa više.”

Auto je jurio i stade.

— Pa što vi pešice? Ja vas tražim, a oni mi rekoše da ste izašli. Nije potrebno da idete po prašini... a i vrućina je... Ali vi mladići volite da ste crni. Sedajte u kola! — ljubazno ga je zvao direktor. — Pa kako je u kancelariji?

— To je gospodska služba. Ja volim bankarski posao. Jutros sam poredio vašu banku i sreski sud. Više volim da budem bankarski činovnik.

— Recite to pred Miomirom! Ona se još uvek zanosi da vi treba da budete operski pevač.

Mladi čovek se nasmeja i behu mu vrlo prijatne reči što ih reče direktor o svojoj ćerki. Osećao je da je on njima blizak i baš zbog toga i zbog ljubaznosti i pažnje njenog oca, on mora uvek ostati na pristojnom odstojanju od Miomire. On ne sme da izigra pažnju svog direktora. Ipak ga je kopkalo, i izdaleka upita:

— Vi ćete da zidate kuću u Beogradu?

— Zidaću je za Miomiru. To je njen miraz. Zato je i otišla, da vidi plac. Ona hoće da joj ja kupim i plac. Kazao sam joj: idi vidi plac, pa da odmah zidamo, a posle neka se venčaju.

Mladi čovek je ukočeno pogledao preda se. „Zašto mi je pisala?" Čudne su bile i njene reči: *Nemojte reći mojima da sam vam pisala.* Zašto to krije? Čudnovate su devojke. One ne razumeju ponekad ni same sebe.

Staša ga je dočekao radosno.

— Bilo mi je dosadno bez vas, gospodine Ninoslave!

— Zašto nisi došao u varoš i posedeo u parku pa da se zajedno vratimo?

— Istina, mogao sam. Uradiću to posle podne.

— Ovo ti je pismo poslao tvoj drug Stole. Donosim ti čak i pisma od drugova — reče mu otac.

— Hvala, tata! — čitao je. — Ah, hoće Stole da dođe posle podne! I Divna i Anđa... i još dva druga. Mogu li, mama, oni da dođu? — pitao je sav crven u licu.

— Kako da ne mogu, sine! Ja uživam kad dođu tvoji drugovi, pa se veselite. Spremiću vam lepu užinu.

— E, onda ne mogu da dođem u park.

— Imam još nešto da te iznenadim. Čitaj Miomirino pismo.
Staša ga dohvati.

— Gitara! Gospodine Ninoslave, Miomira mi je kupila najlepšu gitaru! E, ničim nije mogla da me obraduje kao sa gitarom... Ala ćemo da sviramo.

— Vidiš kako tvoja dobra sestrica ume da te obraduje.

— Pozdravlja i vas, gospodine Ninoslave.

— Hvala.

— E, pa vi ste činovnik! Baš mi je milo! — govorila je gospođa Novaković. — Zar nije lepo što stanujete kod nas. Morali biste da idete u kafanu, a vas čeka lep ručak, lepa soba.

— Znam, gospođo, da je to vrlo lepo, ali, pravo da vam kažem, mene ženira. Dok sam spremao Stašu, ja sam mogao imati i hranu, ali meni gospodin direktor daje činovničku platu, a ja ne plaćam hranu i stan. Trebalo bi da plaćam, ili da mi daje manju platu.

— Ama, šta vi sad pričate! — nasmeja se direktor.

— Mi, valjda, kuvamo samo za vas! — umeša se mati. — Mogli bi još troje da se hrane kod nas.

— Vi mene učite da sviram — umeša se i Staša.

— Mi ćemo malo da se preslišavamo. Možemo uvek matematiku i jezike.

— Ako! To je pametno! — pohvali otac. — Uči, sine!

— Kako god vi hoćete! Samo volim da stanujete kod nas! — umiljato je govorio Staša.

— Vidim, sine, kako voliš gospodina Ninoslava. A sećaš li se kako si ga pljusnuo vodom kad je stigao?!

— Ja sam tada bio pravo derište. Gospodin Ninoslav je to zaboravio.

— Razume se! Ti si sada ozbiljan mladić.

— Čuješ, mama: mladić! A ti još uvek misliš da sam dete!

Seli su za sto i veselo razgovarali.

Danas je prestao biti nezaposleni intelektualac

Predveče Ninoslav nije hteo da se vraća kući. Bolje neka Staša bude sam s društvom. Hteo je da devojčice Staši posvete pažnju, jer je, kao zreo mladić, video kako ga te male zavodljivo i izazivački gledaju. Njemu nije bilo stalo do flerta s devojčicama, a najmanje je želeo da Staša to spazi i da se ožalosti.

U šest i deset izašao je iz banke. Pomislio je da ode do Slavke, da joj kaže da je stupio u banku. Ona je njegova drugarica i znao je da će se iskreno obradovati. Prvi put je bio srećan otkako je svršio fakultet. Kako je žalosno, pa čak i ponižavajuće, biti nezaposleni intelektualac. Niko te ne ceni, iako si toliko učio. Kao da nemaš vrednosti, pa nisi mogao biti postavljen. Dođeš u društvo i ne znaš kako da se predstaviš. Devojke razgovaraju s tobom, dopadaš im se, lep si, otmen, zainteresuju se šta si i kad čuju: nezaposleni intelektualac, odjednom vidiš kako više nemaju interesovanja za tebe kao u početku. Jer, šta bi mogle očekivati od mladića koji nema nikakve službe niti plate?!

Danas je sve to prestalo, stekao je samopouzdanje i pošao da to kaže Slavki, jer ona, kao devojka sa fakultetom, razume šta znači čekati postavljenje. Išao je širokim, mirnim ulicama, oivičenim lepim, novim i starinskim kućama i baštama, u kojima se video čitav porodični život. U jednoj bašti bilo je čitavo poselo i jedna mlada devojka držala je poslužavnik sa slatkim. Čuo je užurbane korake, istrčale su da ga vide i jedna glasno reče:

— To je onaj što je pevao na zabavi... Divno peva.

Ninoslav se nasmešio i sve mu je bilo prijatno u ovo lepo, toplo, još svetlo predvečerje, a njegovo duševno raspoloženje ulepšavalo je sve ulice i svet.

Ugledao je Slavkinu kuću. Došao je do kapije i kročio dva-tri koraka. Jedan auto je jurio, on se instinktivno okrete, trže, zastade i nasmeši se, podiže ruku šeširu, uzbuđen, blistavih očiju.

U autu je sedela Miomira. On spazi kako mu ona klimnu glavom i brzo se uvuče u ugao kola. Okrenuo se da vidi da li će se osvrnuti, ali se Miomira ne pojavi.

Njemu bi krivo što ga je videla da ulazi u Slavkinu kuću. Priseti se kako je na nju uticalo Slavkino pismo, a ništa nije bilo među njima. Ali oseti i potajnu radost. Jedva je čekao da vidi kako će ona ovo da primi.

Auto zavi u drugu ulicu, a Miomira, sleđena u uglu, osećala se kao da je neko udario teškom rukom posred grudi.

Prišao je nasmejan Slavkinim vratima i zakucao.

Ona se iznenadi, ali ga i prekori:

— O, hvala bogu, da i ti dođeš! Znaš da sam mislila da telefonom pitam šta je s tobom.

— Bio sam u zavičaju kod mojih.

— Znam... Dobila sam tvoje pismo. A jesi li ti dobio moje?

— Jesam... Danas sam došao da ti se pohvalim: postao sam bankarski činovnik.

— Šta kažeš? Kad si stupio na dužnost?

— Danas.

— Pa čestitam! — obradova se ona iskreno. — Veruj mi, ja se radujem za svakog kolegu i koleginicu kad čujem da su dobili službu. Ispalo ti je postavljenje kao zgoditak na lutriji.

— Tako nešto. Gospodska služba!

— Čula sam ja još jutros da si ti u banci.

— A što se praviš da ne znaš?

— Htela sam da mi ti saopštiš.

— Od koga si čula?

— Od mog petog razreda. Videle su te neke učenice kad si izašao iz Novakovićevog automobila i odmah mi saopštile: „Gospođice, onaj mladić što lepo peva došao u banku autom s gospodinom Novakovićem".

— E, što se u palanci sve sazna! Jutros me je poveo, ali ja ću ubuduće pešice — opravdavao se Ninoslav.

— Zašto pešice? Uživaj, kad ti se pružila prilika. Nego hoćeš li se preseliti u varoš?

— Neću još.

Slavka se uozbilji.

— Zar ćeš i dalje stanovati kod njih?

— Dok ne pođu na more. Zamolila me gospođa Novaković... Zbog Staše.

— Zar ti to nije obaveza? — kušala ga je Slavka. — Kao da si interniran!

— Strpiću se još mesec dana... Pažljivi su prema meni, moram da priznam.

— Nisu oni rđavi — prošaputa Slavka. — Jesu li ti to odelo oni kupili? Sjajno izgledaš! — zagledala ga je zadivljeno, a uzdah joj ispuni grudi.

— Je l' ti se dopada?

— Postao si kicoš! A što da ti ne kupe? Valjda je njima dati odelo kao nama. Da ne misle da te povedu na more?

— Kakvo more! Ja ostajem preko leta u banci. Ima i ovde plaža.

— Svi se kupaju u reci. Plaža je vrlo lepa. Zar može svako na more? — uzdahnula je opet.

— A hoćeš li ti kuda?

— Do mog sela u Mačvi. Za letovanje treba uštedeti, a kako ću ja da uštedim kad je i Anđica sa mnom? Moram i nju da odevam. Od tate ne mogu da tražim. Pišu mi da im je mraz ubio voće. Ove godine neće biti šljiva. Pa još ako udari grad ili suša, neće imati ništa. Mučan je seljački život. A kako tvoja sestrica?

— Vrlo dobro. Ona ume da bude zadovoljna s malim. Ima gradinu pa posadila sve povrće.

— Hoće li da se uda?

— Udala bi se, ali nema miraza.

— Ti se oženi bogatom devojkom pa joj daj od dobijenog miraza da se i ona uda — dirnu ga Slavka, misleći na Miomiru.

— Kakva ženidba! Čekaj da malo proživim kao činovnik i svoj čovek.

— A kad bi se Miomira zaljubila u tebe i ponudila ti brak, zar bi ti odbio?

— Miomira se uskoro venčava. Otišla je u Beograd da vidi plac na kome će joj se zidati kuća.

— Blago njoj! Zida joj otac kuću za rentu! A da li se vratila iz Beograda?

— Baš sad sam je video u autu. Prošla je tvojom ulicom.

Htede da joj kaže da je i ona dolazila kod njegovih, ali se predomisli. Može nekom reći, a Miomira je verena i palanački svet može svašta da izmisli. Opazio je da Slavka nije vesela.

— Što si nešto neraspoložena?

— Umorna sam. Kad dođe kraj godine, onda toliko imam posla.

Bilo je i to, ali pravi razlog žalosti bila je neizvesnost i mladalačka ljubomora koja je kopkala njeno srce. Toliko se obradovala kad je prvi put videla Ninoslava, a posle je uvidela da je uzaludna njena radost. On joj je drug, i ništa više.

— Jesi li stroga u školi?

— Ja sam stroga preko godine, ali pri kraju im popravljam ocene. Tako ih nateram da uče. Večeras treba da popravim sve ove zadatke. To je najdosadnije.

— Da ti ja ne smetam?

— Šta mi smetaš? Kao da mi često dolaziš!

— Sad ću ti češće dolaziti. Govorila si mi o nekom stanu.

— Da. U ovoj istoj ulici. Ima jedna stara gospođa, ona izdaje sobu samcima. Vrlo dobra žena i lepa soba. Imao bi tišinu. Ima i lepu baštu. Ako hoćeš, pitaću je.

— Reći ću ti.

— Kad ushteš, kaži mi. Danas me je strašno bolela glava — požali se, želeći da objasni svoje neraspoloženje. „Kako je divan!", ustrepta sva. — Čekaj da ti nešto donesem. Mesila sam kolače — htede da se pohvali.

— Ti, ipak, lepo živiš... Divna ti je sobica.

— Opažaš li nešto novo u njoj?

Ninoslav je gledao, ali nije video. Pogled mu se zaustavi na zidu.

— Da nije ova slika?

— Jeste.

— A ja je gledam otkako sam došao. Otkuda ti?

— Dobila sam je od naše nastavnice crtanja. Ona je slikarka. Vrlo lepo radi. Pogledaj kako je divan ovaj motiv sa sela, ova šumica puna vazduha.

— Zbilja, lep rad.

— A tu sliku nije htela da joj primi „Cvijeta Zuzorić” kada je poslala na izložbu. Da sam neki novinar, što bih iskritikovala taj žiri. Ja sam kao studentkinja uvek posećivala izložbe. Volim slikarstvo. Jesi li i ti išao?

— Jesam, kad god sam bivao u Beogradu. Lepo ti je ukrasila sobu ova slika.

— Ja sam oduševljena! Ovo bi bila skupa slika, ali trampile smo se: ja sam njoj dala jedan vrlo lep goblen. Upravo, nisam ga ja radila, nego Anđica. Probaj moje kolače! Ah, ti si se kod njih zasitio kolača.

— Oni se vrlo dobro hrane.

— A ko će ako neće oni?! I ja polažem na hranu. Moram i zbog Anđice. Ona je dete, raste, a bila je u detinjstvu bolešljiva. Otkako je kod mene, popravila se! Ja sam joj kao mati. Ona je otišla s društvom u posetu Staši. Molila me je, pa sam je pustila.

— Znam... On je sav srećan.

— A voli li gospođa Novaković?

— Njoj je milo kad mu dolaze drugovi.

— To je divna žena. I vrlo plemenita. Ona mnogo pomaže sirotinji. Ovde stanuje jedna poreznikovica, pričala mi je da je dobila od nje veliki paket odela, i muškog i ženskog, za decu.

— I ja sam od nje dobio hiljadu dinara kad je Staša položio.

— Je l' moguće? Odelo i hiljadu dinara?!

— Iznenadio sam se.

— E, a šta si ti značio za Stašu! Baš smo razgovarali u kolegijumu o Staši i tebi. Odlično je znao i bio je vrlo učtiv. Ni daj bože ono dete! Čak i drugi pogled ima... ponašanje, sve... I da su te častili i sa dve hiljade, ne bi za njih bilo mnogo.

— Dosta je. Ja sam zadovoljan. Ko bi ti to danas dao?!

— Pravo kažeš. Znam... i ja sam držala časove, pa te ni kafom ne posluže, a gledaju na sat da slučajno ne okrnjiš neki minut. More, ja sam i posluživala o slavi po gospodskim kućama. Pa ako hoćeš, ni sad ne živim bez briga. Zar je to velika plata? Žao mi je što ne mogu da odem na more. A s čime bih? A koliko ti daje gospodin Novaković u banci?

— Hiljadu pet stotina.

— Lepa plata. A imaš i hranu i stan kod njih. Ćuti, to je divno. Možeš da uštediš.

— Poslaću sestricu na more. Još nije videla more.

— Ako, pošalji je. Šta ima lepše nego imati brata. Što ne uzmeš još jedan kolač?

— Ne mogu... sit sam.

Pogledao je na sat.

— Ideš li pešice?

— Pešice.

— Pričekaj da stavim šešir pa da prošetamo. Da te malo pročaršijam. Neka te vide devojke. Moram malo da izađem, da me prođe glavobolja.

— A kako tvoji kavaljeri?

— Razbegli se.

— Zašto?

— Od poštene devojke muškarci uvek pobegnu. Da sam kao Stajićka, svi bi bili oko moje kuće. Tebi mogu da kažem, kao drugu, baš su mi neki muškarci odvratni.

— Možda su i žene krive.

— Nemoj, molim te, i ti kao drugi. Ako je Stajićka takva, nisu i ostale devojke. Ja gledam ovu Vidu, ćerku moje gazdarice, pa Ginu, ima još mnogo takvih, sve su to idealne devojke. Ali muškarcima idealne devojke idu na živce. Ne podnose ih i ne poštuju. To me vređa. Ja sam se mučila, školovala, postala svoj čovek, a treba da budem nečija metresa. To je odvratno! A kad nisi onakva kako se to sviđa muškarcu, on ti odriče i školu i obrazovanje. Jednom rečju, ne vrediš ništa ako nisi ljubavnica. Nemoj i ti da me razočaraš. Da jednoga dana čujem kako se udvaraš Stajićki.

— To nećeš čuti.

— Šta ti znaš.

Nameštala je šeširić pred ogledalom i govorila, govorila da bi mu pokazala kakva je devojka, da bi ga malo uzbudila da oseti njen karakter i čistotu njene duše. Malo se razveselila, jer joj je nešto šaputalo da mu ne može biti ravnodušna. I ova poseta joj je to dokazivala. Došao je prvog dana po uposlenju da je poseti.

Ustade i Ninoslav.

— Neće se, valjda, trgovine već zatvoriti? Moram da odem do knjižare da kupim hartiju za pisma. Treba mami i sestri da pišem.

Izišla je, sva srećna, kao mala devojka koja voli da je vide u društvu samostalnog kavaljera. Opazila je kako ga pažljivo posmatraju i devojke i muškarci. Muški svet malo ironično, kao novajliju.

— Smeš li sam noću po drumu?

— Kako da ne smem!

Htede da isprieča za Miomiru i njen doživljaj na drumu, ali oćuta. Nije hteo da je spominje, da ne pobudi sumnju. Žurio je kući pa se oprosti sa Slavkom.

— Dođi opet. Kad se svrše predavanja, biću slobodna. Ne idem odmah u selo. Hoću da se ovde malo kupam. Da vidiš kako je lepo na plaži.

U stvari, mislila je da ode odmah, ali je izmenila odluku. Ostaće malo s njim. Anđicu će da pošalje u selo, a ona će na plažu s Ninoslavom. Potreban je i njoj mali roman. Ko zna kako se lepo može završiti. A ništa nema lepše nego kad se ljubav razvija iz drugarskih osećanja. Oh, samo da ode iz Miomirine kuće. Njena blizina je opasna. Šta će se sve odigrati? Njeno spokojstvo je narušeno. A večeras treba da bude pribrana i da popravlja zadatke.

„Što li nema Anđe? Trebalo je već da dođe." Postavila je sto za večeru i pripremila primus da bi podgrejala jelo. Oprala je maline i posula ih šećerom. Legla je očekujući dejstvo aspirina... Volela je sumrak sobe.

Čula je Anđicu kako se na kapiji oprašta s Divnom. Utrčala je u kuću.

— Sejo, jesi li tu?

— Jesam, boli me glava, pa leškarim. A što vi ovako dockan? Ja sam se već zabrinula. Ne volim kad se zadržavaš.

— Jaoj, nemoj da se ljutiš! Što smo se divno proveli! Došla je i Miomira, pa donela Staši gitaru. Što je gitara! Božanstveni zvuci! I dobro smo se počastili.

Ja ne mogu ništa da večeram. Samo je Divna neraspoložena. Što je luda! Zaljubila se u Ninoslava, pa joj krivo što on nije bio kod kuće.

— Gle, balavice! Pa zar će on nju da gleda?

— A, ona je uobražena! Kaže da svi odrasli mladići nju gledaju. Srele smo gospodina Ninoslava.

— On je bio kod mene u poseti. Došao je da mi kaže da je postao činovnik u banci.

— Dolazio je? — obradova se Anđica. — Znaš, sejo, što bih ja volela da se ti za njega udaš.

— Šta ti pada na pamet! On je moj drug.

— Ako je drug, možeš da se udaš za njega. Što, ti si dobra i lepa devojka.

— Baš mi to mnogo vredi! Nego, kako Miomira?

— Divna je ona! Što je donela lepe šešire iz Beograda... Ja sam jedan probala. Ali i nju boli glava. A znaš, kaže Staša, da je i ona bila u gostima kod majke i sestre gospodina Ninoslava. Vidiš kako ona nije uobražena, išla je u goste njegovima, a oni su siromašni.

Slavka zaklopi oči i oseti kao da joj usijani nož pritisnu slepoočnice. „On je to sakrio, nije hteo da kaže. A ona odjurila za njima." Sad joj je sve bilo jasno. Progovorila je bezvučnim glasom, tek da nešto kaže:

— Uobraženost je glupost. Ninoslav ima dobru majku i sestru. Zar i on nije otmen?

— Baš je otmen! Sreli smo ga sada. A što je Divna šašava! Celim putem uzdiše za njim. A on je i ne gleda. Ja ću odmah da legnem da spavam. Što sam umorna. Samo ću malo da jedem maline.

Posle jela bacila se u postelju i zaspala odmah slatkim snom devojčice.

A Slavka je ustala, skupila tanjire, nije mogla da večera, i sela je za sto da popravlja zadatke. Slova su joj igrala pred očima, a glavobolja nikako da umine. Došlo joj je da zaplače. Ceo njen život je bio rad i... I ovog trenutka, kad bi tako želela da legne, da se umiri, stiša tugu, mora da pregleda zadatke. A Miomira uživa. Njih dvoje sada pričaju. Donela je mnogo šešira iz Beograda, nakupovala i haljina. Može da ustane kad hoće, da legne kad joj se spava, da se odmara kad je slaba. A ona mora da pregleda zadatke.

Glava joj klonu na sto i skotrlja joj se jedna suza. Anđica se okrete na drugu stranu, a ona izbrisa suzu. „Što da plačem?", izgrdi sebe. „Takav je moj život."

Neko kucnu na prozor.

— Gospođice Slavka — zvala je Vida.

Izašla je.

— Dolazio je gospodin Ninoslav, kaže mi mama.

— Jeste.

— On radi u banci?

— Danas je stupio na dužnost.

— Videle smo ga ja i Gina... Otišao je na njihovo imanje. Bio je sam. Zar on neće stanovati u varoši?

— Hoće kad oni odu na more.

— A hoće li kod gospođe Anke?

— Kazala sam mu za onu sobu.

— Što je divan! — uzdahnu Vida. — A vi još niste legli?

— Nisam... Popravljam zadatke.

— Izvinite što sam vas zvala.

— Ništa.

Ušla je u kuću i opet sela za sto. Sve ga vole. Zato može da bira. Ne misli on na nju, drugaricu. Rastužila se i površno pregledala zadatke. Rasejano je davala ocene. Iznad đačkih vežbanki lebdele su tamne plave oči. Pogledala je Anđicu. Spavala je, sva rumena. Uzdahnula je. Koliko su male učenice srećnije od svojih nastavnica! Sve zamišljaju svoju budućnost. A ona je došla do te budućnosti, a ne vidi nikakav svršetak koji bi joj doneo sreću.

„Zašto je išla kod njegovih?", preseče joj misao mozak kao žica. „Voli ga!" Otresla se te bolne misli i čitala zadatak. „Ovaj uvek piše gluposti", šaputala je ljuta i zabeležila dvojku. „Ne mogu više. Ustaću sutra ranije." Vratila je onaj zadatak. „Pašće, a siromašan je." Uzela je gumu, izbrisala dvojku i stavila trojku.

Suze joj navreše. Brzo se svukla, legla u postelju i zagnjurila glavu u jastuk.

Ćudi zaljubljene devojčice

Svratila je tati u banku, ispričala mu za plac i iznenadila ga rečima:

— Zašto moram da donesem kuću? Doneću novac, pa ću zidati kuću. Ostavi miraz na moje ime. Htela bih baš da vidim da li će me uzeti bez kuće.

— Ti se vazdan predomišljaš, te hoćeš, te nećeš. Šta je s tobom? Ja te ne razumem.

— To što vas volim i što mi je milija roditeljska kuća. Idem sada!

Poljubila je oca, a on nije znao šta da odgovori. Ostavljao ju je njenim ćudima.

— Može li Milan da me odveze?

— Može. Nema posla.

Došla je kući i pričala sa Stašinim drugovima i drugaricama, dala im gitaru, pokazivala šeširiće i materijal za haljinu, izgledala je raspoložena, a niko nije slutio kakav je bol mučio njeno srce. Stalno je videla Ninoslava pred Slavkinom kućom.

— Pa kako te je svekrva dočekala?

— Vrlo lepo. Bila sam dva puta na ručku kod nje.

Nije htela da majci ispriča prave utiske.

— A ljuti li se štogod Vlada?

— Nisam ga ni videla. Otputovao je... Kažu... zbog kuće... Prodaju jednu. Nisam ga čekala. Ni oni ne znaju kad će se vratiti... Nisam se ljutila što ga nisam zatekla.

Mati sleže ramenima. Sve joj je bilo nerazumljivo. Ona priča o vereniku kao o običnom poznaniku. Takve su danas devojke. Nema više one velike ljubavi koja je nekad postojala.

— A kako ste se vi osećali bez mene?

— Kako? Bilo nam je prazno svima. Staša je neprestano govorio: „Uh, što se ne vraća Miomira!" A kad je pročitao tvoje pismo i čuo za gitaru, skoro da poludi. Čuješ li gitaru? Moram da ga pohvalim. Mnogo je dobar. A gospodin Ninoslav je stupio danas u banku.

— Videla sam ga.

Nije htela reći gde, a mati je pomislila da ga je videla u banci.

— Ali stanovaće kod nas. Pristao je. Hvala mu. Jesi li umorna?

— Jesam... Boli me glava. Od uglja. Htela bih da legnem.

Večerala je, poljubila mamu i otrčala u svoju sobu. Pogledala je s balkona ide li Ninoslav. Nije ga videla. „Jedva je čekao da bude činovnik. Njemu je kod nas kao u zatvoru." Osećala se kao da je popila nešto gorko. Jedila se na samu sebe. Zašto mu je pisala pismo? A kako je mislila na njega! Ni Beograd, ni ulice, ni svet, sve ono šarenilo velikog grada nije je oduševljavalo, jer njega nije bilo tamo. Svaki dan koji ju je rastavljao od njega bio joj je dug kao čitava nedelja. A što je vreme izmicalo, sve joj je bio bliži i miliji. Zamišljala je da i on oseća prazninu što nje nema. Videla je sebe kako dolazi, a on sedi u bašti, iznenađuje se, ustaje, pozdravlja s njom. A on pred Slavkinom kućom! Prvi dan stupio u banku, i već prvi dan hteo da iskoristi svoju slobodu. Kako je glupo mislila da mu je prijatno kod njih. On je učtiv i taktičan, i ništa više. Ona nije njegov svet.

Zavukla se pod letnji pokrivač s nervoznim mislima. Da može ono pismo da dočepa, iscepala bi ga! Ah, što devojke ne umeju da misle. Uvek one prve pišu. Šta joj je trebalo da mu piše, grizlo ju je neprestano.

— Gospodine Ninoslave — čuo se Stašin glas. — Pogledajte gitaru!

Sva se pritajila da bi čula šta će reći.

— To su najbolje gitare.

Čula mu je glas i mekoća njegovog glasa je malo raznežila. Gotovo da se osmehne. „Možda sam nepravična. Pa šta ako je otišao! Zar on ne sme nigde da ide?" Smešila se i malo je trebalo pa da iskoči iz postelje. Ali nije. Čula je zvuke gitare, meke i tajanstvene. Zatvorila je oči, a zvon gitare ju je milovao. Da li će pevati? Trebalo bi da otpeva njenu pesmu... Neće... Jogunast je on... Ali i ona će biti jogunica.

Staša je navaljivao i molio:

— Što ne pevate?

— Ne mogu... Svirao sam ti... Dosta je...

Iznenađen što nije video Miomiru, shvatio je da se naljutila. A žurio je da je vidi i prekorevao je sebe zbog te žurbe. Neka, odljutiće se ona. Upoznao je već njen temperament. Plahovita je, začas se naljuti, ali je povratljiva. Sutra će je videti nasmejanu.

Ali je nije video ni ujutru za doručkom, ni o ručku.

— Šta je to s Miomirom? — začudi se otac.

— Nije joj dobro. Šetala se jutros, malo je jela i legla. Boli je glava.

— Idem da je vidim. Svi joj moramo na podvorenje. Mnogo smo je razmazili — šalio se otac, a najviše je mazio on.

Istina, glava ju je bolela i stavila je hladan oblog.

— Išla si u Beograd i razbolela se. A kako ćeš živeti tamo?

— Zbilja, tata, nema nigde naše kuće i lepote naše bašte.

Razgovarala je s tatom i mislila neprestano: „Njega ne interesuje da dođe do mene. E, neću da ga zovem." Predveče ga je videla s terase kad se vraćao kući sa Stašom. Išli su pešice. Čula je kako moli Katicu:

— Molim vas četku da očistim cipele.

— Čekajte, ja ću — užurbala se Katica. — Niste ih mnogo naprašili.

— Ja idem kroz livade. Je l'te, gospođo, kako je gospođica Miomira?

Ona zadrhta.

— Dobro je... Gore je... Vezla je goblen.

— Mogu li da odem da se vidim s njom?

— Idite! Miomira! — viknu je mati.

— Molim.

— Može li gospodin Ninoslav da dođe gore?

— Neka dođe.

— A ja ću da uzmem gitaru pa me vi slušajte kako sviram — reče Staša.

Ninoslav se rešio da je vidi. Dobio je pismo, hteo je da se zahvali i da se raspita o Bošku. Nije hteo sebi da prizna da je sve to sporedno, a glavno je da se uželeo da vidi ona dva topla crna oka.

Zatekao je u klavirskoj sobi, obasjanoj rumenim zracima sunca koje je zalazilo, u haljini limunove boje, kako drži na krilu goblen, pun ružičastih i zelenih boja, i provlači crveni konac kao njene usne. Iz mlečnobele vaze nežno su se previjale crvene ruže. Dočekala ga je ozbiljna i setna, da bi video da nije naročito raspoložena, i da bi sebe kaznila što je toliko mislila na njega, a on to nije zasluživao. Ali, za trenutak sve to iščeze u njoj i ona se nasmeši videći lepe, iskrene i poštene oči koje su joj se osmehivale.

— Vi se ne date videti već dva dana. A ja sam baš želeo da čujem o Bošku i da vam se zahvalim za pismo. Vaš rukopis nisam poznavao i iznenadio sam se kad sam video da mi pišete.

— Da... te večeri sam se upoznala sa gospodinom Boškom. I ožalostilo me kad sam čula za smrt vaše majka-Mare, pa sam vam zato napisala, da vas o tome obavestim — govorila je ravnodušno kao da hoće da ga ubedi: „Nemojte misliti da je bilo drugih pobuda...”

On je opazio da nije srdačna kao ranije i naslućivao je uzrok pa je hteo da razagna njene sumnje, a bila mu je slatka tako uzdržljiva, tužna i pomalo ljutita.

— Kako vam se svideo Boško?

— Vrlo simpatičan student i vrlo vredan. On i njegov drug po ceo dan uče. Nisam mogla verovati da neko može toliko da uči.

— Na medicini su mnogo opterećeni.

— Ja mislim da oni izlaze kao vrlo spremni lekari.

— Nesumnjivo, naš univerzitet je bolji nego mnogi strani sa velikom reputacijom.

Setio se Boškovih reči: *Ona je zaljubljena u tebe*. Pred njim se ukaza divno devojče, nagih ruku do ramena, u kratkoj suknjici koja se pripijala uz njene butine i ocrtavala svaki njen mišić, i jedva stizala preko kolena. A dve divne bose nožice i mala stopala u sandalama, iz kojih su provirivali prstići, poprskani crvenim noktićima kao bombonama, zamagliše mu svest, i zadrhta mu nešto u grudima, u utrobi. Gledao je, i ono malo odela svlačio s nje i osetio je nagu, mirisnu, toplu, kao da joj je telo upilo miris ruža i toplotu sunca. Brzo je uzeo cigaretu i upitao je tiho, sav iznemogao:

— Kako vam se dopalo u Beogradu?

— Beograd je prekrasan. Podigle su se takve palate da čovek mora da zastane, da ih posmatra zadivljen i da se upita: da li se nalazi na Balkanu ili u nekoj evropskoj prestonici. Beograd je nov, moderan grad... Ali, ipak, ima nešto što mi se nije svidelo. Ne volim ja zidine, makar to bila i najlepša arhitektura... Gušile su me zidine i asfalt. Ja sam naučila na ovu širinu kod nas, na ova polja kao more, na drveće, vazduh, sunce. Evo, pogledajte kako zalazi sunce. Gledam ga kad izlazi, nigde pogled da zapne. A u Beogradu pogledam pravo, kućerina od nekoliko spratova. Pogledam desno i levo, opet kuće! Čini mi se kao da su i Beograđani uzidani u kućama. Jedne večeri je bila provala oblaka! Što su munje sevale! Kao da desetine reflektora presecaju nebo, i svaki čas grom! A ja se strašno bojim groma. Onda se zbog nekog kvara ugasila elektrika, pa su se zamračile ulice. Što je tada Beograd strašan i mističan! Munja sevne, a električne žice zasvetle kao varnice. A kuće se slile, i ne razlikujete jednu od druge, već kao da su neki crni masivni zid, fantastična izraza... Svašta sam videla!

Mladić je gledao strasno dok je pričala, gestikulirajući i šireći svoje divne ruke, a usne su joj bile rumene kao nedozrele višnje.

— Vi ste sve to posmatrali kao pesnik. Jeste li to opisali u kojoj pesmi?

— U Beogradu nisam pisala pesme.

Htela je da se uozbilji jer se setila Slavke i zaćutala je prepuštajući njemu da govori.

— Dakle, tako, vi ste upoznali Boška?! Kakva slučajnost da stanuje baš kod vaše tetke! Nego, kako ste smeli da sedite s njim? Je li to znao vaš verenik?

— Nisam ga ni videla. On nije bio u Beogradu — sasvim mirno je odgovorila kao da priča o poznaniku.

Ninoslav zausti nešto da kaže, ali oćuta. A ona se izlete rečima koje ga zaprepastiše:

— Htela sam da vas zamolim da mi vratite pismo koje sam vam poslala.

— Da vam ga vratim? Zašto?

— Tako... Može Staša da nađe i da pročita. A vi ste ga pročitali, znate sadržinu, i to je dosta.

— Drugim rečima: dala sam vam pismo na poslugu, pročitajte i vratite mi ga. To je čisto ženski manir. Ali od vas to nisam očekivao i želeo bih da znam: zašto tražite pismo? Osuđujete li sebe što ste mi ga napisali? Ili, možda, nemate poverenja u mene?

Glas mu je bio promenjen i ona je osetila da ga je to iznenadilo i uvredilo. Njom su sada vladale radoznalost i želja da mu zada bol, kao što je zadao on njoj, pa je nastavljala:

— Ja sam vam već spomenula da ne kažete mojima. Znate, mama je patrijarhalna žena i njoj ne bi išlo u glavu da ja kao verenica pišem jednom mladom čoveku. Po njenim shvatanjima ja treba da mislim samo na verenika, a ja sam pisala vama kao drugu.

„Dobro je da pomisli da je drug, a ne da sam zaljubljena u njega", obmanjivala je samu sebe.

— Ja sam to tako i shvatio, i sad me začudilo i malo me vređa što tražite da vam vratim pismo. To je nepoverenje. Da ne mislite da ću se hvaliti da sam dobio pismo od vas?

— Ne mislim, ali pravo da vam kažem, naljutila sam se na samu sebe što sam vam pisala. Devojka ne treba nikad prva da piše. Ali to je naša ženska slabost, da mi prve pišemo!

— A zašto ste vi bili tako slabi?

— Ne znam... ne znam — zbuni se na to. — Čula sam o vašoj majka-Mari — zaplitala se u isto opravdanje, malo smeteno i pocrvenela je, jer ju je on uporno gledao želeći da je prouči. — Molim vas, dajte mi to pismo.

— Ne bojte se, nisam ga čitao gospođici Slavki — govorio je plaho, ali odsečno.

— Zašto da se bojim? — uvredila se i ustala sa fotelje, tobož da ostavi goblen; gurnula je rad u jednu fioku, vratila se i stala ispred njega ponavljajući uporno: — Hoćete li da mi ga date?

Htela je da dobije natrag pismo, jer je osetila da on misli kako je ona ljubomorna. Uvredilo ju je: ona da bude ljubomorna, a on ravnodušan. Očekivala je da će se opirati i da joj neće dati pismo, jer mu je ona draga, ali on ga izvadi i pruži joj ga gordo, kao beznačajnu stvarčicu:

— Izvolite!

— Hvala — otvorila je fioku stolića i spustila pismo.

Ninoslav ustade i pođe vratima.

— Kuda ćete?

— Idem... Staša je dole.

— Što idete? Sedite! Naljutili ste se? — pitala je skoro veselo.

— Vaš me je postupak iznenadio. Meni je vaše pismo bilo vrlo prijatno i uživao sam u vašem stilu, kakav samo može imati jedna inteligentna i logična devojka. A posle tako lepog pisma, vi dokazujete da ste protivurečni kao i sve devojke. A mi muškarci najviše patimo zbog tih protivurečnosti. One jedno pišu, a drugo misle.

— Možda... jer kad pišu, imaju iluziju o vama, a kad govore, vide realnu sliku. Vi ste muškarci ipak krivi što su žene nelogične.

— Nisu muškarci krivi, nego vama jedan postupak diktiraju osećanja, a drugi razum. I kad se to sukobi u vama, ispadate kapriciozne kao što ste vi u ovom času. Hteli ste po svaku cenu da dobijete natrag pismo, jer vas je zabavljalo da mi ga napišete.

— Jest'... da pokažem svoj stil?

— Verovatno... Zar to nije kao da se deca igraju? Devojke su i kapriciozne i detinjaste.

— Kad smo deca, onda se ne treba ljutiti na nas. Dakle, shvatite da sam dete. A mi smo takve što ne poznajemo muškarce. U jednom trenutku, kad nam se učini da vas poznajemo, mi smo iskrene i otvaramo vam dušu. A odmah uvidimo da vas ne poznajemo i drugi naš postupak je samo reakcija na vaš.

— A kakav je bio taj moj postupak koji je izazvao reakciju da ovo učinite — prišao joj je malo bliže i zastao pred njom.

— Nećemo o tome da razgovaramo.

— Dobro. Onda idem.

— Kuda ćete? Sedite! Što ste tako tvrdoglavi?!

— Treba li da mi otmete pismo da mi očito dokažete kako nisam dostojan da mi pišete, ili još gore, da sam mangup koji će iskoristiti vaše pismo, a ja da budem pokoran! Vi... vi... — govorio je šapatom, a nešto mu je ustreperilo u grudima i dolazilo mu je da je ščepa u naručje, da joj uzvrati, i da dokaže kakav je on i šta misli.

— Šta vi... vi... dovršite — dražila ga je i sva drhtala i unosila mu se u oči, približavala se njegovim grudima, sva mirisna, opaljena suncem, sočna.

— Ništa... vama nije važno šta bih kazao...

— Eto, to sam zapazila kod vas. Kod vas uvek postoji jedan trenutak kad sami sebi zapovedite: dosta, ne govori dalje!

— Je l'te, zapazili ste to?

— A šta to znači?

— Znači da mislim i znam koliko i šta mogu reći. Nikad ne treba suviše govoriti devojkama.

— Ako se iskreno govori dopušteno je da se sve kaže.

— Zlo je u tome što se iskrenost može i drukčije shvatiti. Iskrenost je najviše izložena podsmehu.

— Vi ste toliko gordi i zatvoreni da vam se niko ne bi mogao podsmehnuti. Nego, sedite!... Budimo dobri drugovi... Donela sam nove pesme i hoću da vam ih odsviram. Staši sam ih odsvirala i oduševljen je... Ali, što ste tako ozbiljni? Dosadno vam je? Vidite, ja naslućujem da je vama dosadno kod nas. Vi ste ovde kao u zatvoru i mi smo vas lišili slobode.

— Da, u zatvoru, vrlo šarmantnom i elitnom, da se bojim kako ću se snaći kad me pustite na slobodu.

Ućutao je, a ona zadrža list nota koji htede da prevrne, i sva pretrnu. Razumela ga je.

— Dakle, da čujem — meko je govorio. — Šta ste doneli?

Ona mu se okrete i osmehnu.

— Niste više ljuti?

— Na jedno razmaženo devojče neću da se ljutim, ali bih imao volju da vas povučem za kosu i svu razbarušim.

— Pa povucite me, raščupajte me.

On preblede i zanjiha se prema njoj... Podizao je ruku kao da hoće da je zavuče u kosu, ali se nasmeja bolno i nervozno.

— Šalim se.

Priđe potom prozoru, a ona sede za klavir... Udisao je vazduh punim plućima da bi se umirio.

Bio joj je okrenut profilom, a ona ga je gledala hvatajući nesvesno na dirkama duboke, bolne tonove, ukočena, obamrlih nogu, skoro bez svesti. Htela je da poleti i da mu se baci u naručje u zanosu bezumne sreće. „On me voli... ali neće da prizna... boji se.” Listala je nesvesno note, i kao u bunilu izlivala svoja osećanja melodijama. On je stajao kraj prozora, a posle prišao fotelji, seo i sve vreme je posmatrao. Više nije bio gospodar sebe, klonuo je, predao joj se i izlivao joj miloštu svojim dubokim plavim očima.

Klavir je prestao. Sveži vetrić zaleluja zavesu, a oblak sakri sunce. Ninoslav se otrezni.

— Nešto sam vam donela. Da vidite. Znam da ćete se iznenaditi — govorila mu je kao drugu. Prišla je polici i donela mu dve knjige. — Ovo sam vam kupila.

— Otkud ste znali da su mi potrebne ove knjige? — iznenadi se mladić. — Vi ste mi ih kupili?

— Boško mi je kazao da ste mu pisali o ovim knjigama, ja sam to zabeležila, otišla u knjižaru i našla ih.

— Vi ste divni! To nisam mogao nikad očekivati od vas.

— Od jednog razmaženog devojčeta?

— Vi umete da budete i vrlo dobro dete kad hoćete — uzeo joj je ruke i pritisnuo na njih usne.

Njoj se pod zaleluja ispod nogu i taj poljubac prostruja joj kroz celo telo.

— Hoće li vam ove knjige koristiti za vašu doktorsku tezu? — pribra se Miomira.

— Vrlo mnogo.

— Onda se radujem... Ja volim kad je mlad čovek ambiciozan. Ali se ne oduševljavam vašim pravima, nego glasom, i znate da ja verujem da ćete jednog dana biti operski pevač. To mora biti — ali nije htela da objasni zašto u to veruje.

— Ako se neko čudo dogodi — našali se Ninoslav.

— Čuda nisu isključena u nauci, umetnosti... pa i u životu — gurnula je fioku koju je bila izvukla. Posle je otvorila kao da se predomišljala da li da mu vrati pismo. „Ne, ispašću smešna, kao dete, uzimala-davala.”

On kao da je pogađao šta ona misli.

— Htela sam da vam predložim nešto. Hoćete li da u nedelju idemo u planinu?

— Vrlo rado... Ja volim planine...

— Divan je izgled sa planine. A videćete i bačije. Ima tamo stada i bačara. Provešćemo se vrlo lepo, vi, ja i Staša. To jest, ako ne budete ljuti.

— O, neću vam zaboraviti za ovo pismo.

— Pa, hoćete li da vam ga vratim?

— Neću... Pročitao sam i to je dosta — ponavljao je njene reči i ona se nasmeja.

— Vi ste zlatni, ja vas volim kao druga. A da li biste vi mogli da budete moj drug?

— Ne znam — uozbilji se mladi čovek.

— Zašto ne znate? — pitala ga je radoznalošću ženskog srca koje hoće odmah sve da dokuči i čudi se što se muškarac muči da izgovori reči ljubavi, kad bi ih ona tako osećajno shvatila. Činilo joj se da je trenutak došao, da će on otvoriti srce, ali mladi čovek je ostavi zbunjenu.

— Ne bih mogao... Zbogom — požurio je vratima, jer je bio na izmaku snage, kao da se držao za grančicu viseći nad ponorom i osećajući kako će se u njega srušiti. Kao da je bio obuzet ludilom, strčao je niz stepenice u baštu.

Mlada devojka je stajala kao pijana. Sve se njihalo oko nje, pošla je posrćući do divana i srušila se. Čežnja ju je mučila i pitala se kako će se sve ovo svršiti? Usne su joj gorele, htela je poljubac, samo jedan ludi, strastan poljubac. „U planini ćemo se poljubiti!”, zaricala se i osećala da su njegove usne na njenim, i ona u njegovom toplom, čvrstom zagrljaju.

Šta je bilo u planini?

Automobil ih je dovezao do podnožja planine. Tu se nalazila baraka kod koje su ostavili auto, pa i šofer pođe s njima noseći korpu sa zakuskom. Dan je bio zaparan, a beli oblaci su kao jedra povremeno zaklanjali sunce.

Kroz šumu je vodila utapkana staza koju su izletnici izgazili i proširili. Debeli hrastovi i bukve izukrštali su grane i stvorili zelenkasti suton, a na suvoj travi drhtale su zlatne pege sunca.

Peli su se sve više i nebo je bilo sve prostranije, šire, ali i sve oblačnije.

Duboka tišina i seta vladala je u šumi i njihovi su glasovi odjekivali nadaleko. Najednom začuše medenice.

— Sad ćete videti bačije. Doći ćemo do proplanka, a odande se uzdiže vrh.

— Jaoj, što nisam obukao sandale?! — zajauka Staša. — Što me peče žulj, sumnjam da mogu do vrha. Nego, da ja i ti, Milane, ostanemo da jedemo kačamak. Sećaš se kako smo jednom jeli? Imaju oni ovde i kiselog mleka. Odličnog kiselog mleka.

— Jeste, ovde usred zime imaju kiselog mleka. A zašto nisi obukao stare cipele nego te nove?! — prekori ga Miomira.

Začu se blejanje ovaca. Stapalo se mnoštvo glasova velikog stada i čulo se mnogo medenica. Lajali su psi i svirale dvojnice. Izbili su brzo na proplanak. Ugledaše kolibu i čobane.

— Čekaj da ih pitamo imaju li pse! Znaš kakvi su vučjaci, mogu i čoveka da rastrgnu!

— Ej, vi! — zvao je šofer. — Imate li pse?

"

— Imamo, ali ne bojte se. Ne ujedaju. Šarka, ovamo — viknu čobanin jednu zelenkastu kučku nalik na vučicu. — Sad možete!

Ogromno stado rasulo se po proplanku kao grudve snega. Jedan čobanin strigao je ovcu, a dugo, meko, svileno runo padalo je ispod nje i ona je bila goluž?drava, okresana, smešna. Miris vune i ovaca stapao se sa mirisom sočne trave. Drugi čobanin je mutio maslo u bućkalu, dugom uzanom čabru, i mleko se penušilo, grudvalo i stezalo. Slatki jaganjci skakutali su nestašno i nespretno se podvlačili pod runa svojih majki da bi se dočepali nabreklog vimena.

A u kući kraj vatre, na kojoj je stajao sadžak, i na sadžaku pocrneo bakrač, dečak, s velikom šubarom na glavi, mešao je kačamak. On se klobučao, šištao i pućkao. Suve grančice su pucketale na vatri, a dečak je mešao velikom varjačom i šeretski gledao lepu devojku, a odrasli momčići su se smeškali. Dečak što je mešao kačamak izruči ga na veliki lopar i raspljeska ga kao pogaču. Sa kačamaka se uzdizala para.

— Ja ću da probam kačamak i sir, hoćete li i vi? — veselo je pitao Staša.

— Ja nisam gladan — odgovori Ninoslav.

— Da mi požurimo do vrha — pozva Miomira. — Hoćeš li i ti Staša?

— Ne mogu. Ja ću da izujem cipele, upalila mi se noga, pa ću da se izvalim na travu. Milane, ja i ti ćemo uživati ovde.

— Gospođice, pogledajte onaj oblak — reče joj Ninoslav.

— Pa šta ako je oblak? Zar se vi plašite? Ja sam planinarka i ne bojim se kiše.

— Bogami, nešto se mnogo crni! Kako bi bilo da ostanemo ovde? Ovde je kuća, pa ćemo se skloniti ako pljusne.

— Ja idem sama, a vi ostanite.

— Pa... ići ću i ja s vama... ali je besmisleno da se izlažemo nepogodi. Ovo je planina.

— Oblak ide onamo, neće na nas. Da požurimo.

„U planini treba sve doživeti. Sad ću mu reći da ga volim.”

— Nemate ni kišobrana, ni mantila!

— Ala se vi plašite da ne pokisnete. A to je divan tuš.

— Ja se za sebe ne bojim, nego za vas. Vi ste lako obučeni, vaša mama bi se ljutila na vas.

— Onda idem sama i sama ću snositi odgovornost, a vi ostanite sa Stašom — pošla je ljutita i ožalošćena. „Izbegava da budemo sami! O, ništa mu neću reći.”

— U redu! Idemo — odgovori kratko Ninoslav. Mogao je on ići i po snegu, i vetru, i olujama, ali bio je najstariji među njima, a gospođa Novaković ga je uvek molila da pazi na njih i, ako pokisnu i nazebu, on će biti odgovoran.

— Do viđenja, Staša! Mi ćemo jesti kad se vratimo. Ne treba se uspinjati sa punim stomakom. Uživaj! — reče mu sestra.

Brzo je izmicala ispred Ninoslava da bi mu pokazala da ona voli više planinu nego njegovo društvo. Neka ga, neka razmišlja sam. Mladić koji je zaljubljen, išao bi na kraj sveta s devojkom, a on se boji da mu ne pokisne odelo.

— Vi se još dvoumite i kajete što ste pošli? — okrenu mu se.

— Ne kajem se, ali predviđam šta se može zbiti. Vidite, onaj oblak je strašan. Da li ste kadgod doživeli oluju u šumi?

— Nisam. To mora biti veličanstveno. Istina, doživela sam buru na moru, ali nisam imala morsku bolest.

— U planini je oluja i grmljavina opasnija.

— Tako ste mrzovoljni. Ne čini vam nimalo zadovoljstvo što me pratite. Niste ni dobar pešak. Ja izmičem ispred vas.

— Nisam dobar pešak? Čekajte! — on pruži korak i izmače ispred nje tridesetak metara. — Stignite me!

— Ne bojte se, stići ću vas! — žurila je, zadihana, a on je izmicao.

Oboje su bili divni, zagrejani, rumeni i blistavih očiju.

— Stanite. Ne mogu! Umorila sam se — priznade Miomira.

— Ded, pokažite srce planinarke.

— O, ja sam slabo žensko srce.

— Ali prkosno, malo srce.

— Nisam bar neosetljivo.

— Kako kad. Onomad ste bili suviše neosetljivi kad ste mi uzeli pismo.

— Pogrešno ste me shvatili. Naprotiv, bila sam suviše osetljiva.

— To je još gore.

— Što to sad ponavljate kad smo se pomirili?

— Otkud znate? Ja nisam zaboravio vaš postupak.

— Neću da vas slušam više. Idem ispred vas. Čik da me stignete!

— O, i prestići ću vas — opružio je korak, prestigao je, izmakao, zastao i nasmejao se. — Planinarka!

— Pa vi puštate toliki korak! Vaš jedan korak je kao moja dva. Malo lakše! Tako. E, stojte, ja idem napred — išla je brzo, ali je malaksala i naslonila se na stablo.

On je nežno pogleda.

— Vidite kako se brzo zamorite! Odmorite se malo, pa ćemo lakše. Hoćete da se sa mnom preganjate, ali ja ne dopuštam da me lako pobedite.

— Ja to znam. Vi ste nepobedivo srce! Toliko nepobedivo da to već vređa. Da, vređa! I zato vas ne volim! Ne volim vas nimalo! Ne volim! — pojurila je uzbrdo, rumena, uzbuđena, sva u iščekivanju nečega, prikupljajući svu snagu da izmakne, jer je znala i videla da je on osetio da njene reči suprotno znače. Bežala je i čula brzo, snažno trčanje i lomljenje grančica pod njegovim stopalima, i strasno pitanje:

— Je li sve to istina, Miomira?

— Istina je — čisto je vrisnula od bezmerne radosti i dalje trčala, a on je usplamteo zaboravljajući na sve.

Samo je video nju, jedno malo, vitko, slatko devojče, stvoreno za ljubav, za slasti, podavanje, dve lepe nožice i kovrdžavu, razbarušenu kosicu, i nage ruke koje su mahale kao krila bežeći ispred njega. Još samo malo, dočepaće je, stegnuti, zgnječiti i raskinuti. Nek se dogodi što mora da se dogodi jednog dana, to je zanos prirode star koliko i čovečanstvo.

— Miomira! — jauknu on od slasti kao da je drži u naručju u ovoj tajanstvenoj stoletnoj šumi, punoj života, snage, uzdaha i jauka. — Miomira! — bio je već blizu nje, pružio je ruku i tek što je nije uhvatio.

Ali nešto blesnu, zaseni oči i strahoviti prasak prolomi nebo, šumu i zemlju. Grom i Miomirin vrisak otrezniše Ninoslava i on oseti kako mu se priljubi uz grudi uplašeno devojče, drhteći kao u groznici. Govorila je isprekidano:

— Strah me je... Jao!... poginućemo... Bežimo natrag.

— Ne bojte se! Zašto tako drhtite? Što ste vi plašljivi! — hrabrio je, držeći je obgrljenu, ali kao drug, a ne onaj usplamteli mladić koji je gonio, gotov na sve.

Munja opet blesnu i Miomira sakri glavu na njegove grudi.

— Opet će grom!

— Neće... Grom odmah puca, a kad sevne, a ne čuje se odmah, onda će grmljavina.

— Hajdemo! Ja se užasno plašim groma.

— Junakinja ste vi... znam ja — smejao se mladi čovek, spuštajući se stazom iza nje.

Munja opet sevnu i jeziva svetlost preseče pogled.

— Jao! Ja ću umreti od straha! — ciknu Miomira i zaklopi oči.

Mladi čovek je privuče sebi da je zaštiti, jer se razleže prasak groma. Potrčali su oboje. Ljubavni zanos iščeze pred prirodnim strahotama, i nagon samoodržanja ugasi ljubavnu vatru. Ali kroz stravu, blesak munje, pucanje gromova i grohot grmljavine, Miomira je osećala s blaženstvom da je pokraj nje on, nežan drug, mio, zaljubljen. Verovala je da je voli, a to je saznala u šumi, dok je jurio za njom, blistav i pomamljen.

Kiša se proli, zašušta po lišću, pa se sruči uz lomljavu grančica i opadanje lišća. Potočići pojuriše kroz šumu, noseći suvo lišće. Iščeze nežni zelenkasti suton, i oblaci, nisko iznad kruna drveća, zamračiše planinu i lišće postade sivo kao i oblaci.

— Vi ćete pokisnuti! Čekajte! — skide on svoj kaput. — Obucite ga.

— A vi? Zar tako u košulji? Znojavi ste.

— Ja sam jači i izdržljiviji. Oblačite! Evo vam i maramica, stavite je na glavu. Zakopčajte kaput — nežno se brinuo o njoj, a ona je kroz strah osećala milinu u srcu.

Kiša je pljuštala, podrhtavalo je lišće, a voda se slivala niz oznojena leđa i grudi Ninoslavljeve. On nije osećao ništa, želeo je samo nju da spase, nežnu devojčicu, slatku u strahu i prkosu.

— Nemojte tom stazom! Meni se čini da smo došli ovom — opomenu je Ninoslav i povede.

— Jeste... zaboravila sam... Lice mi je sve mokro, izgledam kao dodola.

Trčali su, ali staza se razmekšala, preskakali su potočiće, lišće im se lepilo za cipele, a još nikako da dođu do bačija. Gromovi na sve strane i sve im se čini da je baš tu ispred njih udario. Zastajkivali su da se povrate i bežali tako sićušni, slabi, kroz pljusak i grmljavinu po tajanstvenoj planini.

Medenice i blejanje ovaca dopreše do njih. Bili su na domaku.

— Ala ste vi mokri! — užasnu se Miomira. — Potražićemo od čobana košulju.

— Ne brinite za mene! Možete li da preskočite ovaj potok?

— Mogu — ona se zalete, skoči, pokleknu i pade jednim kolenom na vlažnu zemlju. — Uh, sva mi se čarapa iskaljala.

Preskoči i Ninoslav i voda se strese s njega. Kosa mu je bila mokra, a sa lica se cedilo kao da se umivao.

— Kad nas vidi Staša! — nasmeja se Miomira. — Sjajno smo se istuširali.

Staša je stajao na vratima seoske kuće, bled, uplašen, nervozan. Spazivši ih, on uzviknu:

— Da sam ja to uradio što si ti, Miomira, ti bi me na sva usta izgrdila.

— Šta sam uradila?

— To što si navalila da ideš do vrha. Vidi kakvi ste! Jaoj, gospodin Ninoslav je sav mokar! Zbog tebe je čovek morao da pokisne. Što ste joj dali kaput? Ja bih te pustio da pokisneš.

— Čujete li kako mi popuje? Ćuti, derište! Bilo je veličanstveno u šumi. Čekaj, pričaću ti. Nego imate li kakvu košulju za gospodina? — zapita ona čobane.

Oni donesoše košulju od grubog kudeljnog platna.

— Obucite je odmah. Stavite vašu pored vatre da vam se osuši.

— Jest', htela bi vatre! Vatra je zapretana. Mogao bi grom da udari u vatru. Miomiri je sigurno bilo srce u petama kada su počeli gromovi.

— A, gospođica Miomira je vrlo hrabra. Nije ni trepnula okom kad je udario prvi grom.

— Nisam, dabome! To je bila Vagnerova muzika.

— Jest'. Znam ja kako ti slušaš Vagnerovu muziku. Jedne noći si se sjurila iz svoje sobe i pobegla mami i tati u sobu. Žene su velike kukavice. A mi smo lepo sedeli i uživali gledajući kako pljušti.

— Molim te nemoj da se hvališ junaštvom, nego daj da jedemo. Je li ostalo štogod za nas?

— Nismo ni dirnuli naše — reče šofer Milan. — Naklopasmo se kačamaka i mleka, pa smo siti i presiti.

— Gospodine Ninoslave, popijte šolju mleka. Ima li vrućeg mleka?

— Maločas smo skinuli s vatre bakrač. Još je vruće.

Čobanin nali veliku čašu od debelog stakla i pruži je Ninoslavu. Uze i Miomira.

— Što je slatko mleko u planini! Dajte onu siniju. Sad ćemo po seljački. Ima i za vas — okrete se čobanima. — I mi vas da častimo.

— A što ti je takva čarapa? Sva si se ulopala!

— Pala sam kad sam preskakala potok. Dajte mi vode da operem ruke! E, sad možemo da jedemo. Što sam gladna!

Poređala je sve po sofri, a čobani su je zadivljeno gledali.

— Je l' vam zima? — pitao je Ninoslav.

— Prilično je zahladnelo. Možete li da džarnete vatru?

— Odmah! Daj te suvarke!

Nabacaše suvog granja i vatra buknu na ognjištu.

— Uzmite — nudila je Miomira čobane. — A vi uzimajte sami, gospodine Ninoslave. Baš je bilo veličanstveno u planini! Planinarka treba sve da doživi. Dopada li vam se pita? — pitala je seoske momke.

— E, znamo i mi šta valja. Seljanke to ne spremaju. Skupo je.

— Onda ćemo opet doći, pa ćemo još više poneti.

— Ali kad ispričam mami, ala će te grditi! — pretio je Staša.

— Ne smeš ni reč da kažeš. Onda nas više neće pustiti. Mama je ionako premrla od straha. Bogzna šta misli da nam se desilo. A meni se baš čini da je grom udario u jedno drvo — pričala je neprestano, razdragana unutrašnjim uzbuđenjem i ovim tamnoplavim očima koje su bile njene, i srce njegovo je bilo njeno, i sav on kao da je pripadao njoj.

A Ninoslav se užasavao onim što je mogao uraditi: da upropasti kćer ljudi koji su ga s puno poverenja primili u kuću, otac njen ga uposlio, osigurali mu budućnost, smatrali ga u kući kao rođaka. Kako nagon zaslepi i zaludi čoveka! I kako devojke zaluđuju i draže, a posle su krivi muškarci. Jeo je mahinalno i slušao njen govor i video njene ruke, opaljene suncem, rumene i čvrste, i kovrdžavu glavicu, veselu, nestašnu i slatku. Žmarci ga podiđoše od želje da to lice privuče sebi, da ga miluje, ljubi. Pogleda čobančad i spazi kako je i oni užagreno gledaju. „I oni su mladići, zdravi, snažni i čeznu kao životinje za ženkom. A zar i ja nisam bio životinja, izgladnela i besvesna?”

Sunce obasja ispašu i zasvetli u kući. Vatra je bacala crveni odblesak. Suvarci su pucketali, a divne konture od žara pravile su grančice na ognjištu.

— Kako je ovo lepa slika: vatra, a mi okolo... pa ova sofra!

— I ti s kaljavim čarapama i mokre suknje — podrugivao se Staša.

— Čarape su se osušile. Da si ti pokisao, vazdan bi naricao. Hvala bogu te nisi pošao... A zar ovo da nam ostane? — okrete se čobanima pokazujući na šunku, pečene piliće i kolače.

— Hvala — stidljivo su govorili čobani.

— Dajte jedan tanjir pa sve pokupite. Evo vam i dvadeset dinara što ste nas primili i počastili mlekom.

— Hvala, gospođice. Nismo mi dali za pare. Imamo mleka. I vi ste nas počastili.

— Hoćemo li još da sedimo? — pitao je Staša.

— Ako ima izgleda za kišu, bolje da se vratimo. Treba reku da pređemo, a ona nabuja začas — opominjao ih je šofer. — Jednom je bujica odnela most. Da vidim kako je napolju — on izađe i pogleda u nebo. — Ne vidim nigde oblačka. Ali ja bih vam ipak savetovao da krenemo.

— Tako... lepo smo se proveli... Zbogom — pozdravljala se Miomira sa čobanima i pružala im ruku. Osećala je čvrste, žuljevite i krupne ruke seljaka. — Gospodine Ninoslave, obucite kaput... Ja neću da vi nazebete.

— Neću ni da čujem! Ja da nazebem? Muškarac je jači od žene. Čim pođemo, zagrejaću se. Požurićemo.

Žurili su da se spuste, ali je preostalo još dosta da se pešači. Košulja se na Ninoslavu osušila, a i tirolska suknjica Miomirina bila je suva. Pokisla kosa uvila se i okitila glavicu kovrdžama.

Seli su u auto i odmah krenuli.

— Vidite, imao sam pravo što sam vas žurio. Eno ide crni oblak i reka je nadošla. S planine se začas sruči voda. Dobro te nije bilo grada — govorio je šofer.

— Je li vam hladno? — pitao je Ninoslav Miomiru.

— Meni je toplo u vašem kaputu, ali vi ćete nazepsti. Mama nije videla da sam pošla bez mantila. Što bih ga vukla? Jednom sam ga nosila, pa mi je bio pravi teret sve vreme.

Stigli su rano. Gospođa Novaković je bila na terasi.

— Hvala bogu kad jednom dođoste! Presekla sam se živa. Ovo čudo, ova grmljavina, gromovi, a vi u planini! Kad je ovde bilo ovako strašno, šta ste vi tamo doživeli? Neću više da čujem da idete u planinu! Nisu mi potrebni ovakvi potresi.

— Sjajno smo se proveli, mamice! Veličanstveno je bilo.

— Kako veličanstveno, kad si u kaputu gospodina Ninoslava! Teško meni, pa zar ti nisi ponela mantil? A vi u košulji! I vi ste pošli bez mantila! Ne treba vas puštati. Zašto se igrate sa zdravljem? A što je kaput gospodina Ninoslava ovako mokar? Vas je kiša uhvatila, pa krijete.

— Malo smo pokisli, ali smo se sklonili u seosku kuću.

— Idite pa se presvucite svi. Ići u planinu bez toplog odela!

— Lepo smo se, mama, proveli. Jeli smo kačamak, pili mleko, igrali se s jagnjićima.

— Samo kad ste došli. Tek je pola pet. Dobro što ste požurili, jer će opet kiša. Hoćete li kafu?

— Kako da nećemo? Ti znaš da ja volim kafu, nismo je nigde pili — prihvati Miomira veselo.

— Katice, skuvaj. Idite, presvucite se, gospodine Ninoslave, pa dođite da popijemo kafu. Jeste li gladni?

— Kako gladni? Zar nam nisi toliko naspremala. Nismo ni pojeli sve. Ostavili smo čobanima.

Požuriše da se presvuku, a Katica pokupi cipele i odnese da ih očisti.

———

Ninoslav je bio sav loman kad je ustao ujutru. Otišao je pod tuš, osvežio se, ali se nije dobro osećao. Neprestano ga je mučila žeđ. Mislio je da će to proći i otišao je u banku autom s direktorom. Jeza ga je celo jutro podilazila. Radio je, ali bi se povremeno stresao kao u groznici. Vratili su se kući i vrlo malo je jeo. Gospođa Novaković ga je nudila, kao i svoju decu, ali on je odbijao:

— Zahvaljujem, gospođo, ali ništa mi se ne jede.

Miomira ga je plašljivo gledala.

— Da vas ne boli štogod?

— Ne boli me ništa, ali sam sav loman.

— Idite lezite malo i odspavajte — savetovao ga je direktor. — Ako vam bude rđavo, ne morate posle podne u banku.

— Ama, ništa mi nije... Nikad ja nisam bio bolestan.

— Možda ste juče nazebli — brinula se gospođa Jovanka.

Staša pogleda popreko Miomiru, a ona je nespokojno gledala mladog čoveka i zebnja joj je obuzimala srce. Bio je sinoć sav oznojen i kiša je lila na njega.

Ninoslav ode u sobu i leže. Poče da ga trese groznica. Sav je drhtao od jeze. Staša ga je bojažljivo gledao.

— Vi ste juče propali. Ah, luda je Miomira. Vi niste hteli da idete nego ona. Sve vam je ona to napravila.

— Ama, šta pričaš. Nemoj da sekiraš gospođicu Miomiru. Ona je osetljiva i najediće se. Moram da se pokrijem — zubi su mu cvokotali.

— Kažem ja! Vi ste juče propali. Idem da uzmem aspirin od nje i da je izgrdim.

— Molim te, Staša, nemoj da me sekiraš. Proći će ovo. Dobro, donesi mi aspirin, uzeću ga, preznojiću se i sutra ću biti sasvim dobro.

Staša pokri Ninoslava jorganom i otrča da uzme aspirin.

— Lepo si ti udesila gospodina Ninoslava! On se sav trese u groznici. Daj mi aspirin!

— Šta kažeš? Je l' istina da mu je tako zlo?

— Zlo, i još kako!

Ona preblede i steže ruke u očajanju.

— Nemoj da me grdiš, Stašice! Nisam mu želela zlo — oči joj zasuziše, a glas joj se prekide. — Idem da ga vidim... Je l' istina da vam je tako zlo? Staša me grdi. Ljutite li se na mene? Ja nisam mislila da će kiša — zaplakala je.

— Što si takav, Staša! Jesam li ti kazao da ne sekiraš gospođicu! To je mali nazeb. Nemojte da plačete — nežno je govorio. — Dajte mi aspirin.

Ona mu prinese usnama aspirin i pruži čašu s vodom. Ruka joj se tresla i srce drhtalo. Ona ga je volela kao rođeni život, pa zar ona da mu prouzrokuje bolest!?

Mladi čovek se strese i zavali glavu u jastuk.

— Zima vam je? A tako je toplo napolju. Hoćete li da donesem moje ćebe?

— Nemojte! Dosta mi je jorgan.

Mati ih je čula i otvorila vrata.

— Šta je gospodinu Ninoslavu? — upita uplašeno.

— Groznica.

Gospođa Novaković priđe i materinski mu opipa obraze.

— Imate temperaturu.

— Ne znam, osećam čas jezu, čas mi je toplo.

— E, to je ono što ste vi juče u košulji...

Miomira je ukočeno gledala lepo lice Ninoslavljevo.

— Nemojte da ustajete. Ja ću reći tati.

Dođe i direktor.

— Zar vi u postelji? Ne dajte se! Kakva bolest!

— Do sutra ću biti dobro. Izvinite što ne mogu u banku.

— Ne brinite vi za banku. Ti, Staša, da neguješ svoga druga!

Dečak je prekorno gledao sestru, a ona je bila sva smoždena strahom i očajanjem.

Predveče jeza pređe u vatru. Obuzimala ga je vrućica, ali prijatna, kao da su mu svuda po telu stavili vruće obloge. Temperatura kao da ga je zagrejavala po koži. Ali u noć temperatura se uvuče u mozak, u pluća, vrelina ga je gušila, a glavu mu pritisnu nešto teško, usijano.

Ujutru se temperatura popela preko trideset devet stepeni. Uplašili su se svi. Miomiri su cvokotali zubi od straha, a bol joj je ledio srce.

— Odmah zovite lekara — naredi direktor.

Miomira ga je pozvala drhtavim glasom, a ruke su joj bile hladne kao led. Svu ju je zgrčila ledena strava.

Lekar dođe autom. Oni ga ostaviše samog da pregleda Ninoslava. Uđe samo gospođa Novaković, brižna kao majka. I on je bio dete svoje majke, jedinac, sva njena nada. A ona je znala šta znači izgubiti sina. Miomira je kršila ruke u trpezariji, a Staša je sedeo na divanu, namrgođen i bled. Iščekivali su mamu i lekara.

Ona izađe nespokojna, a za njom lekar.

— Šta je kod njega, doktore? — pitala je brižno.

— Zapaljenje pluća — odgovori lekar.

— Šta kažete? Zapaljenje pluća? — prestravi se gospođa Novaković. — Vidite, gospodine doktore, kako današnja mladež ne čuva zdravlje. Juče je bio zdrav kao dren. Otišao na izlet i dobio zapaljenje pluća. Recite mi, molim vas, je li opasno?

— Zasada nije. Odmah stavite hladne obloge. Uzećete i ovaj lek. On mi je napomenuo da bi rado prešao u bolnicu, ali bolnica je prepuna. Morao bi da bude u zajedničkoj sobi. Nemamo praznu zasebnu sobu.

— Ne! Kakva bolnica! On će ovde ostati! — uzviknu očajno Miomira, a zubi joj zacvokotaše od straha. — Mi ćemo ga negovati.

— Negovaćemo ga, ali da li može gospodin doktor da dolazi svaki dan? Možda bi, Miomira, bilo bolje u bolnici. Ne sme se olako uzimati bolest.

— Vi, gospodine doktore, imate auto? Možete da dolazite.

— Jest', da ga oteramo u bolnicu! — gunđao je Staša. — Samo još to treba!

— Ne mislim ja, sine, da ga oteramo. Kako to govoriš? Nego se bojim da ga ne upustimo.

— Mogao bih poslati jednu bolničarku da ga neguje.

— Pošaljite! — prošaputa mati. — Bože, zašto ovo da se desi? Sâm je kriv.

— Nije on kriv ništa! — izbrecnu se Staša i pođe u Ninoslavljevu sobu sav bled i potresen.

— Dobro, gospodine doktore, pošaljite odmah bolničarku. Ja ću javiti Aleksi da pošalje auto po nju.

Lekar se oprosti.

— Ja mislim, Miomira, da bi bilo bolje da je u bolnici. Ima više lekara i svi bi bili oko njega.

— Mamice, ne smeš ni da pomisliš... On nije kriv... Ja... ja sam kriva... On je zbog mene stradao — briznula je u plač.

— Kako zbog tebe?

— Mama, on nije hteo da se penje na vrh planine... Ja sam to htela... Uhvatila nas je kiša u planini... a on je skinuo svoj kaput... i mene ogrnuo... da ja ne nazebem, a on je ostao u košulji... jaoj, ja sam za sve kriva! Mene je spasao... a da sam ja pokisla, ne bih ti se ni digla iz postelje. Nemoj da se ljutiš, mamice, moram da ti kažem. Zar ga ja naterala u bolest, a mi da ga oteramo u bolnicu? Šta bi svet kazao? A on je toliko dobar! Spasao je i Staši život. Ti i ne znaš, mama, kakva se nesreća mogla dogoditi...

— Kakva nesreća? — jauknu mati. — Šta je bilo sa Stašom?

Staša se pojavio u trpezariji. Čuo je reči majčine.

— Ja ću ti reći, mama. Spasao mi je život, jer sam hteo da izvršim samoubistvo... jest'... samoubistvo... prislonio sam revolver na slepoočnicu... a on mi ga je istrgao iz ruke. Sad mogu da ti kažem, jer više ne bih takvu glupost uradio. A ona mu je navukla zapaljenje. Napela si se: ili crći, ili videti vrh planine!

Mati se skljokala na stolicu.

— Zar je meni malo bola i tuge nego još i ovo sve da čujem.

— Nemaš, mama, zašto više da kukaš, nego daj čaršave da mu stavimo obloge. On je sav u vatri. Ja ću otrčati u varoš da donesem lekove.

— Pa... što se ne seti da te doktor poveze... Kad vi ne vodite računa o sebi! I što si ti morala da ideš na vrh planine — videći je kako se trese od plača, mati popusti. — Ne vredi plakati! Šta je bilo, bilo je! Dobro... Negovaćemo ga. Ali on, kao pametan mladić, nije trebalo da te sluša.

— Mamice, samo nemoj da ode u bolnicu, ceo svet bi nas osudio. Dok nam je bio potreban, čuvali smo ga, a kad se razboleo, da ga otpratimo u bolnicu. A on je bio siromašan student, mučio se i školovao. Koliko ga samo voli njegova majka! On joj je sav život.

— A što tako nisi mislila kad si pošla u planinu?

— Prokleta da sam što sam i rekla da idemo... Ja volim prirodu... Bolje da sam ja dobila zapaljenje nego on.

Staša je prekine.

— Nemoj tu vazdan da bogoradiš, nego idite i stavite mu obloge.

— Čekaj da uzmem čaršave... Katice... Napuni lavor vodom... Imaš li u kanti? Ne sme da bude mnogo hladna... A ova naša voda je kao led... Hajde, Katice, da mi pomogneš.

— Ja ću, mamice, da ti pomognem. Katice, nemoj da galamiš po bašti! Gospodin Ninoslav je bolestan.

— Je l' opasno bolestan? — pitala je Katica zabrinuto.

— Dabome da je opasno — odgovori mati. — Zapaljenje pluća!

— Ju! — uplaši se Katica.

— Iscedi dobro. Daj meni! — ušla je s Miomirom u sobu i materinski prišla postelji. — Lekar je kazao da vam stavimo obloge... Čula sam sve. Priznala mi je Miomira. Dali ste joj kaput... A ona uvek ide bez mantila... Nemoj da plačeš, nego da stavimo obloge gospodinu Ninoslavu.

— Ja sam kriva... Nikad sebi neću oprostiti...

— Što ste vi dete! Niko mene nije mogao da natera, nego sam i ja voleo da vidim izgled sa vrha. Ko se nadao onakvoj kiši!

— Zato treba misliti ranije. To će vam biti za pamet. Podignite se malo. Da vam skinem pidžamu.

Ukaza se lepo i snažno mladićko telo, uzdrhtalo od dodira hladnih obloga.

— Čekajte, sad ćemo ovaj suv čaršav. Kako vam gori glava! Miomira, trči, donesi iz ormana peškir.

Ona donese. Ukvasi ga i iscedi.

— Ovo ćemo vam na glavu.

— Gospođo, ja bih vas najlepše molio da odem u bolnicu. Tako mi je neprijatno... da vam dosađujem... Vi ste i suviše dobri prema meni... ne želim da vam ležim u kući bolestan.

— Taman posla! Ostavite se! Kakva bolnica! Ni svoju decu ne bih dala u bolnicu. Ljutim se, kao što bi se i vaša majka ljutila. Ništa se vi ne sekirajte. Doći će bolničarka pa ćemo mi lepo da vas negujemo i vi ćete da ozdravite — pomilovala ga je po obrazu, a on joj dohvati ruku i pritisnu na nju svoje vruće usne.

Jedna suza mu se pojavi ispod spuštenih trepavica. Miomira je spazi i zajeca... Sede na stolicu, spusti glavu na naslon, a ramena su joj se tresla od jecanja.

— Zašto plačete, gospođice? — malaksalo je pitao mladi čovek.

— Plače... jer ovo nije moralo biti... A ja sam predosećala da će se vama nešto desiti.

Izašla je iz sobe, a Miomira priđe postelji, privuče stolicu i sede. Gledala ga je ćutke, a suze su joj opet klizile.

— Nisam vas video nikad tako uplakanu. Lepi ste kad plačete... kao devojčica.

— Vi se šalite da me ohrabrite. Ali ja znam koliko sam vam zlo učinila.

— Kakvo zlo? Neće mi seći ni nogu ni ruku, odležaću i ustaću. Hajde, nemojte da plačete.

Pružio je vrelu ruku i pomilovao je po licu. Osetio je njene suze na prstima. Ona mu dohvati ruku. Držala je u svojim ručicama i milovala je.

— Najmanje kome bih mogla učiniti zlo, to ste vi. Kako ja imam lepo mišljenje o vama! Nikada nisam srela u životu mladića kao što ste vi. Bila sam presrećna što sam vas upoznala. Uživala sam kad ste slušali moj klavir. Koliko mi je radosti stvarao vaš lepi glas. Želela sam da se s vama oduševljavam u prirodi. Priznajem, nosila sam u sebi jedan mali bol: da me vi dovoljno ne razumete... upravo... da nećete da me razumete — zajecala je.

— Razumeo sam ja vas. Možda nisam hteo da pokažem. Bolje je tako.

Izvukao je lagano svoju ruku i ona je, tako lepa, ostala opružena na svilenom pokrivaču. Zatvorio je oči i spustio vlažni oblog na njih. Tiho jecanje dopiralo je do njega. I njegove oči su bile ovlažene suzama. Savladala ga je temperatura, malaksao je i bio slab i raznežen, kao bolesnik koji ne gospodari svojim bolesnim telom. Imao je toliko snage da se uzdrži i ništa više ne izgovori. Nije smeo. Posle je podigao oblog sa očiju i nasmešio joj se:

— Hoću da budete veseli. Bolesnika ne treba rastuživati.

— Trudiću se... mada sam i ja bolesnik. Još kakav bolesnik!

— Vi to ne smete biti.

— Znam da ne smem... ali šta mogu! — njene lepe oči su bile pune ljubavi...

Da je nije gledao nego samo slušao njen ustreptali glas, osetio bi da ga voli. Gledao ju je lepim očima zamagljenim od vatre. Temperatura ga je žegla kao plamen. Oblog na čelu bio je vruć. Miomira je ponovo pokvasila peškir i stavila mu na čelo. Pritiskivala ga je na slepoočnice i vlažnim rukama prešla mu preko obraza. Imala je želju da se sagne i poljubi mu vruće usne. Trgla se i sela na stolicu. Ruže u vazi, crvene kao njene usne, bile su osmejak prirode u bolesničkoj sobi. Stašina gitara tužno je ležala na sofi. Miomira uzdahne, setivši se njegovih pesama, uze gitaru i stavi je u navlaku. Jedan bolan ton odjeknu s gitare.

Gospođa Novaković donese limunadu i prinese je Ninoslavu.

— Pijte malo! Limunada gasi vatru.

Mladić se pridiže, otpi iz čaše i umorno klonu na jastuk. Osećao je bol u plućima. Teško je disao. Posle se usiljeno osmehnu:

— Ne pamtim da sam ikad ležao u postelji. Ugodnost u životu raznežava. Kao student gladovao sam, ali sam uvek bio zdrav. Boško, moj drug medicinar, bio je jednom bolestan, imao je grip... a ja sam ga negovao.

Ućutao je kao da ga san hvata, lepe obrve bile su mu još duže, a trepavice su pravile senku na njegovom zažarenom licu.

Auto zatutnja. U njemu je bio Staša s bolničarkom, jednom plavom, nežnom devojkom. Ona je odmah preuzela svoje mesto kraj bolesnika. Staša je sumorno sedeo na drugoj sofi. Nije imao onaj dečački osmeh. Tuga se razlila po njegovom licu.

— Staša, ti moraš da spavaš u našoj sobi na otomanu — reče mu mati. — A vi, sestro, možete u drugoj sobi.

— Zašto da ne ostanem pored gospodina Ninoslava? — usprotivi se Staša.

— Nema potrebe — izjavi bolničarka. — Ja mogu sama.

— Smenjivaćemo se noću, ja i vi — ponudi se Miomira. — Ja ne ležem nikad pre jedanaest-dvanaest. Morate i vi malo da se odmorite.

Ova dva osetljiva deteta, brat i sestra, svesrdno su zavolela i zalagala se za Ninoslava. Staša je u njemu video svoga druga i spasioca, a Miomira mladog čoveka koji ju je naučio da upozna samu sebe i najlepše osećanje u ženi.

Između života i smrti

Dani prolaze tužno, još duži su kad je bolesnik u kući, u atmosferi tišine, šapata, mirisa limuna i tihog uzdisanja. Temperatura je bivala sve veća, bolesnik je gubio svest, padao u zanos, buncao... Noći su mu bivale još teže.

Miomiri srce da se raskine. Sedela je kraj njegove postelje. Oči su mu bile otvorene, kao da je gleda, ali pogled govori da je bez svesti.

— Neću nikad reći... Ne idite!... Bojim se... Miomira... Miomira! — glas mu je bio tužan, kao jecaj... Podsvest bunca ono što svest nije htela da izrekne.

Miomira se nagnu, upita ga, a učini joj se da je gleda:

— Šta to nećete, Ninoslave?

Ali odgovora nije bilo, kao da je nije čuo, a drugi nejasni, tajanstveni tok misli prelazio je preko njegovih usana, zapeklih od vatre. Devojčine oči su blistale u suzama, a ruke i noge su joj bile sleđene, kao da je ona u hladnim oblozima. Užasna strava ščepala joj je celo telo. Gledala ga je i slušala napregnutom pažnjom. Usne su se opet otvarale... buncale...

— Miomira!... Ona voli flert... Ne, ja neću...

Mlada devojka je zadrhtala. Htela bi da mu kaže: „Ne, Nino, ja ne volim flert! Ja volim ljubav, veliku, bezmernu... Ti nisi mladić s kojim treba flertovati...” Ali besvesne oči, tragične u vatri, kao da je nisu videle...

— Ja neću da patim... Idite!

Steže ruke, a bolna sreća joj zgrči srce... Kako je fatalno doznavati osećanje iz nemoćnog organizma, kroz besvesni zanos, kad se telo otima, a ona je nemoćna kraj njega da mu pomogne.

— Nino, volite li me? — pitala ga je tiho.

A bolesnik ne odgovara. Ona mu pipa oblog na čelu. Suv je, uzima ga i kvasi, i pritiskuje mu na čelo. To ga umiruje i kao da mu se svest budi, gleda je i šapuće:

— Hvala...

— Hoćete li limunade?

— Mogu...

Podiže mu glavu i prinese limunadu vrućim usnama. Njegova lepa kosa dodiruje njenu obnaženu ruku. Tako bi ga prigrlila na grudi, držala u naručju, tepala mu i plakala kao majka nad bolesnim detetom. Svaki bolesnik je dete. I on, ovako nemoćan, njeno je dete, i njena ljubav...

Pobledela je, oči su joj došle veće, a tuga joj je utisnula modre kolutove ispod očiju. Nigde nije izlazila ni ona, ni Staša. Bila je stalno u trpezariji ili bi odšetala do njenog borja, bešumnog i senovitog.

Temperatura se penje, sagoreva ga, a srce mu popušta. Lekar mu je izmerio puls i zamišljeno ćutao uzimajući iz svoje torbe špric da mu dâ injekciju.

— Šta je to? — upita Miomira užasnuta.

— Kamfor — šapne bolničarka.

„Njegovo srce slabi?", htela bi da jaukne, a nije imala moći. Snaga je potpuno izdala, samo se razvitlao u njoj strahoviti bol, koji joj čupa svaki živac. „On neće preživeti... Ja sam ga ubila." Odjurila je u svoju sobu i prigušeno zajaukala. Mati joj dođe:

— Pa šta ti je, Miomira? Nemoj da se plašiš!

— Mama... njegovo srce slabi... Ja sam ga ubila! Jaoj, mama!... Kako će njegova mati preživeti?

— Nemoj biti luda, Miomira! Daju mu kamfor da pojačaju srce... Temperatura slabi srce, ali lekar kaže da je on jak, i da se nada da će izdržati... Nego, trebalo bi njegovoj majci da javimo.

— Neće on... rekao mi je. Ja sam joj napisala pismo na pisaćoj mašini kao da on piše.

— Ja bih je pozvala.

— Zašto, mama? I ti se plašiš.

— Ne plašim se, nego, opet, neka je mati tu... Hajde da večeraš... Došao je otac.

Silazila je kao pijana i sve se okretalo oko nje. „Bože milostivi, samo da Nino ozdravi.”

U kući raste tišina. Svi tiho govore, tiho se kreću. Kao da je samrtnik u kući. Zabrinut je i direktor. Oni su ga svi voleli kao bliskog svoga. Sazvan je konzilijum. Miomira je sva izgubljena. Otac je, ipak, najjači. Nasmeje se, našali s bolesnikom, zadirkuje i Stašu. Ali dečak je bio utučen i nem. Umukla je gitara, zanemeli akordi klavira. U kući je težak bolesnik. Temperatura se kao tajanstvena sila okomila na organizam.

— Sutra ćemo videti. Kriza je... Ne bojte se! — hrabrio ih je lekar.

A Miomiru niko nije mogao da umiri. Lutala je kraj reke kao mesečarka. Oslabila je kao da je i ona bolesnik. U bolu i strahu upoznala je svoju ljubav. „Sutra je kriza”, šaputala je kao u bunilu, a sve je iščezlo oko nje. Nije osećala ni miris cveća, niti je videla lepotu prirode. Svuda se uvukla tuga: u grane žalosnih vrba, u lipe, ruže, raskošne i mirisne, u senke četinara. „Bože milostivi, spasi Nina!”

Veče je i bolna tmina spušta se nad baštom. Nikad se nije plašila noći, a sad je drhtala od nje. Da li je to bila borba svetlosti i mraka, života i smrti?

Temperatura se popela više od četrdeset. Ninoslav bunca i kroz reči kao da se od nečega brani... otima... Lekar je tu već dva sata. Sedam je već. Oca nema iz banke. Stigao je tek oko pola osam. Jedan mladić sedi s njim u automobilu.

— Ko je to? — šapuće mati.

Miomira pogleda.

— To je Boško, mama! Onaj medicinar što kod tetke stanuje!

Mladić skoči iz automobila i požuri u kuću. Direktor reče:

— Evo, doveo sam lekara! Ninoslavljev drug... Odsednite kod nas i lečite ga!

— Vi... vi — mucala je Miomira.

— Ja sam javio Ninoslavu da ću doći. Vi to znate?

— Ne... Ima jedno pismo, ali ga nismo otvarali. On je opasno bolestan — zagrcnu se Miomira.

— Kazao mi je gospodin direktor. Svratio sam u banku i, eto, doveo me ovamo.

— Kao da ste znali da treba da dođete. Njemu je jako loše.

— Ama, nije to tako strašno! — veselo izgovori Boško, kao lekar.

— Daj bože! — šaputala je mati. — Vi ste dakle taj Boško što stanuje kod moje sestre? Jaoj, ne znamo šta će biti s gospodinom Ninoslavom. Zlo je, veliko... zlo...

— Nije to tako veliko zlo kao što vi mislite!... Gde je, da ga vidim?

Miomira ga uvede u sobu.

— Ninoslave, zar ti da budeš moj prvi pacijent?!

Drug ga je besvesno gledao, a Miomiri briznuše suze. Sklonila se u drugu sobu. Čula je kako lekar nešto tiho govori medicinaru. Dao mu je objašnjenje o toku bolesti i uputstva, ostavio mu kamfor i otišao.

— Je li opasno, gospodine? — pitala je mati sva slomljena.

— Nije opasno — tešio je lekar. — Ali je ozbiljno... Ipak, ima nade.

Miomira nije imala nade. Kao sen se vukla po kući.

— Idite vi, gospođice, i spavajte — terao je Boško. — Ja ću večeras da bdim nad njim. Sutra će mu već biti dobro.

Ona nije verovala nikome. Njeno srce joj je predskazivalo strahovitu nesreću. Osluškivala je svaku reč. Činilo joj se da svi kriju od nje istinu.

Čula je kako mama šapuće tati:

— Treba da telegrafišemo njegovoj majci.

Miomiru ugušuje krik: „Nino će umreti!" Nino, njena ljubav, njen život! Ona ga je ubila, a ona bi svoj život žrtvovala za njega...

Ušla je posrćući u sobu. Mati se uplaši.

— Zaboga, što ne legneš?! Što si se toliko prestravila? Gledaj kakva si!

— Ja sam ga ubila... Ja!

— Šta, ti? Odmah da legneš i da se smiriš.

— Strah me je gore!

— Lezi na divan u tatinoj sobi. Katice, donesite odozgo njen dušek i pokrivač.

Ona se strese od strave. Kao da smrt lebdi oko kuće. Zašto su noći strašne kad je bolesnik u kući? „Ja sam ga ubila." Kapci su joj bili teški, srce je drhtalo od bola, a san je savlađivao, mučan i košmaran...

Probudila se... Čula je veseli cvrkut ptica... Soba je bila puna zlatnog, veselog sunca... Prisećala se, osluškivala. U kući se nešto događalo ili je njena bolesna mašta sve uveličavala... Razgovor... Koraci... Katica trči. Mama govori:

— Brže, Katice!

Skočila je u pidžami i pojurila kroz spavaću sobu. „On je umro!", jauknu u njoj... naglo otvori vrata i gotovo posrnu preko praga.

Temperatura je spala

Zaustila je da krikne: „Šta je s Ninoslavom?", a vide oko stola, nasmejane, u razgovoru, medicinara Boška, Stašu i mamu.

— Temperatura je spala. Nemoj da se plašiš! Kriza je prošla! — čula je radostan Stašin glas od koga je uhvati nesvestica te se nasloni na vrata.

— Ne dâ se naš gospodin Ninoslav! Zar on da podlegne bolesti? — raspoloženo je govorila mati.

— Ja sam rekao da on ima jako srce — dodade Boško koji je taman uzeo parče hleba da namaže puterom, pa ga spustio, opčinjen devojčicom koja je malaksalo stajala uz vrata, zamagljenih očiju od radosti i ne shvatajući da je u pidžami pred stranim, mladim čovekom. A mladi medicinar je zaboravio na belu kafu, marmeladu, obilan doručak, tako primamljiv za njegov izgladneli studentski stomak.

Staša, već matorac, zastide se što ona stoji u pidžami, i s bratovljevskom strogošću izbrecnu se:

— Što stojiš takva! Što se ne obučeš?

Ona se osvesti, zastide se, pobeže u sobu, opusti se na sofi i prošaputa: „Spala je temperatura". Htela je da se nasmeje, jer je to bila radost ogromna, kakvu nije skoro osetila, to je spasenje voljenog bića... Ali u njenom organizmu bol je još pritiskuje i tišti, a radost ustrepta kroz izmučene nerve, i ona zaplaka, osećajući da su samo suze odgovor na preveliku i prekrasnu sreću.

Sa odlivom suza izli se i ono teško, očajno, a svetlost zablista u njoj... Brzo se umila, obukla i sišla u trpezariju.

— Kad je spala temperatura? — pitala je gledajući velikim, blistavim očima medicinara.

— Pred zoru...

— Vi niste spavali?

— Nisam... To se često događa u lekarskoj praksi. Lekar zaboravi na san kad pred sobom ima teškog bolesnika...

— Zato dobro jedite, pa posle prilegnite i odspavajte — nudila ga je mati.

— Možete i gore, na divanu, u mojoj klavirskoj sobi. Tu je tišina, a prozori su otvoreni — predloži Miomira.

— Neću da spavam. Prošetaću malo... U Beogradu sam više probdeo nad knjigom nego što sam spavao — jeo je, ali se snebivao, a sve je bilo tako ukusno. — Hvala, gospođo — tobož nećkao se. — Pravo da vam kažem, upao sam u kuću kao nezvani gost.

— Kakav nezvani gost? — prekori ga Miomira. — Ja sam vam kazala u Beogradu da možete odsesti u sobi gospodina Ninoslava.

— Ovolika kuća i vi nezvani gost? Ja volim goste i volim svakog da ugostim. To mi je ostalo još od mojih roditelja. Svakog su oni ljubazno dočekali i ispratili. Mrzim samoživ i gramziv svet koji samo drhti nad sobom.

— Ninoslav mi se mnogo hvalio s vama i ljubaznosti kojom ste ga dočekali.

— On je divan mladić... Verujte, svi smo bili premrli od straha za njim. Nije to laka bolest. Staša se nigde nije maknuo iz kuće.

— Zar da ja šetam kad je gospodin Ninoslav bolestan?! Šetnja mi je bila samo do apoteke. Kako je on bio dobar prema meni!

— I vi ste dobar dečko, hvalio vas je u pismu.

— Vidiš, mama, svi me hvale.

— I treba da te hvale, a ne da te kude.

— Kad je gospodinu Ninoslavu bolje, možemo posle podne da se provozamo malo autom. Hoćete li, gospodine? — pitao je Staša.

— Drage volje! — veselo će Boško.

— Htela bih da vidim gospodina Ninoslava, mogu li? — zapita Miomira.

— Idite.

— Polako ću da odškrinem vrata.

Išla je tiho, a gumeni đonovi njenih belih sandala bili su nečujni. Lagano je otvorila vrata. Sestra joj dade znak prstom na ustima da ne govori. On je spavao opružen na postelji, bled, sklopljenih očiju. Temperatura je spala, a lice pobledelo. Spavao je onim bolesničkim polumrtvim snom. Izgledalo je kao da je zaspao zauvek. Tuga je prožme svu... Takvu sliku je neprestano viđala u svojim košmarnim snovima: on bled, nepomičan, zaklopljenih očiju.

Bolničarka joj se osmehnu i šapnu:

— Dobro je... Spava — izađe zatim u drugu sobu, želeći da ostavi devojku samu. Naslućivala je da ga ona voli.

Miomira nije smela da se makne s mesta. Razneženo ga je gledala, bledog, a ipak lepog. Ah, kakav bi bio njen život da je on umro. Stresla se kao da opasnost još lebdi nad njim i da ga mora sačuvati. Suza joj se skotrlja. Spavao je tiho, kao dete. Htela je da spusti usne na njegovu kosu, ali nije smela. „Ljubavi moja!", šaputala je u sebi mlada devojka.

Vrata se lagano otvoriše. Staša je zvao prstom. Ona izađe nečujno kao sen.

— Zove te telefonom gospođica Slavka.

Pošla je i brisala suze. Boško je spazi uplakanih očiju. „Divna devojčica", šaputao je i gledao je razneženo. Pričaće Ninoslavu koliko ga ona voli. Da li je lud da se ne odazove njenoj ljubavi? On bi je oberučke prihvatio. Ali ona je verena. Možda je ovo humano osećanje u njoj? Da nije nesrećna ljubav srušila Ninoslava u postelju? „Koješta!", odbijao je. „Niko nije dobio zapaljenje pluća od ljubavi."

Miomira je govorila na telefonu:

— Niste znali? Tek sinoć ste saznali?... Jutros mu je bolje. A bio je vrlo teško bolestan. Strašno smo se uplašili. Da, dođite! Posle podne. Pa neka dođu i Vida i Gina. Povedite i Anđicu... Nisam nigde izlazila... Uzeli smo bolničarku. A juče je došao jedan njegov drug, medicinar. Cele noći je bdio kraj njegove postelje... Temperatura je spala. Baš volim da dođete...

Staša je osluškivao i najviše ga je uzbudilo što će i Anđa doći. Nije hteo da Miomira vidi da prisluškuje i pozvao je Boška da šetaju.

— Prvo da vidim Ninoslava.

Mati se pojavi.

— Hoćete li ostati kod njega dok sestra ne doručkuje?

— Hoću.

— Krasna je ova sestra. Svršila je nudiljsku školu, a razume se u posao kao lekar.

Boško je ušao u sobu. Ninoslav je još spavao, a sestra izađe.

Staša se obrati majci:

— Posle podne ćemo imati goste, mama. Doći će gospođica Slavka, Gina i Vida.

— Pa neka dođu... Jesu li čule za gospodina Ninoslava?

— Tek sinoć...

— Je l'te, sestro, nema više opasnosti? — pitala je Miomira.

— Opasnosti može biti kad bi došle komplikacije, ali toga neće biti.

— Hvala bogu! — uzdahnu mati. — Ti si spavala, Miomira, noćas, a ja sam se tri puta dizala.

— Mene je san savladao te nisam ništa osetila.

— I vi ste sedeli svake noći do dvanaest, pa ste se umorili. Bogami, vi ste me dosta odmenjivali — sestra pogleda Miomiru i morala je priznati da je divna devojka.

Posle doručka sestra je otišla u sobu kod bolesnika, a Boško je izašao da prošeta. Otišla je i Miomira. Zaboravila je njeno borje, reku, rascvetane vrbe, i tek je jutros ponovo otkrila njihovu lepotu.

— Ovde bih se mogao okupati! — uzviknu Boško. — Šteta što nemam kupaći kostim.

— Ima gospodin Ninoslav... A možete i moj da obučete — ponudi Staša.

— To bi bilo kolosalno. Ja uživam u kupanju i sunčanju.

— U podne je najtoplije. Sad je voda hladna — opomenu ih Miomira koja se sada za svakog plašila. — A posle podne doći će jedna lepa mlada devojka.

— Koja? — zapita Staša.

— Ne boj se, ne mislim na tvoje devojče, nego na Ginu.

— Nije ona moje devojče. To je moja drugarica.

— Baš me interesuje da vidim vaš ukus — dirao ga je Boško.

— Videćete — smeškao se dečak, koračajući krupno i mlatarajući rukama.

Šetali su čitav sat i vratili se. Ninoslav se probudio. Miomira je ušla tiho, držeći dve crvene ruže na dugoj dršci.

— Da vas pozdravim s ružama — prišla je postelji, a oči su joj blistale od sreće. — Jeste li dobro?

— Dabome, kad me toliko vas neguje. A kad ja ozdravim, bojim se da se vi ne razbolite.

— Ja sam žalila što ja ne ležim umesto vas. Ne ljutite se više na mene?

— Zbog čega?

— Što sam vam navukla bolest.

— Ne bih ja mogao ni za šta na svetu na vas da se naljutim. Vi ste najbolja devojčica.

Ona prevuče rukom preko očiju da bi sakrila suze.

— Toliko sam prepatila, kao onda kad je jadni Mile poginuo. Naročito juče.

On pruži ruku, uhvati joj prstiće i steže.

Boško uđe i Ninoslav mu se osmehnu:

— Ti polažeš praktični ispit na meni. Izgleda da si odličan dijagnostičar. Samo, moraš da me obriješ. Strašno izgledam.

— Nisi izgubio svoju lepotu, je l' da, gospođice Miomira?

— Ličim na isposnika! Obraz mi je sav hrapav.

— To nije ništa.

— Udesite ga, gospodine Boško, jer posle podne dolaze devojke.

— Koje devojke?

— Gina, Slavka i Vida.

— Ima li neko devojče i za mene? — pitao je Boško.

— Bogami, mogla bi biti Gina.

— Je li lepa?

— Nije — šalila se Miomira.

— E, onda neću.

— Zašto? Ona je vrlo dobra. Zar vi gledate samo lepotu?

— Hoću sve zajedno, i lepotu i dušu.

— Onda ćete se posle podne zaljubiti.

— Neću se zaljubiti kad kažete da nije lepa.

— Čekajte dok je ne vidite.

— Onda moram i ja da se obrijem. Prvo ću tebe. Daj da te nasapunam. Ne boj se, ja vešto brijem. Ala ti je tvrda dlaka!

— Nemoj da grebeš!

Boško se šalio i brijao ga. Sestra donese mlake vode, umiše ga, izbrisaše.

— I frizuru ću da ti očešljam. Za njegovom talasastom kosom ludovale su studentkinje. Mi što nemamo talase na glavi ne vredimo.

— A je li i on ludovao?

— Bogami, on je bio najskromniji student. Nije verovao ženama.

— Nemoj da me ogovaraš pred gospođicom Miomirom.

— Ja mislim da te hvalim. Je l'te da je lep, gospođice? Vidiš kako sam ja dobar! Nikad nisam bio surevnjiv na tvoju lepotu.

Miomira mu se blaženo smešila. Nije verovala da je dragom Ninu već bolje.

— Kad ozdravite, pozvaću vašu sestru da dođe na nekoliko dana k nama. Ona mi je to obećala.

— Dosta što sam vam ja dosađivao.

— More, ti i nisi, ali sam se ja utrpao u kuću kao tvoj gost.

— Šta ste se utrpali? — nasmeja se gospođa Novaković, koja se pomoli na vratima raspoložena, čuvši njihov veseli i šaljivi razgovor.

— Sutra putujem, gospođo... Ja sam mislio da on ima svoj stan, pa da budem kod njega. A ti se ovde odomaćio, pa još i goste dočekuješ.

— Nećete ići sutra, nego ćete ostati još koji dan! — zapovedno je govorila Miomira. — Je li, mama, da i ti ne daš da gospodin Boško sutra putuje?

— Dabome da će ostati. Valjda nas stešnjavate u kući, i malo kuvamo, pa nam smetate?! O, hvala bogu milostivom, kad vidim našeg gospodina Ninoslava raspoloženog. Ko ga je obrijao?

— Ja, gospođo. Uplašio se da je poružneo. Morao sam ga udesiti.

— Lep je naš gospodin Ninoslav... I dobar i pošten... A Aleksa se bio zabrinuo. Koliko puta se raspitivao iz banke: kako je gospodinu Ninoslavu? Tek je jutros otišao raspoložen u banku. Nego, mi smo napunili sobu. Bolje da ste vi sami. Čistiji je vazduh.

Izašla je s Miomirom, a Boško priđe Ninoslavu i reče mu:

— Srećni mladiću!... Ona je zaljubljena u tebe.

Ninoslav se nasmeja, kao da je sve to šala, ali okrete glavu zidu i zagleda se u jednu sliku.

Prvi poljubac

Dovezle su se fijakerom. Staša je vrebao njihov dolazak.

— Gle, one u fijakeru!

Slavka prva siđe.

— Nismo htele pešice. Dale smo svaka po banku, pa će da nas čeka i vrati kući.

Miomira je istrčala da ih dočeka.

— Kako je Ninoslav? — pitala je Slavka.

— Dobro... Kriza je prošla.

— Jaoj, što sam se potresla kad sam čula! Pa kako da dobije zapaljenje pluća?

— Pravili smo izlet... pa je nazebao.

— Sili se on u kaputu! I ova će moja Anđa jednom nastradati — okrete se Anđi. — Uvek se razgoliti i ide bez mantila. A ja nikuda bez njega. I sada sam ga ponela. Možemo li da uđemo kod Ninoslava da ga vidimo?

— Možete... ali posle ćemo da sedimo u boriku.

Slavka zastade kraj postelje.

— Kao da nisi bolovao. Divno izgledaš.

— Ja se ne dam. Nekoliko dana, i eto mene u banku!

— Poležaćeš ti više — dodade Boško.

— Poznaješ li, Slavka, Boška?

— Boško! Kako da vas ne poznajem?! Otkuda vi ovde?

— Svratio sam da vidim Ninoslava, zvao me da mi se pohvali kako je postao bankarski činovnik, bilo mi je usput, i zateknem ga u postelji.

— Noćas je primenio svoje znanje na meni.

— Da vam predstavim gospođice: ovo je gospođica Gina, gospođica Vida — govorila je Miomira.

— Blagojević!

— Ristić — predstaviše se devojke.

Boško se iznenadi videći crnooku Ginu. „Pazi, kako je zgodno ovo devojče!"

— Što imate lepu frizuru, Gino! — pohvali je Miomira.

— To sam juče pravila električnu ondulaciju.

Venčić loknica koketno je ukrašavao njenu lepu glavicu, a oči su joj bile još blistavije uz opaljeno i rumeno lice i sočne usne.

— I ja joj kažem da nikad nije imala lepšu frizuru. Evo, Ninoslave, donele smo ti pomorandže.

— Hvala...

Posedele su malo, izašle iz sobe i uputile se u borovu šumicu. Pozvaše i Boška. Katica je namestila sto i stolice.

— Kako je ovde divno! Ja bih prošetala malo pored reke — uzviknu Anđa.

— Idite sa Stašom. Mi ćemo ovde posedeti.

Staša je osećao jaku tremu. Pomišljao je da poljubi Anđu.

A Boško je netremice posmatrao Ginu. „Boga mu, mogao bih se zaljubiti u ovo devojče." Boško je bio đavolast. Voleo je da flertuje. Bio je vrlo simpatičan mladić, s lepim crnim očima i lepo građen. Smejao se vedrim smehom pokazujući divne zube, a bio je i duhovit.

— Koliko ostajete ovde? — pitala je Gina, koju su uznemirili njegovi pogledi.

— Ja bih već sutra pošao, a oni me zadržavaju, i ja se, zamislite, ne ljutim što mi ne daju da idem.

— Zašto da idete odmah? Treba da vidite našu varoš — zadržavala ga je Gina. — Jeste li vi student?

— On je završio medicinu — objasni Miomira.

— Bićete na stažu?

— Moram...

Devojke su veselo govorile. Slavka je opazila klonulost na licu Miomirinom. Pričala je, ali je bila odsutna i rasejana. Njene čarobne oči skrivale su tugu. „Ona voli Ninoslava", mislila je Slavka. Ovoga puta to joj nije stvaralo bol. Nešto se dogodilo u njenom životu. Nastavnik pevanja izjavio joj je ljubav. Nije ni slutila da je taj suplent voli. A to se dogodilo preksinoć. Ispratio je do kuće i kazao joj da je voli, da je ona devojka o kojoj sneva, da voli što je intelektualka, domaćica i idealna devojka, i ozbiljno je upitao hoće li da se uda za njega.

Došlo je sve tako neočekivano, da nije umela da odgovori ni samoj sebi. On joj je bio simpatičan. Bio je na konzervatorijumu u Pragu. Vanredno je spremao đački orkestar, horove. Spremao se da polaže i profesorski ispit, jer je imao maturu, muzičku školu i dve godine na konzervatorijumu. U njoj nije bilo ljubavi već prijateljstvo, i pitala se da li je bolje sklopiti brak iz prijateljstva, pa da se ljubav razvija u braku. Nije mogla da iščupa Ninoslava iz srca, a videla je da je Miomira jača od nje. A njegova prosidba ispunila ju je srećom. Časno je i toplo izjavio svoju ljubav i zatražio je za ženu, čak je pristajao da Anđica živi sa njima. Sve ju je to zbunilo, ali iz tog haosa izvlačilo se nešto raspevano, što je dolazilo iz saznanja da ona vredi, da nije ostala nezapažena u životu.

Kazala mu je da će mu odgovoriti na jesen.

Ustreptale duše došla je u posetu. I sve joj je bilo lepo oko nje, za svakog je imala nežnu reč, umiljato je gledala Miomiru, hvalila njeno sviranje, pustila da Anđa šeta sa Stašom, raspoložena je bila što Boško gleda Ginu i što je Gina danas naročito lepa.

Završili su užinu kad se jedan auto zaustavi ispred kapije. Katica pritrča i otvori kapiju. Mislili su da je Novakovićev auto, kad spaziše za volanom jednog crnomanjastog mladića.

— Moj verenik! — začudi se Miomira.

Boško oseti izvesnu nelagodnost, kao da taj mladić donosi neprijatnu atmosferu. „Ona je verena, a Ninoslav bolestan... Ima li to veze?" Motrio je pažljivo, ali njeno lice je bilo savršeno mirno. Ni iznenađenja, ni usklika, ni žurbe... Digla se mlitavo, usiljeno se smeškala, pozdravila se s njim i dovela ga u društvo.

— A gde je Staša? — interesovao se verenik.

— Otišao je u šetnju sa gospođičinom sestrom.

Očekivao je da će reći sa gospodinom Ninoslavom, jer se čudio što njega ne vidi. Mislio je da je u banci i da se preselio u varoš, a za Boška je držao da je kavaljer jedne od ovih gospođica.

— Ti me uvek iznenadiš svojim dolaskom — izgovori Miomira, ali glas joj je bio ravnodušan, i mala Gina se iznenadi kako hladno dočekuje verenika.

— Znam da ću te uvek zateći u tvojoj šumi, kao začaranu princezu.

— Ovde je tako lepo, kao u bajci — ushićivala se Gina.

— Jeste li vi Beograđanin? — okrete se Vlada Bošku.

— Nisam, ali sam student i polagao sam ispite u junu.

— Šta studirate?

— Medicinu.

— Gospodin je već lekar. Završio je — saopšti mu Miomira.

Anđica i Staša se pojaviše, oboje užagrenih obraza. Prvi poljubac se desio... Oboje su se zakleli na večitu vernost: da svrše maturu, da se upišu na univerzitet, pa se kao studenti mogu venčati. Devojčica je jedva govorila od uzbuđenja, a Staša je veselo pružio ruku Vladi, iako nije mnogo mario za njega. Ali u ovom trenutku život je za njega bio najlepša pesma.

Najedared, iza ugla kuće pojavi se bolničarka:

— Gospodine! — pozva Boška. — Molim vas, hodite jedan trenutak.

Vlada je pogleda iznenađeno.

— Otkuda ova bolničarka? Ko je bolestan kod vas?

— Gospodin Ninoslav — odgovori Staša.

Rentijerovo lice se izduži.

— Bolestan? Zar je on još kod vas?

— Jeste... I teško je bolestan. Ima zapaljenje pluća. Jedva je živ ostao. Svi smo se uplašili — naivno je govorio dečak, zabrinut iskreno za svog dobrog, velikog druga.

— A zašto leži kod vas? — pitao je verenik.

— Zato što je kod nas bolja nega... Uzeli smo i bolničarku, i lekar dolazi svaki dan — umeša se Miomira.

Mladić steže usne i ne reče ništa. Devojke su osluškivale i objašnjavale u sebi: „Ljubomoran je...” Ravnodušni ton Miomirin iznenadi ih i celo njeno držanje, uzdržljivo i hladno. Slavka, koja je mrzela ovakve tipove, spazivši kako se pravi važan, kao da nešto više vredi od Ninoslava, valjda što je bogat, poče da hvali svog druga:

— On je divan mladić! Ja ga poznajem sa studija. I ja sam se uplašila kad sam čula da se razboleo. Sada, kada je već svoj čovek, da padne u postelju! A prvog dana kad je stupio u banku došao je da mi se pohvali. Bio je sav srećan. Vi ste bogataš — okrete mu se smelo — ne znate šta to znači za nas, siromašne studente, kad dobijemo službu.

— Jeste li vi neka levičarka? — podrugnu se bogataš.

— Nisam ja ni levičarka ni desničarka, ali pravično posmatram život. Baš je ovo za pohvalu od vas što ga niste dali u bolnicu — okrete se Miomiri.

— On je zaslužio da svi budemo pažljivi prema njemu — hvalio ga je Staša. — Koliko je bio dobar prema meni! On je silan mladić!

Dođe užurbano i gospođa Novaković.

— Ja se pozdravih s tobom, Vlado, ali ne stigoh da dođem da malo posedim sa vama. Kuvamo pekmez, pa moram i ja da nadgledam. A jesi li čuo da nam se gospodin Ninoslav razboleo?

— Čuo sam — procedi verenik, a pogledom ošinu Miomiru.

Sav bes u njemu uskipe protivu nje. Ninoslav je zbog nje ovde, ona je uticala na roditelje da ga zadrže. Ona zavitlava njega, verenika, i neprestano odlaže venčanje. Kazala je da će se venčati u julu, a evo, jul je tu, a ona to više i ne spominje. Ali ona njega ne poznaje i ne zna šta je on u stanju da uradi.

— Baš je ovde lepo, je li Vlado? — nežno ga je pitala gospođa Novaković, znajući šta se u njemu odigrava. — Miomiri je žao da se rastane sa baštom.

— Vidim da joj je žao — učtivo izgovori on, ali Miomira shvati dvosmislenost ovog odgovora.

— Vidite li, gospodine Boško, kako imamo lepe devojke?

— Vidim, gospođo! — osmehnu se Boško i pogled mu pomilova oči Ginine.

„On nije ovdašnji!", iznenadi se verenik. Htede da zapita, ali prezrivo pogleda mladog čoveka u jeftinom odelu.

— Nama je već vreme da krenemo — opomenu Slavka svoje društvo.

— Pričekajte još malo... Dala sam kočijašu da večera.

— Što se gostoprimstva tiče, ja se na vas ugledam pa delim sirotinji — reče Gina gospođi Novaković.

— Ako, Gino! Imaš i ti, hvala bogu, punu kuću. Ona je dete bez majke, a znate kakva je domaćica! — pohvali je gospođa Novaković. — Sama vodi celu kuću.

Boško ju je blaženo gledao i spustio pogled na njene ručice, kao da je hteo da ispita vide li se na njima tragovi rada, ali ruke su bile lepe i noktići bledorumeni. Kočijaš se pojavi.

— 'Oćemo l', gospođice?

— Idemo.

— Jesi li se dobro prihvatio? — zapita ga gospođa Novaković.

— Kô što bog hoće! Hvala, gospođo! Dao ti bog da uvek imaš.

Devojke odoše da se oproste s Ninoslavom.

Gina sanjalački pogleda Boška. Kako je bila željna ljubavi! A Vida je bila tužna. Ona danas nije imala uspeha. Išli su kroz baštu i zastadoše kod ruža. Bokori su bili puni cvetova.

— Da vam nakidam ruža? Ja ih obožavam! — reče Miomira.

— Meni i Vidi nemojte, mi imamo.

— Ali ovu nemate.

— Tu nemamo. Kako je to ona pola ružičasta, a pola žuta?

— To sam dobila kalem iz rasadnika. Je li, Vlado, da je ova ruža divna?

— Lepa je — promrmlja verenik.

Rešio je da se sada objasne, pa šta bude.

Oprostili su se. Verenik se rukovao, ali nijednoj nije poljubio ruku. To su palančanke. Boško je svima poljubio ruku, a Staša gospođici Slavki.

Slavka, Gina i Vida popeše se u fijaker, a Boško ostade sa Miomirom i Stašom.

„Šta, zar ovaj ovde ostaje?", začudi se verenik i mrsko pogleda Boška. „Otkuda sad on? Da nije možda iz bolnice?", mislio je.

— Je l'te da je Gina lepa devojčica? — dirala je Miomira Boška.

Boško vragolasto uzdahnu:

— Nije trebalo da je pozivate! Noćas neću trenuti.

— To mi je milo — nasmeja se Miomira i pođe u baštu.

Verenik je gledao ispod oka, stajao je kraj bokora ruža i opazio njen osmeh. Boško prođe pored njega i uđe u Ninoslavljevu sobu.

— A ko je ovaj mladić? — upita verenik Miomiru.

— Svršeni medicinar.

— Znam... a je li on kod vas u gostima? Da li vam je on neki rod?

— Nije nam rod, nego je drug gospodina Ninoslava.

— A, tako! Njegov drug, pa mu došao u goste. Ima li još koji drug da mu dođe u goste?

— Svakako da ima! — izgovori mlada devojka, uvređena njegovim tonom.

— Hajde malo da prošetamo drumom. Hteo bih da razgovaram s tobom.

Pošla je mirna i odlučna, i volela je da bude malo dalje od prozora Ninoslavljeve sobe da on ne bi čuo prepirku. Po verenikovom turobnom licu bilo je jasno da se sprema da joj drži pridike.

— Zašto me nisi sačekala u Beogradu? — pitao je oštro.

— Ja sam bila nedelju dana u Beogradu, a ti se nisi vratio. Šta sam znala kad ćeš da dođeš?

— Zar nisi mogla da me pričekaš još koji dan? Ali tvoje vreme je tako skupo! Ovde je ovaj čekao, pa si požurila da se vratiš i da mu doneseš gitaru. I to sam čuo.

— Ja sam gitaru kupila Staši.

— Znam. To je vaš omiljeni instrument u kući. Da li ti osećaš kako je velika razlika u tebi između one devojke u Parizu i ove koju danas vidim?!

Ona se osmehnu.

— Ja ne uviđam.

— Čak si i izraz lica promenila… i oslabila si. Tuguješ što ovaj leži u postelji — zažmurio je na jedno oko, kao da je fiksira, i odsečno je govorio: — Zašto nisi htela da se kuća zida na mom placu niti na onom što je izabrao tvoj otac?

— Zato što mi se nijedan plac ne sviđa. Hoću da imam lepši izgled s mojih prozora.

— Daješ vrlo naivne razloge. Ako ti se ne sviđa, lako je prodati kuću i zidati novu.

— Ja neću da špekulišem kućama. Kad sazidam kuću, hoću da posadim voće i da ono raste pred mojim očima, da uživam u njemu i očekujem plod. Nisam trgovac da zidam i prodajem kuće, nego kad sazidam kuću za sebe, da u njoj doživotno stanujem. Ti možeš da špekuliješ s tvojim kućama, ali s mojom ne.

— Ko te je sve to naučio da govoriš?

— Niko. Ovo su moje sopstvene misli.

— A kakvu još misao kriješ u svojoj glavici?

— Ništa ja ne krijem.

— Slušaj, Miomira, ja hoću danas da budem načisto: kad ćemo se venčati i hoćemo li se mi uopšte venčati?

U pogledu mu je bio čudan sjaj, jako neprijatan, a jednu je ruku držao u džepu. Izgledao je kao čovek gotov na sve. Htela je da kaže: „Nikad se mi nećemo venčati!", ali se uzdržala. „Da nema revolver u džepu?" Nije se plašila za svoj život, nego zbog mame i tate. Spazila je mamu na kapiji, pa je zastala. Ona je mahala rukom i zvala ih.

Majku je obuzimala neka slutnja. Staša joj je kazao: „Vlada se sav razbesneo", a ona je znala zbog čega. Pošla im je u susret. Rentijer se namrgodi.

— Zašto ćutiš?

— Tako si čudan, Vlado! Gledaš me preteći. Kakvu mi budućnost pripremaš?

— Onakvu kakvu ti želiš — izgovori blaže. — Ali ti više ne želiš budućnost sa mnom — dočepao je ispod ruke i stegnuo joj mišicu. — Danas moramo utvrditi dan venčanja.

— Dobro… U avgustu.

— A zašto ne u julu? I zašto si mi napisala da hoćeš u julu?

— Zavadila sam se sa Stašom... pa sam htela da se odmah venčam.

— Sa Stašom ili sa gitaristom?

— Šta to govoriš, Vlado? To je tako učtiv mladić. Njega voli gospođica Slavka... Da, ona ga voli... Ja to znam.

— Izmišljaš da bi me umirila. To je laž!

— Ja ne trpim da me vređaš.

— Ali i ja ne trpim da me ti izigravaš! — prodrmusao joj je ruku.

— Šta to radiš? Šta ti je? Eno mame! Videće!

— Ništa me se ne tiče!

— Ti si strašan!

— Jesam... A ti još i ne znaš kakav sam kad se razgnevim.

U njoj se nešto uskomeša. Htede da krikne i da mu baci u oči: „Nitkove! Ja tebe bolje poznajem nego što ti misliš." Ali, uguši buru u sebi. Dala je reč. Ćutaće i primiti svu krivicu na sebe. Ne, ne, ne može ništa da kaže... ne sme... obećala je... Ovo je zao čovek. On bi mogao biti i ubica. Ugledala je nežni osmejak svoje mame. Brzo je izgovorila:

— Molim te, nemoj takvo lice da praviš pred mamom. Ona je jako osetljiva. A mama te voli i sve tvoje.

— Ali me ti više ne voliš, jer voliš onoga što leži... Imam ja oko da sve vidim.

Ona sleže ramenima.

— Što šetate po drumu? Velika je prašina — govorila je mati i brižno pogledala kćer.

Zet je ćutao, a kći produži da govori:

— Jeste... prašina je... Dobro bi bilo da padne kiša...

— A što si ti, Vlado, neraspoložen?

— Pitajte Miomiru. Neka vam ona kaže.

— Šta je to među vama?

— On je ljubomoran na gospodina Ninoslava.

— Koješta! Gospodin Ninoslav toliko poštuje sve nas i Miomiru... A bolestan je, jadnik, pa nismo mogli da ga pošaljemo u bolnicu. On je u banci... posle će preći u varoš.

— Vi ništa ne vidite — izbrecnu se zet.

— Kako da ne vidim? Sve ja vidim, i sve znam šta je u mojoj kući — naljuti se tašta.

— Da vidite, ne biste ovog držali u svojoj kući! — viknu jače.

— Vlado, molim te, nemoj tako da vičeš. Sve se čuje. Hajdemo gore!

Boško se naže preko prozora, iznenađen i uplašen. Stavi prst na usta. Verenik se još više razbesni i prosikta kroz zube:

— Svi drhtite nad njim!

Miomira ga povuče za ruku i povede u trpezariju. I htede da ga odvuče uz stepenice, ali on se trže.

— Zašto ti meni zabranjuješ da govorim? Je li on gospodar u vašoj kući kad svi strepite pred njim?! — govorio je još jače da bi ga čuo Ninoslav.

— Vlado, to je nečovečno od tebe! On je težak bolesnik, može mu svaki potres pogoršati bolest. Umiri se, molim te! Među nama nema ničega.

— Zaboga, Vlado, ti si fin mladić. Ja sam te odmah zavolela — umirivala ga je mati. — Zar ti da praviš skandal u kući? A on je siromah slab. A jedinac je u majke... i pošten mladić.

— Vrlo važno što je on slab! Da sam ja pao u postelju, ona se ne bi potrudila da dođe da me neguje.

Miomira je gubila vlast nad sobom. Htede opet da krikne: „Jer ne zaslužuješ!", ali Boško se pojavi na vratima sobe, sav bled:

— Ovamo se čuje svaka reč.

— Izvinite... gospodine Boško!... Zatvorite vrata!

— A ko ste vi, gospodine, da mene opominjete?! — škripnu verenik i pođe prema Bošku.

Miomira ga dočepa za ruku, a gospođa Novaković se isprsi ispred njega.

— Vlado, ja ovo ne dopuštam!

Boško uđe u sobu i zatvori vrata. Iz predostrožnosti okrete ključ i brava škljocnu.

— Zaključavate ga! Bojite se za njega! — vikao je verenik.

Miomira mu je rukom zatvarala usta.

— Ti si svirep! Napadaš polumrtvog čoveka.

On razmahnu rukama i odgurnu je.

— Šta je to? — upade Staša.

— Ništa, sine! Ništa — govorila je mati sva bleda.

— Na koga se ti ljutiš, Vlado? — pitao je dečko sav narogušen.

— Na Miomiru se naljutio. Ja ti garantujem... u avgustu ćete se venčati. Hajdemo gore na balkon. Jesi li gladan? Katica može da donese večeru gore. Možeš da spavaš u klavirskoj sobi.

— Hvala, idem ja u varoš.

— Šta ćeš u varoši? Nema smisla.

— Pustite me, molim vas! Jako sam uzrujan.

Staša ga je gledao zbunjen. Nije imao pojma da je sve to zbog Ninoslava, ali ga je, u svojoj prvoj zaljubljenosti, razumevao i znao da ljubav može biti i lepa i strašna.

— Idem... natrag...

— Nećeš, valjda, noću da se vraćaš?

— Prenoćiću u varoši.

— Neka ide kad hoće — spokojno prošaputa Miomira.

— Da, ti voliš da odem! Mrziš i što sam došao. Ne boj se! I mome strpljenju ima kraja. Ali neće se na ovome svršiti!

Mati pođe za njim. Miomira je gledala s vrata. Verenik se nije ni osvrnuo, niti je koga pozdravio. Pokrenuo je motor, isterao auto i otutnjao. Mati se prekrsti u čudu. Onda se okrete kćeri:

— Pa i ti, Miomira, ne znaš šta hoćeš. Ne ide to tako. On te voli. I krivo mu je. Svakom bi vereniku bilo krivo. Ne mogu ni ja da te razumem. Ja ću mu napisati pismo...

— Ništa mu ti nećeš napisati — ućutala je sva bleda, a onda odsečno odgovori: — Slušaj, mama, ako me voliš, ako želiš da budem srećna, nikad nećeš poželeti da se za njega udam.

— Što sada tako govoriš? Pre si drugačije govorila: te dobar je, te fin je...

— Jesam, mamice, ali ga nisam poznavala... On je bezdušan čovek.

— Kako se samo razjario! Prosto me je bilo strah. I s kim on ima da se razračuna? Moraš, Miomira, dobro u pamet da se uzmeš... Ne može devojka da se titra sa svakim muškarcem. Kuku! Bio je u stanju da napadne bolesnog čoveka! — odmahnula je glavom kao da sama sa sobom razgovara. Sumnjiva joj je bila i ova pažnja Miomirina prema Ninoslavu, pa izlet u planinu, pa odlazak kod njegovih. Sve to nije trebalo...

— Šta to misliš, mama? — pitala je kći.

— Mislim da sam mnogo popustljiva prema vama. Ama, deci ne treba činiti... Posle se sve roditeljima lupa o glavu.

— Šta hoćeš time da kažeš?

— Gospođo, dođite da vidite da li je gotov pekmez — zovnu je Katica.

— Evo me! — požuri za njom gospođa Jovanka i ostavi Miomiru bez odgovora.

Ona se nasmeši i laknu joj što se verenik izgubio. Pođe u Ninoslavljevu sobu. Boško mu je tiho govorio, a on ga je slušao namrgođen. Miomira mu se nežno osmehnu, priđe postelji i pogladi ga rukom po obrazu.

— Nemojte da se uzrujavate, molim vas.

— Malo se nervirao — primeti Boško.

— Zašto da se nervirate? — spokojno je govorila Miomira, privukla stolicu i sela kraj postelje. — Moj verenik se naljutio što ja neću u julu da se venčam.

— A što je mene spominjao?

— Ljubomoran je na vas, priznaću vam. Na vas bi bio ljubomoran svaki verenik. To treba da vam laska. Znači da je osetio da vi više vredite od njega. I vredite, ja to potvrđujem. Verujte, gospodine Boško, mi svi u kući volimo gospodina Ninoslava. On je moj drug. Je l'te da ste moj drug?

Bolesnik je nežno pogleda, ali brzo okrete glavu zidu i bora mu se ureza preko čela.

— Šta je? Pogledajte me!

Nežnom ručicom ona mu okrete glavu. On otvori oči. Bilo je tragičnosti u njegovom lepom pogledu. Gledali su se nemo i raznеženo. Bolno blaženstvo smenjivalo je tragičnost plavih očiju. Boško se smešio i pomislio: „Oni se vole".

— A gde je vaš verenik? — zapita je tiho.

— Otputovao je.

— Zašto tako odmah?

— Dosadna mu je atmosfera u našoj kući. Ali nama je prijatna. Imam nešto da vam saopštim, gospodine Ninoslave: gospodin Boško se zaljubio.

— Nemojte da mi pozleđujete srce! — uzdahnu komično Boško, pritiskajući ruke na srce.

— Je l' u Ginu?

— Jeste... I ja ću biti navodadžijka.

— Teško meni! A čime ću da izdržavam ženu?

— Ona će vas da izdržava. Ne morate se odmah venčati.

— A ne pomišljate da bih mogao umreti od ljubavi!

— Naprotiv, u ljubavi čovek ima volju da živi, da pobeđuje i stvara.

— Vidim ja da ću odavde otići ranjena srca. Ah, one crne očice!

— On je zaljubljive prirode — dirnu ga Ninoslav.

Boško se zasmejao, a nasmejaše se za njim i svi ostali.

I dok su se oni šalili, auto je jurio najvećom brzinom i strašne, osvetničke misli gomilale su se u verenikovoj glavi. Mučile su ga ljubomora i materijalne nezgode. Igrao je na berzi i izgubio. Kockao se i ostao dužan četrdeset hiljada dinara. Otac mu ne da novac, praska. Mislio je da se venča i mirazom da isplati dugove. A povrh svega ona beda, krojačica, i dete. Dozlogrdila mu je svojim plačem i pretnjama. Hteo je da se venča, da jednom učini kraj momačkom životu i avanturama. Dosta ga je stajala i ova poslednja avantura s jednom damom i putovanjima do Novog Sada, Subotice i Zagreba. Mislio je da je to poslednje, a ova mala palančanka ga zavitlava. I taj gitarista! Ali, naplatiće mu se on.

Svaka devojka čezne za romantičnom ljubavi

Slavka se borila i dvoumila da li da se uda za nastavnika pevanja. Ništa nije mogla zameriti njegovoj duhovnoj lepoti, bio je inteligentan, muzikalan, skroman. Pa opet... bilo je nešto što ju je odbijalo. Svaki čas je postavljala sebi pitanje: „Da li ću moći da ga poljubim?" Kad god je pomislila na poljubac i intimnosti braka, ona bi se naježila, stresla i odsečno izgovorila: „Ne!" Posle je grdila samu sebe, uzimala ga u zaštitu. „Odista, nije toliko lep, ali je dobar... Zavoleću ga. Lepotani me nisu prosili. A on mi je časno prišao. Ljubav se može razviti i iz prijateljstva. On bi mi bio najiskreniji prijatelj. Čak će i Anđu primiti u kuću..." To lepo o njemu raznežilo je, ali za kratko vreme, i ponovo je bežala od njega, a strah od tajanstvenog i intimnog u braku pokvario bi sve što bi odlučila.

„Da, to je sve zbog Ninoslava", priznade sebi. Jer ona ga je volela. Volela ga je još na univerzitetu, prosanjala je za ovo kratko vreme najlepši san o sreći i budućnosti s njim. „Gluposti!", grdila je sebe. „Ništa se ni ja ne razlikujem od Vide i Gine." I nije se razlikovala, jer nije živela, nije ljubila, nego je celim svojim bićem iščekivala muža, ljubavnika i druga. U nastavniku muzike osećala je samo ovo drugo. Ninoslav bi bio ljubavnik, sladak, mio, s njim bi proživela sreću kakvu devojka zamišlja. Ne, ona ne može da pristane na brak bez ljubavi. Ona nije živela. Njene godine studentskog života bile su mučne i tužne. Pa zar da se liši svega na šta ima pravo svojom inteligencijom, zdravljem, snagom, lepotom tela? Njeno telo se bunilo, jer telo zapoveda, vlada, pati.

Tumarala je po kući, nameštala i razgovarala sa samom sobom. Anđica utrča u kuću.

— Sejo, videla sam gospodina Ninoslava. Ozdravio je. Što lepo izgleda! Bio je u novom odelu. Kazao je da će danas doći.

— Znam... Videla sam ga juče... Posle podne će doći. On ide svojima u Sandžak, da se malo oporavi.

— A Novakovićevi idu na more. Staša kaže da su zvali i gospodina Ninoslava, ali on nije hteo.

— Za njega nije more posle zapaljenja pluća.

— Kao da nije bolovao — uveravala je Anđica.

Slavka je nervozno iščekivala popodne. Reći će Ninoslavu da je prosi nastavnik muzike. Videće na njegovom licu kako će da primi tu vest. Da li će mu biti krivo? Kako bi mu rado i iskreno sve priznala. „Ti mi se dopadaš, s tobom mogu zamisliti bračnu sreću. Ti si činovnik, ja nastavnica, možemo divno živeti sa dve plate.” Ali zar sme da mu kaže? Kako je žalostan život devojke! Sva prava je stekla u životu, a ne sme da zaprosi muškarca. Ona bi zaprosila Ninoslava, srcem, dušom, ushićenjem...

Začu njegove korake i požuri, uzbuđena, da otvori vrata. U kući su bile spuštene zavese i bila je prijatna hladovina.

— Čekaj... da te prvo dobro pogledam! Sjajno izgledaš... Nisi samo bronzast kakav si bio... Malo si ubledeo...

— U sobi sam preboleo. A hranila me gospođa Novaković kao da mi je mati. Stavila me na dijetu i morao sam po ceo dan da jedem.

— I Miomira je bila pažljiva prema tebi.

— Jeste... Ne znam prosto kako da im se odužim. Oni su jedinstvena porodica.

— Odužio si se ti njima lepo. Tvoje je delo Staša. A ti i ne znaš kako su oni patili zbog njega. Moja Anđica je preuzela da ga vaspitava. Da znaš kako je ovo malo energično. Jednom sam je slušala kako mu čita lekciju. „Tvoj otac je prvi čovek u varoši, treba i ti da budeš prvi u razredu. Zašto gori da budu bolji od tebe?” Ona će bolje da prođe kroz život nego ja. Ja sam uvek bila snebivljiva, skromna, po strani od sviju. A ona je ambiciozna, smela, što hoće, hoće...

— To je bolje... Ako mi ne pobeđujemo, život će nas pobediti.

— Ali ti ispliva! Bankarski činovnik! Divno, bogami... A ja imam da ti kažem jednu novost o sebi.

— Kakvu novost?

— Udajem se.

— Šta kažeš? — iznenadi se mladić.

Njoj srce zalupa. Učini joj se da to nije očekivao.

— Za koga se udaješ? — pitao je radoznalo.

— Ne znam još da li ću se udati. Uglavnom, prosilac je tu... Nastavnik muzike... Znaš ga?

— Sećam ga se sa zabave. Dirigovao je đačkim orkestrom.

— On... Izjavio mi je ljubav i zaprosio me.

— A voliš li ga?

Slavka se podlakti o sto i zamisli.

— To je baš ono... zbog čega se dvoumim. Simpatičan je mladić, vrlo ozbiljan, inteligentan... ali nisam zaljubljena u njega. Eto, da li bi se ti mogao oženiti bez ljubavi?

— Ne bih... Uostalom, ne znam. Nisam još nikad pomišljao na brak, niti mogu skoro da mislim.

— Zašto ne možeš? Sad si činovnik.

— A čime ženu da izdržavam? Svakoj bi bilo malo hiljadu pet stotina. To je taman za mene.

— Možda ćeš dobiti miraz... ili naći devojku koja zarađuje.

Pogledi im se ukrstiše. Nekoliko trenutaka kao da su mu govorile njene oči: „Zar mene ne bi mogao uzeti? Ja zarađujem.” Zaćutala je, ostavljajući ga da razmišlja i tek posle je tužno nastavila:

— Dobar je čovek... Ali, tebi priznajem, ne mogu da se udam za njega. Drukčije sam zamišljala brak. Mi, školovane devojke, više tražimo. To ne valja. Bolje je zatvoriti oči, pa udati se. A ja ne mogu. Htela bih da budem srećna. A to nikad nisam bila. Pa zar i u braku da ne budem srećna? Dužnosti me celog života čekaju: škola, kuća; onda imam prava da tražim čoveka koga bih volela, s kim bih mogla sve lako da podnesem. Ne mogu!

Pokrila je lice rukama, a Ninoslav je gledao, naslućivao i ćutao. Njegovo ćutanje joj je zadavalo bol. Ništa, ništa ne može od njega da očekuje. „Da li voli Miomiru?" Podigla je glavu, a oči su joj bile mutne. Htela je da kaže nešto, ustala je, izašla u kuhinju, izbrisala oči. Tišina je ispunjavala sobu. Rešavala se da mu priđe i prizna: „Ninoslave, volim te". Ne! Kako bi bila smešna! Ako on voli Miomiru? A Miomira ga voli, to je sigurno. Voli ga isto tako kao što ga i ona voli. Volele bi ga sve devojke. On je od onih mladića koje uvek prate devojački uzdasi.

Spremala je slatko, čangrljala s tanjirićima i kašičicama. Malo umorna upita ga:

— Šta radi Miomira?

— Sprema se za more.

— A njen se verenik onda odmah vratio? Mi smo se još vozile kolima, kad on prohuja pored nas kao oluja. Čula sam da je prenoćio u kafani. Šta je to bilo?

— Izgleda da je ljubomoran na mene. Krivo mu je bilo što sam ležao bolestan u njihovoj kući.

— Što je antipatičan tip! Nadut i uobražen. Kako je mogla Miomira da se zaljubi u njega? Meni se čini... da ona tebe voli — reče iznenada i da bi videla efekat mirno produži: — Zar se ti ne bi oženio njome? I lepa je i bogata.

— Ostavi se, molim te, kakva ženidba! — uzeo je jednu knjigu sa stola i rasejano je prevrtao govoreći: — Da li je jedan siromašan mladić u stanju da zadovolji ćudi bogate devojke? Uvek sam bio mišljenja da se treba ženiti devojkom iz iste sredine.

— Imaš pravo — razveseli se Slavka. — Posle ti prebacuju da si im se uvukao u bogatstvo. Je li, kad se vraćaš iz Sandžaka?

— Gospodin Novaković mi je kazao da mogu ostati koliko god hoću, ali neću više od petnaest dana.

— A gde ćeš posle da stanuješ?

— Biću kod njih u vili dok se oni ne vrate. Noćivaću tamo, a hraniću se u kafani. Kuvarica i Ilija ostaju, a Katicu će otpustiti.

— Zar te neće biti strah da budeš sam u vili?

— Čega da se plašim? A kada ćeš ti na letovanje?

— Idem u moju Mačvu, pa ću malo do Koviljače. Javiću ti se. Vratiću se ranije. I ovde je lepa plaža.

— I samo čujem: udala se Slavka! — dirnu je Ninoslav.

— Sumnjam. Neću ja brak bez ljubavi. Zar ja nemam prava da se zaljubim? Ali, možda ja ne vredim, pa me niko ne voli.

— Kako da te niko ne voli, kad se taj nastavnik zaljubio u tebe! Pogledala si i ti njega i malo zaludela, pa sad izmičeš.

— Nisam, majke mi! Nego je on video da sam ja skromna i ozbiljna.

— Ti si i lepa devojka! — polaska joj Ninoslav.

— Lepota ne vredi ništa; kod vas muškaraca više vredi lepota nego kod nas žena. Mi treba da imamo i miraz. Onaj koga bih ja želela za muža nikada me neće uzeti.

— A ko je taj?

— To je moja tajna — reče i brzo izađe u kuhinju.

Čula je njegove korake i zadrhtala. Šoljica od kafe ispade joj iz ruke i razbi se.

— Bože, što ja razbijam po kući! Srećom, nisam nasula kafu.

— Misliš na udaju, pa zato.

— Možda! — nasmeja se i ona, ali srce joj je treperilo od uzbuđenja. Možda on nju simpatiše. Kako bi oni bili srećni! Veselo je pričala dalje: — Gina se zaljubila u Boška, a čini mi se da se i on zagrejao za nju. Pisao joj je veliko pismo.

— Mangup jedan! Voli on da se zabavlja.

— Šta bi mu falilo da se oženi njome? Ima svoju kuću. Imaće i novaca. Bogami, to je zlatna devojčica.

— Svašta se može dogoditi. Je li, a kako ti smeš da primaš muškarce, a jedan te prosi?

— Koje muškarce?

— Mene.

— Ti si moj drug... I kad se udam, moći ćeš da mi dolaziš u kuću.

— Dakle, udaješ se?

— Neću. Hoću da se udam iz ljubavi. Prvi put kad se zaljubim, ja ću da zaprosim muškarca. Neće mene moj muž da izdržava, nego ću sama da se brinem o sebi.

— Potpuno si u pravu — nasmeja se Ninoslav, i pogleda u sat na ruci.

— Idem do trgovine da nešto kupim, a onda ću kući.

— Zar ćeš pešice? Ti treba da se čuvaš.

— Možda ću uzeti fijaker, ako gospodin Novaković ode autom.

— E, pa srećan put!... Tako... Pisaću ti kad odem u selo... Da znaš kako je lepo kod mene u Mačvi!

Izašla je s njim do kapije. Preko puta su izvirivale devojke.

— Sve te devojke poznaju i raspituju se za tebe. Znaju da si bio bolestan.

Pozdraviše se na kapiji i Ninoslav požuri.

Slavka je ušla u kuću. Nešto blaženo bilo joj je u duši. Možda on nju simpatiše, a neće da kaže. Nije znala da li da odbije nastavnika muzike. Bolje će biti da mu kaže kako se još nije odlučila. Da ga to ne uvredi? Kad devojka razmišlja, znači da nije zaljubljena. U ljubavi se ne čeka i ne dvoumi. Da ju je zaprosio Ninoslav, pala bi mu odmah na grudi. To je prava i velika ljubav. A za nastavnika muzike morala bi da pabirči osećanja. To nije ljubav. Sećala se nečije tvrdnje da i iz prijateljstva može da se razvije ljubav. A najveća ljubav može da se ugasi u braku i da je zameni ravnodušnost, pa čak i mržnja... Šta je bolje, nije znala sebi da odgovori.

Ninoslav je žurio, ali je za sobom začuo sitne užurbane korake. Instinktivno se okrenuo i spazio zavodljivu gospođu Stajić.

— Telepatija! — uzviknu ona. — Ja idem za vama i šapućem: „Okrenite se, lepi dečko!" I vi ste me čuli.

— Čuo sam korake i učinilo mi se da me neko prati.

— Jest'... Ja sam vas pratila. Vi ste, izgleda, ozdravili? Zabrinula sam se ozbiljno i ja. Jednoga dana sam dolazila da vas obiđem, ali nisam mogla da uđem k vama, jer ste spavali. Mala Miomira vas je strahovito čuvala. Bila sam već ljubomorna na nju. Ne, ne, šalim se. Ona je slatka devojčica. A vi ste, kako čujem, u banci? Stanujete li u varoši?

— Ne, još sam kod njih.

— Hoćete li da svratite da vam dam note za moju kumicu? Bila sam u Beogradu i nakupovala puno nota. Imam i šansona. Jedna mi se pesma naročito sviđa. Ala bih volela da mi je vi otpevate!

— Otkad nisam pevao — ustezao se mladić.

Nije mu bilo prijatno da svraća k njoj, jer je znao kako je ljubomorno crnomanjasto devojče i koliko je ne trpi. Zastao je pred njenom kućom.

— Šta je, ne smete da uđete? Nisam ja opasna žena. Istina da sam bela udovica. Muž mi je otputovao u Beograd na nekoliko dana. Vraćam se sa stanice. Uvek ga ispraćam kao da smo zaljubljeni par. Izvol'te! Imam i ja lepu baštu.

Istrča služavka u lepoj haljini s belom keceljicom.

— Paulina, vi ćete otići do gospođe Živković i reći joj da večeras ne možemo doći na večeru pošto je moj muž otputovao. Posle otiđite do krojačice i donesite mi haljinu. Ako nije gotova, pričekajte. Bez haljine mi se ne smete vratiti. Kad vidi da čekate, moraće da je završi.

Služavka ode, a ona se pope uz stepenice.

— Vidite kakva je hladovina kod nas!

Mladi čovek se lagano penjao uz stepenice i neprestano se kolebao: zašto li ga ova žena zove? Nije trpeo njen zavodljiv pogled i ton, kojim se nametala i gospodarila, svesna da su muškarci slabi i nemoćni pred njom.

— Sedite! Izvinite, samo da skinem šešir.

Brzo se vratila u drugoj haljini, domaćoj, jako dekoltovanoj. „Kad se pre presvuče!", pomisli Ninoslav.

— Da vam pokažem note. Možete li da pevate s nota?

— Prilično.

— Dajte, ja ću vam odsvirati.

Sela je za klavir i pesma zabruja... Pevušila je i izgovarala tihe, ljubavne reči.

— Hoćete li da pevate?

— Ne mogu... Izvinite...

— Razumem... Još ste slabi. Neću navaljivati. Budite dobri i ponesite ove note.

On ustade.

— Šta? Tako žurite? Odmorite se malo. Pušite li?

— Pušim.

Ponudila mu je cigarete, zapalila i sama, prebacila nogu preko noge i gledala ga kroz oblak dima. „Šta bi kazala Miomira da me vidi", pomisli Ninoslav. Hrabro je izdržao njene poglede.

— Tako... Češće treba da dođete. A, zaboravila sam da vam kažem: pozdravila vas je Amerikanka. Vi ste je očarali. Vidite, ja nisam ljubomorna, jer znam da je ona daleko. Kad god zaželite, daće vam stipendiju. Jako su bogati. Idem za mesec dana k njima na jezero... Hoćete li da i vas povedem?

— A šta bi vaš suprug kazao na to da i mene povedete?

— On ima puno poverenje u mene. Nismo mi malograđanski brak da drhtimo jedno za drugim i pravimo ljubomorne scene. Uostalom, ja to ne bih ni trpela. Kakva prava ima jedan čovek da zarobi sva osećanja jedne žene? On nije savršenstvo da bi se ona mogla samo njemu diviti. A ima toliko drugih ljudi koji zaslužuju da im se žene dive. Vama se ne sviđaju moji pogledi na život? A svi imaju ovakve poglede, samo ih kriju. Ja sam otvorena: kad mi se nešto sviđa, ne skrivam, i mogu i pred mužem da iskažem. I on ima isto pravo. Mi imamo dodirnih pogleda u kojima se potpuno slažemo i razumemo. A negde smo potpuno kontrastni. Ali mi uvek iznađemo neki kompromis i blagonaklono se podnosimo. Ne sme se sve dati mužu. Žena nije stvar. Ona je biće koje misli, oseća, a ljudi to ne shvataju. Ako mi zahtevamo da u potpunosti razumeju naše biće, nikada nećemo biti srećne, jer nas neće razumeti. Zar od drugih da tražimo divljenje i razumevanje?

Ustala je i hodala po sobi. Ugasi zatim pikavac i priđe fotelji na kojoj je sedeo Ninoslav. Sede na obručje fotelje i opruži ruku preko naslona. On oseti kao da ga žmari groznica s vatrom.

Namirisana ženska ruka pogladi ga po kosi.

— Lepi dečko! — šaputala je i prevlačila rukom po njegovoj kosi i obrazima.

Nije mogao da se makne s fotelje, kao da je njena ruka teška, i da ga steže, pali mu obraze, celo telo.

— Zbilja, vi ste interesantan mladić — nastavljala je i uživala u njegovoj zbunjenosti težeći da ga još više razdraži i raspali, svesna da je muškarac nemoćan u naručju žene.

Zagleda mu se u oči, a on zabaci glavu na naslon fotelje, zaklopi oči, htede da jekne, da se otme, ali ga je magijska sila privlačila ovoj ženi. Osećao je kako mu prislanja svoje obraze uz lice i miluje ga. Njen šapat je bio vreo, palio ga je, opijao.

— Da li vam se dopadaju žene kao što sam ja?

Hteo je da krikne: „Ne! Ne dopadaju mi se! To su odvratne žene!", ali je osećao uza se, ruke su mu se instinktivno širile i sklapale oko njenog stasa. Ona skliznu sa obručja i pade mu na kolena, celim telom, vitka i zmijasta. Njegove se ruke sklopiše oko njenog stasa, iako je hteo da je odgurne, osećao je da je ovo odvratno, ipak je silovita snaga njegovih ruku stezala njen stas kao gvozdeni obruč.

Ona se izdiže, bila je blizu njegovih usana, oči su joj bile poluzatvorene.

Najedared, jedan auto zacijuka pred kućom, zaustavi se, tresnu kapija, začuše se brzi koraci uz stepenice i vrata se na predsoblju otvoriše. Ona se izvi, odmače se brzo od njega, uze cigaretu i šibice, sede u fotelju dalje od njega, mirno kresnu palidrvce, i sve to tako brzo i prisebno, kao da glumi.

Vrata se otvoriše bez kucanja i na pragu se pojavi inženjer Stanković.

— Otkud vi? — iznenađeno izgovori Stajićka.

— Prošao sam ovuda... pa svratio... Imam da razgovaram sa Androm. Je li kod kuće? — pitao je i podozrivo gledao Ninoslava.

— On je otputovao.

„I to je njen ljubavnik”, zgadi se Ninoslavu. „A mogao sam postati i ja.” Odvratna stvarnost ga otrezni, on ustade sa stolice, gnevan na sebe i na ovu bestidnu zavodnicu.

— Hoćete li da mi date te note?

— Evo! Nosite ih kumici i pozdravite je mnogo.

Ruka joj zadrhta kad joj uze note, i iskosa, mrsko, pogleda inženjera. Baš sada da bane! Bilo bi joj krivo da razočara Ninoslava. Ali, ovo je uvertira. Možda je i bolje. Ovaj bi lepi siromašni mladić umeo strasno da grli. Još je oko stasa osećala stisak njegove ruke.

Ninoslav ustade.

— Zbogom! — progovori hladno i klimnu glavom inženjeru.

Ona ga isprati do stepenica i došapnu mu:

— Sutra vas čekam u pet sati... Dođite!

Stegla mu je ruku, svesna da će doći, a mladić strča niz stepenice i zatetura se na ulici. Spazi jedan fijaker, zaustavi ga, uskoči i naredi kočijašu:

— Vozite me u vilu direktora Novakovića.

Stajićka se vrati u sobu.

— A otkuda ovoga da nagazim kod tebe? — nabusito će inženjer. — Kuda god se maknem, sretnem gitaristu. I tebe je očarala njegova gitara.

— A gde si ti to nagazio na njega pa si tako ljubomoran? Kod Miomire? Čula sam ja kako se ti još nadaš Miomiri. Ako ko ima da bude ljubomoran, onda sam to ja. Ali ja, hvala bogu, nikad nisam ljubomorna. A tebe dobro poznajem i ne trpim nikakve prigovore.

— Čuvaj se da ga još jednom ne sretnem kod tebe! Ti znaš da sam vrlo prek. Muž ti je otputovao, a ti, brže-bolje, pozvala njega.

— Slušaj... Ja ne trpim da me vređaš. Došao je da mu dam note.

— A ko ga je poslao po note?

— Srela sam ga i pozvala.

On joj se približi i ščepa je iza leđa. Ona se otrže, tobože uvređena.

— Ne smeš me ni pipnuti, kad me vređaš! Pokazaću ti kakva sam ja žena.

— Znam ja kakva si ti žena!

Ona se brzo okrete i pogleda ga zelenkastim, mačkastim očima.

— Ti voliš da vređaš. Vrlo si grub i nezahvalan. Ja o tebi više znam nego ti o meni.

— Onda smo kvit! Ali ja neću da dopustim da gitarista dolazi u tvoju kuću.

— Šta si se uhvatio za tu reč: „gitarista"! To je fin i učtiv mladić!

Bila je ljuta što joj je osujetio divno uživanje. On kroči ljutito po sobi, a ona se osmehnu:

— Znam ja da tebi nije krivo na gitaristu zbog mene, nego zbog Miomire. Hoćeš li da ti navodadžišem za nju?

On zasta pred njom.

— Kad ti se vraća muž?

— Zavisi od toga kad će završiti posao.

— Večeras mogu da dođem. Idem da oteram auto u garažu.

— Ne možeš da dođeš.

— Zašto?

— Tako, što neću.

— Zaljubljena si u ovoga, je li?

— To je moja stvar.

On je divljački steže za ramena.

— Nemoj da se šališ sa mnom! Večeras ću doći. Gde ti je služavka?

— Otišla je poslom.

— Udesila si da ostaneš sama s njim.

— Potpuno sama — nasmeja se, priđe klaviru i sede na tabure.

On joj zavali glavu i zari usne u njene. Ona zadrhta, ali se savlada, jer je htela da ga muči, poznavala je i njegovu i svoju strasnu prirodu, a sada joj je išao na živce. Skoči sa stoličice, pobeže u drugu sobu i okrete ključ.

— Šta to znači? — iznenadi se on i gurnu vrata.

— Hoću da me ostaviš na miru i da znaš da umem biti vrlo dostojanstvena, i zahtevam poštovanje od tebe. Nemaš prava da mi upadaš samovlasno u kuću kad god zaželiš i još da praviš scene.

— Je li ti krivo što sam ti pokvario ljubavni sastanak sa gitaristom? A ranije si želela da upadnem samovlasno?!

— Možda sam grešila što sam ti dala takvu slobodu.

— Mnogima si ti dala slobodu: i poručniku, i advokatu, i studentu... Znam ja sve — vređao ju je, kao ženu koju ne ceni, ali mu je potrebna, jer to je bila palanka u kojoj je malo žena kao ona i muškarci se kolju oko nje. — Čuješ, otvori vrata — nasloni se ramenima na njih da bi ih izvalio.

— Postaješ provalnik!

On ućuta, prođe kroz sobu i opruži se na divan.

— Šta to radiš? — upita ga.

— Odmaram se. Zbilja je lepa hladovina kod tebe.

— Treba da dođe Paulina i da te vidi.

— Ona je tvoj saučesnik. Potplatiću ja nju, pa ću doznati ko ti sve dolazi.

— Ti treba da se ženiš.

— I ja to uviđam. Krajnje je vreme da ti uskratim zadovoljstvo da me zavitlavaš. Moram da te molim i preklinjem. Kaća, izađi!

Ona je ćutala... Inženjer skoči i drmnu bravu:

— Zašto se zaključavaš od mene?

Opet ćutanje s njene strane.

Lupao je pesnicama u vrata, razdražen i ljubomoran.

— Molim te, nemoj da praviš uzbunu po kući.

— Otvori!

Ona otključa vrata, a on se baci na nju razdražen.

— Ostavi me! Ti si drzak.

— Gle, naivka si, pa se braniš!

— Ti si banalan!

On je pusti, priđe spoljnim vratima i zaključa ih.

— Sad smo sami.

— Pa šta ako smo sami? — smeškala se i priđe mu nežnije.

— Sedi ovde.

Seo je i on na fotelju, a ona na obručje kao i maločas.

— Teško meni da si mi ti muž!

— Mi bismo se ili razdvojili, ili bi ti morala biti svetica.

— Koliko veruješ u svoju moć?

On je grubo dočepa i posadi na koleno.

— Je li, koliko puta je dolazio ovaj gitarista?

— Danas prvi put.

Gledao ju je namršteno usplamtelih očiju.

— Strašan si! A veliki si mangup! I ženskaroš.

— Zato što sam muškarac i ti to voliš — grubo i sladostrasno ju je grlio i milovao, umrtvljujući njen otpor.

— Gospođo, otvorite vrata! — vikala je služavka.

— Vidiš kakvu si glupost napravio! Zatvori vrata!... Evo me, Paulina! Idi, molim te!

— Večeras ću doći. Daj mi ključ od kapije.

— Ne dam ti.

On je steže za ruku.

— Hoćeš li dati ključ?

— Dobro... dobro... daću ti.

Otvorila je vrata predsoblja i Paulina uđe. Trgla se kad je videla inženjera. „Gle, onaj lepi je otišao... Blago gospođi! Svi muškarci trče za njom.”

———

Sveži vetrić s požnjevenih polja umirio je Ninoslava. Jedva se stišao. Ponavljao je reči Stajićkine: „Dođite sutra u pet!" On sutra, a inženjer danas... Bludnica!

Miomira je hodala po kući sva opijena blaženstvom koje joj je stvarala Ninoslavljeva blizina nakon ozdravljenja. Danas je otišao u varoš, a ona ga je očekivala i podsećala se svih razgovora, zadirkivanja i nestašluka njegovih i Stašinih. Duboko srodstvo bilo je između njih, ne krvno, već psihičko, ali jače od krvnog. Bio im je mio svima, ugađali su mu osećajući da je taj pošteni mladić bio na ivici života njenom krivicom. Hteli su da izglade u njemu sećanja na doživljaj u planini, da ne ostane ni traga ni u duši, ni u organizmu. I ta prisutnost, uvek učtiva, ali topla, unela je malo više slobode u njihove odnose. Nije to više bio učitelj njenog brata, tuđin u kući, već mladić koji se voli, s kim se zamišlja budućnost. Miomira je izgradila ceo plan o budućnosti i večeras se, presrećna, spremala da mu nagovesti. On je već osetio polupriznanje njene ljubavi, iako mu ništa nije kazala. Zar su reči potrebne? Ljubav se ne mora priznati, ona treperi u očima, na usnama, u svakom postupku, u glasu. Devojački stid je uzdržavao da mu otvoreno prizna. Želela je da to priznanje dođe iznenada, spontano, kroz stisak ruke, kroz zagrljaj i poljubac, kad magnetska sila ljubavi privuče i baci u naručje. Da li će to biti večeras ili sutra, nije znala, a želela je da se dogodi, da mu poljupcem zašapuće koliko ga voli. Jer njena ljubav je bila bezmerna, a njega treba ohrabriti. On je u njoj stalno gledao verenicu i zbog toga se kod njega osećala uzdržljivost; a njeno vereništvo je već bilo raskinuto u srcu. Večeras će mu reći da se sprema i zvanično da raskine veridbu. To je nagoveštaj s njene strane, a dalje neka on misli. A on je pronicljiv i shvatiće šta ona očekuje od njega.

Miomira je spremala poklon za Dušicu. Odvojila je jedan novi kostim sive boje od engleskog štofa. Sivo joj dobro ne stoji, a Dušica će se obradovati. To će biti njena zaovica. Piše joj uvek nežna pisma. Ona sigurno oseća da Miomira voli njenog brata. Htela bi da obraduje svoju malu zaovu. Odvojila je i jedne nove rukavice. Poslaće joj i dva sasvim nova svilena kombinezona. Složila je sve u kutiju, ali neće reći Ninoslavu šta je poslala.

Čula je fijaker koji zastade pred vilom. Požurila je na balkon. Videla je Ninoslava u kolima i strah je potrese. „Da mu nije pozlilo?"

— Zašto vi kolima? Gde je Aleksa? — pitala je gospođa Novaković.

— Nisam ni svraćao u banku. Sreo sam fijakeristu na ulici i seo da ne bih pešačio.

— A Aleksa bi vam dao auto.

— Nije potrebno.

Spazio je Miomiru i javi joj se.

— Gospođice, doneo sam vam note.

— Od koga?

— Od gospođe Stajić.

Zaljubljena mala devojka oseti kao da joj se nešto ogromno srušilo na glavu. „Gde je našao Stajićku?", prošaputa i nasloni se na stub terase. Brzo je sišla u trpezariju. Ninoslav je razgovarao sa gospođom Novaković.

— Kakve su to note?

— Šansone. Bila je u Beogradu i kupila za vas.

— Za mene? — dva blistava oka, puna podozrenja upraviše se na Ninoslava, jasno govoreći: „Ja ne pevam nego ti... Za tebe ih je kupila."

— Ona zna da gospodin Ninoslav peva i da Staša voli šlagere — objašnjavala je mati, i ne sumnjajući šta se događa u srcu njene kćeri.

— A gde ste je videli? — pitala je Miomira ravnodušno dok se sva njena čestita i vatrena priroda uskomešala protivu te odvratne preljubnice.

Ninoslav se osećao kao da ga saslušavaju, ali prisebno odgovori:

— Srela me je na ulici i svrnula svojoj kući.

Pružio joj je note. Ljubomorno devojče usplamte. „Svrnula ga svojoj kući." Zadrhtaše joj prsti, gotovo da kidaju note. Ali zar sme da pravi ispade? Mirno uze note, letimice ih pogleda, spusti na sto i siđe u baštu. Ne reče više ništa i uputi se kapiji.

— Kuda ćeš? — upita je mati.

— Prošetaću malo drumom.

— Da vidiš šta ti je doneo gospodin Ninoslav! Note sa šlagerima — obaveštavala je mati sina.

— Gde su? — uzviknu Staša na terasi.

— Evo ih!

— A gde je gospodin Ninoslav?

— U svojoj sobi.

Staša upade veseo.

— A, ovo moramo da sviramo! — trgnu se videći ga na postelji. — Šta vam je?

— Ništa, leškarim.

— A ja pomislih da vam nije zlo! Hoćete li da ih odsvirate?

— Daj gitaru.

Miomira se vraćala. Sve se survalo u njoj. Bio je kod Stajićke, dok je ona, istovremeno, gradila snove o budućnosti. Htela je da mu kaže da će raskinuti veridbu, kao da je njemu stalo do nje. On čezne za ženama kao što je Stajićka. Odvratan je kao svi muškarci. Kidala je ljubomora, a suze su joj navirale na oči od gneva. Gnevna je bila i na sebe samu. Ne ume da oceni muškarca. On je danas uništio njeno poverenje. Poseta Stajićki je uvod. A kad oni odu na more, on će postati njen ljubavnik.

Čula je gitaru i nove pesme, i zaboli je do srca. Zašto svira?

— Miomira, hodi da čuješ nove pesme — zvao je Staša razdragan.

— Čujem i odavde — mirno mu odgovori.

— Je li da su lepe?

— Lepe su.

— Svirajte, Ninoslave, onu prvu!

— Neka, drugi put — čula je glas mladog čoveka.

Gitara umuče, ali se Miomirina ljubomora razbesne novom snagom.

— Onda da večeramo. Katice, postavite sto — naredi gospođa Novaković.

— Ja ću samo kiselo mleko, pa idem da legnem. Neka mi Katica donese gore.

— Šta ćeš odmah u postelju? Da posedimo malo.

— Ne mogu, spava mi se — poljubila je mamu i otišla u sobu.

Mati se ničega ne doseća, ali Ninoslavu je sve bilo jasno. Pomislio je da će ga krišom gledati s balkona i vrebao je. Kao slučajno, podigao je glavu i spazio je. Sklonila se odmah, ali osmejak razblaži njenu tugu. Žensko srce poče da popušta. „Možda ju je sreo, a ona je drska što ga je svratila. Nije on nasrtljivac." Ali ako, bolje je što se naljutila. Sutra će se izmiriti. Ne bi trebalo da se rastanu neprijateljski, jer on prekosutra putuje.

Sutra je njeno ljupko, crnpurasto i sitno lice još uvek bilo zategnuto. On nije mogao da ćuti i zapita je:

— Zašto ste vi ljuti na mene?

— Otkud sam ljuta?

— Vidi se na vama. Vi ne umete da skrivate neraspoloženje. Ja znam šta je uzrok. Osuđujete me što sam išao kod Stajićke.

— Kad znate, zašto me pitate?! Osuđujem vas za vaše protivurečnosti. Vi ste osuđivali tu ženu i izbegavali je, a čim vas je pozvala, požurili ste k njoj. A znate li kako će ona da protumači vašu posetu? Da ste zaljubljeni u nju i da ćete pasti pred njom na kolena.

— Jest', i ja sam pao i ona likuje nada mnom.

— Ako ne likuje, uspeće sve što želi. Za tu ženu ne postoje prepreke niti predrasude. Njoj laska da ima što više obožavalaca oko sebe.

— A vi zamišljate da sam ja njen vatreni obožavalac? Mislio sam da me bolje poznajete.

— Jeste... čim ste joj išli u posetu — jogunasto je odgovarala ne želeći nikakvim razlozima da ga opravda.

— Ja nisam išao u posetu nego me je ona pozvala i dala mi note. Jedva da sam ostao u poseti četvrt časa. Posle je došao Stanković.

— I sad ste stekli jednog protivnika, a ona voli da huška muškarce jednog protiv drugoga.

— Gospodin Stanković može biti spokojan. A zar vama nije krivo što je i on bio u poseti kod gospođe Stajić?

— Zašto da mi bude krivo?

— Pa on je i vaš obožavalac. Čuo sam kako vam se udvara i laska vam, i izgleda mi da vam je vrlo prijatno njegovo društvo. Taj gospodin žali što ste se verili i nada se da ćete pokvariti veridbu — žučno joj je očitao.

Nju raspoloži njegove reči, jer oseti ljubomorno peckanje.

— Možda ću i pokvariti veridbu, šta vi znate? Samo se nikad ne bih udala, jer nema idealnih mladića!

— I ja se nikad ne bih oženio, pošto nema idealnih devojaka.

Ućutala je, a i on je ćutao. Šetali su kroz borje i produžili pokraj reke. Ona otkide granu vrbe.

— Što ne produžite s grdnjama — mirno je govorio. — Interesuje me da čujem šta mislite o meni. Dakle, sve rđavo.

Pogledao je. Išla je pored njega malena, slatka, crnpurasta i kovrdžava. Ne znajući otkuda mu takva smelost, dočepa je ispod ruke i privinu njenu nagu oblu mišicu uza se. Ljutnja, ljubomora, neraspoloženje, sve iščeze i ona posrte, zastade, noge joj poklecnuše i ona mu se svom težinom opusti o mišicu da je vodi, nosi, pritiskuje uza se.

— Miomira — razleže se Stašin glas i oni se naglo razdvojiše.

Sreća te ih nije video. Ona nesvesno provuče rukom kroz zamršene kovrdže. Sva je bila u zanosu. Zastade, otkide drugu grančicu vrbe i baci je u vodu da je ponesu talasi.

— Hoću da vam otpevam novu pesmu... Slušajte! — pevao je Staša.

Ninoslav ga je ozbiljno slušao, a talasi uzbuđenja obujmiše mu ceo organizam.

— Divno pevaš! — nasmeja se Miomira. — Kad pre nauči!

— Pa ja imam razvijen sluh. To kaže i gospodin Ninoslav. Je l'te da začas naučim? Sutra, kad vas otpratim na stanicu, idem do Stoleta da mu odnesem note pa da sviramo.

Dečak je brbljao, a oni su bili ćutljivi.

Osećanje blaženstva, divno kao miris vrba u sutonu, opijalo je Miomiru. „Ah, što je došao Staša!" Uvek joj nešto pokvari najlepši trenutak u životu. Da li je to opomena da se ne zaboravi?

Tek što su večerali zazvoni telefon. Katica otrča da se javi.

— Pita gospođa Stajić jeste li kod kuće da dođe, da posedi malo u bašti. A ja sam kazala da ste tu i ona će odmah doći.

— Dobro, neka dođe — progovori mati.

Miomiru preseče bol i ona sva pretrnu. „Dolazi zbog njega. Nešto je bilo među njima.” Opet se sve sruši u njoj, i gnev ponovo buknu.

— Hteo bih da vas zamolim da me izvinite. Hoću da legnem. Osećam svežinu.

— Ako, idite! Vi treba da se čuvate. Stalno se bojim za vas. Posle zapaljenja pluća, čovek je dugo rovit. Stajićka bi vas terala da pevate, a vi morate da čuvate svoja pluća.

„Ona dolazi zbog njega, a on beži... Zašto beži?”, pitala se Miomira. „Da li da njoj dokaže da mu nije stalo do Stajićke, ili je krivac, pa se boji da ih ona ne uhvati u razgovoru”, razmišljalo je podozrivo srce mlade devojke. Bila je hladna i mrzovoljna. Ta joj je poseta bila neprijatna, morala je da sedi i da vodi isprazne razgovore.

Ninoslav požuri u sobu i tek što ugasi svetlost, zabrekta automobil pred kućom. „To je današnji brak”, mislio je Ninoslav. „Čekala ga je u pet, on nije otišao, a ona pojurila za njim... Udata žena!”

Stajićka uđe u baštu afektirajući, mazeći se, slatkorečiva, umiljata. Ninoslav je osluškivao i čuo kako pita za njega.

— On je, kumo, legao. Znate, za njega je sveže... tek se digao iz postelje.

To je za nju bio šamar. Sva ošamućena pričala je, ali izgubi se afektiranje i maženje. Izgubivši samouverenje, pritajila se, pokajala, ali još uvek se nadala da će biti pobednica. Poznavala je suviše muškaraca, a ovaj je bio još zelen, sirov, strastan. Osetila je to po njegovom stisku ruke oko stasa i ceo dan ga je očekivala, verovala da će doći, i htela je da proveri zašto nije došao.

— A vi, kumo, bela udovica? — dirnu je direktor.

— Gde je kum Andra? — zapita gospođa Novaković.

— Otišao je u Beograd. A ja ovako sama i niko da mi dođe.

Miomira nije mogla da izdrži na stolici i diže se sva uzrujana. „Dakle, išao je k njoj kad je bila sama.” Gužva bola i ljubomore zamrsi se u njoj i ona shvati grubu istinu: juče su imali ljubavni sastanak i ona je svakako kazala da će doći da ga poseti, a on, tobož, otišao da spava, jer je video da ona sumnja. O, glupače! Mislila je da je voli! Ko zna kako je pritvoran i neiskren?! Uspeo je da je zaludi svojom podmuklom taktikom.

Odjurila je na sprat, nervozna, razočarana. Htela je da se pribere. Večeras je sve raskinuto. Raskinuće s Ninoslavom, raskinuće s verenikom. Nijedan muškarac joj više nije potreban.

— Miomira, gde si? Zove te mama — pozva je Staša.

— Evo me! — odazva se.

Ninoslav je osluškivao i shvatio sve. On joj nije kazao da je Stajićkin muž otputovao. Nasmejao se, razdragala ga je njena ljubomora. „To bi bila opasno ljubomorna ženica. Muž će joj morati da polaže računa svakog dana kuda je išao i šta je radio."

— Baš mi je žao što je gospodin Ninoslav legao. Htela sam da mi otpeva one šansone. Kako vam se sviđaju, kumice?

— Vrlo su lepe. Staša je već naučio jednu da peva.

— Zbilja? Pa dođite sa gospodinom Ninoslavom da ih odsviramo. Možete sutra.

— Sutra gospodin Ninoslav putuje svojoj kući.

Nju preli hladan tuš.

— Ništa... onda kad se vrati.

Ustala je da ide, dostojanstvena i uvređena. „Da li je on zaljubljen u ovu malu? Bogatstvo ga mami. Ali on će biti moj jednog dana. Neće se drugi put pojaviti Stanković."

Miomira je sutradan izbegavala svaki razgovor s Ninoslavom. Razočaranje je rasparčalo njena osećanja, ali ona je to gordo podnosila.

— Ovo ćete odneti gospođici Dušici kao poklon od mene.

— Vi je mnogo mazite — nežno je govorio Ninoslav. — Zato je i luda za vama.

— I ja nju volim. Ona je divna devojčica i želim joj sreću. Žao mi je što nije došla k nama u goste, ali znam da nije mogla da dobije odsustvo, jer ga čuva za more. Mnogo pozdravite i vašu gospođu mamu.

Govorila je mnogo, mirno, ljubazno, ali Ninoslav je osetio neku hladnoću u njoj. Zabolelo ga je to, ali nije hteo da se pravda. I on je bio gord. Sukobile su se dve gorde prirode. Pisaće joj, pa će omekšati.

Grudi su joj se nadimale kad je otišao, a srce nabreknu kao da će da pukne od bola. Pobegla je u svoju sobu da mama ne bi videla njene suze. Zagnjurila je glavu u jastuke, da bi plakala i razgovarala sa samom sobom. „Kako će se ovo svršiti? Zašto sam bila maločas onako hladna prema njemu?" prekori sebe. „Ako ga izgubim, moj život neće imati nikakvog smisla, ni cilja, i ja bih umrla od bola", priznala je sebi.

———

Sva se pretvorila u iščekivanje njegovog pisma. Ono je stiglo, lično njoj, prvo pismo, drugarsko, duhovito, iskreno. Ni reči o ljubavi, ali sve ono prefinjeno, probrano, lep stil, dokazivali su joj da je pazio kad je pisao, da je želeo da joj se dopadne njegovo pismo. Naslućivala je iza svake rečenice pobudu koja ju je inspirisala. Odgovorila mu je istim tonom. Upoznavali su se preko pisama, zbližavali, a nijedno nije htelo da prizna svoja osećanja.

Novakovićevi su s mora otišli u Rogašku Slatinu. Tu je Miomira šetala ispod stoletnih mirisnih borova, po brdima koja su mirisala na ciklame, pela se do malog paviljona da bi gledala panoramu banje i slušala orkestar koji je čarobno zvučao kroz akustične šume. Pronašla je jedan jabučar, pun rumenih jabuka, i klupicu ispred slovenačke kućice. Tu je vezla, čitala, pisala, slušajući ptice, tajanstveni šapat šume i daleku ciku dece. Još petnaest dana do povratka. Tada će biti polovina avgusta. A Ninoslav je već bio u njihovoj vili. Pisao im je da je sve u redu, kako u banci, tako i kod kuće.

Još petnaest dana i ona će raskinuti veridbu. Vereniku je poslala dve karte, a on joj se javio pismom. Bio je ljut i nije hteo da dođe na more. Nije joj ni javio kuda je otišao. Njoj je bilo svejedno. Druga ju je strepnja mučila: je li Stajićka u gradu ili je otišla na jezero Komo, kao što je kazala? Ako je već tamo i ako je videla Ninoslava? Dalje nije smela ni da misli, već je žurila kroz šumu, uzanim stazama, zakačinjući suknjicom visoko lišće paprati.

Čije je ovo dete?

Već deset dana Ninoslav je bio u vili. Osećao se prijatno i hteo je da iskoristi svoju monašku samoću i dovrši doktorsku tezu. To je bila zgodna prilika, kakvu nikad nije imao u životu, da radi u tišini, bez larme, tutnjave automobila, u šumici, Miomirinom borju.

Male činovnice u banci, razdragane kad je došao, malo su se ohladile i učinilo im se da je uobražen. Govorilo se da je zaljubljen u Miomiru, a i ona u njega, i izvodili su zaključak da će se ona udati za njega. Njegovom ulasku u banku pridavao se naročiti značaj i činovnici su pomalo zazirali od njega, ne pokazujući to, ali tvrdo uvereni da mu je direktor dao uputstva da motri šta se radi u banci. Ništa od svega toga nije bilo, ali mu nisu verovali da radi doktorsku tezu. Činovnice su ga gledale s prekorom što ne gleda njih, nego bogatašku kćer.

On sve to nije ni opažao. Vraćao se posle dva časa, pešice, kad je bio svež dan, a fijakerom kad bi pripeklo sunce. Prijale su mu i šetnja i vožnja.

Jednog dana, po podne, kad se vratio iz banke, Liza mu reče:

— Gospodine, ja i Ilija idemo u varoš. Treba da kupimo nešto u bakalnici. Vi ćete ostati sami. Zaključajte kapiju. Mi ćemo vas viknuti kad dođemo natrag.

Oni odoše, a Ninoslav zaključa kapiju. Šetao je po bašti pa se popeo na Miomirin balkon. Odatle je video baštu, drum i svakog ko bi prišao kapiji. Poneo je svoje tabake i knjige i pisao. Teza je bila pri kraju. Još nekoliko stranica. Sutra ili prekosutra, završiće je. Posle će zamoliti jednu daktilografkinju u banci da mu je otkuca na mašini u tri primerka. Pročitao je tezu i bio vrlo zadovoljan. Ustao je da se prošeta po bašti. Privirio je u Miomirine odaje.

Obe sobe odisale su devojačkim životom. Svaka sitnica je imala ženstvenosti. Radoznalo je zastajkivao pred svakom stvari. Nije bio nikad sam u devojačkoj sobici. Pomislio je: „Da li ima kakvih tajni?" Odškrinuo je orman kao lopov. Zapahnu ga parfem ženskih toaleta. Visile su tu duge i kratke haljinice, meke, nežne i sjajne. Pogladio ih je rukom, kao da još čuvaju otisak Miomirinih grudi i bedara. Zatvorio je orman sa osmehom. Video je njenu sliku na zidu, skinuo je i dugo posmatrao. „A gde li je slika verenika?" Okretao se, zagledao zidove, ali je nije video. A ranije je ta slika bila na zidu. Šta to znači? Potajna radost i tuga mešale su se u njemu. Ipak je sve potiskivao od sebe, ne smejući čak ni da misli o tome.

Njen pisaći sto bio je pospremljen i svaka sitnica je bila na svom mestu. Setio se njenih pesama. *Tajne ženskog srca.* Povukao je jednu fioku. Bila je zatvorena. Povukao je drugu. I ona je bila zaključana. Treću izvuče. Pogledao je sadržaj fioke. Pisma. Oklevao je čas, ali je odmah zatvori. Znao je da je neučtivo da pretura po tuđoj fioci. Ali to je bila devojačka fioka. Šta li sve devojke kriju? Izašao je na balkon, ali ga je sadržaj fioke mamio. Dvoumio se, pošao, pa zastao. Opet je prišao fioci, otvorio je i oprezno dizao pisma. Najedared, na dnu fioke, ispod pisama, ugleda jednu detinju sliku. Uzeo je i zagledao je, i kao da ga grom pogodi. Velike crne očice, kao Miomirine, gledale su ga detinjski nežno. Kovrdžava, još retka kosica, uvijala mu se na glavici. Seo je na fotelju, uzeo sliku i nije mogao da je odvoji od očiju. Zaprepastila ga je sličnost s Miomirom. Što god ga je više gledao, sve više mu je dete ličilo na Miomiru. Da li je muško ili žensko?

Je li ovo moguće? Bio je zgranut. Ono liči na nju, mora biti da je njeno. Ona ima dete?! Nije mogao da veruje i sav se naježio od groze. Stavio je sliku na sto, izmakao se, ustao, prošetao, vraćao se i opet je zagledao. Jeste, liči na Miomiru! Uzeo je njenu sliku sa zida, stavio je pored detinje i tražio sličnost. Oči su bile iste, iako su ove detinje.

Strašno! Tajanstveni život mlade devojke otkri mu se pred očima. Ona ima dete! Pa što je to čudno? Bogata devojka. Bila je sama u Parizu. Ko zna kakav je život vodila?! A pravi se anđeo. Razdražen, koračao je po sobi i gnevno posmatrao i nju i dete. Takve su današnje devojke. On nije hteo nijednu devojku da upropasti. A ona je dopustila sebi sve, čak i dete; udaje se, gleda njega, izigrava sentimentalno zaljubljenu, još je i ljubomorna na Stajićku, prekoreva ga zbog udate žene, i ta joj je udata žena nemoralna. A ona? Gadost! Sve su one odvratne! Eto njihovog života!

S mržnjom je gledao u nju i dete, i sve mu puče pred očima. Ona neće da se uda za verenika. Ovo, sigurno, nije njegovo dete, i ne može da mu podvali. Nego, treba on, Ninoslav, da bude taj mamlaz. Zar se to ne radi u bogatom svetu? Siromašne mladiće potkupljuju novcem i oni se žene njima sa svim njihovim porocima i vanbračnom decom. Zato ona uzdiše za njim, piše mu nežna pisma. „Ti si, Ninoslave, niko i ništa, i treba da smatraš za čast što te ja volim. Moje bogatstvo pokriće sav moj nemoralni život." Zadrhtao je i stezao pesnice, a krv je ključala u njemu. Besneo je raspaljen, gnušao se, drhtao, gotov da pocepa njenu sliku, da na poleđini detinje slike napiše: „Ovo je naličje vašeg života, gospođice Miomira", i da pobegne iz njihove gospodske, odvratne kuće. Šta će on ovde? On je siromašan mladić, odrastao u starinskoj kućici, i po straćarama za vreme studija, a sad se šepuri u milionerskoj kući. Zašto? Je li zaljubljen, opčinjen i zaluđen? Ne, nije on zaljubljen. Svestan je on! I oprezniji nego ikad. Ova ga je slika sasvim otreznila. Bedan stvor! Đavo u obliku anđela. Rodila! Dočepao je njenu sliku i mračno je gledao. „Sad vas poznajem." Bacio je sliku na pod i koračao razbešnjen od balkona do spavaće sobe. Pogled mu pade na ogledalo, i spazi svoje uzbuđeno lice. Na crnilu kože oči su mu bile rasplamsane besom kao u Otela. Zastao je umorno i pribrao se. „Šta se to mene tiče?"

A iz ogledala posmatrale su ga sopstvene oči koje su mu objašnjavale zašto je gnevan. „Ti je voliš, voliš je ludo, prvi put u životu. Voliš je, zato živiš u njenoj kući, pišeš tezu, povlačiš se s plaže gde je toliko mladih devojaka. Voliš je i hoćeš da joj budeš veran, da ti niko ništa ne prebaci, da ne kažu da si se zabavljao na plaži. Voliš je svu, od njenih kovrdža do lepih nožica. Pun si ljubavi i ništa drugo ne misliš, samo o njoj. Voliš je, Ninoslave, a nećeš sebi da priznaš. Voliš je, a bojiš se njenog bogatstva, da ona ne pomisli da je viša od tebe što je na gomili novaca svoga oca. Ti je voliš i zato si gord, jer poznaješ sebe, i ne daš da njen novac pretegne tvoje muke školovanja, tvoj napor, gladovanja, sve ono što si sam svojim umom stekao!"

Odmakao se od ogledala, jeknuo i klonuo u naslonjaču. A dete se smešilo na njega svojim nežnim, bezazlenim osmehom, smešilo se, a on bi praskao, kidao, jecao.

„To je savremena devojka..." Ustao je, hteo je da vidi šta je u toj fioci. Otvarao je pisma. Jedno je od tetke, nežno pismo srećne majke, koja ima sina lekara. Ostavio ga je i potražio drugo. Iz Pariza, od prijateljice. *Žalim što si otišla.* To mu nije bilo potrebno. Otvorio je treće pismo. Verenikovo. Ljutio se što nije dobio pismo od nje već nekoliko dana. Nije ni to bilo ono što je tražio. Najzad jedno plavo pismo. Pročita ga i zadrhta. *Beba je vrlo dobro. Zlatna je. Već počinje da govori. Kupila sam za vaš novac haljinice, kao što ste i želeli. Vi ste divni. Daj bože da budete srećni. A ja se nadam da ćete biti. Verujte, ništa nije bolnije nego biti devojka-majka...*

„Devojka-majka", šaputao je Ninoslav. Dakle, tu je ključ tajne! Miomira je devojka-mati. A on, glupi Ninoslav, treba da bude otac. Jednog dana dovela bi dete, rekla bi da je posvojče i on bi kao magarac imao da povije glavu. Zato ona i neće verenika. Njemu ne može da podvali. A Ninoslavu može, jer on je siromah.

Pokupio je pisma i slike, ostavio ih u fioku, izleteo u dvorište, šetao kao ranjena zver po bašti, kidao grančice jela, u gnevu zgnječio jednu ružu, i nije mogao da se umiri dok se nije opružio u naslonjači i zatvorio oči.

Malo mu se razvedrilo u glavi. Ali noću, uznemiren, čas je branio, čas napadao Miomiru. Vrelo osećanje palilo mu je organizam. Sećao se je za vreme bolesti, nežne, blede, pokraj njegove postelje. Njena slika je bila oličenje čednosti. „Ne, ne! Nije to istina. Ja se varam. To ne može biti njeno dete." Ali sumnja je bila jača i nagrizala ga.

Bio se odlučio, čim dođu s letovanja, da pređe u varoš i uzme stan. Posle ovog otkrića neće ostati u njihovoj kući.

Jednog dana dobi pismo od druga svoga oca. Javljao mu je ljubazno da bi sad mogao da se zauzme za njega da dobije službu u Ministarstvu unutrašnjih dela, jer je imao svog čoveka, koji je uticajna ličnost u ministarstvu. Ako se reši, neka mu javi, pa u avgustu može doći u Beograd, kad će i on tamo biti.

Ninoslav nije hteo da odbije, nego mu je odmah javio da će mu pisati u avgustu, kad se direktor vrati iz banje.

Ozlojeđen na Miomiru, i duboko razočaran, pomišljao je da se uposli u Beogradu. Nije znao da li će ostati čvrsto pri svojoj odluci, ali, poznavajući sebe, znao je da kad nešto naumi, mora to i ostvariti.

Svoju doktorsku tezu je dovršio i dao da se otkuca.

Stiglo mu je pismo od Staše u kome mu je javio dan dolaska.

———

Vraćali su se autom. Nije znao tačno sat kad će doći. Verovatno predveče. To posle podne bio je kod kuće. Čitao je, šetao i očekivao! Liza je spremala večeru, a Ilija je počistio baštu, zalio cveće i travu, pokupio i poslednji suvi listić. Sobe su bile provetrene, i bez trunke prašine.

Avgust je bio mlak i svež. Bokori ruža bili su puni cvetova, a lišće lipa prevučeno žutom, jesenjom bojom. U vazduhu je bilo mnogo pčelica i mušica, i njihovo slatko zujanje tiho se razlegalo. Trava je mirisala na sasušene stabljičice, a spolja je dolazio miris suve strnjike i sena.

Sedeo je i čitao u bašti, u letnjem žućkastom odelu. To odelo poručio je sam, ono je bilo lako, sportsko, i divno mu je stajalo uz opaljeni obraz orahove boje. Liza mu ga je oprala i izglačala. Obukao ga je posle podne, pred njihov dolazak.

Auto se zaustavi.

— Evo moje gospođe! — uzviknu Liza.

Potrča i Ilija da otvori kapiju. Ustade i Ninoslav, visok, elegantan, tamna lica i sjajne kose. Staša izlete prvi i prvi uzvik mu je bio:

— Jaoj, što ste vi, gospodine Ninoslave, pocrneli! — požurio je svome velikom drugu, koga je voleo kao brata, i oni se poljubiše.

Za njim iz auta iskoči crnooko, slatko, crnpurasto devojče, rumeno od sunca, toplo, vatreno, zaljubljena pogleda, veselo i razdragano, i požuri mu u susret, pružajući svoju toplu, suncem opaljenu ruku. Zadivljeno ga je pogledala, kao da ga prvi put vidi.

— Zbilja, kako ste vi pocrneli!

— Dobar dan, gospodine Ninoslave! — pozdravila ga je milo gospođa Novaković, a direktor se našali:

— E, Staša, ništa s tobom! Gospodin Ninoslav je crnji od tebe. A neprestano si govorio: „Ja ću biti crnji od gospodina Ninoslava".

— A gde ste tako pocrneli? Mi smo pobeleli u Rogaškoj Slatini.

— Vraćao sam se po suncu kad sam dolazio iz banke. A u dva sata je najjače sunce.

— Ah, što je divno u našoj bašti! — uzviknu Miomira. — Baš smo se zasitili letovanja i jedva smo čekali da se vratimo kući.

— Doneli smo vam poklone. Samo da se raskomotimo!

— Naložila sam kupatilo! — obavesti ih Liza.

— Sjajno! Odmah idem da se okupam — uzviknu Miomira. — Što vam je lepo to odelo, gospodine Ninoslave! Niste ga imali.

— Sašio sam ga kod istog krojača.

— Sjajno izgledate! — iskreno je govorila Miomira.

Srce joj je treperilo od sreće, a Ninoslav je osećao kako ga nešto davi i kida. „Da li je ono njeno dete?" Pogledao ju je svu, njena bedra, grudi, stas. Da li je moguće da je ona devojka-mati? Pogled mu je bio rasejan i tužan, a ona je mislila da je uzbuđen. U njoj je vrila radost i sreća i prelivala joj se po licu, očima, usnama. Ah, tako bi ga poljubila i pritisla na grudi njegovo tamno, toplo, milo lice.

Otrčala je da se okupa i presvuče. Svi su se raskomotili i ušli u baštu.

— Ništa lepše od svoje kuće! Lepo je u banji, ali u jednoj sobi je teskobno, pa svaki dan oblačenje, svlačenje... I lupnjava vratima po hodnicima dojadi.

— A kako ste se vi proveli, gospodine Ninoslave?

— Sjajno, gospođo. Ja sam se osećao kao na letovanju. Završio sam i svoju doktorsku tezu.

— Bravo! — uzviknu direktor. — Vredan ste vi mladić.

— A jeste li se dobro hranili?

— I odviše! Bojao sam se da se ne ugojim.

— Stalno ste vitki — pohvali ga Staša. — A kako ja izgledam?

— Ti si se prolepšao — dirnu ga Ninoslav. Pokušavao je da se šali, smeje, ali u njemu je neprestano ključala ona mučna misao: da li je ona devojka-mati?

A Miomira je, ne znajući šta ga muči, pričala razdragano, donela je poklone svima, trčkarala je od jednog bokora ruža do drugog, mirisala ih, kitila se, pevušila puna sunca i ljubavi. Zar on neće uskoro biti njen slatki, mali mužić? Ove jeseni sve će se rasplesti.

A Liza je, kao da zna šta treba da kaže, pričala o Ninoslavu:

— Nigde nema našeg gospodina Ninoslava. Iz banke je redovno dolazio kući, kupao se i samo pisao... I ja i Ilija dobili smo po dvesta dinara bakšiša od gospodina Ninoslava.

— Ovo mi je bila prilika da završim tezu, pa sam požurio. A oni su me lepo pazili.

A Miomira je pomišljala da je on na nju mislio, i da zbog nje nigde nije išao, kao što je i za nju za sve vreme samo on postojao i niko drugi. Daljina ju je još više zbližila s njim. Ali jedna misao je ipak štrecnu: a Stajićka? Da li je ona tu? Sad će se saznati. Uvukla se nečujno u tatinu sobu i potražila je telefonom. Niko se nije odazivao. Sigurno je otputovala. A Slavka? Upitala je za nju Ninoslava.

— Došla je pre tri dana. Bila je u Mačvi i Koviljači.

Sve je, ipak, bilo lepo. Ali ona nije ni snevala šta se zbivalo u srcu Ninoslavljevom.

Razračunavanje

Verenik joj se javio iz Beograda: *Dolazim da prečistimo našu stvar. Ili... ili... Hoću da budem načisto s tvojim osećanjima...*

Miomira priđe brzo mami.

— Mama, Vlada danas dolazi. Sigurno autom. Hoće da vidi da li ćemo se venčati. Mama, moram ti reći: ja raskidam veridbu s njim. Ne bih želela da mu to lično kažem, nego ću mu napisati pismo, ti ćeš mu ga predati, evo ti i prsten da mu vratiš, a ja ću odmah da odem u Niš kod tetke. Imam vremena da uhvatim voz. Neću da ga sačekam. On je svirep. Svašta bi mogao da uradi. Bolje da se ja izmaknem.

— Kako svirep? Šta bi mogao da uradi? — uplaši se mati.

— Nemoj da se plašiš. Ne mislim da bi me ubio, ali videla si kako je prošli put bio grub. A ja ne bih otrpela, morala bih mu grubo odgovoriti... i da bi se taj sukob izbegao, bolje je da otputujem.

Mati zavrte glavom.

— Ti da se izvučeš, a ja da se s njim objašnjavam i da me vređa.

— Tebe on neće vređati. Prema tebi je on uvek bio učtiv i poštuje te. A ti si taktična i lepo ćeš mu sve reći.

— Šta ja znam da mu kažem? Čime ti obrazlažeš raskid veridbe?

— Napisala sam mu u pismu: neću još da se udajem. I ne udaje mi se! Zar ja nemam lep život u roditeljskoj kući?

— Imaš, dabome! Nije trebalo ni da se veriš bez roditeljskog znanja, i to sama u Parizu.

— Imaš prava da me grdiš, mamice. Odsad ću te uvek slušati. Neću se udati dok i ti ne daš svoj sud o mladiću. Ako ti kažeš da ne treba da se udam, poslušaću te.

— Pričaš samo, a uradićeš kao sve devojke. Roditelji se ne pitaju kad treba da se reši najvažnije pitanje u životu, kao da nas je pregazilo vreme i da ništa ne razumemo.

— Ti si, mama, potpuno savremena žena i moja najbolja drugarica.

— Umeš ti da lažeš, a posle vaš otac mene za oči: „Ti im sve popuštaš!" Čuješ, imaš da odeš do tate u banku da mu kažeš da putuješ i da raskidaš veridbu.

— Ne, ne! Neću da idem tati! Ti znaš njega: on će da me izgrdi! Ti ćeš mu to bolje objasniti. Ja ću da se izgubim, a ti otprati Vladu. Ne mora on ni da se vidi sa tatom.

— Jaoj, sve to nije bilo potrebno! Zašto svet da ispira usta s tobom? Može još neko čudo da napravi u kući. Strah me je i za Stašu.

— Što se plašiš za Stašu?

— Ako napadne gospodina Ninoslava, ovaj će da ga brani, jer on više voli njega nego Vladu. A ti si videla da Vlada mrzi gospodina Ninoslava i da je ljubomoran na njega.

— Sve će se lepo svršiti. Ne brini, mamice. On je osetio da od našeg venčanja nema ništa. Ovo je najpametnija stvar, što raskidam veridbu. Bila bih vrlo nesrećna s njim. On je grub i... neću sve da ti pričam, ali reći ću ti kad se vratim.

— Zašto mi ne kažeš sada?

— Bolje da imaš o njemu mišljenje da je dobar mladić. Bar dok ga ne otpratiš. Evo ti pismo. Ostavila sam otvoreno da pročitaš, pa ga zalepi. Idem da se spremim za put.

— A ako on dojuri za tobom?

— Neće dojuriti. Ne moraš mu reći da sam u Nišu. Čekaj, kuda da kažeš da sam otišla? U Skoplje? Tatinoj sestri... Jest', to je najbolje.

Mati je sedela ljutita i uznemirena, a kći je, znajući njeno srce, nastojala da je odobrovolji.

— Posle se, mamice, neću rastajati s tobom.

„Kad se venčam s Ninoslavom, bićemo u kući", mislila je sva ushićena.

— Moram samo da jednom odem do Pariza. I ti ćeš sa mnom. Ti ćeš biti srećna! Pa i naš Staša je dobar... Je li da si ti sad srećnija?

Mati uzdahnu:

— Dabome da sam srećna, kad ste vi dobri. Hajde, požuri, može Vlada svakog časa da naiđe.

— Da javim Milanu da dođe s kolima.

Javila je za kola, spakovala stvari i sišla s koferom.

— Koliko ćeš dana ostati?

— Tri-četiri. Oni me vole. Evo Milana. Zbogom, mamice! Nemoj da se ljutiš na mene. Jedva čekam da se otarasim tog Vlade.

Mati je isprati i vrati se u kuću.

Vlada je stigao automobilom oko jedanaest sati.

— Lizo, otvori kapiju — viknula je kuvarici, čuvši auto.

Ustala je i spustila pletivo na stolicu. Zet joj požuri u susret i poljubi joj ruku.

— Rano si došao!

— Rano sam pošao iz Beograda.

— Sam voziš?

— Šta će mi šofer? Gde je Miomira?

Mati se zbuni, jer je znala da otpočinje objašnjenje, pa ga pozva u kuću.

— Hajde gore, pa ću ti sve reći.

Mladi čovek se namrgodi i pođe za taštom. Ona ga uvede u trpezariju.

— Da nije opet otputovala?

— Bogami... Sve mi je ovo neprijatno — iskreno je govorila. — Ona nije ovde... Otputovala je u Skoplje... Ostavila ti je pismo. Sad ću ti ga dati.

— Čemu zvanično opštenje — nabusito izgovori. — Zar me nije mogla pričekati? Dajte mi pismo.

Mati donese pismo i sede na stolicu prema zetu. On je brzo preleteo preko redova, a bore mu izbrazdaše čelo.

— Dakle, raskida veridbu! Znate li vi sadržaj pisma?

— Pročitala sam. Meni je žao, Vlado. Ali ja ne mogu da joj kažem ni udaj se, ni ne udaj se! To je vaša lična stvar. Vas dvoje najbolje znate da li biste bili srećni. Ona je požurila s veridbom, za to je osuđujem. Nije trebalo da se veri, pa sad da raskida. Ja sam starinska žena kao i tvoja mati, i ne mogu da to odobrim. Ali šta ćeš? Pomiri se i ti. Ti si fin, bogat mladić, naći ćeš ti devojku kakvu god hoćeš, i bogatu i lepu i dobru.

On je nervozno grickao usne i prasnu s pitanjem:

— A znate li vi ko je inscenirao ovaj raskid?

— Ko može da inscenira? To je Miomirina volja.

— Jeste li uvereni da je baš ona to htela, ili neko drugi. Kome je stalo da ona po svaku cenu raskine veridbu?

— Na koga misliš, Vlado? — tobož začuđeno upita mati, a slutila je da se to odnosi na Ninoslava.

— Mislim na ovog učitelja. Da li vi znate kakvu je ulogu imao taj mladić u vašoj kući? Vi ništa niste videli.

— Molim te, Vlado, nemoj da sumnjičiš tog mladića! On je pošten mladić, vrlo skroman i učtiv. On se toliko trudio oko Staše.

— Ali se još više trudio oko Miomire.

— To nije istina! Ne mogu da ti dopustim da tako govoriš o tome mladiću. On je bio neophodan Staši.

— Ali je neophodan i Miomiri — ustao je sav narogušen i ogorčen, i počeo da korača po trpezariji.

— Miomira je ozbiljna devojka — hladno odgovori malo uvređena mati.

— Zato je on i uspeo da je zaludi. Ja sam opazio promenu na Miomiri čim vam je taj gitarista došao u kuću. Dotle je ona meni pisala, mislila o našem bračnom životu, ali čim je taj ušao u kuću, on joj je zavrteo pamet svojom gitarom. A šta je taj gospodin? Niko i ništa. Svira i peva i smišlja kako da se uvuče u vašu kuću i vaše bogatstvo. To je za njega velika čast da uzme ćerku jednog direktora banke. To cela varoš vidi i zna. Čak sam i u Beogradu dobijao anonimna pisma. Ona je s njim išla u bioskop, na izlet, vozila se autom. Napravio se taj gospodin važan u vašoj kući, kao da je odrastao u gospodstvu. Ne čudim se Miomiri, ali se čudim vama da niste prozreli zadnje namere tog mladića. To je hohštapler prve vrste!

— Zaboga, Vlado, šta to govoriš?! Kakav hohštapler? Taj mladić je svršio fakultet, ima dobru majku i sestru.

— I vas je opčinio... Došlo je dotle da svi u varoši veruju da je ljubavnik Miomirin. I to vam mogu reći. Vi ne znate kako on kompromituje vašu porodicu.

Mati skoči sa stolice.

— E, to je, Vlado, i suviše! Ja ne dopuštam da vređaš moje dete! Ona je bila sama u Parizu, pa je bila pametna, a ovde je svaki dan pred mojim očima. Ti si se razljutio, pa svašta govoriš u ljutini... a ni sam u to ne veruješ.

— Ja verujem! A posle ovog Miomirinog pisma niko me ne može razuveriti. Ovo je jasno kao dan, ali i vrlo bedno. Imao sam vrlo lepo mišljenje o njoj, a kako sam se prevario! Nijedna devojka me nije razočarala kao ona. Pijanistkinja i umetnica, i jedan gitarista!

Stegnuo je zube i pesnice. Ah, da mu on sada padne šaka!

— Ti me vređaš kad tako govoriš o Miomiri. Mi smo svi uživali u pevanju gospodina Ninoslava. Treba da me razumeš, Vlado. Ja sam istog takvog sina izgubila — udarila je u plač i kroz suze govorila: — A brinula sam se za Stašu. Nervozan je bio. Nije se slagao s profesorima. I Ninoslav je došao i spasao mi Stašu. Mi mu moramo biti zahvalni. I Miomira je u njemu gledala Stašinog spasioca.

— Vi ste u zabludi!

Mati obrisa suze i oštro ga pogleda. Ona je pokušavala sve lepim, a on je vređao.

— Zar se, Vlado, samo jedna veridba raskine? Možda se ne biste ni slagali. Ti si malo prek, a Miomira je osetljiva.

— To vas je ona naučila da tako govorite.

— Nije mene niko učio, nego ja svoju decu poznajem, a svaki roditelj želi svojoj deci sreću. Ako je osetila da se ne biste slagali, bolje je da se rastanete na lep i prijateljski način. Ti imaš svojih lepih osobina i mi te nikad nećemo mrzeti. Sedi, molim te, da lepo razgovaramo. Raskinuti veridbu pre rata bilo je strašno, a sada je to obična stvar. Nemoj da se ljutiš — i opet je počela blago:

— Sedi! Da zovnem Lizu da donese posluženje. Ostani kod nas da ručaš.

— Ne! Hvala! Neću ništa. Idem u varoš. Tamo ću ručati.

— I ti si malo tvrdoglav. To je ona uvidela. Kako si bio prošlog puta grub, i odjurio natrag! Ne ide to tako. U braku se mora popuštati. Mi, starinske žene, uvek smo popuštale.

— Ali vaša kći ne popušta. Ja sam se prošlog puta naljutio, a njoj je bilo svejedno — naglo se okrenuo, kročio prema gospođi Novaković i besno izgovorio: — Eto, to me je razdražilo i to me je najviše uverilo da između nje i onog gitariste ima nešto! Sva se osušila od žalosti za njim kad je bio bolestan. A on se razbaškario u vašoj kući, jer mu je ona dala to pravo. On je naterao da raskine veridbu! On će sve upotrebiti da dođe do cilja. Držite u kući jednog mladog čoveka već toliko meseci. Ona gore sama, a vi se zatvorite u svoju sobu. Mislite da se nije noću uvlačio u njenu sobu?! Trebalo bi da čovek bude lud pa da ne shvati šta je među njima. Još ćete vi i veći skandal doživeti. I treba! Svi će vas ismejati u varoši, kao što vam se smeju i sada.

Mati je zapanjeno slušala, sva bleda, gušeći se od ljutnje, ali nije mogla da dođe do reči i jedva je izgovorila:

— Sve je to laž! I sama sada uviđam da vi ne biste bili srećni. Ti si vrlo naprasit!

— Naprasit sam što sam častan, što sam je voleo, a vređa me što vi ništa ne uviđate. Vi joj povlađujete i držite u kući tog mladića! Više nemamo šta da razgovaramo. Sad smo načisto! Znam bar kakva je Miomira. Možda je i bolje što se ovako svršilo. Možda je nisam dobro ni poznavao. Njoj će, sigurno, biti potrebni kavaljeri i kada se uda. Ali ja to ne bih dopustio! Eto joj gitariste! Zbogom! Izvinite, što sam bio ovako grub, ali krivo mi je i na vas. Vi ste mati i trebalo je sve da vidite.

Izleteo je na terasu i sukobio se s Lizom koja je nosila poslužavnik sa slatkim. Čaše se zatresoše na poslužavniku, jedna se prevrte, pade na beton i razbi se. Liza ciknu, a gospođa Novaković bleda, požuri na terasu.

— Gospodin nalete na poslužavnik, pa se čaša preturi. Pa zar gospodin Vlada odlazi? — govorila je Liza.

Gospođa Novaković je ćutala. Kuvarica se uplašila videći je kako je pobledela.

— Vama je zlo? Uzmite čašu vode.

— Neka, Lizo! — gledala je za zetom.

On priđe kapiji, otvori je, sede u auto, izađe na drum i odjuri u varoš. Kuvarica spusti poslužavnik na sto u trpezariji.

— Šta se ovo dogodilo?

— Ljut je, Lizo, Miomira je raskinula veridbu s njim.

Kuvarica je mirno slušala...

— Pa... udaće se naša gospođica Miomira. Ona je slatka... i dobra prema svakom.

— E, ali njemu je krivo.

— Svakom bi bilo krivo da izgubi devojku kao što je gospođica Miomira. Vi ste tako bledi. Uzmite slatko i vodu.

— Daj! — prošaputa mati. — Nisam ja dovoljno jaka za potrese.

A nju je potreslo najviše ono što je kazao za Miomiru i Ninoslava. „Sami gore, a vi se zatvorite u sobu." Da li se to moglo dogoditi? Bacio je sumnju u materinsko srce patrijarhalne žene; to ju je zabolelo i počela je da strepi da se nije desilo ono najgore. Izašla je u baštu i počela da se priseća svega. Najedared je nešto preseče. „Da Vlada nije otišao u banku? Šta li se tamo može dogoditi?"

Požurila je na telefon da upita muža. Ali se predomislila. Bolje da mu ne govori preko telefona. Bojala se da on sve ovo o Miomiri ne kaže ocu. Onda će ona, mati, ispasti krivac. Išla je po kući kao luda. Da li je moguće da im se cela varoš smeje? Ne, to nije istina. Taj mladić je dobar prema Staši. Spasao je to dete. Ali možda je bolje da on stanuje u varoši. Reći će mužu. Sad baš i ne treba da stanuje kad je raskinula veridbu. Zašto da raskine kad je on ovoliko voli, a i ona ga je hvalila? Da nije imala nešto sa Ninoslavom? Išla je onda u planinu. Njih dvoje su bili sami... šuma... Pa njen odlazak kod njegovih! Kako majke ništa ne znaju! Ah, da joj je sada ovde Miomira, dobro bi joj očitala! Nije ovaj potres za nju. Pošla je u kuhinju da malo razgovara sa Lizom, jer Liza im je bila verna i sve njihove brige i žalosti doživljavala je i sama. A sve se dvoumila da li mužu da javi telefonom. „Neću! Neće ni Vlada ići u banku...”

————

Bez najavljivanja i kucanja verenik uđe u direktorovu sobu.

— Gle, ti? Kad si došao? Nisam znao da ćeš doći.

— Ne znate vi za mnoge stvari koje se odigravaju u vašoj kući. Ali danas ćete doznati.

— Ti si nešto ljut?

— Kad čujete razlog, znaćete zašto sam ljut.

— To su verenička posla. Da te nije Miomira naljutila? E, još malo, pa ćete se venčati. Onda ti uzimaš dizgine u svoje ruke.

— Ja sam dizgine izgubio iz ruku.

— A ti ne popuštaj! Nego vi, mladi ljudi, svi ste pod ženskom papučom. Niste vi generacija kakva smo mi bili.

— Nisu ni ove žene kakve su ranije bile. Prevrtljivije su nego mi muškarci.

— Nešto te je mnogo Miomira najedila, pa si došao da mi se požališ.

— Nisam ja ni video Miomiru.

— Prvo dolaziš k meni?

— Ne, bio sam u vili, ali Miomiru nisam zatekao, jer je otputovala.

— Kuda je otputovala?

— Zar vi ne znate?

— Sad čujem od tebe — naivno je govorio direktor.

— Otputovala je u Skoplje. Tako su me bar izvestili.

— Šta će u Skoplju?

— Da bi izbegla objašnjenje sa mnom.

— Kakvo objašnjenje?

— Čućete... Nego, molim vas, pozovite gospodina Ninoslava, hteo sam nešto da mu kažem. Je li on u banci kod vas?

— Jeste. Šta imaš da mu kažeš? — sumnjičavo je pitao direktor, koji poče da naslućuje da se ovde nešto zamršuje, a nije voleo objašnjenja u banci.

— Nešto da ga pitam — mirno je govorio verenik.

Direktor zazvoni poslužitelju. On se pojavi.

— Recite gospodinu Balšiću da dođe ovamo.

Posle nekoliko trenutaka pojavi se lepi mladić u elegantnom odelu, visok, opaljene kože i gorda pogleda. Trže se kad spazi verenika, ali mu hladno klimne glavom.

— Vi ste me zvali, gospodine direktore?

— Moj zet ima nešto da vas pita.

Ninoslav ga oštro pogleda, a rentijer se sav naroguši od besa videći ga ovako elegantnog, lepog i samopouzdanog.

— Šta imate da me pitate, gospodine? — hladno mu se okrete Ninoslav.

— Pričekajte. Pročitajte ovo pismo! — obrati se direktoru pružajući mu Miomirino pismo.

Direktor se udubi u čitanje i iznenađeno podiže obrve. Završi čitanje, pogleda verenika i izgovori:

— Otkud sad ovo? Ja o tome nisam imao pojma. Kakav je to preokret u njoj?

— Zato sam zvao gospodina, da nam objasni taj Miomirin preokret.

Ninoslav je upitno gledao čas direktora, čas rentijera.

— U čemu je stvar, gospodine direktore? — okrete se Novakoviću, ne želeći da traži objašnjenje od ovog naduvenka.

Rentijer dohvati Miomirino pismo i pruži ga Ninoslavu.

— Pročitajte!

Ninoslav pročita i mirnim glasom, skrivajući svoje uzbuđenje, okrete se direktoru:

— Ovo je pismo upućeno gospodinu i ja nemam šta da vam objašnjavam. Ono se njega tiče.

— Ali se isto toliko i vas tiče — izbrecnu se rentijer — jer vi ste inspirator ove odluke. Zato sam vas i pozvao da vas razobličim pred gospodinom Novakovićem i da mu kažem kakvu ste ulogu igrali u njegovoj kući.

Bled i uzbuđen, Ninoslav kroči jedan korak prema rentijeru i izgovori odsečno, naglašavajući svaku reč:

— Gospodine, ja vam zabranjujem da me vređate, jer ću zaboraviti na takt i učtivost, isto kao što to vi zaboravljate. Gospodine direktore — poče blažim tonom — ja vas uveravam da sam sa najvećim poštovanjem ušao u vašu kuću i da nisam učinio nijedan gest za koji biste me mogli osuditi. Dajem vam svoju časnu reč da sam u gospođici Miomiri uvek gledao tuđu verenicu i nisam imao pojma da ona misli na raskid. Ja sam u vašoj kući bio učitelj vašeg sina i zahvalan sam vam za sve pažnje koje ste mi ukazali, kao i za postavljenje u banci, i mislim da nećete posumnjati u iskrenost mojih reči.

— Ja ništa ne mogu da kažem protiv vas — priznade direktor. — Zašto ti, Vlado, bacaš krivicu na gospodina?

— Vi ste vrlo slatkorečivi — okrete se rentijer Ninoslavu — i svojom gitarom i pesmom hteli ste da sakrijete podle pobude, koje sam ja od prvog dana prozreo. Ako ste mogli da se pred ocem i majkom pretvarate, preda mnom ne možete... Da, gospodine direktore, ovaj gospodin se podlo uvukao u vašu kuću, a vi stvarno i ne znate kakav je on tip... To je...

Ninoslav steže pesnice i priđe mu bliže, ukočena lica i blistavih zenica.

— Kakav sam ja tip, dovršite?! — muklo izgovori.

— Molim vas, nemojte da se svađate. Ovo nije mesto za raspravu — utišavao ih je direktor. — Možda ti, Vlado, preteruješ.

— Ja, gospodine direktore, neću da dopustim da me naziva tipom, jer ja tip nisam. Ako je ko tip, to ste vi, gospodine! — izgovori Ninoslav.

— Je l'te, ja sam tip? — cinički odgovori verenik. — To ste sigurno kazali i Miomiri. Sve ste upotrebili da dođe do raskida veridbe. Jer vi treba da budete zet direktora Novakovića. Pevač, gitarista, nalickan gospodin. A oni i ne znaju šta se odigravalo u kući.

— Gospodine direktore, ja neću sa ovim gospodinom da se objašnjavam. Ali vas molim, gospodine direktore, da nijednoj njegovoj reči ne verujete. Ja sam gospođicu Miomiru smatrao kao svoju sestru. Nikakvih namera nisam imao. Znam da sam siromašan mladić, a ona bogata devojka, i bio sam srećan da me vi uposlite u banci. To je bio cilj moga dolaska.

— I da se isto tako uposlite i oko gospođice Miomire.

— Šta ste hteli reći? — škripnu zubima Ninoslav.

— Hteo sam reći da je ovaj gospodin... ljubavnik vaše kćeri... i da je...

Nije ni završio rečenicu kad snažna ruka Ninoslavljeva pade na njegov obraz. On se povede i riknu.

— Ninoslave! Vlado! Ne pravite čudo! — uzbuđeno viknu direktor.

— Hohštapleru! — dreknu verenik i polete na Ninoslava da ga udari.

Ovaj, viši i snažniji, odbi mu ruku, gurnu ga i on polete stolu direktora. Izbezumljen od besa, spazi stakleni, teški pritiskivač na stolu, ščepa ga i baci u pravcu Ninoslavljeve glave.

— Ne, ako boga znaš! — dreknu direktor.

Ninoslav se saže, a pritiskivač prelete preko njegove glave i tresnu svom silinom u vrata. U susednoj kancelariji čuše udarac kao pucanj. Činovnici poskočiše. Daktilografkinje vrisnuše.

— Nešto se događa u direktorovoj kancelariji.

Činovnici, čuvši prasak, jurnuše u kancelariju. Direktor je držao zeta gurajući ga da sedne. Ninoslav je stajao bled nasred kancelarije.

— Ja se njemu moram naplatiti — vikao je rentijer.

— Idite, gospodine Balšiću — reče mu direktor.

Činovnici su stajali unezvereni, daktilografkinje su provirivale uplašene. Spaziše prepolovljeni pritiskivač na podu. Jedan poslužitelj se saže i pokupi parčiće. Činovnici se povukoše, a s njima i Ninoslav.

— Šta je to bilo? — pitali su radoznalo.

— Ništa — kratko je odgovarao.

— To je verenik gospođice Miomire? Napao vas, je l'te? — navaljivali su s pitanjima.

— Jeste.

Ninoslav nije hteo da daje objašnjenja, ali su mu u ušima bubnjale reči: „On je ljubavnik Miomirin". Škripao je zubima. „Bednik!"

— Vi ste lepši i bolji od njega, zato je ljubomoran na vas — tešio ga je jedan činovnik.

Daktilografkinje su šaputale.

— Njega voli Miomira. Meni se učinilo da sam čula kako je kazao da je on njen ljubavnik. Možda jeste. Ako je i ljubavnik, ona se može i udati za njega. Baš je divan, a verenik mi se ništa ne dopada. Samo što je rentijer! Oni su se potukli. Ko li je gađao pritiskivačem? Jaoj, da ga je udario, razbio bi mu glavu. Čekaj, čuje li se nešto iz kancelarije? Ništa... Neko odlazi... Da vidimo ko je.

Odškrinule su vrata iz hodnika.

— Verenik ode!

— Da ga vidimo bolje — pritrčale su prozoru. — Nije ružan, ali je lepši Ninoslav. Sam vozi. Ala je namrgođen! Sada mi se više ne piše. Čekaj, idem ovaj prepis iz suda da odnesem Ninoslavu... Nema ga, pozvao ga je direktor. Pritvori ona vrata, a ja ću da prislušnem. Stoj tu kod vrata, pa ako neko naiđe, javi da se odmaknem.

Mala daktilografkinja je slušala otvorenih usta i očiju. Sva se pretvorila u uvo. Mimikom je pokazivala koleginici sve veće čuđenje. Ona druga je gorela od želje da čuje. Brzo je pritrčala svome stolu.

— Pričaću ti.

— Jesi li sve čula?

— Sve. Ćuti, evo Petrovića.

— Jeste li prekucale ono što sam vam dao?

— Baš sad kucamo. Biće gotovo za pet minuta.

— Pričaj mi, molim te — šaputala je koleginici naginjući se njenoj glavi.

— Miomira raskinula veridbu.

— Šta kažeš? Očigledno je raskinula zbog Ninoslava.

— Izgleda tako nešto. Bilo je tuče među njima. Ninoslav se izvinjavao što mu je opalio šamar, jer je vređao Miomiru... Ali se nešto brani, veli, poštovao sam gospođicu Miomiru...

— Jest'... poštovao! Toliko meseci stanuje kod njih. Cela varoš priča o njihovoj ljubavi. A šta si još čula?

— On hoće da ide u Beograd u Ministarstvo unutrašnjih dela.

— Jaoj... da nam ode iz banke.

— A šta ti vredi što je u banci, kad te ne gleda.

— Ne voli on ni Miomiru čim ide odavde.

— Novakoviću nije prijatan ovaj sukob u banci... Možda mora da ode.

— A šta kaže direktor?

— Malo je ljut. Poznajem ja njegov ton. A, i ovo sam čula: Miomira je otputovala nekuda.

— Zašto?

— Ne znam. A Ninoslav kaže da on nije imao pojma da će ona da otputuje.

— Zaludela je ona njega i njeni milioni. Ali može još i te kako da se opeče, a baš bi mi i bio ćef! Njoj nije ništa lakše nego da pokvari veridbu. S jednim raskine, a deset prosilaca će da pojure. Mene i tebe neće zaprositi. Ninoslav je izgubio u mojim očima. Nije tu bez ičega, kad se on tuče. A ko je koga gađao tim pritiskivačem?

— Verenik njega.

— Zna on šta je među njima. Jesi li čula da je ona bila s njim kod njegovih? Ona ga je i negovala kad je bio bolestan. Uh, evo opet Petrovića! Što je dosadan, kô zubna bolest!

— Šta odugovlačite, gospođice? Je li ono drugo gotovo?

— Evo, još malo.

Ručice su brzo preletale preko pisaće mašine. Namignula je drugarici i obe se uozbiljiše. Petrović je pričekao i uzeo dva tabaka.

Male činovnice odahnuše.

— Je li, a šta si još čula?

— Čula sam kako kaže: „Ja ću da ručavam u kafani i danas ću uzeti stan u gradu”. A direktor mu na to reče: „Danas ćete ići sa mnom. Ne morate odmah pružati svetu materijal za pričanje.”

— Sumnja li on u nešto? Ninoslav se zaklinje da je ispravan.

— Veruješ li ti da je ispravan?

— Ja ne verujem nijednom muškarcu. Može li samo, on će odmah iskoristiti priliku.

— A on je u kući s njom. Ali mi je krivo, što baš da se zaljubi u bogatu devojku?! Svi su muškarci materijalisti. Već i ta Miomira, kao da je princeza iz bajke. Da je činovnica kao ja i ti, niko je ne bi ni pogledao — uzdahnula je duboko i brzo se prisetila: — Čula sam da ga nastavnica Simićeva voli.

— A ja sam za nju čula da vodi ljubav s poručnikom Svetom Lazarevićem. Znaš onog lepog, crnomanjastog. On voli da pogleda svaku ženu. Nego, čula sam i za Ginu da je trčala da se upozna sa Ninoslavom.

— Je li, a ko je onaj medicinar što je šetala s njim?

— Pričaju da je to Ginina ljubav. To je drug Ninoslavljev, videla je moja sestra kad je s njim jedne večeri bila sama u parku i on je dopratio do kuće.

— I ona će se lepo udati — uzdahnu činovnica. — Otac joj sazidao kuću. A ja i ti ima da kucamo celoga života.

Pogledala je usta, izvadila pudrijeru iz tašne i počela da se doteruje. Bacila je pogled u ogledalce i opet uzdahnula.

— Ode direktor! Da vidimo da li je i Ninoslav s njim. Eno, sedaju. Uh, što tako nešto ne mogu da nađem?!

— Možda on misli da ga uzme za zeta. Kažu da ga Staša mnogo voli.

— Petrović puca od muke kad ga vidi u automobilu s direktorom. Što je to pakostan i uobražen mladić! Nadao se da će on biti posle Novakovića sve i sva u banci, pa se pravi važan. Baš ga mrzim! Hajdemo i mi!

Izašle su na ulicu. Spaziše Slavku. Ona ih pozdravi i ode kući.

— Simpatična devojka. Baš bi mogla biti za Ninoslava. Gle, eno poručnika! Sigurno žuri za njom. Hajde, možemo i mi ovom ulicom, da vidimo da li će je stići. Stiže je.

Uzdahnula je opet.

— Ona je fakultetski obrazovana žena. Lako je njoj! Razvrstana je, ima lepu platu.

Malu činovnicu sve je rastuživalo, a najviše što nije videla lepog mladog trgovca, o kome je snevala i videla osiguranu budućnost s njim, a morala je priznati sebi da se beznadežno nada i da je svuda prepreka: miraz.

Gordost je pobedila ljubav

Gospođa Novaković nije mogla da se skrasi na jednom mestu očekujući muža. Naslućivala je da se nešto dogodilo u banci. Laknulo joj je kad ih je obojicu videla kako silaze iz automobila. Izašla je na terasu i osmehnula se, trudeći se da na muževljevom licu pročita šta se dogodilo.

— Kako si, Jovanka?

— Dobro... Celo jutro sam imala posla. Jesi li gladan?

— Prilično.

— Ručaćemo u trpezariji. Nešto se naoblačilo sa one strane. Baš bi dobro bilo malo kiše. Kako ste vi, gospodine Ninoslave?

— Zahvaljujem, gospođo, dobro.

— Gde je Staša? — zapita otac.

— Ostao je kod Stoleta na ručku. Javio mi se telefonom i pitao može li da ostane. Stole je dobro dete, dopustila sam mu.

— Pa neka se druži s đacima. Jednom i on da bude đak kao drugi sinovi — glas mu je bio malo oštriji. — A Miomira je otputovala? Kako to ona začas da ode na put, a ne obavesti me.

— Ti, valjda, znaš zašto je otputovala?

— Znam! — čisto se izbrecnu direktor.

Ninoslav je ćutao.

— Je li Vlada bio kod tebe?

— Bio je...

— I ovde je bio.

— Kako se ovde ponašao?

— Pa... lepo... Krivo mu je, razume se... Ali bio je učtiv.

— I u banci je bio vrlo učtiv! — podvukao je dve poslednje reči.

— Šta je bilo? — bojažljivo je pitala gospođa Jovanka.

— Moglo je biti i razbijenih glava.

— Šta govoriš? Kome da razbije glavu?

— Gospodinu Ninoslavu.

— Ama, znala sam ja da će se nešto dogoditi. I ovde se ljutio. Videla sam, ljubomoran je na gospodina Ninoslava. Dokazivala sam mu da nema razloga, ali nisam mogla da ga ubedim.

— Gospođo, meni je vrlo neprijatno što se sve ono dogodilo u banci i što sam bio izazvan da mu udarim šamar. Ja nisam mogao da dopustim da drsko i nepravedno vređa gospođicu Miomiru u vezi sa mnom.

— Vi ste mu opalili šamar? A šta je vređao Miomiru?

— Gospođo, meni je neprijatno da ponavljam njegove reči, jer cenim gospođicu Miomiru kao vrlo ozbiljnu devojku.

— Kazao je da je gospodin Ninoslav njen ljubavnik — odgovori muž.

— E, ako ste mu opalili šamar. Bezobraznik! Usudio se to da kaže! I bolje je što je s njim raskinula.

— Ja ne znam kakav je on mladić, ali bih želeo, gospodine direktore, da verujete da ja nisam imao pojma da gospođica Miomira smišlja raskid veridbe. Nisam dopustio sebi da ikad pomislim na gospođicu Miomiru. Ja sam bio siromašan mladić, mučio sam se dok nisam svršio školu, a cilj moga dolaska u vašu kuću bilo je uposlenje u banci, kao što ste mi obećali. Ja sam u vašoj kući sebe smatrao učiteljem vašeg sina, a ne mladićem koji treba da se zabavlja s vašom ćerkom. Bio sam daleko od svake takve pomisli. Ja bih sebe smatrao najvećim pokvarenjakom da sam izigrao vašu dobrotu, gostoljubivost, pažnju. I zato sam jutros bio strahovito revoltiran uvredama toga gospodina, koji bez ikakvog dokaza izgovara tako sramne reči.

— Verujemo vam, gospodine, i nemojte da se sekirate. Miomira ga nešto nije trpela. Kazala je da će mi objasniti razlog.

— Da je ona ovde, dobro bih je izgrdio. Zašto se ona nije s njim objasnila, nego ga šalje meni u banku, pa pravi skandal, i sad svi činovnici znaju.

— Zar je on napravio skandal?

— Dabome! I ne mogu da im zapušim usta. Cela će varoš znati o tome.

— Šta se tebe tiče što će u varoši da znaju! Ona je pobegla jer je on grub, mogao je napasti. Ja sam joj dopustila, jer sam se i ja bojala. Samo nije trebalo da se veri bez našeg znanja, pa sad da kvari veridbu.

— Nije trebalo, ali ona je malo usijana glavica, radi sve šta hoće. Kad se verila, kovala ga je u zvezde i svi smo morali da verujemo da je on savršenstvo. A sad treba svi motkom po njemu. Ti već popuštaš.

— Pa ja popuštam, Aleksa, jer sam majka, i osetljiva sam, a ti si muškarac, zauzet svojim poslovima, pa ne strepiš toliko za njih.

— Strepim i ja, ali ja trezvenije gledam, a ti se odmah raznežiš i uplašiš.

— Ne mogu ja da budem gruba. Samo moja duša zna koliko sam prepatila zbog Mileta i Dane. Nije lako izgubiti dvoje dece — zagrcnula se i zaplakala.

— Dobro, dobro, razumem te — omekša direktor. — I ja osećam žalost, ali zato neću da im u svakoj prilici popuštam pa da ispadne posle bruka i sramota.

— To nije nikakva bruka, ako se raskine veridba.

— Ali ono što se dogodilo biće bruka.

Ninoslav je osetio da je on ta bruka i da njegovo prisustvo može kompromitovati njihovu porodicu. Ponosan i pošten, odmah je izjavio gospodinu Novakoviću:

— Ja uviđam, gospodine direktore, da je nemoguće da i dalje ostanem u vašoj kući. Mogu i iz banke da se povučem. Kazao sam vam da mi je javio jedan drug moga oca da može da me postavi u Ministarstvu unutrašnjih dela. Moram do Beograda i zbog moje doktorske teze, najbolje bi bilo da odem. Time ću uskratiti svetu da raspreda o ovom događaju.

— To je vaša stvar, gospodine Ninoslave — mirno je odgovorio direktor.

Mati se uznemiri.

— Kako će to Staša da primi? Vi ste mu još potrebni.

Otac se opet izbrecnu.

— Ima Staša da primi onako kako ja naredim. Nije Staša gospodar u kući nego ja.

Taj oštri ton bio je izraz direktorovog neraspoloženja, i to uvredi Ninoslava. Osetio je jasno da treba da ode iz banke. Ali mati, dobra i osetljiva žena, shvativši da je ovaj ton malo uvredljiv, ublažavala je reči svoga muža:

— Ti sad tako govoriš, a baš si ti voleo da gospodin Ninoslav stanuje u našoj kući, kad pređemo u varoš. Ništa me se ne tiče svet, jedino moja deca.

— Ne, gospođo, gospodin direktor je u pravu. Posle raskida veridbe gospođice Miomire i ovoga što se jutros desilo u banci, ne bi imalo smisla da stanujem u vašoj kući. Vi ste pravili tu kombinaciju misleći da će se gospođica udati.

— Ne znam šta da kažem — uzdahnu mati, koja se seti Staše, njegove svađe s profesorima i onog revolvera. — Čini mi se da je Staši potreban tutor, a niko nije umeo s njim kao vi.

— Okani se, Jovanka! Ti si ga razmazila. Trebalo je da ja budem prema njemu kakav je moj otac bio prema meni. Još uvek se sećam njegovog kaiša. Kako što zgrešimo, on otpasuje kaiš pa udri po meni i po mojoj braći. Bio sam u šestom razredu i dobijao batine od oca, a nisam smeo da zucnem! Nije on vodio računa o mojoj osetljivosti, nego ja o njegovoj. Ti strepiš, ako gospodin Ninoslav ode da će Staša propasti. Ama, ja ću kaiš! Ima on da ide u školu i da uči, jer hvala bogu, nije glup. Je l' tako, gospodine Ninoslave?

— Da, on je vrlo inteligentan. Onda vi, gospodine direktore, nemate ništa protiv ako se ja zahvalim na postavljenju i odem u Beograd? — pitao je očekujući definitivan odgovor.

— Ja vama kao činovniku ne mogu ništa da prigovorim. Za ovo kratko vreme ocenio sam da ste vrlo vredni. Ali ako vi hoćete državnu službu, to je druga stvar.

— Kakvo ministarstvo! Ostanite vi ovde, gospodine Ninoslave. Možete uzeti stan u varoši. Staša će se zaprepastiti kad čuje.

— Znate, gospođo, i zbog svoje teze morao bih u Beograd.

— Voli mladić Beograd. Ovo je palanka. I ja sam crkavao za Beogradom kad sam bio mlad čovek — govorio je direktor smešeći se, i Ninoslav oseti da mu on odobrava i ne želi ga više ni u kući ni u banci.

Kad ostade sam sa ženom, direktor prasnu:

— Šta si navalila da ostane? Imaš ćerku devojku, a držiš u kući mladića. Za sve ovo, ti si kriva.

Gospođa Jovanka se sruči u naslonjaču i osta bez glasa.

— Zar ti, Aleksa, da me vređaš? Ja, mati, smrvljena srca od tuge i nesreće koje su nas zadesile, drhtim nad ovo dvoje dece, htela bih da Staša bude dobar mladić, a ti me bediš da sam kriva za sve — zaplakala je i pokrila maramicom oči. — Vi ste očevi neosetljivi! Pored tebe, Staša bi propao. Ja sve lepim s njim, a ti bi kaiš! Pokušaj, pa ćeš videti šta će biti! Pitaću te posle ko je kriv, ako počne da se svađa s profesorima i isteraju ga iz gimnazije. A gospodin Ninoslav je znao s njim, i to sve lepo. Zato i treba da ostane.

— Ded, nemoj da mi plačeš, ako sam kazao, nisam mislio da te vređam. A svi ste se u kući zaludeli za Ninoslavom. A onoj bih ja dobro podviknuo da je ovde. Juri za njim kod njegovih, juri u planinu, on leži bolestan, a vas dve mu ne date u bolnicu. Pa dosta je bilo! Neću da držim u kući mladog čoveka, a kći mi udavača. Ceo svet nam se smeje.

— Radi kako znaš — umorno odgovori gospođa Jovanka. — Ja ću se predati sudbini, pa šta nas snađe.

— Ništa neće da nas snađe, nego ćeš da pritegneš Stašu. A Miomiri ću ja da očitam.

— Njoj možeš, ali molim te prema Staši budi blag. Nemoj da pokvariš sve ovo što je uradio Ninoslav. Malo si se grubo izrazio, kao da ne vidiš šta je on uradio za tvog sina. Ne treba da taj mladić ode od nas u uverenju da smo mu nezahvalni.

Staša je uveče došao sav neraspoložen. Bio je kod Stoleta, šetali su se sa Anđicom i Divnom, on joj je ispovedio svoja osećanja, ona mu je prebacivala da se zabavljao na moru, a on se kleo da nije nijednu devojku pogledao. Mislio je da večeras sviraju, ušao je u sobu i najednom, na Ninoslavljevoj sofi, ugledao kofer i složeno odelo.

— Šta ovo znači? On putuje! Kuda će? — našao je odmah mamu: — Mama, gospodin Ninoslav se spakovao. Kuda putuje?

— U Beograd... zbog njegovog doktorskog rada.

— Kako u Beograd najednom? Jutros mi ništa nije kazao. A gde je Miomira?

— Ona je otputovala u Niš.

— Šta će ona u Nišu?

— Znaš, ona je raskinula veridbu sa Vladom... pa nije htela da ga sačeka.

— A gde je Vlada?

— Otišao u Beograd...

— To mi sve izgleda sumnjivo. Kriješ li ti nešto?

— Ništa ne krijem. Pitaj gospodina Ninoslava, on će sad doći.

— Da li sasvim odlazi?

— Ne sasvim... Doći će opet.

Staša nije poverovao. Čekao je Ninoslava i odmah počeo da ga ispituje, vrlo rastužen što odlazi. Najednom je uzviknuo:

— Slušajte, ne možete me ubediti da idete zbog teze. Vi biste mi to rekli još jutros, ne biste doneli odluku naprečac. Bogami, razočaraćete me što krijete. Vi ste od mene zahtevali da vam sve poveravam. Ja sam vam priznao i da sam Anđicu poljubio, nisam krio od vas, vi ste želeli da vam budem drug i ja sam bio ponosit što sam u vama imao druga s kojim sam o svemu mogao da razgovaram. A sad, kad vi treba nešto da mi poverite, krijete, smatrajući da sam neozbiljan i detinjast i da neću razumeti.

Ninoslav je osetio da je dečak u pravu, dvoumio se malo i onda mu reče:

— Dobro, sve ću ti ispričati.

Zgranut, Staša je slušao i skoči kad Ninoslav reče šta mu je Vlada bacio u lice za Miomiru.

— Ah, da sam ja tu bio, što bi on od mene dobio šamarčinu! Što je meni taj Vlada bio odvratan! Osećao sam ga kao tuđina. Nalickan i uobražen, a u stvari ništarija.

— Staša, hoću da te zamolim da uvek veruješ da sam prema gospođici Miomiri osećao najveće poštovanje.

— Što vi to meni pričate? Ja sam to video. Vi ste bili prema njoj drugar. O, pa znam ja Miomiru! Da ste vi bili makar malo drski prema njoj, ona bi vas već najurila iz kuće. Ona vas je zato i cenila što ste bili učtivi. Ali taj Vlada! Uh, što se ja nisam tu zadesio?!

A kad mu je Ninoslav ispričao za pritiskivač, Staša pobesne:

— Vidite li kakve tipove nađu žene! Miomira, pametna devojka, pa je morala čak u Parizu da ga nađe! A on je mogao biti probisvet i hohštapler! Ja se neću nikad ženiti devojkom koju ne bih poznavao. Sirotom ću se oženiti. I Miomiri nisu potrebni bogataši. Pa dobro, zašto vi idete? Ja vas osuđujem. Svi će misliti da vas je tata otpustio. Je li vas tata štogod prekoreo?

— Ništa! Samo mu je neprijatno. A ja, inače, treba da idem u Beograd.

— I vi se više nikad nećete vratiti! — ojadi se Staša.

— Ko zna?!

— Nećete, poznajem ja vas. Vi ste gordi. Vama je postalo dosadno kod nas.

— Staša, bogami nije! — zagrlio ga je i gladio po glavi. — Veruj mi, ovo su moji najlepši dani u životu — podlaktio se i pokrio oči.

— Pa kad vam je žao, što idete? Sve će se zaboraviti.

— Nema smisla, Staša. A sad imam mogućnost da dobijem službu u Ministarstvu unutrašnjih dela.

— E, ovome se nisam nadao. A i Stole vas mnogo ceni. Danas smo razgovarali o vama. Meni je bio potreban drug kao što ste vi, jer me niko nije razumeo kao vi. Mi smo dečaci nesređeni, a vi ste razumeli sve moje ćudi i nastranosti i nekako ste me sredili. Naučili ste me da sam sebe razumem. Ja sam smatrao da je podvig svađati se u školi, a vi ste mi dokazali da je to proces u meni koji me pravi neuravnoteženim. A sem toga, ja sam mogao da naletim na svakojake žene, a vi ste me učili da treba da se čuvam. A šta ću ja sad raditi kad me spopadne bes i muka, a vas ne bude da mi objasnite?

— Ti si već dovoljno razvijen da možeš i sam o svemu da prosuđuješ. Ja te molim samo ovo: nemoj mamu da žalostiš. Ona je divna žena, kao i moja mati.

— Neću, gospodine Ninoslave, dajem vam časnu reč. Ali vi nećete ići. To je detinjasto s vaše strane. Sad ću ja vas da grdim.

— Ne, Staša, tako mora biti.

— Zašto niste uzeli stan u gradu?

— Moram i zbog teze u Beograd — govorio je tužno, ali videći pogruženog Stašu, razveseli se kao bajagi, poče da pevuši i uze gitaru da bi sakrio svoju tugu.

Kad je ostavio gitaru, Staša je uze.

— Hoćete li da uzmete ovu moju gitaru na poklon od mene? Ona vam se mnogo dopada.

— Neću. To je tebi kupila gospođica Miomira. Ne smeš da mi daješ sestrin poklon.

— Ona će meni kupiti drugu! Uzmite, molim vas. Ja ću da poručim gitaru, a dotle ću svirati na vašoj. Nije rđava.

Na veliko navaljivanje morao je da uzme gitaru.

Sutradan je otišao da se oprosti sa Slavkom. Ona je već čula o događaju u banci. On joj je objasnio da želi državnu službu. Slavka nije mogla da shvati zašto odlazi. Posumnjala je da je nešto bilo između njega i Miomire, da su roditelji to opazili i da je zbog toga morao da se udalji iz kuće i iz banke. Bila je malo razočarana. Zbog njega je odbila nastavnika muzike i on je, uvređen, zatražio premeštaj. Čudila je mirnoća Ninoslavljeva. Pomislila je da li i sam ne želi da ode. Nije navikao na gospodsku kuću, pa mu je dosadila. Oprostila se s njim i poželela mu srećan put. Kad se on udaljio, osetila je kako je još jedna nada propala.

U kući se Ninoslav sa svima oprostio. Gospođa Novaković mu ćušnu u ruke jedan omot s novcem. Ispratila ga je i kuvarica i Ilija. Bio je ljubazan i direktor. Gospođa Novaković mu se srdačno zahvaljivala:

— Nikad nećemo zaboraviti vaš trud oko Staše.

Mladi čovek je bio bled. Pogledao je Miomirin balkon. U grudima je osećao bol i kidanje. Bio je smrvljen, a na usnama mu je lebdeo osmejak. Niko nije osetio šta je u njemu. Bacio je pogled po bašti. Video je senke drveća, bokore ruža, napupale hrizanteme i lipe sa širokim jesenjim lišćem. Taj jesenji dan prvog mrtvila još veću tugu mu je stvarao, kao da je u njemu nešto umiralo.

Seo je u automobil, okrenuo se još jednom i pogledao Miomirin balkon, kao da traži lepu, čarobnu siluetu u belom.

Srdačno se pozdravio sa Stašom, a Milan mu je uneo kofer u drugu klasu i veliki paket pun jela i poslastica za put. Ostalo je još nekoliko minuta do polaska voza.

— Dođite opet k nama! Znam ja da ćete doći — tužno je govorio Staša.

Voz je pošao i izgubio se u tami.

Bio je sam u kupeu. Naslonio se na prozor da vidi varoš koja je svetlucala u noći. Proći će u daljini i pored Novakovićeve vile. Tamo je. Gledao je, kao da traži Miomirin balkon, njene sobice, njen klavir i vitke bele ručice na klavijaturi. U noći video je njene oči, velike, tople, suzne. Hteo je da odagna njen lik, ali ona je bila tu, uz njega; u tutnjavi voza čuo je njene melodije sa klavira. Šta je ovo s njim? Šta se ovo odigralo, kakva je ovo pustoš u njegovoj duši. Iz grudi mu je nešto iščupano, nestalo mu je daha, naginjao se kroz prozor da udahne vazduh jesenje noći. A Miomira je bila svuda, žurila je za njim, približavala mu se, šaputala mu... Jeknuo je i pao u ugao kupea. Glava ga je bolela, a misli su mu bile razvitlane, nesređene. Nije mogao da se oslobodi vizije slatke glavice s kovrdžavom kosom. Zatvorio je oči i gledao je. Šaputao joj je slatke reči, privlačio je sebi, mazio je. U ovoj noći, dok voz tutnji a mlaz varnica pršti i rasipa se po poljima, on je shvatio kako je njegovo nepobedivo srce smrvljeno i pobeđeno ogromnim bolom i ljubavlju.

Otišao je bez zbogom... Zašto?... Je li to prkos ili ponos u njemu? Sumnja je ubačena i oni su se pobojali za svoj ugled. Da je on bogataški sin, ne bi se plašili. Ali on je siromah, beznačajni mali činovnik, učitelj njihovog sina. Nijednom reči nisu pokazali da se ne bi naljutili ako bi on pomislio da spoji svoju budućnost sa budućnošću njihove kćeri. To se on ne bi ni usudio. Ona je bogata devojka. I zato je otišao bez zbogom, sav uništen od bola, ali gord. Nije hteo ni da je sačeka. Neka se ne boje! Siromah neće poželeti njihovo bogatstvo. A ona? Zašto je raskinula veridbu? Da nije posredi tajna o detetu? Ah, šta je ovo u njemu? Zašto je ovako nesrećan? Oči su mu gorele kao da ih greje plamen. Je li to plamen iz njegovog srca? „Ne, ovo ne može ovako! Ja sam lud! Kako sam se ovoliko pretvarao? Da li sam učinio glupost? Zašto nisam ostao? Ja ne mogu bez nje! Ona je moja, u mislima je moja. Ja je ne dam. Miomira, srce malo! Miomira, devojče moje! Miomira, mala tajanstvena umetnice! Dođi, dođi! Gde si, Miomira, ljubavi moja?"

Oči su mu bile vlažne, zaklopljene, a telo opruženo, nemoćno, klonulo. Voz je jurio, a noć je bila gusta, crna, bez zvezda, bez meseca. Bila je to noć bola, teških slutnji, nedokučiva, tajanstvena kao ljubav, kao budućnost.

Došao je svetlog prolećnog jutra u lepi mali grad, a otišao u jesen, uz oštri šušanj lišća i samrtnički izdisaj prirode.

Ranjeno srce

Miomira je sišla s voza. Vesela, laka kao ptica, oslobođena obaveza, vraćala se kući. Sela je u taksi i veselo posmatrala oko sebe. Ako nije smeo da se izjasni, sad ga je ohrabrila. Više nije bila verenica, bila je slobodna, srećna, a on je tu, pokraj nje, viđaće se svakog dana, razgovaraće, šetaće se, muzicirati. On nju voli. On će biti srećan kad čuje da je slobodna. Sigurno već zna.

Skupila se u ugao automobila i sve je u njoj treperilo od radosti što će ga videti. Sve će se brzo razvijati, kao na filmu. Na svadbeni put će u Pariz. Ona poznaje Pariz i vodiće ga svuda. Ići će u operu. Poneće lepu večernju toaletu, a on crno odelo. Oh, kako će biti divno! Svuda će ga voditi. Pravo je uživanje kad zaljubljeni ruku pod ruku, tesno pripijeni jedno uz drugo, prolaze nepoznatim ulicama, a svet ih gleda. Oni će biti lep par. Kao filmske zvezde. On visok, pravi muškarac, lep, zanosan. A ona mala, crnpurasta, velikih očiju, elegantna. Ona voli da bude lepa pokraj njega, da je voli, da je obožava, nosi na rukama, mazi, ljubi. Snaga ju je izdala od slasti i sećanja. Zatvorila je oči.

Trže se kad auto stade pred njihovom vilom. Otrčala je uz stepenice i zatekla ih u trpezariji. Tata i Staša su čitali novine, a mama je plela bluzu.

— Dobro veče! — uzviknula je veselo, a oni su joj odgovorili hladno. Začudila ju je njihova hladnoća. „Ninoslav je sigurno u sobi", pomislila je prilazeći tati da ga poljubi.

— Neću da me ljubiš! Ljut sam na tebe.

— Zašto? Je li ti krivo što sam raskinula veridbu?

— Krivo mi je zbog mnogo čega.

Spazila je i mamin hladan pogled i upravila joj pitanje:

— Je li dolazio Vlada? I ti si nešto ljuta?

— Svi smo mi ljuti na tebe — dodade nabusito Staša. — Imaš da čuješ šta se dogodilo!

— Šta se moglo dogoditi? Zar je taj gospodin imao prava da se ljuti?

— Dabome da je imao! Ti praviš kojekakve gluposti i šegačiš se sa udajom kao da si balavica. Naterala si i mene da idem u Beograd da gledam placeve, a posle se predomišljaš i sve nas izigravaš. Ne može to više tako, jesi li čula! Vlada je pošten mladić i u pravu je što je sve ono uradio — ljutito izdeklamova otac.

Miomira preblede, skide besvesno šešrić s glave, pogleda ih sve, spazi ljutito Stašino lice i prošaputa bezbojna glasa:

— O njegovom poštenju ćemo razgovarati; a sad bih htela da znam šta je sve uradio? — ledena strepnja steže joj srce i bojažljivo zapita: — Gde je gospodin Ninoslav?

— Pitaš za gospodina Ninoslava! Dobro si se setila. Tata ga je oterao — ironično saopšti Staša.

Šešrić joj ispade iz ruke.

— Šta govoriš koješta! — izbrecnu se mati. — Nije njega Aleksa oterao, otišao je sam.

Miomiri se sve stvari zalelujaše i malaksalo sede na stolicu osećajući kako je noge izdaju i kako joj se ljulja tle.

— Mama, molim te, ispričaj mi sve.

— Ja ću da ti ispričam — preduhitri Staša mamu, besan. — Vlada je napao gospodina Ninoslava u banci, bila je čitava tuča! Hteo je da ga ubije, svi u varoši to znaju, čak su i gimnazijalke čule, i on nije hteo više da ostane u banci i otišao je.

Videći ukočeno Miomirino lice, mati ublaži Stašine reči:

— Nije on otputovao zbog tog sukoba.

— A kuda je otputovao? — pitala je kao da se probudila iz strašnog sna.

— U Beograd. Ti znaš da on treba da polaže doktorat.

— Dabome, doktorat! I dobiće službu u Ministarstvu unutrašnjih dela. On je otišao i više se nikad neće vratiti, a to si ti napravila.

— Vi ste njega uvredili, pa krijete od mene — osvesti strašna istina Miomiru.
— Tata, ti si njega otpustio zbog onog nitkova. To je hulja i najveći bednik!

Snaga joj se povrati, krv joj jurnu u lice. Kao ranjena zverka skoči da brani onoga koji je bio njena ljubav, smisao njenog života i budućnosti. „Otišao", ta reč je ubode kao nož.

— Pa kad je Vlada hulja, što si ga onoliko hvalila? Sve ste vi devojke lakomislene. Lud sam ja što sam te uopšte puštao samu u Pariz. Zašto si i sad odjurila u Niš? Što nisi čekala da mu saopštiš i obrazložiš sve, nego nisi znala šta da mu kažeš. Došle ti tako lutke da kvariš veridbu, kad sam ja budala pa držim nekoliko meseci u kući jednog mladića. Toga više neće biti u mojoj kući, jesi li čula? Ovaj će u gimnaziju, kao sva deca, a ti mi se nećeš maći iz kuće! Neću ja da me svet ismejava!

— Lakše, Aleksa! — stišavala ga je žena. — Šta si se toliko raspalio? Ako ga ne voli, ne možemo je naterati da se uda za njega. Valjda ti je ona milija od Vlade. Ja sam lepo kazala Vladi: ti si fin, dobar mladić, oženićeš se! Nije Miomira jedina devojka na svetu!

— On fin i dobar mladić? — škripnu zubima Miomira kao tigrica. — A znate li vi kakav je on bednik i zašto sam ja pokvarila veridbu s njim?

— Ne znaš ni ti zašto si je pokvarila — gunđao je otac.

— E, sad ćete videti ko je i kakav je taj gospodin rentijer.

Besomučno je uzletela uz stepenice i vratila se gnevna, razbarušena, usplamtelih očiju.

— Pogledajte ovo dete!

Mati uze sliku, a otac se nagnu da je vidi. Ustade i Staša.

— Čije je ovo dete?

— To je Vladin vanbračni sin. Zato sam pokvarila veridbu, jer sam sve doznala o njegovom gnusnom i razvratnom životu.

Mati se nakostreši:

— A otkud tebi ova slika?

— Detinja mati mi je dala. Znaš ko je ona, mama? Prodavačica što je jednog dana dolazila. To je ljubavnica Vladina, ona jadna, nesrećna devojka.

— Pa što ja to nisam znala? — ciknu mati. — A zašto ga nisi sačekala da mu to kažeš, nego da on tebe pravi kojekakvom?!

— I da priča tati kako je Ninoslav tvoj ljubavnik — prasnu Staša.

— Ninoslav moj ljubavnik?! Bednik jedan! Smeo je da se usudi da vređa mene i gospodina Ninoslava.

— Mogao je svašta da kaže kad ti bežiš i ne smeš da ga sačekaš.

Snaga je izdala i suze su joj grunule, jecala je i iskidano govorila:

— Nisam ga sačekala... jer sam onoj jadnoj prodavačici obećala da nikad neću reći da je dolazila k meni... i da sam zbog nje raskinula veridbu... Jer on se toga bojao, pretio je da će je proterati iz Beograda... prestati da joj daje izdržavanje... Ona bi ostala s detetom na ulici... Jadnica, koliko je plakala! Zaveo je kao osamnaestogodišnju devojčicu. Bila je krojačica. Upropastio je. Pobegla je od roditelja. Uzeo je stan i živeo s njom... A posle, kad je dobila dete, on nije hteo ni da čuje za nju. Sve mi je ispričala. I za njegovu majku kako je mrzi i tera je sa svog kućnog praga. I to je odvratna žena! A vi mislite da me je voleo!? Njemu je bio potreban moj miraz. On se kocka, rasipa, živi razvratno. A njoj je obećao da će je i dalje posećivati kad mene uzme. Ja bih mu bila zakonita žena, a ona nezakonita. Nisam smela da kažem ništa, primila sam na sebe svoju krivicu, jer, da sam kazala, on bi oterao onu jadnicu i ona bi skočila s detetom u Savu. Zar da ja uzmem taj greh na sebe? Zato sam, mamice, otišla. Bojala sam se da ću mu sve ovo baciti u lice, a ja bih time ubila onu jadnu devojku i njeno dete. A on, skot jedan, da kaže da je Ninoslav moj ljubavnik! Takav idealan mladić! I vi ste dopustili da on ode? Što si ti, Staša, to dopustio?

— Ćuti tu! Nemoj da pričaš. Ti si sve kriva. Krila si takvog propalicu. Ja nisam ni bio ovde, a da sam se zatekao u banci, glavu bih razbio tom mangupu. Takvu propalicu našla si za muža!

— Nemoj, Staša, da se ljutiš, nisam ja kriva. Zar mi devojke poznajemo mladiće?

— Uh, ne znam šta bih sad radila! — viknu mati. — Da ti to meni ne kažeš, nego se ja ulagujem: ti si Vlado dobar i fin mladić! Da sam ja to znala, pozvala bih Milana i Iliju da ga izbace iz kuće.

Otac je nervozno brisao naočare.

— Tako je to kad devojka radi po svojoj glavi. Dobro, raskinula si veridbu i gotovo! Zašto toliko plačeš? Koga oplakuješ?

— Sve me je to iznerviralo — govorila je ocu, a ono što je stvaralo strahoviti bol, što ju je iznenadilo i ojadilo, bilo je saznanje da je Ninoslav otputovao. Dakle, otišao je bez zbogom, takoreći pobegao, nije hteo da je sačeka.

Pala je mami na rame i jecala, a ona je gladila po kosi, kao malo dete i umirivala.

— Nemoj da se sekiraš. Šta te se tiče što je varoš saznala o tome. Smatraj se srećnom što si doznala kakav je. Gore bi bilo da ti je ona s detetom došla prvog dana po venčanju.

Miomira je brisala suze i pogledala Stašu.

— Čuo si, Stašice, sve... Treba da znaš šta je život. I ti si bogataški sin, ali nemoj nikad da budeš takav.

— Koja je to prodavačica? Ja je ne znam.

— Bio si u Sandžaku kad je ona došla. Mene je strahovito potresao njen život.

— A zašto je bežala od roditelja? Da ostavi oca i majku i da dune u svet s nepoznatim mladićem! Tako svaka prolazi koja beži od kuće i roditelja.

— Nije svaka devojka pametna. Zaludi se i ne razmišlja.

— I ti si se bila zaludela — prekori je otac.

— Možda jesam. Bila sam u Parizu, sama u tuđini, a on Srbin. Ali ovo mi je veliko iskustvo, i ja vam dajem reč da se neću skoro udati. Tatice, je l' se ne ljutiš na mene? — prišla je i zagrlila oca.

On se odobrovolji, ali je prekori.

— Ljutim se, kao i tvoja majka, što sve to nisam znao za Vladu.

— I bolje što nisi znao. Možda bi se veće čudo napravilo. Reci mi iskreno, tatice, jesi li ti otpustio gospodina Ninoslava? To je bila grehota... on je idealan mladić.

— Nisam, časti mi! On je mogao da ostane u banci. Nezgodno bi bilo da stanuje kod nas u kući, ali je mogao uzeti stan u varoši.

— Morao si, tata, nešto reći — sumnjao je Staša.

— E, pa nisam mogao da ga zamolim da ostane. Kazao je da može da dobije službu u ministarstvu i pustio sam neka ide. Dosta je bio u našoj kući. I svi smo bili i suviše pažljivi prema njemu. Je l' ti to plačeš zbog njega?

— Zašto da plačem zbog njega? — trže se i povrati Miomira. — Samo bilo bi mi žao ako je otišao uvređen.

— Vređao ga je tvoj Vlada, a mi nismo. Ali, dosta o tome! Šta je bilo, bilo je. Svako čudo za tri dana!

— Jesi li ti večerala?

— Nisam... ali ne mogu ništa... Hoću da legnem.

— Moraš da jedeš! — naljuti se otac. — Staša, kaži Lizi da joj donese večeru.

— Ne mogu, bogami!

Ali morala je da jede i jedva je gutala zalogaje. Suze su je gušile, a teška tuga i strepnja pritisnuše joj mozak, srce, udove. „On je otputovao. Otišao zauvek! Pobegao."

Dugo nije mogla da zaspi i sedela je na balkonu. Osećala se kao posle smrti svoga brata. Nešto je iščezlo zauvek, umrlo i sve je bilo pusto oko nje. Jesenje lišće žamorilo je i jecalo kao uzdah, jer je i njena duša jecala. Poslednje cveće je mirisalo kao na samrtničkom odru. Izranjale su uspomene iz žbunova, iz ruža, njenog borja. Svuda je bio Ninoslav, lep, zagonetan, raspevan, i svugde je lebdela njegova senka, koja se uvlačila u njenu ojađenu dušu.

„Zašto je otišao?" To ju je najviše mučilo. Kad se ona sva presrećna vraćala, slobodna, zaljubljena, zbog njega raskinula veridbu da ga ohrabri, on je pobegao. Bojao se njene ljubavi. Dosadna mu je bila. Nije je voleo. Nešto zapišta u njoj: „Niko me nije voleo". Glava joj klonu na ruke, a suze su tiho klizile, kvasile joj lice, slivale se niz bradu, sva joj se duša pretvorila u suze i očaj. Iz noći, iz žbunova ruža, sa šumom lišća dolazio je refren: „On me nije voleo..."

Posle tri dana dobila je pismo od njega. Učtivo, toplo pismo, u kome se sećao svih časova provedenih u njihovoj kući, njenog klavira, njene pažnje za vreme njegove bolesti, i uveravao je da će to ostati najlepše doba u njegovom životu. Lepo pismo, ali za njeno vatreno srce, žedno njegove ljubavi, to je bila samo kap, a neugasiva žeđ ljubavi mučila je i sagorevala, ona je malaksavala, i tiho padala u očajanje.

Ipak mu je kratko odgovorila s bolnom ironijom:

Hvala vam što ste me zadržali u prijatnom sećanju. Ja sam se uvek divila vašoj nepobedivosti. Čestitam vam i sada što ste se tako hrabro povukli. Zbogom.
Miomira

Opet njih dvojica

U jednoj lepoj sobici na četvrtom spratu sedeli su Boško i Ninoslav. Boško je držao Miomirino pismo i čitao. Pogleda gnevno Ninoslava:

— Lepo ti je kazala! Jesi li osetio smisao ovog pisma? Smeje se kako si bio nepobediv i tvoju hrabrost smatra kukavičlukom. I ja ti mogu reći da si najveća budala! Jedno ovakvo devojče, ludo zaljubljeno u tebe, neguje te u bolesti i plače kraj tvoje bolesničke postelje, raskida veridbu zbog tebe, a ti ništa pametnije nisi znao da uradiš nego da strugneš! Na njenom mestu, ja te više ne bih ni pogledao.

— Dobro, a šta sam mogao da učinim? — naljuti se Ninoslav.

— Da je zaprosiš.

— Drugim rečima da je pitam: gospođice, hoćete li da me uzmete za muža? Kako da je zaprosim sa hiljadu pet stotina dinara plate?

— A šta će ona da radi sa milionima svoga oca?

— Baš zbog tih njenih miliona i pobegao sam. Ne mogu ja da zavisim od žene i njene milosti. Da me ona hrani, odeva, plaća stan i jednog dana da mi baci u lice kako me izdržava! Ženi ne imponuje nikad muškarac koji je u materijalnoj zavisnosti od nje. Muškarac je drukčiji. On je kavaljer, a žena drži da si mali, ništavan i beznačajan kad si bez novca, bez položaja i zavisan od nje.

— To devojče je bilo zaljubljeno i ona bi sve žrtvovala za tebe!

— Znam. A šta je volela u meni? Moju lepotu i gitaru. A kad se ohladi, videće da nisam ništa, samo jedan mali činovnik njenog oca. Ja sam gord, hoću da budem gospodar u braku i da me žena ne nipodaštava. Najmanji prekor s njene strane uništio bi moju ljubav i mene samog.

— Reci mi, molim te: jesi li ti nju voleo?

— Ama, šta me ispituješ!? Neću da ti odgovorim.

— Ne moraš, ali kako si se usukao, vidim da strahovito patiš.

— Nisam ni ja od gvožđa — prošaputa Ninoslav i podlakti se. — Ona je neobična devojka. Ali bolje je što sam otišao. Nisam više mogao da izdržim u njenoj blizini. Pobegao sam od nje! Ni teza ni ministarstvo nisu razlog, već prosto pobegao sam, nisam mogao više da je gledam. Dovodila me do bezumlja.

— Ako si je video u pidžami kao ja, onda te razumem.

— Kad si je ti video u pidžami? — iznenadi se Ninoslav.

— Ono jutro kad sam došao, a ona istrčala da pita za tebe. Meni se zamračilo pred očima kad sam je spazio. Svilena pidžama, razbarušena kosica, rumena od sna! Prosto bajna! Što ja nisam bio na tvom mestu! Uvalio bih se ja u njihovo bogatstvo, i svi bi me dvorili. Šta tebi fali? Svršio si fakultet, dobićeš i doktorsku titulu! Mogao si postati direktor banke! Ako ne imponuješ novcem, imponuješ svojom inteligencijom. E, da znaš, ljut sam na tebe! Ja ću da joj pišem i da joj kažem da gineš za njom.

— Da se nisi usudio! Prekinuo bih prijateljstvo s tobom. Ne ide to tako! Ispalo bi da si provodadžija. A ona mi to ne bi oprostila. Mislila bi da sam sve matematički proračunao. Ona je vrlo osetljiva na svoje bogatstvo. Sve joj se čini da svi trče za njom zbog novca. I zato sam pobegao od njenog novca. Da ja imam plate bar tri hiljade, ja bih joj rekao: hoćete li, Miomira, da pođete za mene i da delimo sve što imam.

— Ti ne živiš u današnje doba! A moja Ginica mi je iznela spisak sve njene pokretne i nepokretne imovine. Ima kuću, koja donosi devet stotina dinara rente... Doneće nameštaj, dve sobe, a posle tatine smrti sve će podeliti sa sestrom. Nego, bato! Mora i žena da donese. Ja sam se mučio i crkavao nad knjigama, i ne mogu da joj džabe dam i moje školovanje i moj položaj!

— Hoćeš li da je uzmeš?

— Nemam razloga da je ne uzmem. Ja sam napomenuo da je meni potreban i novac u gotovu da bih uredio svoju ordinaciju. I to će gazda Tasa dati.

— Pa ti si, izgleda, svršio stvar?

— Za dve godine. Ne znam, ako se što ne preinači, ali mi se to devojče dopada. Ti si bio bolestan, pa i ne znaš sve. Ja sam išao na žur, pa smo se šetali, i došlo je do poljupca i njenih suza na rastanku.

— Ala si mangup! Kod tebe to ide brzo, kao na filmu.

— Majke mi, ovog puta nisam bio mangup! Zagrejao sam se i ja. Ako me održi ovo osećanje, uzeh ti ja moju Ginicu. Napašće me koleginice što se ženim miraždžijkom. A ja neću ženu doktora! Ja pregledam bolesnika, ona pregleda. Oboje da mirišemo na lizol i karbol. Hoću domaćicu. Hoću da dođem kući i da mi ženica miriše na parfem. A je li, jesi li se poljubio sa Miomirom?

— Nisam.

— Majke ti?

— Majke mi!

— Ah, ja bih eksplodirao da stanujem u istoj kući, da ona crkava za mnom, a da je ne poljubim! Da te ne znam, pomislio bih da nisi muškarac.

— Nisam hteo nikakvu gadost da učinim.

— Zar je poljubac gadost?

— A šta izazove poljubac? Ostavi te tugaljive razgovore!... Je li, mogu li ja da stanujem u tvojoj sobi? Plaćaćemo popola. Ja stupam u ministarstvo od ponedeljka. A imam oko četiri hiljade dinara. Gospođa Novaković mi je dala dve hiljade, dobio sam celu platu, a malo sam i uštedeo. Imam za život za dva meseca.

— Vidiš šta znači bogatstvo! Uštedeo! A kad si ranije mogao da uštediš? Nego, to će se ipak dobro svršiti. Ja verujem da će Miomirica dojuriti za tobom u Beograd. Nađem li je samo ja, odmah vas venčavam. Ja ću biti kum.

Ninoslav se smešio da bi rasterao bol u duši.

Odgovorio je Miomiri posle tri-četiri dana, ali ponovnog odgovora nije bilo.

Prosioci

Bio je mesec oktobar kad su se Novakovići preselili u varoš. Staša je uredno pohađao gimnaziju, a Miomira je preuzela da mu pokazuje sve što mu je nejasno. Gospođica Slavka ga je hvalila da je vrlo dobar i učtiv u školi. To je bio uticaj male Anđe. To malo, energično devojče, neprestano mu je držalo pridike. Energična, odličan đak, lepa i vesela devojčica, ona je imala ogroman upliv na Stašu. Miomira je to shvatila i sklopila je iskreno prijateljstvo sa Slavkom. Ona joj je odgovarala duhovno, a spajalo ih je i osećanje prema Ninoslavu. Ljubomorne jedna na drugu, one su se pokajale, videći da ga nijedna nije dobila. Potajna tuga ih je približavala i međusobno opravdavala. Slavka, obrazovana, načitana, vesela i iskrena devojka, koja nije znala za palanačko rekla-kazala, odgovarala je Miomiri. U svemu su bile iskrene jedna prema drugoj, samo nisu priznavale da su obe volele Ninoslava.

Dani su joj prolazili u tuzi, sviranju, vezu, čitanju, vožnji sa gospođicom Slavkom, Anđicom i Stašom. Život u kući odvijao se bez potresa, jer je Staša postao uravnotežen dečko. Miomira se trudila da mu priredi zabave u kući. Muzicirali su, dolazili su mu drugovi i drugarice na posela, pevali su, davali pozorišne predstave. Bilo je veselo s njima, mama je bila sva srećna, a niko nije ni slutio koliko Miomira tuguje za Ninoslavom. Sećanje na njega urezalo joj se u srce kao ožiljci koji večito tište. To je bila njena prva ljubav.

A prosioci navalili. Stanković se uveliko nadao. Gledao je da se umili direktoru i da preko oca zadobije kćer. Donekle je i uspeo. Otac jednog dana reče Miomiri:

— Šta bi ti falilo da se udaš za Stankovića. Dobar je mladić u svakom pogledu.

Miomira se osmehivala:

— Neću da se udajem. Jednom sam se opekla i više neću.

A nadao se i Petrović, činovnik u banci. Elegantan mladić, bečki đak, iz dobre porodice, bogat. Kupio je i auto i pozivao Miomiru da prave izlete, ali ona je odbijala.

Zatim jedan doktor, vrlo spreman lekar. Svi mladi ljudi u varoši, sa lepim položajem i diplomama, oblizivali su se na bogatstvo direktora banke.

Jednog dana Miomira dobi kartu od avijatičara Dragoslava Mitrovića. Samo pozdrav i prijatno sećanje. Iznenadila se. Ali od Ninoslava ništa. Osetila je kako je iz dana u dan obuzima sve veća melanholija. Mama je to opazila i uplašila se. Bojala se da ne oboli. Terala je da ide na zabave, u bioskop, ali sem izleta, Miomira ništa nije volela. Žalila se Slavki:

— Moj život je besciljan. U bogatstvu, a nemam radosti, samo zato što nemam životnog cilja.

— Cilj vam je udaja! — hrabrila je Slavka.

— To je ono što više ne želim. Zavidim vama, Slavka. Idete na dužnost, vraćate se kući, radujete se kad primite platu, mislite šta ćete kupiti. Svaka vas sitnica veseli, a mene ništa. Imam svega, sita sam, i htela bih da me nešto raduje, da postavim sebi neki zadatak u životu.

Slavka je tešila, pričajući joj sav svoj jed u školi, umor, trčanje od kuće do škole. Saopštavala joj je i sva udvaranja i nasrtanja muškaraca. Ispričala je kako je odbila nastavnika muzike, jer ga nije volela. A jednog dana donela joj je novost da je prosi drugi suplent, teolog.

Miomira, osećajući dosadu, zamoli mamu jedne večeri:

— Mamice, da odem jedno petnaest dana u Beograd. Htela bih da posećujem operu, koncerte, da se malo razgalim.

— Pa idi! Tetka će te jedva dočekati. Možeš s Milanom da izlaziš. Oni te vole.

Nije Miomiru privlačila ni opera, ni koncerti, već Ninoslav. Htela je da ga vidi. Rešila je da ode u ministarstvo i da ga potraži. Prvo će čekati da vidi kad izlazi iz ministarstva. Pratiće ga. Htela je da se uveri ide li s kojom devojkom, kako se ponaša. I da vidi kako će se iznenaditi kad mu priđe.

Jednog dana uputila se ministarstvu. Činovnici počeše da izlaze. Spazi i jednu visoku, crnomanjastu, vrlo lepu devojku. Drugarica izađe za njom i viknu:

— Anđo!

„Ovde ima i lepih devojaka", pomisli ljubomorno Miomira. Izašlo ih je mnogo, ali Ninoslava ne spazi. Luksuzni, blistavi automobil stajao je pred zgradom. Sigurno ministrov. Više niko nije izlazio. Ona se vraćala tužna. „Gde li je on? Da je tu, morala bih ga spaziti. Zašto nisam ušla u zgradu da zapitam poslužitelja", prebacivala je sebi.

Išla je tužna ulicom. Počela je da se koleba u mišljenju o Ninoslavu. Baš su svi bili pažljivi prema njemu. Zašto da se na ovakav način izgubi?

Išla je prema Kalemegdanu. Zastajkivala je ispred izloga. Gledala je modne novosti, ali je ništa nije interesovalo, kao da je sve zamrlo u njoj. U susret su joj dolazila dva avijatičara. Poznade jednog. Dragoslav Mitrović, kum Vladin. On joj se javi i zastade. Zadrža i svoga druga.

— O, kad ste vi došli, gospođice?

— Pre dva dana.

— Ovo je moj drug.

Visoki i snažni avijatičar predstavi se:

— Aleksandar Petrović.

Miomira ga pogleda. „Baš pravi avijatičar. Kao izliven od bronze."

— Kuda ste pošli, gospođice?

— Šetam... do Kalemegdana. Izgleda da će kiša. Ali ja se ne plašim. Za svaku sigurnost nosim u tašni kep od celofana. Znate, ja još nisam letela — pređe ona na drugu temu i osmehnu se.

— Onda ćemo vas mi jednom povesti.

— Ali, vi ipak više volite čvrsto tle i umetnike.

Ona se trže:

— Otkuda znate da volim umetnike?

— Vi ste mi kazali... da se vaše drugarice oduševljavaju avijatičarima, a vi umetnicima.

— I vi to niste zaboravili.

— Imam dobro pamćenje.

Osetila je kako je onaj drugi posmatra i ništa ne govori. Instinktivno se okrenula i susrela se s njegovim pogledom „Kako je ovo interesantan mladić", pomisli. „Liči na Ninoslava, samo su mu oči crne." Njena je duša bila ispunjena Ninoslavom, pa je svuda dočaravala njegov lik. „Kosa mu je crna kao njegova." Na drugoj strani ulice promače jedan par. „Ninoslav!", trže se ona i okrete se. Prevarila se. Spazi kako se i visoki avijatičar okrete za njenim pogledom. „Možda Ninoslav ima devojku u Beogradu." Sva se utiša misleći da im postavi kakvo pitanje. Htela je da kaže: „Znate da sam pokvarila veridbu", ali oćuta. Avijatičar, u mislima, prihvati ono što nije kazala.

— A vi ste raskinuli veridbu?

— Jesam... Ko vam je kazao?

— Čuo sam... Ne znam od koga... Vladu nisam viđao.

— A s kim je gospođica bila verena? — zapita onaj drugi.

Drug mu objasni. On opet spusti pogled na mladu devojku.

— Vi niste Beograđanka? Ne sećam se da sam vas ikad video.

— Ne. Dođem poneki put u Beograd. Posle jedva čekam da se vratim kući. Ovde me najviše privlači opera. Ah, sad se setih. Treba da uzmem kartu za operu. Sutra je gostovanje. Treba da se vratim, pa ću pred pozorištem da uhvatim tramvaj.

— Možemo li mi da vas pratimo?

— Ako vam je prijatno — osmehnula se i pogledala onog visokog. „Tako je visok i Nino." Ova sličnost je rastuži.

Uzela je dve karte, za sebe i tetku. Avijatičari su je čekali pred pozorištem. Ispratili su je do tramvajske stanice i ona se oprosti s njima. Čekali su dok ne dođe tramvaj. Onaj visoki je netremice posmatrao. Ona mu se osmehnula. Kad se tramvaj izgubio, on poče da ispituje druga o njoj.

— Idem i ja da uzmem kartu za sutrašnju predstavu.

Drug mu se nasmeja:

— Je li to zbog nje?

— Ne, i inače sam hteo da idem.

— Lepa devojčica i vrlo bogata. Izgubio je Vlada velike pare. Sigurno je doznala o njegovom životu. Iako mi je kum, nijednoj ne bih savetovao da se uda za njega. Ona voli umetnike. Studirala je konzervatorijum.

— Zbilja? Gde je studirala konzervatorijum?

— U Parizu.

— Divna devojčica! — izgovori visoki avijatičar.

— Želim ti uspeha... Išao bih i ja s tobom, ali nema smisla kad je s mojim kumom pokvarila veridbu... Zbogom.

Kad je bila kod „Londona", najedared začu kraj sebe:

— Gospođice Miomira!

Sva zadrhta, okrenu se i spazi Boška.

— Otkuda vi ovde? — upita radosno mladi lekar.

— Došla sam da se malo provedem u Beogradu. Već mi je dosadila palanka.

— Baš mi je milo što vas vidim. A kamo ste se uputili?

— Malo da prošetam.

— Ja ću vas pratiti.

„Ah, on će mi reći o Ninu!" Sva je bila uzbuđena, ali je stišavala sebe. Taman htede da ga zapita: „Šta radi gospodin Ninoslav?", a Boško je zaprepasti svojim pitanjem:

— Je li Ninoslav ponovo stupio u banku kod vašeg oca?

— Nije. Zašto me to pitate?

— Zato što on nije u Beogradu.

— Je li se on zaposlio u ministarstvu?

— Jeste i stanovali smo zajedno. Jednoga dana kad sam došao kući, zatekao sam od njega pismo na stolu gde mi kaže da putuje. Nije hteo ništa da mi kaže o svom putu sem da će mi se javiti docnije. On nije nikad bio tajanstven i iznenadile su me te njegove misterije. Mislio sam da se vratio k vama.

— Nije — šaputala je Miomira. — Pa kuda je mogao otići? Je li imao kakvih planova?

— Nije mi ništa govorio. Samo je bio potišten otkako se vratio. Bio je vrlo neraspoložen.

— Zašto? — pitala je Miomira, a srce joj zalupa.

— Ako mi dopustite, ja ću vam sve reći.

— Recite mi, molim vas!

— On je bio zaljubljen u vas.

Miomiri nestade dah... Prikupi snagu i bolećivo se osmehnu:

— Ja u to ne verujem! Ninoslav mi nije rekao da me voli.

— On je takva priroda i može da se savlada. Ja to već ne bih mogao. Ali uveravam vas da vas je on mnogo voleo, a nije smeo da vam kaže.

Miomira se uzbudi, i srećna i gnevna na Ninoslava, žustro je govorila:

— Pa kad me je voleo, zašto je otišao? Nije hteo da me sačeka, ni zbogom da mi kaže. To me jako uvredilo.

— I ja sam ga grdio. On je pobegao od vas. Eto, reći ću vam istinu.

— Zašto? Jesam li ja kakva vamp-žena pa da beži od mene?

— Daleko od toga.

— Objasnite mi njegov postupak, molim vas.

— Objasniću vam. Vi ste bogati, a on siromašan. Jednom mi je kazao: „Da sam imao platu od tri hiljade dinara, ja bih je zaprosio. A ja nisam smeo to da učinim, i da pristanem da me ona izdržava!"

Miomira ne reče ništa, uzdahnu, a oči joj se zamutiše. Žalosno je govorila:

— Ja nisam srećna zato što sam bogata. Trebalo bi da dođe neki bogati bonvivan da me zaprosi, jer samo on ima pravo na bogatstvo moga oca, a siromašan se plaši novca. Ljuta sam na Ninoslava, verujte mi! On me nije cenio.

— Naprotiv, on vas je mnogo cenio i obožavao. Bio je iznenađen da je u bogatstvu mogao da nađe devojku kao što ste vi.

— A što mi to niste napisali makar vi?

— Nije on dao. Kaže, vi ste gorda devojka i uvredilo bi vas da se između vas i njega pojavljuje neki posrednik.

— Donekle je u pravu.

— Nije znao šta vi osećate prema njemu. Smem li da budem indiskretan? Najzad, ja sam lekar, a lekarima se ispoveda: jeste li vi voleli njega? Recite mi iskreno!

— Jesam. To je prvi mladić koji mi se stvarno dopao i koga sam cenila i zamišljala da bih se mogla udati za njega.

— E, ne znam šta bih mu sad uradio! — uzviknu Boško. — Gde li je sad? Da ode i da mi se ne javi!

— Da nije dobio kakvu misiju iz ministarstva?

— Nije. Dao je ostavku. Pitao sam.

— Šta kažete? Pa kakvu je službu dobio?

— Nemam pojma!

— Da nije nešto učinio sa sobom? — zadrhta Miomira.

— Nije. Napisao je u pismu: *Nemoj da uznemiravaš policiju zbog mog odlaska. Ja ću ti se javiti.*

— Ja bih, ipak, javila policiji.

— Ne znam ni sam.

— A kakav je izgledao poslednjih dana? Kažete da je bio potišten?

— Bio je... ali smo veselo pričali.

— Da nije otišao do svojih?

— Nije. Pisao sam njegovoj sestri, a ona mi je odgovorila da Nino nije tamo. Ali mora biti da znaju gde je, jer ne bi tako spokojno pisala, već bi se uznemirila.

— Što je on tako čudan mladić? Mene je strah za njega.

— Nemojte se plašiti! Pričekaćemo još koji dan pa ću vas izvestiti. Koliko ostajete ovde?

— Koliko mi bude prijatno. A kako vi, gospodine Boško, i Gina?

— Vrlo dobro. Upravo ja vas treba da pitam. Kako je Gina?

— Ona je zlatna devojčica. Mnogo vas voli. Priznala mi je. Vi ćete nju uzeti?

— Mislim.

— Nemojte da je izneverite.

— Neću — nasmeja se Boško.

— Ona bi bila tako nesrećna — poćutala je malo i priznala iskreno: — Žao mi je što je gospodin Ninoslav otišao od nas.

— Jako sam bio ljut na njega!

— Da se nisu pojavile posledice zapaljenja pluća?

— Nisu. On se vrlo dobro osećao. Pregledao sam ga. Pluća su mu dobro.

— Ali, ako je dao ostavku, morao je naći neku službu. Da nije negde stupio kao advokatski pripravnik?

— To sam pomišljao. Pričao mi je da mu je advokat Jović, koga i vi znate, preporučio da ide jednom advokatu u Prizren, koji je tražio advokatskog pripravnika.

— Pa zar bi ostavio Beograd i otišao u Prizren? A je li položio doktorat?

— Jeste.

— Nije bilo u novinama.

— Nije hteo da se objavi.

— Dakle, položio je?!

— Položio je doktorat nedelju dana pre no što će iščeznuti. Mislio sam da vam je to javio.

— Nije mi javio — razočarano je govorila Miomira.

Sve joj je ovo bilo nejasno i počela je da sumnja u njegov karakter. Otkuda ti preokreti u njemu? Da nije posredi kakva ljubav? Možda je imao devojku?

Rastala se s Boškom i izvela zaključak da je Ninoslav otišao za advokatskog pripravnika i da će se oženiti. Ovo joj je bilo najteže. Dosad je verovala da misli na nju, da je otišao zbog njenog bogatstva i da je hteo da stvori sebi bolju karijeru, da bi joj se još više dopao. Posle ovoga što joj je Boško rekao osetila je strahoviti udarac, bol i gnev, ali bol pobedi i suza joj skliznu niz obraz.

Uzalud je došla u Beograd. Njega neće videti.

Sutra uveče u operi videla se sa avijatičarem Petrovićem. Nije mogla poreći da taj lepi avijatičar nije ostavio na nju utisak. Bilo je u njemu nečega otmenog, ozbiljnog, čistog i gordog. Ono što je volela i kod Ninoslava. Izgledalo joj je da je on došao u operu zbog nje, i nije joj bilo krivo. Ali, u njenoj zamračenoj duši to je bio slab zrak svetlosti i avijatičar nije mogao da razagna tminu njene duše. Pomislila je odmah: „On zna da sam bogata, a da sam siromašna, ne bi došao u operu".

Bogatstvo je bilo otrov njenog života i trovalo joj svaki trenutak radosti.

Vratila se kući posle deset dana. Za sve to vreme u Beogradu nije doznala ništa o Ninoslavu. Videla se još dva puta sa Boškom, ali on joj nije doneo nikakvu vest o njegovom iščeznuću. Uplašila se za njegov život, a posle je umirila sebe: on je živ, ali ima planove o budućnosti koji nisu u vezi s njom...

Jednoga dana dobila je pismo od avijatičara Petrovića. Priznao joj je da je njen lik u njegovom sećanju uvek kad uzleće. To je bila diskretna izjava ljubavi. Molio je da mu piše.

Ona mu je odgovorila. Zašto se ne bi dopisivala? To je simpatičan mladić. Jednom je u šali kazala mami:

— Da li bi volela da se udam za avijatičara.

— Ne bih... Oni svaki čas ginu... Stalno bi očekivala da postaneš udovica.

„Jest', njihov je život tragičan!", mislila je Miomira i zamišljala visokog, snažnog i lepog avijatičara kako uzleće i gnjura se kroz oblake. Može i on poginuti. Obuzela ju je žalost i napisala mu je lepo pismo, puno poezije.

Odgovor je odmah došao. Bio je ushićen. Iz vatrenog srca mladog avijatičara izvlačila se strasna melodija ljubavi.

Ona je uzdahnula: zašto joj Nino nije ovako pisao? Zagonetna njegova priroda stalno ju je uzbuđivala. Bila je u njegovoj vlasti, kao očarana, i ništa nije moglo da potisne njegov lepi lik.

Plakala je često za njim i izlivala svoj bol u stihovima. Njena sveska *Tajne ženskog srca* postala je još veća. Stihovi su se nizali, rasplakani, tužni i melodični.

Ali od Nina nije bilo ni glasa.

Jedne večeri donela je odluku: „Idem u Pariz da nastavim konzervatorijum". Da, umetnost je njen životni cilj. Neće se ona udavati. Ona će u Pariz na konzervatorijum. Njeno ranjeno srce može samo umetnost da izleči. Nina je izgubila, umetnost će nastaviti.

U kući se vodila borba. Mama je bila tužna što ona hoće da ide. Protivio se i tata. U Parizu će se razboleti, a tek se oporavila. Šta će joj konzervatorijum?

Bolje da se uda. Da ima muža i decu. I mama je bila za Stankovića. Za avijatičara nije htela ni da čuje. Branila je Stankovića:

— Ono što su pričali za Stankovića i Stajićku nije istina. Pa, najzad, mladić je. Kad se oženi, biće pametan.

Stanković se uozbiljio. Jer su u pitanju bili toliki milioni. A Miomira mu se dopadala. Čuo je za njenu odluku o Parizu i saletao je i on da ne ide. Izigravao je nesrećno zaljubljenog. Miomira se samo smešila. Javila je avijatičaru da misli na Pariz. Dobila je od njega pismo puno tuge. *Vi ćete me zaboraviti u Parizu.*

Protivio se i Staša njenom odlasku, ali Miomira je bila uporna. Postala je ćutljiva i melanholična. Nigde nije išla. Vezla je, čitala i svirala. Jednog dana predloži majci:

— Hajde i ti sa mnom u Pariz!

— A šta će da rade Aleksa i Staša?

— Ti budi sa mnom mesec dana dok ne nađem pansion u nekoj kući, pa se posle vrati. Kad me smestiš, bićeš mirna.

Mati se dvoumila. Dogovorila se sa mužem, Miomira im se umiljavala i molila, i roditelji su popustili.

— Neka ide!

Ona je sva srećna pričala Staši:

— Ti ćeš na fakultet, pa ćemo sazidati kuću u Beogradu. Ja i ti ćemo živeti u Beogradu. Mama i tata će posle preći. Ja ću biti pijanistkinja. Davaću koncerte, a ti i tvoji drugovi bićete mi klaka.

Za nedelju dana bile su gotove pripreme za put. Priredila je jedan žur i pozvala Slavku, Vidu, Ginu, Dobrilu. Slavka joj je zavidela što ide u Pariz i odobravala što se ne udaje.

Žur se završio muzikom i pesmom. Razišli su se dockan. U kući se sve stišalo. Miomira je zaključala fioke svog pisaćeg stola. Ninoslavljeva pisma stavila je u kofer. Poneće ih u Pariz. To joj je jedina uspomena od njega.

Stajala je dugo na prozoru i sećala se njega. Videla je sve momente iz njihovog života. Kao film razvijale su se slike. Njegov dolazak, šetnje s njim, boravak kod njegovih, pa u planini, a posle on na bolesničkoj postelji. To je bio čitav život, čitav roman, a sve se svršilo. Ostalo je samo sećanje i njeno ranjeno srce.

Plakala je. Njena umetnička duša nije mogla da ga preboli. Sva je ta ljubav bila spletena od poezije i melodija. Ničega grubog, banalnog, uvredljivog. Možda su bili stvoreni jedno za drugo, a nešto ih je rastavilo. Da li se bogatstvo isprečilo između njih? I da li će se opet sresti u životu?

„Nino, vrati mi se!", šaputala je kao da je upravila molitvu kroz prozor etarnim talasima i nadala se da će je on čuti. „Nino, ja te volim!... Dođi mi, Nino!" Suze su tiho klizile, jedna, druga, čitava bujica, a jecanje joj je potresalo grudi. Plakala je kao da oplakuje sebe, kao da se nikad neće videti, kao da će jedno od njih iščeznuti zasvagda.

Posle dva dana otputovala je s mamom u Pariz.

U Parizu

Ustala je dockan, tek oko devet sati, jer joj nije bilo dobro. Dva-tri dana je tresla groznica i bolela je glava, ali nije htela da legne u postelju. Jutros je spazila sunce, svetlo aprilsko, koje je prosulo zlatni mlaz po njenoj sobi. Čula je tihi razgovor madam Marsele, njene gazdarice i njene ćerke Anrijete. I ona je bila na konzervatorijumu, zajedno su išle na časove. Sunčev zrak zaigra na izbledelom tapetu. Uzdahnula je. Setila se svojih divnih soba u vili. S proleća je obuzela nostalgija. U Parizu je volela muzeje, parkove, Bulonjsku šumu, operu, ali nije mogla da zaboravi svoje ruže i svoj borik. Ovih dana se podsećala na Ninoslava. Prošle godine u ovo doba, došao je njihovoj kući. Sećala se prvog susreta, svih razgovora, šetnji. Sećala se i tugovala. Ni do danas nije imala glasa od njega.

Klavir zabruja u salonu. Svirala je gospođica Anrijeta. Miomira zaklopi oči. Htela je da odagna sećanje na Nina, ali ovaj sunčani zrak je mučio i rastužio. Setila se da posle podne treba da se nađe sa Stankovićem. Taj ne misli da ode iz Pariza. Sigurno ga je tata poslao u Pariz ne bi li se verio sa njom. Sve je uzalud. Ako bi morala da se veri, pre bi se verila sa avijatičarem Aleksandrom. Već nekoliko dana Stanković je svuda prati. Postao joj je dosadan. Bio bi joj prijatan da je samo zemljak koga ona vodi po Parizu. Ali taj zemljak hoće da čuje njenu potvrdnu reč. Nije mu dovoljno što mu ona uporno govori: „Ja neću da se udajem". Da može, pobegla bi danas od njega. Otići će pravo u Luksemburški park, pa posle do gospođe Zore, slikareve žene.

Srpski kružok koji se sakupljao kod gospođe Zore i njenog muža bio joj je najsimpatičniji. Bile su to nastavnice koje su se usavršavale u francuskom, slikari, jedan doktor, pijanistkinja! Gospođa Zora, vesela Šumadinka, razgovorna, šaljiva, sve je dočekivala sestrinskom nežnošću. Kad je trebalo zadovoljiti želju pariskom kuhinjom, izgladnelog stomaka, i najesti se nekog srpskog specijaliteta, trčalo se u sobičak gospođe Zore, u jednoj starinskoj kući, ćorsokaku, na bulevaru Sen Mišel. U malom ćorsokaku bilo je uvek dece i larme. „Da, danas mogu otići do gospođe Zore".

Klavir je i dalje brujao. Ta simpatična Francuskinja bila je vrlo mila Miomiri. Ustala je i oblačila se. Anrijeta se divila njenim toaletama, jer ona i majka su imale skromne prihode. Sunce se sakri za oblak i Miomira se uplaši da ne padne kiša. Mamino pismo bilo je na stolu. Uzela ga je i ponovo čitala. Kroz pismo je provejavala tuga za Miomirom. Lepo je pisala o Staši: da je dobar i da dobro uči. Pitala je kad će da se vrati.

Izašla je na ulicu, a sunce opet zablista i obasja sive pariske zgrade. Svet se žurio kao da negde trči. Volela je Monparnas. Tu je skoro sve bio umetnički svet. Tu su se stekli stranci iz svih zemalja. Dve ogromne kafane, „Kupola" i „Dom", prikupljale su ceo svet iz inostranstva. Doći u Pariz, a ne videti Monparnas i Monmartr, značilo bi ne videti ono što je specijalno parisko i francusko.

Žurila je ulicama. Već se navikla na ovdašnji tempo života, jutros će posedeti u Luksemburškom parku. Najviše je volela da uživa u dečjoj igri kraj velikog bazena. Prolećno sunce izmamilo je majke i decu. Francuska deca, kovrdžave kosice, bila su nešto najslađe što se moglo zamisliti. Puštali su čamce i uživali gledajući ih kako plove. A mame su radile ručni rad. Ponela je knjigu i čitala, a sunce ju je blago milovalo.

Bilo je prošlo dvanaest. Gospođa Zora je pozvala na ručak. Stigla je do njihove kuće. Gospodina Žana srela je na stepenicama. To je bio sin njihove kućevlasnice, činovnik u nekom birou, koji se zainteresovao za Miomiru. Duboko joj se poklonio i nasmešio. Imala je i ovde obožavalaca. Njena egzotična južnjačka lepota uzbuđivala je sve na konzervatorijumu. Najsmešnije joj je bilo obožavanje jednog Kineza. Videla ga je na konzervatorijumu i on ju je uvek posmatrao sa pobožnošću. Nije bio ružan.

U sobici gospođe Zore zatekla je veliko društvo; bila je tu skulptorka Vuka, nastavnica Nada, doktor Boža i književnik Kostić. Dočekao je žagor i radostan uzvik:

— Gospođa Zora je umesila gibanicu! Usred Pariza srpska gibanica!

Gospođa Zora je uvek imala program kuda da se ide. Davno su joj pričali da treba otići u „Kupolu" i sedeti do zore, jer u zoru Francuzi jedu njihov čuveni kiseo kupus sa kobasicama. Predlagala je da se noćas tamo ide.

— Idete li i vi, Miomira, sa nama?

— Ja neću moći. Posle podne doći će mi onaj inženjer. Doveče ću s njim izaći.

— E, pa idite! — malo ljubomorno je govorio doktor. — Je li lep taj vaš inženjer?

— Može biti i lep, ali meni je svejedno.

— Znam ja koga ona voli! — dirala ju je gospođa Zora.

— Koga?

— Kineza.

Svi se nasmejaše.

— Znate šta ja predlažem? — govorila je gospođa Zora. — Da jednog dana dovedemo u naše društvo Kineza, pa da ja skuvam srpski pasulj!

— Nisam se još s njim upoznala.

— E, pa upoznajte se! Neću da sedim tri godine u Parizu, a da ne upoznam ceo svet. Amerikance sam upoznala, upoznala sam i jednog Japanca... A zaboravila sam vam reći: juče sam upoznala unuku Turgenjevljevu. Kazala je da će me posetiti. Vrlo je simpatična.

— Je li mlada?

— Nije mlada... Starija žena... Kad dođe k meni, pozvaću vas sve.

Gospa Zora je otišla do pekara po gibanicu. Dugo se zadržala. Najzad uđe smejući se:

— Morala sam i pekaru i dvema Francuskinjama da odsečem po jedno parče. Gledali su u moju gibanicu kao u čudo.

— Ma, dajte nam već jednom to čudo! — zagrajaše svi.

Ručak je prešao u dugotrajan smeh i šalu.

Miomira se oprosti od njih i ode kući. Stanković joj je bio dosadan. Za Stajićkinog ljubavnika nikad se ne bi udala.

Stigla je pre njega i čekala ga. Svirala je na klaviru. Anrijeta se divila Stankoviću:

— Divan čovek! — hvalila ga je.

Bila je plava, nežna, prava Francuskinja, i dopadao joj se ovaj visoki Srbin, crnomanjast i lepo razvijen. Uz to je govorio dobro francuski, jer je bio francuski đak. Žao joj je bilo što je morala da ode od kuće kad on treba da dođe, ali Miomira je tešila da će je pričekati.

Šetkala se po sobi i gledala kroz prozor. Preko puta bio je jedan bife. Trgla se kad je spazila Kineza. Sedeo je kraj prozora i gledao u njenu kuću. „Otkuda ovaj ovde?" On je ugledao i posle je neprekidno pogledao u njen prozor. Smešila se i mislila: „Mora da je bogat kad živi u Parizu". Bio je vrlo elegantno obučen.

Povukla se u sobu da je ne bi video. Kinez je još uvek bio u bifeu. Miomira se smešila i mislila: „Da sam neka romansijerka, upoznala bih se s njim".

Čula je kucanje na vratima. To je bio Stanković, elegantan, obrijan, lep, naparfimisan. Došao je taksijem.

— Kako ste, gospođice?

— Vrlo dobro! Pogledam se.

— S kime?

— S jednim Kinezom.

— Gde je on?

— Preko puta u bifeu.

— Zato vi volite Pariz! Tu je puno interesantnosti, a u našoj palanci samo ja nesrećnik uzdišem za vama. Da vidim gde je taj Kinez?!

— Nemojte! Biće ljubomoran. Ne znam kako Kinezi manifestiraju ljubomoru.

— Sigurno manje jarosno nego mi.

— Znate da se izvanredno dopadate gospođici Anrijeti?! To je divna i patrijarhalna devojka. Zašto se ne biste oženili Francuskinjom? One su divne i kao žene i kao majke.

— Vi biste želeli da me se oslobodite.

— Ne da vas se oslobodim, nego da vas usrećim.

— A ako ja zamišljam sreću samo sa vama?

— Ja vas ne bih usrećila. Možda moj novac.

— Prosto vas ne razumem! — naljuti se inženjer. — Vi ste toliko pod psihozom vašeg novca da odričete sebi svaku vrednost. Vi nećete nikada biti srećni. Ne shvatate da je novac samo sredstvo, a život ima lepši, uzvišeniji cilj. Miomira, ja vas ne razumem.

— A ja sebe razumem.

— Vi sebe najmanje razumete! Što sedite u Parizu? Zašto nećete da se vratimo? To je želja i vaše mame.

— Znam... ali ja volim muziku.

— Žao mi je, Miomira, i vređa me što ne verujete u iskrenost mojih osećanja.

— I meni je žao, ali šta ja tu mogu? Biću iskrena: ja nisam zaljubljena u vas. Nije dovoljno što vi mene volite.

— A koga volite?

— Nikog.

— U to me nećete ubediti. Još vi tugujete za gitaristom. A što je pobegao? Zašto vam se nikako ne javlja? I da li vi poznajete njegov život?

— Ne znam — tužno je govorila.

— Pa zašto mislite na njega?

— Ko kaže da mislim?

— Nije ni potrebno da kažete, ali vaša upornost kojom odbijate sve prosioce, kako mi je pričao i vaš otac, daje povoda da se sumnja da vi mislite na njega.

— Ja ne znam ni gde je on. Da ne znate vi?

— Žalim što ne mogu da vas obavestim. Vi biste više voleli da sam vam doneo obaveštenje o njemu, nego što sam došao da vas zaprosim.

Ćutala je, a on je šetao po sobi.

— Vi strahovito jedite čoveka. Zašto ste takvi, Miomira? — pitao je nežnije i prišao joj bliže.

Sedela je na divanu, a on se spusti kraj nje.

— Kako bismo mi bili srećni! — šaputao je i naginjao joj se bliže.

— Sumnjam. Ja neću da se udajem. Neka vam to bude uteha.

Htela je da ustane, ali je on dohvati za ruku i prisili da sedne.

— Da nećete opet navaliti na mene? Ja ne trpim nasilje.

— Nasilje je ljubav i strast.

— Strast može biti, ali ne i ljubav.

— Miomira, nemojte me dovoditi do ludila! Ja vas volim! Verujte mi da patim zbog vas.

— Vidi vam se na licu. Ubledeli ste — osmehnula se.

— Da. Ubledeo sam. Ismejavate me... svirepa devojčice! Vi se igrate s tuđim osećanjima. Vi nas dražite, zaluđujete! Došao sam u Pariz zbog vas, i u Parizu me ništa ne zanima, samo vi. A vi to ne verujete, vi mi se podsmevate, prijatno vam je da me gledate kako patim. Zabavljate se da mi pričate o Kinezu.

Nije se mogao savladati, dograbio je u naručje silovitom snagom, zario je svoje usne u njene, ljubio je ludački, ne puštajući je, ne dajući da odahne, gotovo da je uguši.

Otrgla se, bleda, izmučena, gotova da zaplače. Ali se umiri, zagladi kosu, prevuče rukom preko raskrvavljene usne i prošaputa drhteći:

— Nikada se za vas neću udati! Poljubili ste me, ali ne pokušavajte više. Nasiljem se ne osvaja srce devojačko. Ja neću da vičem u pomoć i pravim skandal u tuđoj kući, i da vas predstavim kao napasnika. Kad su stekli o vama lepo mišljenje, želim da ga očuvaju. Ali vam zabranjujem da me dodirnete.

On se nasloni na divan, zaklopi oči slušajući je, a jedna bora mu se ocrtavala na čelu.

Ućutala je, sela kraj prozora i kroz zavesu videla Kineza kako sedi i nepomično gleda. „Zašto mene vole?", pitala se. „I kad me toliko njih vole, zašto me Ninoslav nije voleo? Zašto mi se nikad nije javio? Kako je mogao da bude tako svirep?" Da li je to njena nezadovoljena ljubav reagovala ovako surovo na svako ljubavno priznanje? Da li je ovaj Stanković voli? Možda je istinski nesrećan? A zar je ona srećna? Došla je u Pariz da zaboravi Ninoslava i nije ga zaboravila. Prvi put u životu ona je zavolela, a on je odbio njenu ljubav. Zato ona sve redom odbija. I oni moraju patiti. Pati Stanković, a pati, na svoj način, i onaj Kinez preko puta. Neka pate!

Rastužila se nad sobom i osetila laku jezu.

— Meni nije dobro! — prošaputala je. — Kao da imam groznicu.

Inženjer otvori oči.

— Zašto sedite u Parizu? Živite u ovoj jednoj sobi. Nemate bašte, vazduha. Pariski vazduh nije za svakog. Šta vas boli? — pitao je brižno.

— Ništa... samo osećam neku grozničavost... Ali nemojte to mami da pišete.

— Naprotiv, pisaću.

— Onda ću se naljutiti na vas, vi ćete joj time zadati brigu, i ona neće imati mira i misliće bogzna šta. A vi znate kako je ona osetljiva.

— A zašto tako ne brinete o meni?

— Vi se lako utešite. Nađete vi uvek poneku Stajićku.

— Vi treba da razumete prirodu muškarca. Ja sam normalan čovek, ali nijedna žena, niti devojka, nisu od mene dobile priznanje kao vi. Ni zbog jedne ne bih dolazio u Pariz.

— Ja vam zahvaljujem što ste pažljivi. Meni je prijatno što ste došli. Ispričali ste mi za moje, doneli od kuće veliki paket. Odnela sam i gospođi Zori od svega što mi je mama poslala. Vidite, ja imam lepo društvo. Ne idem ni s kim. Izlazim s gospođicom Anrijetom. Često idemo u operu. Hoćete li večeras da i nju povedemo s nama?

— Kako vam je volja. Vidim da vam je prijatno da bude neko treći između nas da bih vam bio manje dosadan. Ne bojte se! Ja prekosutra putujem. Ostaće vam Kinez. Ko zna šta vi smišljate!

— Baš ništa. U junu se vraćam kući. U septembru ću prirediti koncert u Beogradu. Znate da sam postigla veliki uspeh! Moj profesor me hvali. Hoćete li da vam nešto odsviram?

— Kako hoćete!

— Ali prvo da vam donesem slatko.

— Neću ništa.

— Ali, naše slatko od jagoda! Što se dopada madam Marseli!

— Neću... Ja sam tako gorak da me ne možete razblažiti slatkim.

— A Anrijeta kaže da ste slatki i šarmantni. Jedno devojačko srce vam se nudi, a vi ga odbijate. Ja verujem da bi se ona udala za vas.

Pogledao je mračno svojim crnim očima. Zbilja, on je zavoleo ovo devojče i prvi put naišao na otpor. To ga je razdraživalo i strahovito vređalo. Video je da je sve uzalud, ali se, ipak, nadao. Vratiće se ona, a muška upornost pobeđuje devojačko srce. One se prave hrabre, a sve su slabe.

Došla je Anrijeta i bila je sva srećna kad je videla lepog inženjera, Srbina. Miomira ih je pozvala da idu zajedno u operu. Ona je prihvatila poziv sva ushićena. Izašli su sve troje zajedno, i opet je ugledala Kineza. On se digao sa svog mesta i gledao za njima. Zainteresovana, Miomira se okrete i vide ga kako stoji pred bifeom. „Ljubav je internacionalna i ne razlikuje narode i rase”, osmehnu se Miomira.

Anrijeta je bila očarana što je u društvu jednog Srbina. A on je bio fin, uglađen i elegantan, i Miomiri je bilo milo što se njen zemljak dopada Francuskinji, osećala je nacionalni ponos i pustila je Anrijetu da sve vreme priča. On je bio ljubazan prema Francuskinji, ali je osetila njegovo pritajeno neraspoloženje i ljubomoru. Uvek je hvatao njene poglede, okretao se kuda bi god ona pogledala, mučio se pitanjem: zašto je ovakva? Ljutio se što nije uspeo da je nagovori da se s njim vrati i neraspoložen otišao iz Pariza. A mala Francuskinja dugo je mislila na njega i pitala Miomiru da li on nju voli, što je ona odbila, uveravajući je da je to samo zemljak, da bi Anrijeta mogla slobodno o njemu da mašta.

Vratila se s konzervatorijuma i zatekla pismo na stolu. Pala joj je u oči marka. Bila je italijanska. Ko li joj piše?! Otvorila je brzo pismo, rukopis joj je bio poznat, prevrnula je poslednju stranicu i sva se stresla kad je pročitala: *Ninoslav*. Kao u groznici čitala je njegovo pismo:

Uzbuđen sam kad vam pišem, jer osećam da nisam smeo ovoliko da ćutim. Bili ste u pravu da svašta pomislite o meni i žao mi je ako sam naneo bol vašoj osetljivoj umetničkoj duši. Ali, verujte, moj bol je bio veći. I ovo vreme, koje me je rastavilo od vaše kuće i vas, ispunjeno je prazninom i tugom, kakvu nisam nikad u životu osetio. Tek sada sam mogao da upoznam samog sebe i da osetim šta ste mi vi značili. Vaš uticaj je bio ogroman. Pod vašim uticajem ja sam se odlučio za svoju budućnost, koju vi volite, o kojoj ste mi govorili svakog dana. Ja sam u Italiji, u Milanu, školujem svoj glas!

„Ah!", otrže se Miomiri, „u Milanu!" Pritisla je rukom srce, jer joj je strahovito lupalo. Čitala je dalje:

Pitaćete me kako sam se na to odlučio. Posle onog naglog odlaska iz vaše kuće dobio sam službu u ministarstvu. Ali duboka potištenost mučila me je svakog dana. Usuđujem se da budem iskren, to ste uvek tražili od mene: mučilo me je sećanje na vas. Borio sam se sa sobom i skrivao svoja osećanja, a ona su se sručila na mene svom težinom i svom vatrom duboke mladićke ljubavi. Voleo sam vas, Miomira. Volim vas i sada. A ničim vam nisam mogao dokazati svoju ljubav. Kako bih i smeo? Šta sam bio? Mali činovnik.

Vi niste voleli činovnika u meni, voleli ste pevača. I rekao sam sebi: postaću pevač! Smela zamisao! Strepeo sam da li ću uspeti, da li imam talenta. Rešio sam se da okušam sreću, ali tajno, da niko ne zna kuda sam otišao. Javio sam se Amerikancima i izneo im svoju želju. Posle petnaest dana stigao mi je od njih izveštaj da mi daju mesečnu stipendiju. Bio sam presrećan. Nikom nisam hteo reći da ću u Italiju. Samo su moji znali. Morao sam mnogo truda da upotrebim da zapretim mojoj sestrici da vas ne izvesti gde sam. Objasnio sam joj da je tako bolje. Sa strepnjom i nadom došao sam u Italiju. Zahvaljujući jednom horisti iz Skale, kod koga sam našao stan, a čija je mati nastavnica muzike, imao sam sreću da nađem učitelja. Moj učitelj je bio učitelj mnogim poznatim italijanskim pevačima. Bio sam presrećan kad sam dobio od njega pohvalu za glas. Kazao mi je da je moj glas od onih negdašnjih, slavnih tenora, kakav danas retko ko ima.

„Srce moje!", prošaputa Miomira, a oči joj se napuniše suzama. Slova su joj treptala, a suze su joj se kupile na trepavicama. Zastala je, jer nije mogla da čita od uzbuđenja... Nastavila je dalje:

Posle takve pohvale sav sam se predao školovanju glasa. Nadam se da ću posle dve godine imati prvi nastup u operi. Spremam sada „Tosku", „Vertera" i „Boeme". Nisam hteo odmah da vam se javim dok se ne uverim u svoj uspeh. Sada sam siguran i srećan. A najsrećniji sam što mogu o ovome da vas izvestim. Vi ste bili moja inspiratorka. Vi ste mi odredili karijeru. Možda ste me dosada zaboravili i možda ćete se uskoro udati. Vi ste mladi, lepi, bogati. Ali vi ostajete u mom životu jedno milo, drago biće, moja ljubav i moj bol.

Dopustite mi, Miomira, da vas obožavam, da vas volim. Vaša umetnička duša splela se oko moje. Ja vas stalno osećam, u svakoj melodiji, u svakom tonu. Vi ste uvek pokraj mene, čini mi se da me slušate, kritikujete. Vidim vaše male bele ruke na klaviru, vašu kovrdžavu glavicu nad klavijaturom, vaše divne oči koje me gledaju tajanstveno i ispitujući. Znao sam šta me pitate, a nisam vam nikad smeo dati odgovor. Tek danas sam se usudio da vam odgovorim. Ali avaj! Možda je za sve kasno.

Miomira, ne ljutite se na mene što sam ćutao. Moje ćutanje je bilo puno žarkih osećanja za vas. Ona su me uputila kroz život. Dok pevam i zamišljam svoju budućnost i očekujem dan kad ću se pojaviti na pozornici, ja ne vidim nikog drugog, već zamišljam da će me iz sale gledati dva divna crna oka i jedno malo slatko lice, a ja ću pevati samo za vas, Miomira. To nije daleko. Još dve godine i ostvariće se moja i vaša želja.

Doznao sam vašu adresu od Staše i s radošću ću čekati vaše pismo. Da li ste ljuti? Jeste li me zaboravili? Grozničavo ću očekivati vaš odgovor. Vi se vraćate i možete proći kroz Milano. Hoću li imati sreću da vas dočekam i vidim? Nemojte mi uskratiti tu radost. Ja sam je zaslužio, verujte mi, Miomira...

Ninoslav.

Nekoliko trenutaka nije mogla da se povrati od uzbuđenja, toliko je silno delovalo na nju Ninoslavljevo pismo. Posle je ustala, šetala po sobi, ponavljajući šapatom: „On će biti svetski tenor, onaj nekadašnji veliki tenor!" Uzela je pismo i čitala ga ponovo, rečenicu po rečenicu, sa neiskazivom srećom i slašću. „On me voli... Nino, ljubavi moja!" Oh, znala je ona da se ovo mora dogoditi! Ima nečega što se prenosi kroz etar, fluidno, što daje na znanje koliko srca kucaju jedno za drugim. Bila je uzbuđena, nervozna i sva u vatri. Je li to bila vatra njenih osećanja ili bolesti? Sve se smešalo, obrazi su joj goreli, a glava se zanosila kao u pijanstvu. Da joj je da nekome kaže, da se pohvali, da izlije svoju radost, jer će se ugušiti od sreće. Čula je korake u predsoblju. Bila je to Anrijeta. Istrčala je uzbuđena i ispričala joj:

— Znate... onaj mladić što sam vam pričala da divno peva... što je učio mog brata... sad je u Milanu... uči pevanje... Pisao mi je danas... Kaže da mu proriču veliku budućnost.

Opisivala ga je Anrijeti, kako je visok, s crnom kosom i plavim očima.

— Pisaću mu da mi pošalje sliku da ga i vi vidite.

Dabome, ona mora imati njegovu sliku da je svakoga dana gleda, da joj se utisne u svest. Ušla je u sobu i prisećala ga se. Pod bujicom osećanja oživljavale su crte njegovog lica. Videla ga je nasmejanog, setnog, ljubomornog.

„Kako je to čudan mladić! Voleo me je, a ćutao." Niko je nije voleo kao on. Svi, apsolutno svi, želeli su njen novac. A on ga nije hteo, nije hteo ni stipendiju njenog oca, a ona bi uspela da mu je izvuče. Nije hteo da se osvrne na njeno bogatstvo i otišao je u trenutku kad je raskinula veridbu. Nije želeo da njeni pomisle da ju je on naveo na taj korak iz materijalnih pobuda. Ali, kako se nije bojao da se ona ne zaruči s nekim drugim za ovo vreme? Je li verovao i njoj kao i samom sebi?

Da, on je bio svestan da ga ona voli. Još kako ga voli! To je prava ljubav. On je hteo da joj donese slavu u zamenu za njeno bogatstvo, jer slava se ne može steći novcem, već talentom. Ima li išta veće i lepše od slave operskog pevača? A tenori su retki i skupi, osobito dramski. Njih je malo. Njeno bogatstvo i njeni milioni nisu ništa u poređenju sa slavom dramskog tenora. Bila je sva uzbuđena od razmišljanja. Počela je da pevuši. Videla je Marija Kavaradosija kako se penje na slikarske lestvice i otpočinje svoju veliku ariju. To je bio Ninoslav. Ah, kakav ga čeka aplauz! Sjajan tenor i lep pevač!

Madam Marsela je pozva da ručaju, a njoj se nije jelo. Da li od uzbuđenja, ali glava joj je bila teška, a vatra joj je palila telo. Samo joj se pila voda. Obuzimala je čas toplota, čas drhtavica. Legla je u postelju, a madam Marsela ju je brižno ututkala pokrivačem. Pipnula joj je obraze i osetila kako su vreli. Izmerila joj je temperaturu. Dosta joj se popela. Ako ne popusti do sutra, zvaće lekara.

— Ustaću ja sutra — smešila se Miomira.

— Vi se ne osećate dobro nekoliko dana, a izlazili ste. Moram da se ljutim na vas. Vaša mama mi je kazala i molila me da vas izgrdim kad me ne slušate.

Temperatura nije popustila ni sutra. Miomira ustade da napiše pismo Ninoslavu. Pisala je, a vatra joj je žegla celo telo. Njena topla osećanja izlivala su se u grozničavosti. Javljala mu je da će se zadržati u Milanu pri povratku. Tražila je da joj pošalje sliku i što brži odgovor.

Opet je legla u postelju. Lekar je našao da je grip. „Ah, to će proći", tešila se Miomira. I prošlog puta kad je bila u Parizu imala je grip s bronhitisom. To joj baš nije trebalo sada. Ali, ona je jaka.

Ninoslav joj je odmah odgovorio radosno i vatreno. U svakoj rečenici osećalo se koliko je srećan. Poslao joj je i sliku. Divan profil sa dubokim zamišljenim očima i talasavom kosom. Pritiskala je sliku na srce, i stavila je ispod jastuka. Prosto nije verovala sebi da je ona, Miomira, ovako zaljubljena. Jedva je čekala da dođe Anrijeta.

Mlada Francuskinja je uzviknula od iznenađenja kad je videla sliku. Gledala ga je tužnim očima, kao devojka koja o takvom mladiću stalno sneva, a nikad ne može da ga nađe. Posle joj je ispričala: upoznala se sa Kinezom. On je na Sorboni, studira prava, a uči i violinu na konzervatorijumu.

— Pitao je za vas. Kaže da je čuo za Jugoslaviju i zna da su Jugosloveni vrlo hrabri ljudi. Otac mu je bogat i on je u Parizu već tri godine. Voleo bi da se upozna s vama. Rekla sam mu da ste bolesni. Govori francuski vrlo dobro.

Miomira se smešila, jer joj je bilo svejedno. Izgledalo joj je kao na filmu. Najvažnije je što ima svoga Nina.

Njen grip se produžavao. To je podmukla bolest. Opet joj je zahvatio bronhije. Madam Marsela se zabrinula. Ukazivala joj je pravu materinsku pažnju. Ceo srpski kružok posećivao je svakodnevno.

A bolest se odugovlačila. Malo se pridigla i kretala po sobi, ali lekar joj je zabranio da izlazi.

Iz Beograda je dobila pismo od avijatičara Aleksandra. Ovog puta se izjasnio: pitao je da li bi se udala za njega. Ona je bila ravnodušna na sve. Čak joj nije ni laskala avijatičareva ponuda. Nino je bacio u zasenak sve. A Nino je nije prosio i nije tražio njeno bogatstvo. Nino je voli, on je hteo da joj pruži nešto što je ravno njenim milionima: svoj svetski tenor.

Odgovorila je avijatičaru da je bolešljiva i da se zasada neće udavati, jer misli da ostane u Parizu još godinu dana. Lepo ga je odbila, i mogao je pomisliti da će jednog dana ipak poći za njega. A ona je bila svesna da je i avijatičar znao da je bogata. Samo Nino to nije hteo da zna.

Malo se oporavila, ali je s vremena na vreme osećala temperaturu. Madam Marsela se strahovito plašila te njene temperature. A Miomira je bila srećna i nije mislila o tome. Ona je volela i bila voljena. Obrazi su joj se zarumeneli, majsko sunce je bilo tako prijatno, a Pariz sjajan i veseo. Mislila je krajem juna da se vrati, ali se predomislila. Poći će već početkom juna. Počela je i sama da se pribojava temperature.

Molila je tatu da joj pošalje veću sumu novca da kupi toalete. Išla je s Anrijetom po trgovinama. Kupila je i njoj vrlo lepu haljinu. Mala Francuskinja je bila srećna. Kupila je poklon i madam Marseli. One su je obe lepo negovale za vreme gripa.

Oprostila se i sa srpskim kružokom, i svi su se spremali na stanicu da je isprate. Izašla je i Anrijeta s mamom. Izašao je i Kinez. Njegove kose oči bile su tužne. Kazao je pri rastanku:

— Voleo bih da vidim tu lepu zemlju Jugoslaviju.

— Pa dođite! — pozva ga veselo Miomira. — A posle da opišete moju zemlju.

Jedva je čekala da voz pođe. Gospođa Zora je izljubila i zaplakala. Zaplakala je i madam Marsela. Miomira je poručila Anrijeti:

— Da dođete na jesen u Jugoslaviju.

— Da pođem i ja s njom? — zapita Kinez.

— Možete.

Voz je pošao i ona im je mahala rukom. Svi su je ispratili s tugom. Madam Marsela je brižno govorila gospođi Zori:

— Gospođica Miomira treba da se čuva. Lekar mi je rekao da ima jednu malu mrlju na plućima. Pregledao je rendgenom.

Kakva mrlja! Miomira je nije osećala. Ništa je nije bolelo. Njena temperatura je dolazila od njene ljubavi. Ona je volela beskrajno. I videće Nina.

Sastanak

Put joj se činio dug. Samo da što pre stigne do Milana. On će je čekati na stanici i uzeće joj sobu u hotelu. Šćućurena u uglu, pravila se da spava da bi mislila o Ninu. Sva je bila u groznici. Je li ovo vatra ili groznica ljubavi? Voz je jurio i približavao se Italiji. Prešla je granicu. Bože, samo da što pre vidi Nina!

Stanice promiču. Da joj je da ugleda stanicu Milana. U kupeu su dva mlada Italijana i vatreno je posmatraju. Hteli bi da započnu razgovor, ali ona zatvara oči.

Imala je na sebi lepu haljinu, marinske boje, sa škotskim ukrasom. Bila je lepa i elegantna. Kosa, sva u kovrdžama, bila joj je prosuta do ramena. Trepavice duge na zaklopljenim očima. Obrve su joj bile tanke i fine. Mala joj je rumen izbila po licu. Osećala je vatru, otvorila je oči i uzela limun da ugasi žeđ. Nije joj bilo dobro. Ruke su joj bile vrele i bolela je glava.

Još jedna stanica do Milana. Nino je već na stanici i čeka je. Srce joj je lupalo da ju je već muka hvatala, a noge su joj malaksale. Kako će biti uzbudljiv susret! Njen Nino, njen slavni pevač.

Ukazala se velelepna stanica Milana. Ušli su pod njene svodove... Masa sveta se šareni. Voz stade... Ona je sačekala da drugi izađu, jer je bila strahovito uzbuđena. Prišla je lagano prozoru... i gledala... tražila očima Nina. „Ah! Eno ga!" Otvorila je usnice da udahne vazduh, jer ju je svu potresla divna pojava visokog, elegantnog, gologlavog, crnokosog mladića.

On je ugleda i jurnu u kupe. A ona se prisloni na vrata, nemoćna, klonula, bez snage. Uleteo je u kupe, dohvatio joj ručicu, prineo usnama i ljubio je bez glasa, bez moći da progovori. Najzad prošaputa:

— Kako sam srećan, Miomira!

— I ja sam, Nino, tako srećna! — prošaputa malaksalo, nazivajući ga skraćenim imenom, toplo i nežno.

Nosač je uzeo stvari, a on je povede izlazu. Nežno je prihvatio ispod ruke i, kao da je hteo da je provede kroz masu sveta, da je zaštiti, pritisne njenu ruku uz svoju snažnu mišicu. Gledao je presrećan, i nije mogao da se nagleda njenih divnih čarobnih očiju. Usput joj je ljubio ručicu, ne obazirući se što je svet oko njih. Oni su sami, zaljubljeni, bili svet za sebe.

— Miomira! — šaputao je. — Da li je istina da ste došli? Nisam verovao da ćete doći. Sve mi izgleda kao neverica. A kad se voz zaustavio i kad vas nisam video na prozoru, prosto me je obuzelo očajanje.

Ona nije imala snage da govori, ali su njene oči govorile. Gledali su se, idući ispod ruke, pripijeni jedno uz drugo.

Došli su u hotel, javili se portiru i dečko ih je odveo na sprat, u jednu lepu sobu, koju je Ninoslav rezervisao. On je ušao za njom u sobu.

— Lepa je soba! — prošaputa uzbuđeno Miomira.

— Dopada vam se? — upita je.

Ona skide šešir, mantil, ostade u haljini. Stajali su oboje, gledali se, ne znajući da progovore, poneti bujicom osećanja.

— Miomira! — prošaputa strasno mladić.

I u tren oka nađoše se jedno drugom u zagrljaju, ludom, zaljubljenom, beskrajnom. Usne su im se spojile, osećanja su ih sagorevala. Njegove ruke su se obavile oko nežnog devojačkog stasa, srca su im priljubljena silovito lupala, a mladi čovek milovao je vrućim usnama opijeno, malo, slatko, toplo lice Miomirino. Kao da su bili u nesvestici, budili se i ponovo padali u zagrljaj...

A posle ih obujmi divna radost. Ispovedali su se jedno drugom, pričali svoju tugu i čežnju. Sad su bili dva druga, iskrena i zaljubljena, koji su otkrivali sve tajne srca koja su ih toliko vremena mučila i iznuravala sumnjama. Mlada devojka najzad uzviknu:

— A vi ćete biti svetski tenor!

— Ništa još ne smem da kažem!

— A u pismu ste kazali. Hajde, budite iskreni. Recite mi sve. Ja verujem u vašu karijeru, a verujete li vi?

— Pomalo počinjem da verujem. Moj profesor mi uliva nadu.

— A kad ćete pevati u beogradskoj operi? Sigurno na jesen?

— Ove jeseni? Ne, tek druge! Hoću da dođem kao gotov pevač. Znate kakva je kritika. Ona će pre izneti manu nego dobre osobine.

— Imate pravo. A koje ste opere spremili?

— Najbolje znam *Tosku*.

— Sa *Toskom* i treba da debitujete. To je najmelodičnija opera.

— Mislim. A učim i *Vertera* i *Boeme*. I Radames će sjajno odgovarati mome glasu.

— Verujem. Naročito scena sa Aidom u trećem činu. Bože, je li moguće? Vi u Milanu, spremate se za operskog pevača, a ja došla da vas posetim?! Nino! Ah, šta sam ja sve prepatila!

— Niste više od mene — zagrlio je i privukao na grudi. — Moja mala Miomira! Kako sam danas srećan! Oh, kako sam čeznuo za vama!

Ona briznu u plač od prevelikog uzbuđenja i sakri glavu na njegove grudi. Milovao je po kosi, po obrazima i šaputao:

— Jedina moja ljubavi!

Ona podiže uplakano lice. Oči su joj blistale od suza.

— Nino, volite li me?

— Beskrajno! — stegnuo je strasno na grudi, kao da je ne da i kao da se boji da će mu je oteti. — Da li ću patiti što sam vam ovo priznao?

— Zašto da patite?

— Ja sam još beznačajan.

— Nemojte, Nino, to da govorite. Žalostite me. Čini mi se da mi napominjete kako sam bogata, razmažena, da ne mogu da shvatim vašu ljubav i vrednost. A ja sam umetnica kao i vi. Nas je približila umetnost. Možda smo se mi i tražili, a sudbina vas je poslala da budete učitelj moga brata.

— Možda — uzbuđeno je govorio mladi čovek. — Da nije bilo vas i vaše kuće, ne bih danas bio ovde. Vi ste me uputili, vaših reči sam se uvek sećao, zbog vas sam došao u Milano. Vi ste želeli da školujem glas i ja sam vam ispunio želju.

Obavila mu je ruke oko vrata i pritiskala glavicu na njegove grudi, grcajući od sreće i ljubavi. Podigao joj je glavicu i zagledao se u njene lepe oči.

— Koliko sam voleo vaše oči! Čudne su one. Nikad nisam video tako lepe, tajanstvene oči — govorio je i milovao usnama njene tople očice.

— Opažate li da sam oslabila? — pitala ga je.

— Malo ste oslabili.

— Bila sam bolesna od gripa. I sad pomalo imam temperaturu.

— Zato što ste bili u Parizu. Vama najviše prija vaše borje. Ja sam vas stalno zamišljao u šumici, u vašoj vili, i bio sam jako tužan i ljubomoran kad sam čuo da ste u Parizu. Pisao sam vam sa strahom, misleći da ste me potpuno zaboravili.

— A zar vam ovo nije dokaz koliko sam mislila na vas, kad vas nisam zaboravila posle vašeg naglog odlaska? Pobegli ste od mene. Što sam tada patila! To je bio strašan potres za mene. Vraćala sam se iz Niša sva srećna, slobodna, kad mi oni saopštavaju da ste otišli!

— Srce moje, otišao sam jer nisam hteo da vaš otac išta posumnja u nas. A onaj me napao i nazvao me vašim ljubavnikom. Zar vaši roditelji nisu mogli posumnjati? I da bih sve sumnje odagnao, izgubio sam se. Mislio sam: ako me voli, neće me zaboraviti. Nisam smeo da vam odam svoja osećanja. Možda ne bih ni sada smeo da priznam. Ali nisam mogao više. Mučio sam samog sebe, čeznuo za vama, i odlučio: biću pevač, ona me neće zaboraviti. Dolaziće da me sluša kad pevam i to će biti moja najveća sreća.

On je strasno pritisnu na grudi. Upijao je miris njene kose, miris obraza, usana.

— Srećo moja! — buncao je u zanosu.

— Verujte mi, Nino, vi ste jedini mladić koji mi se dopao... koga mogu da volim. I kad pomislim kakvog sam samo nitkova bila našla, onog Vladu! Znate li vi da je on imao sina i ljubavnicu?

— Šta kažete? — zgranu se Ninoslav. — Ono dete je njegovo?

— Zar ste vi videli njegovo dete? — začudi se Miomira.

Ninoslav se zbuni. Kako da prizna da je preturao po njenoj fioci? A ona je bila radoznala i navaljivala je da joj kaže. Zagnjurio je lice u njenu kosu, sav srećan što to nije njeno dete, i prošaputao:

— Video sam sliku u vašoj fioci.

— Šta? Vi ste preturali po mojim fiokama? — to ju je razdražilo. — A šta vas je interesovalo u mojoj fioci?

— Vaše pesme. Verujte, samo jednom sam to uradio, kad ste bili na moru. Šetao sam po vašoj sobi da vas se podsetim. Već tada sam bio izbezumljen za vama, a nisam smeo ni sebi da priznam. I nađem tu fotografiju. Iznenadio sam se i čak uobrazio da dete liči na vas.

Ona se uozbilji.

— I vi ste mislili da je to moje dete? — odmakla se od njegovog lica i gledala ga kao da želi da otkrije sumnju u njegovim očima. — Sad mi je jasno zašto ste pobegli. Pa vi ste rđavo o meni mislili?

— Ah, nemojte tako da govorite! Strašno se jedim što sam se izrekao. Vi ste moja mala, moja najbolja devojka! Tako sam srećan. Ne možete ni da zamislite u kakvoj sam grozničavosti bio ova dva dana.

Miomira se nasmeja. On je bio ljubomoran, patio je i mogla je zamisliti kako se osećao kad je video to dete.

— A kad je ta prodavačica došla i tu strašnu istinu iznela, bilo mi je jasno koliko vas volim. Odmah sam došla kod vaših. Ali stalno su me sumnje mučile: da li me vi volite? Vi ste zatvorena priroda. Vi ne pravite komplimente, ne date da se osete vaša osećanja. Ja sam vas prozvala „nepobedivo srce". A jesam li vas, Nino, pobedila?

— Da... pobedili ste me i potpuno sam u vašoj vlasti.

Spustio je glavu na njeno rame mazeći se, bio je sav raznežen, a ona ga je milovala po licu.

— Pričajte mi još! — molio je.

— O čemu?

— O vašoj ljubavi.

— Oh, to bi bio čitav roman. Ali sreća se ne može opisivati. Ona se samo oseća. Pisala sam pesme. Imam mnogo pesama vama posvećenih.

— Hoćete li da mi ih pošaljete?

— Hoću... Kako vas volim, Nino! Ali ja pričam, a vi slušate... Neću... Hoću vi meni da tepate. Ja sam patila.

— Srce moje malo! Ono mi je patilo! A kako sam se ja osećao kad sam došao u Beograd?! — prenuo se i obgrlio je oko stasa. — Kako ste lepi, Miomira! Imao sam uvek želju da mrsim vašu kosu — razbarušio je i ljubio joj svaku kovrdžu. — Čeznuo sam da ispijem vaše lepe oči — pritiskao je vrele usne na njene očice.

Osećao je kako ga hvata pijanstvo, kako gubi vlast nad sobom. Savladao se i ustao. Nežno je privio u svoj zagrljaj i tako su ćutali slušajući otkucaje srca. Seo je u fotelju, malaksao i bled. Ona je stala više njegove glave i gladila mu kosu. Ogledalo je bilo nasuprot njih i videli su se u njemu. Prislonila mu je glavu na kosu i smešili su se jedno drugom u ogledalu.

— Zamislite kad budete pevač, pa budete na sceni! Jeste li dobar glumac?

— Ne znam... Tu je potrebna rutina — zavalio je glavu i naslonio je na njene grudi, zaklopljenih očiju. — Miomira, kako ću bez vas kad odete? Biće mi teško. Hoćete li mi pisati?

— Hoću. A zar se vi ne provodite u Milanu?

— Ne! Ja pevam i čuvam svoj glas. Pevači moraju voditi računa o svom životu. Znate li da sam ostavio duvan?

— Zbilja?

— To mi je moj učitelj odmah naredio. Čitavu dijetu mi je propisao. Bilo mi je teško bez duvana, ali voljom se sve može postići.

— Da, vi imate jaku volju, to sam iskusila.

— Moram je imati.

Ustao je i dograbio je u naručje, lud, sav opijen njenim licem, očima, telom, ali ona volja koja je bila gospodar njegovih osećanja zapovedila mu je i sada... Pustio je i uzeo češljić da zagladi kosu.

— Kuda ćemo jutros?

— Vodiću vas da vidite Milano.

— Volela bih da vidim Skalu.

— Ona po spoljašnosti nije ništa, ali je unutra lepa. Ima i muzej.

— Ja bih volela da vas čujem kad pevate.

— Danas u jedanaest imam čas pevanja. Hteo sam da ga odložim.

— Hoćete li da i ja idem s vama?

— A zašto sad da me slušate? Zar nije bolje da me prvi put čujete u operi?

— O, pa to je daleko! Hoću da osetim vaš uspeh, da vidim kako je postavljen vaš glas, da čujem vaš belkanto.

— Dobro... Onda idemo zajedno. Odvešću vas i do moje gazdarice. Pričao sam joj kako ste vi velika pijanistkinja, i kako ste lepa devojka.

— Italijanke su lepe! — kušalo ga je njeno malo ljubomorno srce. — Kako vam se dopadaju?

— Kad je reč o dopadanju, samo mi se vi dopadate.

— Ne verujem. Iako se one vama ne dopadaju, vi se njima morate dopadati. Da se niste zaljubili?

— Jesam... I to jako.

— Tako! Pa, što ne kažete?

— Pa, zar nisam rekao? Moja ljubav ste samo vi, Miomira! Moja Miomirica! Da vas vidim. Ah, što ste slatki!

Počeo je opet da bunca, ali ona se otrezni:

— Vi siđite dole, u hol, a ja ću da se obučem.

— Dobro.

Prišao je vratima. Bacili su se opet jedno drugom u zagrljaj. Izašao je sav opijen. Osvestio se tek u holu. Uzeo je italijanske novine i čitao. Marljivo je učio italijanski jezik i već je počinjao da čita i prilično je govorio.

Hodali su ulicama, kao da su bili sami pod plavim italijanskim nebom. Pokazivao joj je razne znamenitosti, a ona bi išla, išla s njim. Ali, malo se umorila. Seli su i ona je popila belu kafu. Obrazi su joj goreli, a oči su joj bile sjajne od ljubavi. Kako je divno što su ovako sami, u nepoznatom gradu, u tuđoj zemlji. Gledali su se i razgovarali očima. Ruka joj je bila na stolu, mala, vitka, bela ručica. On ju je polako stegao svojom i milovao. Svu bi je udahnuo, upio, slomio.

— Miomira! — šaputao je nežno, a glas mu je bio pun, raznežen, topao...

— Nino! — odgovarala je ona. — Moj Nino! Hoćete li uvek misliti na mene? — pitala ga je.

— Ni na šta drugo neću misliti već samo na vas.

Svet ih je posmatrao kao da je osećao njihovu ljubav. On pogleda na sat.

— Idemo na čas pevanja.

— Volela bih da mi otpevate jednu veliku ariju. Hoćete li? Iz *Toske*.

— Učiniću vam po volji, ali još je rano.

— Može biti rano za publiku, ali ja hoću da osetim promenu u vašem glasu.

Uveo je kod svog profesora, koji je lepo govorio francuski. Čula je samo pohvale o njegovom glasu. Sela je na kanabe, spremna da čuje Ninoslava. Srce joj je strahovito lupalo, a ruke gorele. Sva je bila u vatri. Sve je bilo jako uzbudljivo.

Slušala je zvuke klavira i čula prve tonove. Naslonila se na obručje kanabeta, zaklonila rukom oči i slušala ga celim bićem. Dah joj je stao. Kakav sjaj, kakva lepota! Došao je do poslednjeg, najvišeg tona. Sva je zadrhtala. Kakva visina, kakva čistoća! U svakom tonu prefinjenost i sjaj. Ostala je pokrivenih očiju, kao da ne sme da progovori. Profesor joj se okrete i reče zadivljen:

— No, jeste li čuli? Ovo je moj najbolji đak.

Prošaputala je:

— Nino, vi ćete biti svetski tenor!

Ustala je sva oduševljena, i brzo govorila profesoru, koji je bio očaran ovom lepom jugoslovenskom devojkom.

— A, zamislite, gospodine profesore, nije hteo da školuje glas! Nije imao vere u samog sebe.

— On je skroman, ali ja sam mu ulio poverenje u sebe. Posle nekoliko godina znaće za njega ceo svet. Ovakvi tenori danas su retkost.

U ushićenju Miomira sede za klavir. Zabrujaše burni talasi muzike. Profesor zastade iznenađen. Zapljeska joj kad završi. Ona se smejala, jer joj se budućnost smešila, videla je u njoj sebe i Nina, velikog pevača i pijanistkinju.

— Kakav talenat! — divio joj se profesor.

A Ninoslav je bio srećan. To je njegovo devojče, njegova ljubav i njegova sreća. Izašli su da šetaju pod plavim nebom, kroz masu sveta. Bilo je po podne i bili su gladni. Nino je odveo u restoran. Ručali su predivne italijanske specijalitete. Na svakom koraku osećala je njegovu sreću. Taj dan prošao je kao u snu. Uveče je dopratio do hotela, poljubio joj ruku i ona se popela u svoju sobu.

„On je idealan mladić", šaputala je Miomira dok ju je hvatao san, a srce joj je lupalo i svaki joj je nerv bio uzbuđen. Usne su joj šaputale njegovo ime, ruke su joj se obavijale oko njegovog vrata. Snevala je o budućnosti s njim.

On će pevati u beogradskoj operi. Ona će raditi s njim svaku ariju. Njemu će koristiti što je ona pijanistkinja. I ona će priređivati koncerte. Kako će udesiti svoj stan! On će pevati u operi. Posle će gostovati u inostranstvu. Jugoslovenski pevači se sve više čuju u stranom svetu. I njen Nino biće veliki pevač. San ju je hvatao, a groznica lomila telo.

Probudila se ujutro sva u vatri. Došlo joj je da zaplače od muke. Pipala je ruke, obraze, sva je gorela. Tešila se da će to proći. Koliko puta je izlazila s temperaturom. Lekar u Parizu joj je kazao da se čuva. Napomenuo je da joj je potreban čist vazduh i šuma. Pisala je kući da dolazi i molila ih da pređu u vilu. Tamo je sveže. Kad se dočepa njenog borja, odmah će se oporaviti. Ova temperatura jutros nije joj bila potrebna. Nino će je čekati u holu. Njen divni Nino! Doživela je ljubav o kojoj je snevala.

Ustala je i umila se. Kad se malo rashladi vodom, nadala se, biće joj bolje. Jutros će obući drugu haljinu, belu. Belo joj lepo stoji.

Zadovoljno se gledala u ogledalu. Ali šta je ovo? Njoj je bilo teško. Tako je zaboleše pluća. Sela je na fotelju, sva malaksala, disala je punim plućima. Osećala je potajni bol. „Ne daj se, Miomira!", grdila je sebe. „Sad, kad si najsrećnija da se razboliš." Ustala je, pa opet klonula. Opružila se malo na divan da se odmori. Proći će je vatra. I glava je bolela. Juče su mnogo hodali. Nino je sve hteo da joj pokaže. Mnogo se uzbuđivala. Oči su joj se sklapale i kao da je hvatao san. Da li je zaspala? Ili je to bio polusan?

Čula je lagano kucanje na vratima i tihi Ninoslavljev glas:

— Miomira, šta je s vama?

— O, to ste vi! Čekajte! Pa koliko je ovo sati?

— Deset i četvrt, a mi smo se dogovorili da se nađemo u devet. Ja sam vas čekao u holu — govorio je iza vrata.

Ona pritrča, otvori ih i povede se, hvatajući se za grudi. On je prihvati u naručje, sav preplašen.

— Šta vam je, Miomira?

— Ništa... imam vatru... i glava me zabolela.

— Malo moje — šaputao je mladi čovek i milovao je po obrazima.

— Izvinite, Nino! Ja sam davno ustala, vidite, obukla sam se, pa sam legla i ponovo zaspala. Ruke mi tako gore.

— Jeste... gore vam ruke. I obrazi su vam vreli. Srce moje! Da mi se ono razboli! Ne dam ja da vi budete bolesni. Odmorite se još malo. Ne moramo odmah izlaziti. Umorili ste se juče. A ja sam bio srećan i hteo sam da vam pokažem sve, slatka moja Miomirice.

— To će proći. Popila bih nešto hladno, oranžadu ili limunadu!

— Pozvaćemo sobaricu neka donese.

Zazvonio je. Sobarica uđe.

— A vi niste doručkovali? Doručak se može dobiti i ovde.

— Nemojte doručak! Ništa ne mogu.

— Morate. Znate kako se vaša mama ljutila kad ne jedete.

— Verujte, ne mogu. Samo oranžadu.

Ninoslav saopšti sobarici da donese oranžadu.

Sobarica donese oranžadu. Pila je kroz cevčicu.

— Prijatno rashlađuje. Izaći ćemo opet.

— Nećemo pešice. Uzećemo taksi, pa ćemo se provozati.

— Ali ja da platim.

— Neću ni da čujem. Vi ste moj gost u Milanu.

— Nemojte, Nino, da toliko trošite.

— Ja bih za vas i život dao, a kamoli novac. Znam ja da ste vi bogatiji od mene, ali ja sada nisam onaj siromašni diplomirani pravnik koji je došao k vama.

— Vidim ja da vi još uvek ne trpite moje bogatstvo. Pobegli ste od mog bogatstva, kazao mi je Boško.

— Pobegao sam od vas, jer sam vas suviše voleo.

— A volite li me sada? — pitala je s koketerijom, rumenih obraza i usnica.

On se spusti na naslon njene fotelje i obgrli joj ramena.

— Najbolji je dokaz koliko vas volim što učim pevanje. Zbog vas ću postati pevač. Znam da ćete dolaziti da me slušate. Ali silno ću patiti, kada sada odete. Više nego kad sam otišao u Beograd.

— Neću da patite. Hoću da budete srećni. Ja se neću udavati.

— Ja to ne tražim od vas, niti smem.

— Onda me ne volite.

— Naprotiv, suviše vas volim i želeo bih da mogu da ubrzam moju karijeru, da postanem slavan da bih vam pružio svoju slavu. A ko zna šta će od mene biti u budućnosti.

— Ja znam šta će biti: vi ćete da budete veliki pevač.

— Ko zna za koliko godina?!

— Pa dobro, neka bude i za pet godina. Ja se neću udavati. Čekaću vas, Nino! Ako se vi ne promenite, ja neću. Volela bih da budete „nepobedivo srce” za sve ostale žene. Hoćete li?

On je duboko uzdahnuo.

— Zašto ste uzdahnuli?

— Zato što vas volim. Vi ste srce, Miomira! Kod vas je spojena i duhovna i fizička lepota. Vi imate neki neiskazani šarm. Čuo sam jednom kako je jedan potporučnik hteo da se ubije zbog vas. Sad ga razumem. Vi ste devojka koja navodi čoveka na misao o samoubistvu. Vi toliko silno utičete na muškarce. Šta je to u vama, Miomira? Kad bih se okružio gvozdenim zidom od vas, čini mi se da bih ga rukama provalio da vas otmem.

— A kad ćete doći da me otmete? I hoćete li, uopšte, doći?

— Kad budem osigurao sebe.

— A mogli biste doći i ranije — tužno je prošaputala.

— Nemojte! Hoću da budem pouzdan u sebe da biste me više voleli. Hoću da budem svoj čovek, da ne zavisim od drugoga.

— Bilo bi vam teško da materijalno zavisite od mene?

— Da, jer sam gord. Neko smatra moju gordost za glupost, ali ja ne mogu da budem drukčiji. Vi ste, Miomira, inteligentna i osećajna devojka, možete me shvatiti. Vama je dosta svih onih koji su se otimali za vaš novac. A ja volim vas, samo vas.

— Razumem vas, Nino. I čekaću vas, ma koliko godina. Meni nije potrebno da se odmah udajem. Ja sam doživela gorko iskustvo i ništa bolje ne bih očekivala od braka s drugim. A vi ste izuzetan mladić. Hoću da vam dokažem da mogu biti devojka postojane ljubavi. Muškarci to ne veruju. Verujete li vi?

— Ne znam.

— Sumnjate?

— Ne sumnjam, ali ne smem to da tražim od vas.

— Ne morate tražiti. Ali ja ću održati svoju reč.

On joj se zagleda u oči. Bilo je u njegovim očima i radosti i tuge. Tužno je čekati, a radost je i sreća imati njenu ljubav.

— Nego, čekajte, da se dogovorimo kad ćemo se mi opet videti? Vi ste kazali da dve godine nećete napuštati Milano.

— Staša mi piše da bi voleo da dođe u Milano dok sam ja ovde. Zar ne biste mogli doći sa Stašom?

— Zbilja, mogla bih. Pa i mama da dođe s nama o Božiću!

— To bi bilo sjajno! Zimi je u punom jeku operska sezona.

— Da povedemo i vašu Dušicu. Hoćete li?

— Kolosalna ideja! Ona mi je baš pisala kako bi volela da vidi Italiju, pa sam mislio da je pozovem. Ko zna da li će joj se ikad ukazati prilika da je vidi.

— Dakle, o Božiću. Ići ćemo do Rima. Mi ćemo vas voditi. Moja mama je ranije volela da putuje. Znam da će pristati, a Staša će imati božićni raspust. Znate da je naš Staša divan! On je vaše delo, Nino, slatki moj! Vi ste i Stašina i moja sreća!

Bacila mu se u zagrljaj i šaputala mu nežne reči.

— Je li vam sada bolje? Ne smete da budete bolesni kad sam ja pored vas.

— Neću više ići u Pariz.

— I ja vam ne dam. Hoću da sedite u vašem borju.

— Je l'? Ja u borju, a vi u Milanu?

— Ja ću misliti samo na vas. Vi znate kako imam snažnu volju. Misliću na Božić i brojati dane do vašeg dolaska.

— A ima još jedan plan. Kad mislite da će biti vaš debi u beogradskoj operi?

— U septembru, ne ovom, nego onom drugom.

— To znači da se ne bismo videli od Božića do septembra. Strahovito dugo! Nego znate šta: da vi u junu dođete k nama u goste. Mi ćemo biti u vili. Hoćete li?

— Sa oduševljenjem. Kako će me vaši primiti?

— Oni će vas primiti onako kako ću vas ja primiti.

Nije više ništa kazala, ali se u njenim sjajnim očima moglo pročitati: „Ti ćeš tada biti moj verenik".

— Hoćemo li da idemo?

— Ja ostajem i sutra, a prekosutra putujem.

— Samo tri dana? Zašto ne biste ostali nedelju dana? Ja vam ne dam da putujete prekosutra!

— Moram... Javila sam kući da dolazim. Oni bi brinuli šta je sa mnom.

Želela je i ona da ostane, ali nije htela, jer je on sve plaćao. Nije htela da ga izlaže trošku, a on nije dopuštao da ona plaća. Divan je! Njegova pažnja joj je, ipak, laskala. Ignorisao je njen novac. A ona je uvek patila zbog bogatstva. Hteo bi da postane slavan, pa tek onda da se uzmu. Ona će ga čekati, u to je uverena. Ovakvi mladići zaslužuju da ih devojke godinama čekaju. Imala je cilj pred sobom i nije joj bilo teško.

Tri dana proleteše...

Na stanici, dok su se opraštali, govorila mu je kroz suze:

— Umetnik, osobito pevač, pruža najlepše uživanje svojoj devojci i ženi. Svaka njegova opera, senzacija je... Moj život biće ispunjen radosnim iščekivanjem vaše prve pojave u operi. Bože, kad će doći taj dan? Ah, i to će brzo proći — govorila je, a suze su joj se slivale niz obraze.

Plakala je na rastanku, a on je bio sav bled i rastužen. Stajao je ispred prozora njenog kupea. I gledali su se. Hteo je da upije lepotu njenih usnica, obraza. Rastajali su se s ljubavlju, ali čedno. Tek sada je Miomira uvidela koliko je divan i karakteran. Sama je s njim bila u Milanu. Često su bili sami u sobi. I odlazila je neuvređena, neoskrnavljena, još više zaljubljena u njega... Umeo je da je voli i da je ceni... Zato je i jecala dok se voz udaljavao, a on je stajao na peronu, gologlav i bled, i slao joj svoje poslednje duboke poglede.

Sve su zaljubljene

Kako ju je mama poljubila na stanici kad je sišla s voza, odmah ju je pažljivo zagledala materinskim brižnim očima koje uočavaju svaku promenu na licu deteta.

— Ti si oslabila, Miomira. Da nisi bila bolesna?

— Nisam, mamice — poče da laže Miomira. — Imala sam mali grip, ništa više. To je od puta — okrete se bratu i pogleda ga iznenađeno. — Staša, ti si porastao! Što si se popravio! Pravi mladić... I glas ti je dublji... Govoriš kao pravi mladić.

— Šta ti misliš — šepurio se Staša. — Nisam ja više balavac.

— A gde je tata?

— On je u banci, svratićemo kod njega. Nije mogao da izađe, ima neka posla.

— I ti, mama, lepo izgledaš.

Sve ih je zagledala, umiljata, nežna, puna ljubavi prema svojima i puna srca slatkih uspomena.

— Znaš, mama, da sam jedva čekala da dođem. Jeste li u vili?

— Preselili smo se još u maju. Sve smo okrečili. Da vidiš samo kakve su tvoje sobe!

Auto ih je nosio kroz ulice, a Miomira je zagledala svaku kuću s ljubavlju. Javila se jednoj devojci, pozdraviše je dva mladića, a jedna mamina prijateljica im mahnu rukom. Svi su se poznavali i odmah se pročulo da se Miomira vratila iz Pariza...

Kad su stigli u vilu, trčkarala je svuda, zavirivala u sve sobe. Moleraj joj se jako svideo. Oduševila su je i kanabeta i njen kauč. Sve je bilo novo, blistavo, zavese oprane, još su mirisale na čistoću, vaze su bile pune cveća, a ruže u bašti su se povile od cvetova. U svakom kutu, na svakom bokoru ruža, kao da je ostao trag Ninoslavljev, njegove siluete u borju, njegova lepa glava na jastuku dok je ležao bolestan, u naslonjači ispod lipa. Sećanje na njega više nije bilo tužno. To nisu bile uspomene koje se udaljavaju, ostaju u prošlosti, iščezavaju i prati ih razdiruća, bolna, misao: nikad više! Ne, to su uspomene koje približavaju, iza kojih je on živ, isti, koji će joj doći zauvek.

Staša je prvi poveo reč o njemu:

— Znaš li da gospodin Ninoslav uči pevanje u Milanu?

— Ja sam ga videla.

— Šta kažeš? — uzviknu Staša. — Pa hoće li postati pevač?

— Svetski! — pobedonosno izgovori Miomira.

Nastavi da priča mami i tati o njemu, njegovom glasu, pohvalama njegovog profesora i gazdarice. Sve je ispričala, samo je prećutala o njihovoj ljubavi i njenoj budućnosti s njim. Još je bilo rano.

— Hm! Pevač! — nasmeja se otac. — Bolje da je ostao činovnik u banci.

— Kakav činovnik! — protestovao je Staša. — Tata, zar ti ne razumeš kakva je to slava biti pevač?!

— Kakva slava kad jednog dana izgubi glas? Pitaću ga onda šta će da radi!

— A što Šaljapin nije izgubio glas? Imao je preko šezdeset godina kad je pevao. Neka peva dvadeset godina, pa mu je dosta. A pametni pevači umeju sebe da čuvaju. Staša, ja sam baš htela da se uverim kakav je uspeh postigao i on me je vodio njegovom profesoru.

— Boga ti? Pa kako peva? — interesovao se Staša.

Ona mu je ispričala, a Staša je bio sav uzbuđen.

— Sutra ćemo mu napisati pismo. Ja sam kazao da ću da idem u Milano. Tata, hoćeš li me pustiti?

— Svi idemo o Božiću: i ja i ti i mama, i Dušicu ćemo da povedemo.

— Gle! Gle! A hoću li ja da vam dam pare?

— Ti si dobar, tatice, daćeš nam — skočila je i poljubila oca. — Mamice, ja se radujem i zbog tebe. I ti treba malo da se razonodiš. Sećaš se kako si ranije s tatom putovala.

— Volela sam, ali ovih nekoliko godina nigde ne idemo, sem u banju ili na more.

— A ja imam božićni raspust. Ih, što se radujem! Ja bih samo putovao. Znaš da me tata pušta da vozim auto? Samo ne smem ulicom. Nemam šoferski ispit. Je li, tata, da dobro vozim?!

— Dobro... samo neću da voziš tvojom nego mojom brzinom.

Liza priđe Miomiri i obgrli joj ramena.

— Slatka moja gospođica! Puna nam kuća radosti kad je ona ovde.

Miomira je zagrli.

— A neobično vam je bez mene, je l'te?

— Nema klavira, nema ko da nam dođe u kuhinju, da se našali sa mnom. Kad god sam mesila kolače koje vi volite, a ja zažalim: što nema moje gospođice ovde da jede!?

— Bogami, Lizo, nema naših kolača u Parizu.

— Vidi se i na tebi. Je li, Aleksa, da je oslabila? — upita majka oca. — Priznala mi je da je imala grip. I prošli put si u Parizu imala grip. Nisi se čuvala. Nisam bila ja pored tebe da te opominjem: obuci Miomira mantil, nemoj da ideš u tankoj haljini... Sad ću ja tebe na dijetu... Reč ne smeš reći, nego ima da jedeš.

— Bogami i hoću... Prilično sam izgladnela u Parizu.

— A što si odbila Stankovića? — dirnu je otac. — Vratio se iz Pariza sav nesrećan.

— Uh, nesrećan! Valjda zbog mene! Zbilja, tata, zar bi ti voleo da se ja udam za njega?

— Šta mu fali? Inženjer, vrlo spreman, lep čovek, veseo, društven...

— Nije moj tip.

— A zar je Vlada bio tvoj tip?

— Nije ni on. Tu sam se prevarila, ali sam brzo uvidela svoju grešku.

— Predomislićeš se ti za Stankovića...

— Nikad! Kad jednom nešto kažem, to je rečeno. Nemoj mu ti davati nade. Nego, tatice, hoćeš li ti meni zidati kuću u Beogradu?

— Kad nađeš mladoženju, zidaću ti.

— Zašto moram da čekam mladoženju? Ja hoću da imam svoju kuću i svoj prihod. Hoću da budem kućevlasnica.

— Kad se udaš onda ćeš biti i kućevlasnica.

— Zašto ne bih ranije? Ti treba da mi dopustiš da ja malo vodim nadzor nad imanjem.

— Dobro, videćemo... Što ti sad najednom hoćeš da budeš kućevlasnica?

— Dobila sam volju da i ja budem svoj čovek. A znaš, tata, volela bih da imam kuću u Beogradu, pa da jedan stan uredim za nas. Odem u Beograd, pa u svoj stan. Imali bismo nadstojnika, on bi vodio računa o kući i stanu. Kad je pozorišna sezona, odem u Beograd i odsednem u našem stanu. A meni je potrebno da slušam koncerte, da idem u operu. Je li, mama, da bi i ti to volela?

— Kako kaže Aleksa.

— Tata će da kaže ono što ja želim.

Htela je da uhvati tatu za reč. A želela je svoju kuću zbog Ninoslava... Da ga dočeka s kućom. Oh, kako će mu ona udesiti život!

— A kakav je to Kinez koji ti se udvarao? — nasmeja se otac.

— I to je pričao Stanković? Jeste, jednom sam se Kinezu dopala. Pariz vam je internacionalna varoš. Sve moguće narodnosti možeš da vidiš.

— Blago tebi! Šta si ti videla sveta! — uzdahnu Staša. — A ja dalje od Beograda i Splita ne znam ništa.

— Čekaj dok dođe Božić.

— To mi je daleko. Ja bih sad išao.

— Vrućina je sada... A ti pređe u sedmi razred.

— Da. Sedmoškolac!

— Bravo!

— I to s vrlo dobrim!

— Eto, vidiš kako možeš bez učitelja! Sam si radio?

— Sa Stoletom. I on je dobar đak.

— Moj sin je odličan!

— Nisam odličan, nego vrlo dobar.

— Svejedno, samo kad si položio. A kako je gospođica Slavka?

— Vodi ljubav.

— Gle, šta ti znaš! — prekori ga otac.

— S kim vodi ljubav? Otkuda da vi đaci znate? — pitala je Miomira.

— S onim poručnikom. Znaš ga... Ranije ga nije trpela. Anđica kaže da će se ona udati za njega. On je unapređen za kapetana.

— To je divna prilika za nju — odobri mati.

— Sutra će ti doći Slavka.

— Baš volim da je vidim.

— A kako je Anđica?

— Dobro je... Nešto smo se posvađali.

— Zašto?

— Ništa... Neću da ti kažem.

— Vidim ja tebe s nekim devojčićima. Uparadio si se, pa sve sa dve šetaš — dirao ga je otac.

— To su mi drugarice.

— A kako tvoji činovnici, tata?

— Dobro... Znaš da sam prodao veliki kompleks šume.

— Onda ćeš i sada da mi daš novaca.

— Šta će ti, kad imaš sve u kući?

— Volim ja da imam i za moje humane svrhe.

— Kakve humane svrhe?

— Ne znaš ti. Pomažem i ja sirotinju.

Jedna silueta se približavala kroz pomrčinu bašte.

— Je li ono Ilija?

— Jeste.

On priđe i pokloni se Miomiri.

— E, znate, koliko se radujem što ste došli! Hvala vam što ste me uvek pozdravljali. Samo ste oslabili, gospođice.

— Oslabila, dabome! Svi to vide.

— Neka, popraviće se gospođica ovde.

———

Slavka je došla sutradan. Pričala je uzbuđeno:

— Znate, ja nisam trpela oficire. Ovaj mi se poručnik odavno udvarao. Izgledao mi je da je donžuan. On je u početku mislio da može sa mnom kao s drugima. Ali ja sam mu dala na znanje kakva sam ja devojka! I vidite kako devojka može da utiče na mladića! Tako je učtiv i ceni me, kaže da nije sreo u životu devojku kao što sam ja.

— On je i lep mladić...

— Vrlo lep. Ima divne oči i kosu. I tako je načitan... inteligentan.

— Pa hoćete li se udati za njega?

— Još uvek se dvoumim... Ali ovde ću se rešiti...

— Hajde! Što pre!

— Na jesen, nećemo ranije.

— A hoće li Anđica kod vas stanovati?

— Ne znam... Možda bih je dala u dom učenica u Beogradu. Ja bih plaćala nešto, a davao bi i tata.

— Zar Anđica da nam ode? To će ožalostiti Stašu.

— Zavadili su se oni...

— On mi nešto reče, ali nije naveo uzrok.

— Dečurlijska posla! Kaže ona da se on zabavlja s jednom učenicom iz petog razreda.

— Zar je Staša postao mangupčić?

— Svi su ti gimnazijalci mangupčići. Znate kako ovi iz osmog razreda na mene gledaju, kao da su mi momci. Ima jedan visoki, dosta razvijen, pa se na času podlakti i upilji se u mene. Direktor kaže da u višim razredima ne bi trebalo da predaju mlade nastavnice, jer se dečaci zaljubljuju u njih. Ali ja sam ozbiljna i stroga. Tom, što tako pilji u mene, jednom kad nije znao, dam dvojku. A on me je tako bezobrazno gledao i osetila sam da je nešto gunđao u sebi.

— A vi ćete ostati nastavnica ako se udate?

— Zašto da napuštam službu? Mada on kaže da ne voli da mu žena radi. Dosta je ljubomoran.

— To je bolje. Onda vas više voli.

— A znate li, Miomira, da je gospodin Ninoslav u Milanu?

— Znam... Videla sam ga.

— Je l' moguće? Pričajte mi!

Miomira joj je sve do sitnica ispričala i Slavka primeti:

— Meni se čini da je Ninoslav zaljubljen u vas. Pravo mi recite, Miomira, mi smo prijateljice, ja vama sve poveravam, pa treba i vi meni: da li biste se udali za Ninoslava?

— On mi se dopada — govorila je obazrivo. — To je idealan mladić.

— Jeste... Mladić kakav se retko nalazi. On će biti divan muž.

Kao da senka tuge pređe preko Slavkinog lica i Miomira ne priznade ništa više. Tuga je bila poslednji refleks njenih osećanja. Kapetan je bio dobar, ljubazan, kavaljer, imao je lep položaj, ali on nije ideal o kome je ona snevala, a požurila je da se uda za kapetana, jer joj se on ipak dopadao. Možda će Miomira ostvariti svoje devojačke ideale.

Sedeli su u bašti i sumrak se spuštao.

— Ostanite da večerate kod nas, gospođice Slavka, pa ćete se vratiti kad dođe Aleksa. Odvešće vas Milan autom. Znaš, Miomira, kako je dobra gospođica Slavka. Često me je posećivala. Znala je da mi je teško samoj, pa eto je iz škole. I Gina i Vida i Dobrila, sve su me posećivale. Ja volim mlade devojke. Uvek mi je u kući bilo puno mladeži, pa sam navikla na mladi svet.

— I vi ste, gospođo Jovanka, divni! Bogami, ja vas volim kao moju mamu. Istina, moja mama je seljanka, ali je pismena žena. A vi ste patrijarhalna i moderna žena. Vi razumete svoju decu.

— Dakle, ostaćete, gospođice Slavka, da večerate.

— Hvala lepo! — ljubazno je govorila mlada nastavnica, koja je znala kako se oni izvanredno hrane.

———

Posle dva dana zazvečaše praporci pred kućom i u baštu utrča Živkica.

— Nisam mogla da istrpim da ne dođem i vidim te — uzviknu, ljubeći se s Miomirom. — Hvala što si se i mene sećala iz Pariza. Uvek sam se radovala kad dobijem tvoje pismo. A ti tako lepo pišeš! Što si mi divno opisala Monparnas. Bože, ja nikada neću videti Pariz! Ne znam što se ovi naši učitelji ne reše pa da zajednički otputujemo do Pariza? Ja obožavam putovanja. Jaoj, što je lepo kod vas! Kako ste lepo renovirali! Tetka Jovanka, donela sam vam jedno jastuče. Radila sam ga sama. Pogledajte!

— Ala je lepo! E, baš imaš zlatne ruke. Ovo ćemo da metnemo na divan u trpezariji. Pogledaj, Miomira, kako lepo stoji.

— I ja sam tebi donela nešto iz Pariza.

— Pisala si mi, a ja nemam strpljenja, htela bih da znam šta je.

— Jedan gumirani ogrtač! Ali što je dobar i lep!

— Kako si se samo setila šta mi treba?!

— Sad ću da ti ga donesem. To je ogrtač s kapuljačom.

— Što je lep i praktičan!

— Kako ti lepo stoji! Imam i jednu tašnu da ti dam i čarape.

— Daj da te poljubim!

Gospođa Jovanka izađe, a ona je brzo govorila:

— Možda ću da se udam... pa sam došla da ti pričam.

— Za koga?

— Ti znaš da je kod nas otvoreno novo odeljenje i došao je jedan divan učitelj... Samo jedna je nezgoda: tri godine je mlađi od mene. To me jedi.

— Opaža li se da je mlađi?

— Ništa, bože sačuvaj! Čak izgleda i stariji od mene: visok je, lepo razvijen, crnomanjast... Crnogorac... gorštak... A ima kosu kao Ninoslav, a krupne crne oči. Divan je! Lepo svira na gitari. Odmah se zaljubio u mene. A ja nisam ravnodušna. Moram da priznam! Vrlo je simpatičan i ozbiljan. I on ideališe o braku, porodici, kući. Oduševljava ga moja kućica, i kaže da je o tome uvek snevao. A bio je ranije sam u četvororazrednoj školi, pa se mučio, sam petljao i kuvao. Ne znam šta da radim? On bi hteo odmah da se venčamo. Jednog dana mi je rekao: „Znate, samo vas uhvatim za ruku i odvedem u crkvu i venčamo se”. Strašno je zaljubljen u mene.

Govorila je i sva plamtela, jer i ona je bila strašno zaljubljena u njega, samovala je toliko u selu, čeznula za ljubavlju i brakom, i eto, došao mlad, lep učitelj, vatren i zaljubljen. Nije više mogla da devuje, jer je i ona bila mlada, zdrava, i njoj je bio potreban muž i drug. A u idiličnoj lepoti sela ljubav je planula kao požar, zahvatila je i njeno srce, pa je i ona žurila da se venča da se ne bi zaboravila. Jer poljupci su opasni kad su mladićke ruke snažne, a usne vrele.

— Pa šta ti misliš, Miomira?

— Mislim da treba da se udaš... Baš je lepo kad se uzmu učitelj i učiteljica.

— Ja nisam nikad mislila da se udam za čoveka druge profesije. Volim kolegu. Pa... rešiću se... On je oduševljen mojom kućicom. A posle bismo na otplatu kupili lepu spavaću sobu.

— Nećete vi to da kupite. Ja ću da kažem mami i tati pa će oni da ti kupe.

— To je mnogo. Istina, ja bih se radovala.

— Ne brini ti ništa. Sve ću ja to udesiti.

— A ja sam mu pričala kako imam bogatu i dobru rodbinu.

— Što ga nisi dovela?

— Drugi put. Poručio je novo odelo, pa hoće da dođe elegantan. A znaš kako je lepo razvijen... i dobar je... i nežan... jednoga dana me je strašno zabolela glava. Imala sam temperaturu, ali bilo me je stid da kažem zašto me boli glava. A on se uplašio da se ne razbolim, pa sve oko mene: „Kako vam je? Je l' vas još boli glava? Idite vi kući i legnite, a ja ću da pazim na vaš razred.” Te sitnice utiču na dušu devojke. Pa kad mu đaci donesu sira ili masla, on odmah odvaja za mene: „Uzmite i vi, gospođice!” Divan je! Jedne nedelje trebalo je da vodim moj razred u crkvu, a on se odmah ponudio da me zameni: „Ja ću povesti vaš razred, ostanite vi kod kuće”.

— Udaj se ti odmah za njega! Što da si sama? To je tužno.

— Još kako tužno! Ponekad me obuzme melanholija, pa plačem. Osobito u sumrak. Pomislim: nikakvog provoda nemam. A otkako je on došao osećam kako mi je sve veselije. Nedostajao je i meni kavaljer i drug. Ranije uhvatim put, pa šetam sama. A sad mi on pravi društvo. I selo mi je lepše. I svi u selu veruju da ćemo se uzeti. U srezu su koleginice već čule za njega. Ima dosta devojaka, učiteljica. Iz jednog sela došle dve devojke, a ja sam znala da su došle njega da vide. Bila je zavetina. One uzdišu: „Jaoj, što je lep!" A on, ozbiljan...

Otišla je od njih ushićena i srce joj je lupalo pri ulasku u selo, jer je znala da on čeka njen odgovor... Bila je rešena da se venčaju kroz dve nedelje, pa da o raspustu odu na svadbeni put na more. Teča Aleksa je obećao da će joj dati za svadbeni put...

Sišla je s kola i ušla u kuću. Neko je zakucao na vratima. Ušao je visok, crnomanjast mladić.

— Šta su vam kazali vaši? — pitao je nervozno.

— Odobrili su mi... Kako sam vas ja opisala, dopali ste im se.

On je stajao pred njom bled. Ljubav i strast lomili su ga. Zagrli je ludački i nije je puštao.

— Budi moja! — šaputao joj je... — Ne mogu više... patim... strasno čeznem za tobom.

Ali Živkica mu se ote iz naručja. Setila se slučaja one učiteljice. Ostaće devojka sve do oltara. A njeno telo je plamtelo od čežnje. Ah, što će se njih dvoje voleti. Sami u prirodi, zaljubljeni, inteligentni. To će biti divan brak. Ona sneva o deci, a i on obožava decu. Šta ima više da traži od života?!

Jedva ga je izgurala iz kuće. Hteo je da jurne na nju, da je dočepa, savlada i osvoji, ali mala učiteljica je savladala sebe i ispratila ga.

A posle se srušila na postelju, malaksala od neiskazane ljubavi i slasti, šaputala je njegovo ime i tepala mu najslađim rečima.

Posle dve nedelje venčali su se, a nedelju dana posle venčanja zaustaviše se velika špediterska kola pred kućom. To je bila spavaća soba i, u jednom sanduku, servis za ručavanje. Njihovoj radosti nije bilo kraja.

A radovala se i Miomira što je njena Živkica srećna. Ona je često dobijala pisma od Ninoslava, puna topline i ljubavi. Mama je primetila da ona često dobija pisma od njega i zapitala je jednom:

— Da ti nisi u njega zaljubljena?

— Znaš, mama, ako bih se jednog dana udavala, samo bih se udala za Ninoslava. Šta ti o tome misliš?

— Ne bih se protivila da je on ostao kod Alekse u banci. A ovako, on nema još nikakav položaj... Ne znam da li bi to otac dopustio.

— On će imati slavu, a to je više od položaja. Položaj nije ništa. Talenat pruža veću slavu nego položaj. Slavan pevač je uvek čuven. Ugled pisca nikad ne potamni. A ministar da ostavku i niko ga više ne gleda, jer nema uticaja. Banka propadne, direktor banke nije više ništa. Ali operski pevač!...

Nije završila već je sela za klavir, a mati je ostavila da mašta... Možda će promeniti mišljenje. Istina, mati nije imala ništa protiv Ninoslava. Toga mladića je ocenila kao vrlo čestitog. Samo to, što je pevač. Da li će uvek imati glas? Ona, kao starinska žena, nije se baš oduševljavala operom, pa nije ni razumela otkuda kod njene kćeri i sina toliko divljenje prema operskom pevaču.

Miomira je jedva čekala dan kad će Nino pevati u operi, pa da povede mamu, i tada će mama shvatiti šta znači operski pevač.

Opet temperatura

Jednog dana Miomira dobi vatru, to se ponovi i drugog dana: obrazi joj se zažariše, oseti malaksalost. Mati se uplaši i pozva lekara. On je pregleda i preporuči im da ne idu na more već u Sloveniju.

— Šuma, čist vazduh, jaka hrana — preporučivao je.

Miomira to ne shvati ozbiljno, ali mati se zabrinu. To je navukla zato što se ne čuva. Ide bez mantila, hoće liniju, sama je bila u Parizu i nije vodila računa o zdravlju. Preležala je grip, a slabo se hranila. Majka treba da je stalno uz dete. Sad će ona nju da kljuka. Već se popravila, samo da nije te vatre! Otkuda da se pojavi?

Za petnaest dana idu u Sloveniju, ali čekaju da im dođe Dušica. Miomira je pozvala u goste, dok su u vili. Pisala joj je: *Videla sam vašeg Nina u Milanu, ali neću da vam pišem o njemu, hoću da dođete, pa da vam sve ispričam.* Htela je da je natera da dođe, jer to je njegova sestrica, on je voli, a ona voli Nina i htela bi da je svi njegovi zavole kao Nino.

Miomira i Staša su dočekali Dušicu na stanici. Videli su njeno lepo, rumeno lice na prozoru vagona. Skočila je sva razdragana, govoreći kroz zagrljaj i poljupce:

— Toliko sam srećna što sam došla! Nisam mogla da sačekam ovaj dan. Što ste lepi, Miomira!

— A šta mi da kažemo za vas?! — đavolasto dodade Staša.

— Bože, kako je Staša porastao! Verujte, sada ste veći.

— To svi kažu — šepurio se Staša, očekujući da se Dušica i s njim poljubi.

Ali, ona mu samo steže ruku i oboje ih uhvati ispod ruke dok su izlazili iz stanice. Priđoše luksuznom autu i ona uzbuđeno pogleda sjajna kola.

— Izvolite, Dušice! — nudila je Miomira da sedne s desne strane, a ona sede kraj nje.

— Kako je ovde divno! — govorila je uzbuđeno devojčica. — Kad ste me pozvali, kazala sam: moram da idem! I da vam se izvinim, što nisam smela da pišem gde je Nino. Jaoj, što me je to najedilo. A on me zakleo: „Dao bog da ti umrem, ako kažeš da sam u Italiji. Možda ništa neće biti od mene, pa da mi se smeje gospođica Miomira.” Je l'te, a kako Nino peva sada? Hoće li biti veliki pevač?

— U to nemojte sumnjati. Božanstveno peva! Ja sam bila zadivljena.

— Zbilja? Kad vi to kažete, moram da verujem. Jedva sam čekala da vas vidim i to čujem.

— A niste želeli nas da vidite — dirnu je Staša.

— Kako da nisam! Toliko sam vas oboje zavolela — uhvatila je Miomiru pod ruku i čvrsto je držala. Da li će to biti njena snajka? Koliko bi se tome radovala. — Vaša je varoš lepša od naše. Kako ima lepih kuća. A gde je banka vašeg oca?

— Eno je.

— Divna zgrada.

Auto je pojurio kroz ulice i izašao na drum. Dušica je uživala i sve ju je radovalo. Približili su se vili. Ona je bila očarana. Gospođa Novaković ju je srdačno dočekala i poljubila.

— Moja deca su mi se toliko hvalila kako ste ih vi i vaša mama dočekali, da sam vas i ja zavolela.

Za Dušicu je sve bilo novo, divno, a najlepša joj je Miomira! Ona je povela u svoje sobe. Dušica je zastajkivala kraj svake stvarčice, pa iskreno priznade:

— Jaoj, da sam znala da je ovako lepo kod vas, mene bi živ stid pojeo kad ste vi došli u našu kućicu. Kako je kod nas skromno i sirotinjski.

— A Miomira se baš hvalila kako je lepo — tešila je gospođa Novaković.

— Mama, to je poezija, i njihova kuća, i oni makovi, i bašta...

— Zbilja, moja gradina je kao šuma! Boranija mi se digla uvis čitava dva metra, pa kukuruzi, makovi... Svega imam.

— I ja sam, Dušice, odrasla u starinskoj kućici kod mog oca — govorila je Miomirina mama. — Nismo imali skupoceni nameštaj. Krpare po podu, gvozdeni kreveti, puni, pa sve to starinski, ali iz te starinske kućice svi smo izašli lepo vaspitani, kao i vi i vaš brat. Dobru majku imate, pa ste i vi dobra deca.

— Mama je, zbilja, divna! Mnogo vas je pozdravila. Samo, tuguje za Ninom. Kako dve godine da ga ne vidimo?! A on je teši u pismima da će to brzo proći.

— A, imam jednu radosnu novost da vam saopštim: svi idemo o Božiću u Italiju.

— Kako svi? — usplahireno upita Dušica.

— Vi sa nama, a može i vaša mama, i moja mama i Staša.

— Ali to je skup put — ožalosti se plava devojčica. — Mi ćemo biti srećni i ako vi vidite našeg Nina.

— Neće vas to ništa koštati. Platiće moj tata. Mi smo to već uredile s njim.

Miomira je ovog puta pomislila i na majku, treba i nju povesti, jer ona najviše tuguje za njim, a gospođa Novaković je to shvatila i smeškala se, znajući Miomirino dobro srce. Osećala je da ona voli Ninoslava, pa joj nije sprečavala. Sreća njene dece bila joj je najmilija. Starija kći joj se udala za bogataša i u porođaju umrla. Otac je hteo da bude bogata, nije bila najsrećnija, ali je krila. Zato neka se Miomira uda kako voli. Posmatrala je Dušicu i videla da je ona dobro i fino dete.

Dušica poče da vadi poklone. Bili su to vezovi. Jedna garnitura za čaj, čaršav i šest servijetica, kosovski vez. Izradila je to za sebe, da ima kad se uda, ali kad je dobila Miomirin poziv, ponela je njoj. Ona će lako izraditi drugu.

Miomira i njena mati divile su se radu.

— Zar ste se vi toliko mučili i radili, pa da meni poklonite?

Dušica je bila ushićena što se njima sviđa. I Miomira je imala za nju poklone. Znala je čega Dušica nema: haljina, čarapa, parfema.

Staša je doneo gitaru da se pohvali. Svirao je i pevao. A Dušica je jedva čekala da čuje Miomirin klavir. Same su bile gore. Pričale su, i po deseti put sestra je pitala za brata:

— Je li elegantan? Da nije oslabio? Gde stanuje? Govori li italijanski?

Stotinu pitanja. A malo lukavo žensko srce osećalo je da je i Miomiri prijatno da priča o njemu. Voli ona njega...

— A kad on bude imao debi u beogradskoj operi, svi ćemo ići, uzećemo ložu.

Dušica nije mogla ni da zamisli taj srećan dan.

Miomira izvadi haljine, sasvim nove, neobučene, i izabra za Dušicu. Ona je bila zadivljena pred otvorenim ormanom, ali i skromna. Odbijala je, tobož nije htela, a sva je bila uzbuđena. Šta za ženu ima lepše od lepih haljina?!

Posle joj je Miomira svirala, a ona utonula u slatke sanjarije. Setila se još nekog. Muzika je raznežila. To je jedan geometar. Došao je u njihovu varoš. Premeravaju okolicu. Tako je divan. Dolazio je i njihovoj kući, divio se njenoj bašti. Pričao joj je kako su oni „ptice selice". Ona ne traži ništa više nego da se uda za čestitog, skromnog činovnika. I na selu bi živela. Svuda bi ona obrađivala gradinu... On na terenu, a ona u seoskoj kućici... Muzika je bila nežna, topla, kao uzburkana osećanja devojačke duše. Ali Staša je prekinuo sviranje:

— Tata je došao! Da večeramo!

Miomirin tata se mnogo dopao Dušici. Bio je razgovoran i šalio se sa svima. Zadirkivao je i Dušicu. Rekao je da je neće pustiti nego da će je ovde udati. Ima u banci mladih činovnika. Dušica je bila sva crvena, a oči su joj dobile boju ljubičica. Gledao ju je i Staša zadivljeno. On je već umeo da oceni lepotu devojke. I Liza, kuvarica, gledala je lepu devojčicu.

— To je sestra gospodina Ninoslava — objasnili su joj.

— Liči na njega. I sestra je lepa i brat je lep...

— Nino je lepši od mene.

— U Italiji sam videla, sve se Italijanke okreću za njim.

— Ukrašće njega neka Italijanka — nasmeja se otac.

— A ja znam da neće. Nino je gord.

„Zar može Nino da gleda drugu devojku kraj divne Miomire? Kako je lepo u njihovoj kući." Dušica je bila sva blažena. Volela ih je kao da ih odavno poznaje. Je li ih to sve nevidljiva ljubav između Nina i Miomire spojila rodbinskom vezom? Jeste, osećala se kao da su rod. Daj bože, da se to ostvari.

Sutra uveče spremali su se za bioskop, a Miomira je udešavala Dušicu. Poklonila joj je haljinu koju je donela iz Pariza. Dušica je obukla i nije mogla da pozna sebe u ogledalu.

— Što vam lepo stoji! — divila joj se Miomira. — Mislila sam, Dušice, na vas kad sam je kupovala.

Ona je poljubi zvonko u obraz i siđe u trpezariju. Svi su se divili Dušici. Polaskao joj je i otac.

Seli su u auto i odvezli se u kafanu. Bilo je mnogo sveta, jer se davao nov film o kome su čitali da je igran u Beogradu. Mladići pogledaše Dušicu. Slavka se javila od jednog stola. S njom je sedeo kapetan, Vida i njena majka, i još jedan oficir kome se dopadala Vida... Miomira se nasmešila, jer je ugledala srećno lice gospođice Slavke. Staša nije došao, jer đaci nisu smeli u bioskop na večernju predstavu.

Inženjer Stanković ih opazi i priđe im.

— Sedite za naš sto, ima mesta! — pozva ga direktor.

Miomira se osmehnu. Tata je još uvek mislio da će se ona odlučiti za Stankovića.

— Nisam vas video, gospođice, otkako ste došli iz Pariza.

— Nisam nigde izlazila. Htela sam da se nadišem vazduha u našoj bašti. Da vam predstavimo gospođicu Balšić.

— A odakle je gospođica?

Miomira mu objasni. „Lepo devojče", pomisli inženjer kao poznavalac devojaka. Mislio je da je neko bogataško devojče. Primetio je njenu savršenu eleganciju. Još uvek je bio ljut na Miomiru. A svi su u varoši verovali da će se ona udati za njega. Ti glasovi su se pronosili i njemu nije bilo krivo. Javno mišljenje bi moglo uticati i na Miomiru. Uozbiljio se i propoštenio. Hteo je da prekrati sve glasove o njegovom ljubavničkom životu. Jer se i to raspredalo u palanci. A on je imao veliki plan: da se oženi Miomirom, da njen miraz unese kao kapital u fabriku, da i on postane jedan od suvlasnika. Direktor Novaković je to već bio načuo i nije imao ništa protiv. On je bio čovek od akcije i voleo je kad je neko imao ideja i kad napreduje. A Miomira je fantasta i umetnica. Ona voli pevače.

— Možda će i Nino jednoga dana da peva na filmu — prošaputa Dušica.

— Nije neverovatno. Koliko je operskih pevača koji su i filmski glumci. Jedino što producenti filmova mnogo iskorišćavaju pevače, a kažu da je to opasno za glas. A kad ih vežu angažmanom, mnogo pevaju i upropaste glas.

— To se i ja plašim za Nina: da i on ne izgubi glas... Šta mislite, Miomira?

— Neće on izgubiti glas. Njegov glas tek ima da se razvija.

Stanković naćulji uši. Ko li je taj Nino?

— A njegov profesor vas je uverio da mu je divan glas?

— On mu proriče reputaciju svetskog tenora.

— A ko će to biti svetski tenor? — pitao je Stanković.

— Moj brat.

— Vi imate brata operskog pevača?

— Da... Zar ga vi ne poznajete?

— To je, gospodine Stankoviću, gospodin Ninoslav, koji je bio Stašin učitelj. Vi ste ga čuli kako divno peva.

— Jesam... — procedi kroz zube Stanković. — A gde je sada gospodin?

— U Milanu! — pohvali se Dušica. — Uči pevanje u operskoj školi.

— U Milanu? A ko ga školuje? — štrecnu se. — Da nije direktor?

— Dobio je stipendiju od onih Amerikanaca — objasni Miomira. — Taj svet zna šta znači biti pevač. A tata bi pre dao stipendiju za neku komercijalnu akademiju, nego za opersku školu.

— Ja sam praktičan čovek. Bolje bi bilo i Ninoslavu da je ostao kod mene u banci.

— I moja mama je to kazala. Njoj je bilo krivo kad je on došao i kazao nam da će da uči pevanje. Mama mu je rekla: „Zar si jedva dobio službu, pa opet da budeš đak!" Umiriću je kad joj ispričam da ste vi bili u Milanu i čuli kako peva, i za pohvale njegovog profesora.

Stanković ispusti iz usta gust dim kao da hoće dimom da olakša sebi. Sad mu je puklo pred očima zašto je ona njega odbijala. On nije smeo ni da je pipne, a otrčala je u Milano, tom njenom ljubavniku! Sav je uskipeo. Jedan dripac da je osvoji, samo zato što ima lepu njušku i lepo peva. To je bio udarac za njega. A pravio je već plan o svome suvlasništvu. I jedan gitarista da mu to omete! I to lepo devojče! Jer ona mu se i kao žena dopadala. Voleo je njene vatrene oči, sočna ustašca, lepe grudi, kovrdžavu kosicu. Bila je njegov tip... I da mu izmakne!

Sumorno je ćutao, a Miomira se smeškala. Da su bili nasamo, kazala bi mu: „Šta mogu? Vi niste moj tip. Zašto vam je stalo do mene kad vas tolike devojke smatraju kao odličnu partiju?”

I Dušica ga je pogledala nekoliko puta. „Lep čovek”, mislila je u sebi. Priznala je to Miomiri kad su došle kući. Miomira je pričala:

— On je lep, spreman inženjer, prosio me je, ali sam ga odbila. Nikad se ne bih udala za njega.

Dušici je laknulo. „Ona voli Nina.” Osećala je po njenom uzbuđenju kad je pričala o Ninu, po njenoj nežnosti prema njoj, njegovoj sestri, po radosti s kojom je očekivala taj dan kad će o Božiću otići u Italiju. „A ako se ja udam do Božića?”, mislila je Dušica... „Ali neću, moram da vidim Italiju, udaću se tek na proleće.” Spavala je na divanu u Miomirinoj klavirskoj sobi, vrata su bila otvorena i razgovarale su dugo...

Mesec se dizao, osvetlio je terasu kroz prozor i ulazio u klavirsku sobu. Uzbuđena, Dušica dugo nije mogla da zaspi... Govorila je sebi da mora da zapamti san koji sneva u sobi gde prvi put spava. Ali nije zapamtila. Snevala je mnogo, a kako je otvorila oči, sve se rasprštalo i sve je zaboravila...

Nedelja dana prošla je Dušici kao najlepši san. Nikad se u životu nije tako prijatno osećala, samo prošle godine na moru, zahvaljujući i to Miomiri. Vratila se kući, uverena da će Miomira biti njena snaha. Videla je u njihovoj budućnosti i svoju sreću.

— Jović mi je javio da se prodaje jedan plac na Dedinju. Ti, Miomira, ako hoćeš, idi sutra u Beograd, pogledaj ga pa mi telegrafski javi i ja ću Joviću poslati novac. Može se prodati, a ti hoćeš plac. Jović kaže da je na vanrednom položaju.

— Idem odmah sutra! — prihvati veselo Miomira. — Hoćeš li i ti, mama, sa mnom?

— Neću po ovoj vrućini. I ti ćeš ostati dva-tri dana. Nemoj da se zadržavaš. Taman si se lepo popravila. Vidi plac, javi tati i vrati se kući.

Miomira je odmah otputovala, videla plac i oduševila se, jer je baš takav izgled volela. Javila je tati telegramom, on je poslao novac i Jović je mogao gotovinom da isplati plac. Kuća će se zidati na proleće. Do septembra treba da bude gotova. A tada će Nino doći u Beograd. Ona će ga sačekati s kućom. Namestiće njihov stan. Nije htela kuću za veliku rentu. Može samo jedan stan da izdaje. Ima ona još prihoda od tate. On je kazao da će ona i Staša sve popola da dele. Mama ne dâ da se sve ostavi muškom detetu. Oba deteta su podjednako mila, pa neka i dele. Kako će Nino biti srećan! I Dušicu će ona udati. Daće joj miraz. Zato joj je i napomenula kad joj je ona kazala za geometra: „Nemojte da žurite sa udajom, treba da pričekate dok Nino ne postane slavan, vi ste mladi".

Otišla je opet da vidi plac.

Vraćala se s Dedinja pešice. Posmatrala je vile i lepu okolinu Beograda. Ako se zamori, uhvatiće autobus. Spuštala se lepim Topčiderskim putem, udubljena u razmišljanje. Najedared zacijuka auto i stade. Ona se trže. U autu je sedeo njen bivši verenik Vlada.

Izašao je brzo.

— O, ti, Miomira! Otkuda ovde da te vidim?

— Došla sam poslom, pa sam prošetala do Dedinja i vraćam se pešice.

— A ti tako, pobegla kad sam došao! Niti kakvo objašnjenje, ni pismo. Zašto si sve to uradila?

— Ovo nije mesto za objašnjenje i ne mogu da govorim.

— Onda uđi u auto, pa da razgovaramo.

— Neću... Žurim kući.

— Da ne žuriš, slučajno, na sastanak?

— Nemam ja ni s kim sastanak.

— Zbilja? A avijatičar s kojim se dopisuješ i vodiš ljubav?

— Ko to kaže da vodim ljubav? To nije istina. To ti izmišljaš. Pisao mi je dva-tri puta, i to je sve.

— I prosio te. Jesi li rešila da se udaš za njega?

— Neću se ja udavati.

— Dobro, reci mi iskreno: kakvi su stvarno bili razlozi da raskineš veridbu sa mnom?

— Posle skandala koji si napravio u banci, neću nikakvo objašnjenje s tobom. Zbogom!

— A, sada te neću tako lako pustiti.

— Šta misliš da uradiš?

— Ja sam suviše vaspitan da bih te vređao, ali mi je jasno kakav je razlog. U onoga lepotana si se zaljubila?

— Ti nemaš prava da me ispituješ. Moja osećanja pripadaju meni i nikome se ne ispovedam.

On poblede. Čudna vatra blesnu u njegovim očima.

— Lepo... To i ne tražim. Ali možeš sesti u auto i odvešću te do grada. Toliko mi možeš ukazati pažnje.

— Hvala, ja sam pošla pešice. Volim da šetam.

— Šta ćeš sama po drumu? Vidiš onu grupu mladića. Kao da su pijani. Ti ne znaš šta se sve događa u Beogradu. Ovde su pre neki dan napali jednu devojku, usred dana, i obeščastili je — lagao joj je.

Miomira se dvoumila. Videla je mladiće. Ko zna kakvi su. A ona je bila sama.

— Kažem ti, bolje je da sedneš — otvorio je vrata i ponudio je. — Sedi ovde kraj volana... Ustežeš se kao da smo neprijatelji. Dobro, idi! — seo je za volan. — Ja ti govorim kao prijatelj, a tebi je, izgleda, prijatno da te napadnu.

— Dobro, dovezi me do Akademije, tamo bih sišla.

Htela je da se popne i zastala. „On je nitkov, šta ću ja s njim?" Ali mladići su se približili i drsko je gledali.

— Pazi ovu lepoticu! — čula je jedan pijani glas.

— Dakle? — pitao je Vlada.

Ona uđe u auto.

— Pored Akademije ne možemo. Kod Mostara je raskopano za kanalizaciju... moraću da skrenem Avalskim putem.

— Ja sam došla autobusom — iznenadi se ona. — Nisam videla da je put raskopan.

— Kako da nije? Morala si drugim putem proći.

Ona nije znala da li je to istina, a on je vozio Avalskim putem.

— Kuda me to voziš? Stani, hoću da izađem.

— Neću da zaustavim. Idemo do Avale.

— Jesi li čuo, moraš da zaustaviš kola!

— Nećeš praviti skandal.

— Kad ti praviš skandale, mogu i ja! Ti si bezdušnik.

— Hvala na komplimentu! — smeškao se zlim osmehom. Sad je neće pustiti. Odvešće je daleko.

Auto je besomučno jurio. Ona ga ščepa za ruku.

— Zaustavi kola!

Ali on je bio snažan i nije puštao volan. Htela je da otvori vrata, ali je znala da bi to bila pogibija. Slegla je ramenima.

— Dobro, videću kuda me voziš.

Pipne li je, oči će mu iskopati.

— Ti zaboravljaš da ja tebe još uvek volim.

— Ali ti zaboravljaš da ja tebe ne volim.

— Tim gore po tebe!

— Hoćeš da se svetiš? Ti si sposoban na sve.

— Jesam kad volim.

— I da upropastiš i ostaviš devojku.

On se naglo okrete i oči mu blesnuše.

— Koga sam ostavio?

Ona je osetila da je naslutio na koga misli i setila se one jadnice i reči koju joj je dala.

— Ti znaš najbolje — odgovori hladno.

Sumrak se spuštao, a auto je i dalje jurio.

— Slušaj, ako ne zaustaviš, vikaću u pomoć, čuće me prolaznici u automobilima.

— Viči, pa će sutra čitav događaj, i to senzacionalno uveličan, izaći u novinama.

— Neka izađe. Ti si bestidan mladić. Ovo je nasilje. Ali se varaš ako misliš da ćeš nada mnom izvršiti nasilje.

— Divna si kad si ljuta. Prava tigrica. Ja volim takve žene. Ti ćeš me opet zavoleti, ja to znam. Je li onaj lepotan otišao iz vaše kuće? Video sam ga jednom u Beogradu. Ti si pametna devojka, uvidela si da on nije za tebe.

— Zato sam se i verila s njim — prkosno odgovori razljućeno devojče.

— Je li to istina? — upitao je muklo.

— Jeste. On uči pevanje u Milanu. Biće pevač kao Đilji.

Ciničan smeh mladog čoveka proprati njene reči:

— Čućemo ga... Ali ja i ti zajedno. Uzećemo ložu — nagnuo se i pogledao joj u oči.

Ona okrete glavu s mržnjom u očima i steže zube.

— Zaustavi kola!

— Zašto, Miomira? Zar ovo nije prijatna vožnja? — šaputao je strasno.

— Ako ne zaustaviš, ja ću da iskočim.

— Ne pravi gluposti — dodao je još jaču brzinu da bi osujetio njen plan.

Odjednom ih zaseniše dva automobilska fara i dva automobila zacijukaše. U trenu izbegoše sudar i nađoše se jedan prema drugom.

— Kako to vozite? Zar ne umete da držite desnu stranu? — vikao je Vlada.

Dok su se objašnjavali, Miomira otvori vrata i iskoči. Drugi auto odjuri. Ona požuri niz drum.

— Kuda ćeš? — pojuri za njom Vlada.

— Tebe se ništa ne tiče. Odvratan si.

— Slušaj, ti si luda! Kuda ćeš sama?

Ona potrča iz sve snage, a pojuri i on. Ah, uhvatiće je i naplatiće se za sve. Da pravi skandale po drumu! Ali njene nožice su bile brze kao u srne... On se zaustavi. „Neka ide bestraga.” Neće se valjda utrkivati po drumu... Vraćao se svojim kolima, pa zastao. „Kako će sama?” Mislio je da se okrene i da je prati kolima. To je i učinio. Pojurio je da je stigne, ali je nigde nije bilo na drumu. Uplašio se. Nijedan auto nije prošao, a nije mogla stići do autobuske stanice. Gde li je? Gledao je desno i levo, ali nigde je nije ugledao.

Kad je iskočila iz auta, Miomira potrča iz sve snage. Put se belasao ispred nje, a Avala je bila tamna. Oh, što ne naiđe neki auto! Ali možda bi bio njegov, a ona ni za živu glavu ne bi više s njim sela. Šta je on mislio večeras da uradi s njom? Kuda ju je poveo? Da je upropasti i prisili na brak. Zaljubljen čovek! Napustio je devojku s detetom, a trči za njom zbog njenog bogatstva. Propalica!

Farovi zasijaše kao svetlosne trake. Možda je on! Kuda će sad? Videla je jedan put koji se spušta niz padinu. To je bio put za lečilište. Sjurila se niz put i čučnula.

On je bio u autu. Srce joj je zalupalo od straha... Projurio je. Hvala bogu. Ispravila se. Više se nije plašila. Zamoliće šofera prvog automobila koji naiđe da je preveze. Strah je obuzimao. Bila je sama, kao onda na drumu kad je srela Ninoslava. Ah, srce, gde li je on sada? Došlo joj je da zaplače za njim. Da se dogodio sudar i da sutra objave novine njeno ime s Vladinim! Skandal! A Nino da pročita u Italiji: kako bi se strašno razočarao.

Idu neki ljudi. Jaoj! Da je ne napadnu! Trake farova zablistaše iz daljine. Putnički auto. Oni ljudi se približavaju. Ona mahnu rukom ispred automobila. Šofer je spazio. Unutra su sedela dva starija gospodina. Auto stade.

— Molim vas, da li biste me povezli do Beograda? Auto mi se pokvario i ostao na drumu — slagala ih je — a ja moram kući.

— Izvol'te samo! — reče jedan gospodin iz auta i otvori vrata da bi ona ušla unutra, ali ona sede kraj šofera. Videlo se da su to bila otmena starija gospoda. Laknulo joj je. Imala je sreće večeras. Samo da stigne u Beograd.

Došla je uzbuđena tetkinoj kući.

— Gde si ti? Zabrinula sam se. Otišla si na Dedinje, i nikako te nema, a kazala si da ćeš se odmah vratiti. Zabrinuo se i Milan. Došao je da idete u bioskop — prekorevala je tetka Pola.

Pojavio se i brat od tetke, lekar.

— Čekaj da ja tebe pitam: kako ti švrljaš sama po Beogradu? Moram ja pripaziti na tebe.

— Eh, vi i ne znate šta se sa mnom dogodilo i šta se još gore moglo dogoditi.

— Šta? — zaprepasti se tetka.

Ispričala im je sve, a tetka viknu:

— Sutra ću da odem do njegove majke, pa ću joj dobro očitati. Neka on tebe ostavi na miru! To je mangupčina jedna! Gde da njega nađeš! Ne može da prežali tvoje bogatstvo, pa hoće silom da te odvuče. Neće ga nijedna poštena devojka.

— Nemojte da idete, tetka. Više me neće videti. Ostavite ih. Neka idu bestraga! Ja sam najsrećnija kad sam se njega spasla. Da nisam čula da ima dete, još sam mogla poći za njega. Ja sam takva devojka, kad dam reč, ne želim da je pogazim.

— Ja ću da ti nađem mladoženju.

— Ama, ona ga je već našla — dirnu je tetka. — Pričala mi je o jednom operskom pevaču. A šta će ti pevač? Traži ti čoveka koji ima položaj. Ti treba da se udaš za nekog diplomatu, pa da budeš dama, da putuješ. To tebi liči...

— Kakav diplomata? — nasmeja se mladi lekar. — Imam ja jednog kolegu, stariji je od mene, ali jako je dobar čovek i spreman lekar. Za njega ću te ja udati.

— Hvala i tebi i tetki. Provodadžije neću. Jednom sam lupila glavom, drugi put mi se to neće dogoditi. Nije meni potreban položaj, već čovek i karakter. Nego, ostavite moju udaju. Jaoj, tetka, što sam se večeras prestravila. Ipak, sreća te naiđe onaj auto. Hoćemo li u bioskop, Milane?

— Ja sam zato i došao.

— Slušaj, mama mi je kazala da te Milan pregleda. Imala si temperaturu više puta.

— To je od gripa. Nije to ništa. Što da me pregledaš? Osećam se dobro.

— Moram da te pregledam baš zato što je bio grip. Imala si temperaturu, moraš da se čuvaš.

— Dobro, sutra. Idem da se obučem da te ne obrukam kad idem s tobom. Ličim li ja na palančanku?

— Ti palančanka? — nasmeja se brat. — Ti si Parižanka!

— Zbilja, Parižanka! E, to je lep kompliment.

Pevušila je nešto, raspoložena što se spasla. Začu najedared telefon i bratovljev glas.

— Da, došla je... Ko je traži? Alo! Alo! Miomira, za tebe pita neki muškarac. Sigurno Vlada.

Ona izlete u kombinezonu.

— Uh! Što me nisi pozvao. On je sigurno. Šta kaže?

— Pitao je da li je kod kuće gospođica Miomira?

— Zar se nisi setio da je to on! Ala bih ga izgrdila!

— Eh, kako da se setim? Valjda se uplašio.

— On da se uplaši? To je čovek koji nema duše, čim je mogao da ostavi devojku s detetom. Njegovo rođeno dete! Ta jadnica će se na kraju ubiti.

Lekar uze slušalice.

— Sedi da te pregledam.

— Što da me pregledaš?

— Ja sam lekar i naređujem ti.

— To mi je smešno, bogami.

— Kad je u pitanju zdravlje, ne sme se smejati. Diši duboko!

Ona prasnu u smeh.

— Mirna budi — uozbilji se lekar.

Ona se uozbilji. Mati ga je posmatrala pažljivo. On značajno pogleda majku...

— Pa šta si našao? Jesam li tuberkulozna?

— Nisi tuberkulozna, ali moraš da vodiš računa o svojim plućima.

— Je l' ozbiljno govoriš?

— Zar lekar sme da laže?

— Ja mislim da lekar ne kaže bolesniku istinu.

— Ne mora reći istinu, ali mu prepisuje lek.

— Hoćeš li i ti meni da prepišeš lek?

— Daću ti.

— Zbilja, šta je kod mene?

— Ništa strašno, ali moraš da slušaš moja naređenja.

— Je li, a mogu li da se udam?

— Gle, devojka misli na udaju!

— Dabome! Ja hoću da budem zdrava žena u braku.

— Kad hoćeš da si zdrava, moraš strogo da vodiš računa o zdravlju.

— Dobro, slušaću te. A večeras idemo u bioskop.

— Ići ćemo, kad sam obećao.

— Uplašio si se za moje zdravlje — nasmejala se i otrčala u sobu da dovrši oblačenje, a lekar je razgovarao s majkom šapatom:

— Napisaću teča-Aleksi pismo i kazaću mu sve.

— Nemoj samo Jovanki! Može li biti opasno?

— Može, ako se ne bude čuvala.

— Jaoj, jadna moja Jovanka. Nikad nije bez briga. More i vi lekari preuveličavate! Vidi, kakva je rumena! Proći će to.

— S plućima se nije šaliti.

Miomira je pevušila misleći na Nina. Sutra će mu napisati veliko pismo. Nosila je sa sobom njegovo poslednje. Bilo joj je u tašni. Uzela ga je i pročitala poslednje slatke reči: *Anđele moj, svaka moja misao pripada tebi. Tvoje slatke očice uvek su preda mnom. Ginem od čežnje za tobom i uvek sam za sve nepobediv. Samo si me ti pobedila, ti, moja Miomira, srećo moja, živote moj... Jedva čekam Božić da dođeš.*

I ona je snevala kad će doći Božić.

— Jesi li gotova? — pitao je brat.

— Jesam...

Izašli su i ona ga je uhvatila ispod ruke. On je bio lep, visok mladić, vrlo elegantan i ona se ponosila što ima ovako dobrog brata.

Sudbina devojke-majke

Žurila je predveče da kupuje u trgovini. Sutra se vraća kući. Jedva je stigla da uđe u jednu trgovinu, jer su već spuštali gvozdene mreže na vratima. Izašla je s paketima i lagano išla ulicom zagledajući izloge. Privukli su joj pažnju lepi letnji materijali. Zastala je, a zastala je još jedna devojka. Obe su posmatrale izlog, ne gledajući jedna drugu. Ona što je došla posle nje, okrete se i uzviknu:

— Gospođice Novaković!

Miomira se trže.

— Vi, gospođice? — iznenadi se videći pred sobom prodavačicu, prijateljicu njenog bivšeg verenika, devojku-majku.

— Kako sam srećna što vas vidim! — uzviknu devojka i pruži ruku Miomiri. Ona je prihvati i steže.

— I meni je milo što vas vidim. Verujte, često sam mislila na vas i brinula.

— A koliko sam ja na vas mislila! Vašu dobrotu ne mogu nikad da zaboravim.

— Vi mi izgledate veseliji nego onda kad ste dolazili k meni. Je li se popravio vaš život? Da vam se nije Vlada vratio?

— O, s tim gadom sam raščistila... I zato sam veselija...

— Baš me interesuje, ispričajte mi.

— Hoćete li da svratimo u park na Cvetnom trgu pa da vam ispričam?

— Drage volje.

Ušle su u park i sele na jednu usamljenu klupu.

— Htela bih da vam se zahvalim, gospođice Novaković. Sad sam se uverila koliko jedna devojka može da bude plemenita. Vi ste mi obećali da ćete raskinuti veridbu i nikad nećete reći da sam ja uzrok tom raskidu i da sam dolazila k vama. Hvala vam, gospođice! Ja sam vas to molila, nadajući se da će mi se on vratiti. A on je naslutio da je to došlo s moje strane. Jaoj, da znate kako je došao razjaren k meni. Tukao me je. To mu nikad neću zaboraviti. Tada je u meni sve prepuklo. Kad mu tada nisam sasula sodu u oči! A bila sam dočepala bokal, a on mi ga je oteo iz ruke. I ja sam bila tada strašna. Kazala sam mu: „Napolje iz moje kuće! Ne treba mi ni tvoje izdržavanje!" O, gospođice moja, šta sam sve preživela! Ali, opet, Bog se smilovao na mene i moje dete. Slatki moj Ivo! On ipak neće biti dete bez oca.

— Da se ne udajete?

— Ne udajem se. Ne mogu više da pomislim na muškarca. Nego je moja starija sestra uzela Ivu. Ona je udata za trgovca u unutrašnjosti, dobrog su stanja, a nemaju dece. Ono, u prvo vreme niko od moje porodice nije hteo ni da čuje za mene. I to je strašno, gospođice, kad porodica odgurne nesrećnu devojku. Priznajem, zgrešila sam, ponizila sam ih sve, ali zašto da me ne spasu nego da me ostave na milost i nemilost pokvarenjaku.

— A porodica vam je oprostila?

— Jeste. Da vi znate kako je to ublažilo moje patnje. Sestra mi je došla jednog dana s mužem, pa mi kaže: „Da mi daš Ivu! Mi ćemo da ga usinimo, da ga vaspitavamo, da ne bude nezakonito dete, da ga ne nazivaju kopiletom..." S jedne strane bila sam srećna, a s druge, srce mi se kidalo; kako da se rastanem s mojim Ivom? On je pravo anđelče. Jaoj, što sam ga volela! Ali pomislim: on će biti srećan, ona će ga lepo vaspitati, a pored mene bi se mučio. Zar bih mu mogla naći oca? Danas se teško udaju i devojke, a ko da uzme devojku sa detetom? I dam ga, gospođice, mojoj sestri i zetu. Oni ga obožavaju. Samo me je zabolelo što je moja sestra zahtevala da nju zove mamom, a mene tetom. Plakala sam što za njega neću više biti majka, ali sestra me je tešila: „Kad poraste, kazaćemo mu sve. A ti ćeš da dolaziš u goste, pa ćeš da ga viđaš i da ga maziš." Radi deteta i tu sam žrtvu podnela.

Plakala je... I Miomira izbrisa suze.

— A šta je Vlada na to kazao?

— Njemu je bilo sasvim svejedno, kao da je to tuđe dete. Vi još i ne poznajete tog čoveka. Nije on mario za detetom, kakvo dete! On bi bio najsrećniji da sam se ja ubila sa detetom. I majka mu je gad. A ja sam joj napisala pismo kad sam Ivu dala sestri: *Iako ste me, gospođo, nazvali najgorim imenom, a moje dete kopiletom, ono je, ipak, našlo roditelje, imaće oca i majku, vaspitaće ga bolje nego vi vašeg sina i neće biti nečastan kao on. A vama i njemu Bog će naplatiti za sve zlo koje ste mi naneli.* A koliko sam ga klela, ne može mu biti dobro. Srećna sam što ste ga ostavili, prosto vam ne umem reći koliko.

— A kako sad živite?

— Smirila sam se, gospođice, i došla malo sebi. Uposlila sam se kao prodavačica u jednoj konfekcijskoj trgovini. I moja mama je sa mnom. Tata mi je umro. Vidite, u crnini sam. Mama ima malu penzijicu i ja zarađujem, lepo živimo. Imam čak i jednu priliku da se udam. Jedan niži činovnik voli me, a vrlo je dobar mladić, ali ja ne mogu da se rešim na brak! Čini mi se da sam još bolesnik. Tako se sada osećam, kao da sam bila težak bolesnik pa ozdravljam. Zamislite, živeti dve godine u patnji i očajanju. Nijedan čas radosti! Ustanem, plačem; poslujem, plačem. I taj bedni novac koji mi je davao i sva poniženja! Pa tek čujem: ide s jednom, ide s drugom. A najstrašnije je bilo kad sam saznala da se verio. Jaoj, što sam se tada isplakala! A čula sam da ste lepi, bogati, otmeni... A ja bedna, sirota, s detetom. A on me je uveravao da će i dalje živeti sa mnom iako ćete mu vi postati žena. Uh, kako su odvratni muškarci! A ja sam gledala u njega kao u boga. Ostavila sam i oca i majku i pobegla s njim! Kaznio je i mene Bog... Pa kad čitam o sličnim postupcima mladih devojaka, ja bih ih tukla, doviknula: nesrećnice, ne znate šta vas očekuje! Čini mi se da sam kroz patnje i poniženja postala starija i pametnija za dvadeset godina. Sve ljubim moju mamu i molim je da mi oprosti. A ona je dobra. Vidi da sam mnogo prepatila i nikad me ne prekoreva, nego sve lepo sa mnom. Svaka njena reč mi je kao melem na dušu.

— Vi drukčije izgledate, popravili ste se i prolepšali. Vi ste divna devojka — polaska joj Miomira.

— Bolje da sam bila pametnija, nego što sam lepa. Lepota me je i upropastila. Zato sada ne gledam više nijednog muškarca. Idem u radnju, vratim se kući, izađem s mamom u šetnju. Evo, sad se vraćam iz trgovine i pravo ću kući. Niti mi treba bogatstvo, ni ljubav, samo da mi je spokojan i miran život i da ne patim više... A kako ste vi? Divno izgledate! Bila sam očarana kad sam vas videla. A posle me je grizla savest kad sam čula da ste raskinuli veridbu. Možda ste vi njega voleli! Zašto da i vašu sreću ubijem?!

— O, nisam ga volela! Budite spokojni. Ja sam srećna što sam raskinula s njim.

— Onda mi je milo. A to me je malo mučilo. Izvinite što sam vas zamorila mojim pričanjem. Ali ja ću se uvek moliti Bogu za vas...

Oprostile su se srdačno, kao prijateljice. Miomira je osećala u duši veliku radost, kao kad se učini dobro delo... Spasla je život jedne nesrećne devojke-majke i njenog deteta.

Krv

Vratila se kući i spremala se za letovanje. Otputovali su u Sloveniju. Brat lekar preporučio joj je da bude u šumi, na čistom vazduhu, da se ne kreće mnogo, da dobro jede i što više da se odmara. Mesec i po dana ostali su u Sloveniji. Dani su joj prolazili u iščekivanju Ninovih pisama, slatkih njegovih pisama. To je bila njena pesma, muzika i sunčeva svetlost...

Muškarci su obilazili oko nje. Čuli su da je bogata, a uz to je bila i lepa devojka. Ali ona nije gledala nikog. Imala je svog Nina i niko više za nju nije postojao.

Vratili su se kući. Meseci su prolazili. Sunčani dani su iščezli. Jesenja kiša je sipila. Novembar je bio siv i hladan, nebo teško, nisko, a sunce nikad da se pojavi.

Miomira se nije osećala dobro. Malaksala je, izgubila apetit, umarala se. Ali se hrabrila! Došla joj je Slavka i javila novost: verila se sa kapetanom. Blistala je od radosti.

Gina je bila tužna. Nešto su se proredila Boškova pisma. Ali obećao je da će, čim stekne staž, tražiti za lekara u njihovom mestu. Oni su mu obećali da će moliti gospodina Novakovića da se zauzme za njega. On ima poznanstava u Beogradu i učiniće joj to. A ona sve to radi preko Miomire. Samo da Boško dođe u njihovu varoš, lakše će joj biti. Ovako, plaši se Beograda. Pun je devojaka, može je zaboraviti.

Anđica je prešla u Beograd, u dom učenica. Staša nije ožalošćen, postao je mangupčić, vara devojčice. Sedmoškolac! To je već muškarac! Vrlo je lep. Porastao je i razvio se. Devojčice, osobito iz petog razreda, luduju za njim. Njegova pubertetska kriza je prošla. Smeje se sam sebi na pojedine mladalačke ludosti.

Za Božić se spremaju u Italiju. Staša nema mira. Prvi put ide u stranu zemlju. Samo da dođe taj dan. Nestrpljiv je i Ninoslav. Pisma su mu bolna od čežnje. Da li će doći taj dan da vidi svoju malu slatku Miomiru?!

Ali jedno jutro...

Miomira se nekoliko dana osećala rđavo. Nije govorila mami, ali je tištalo nešto u plućima, ruke su joj bile vruće i ništa joj se nije jelo. Juče se istresala cela kuća. Trčkarala je i ona, brisala prašinu, pomerala s devojkom stvari. Ona voli promene u sobi. Svaki čas menja raspored stvari. Uveče je osetila groznicu, ali je bila raspoložena što je u kući sve čisto. Napisala je Ninu pismo, pa će ga sutra poslati. Soba je bila topla. Legla je.

U zoru se trgla. Nešto ju je gušilo. Osetila je da su joj usta puna. Šta je to? Nešto toplo! Skočila je, upalila svetlo.

— Krv! — vrisnula je.

Dočepala je ubrus, prinela ga usnama, nagla se nad umivaonik, počela da kašlje i ispljuvava krv... Sva bleda, preplašena, krvavih usana, pojurila je mami u sobu.

— Mama! Mama!

— Šta je? — viknu bunovno mati.

— Hodi ovamo!

Mama dotrča i vrisnu:

— Šta je to, Miomira? Krv! Otkuda krv?

Isprekidana glasa, bleda, govorila je:

— Mama... Ja sam propljuvala krv...

— Teško meni! — zakuka majka. — Otkuda krv? Ne boj se, sine — osvesti se mati, videći je bledu.

Miomira udari u plač.

— Ništa! Ništa! Doneću slane vode. Lezi samo! Nemoj da kašlješ... Ne boj se! — tešila je mati, a kolena su joj klecala, sva se tresla, ruke su joj drhtale.

Otrčala je u kuhinju i donela slanu vodu. Ustao je i otac, preplašen, zgranut... Krv! Kako je to strašno! Krv iz nežnih pluća!... Otkuda to zlo u njihovoj porodici? Pozvali su lekara. On je došao. Nasmešen, umirivao ih je... Dao joj je lek... Miomira je ležala u postelji. Nije se digla ni sutradan, ali se smirila... Možda to nije strašno. Ali, zla slutnja je mučila. Nestala je radost. Otac je sazvao konzilijum. Odmah su naredili da je pošalju u sanatorijum.

Od puta u Italiju nema ništa. Šta da napiše Ninu? Kako da mu objasni? Šta će misliti kad čuje da je u sanatorijumu? Da li će je voleti? Plakala je i pisala pismo. Ali rečenice su joj bile vesele. On neće videti njene suze. Ali, jedna kanu na pismo, rasplinu se i rasplinuše se i slova. Pisala je kako je nesrećna što ne može doći, jer mora u sanatorijum. Zbog posledica gripa. A ona želi da ozdravi, čuvaće se, ležaće i misliti samo na njega. *Hoćeš li me voleti i kad sam u sanatorijumu?*, upitala ga je nežno, sa strepnjom, rasplakane duše.

Tek sada je osetila šta znači zdravlje. Dotle nije ni mislila o tome. Smejala se kad bi je mama opominjala: „Obuci se toplije!", „Ponesi mantil!", „Hladno je napolju!", „Zar u toj haljini da ideš?" Vesela, zdrava, krepka, ona je mislila da ima čelično zdravlje. Ovoga puta, plašila se. Uplašila se za sebe zbog svoje ljubavi. Živeti i voleti, to je najveća sreća! Biti voljena, kao što je ona, imati Nina, ići zajedno u susret njegovoj slavnoj budućnosti! Pa zar sve to da izgubi? Ne, ona će se boriti protiv bolesti. Biće poslušan bolesnik. Sve što narede, poslušaće. Samo da povrati zdravlje. Jer po maminom licu je videla da je njena bolest ozbiljna, da se više ne sme šaliti. Mati se još i smeši kad je s njom. Ali s mužem je sva smrvljena od bola.

— Jaoj, Aleksa, šta će biti s Miomirom? Teško nama! Zašto si radio, zašto si se bogatio, ako ona izgubi zdravlje? Ja ću poludeti, ne mogu ovo da preživim! Bože, uzmi me, da ne dočekam još veću nesreću. Nisu mi još rane ni zalečene, a ona pade u postelju.

— Lekar kaže: jedna žilica je prsla. Zašto je ona vukla stvari? Gde je bio Milan?

— Ti znaš nju! Pedantna! Njene sobe ne sme niko da pipne. Bože, smiluj se na nas. Niti sam koga uvredila, niti ružnu reč kazala, svakog siromaha sam pomagala, pa zašto da me Bog kažnjava?

Plakala je jadna majka, kao što plaču hiljade matera. Bolest može biti opasna. Ne sme ni da joj izgovori ime. To je zlo koje je posejano po celom svetu. Ali ne da nju majka. Spašće ona svoje dete.

Spremala ju je za sanatorijum. Teško joj je bilo, materinsko srce je krvarilo. Kako da se rastane s milim detetom? Ali, mora se. Tamo su lekari, drugi vazduh, lečenje, bolničarke. Slovenija je lepa, zdrava i daće Bog i njena će se Miomira vratiti zdrava.

Otputovala je s njom, ostala u sanatorijumu desetak dana, a vratila se ojađene duše, videći lepotu i mladost koju nagriza bolest i nad kojom lebdi smrt.

Da li će njegova mala verenica ozdraviti?

Bjanka, crnomanjasta ljupka Italijanka, pitala je svoga rođaka, horistu Bruna:

— Je l' gospodinu Ninu stalno piše ona lepa Jugoslovenka?

— Ništa ti ne vredi, Bjanka, što uzdišeš za njim. On je zaljubljen. A da znaš kako je to lepa devojka!

— Dobro, Bruno, sto puta si mi pričao o njoj. Kao da si zaljubljen u nju! — ljutito je odgovorila Bjanka, kojoj se Nino mnogo sviđao. Kako je gord i lep! Tako lepog mladića nije videla. Ona je bila učenica muzičke škole, učila je pevanje i klavir, ali se nije nadala sjajnoj karijeri pevačice. Čula je za Nina da će biti prvorazredni veliki pevač. Kakva sreća! Ali, zašto je zaljubljen?

Provirila je u njegovu sobu, jer nije bio kod kuće, i trgla se. Na stolu je stajala velika fotografija mlade devojke u ramu. Sedela je zamišljena i gledala divnim očima. „To je njegova ljubav", uzdahnula je Bjanka. „Lepa je", morala je priznati, i osetila je ljubomoru. Jedno veliko pismo bilo je na stolu. Od koga li je? Sigurno od nje. Kako je srećna devojka koju voli Nino! Okretala je pismo u ruci, pomirisala ga, osećao se fini parfem, ostavila ga na sto i taman htela da izađe kad se na vratima sukobi sa Ninom.

— Oprostite — promucala je sva crvena u licu.

Mladi čovek nije umeo ništa da odgovori. Šta ona traži u njegovoj sobi? A ona se izvinjavala:

— Gledala sam sliku ove lepe gospođice. Jesu li kod vas u Jugoslaviji sve devojke ovako lepe?

— Jesu — odgovorio je Nino.

— Je li to vaša verenica?

— Jeste.

Mlada Italijanka izađe iz sobe sva rastužena. Njegova verenica! A Ninoslav je, i sam ne znajući zašto, izgovorio da je verenica. Zar ona nije njegova verenica? Zar bi mogao zamisliti život bez Miomire? Utučen je strašno otkako je ona u sanatorijumu. Sećao se kako je Slavka napomenula jednog dana: „Ona je preležala grip i možda su ostale posledice, zato je na imanju". A sada je ponovo imala grip. Stavio je njenu sliku na sto i razgovarao s njom. Kako ga toplo gledaju njene čarobne oči, kao da su srećne što je kazao da je njegova verenica. Čini mu se da je videla malu Italijanku i kao da je osetio ljubomoru u njoj. O, nema zašto da bude ljubomorna. On je osetio da ga simpatiše ova mala Bjanka, ali on na nju nije obraćao pažnju. Bila je šiparica, kao Anđa i Divna. A on je bio ozbiljan mladić. Njegov život je posvećen umetnosti. Profesor ga je i danas pohvalio i napomenuo mu da će izraditi da u aprilu peva na koncertu. Njegov debi biće u Italiji. S koliko je radosti došao kući da to napiše Miomiri. To će biti njegov veliki uspeh! Pisaće o njemu italijanski listovi, a to će se čuti u Beogradu. On će sve kritike prevesti i poslati svojoj Miomiri.

Čitao je njeno pismo. Uvek ga očekuje, kao gimnazijalac. Sav je ushićen: *Ja sam se popravila. Nisam opasan bolesnik. Ti bi se začudio kad bi me video. Počela sam da se plašim za svoju liniju, ali u sanatorijumu nijedna devojka ne sme da misli na liniju. Oni nas kljukaju i mi moramo da jedemo. Ima ovde i radosti i tuge. A ja sam najsrećnija kad dobijem tvoje pismo. Znaju već o tebi u sanatorijumu. Neke se Beograđanke spremaju da ti aplaudiraju u beogradskoj operi. Kažu da će ti poslati i cveće. Ja sam računala koliko ćeš buketa dobiti. Dosad sam izbrojala sedam. Ah, ljubavi moja, kad će doći taj dan? Umreću ako te ne vidim do septembra. A sad je tek februar.*

On se smešio, misleći na iznenađenje koje joj je spremio. Ali joj neće reći. Odmah joj je odgovorio da će u aprilu pevati na koncertu. Htede da doda za iznenađenje, ali se uzdrža. Završiće veliko pismo strasnim rečima: *Ljubavi moja, tvoje me oči gledaju sa slike. Niko nema tvoje očice. Ti mi šalješ snop sunca, koji mi se uvlači u srce, a ono te strasno voli. Daj mi da poljubim tvoje oči! Daj mi da spustim usne na tvoja ustašca. Patim zbog tebe i sve je tužno oko mene što si tako daleko. Da li ću videti tvoje borje, tvoju sobicu i tebe za klavirom? Da li ću zavlačiti ruke u tvoju kosicu i osećati te na svojim grudima? Malo moje, slatko devojče moje, veruj da sam sav tvoj i samo tvoj.*

Taj dan bio je tužan u sanatorijumu: jedan se devojački život ugasio. Iščezla je iz sobe kao senka i nije se više vratila. Sve su bolesnice znale da je umrla, šaputale su i ćutale. U srcu im je bila strepnja i duboka tuga, u očima suze. Ko zna šta ih sve očekuje. Smeše se, šetaju kroz šumu, zadirkuju, a čim se pojavi temperatura, ućute se... Znak da proces još radi u plućima... Strah ispunjava mlade duše...

To majsko jutro sunce je raskošno sijalo nad tamnim četinarima. Vazduh je bio čist kao najčistija planinska voda. Biće toplije u podne. Ovde je uvek sveže. Od svežine su se i njihovi obrazi zarumeneli. Da li je to rumenilo zdravlja ili vatre? Po nestašluku njihovom ne bi se reklo da su bolesnice. Kroz raspoloženje im se provlače mnogobrojni utisci i slike koje ih rastužuju. Jutros smrt te studentkinje. Bila je na pravima i umrla. Da li od bolesti ili siromaštva?

Posle je u sanatorijum došla jedna bleda devojčica, bela kao krin. Težak bolesnik. A nesrećna majka je s njom. Bolesnice je gledaju tužno. Dobijaće pneumatoraks. Ah, ta strašna igla koja se zavlači u pluća! Kad čuju za pneumatoraks, kao da im svima zarivaju iglu u pluća.

Sunce je obasjalo terasu na kojoj leže. Ležala je i Miomira. Njeno zdravlje napreduje. Strpljiva je i rešena da ozdravi. U početku je pitala lekara: „Koliko moram da ostanem?" A sada ne pita više. U bolesti je potrebna strpljivost. Ali, u dubini srca joj je bolno. Kao i svima. Ne zna se svršetak. Kod drugih bolesti zna se početak, kriza i svršetak. A plućne bolesti su beskonačne. Bolesnik pomisli da je zdrav, a bolest se obnovi. Podmukla je to bolest. Ona umrtvljava energiju. Ništa da se ne radi, da se ne uzbuđuje, samo da se leži. Oh, kako je to dosadno!

Te misli muče pokatkad Miomiru i oči joj se zasvetle od suza. Njene lepe, čarobne, vatrene oči prevučene su melanholijom. Zašto se razbolela kad je osetila prvi put ljubav u životu. Da li se nije čuvala? Prekorevala je samu sebe.

U zdravlju se zaboravlja na bolest. Zdravi su puni samopouzdanja. Sad su sve nepouzdane i uplašene. U bolesti je puno sitnih tuga u srcu.

I Miomira ima svoju tugu: da li će je Ninoslav voleti? On napreduje, postaće slavan. Zar neće slava potisnuti ljubav prema njoj, maloj, bolesnoj Miomiri? Zašto ga je podsticala da uči pevanje? Možda bi bilo bolje da je ostao kod tate u banci. Napredovao bi, zamenio tatu, jednog dana postao bi direktor. Bio bi samo njen. A ovako će pripadati svima; svaka će misliti da ima pravo da voli velikog pevača. Ljutila se na samu sebe što tako misli. Zar ona nije umetnica, zar nije oduševljena njegovom karijerom? Ako ozdravi, biće najsrećnija. Ali da li će ozdraviti? Pesimizam se uvlačio u njenu dušu. Možda bi bila jača i otpornija u tuzi da Nino nije u Milanu. Svako njegovo pismo donosi joj ogromnu radost, ali posle dolazi reakcija, bol. On je snažan, zdrav, lep. A ona na bolesničkoj postelji. Bolest je neprijatelj ljubavi i braka. Možda je on voli iz sažaljenja.

Suza joj muti oko. Još joj nije javio o svom uspehu na koncertu u Milanu. Danas očekuje njegovo pismo. Da li će ga dobiti? Nikad je ne ostavlja dugo da čeka. Kako je nežan!

Poštu očekuju sve. To je uteha u bolesti. Pišu roditelji, pišu oni koji vole. U sanatorijumu svi znaju za Miomirinu ljubav. Nije im sve ispričala, ali naslućuju da je to velika ljubav. Ona najčešće dobija pisma. Poznaju njegov veliki koverat i italijansku marku. Sestra se smeši kad joj pruža pismo. Ponekad se našali i prošapuće joj: „Da čitate bez uzbuđenja". Ali zar se može bez uzbuđenja čitati pismo voljenog čoveka? Tako su ubedljive njegove reči; svaka je rečenica nežno milovanje. Bože, da li će se ostvariti njihov san o životu? Eto, šta joj vredi bogatstvo? Ona je sada siromašna kao i ona devojka, činovnica, koja ne može da ostane više od dva meseca. A kako bi joj bila potrebna još dva meseca lečenja! Pričala je Miomiri i žalila se na svoju sudbinu. Ona je nesrećna što nema novaca da produži bolovanje, a obe su nesrećne što su bolesne. Nikada Miomira nije cenila bogatstvo, a sada najmanje. Šta bi dala da je zdrava, da ide na dužnost, da zarađuje i udruži svoju platu s Ninovom.

U bolesti svojoj ona je nežna, samilosna, oseća svačiji bol. Pisala je tati: *Pošalji mi za dva meseca dvostruko novca. Potrebno mi je. Nemoj da pitaš zašto. Znaj, tata, samo ovo: zdravlje više vredi od bogatstva.* I tata joj je poslao traženi novac.

Ona je treperila od radosti. Pozvala je malu činovnicu i saopštila joj:

— Moj tata će platiti sanatorijum još za dva meseca.

U tuzi, u stradanju, radost male činovnice za nju je bila velika sreća. Ona je trčkarala, hvalila se, pričala o dobroti lepe Miomire. Nikada joj to neće zaboraviti. Da, ta dva meseca okrepiće je, ojačati. Jer ona će i dalje morati da radi. Ona nema nikog ko bi je izdržavao. Najveća je tragedija: bolovati u siromaštvu. A tužno je bolovati i u bogatstvu.

Lekar se nasmešio Miomiri i pohvalio je:

— Dobro... dobro... Zadovoljan sam...

— Ja ću ozdraviti? — radovala se ona i hvatala za lekarevu reč. Htela bi da je on obaspe ohrabrujućim rečima, da joj kaže da će za tri-četiri meseca biti zdrava. Lukavo ga upita: — A koliko ću još ostati?

Lekar je izbegavao odgovor:

— Zašto žurite? Zar kod nas nije lepo?

Ona još dugo neće videti Nina. Ako je bolest zadrži kad on bude imao debi u operi? Ah, ona će tada pobeći iz sanatorijuma! Nikakva sila je neće zadržati. Ali zar da ga ne vidi do jeseni? Obuzima je dosada u sanatorijumu. Svakog dana sve isto. Leže, ustaje, šeta. Isto drveće, iste planine, iste senke i sunčane pege. Apatija je obuzima. To je opšte duševno stanje u sanatorijumu. Prikrada im se kad su same, kad razmišljaju, kad čuju jecanje neke bolesnice. Sve su raznežene kao deca, sve su u stanju svakog časa da zaplaču.

— Evo pošte! — uzviknula je jedna vesela devojčica.

Očice su joj zasvetlele. Koja će dobiti pismo? Sestra se nasmešila Miomiri. Njeno malo srce je zalupalo. Opazila je veliki beli omot i krupni muški rukopis. Pismo je bilo preporučeno, puno maraka, teško. Brzo ga je otvorila. Ispale su novine i njegovo pismo. „Ah, to su kritike!" Grozničavo je čitala. Obrazi su joj se zarumeneli. Kako da čita bez uzbuđenja redove kritike koju je preveo za Miomiru? Poslao joj je i novine i podvukao olovkom ono što o njemu piše. Kakve pohvale! Sjajna kritika. Proriču mu veliku budućnost. Porede ga s negdašnjim velikim italijanskim pevačima.

U sanatorijumu se pričalo o tome. To je novost koja ih je oduševila sve. Zavidele su Miomiri i želele joj ozdravljenje. Među sobom su razgovarale: „Ona nije težak bolesnik... Ozdraviće.” Sve se raduju kad čuju da je neko na putu ozdravljenja. To im daje nade da se bolest pobeđuje, da je medicina savladala tu opaku boljku.

Miomirino srce je ispunjeno radošću. U svakom pismu joj je ponavljao: *Nepobediv sam... Samo me je pobedila moja Miomira.*

Ah, da li je to istina? Da li će ona ostati večni pobednik? Stajala je pred ogledalom i bila zadovoljna sobom. Obrazi su joj se rumeneli, usnice nabubrile, lice je bilo sjajno i sveže. Kao da nije bila bolesnica. Mogla bi i da ide kući, ali nije htela. Ostaće dok god ima strpljenja. Njoj je potrebno zdravlje. Njena ljubav zahteva zdravlje. Kako ga mnogo voli! Čini joj se da je njena bolest još više zbližila s Ninom. U bolesti je duša nežna i osećajna. Oh, koliko ona mnogo oseća za njega.

Dani su prolazili. Deset dana je prošlo od njegovog pisma. Sad je opet vreme da dođe njegovo pismo. Ali ga nema. Prošla su još dva dana, pa tri, četiri. Šta je to s Ninom? Petnaest dana nema pisma. Da nije uspeh zaneo i njega? Možda se dopao nekoj Italijanki? Zamišlja ga kad je pevao na zabavi u njihovoj varoši. Kako je bio divan u smokingu! Pisao joj je da je poručio nov smoking u Milanu. Kako li je tek sada morao biti lep! Lep pevač i sjajan glas! Za takvim luduju žene.

Šesnaesti dan... Od Nina još uvek nema pisma. Utonula je u tugu... Noću plače... U bolesti se začas ražalosti. Sedamnaesti, osamnaesti dan. Šetala je sama, da bi bila nasamo sa svojom tugom. Šta je to s Ninom?

Aleja je vodila kroz divnu borovu šumu. Visoki su se četinari digli u visinu i zaklonili nebo. Borova šuma ju je rastužila. Setila se njenog borja... Tamo je sedela s Ninom. Setila se stazice pokraj vrba koje su se naginjale nad rečicom. Ah, kako je sada sve tužno! Njena je bolest svuda posejala tugu. Kao da je nevidljiva kičica sve prevukla tamnom senkom. Sad njene ruže cvetaju u bašti kod kuće. Njene sobe su prazne. Klavir je zatvoren. Ona je otišla i kao da je umrla. Možda će ona i umreti i sve će ostati pusto i prazno. Ah, jadna mama! Kako bi ona to preživela? Šta bi radio Nino? On bi pevao.

Pevao bi maloj Mimi u *Boemima* i jaukao nad njenim mrtvim telom. Da li bi se setio da nje, Miomire, više nema? Da je ona ta Mimi... Suze su joj klizile. Plakala je nad svojim mrtvim telom, plakala je zbog tuge mamine, plakala je zbog žalosti što će ostaviti Nina. Plakala je kao da je umrla. Zar ovde ne lebdi smrt nad mnogima? To je kuća spasenja i smrti. Tu dolaze da se uhvate u koštac sa smrti. Ah, zašto je ta bolest tako strašna?

Glava joj je klonula na naslon klupe. Mirisala je borovina, sva priroda, a jedan tanki zrak sunca pao joj je na kosu, milovao je, topao kao poljubac. Čula je korake na beloj stazi posutoj finim šljunkom. Okrenula se, htela da krikne, ali je ostala kao prikovana na klupi. Srce joj je udaralo, krv se pela u glavu, i samo je rukom pritisla čelo kao da hoće da prikupi svu svest da se ne onesvesti i da se povrati od silnog uzbuđenja.

Alejom je žurio Nino, njen lepi Nino, elegantan, gologlav, crne sjajne kose, opaljena lica i dubokih blistavih plavih očiju.

— Miomira! Miomirice moja!... Srećo moja! — šaputao je prigrlivši je, pritiskivao je na grudi, mazio je, zagledao u oči, u usne, njene rumene i sveže obraze, njene čarobne oči pune suza. Bez straha, bez ustezanja, ne misleći da je ona bolesnik, poljubio je njene usnice, njene oči, obraze. Šta mari što je ona bolesna? Zar nije i on bolestan, kad ona boluje? Ona je divna, ona je negdašnja Miomira. Uzbuđenje ga je gušilo i on joj je šaputao: — Ti sjajno izgledaš! Ti nisi bolesna.

— Hoću da budem zdrava, kad me ti voliš. Hoću da ozdravim da bismo bili srećni. Nino moj, ljubavi moja! Ne mogu da dođem sebi. Otkud ti ovde? Sva drhtim. Srce mi toliko lupa. Ti da dođeš! A bila sam toliko tužna. Osamnaesti je dan kako nema tvog pisma.

— A ja nisam hteo da ti pišem. Hteo sam da te iznenadim. Nisam mogao više da izdržim da te ne vidim. Zar ti nisi sav moj život?

Stezao je na grudi kao da bi je sačuvao, oteo od bolesti, dao joj svoje zdravlje. Gledali su se i milovali jedno drugo po obrazu, po kosi. On se nije mogao nagledati njenih lepih očiju. Govorio joj je uzbuđeno:

— Ti znaš koliko ja tebe volim. Ja nisam rasipao svoju mladost. Mogu reći da sam se prvi put iskreno, duboko zaljubio. Koliko sam bio potresen što si bolesna i u sanatorijumu, toliko sam i sebično mislio: u sanatorijumu je zaštićena od svih udvarača koji trče za njom.

— Za mojim bogatstvom. Samo me ti iskreno voliš. U to sam se uverila. Oh, koliko sam ti zahvalna što si došao! Ovo je za mene tolika sreća da ti ne umem opisati. Mislila sam posle tvog uspeha: možda se u njega zaljubila neka Italijanka. Je li to moguće?

— Nisam ja video nijednu Italijanku. Veruj mi, iskreno ti kažem, kad sam hteo da stupim na pozornicu da pevam, pomislio sam: zašto moja Miomira nije u sali?! Bio sam tužan zbog toga.

— A ja sam te večeri plakala. Videla sam te u sali, čula tvoj sjajni glas, a ja, koja te najviše volim, ležala sam u postelji. Ne ličim ti na bolesnika, je li?

— Kakav bolesnik! I lekar mi kaže da si dobro. Ne puštaju te još da ideš, ali ti ćeš ozdraviti.

— A zar si se ti video s lekarom?

— Prvo sam potražio upravnika i pitao gde si. Jedna bolničarka mi je rekla da si otišla u šetnju, pa sam pošao da te nađem.

— A jesu li te videle bolesnice?

— Videle su me.

— One sve znaju za tebe. Ja sam im pročitala kritike. Beograđanke se interesuju za tebe. To će biti tvoja klaka. A kako da te predstavim?

— Ne znam... Kako ti želiš da me predstaviš?

— Mogu li da kažem da si moj verenik?

On joj uze ručice i prinese ih ustima.

— A zar ti želiš da ti budem verenik kad nisam još ništa, niti išta zarađujem!

— Tvoj glas je bogatstvo, ja to znam. Ti imaš veliku budućnost. Kazala sam mami: „Ako bih se ikad udavala, udala bih se samo za Nina". Ali ti to možda nećeš, ja sam bolesna.

On je privuče snažno na grudi i zagnjuri lice u njenu mirisavu kovrdžavu kosicu.

— Zar ima veće sreće nego da budeš moja ženica?! Ali to neće odmah biti. Treba da steknem karijeru. Ja sam gord, malo moje. Ne mogu da dopustim da primam izdržavanje od žene. Ne! Nikad! Pomiri se s tim.

— Pomiriću se. I dve i tri godine, čekaću te. Lečiću se. Sedeću u samoći u sanatorijumu. Ali ti me nemoj izneveriti. Znaj da bih umrla pre od tuge nego od bolesti. Ja bih umrla kad bi me ti zaboravio.

— To nikad neće biti... Ja ti se zaklinjem. Još više te volim sada. Zlato moje! Kako ću bez tebe? Teško mi je. Da nisam sada došao, poludeo bih ili bih se razboleo. Najpre sam tebi došao, a onda idem svojima. Sestrica mi se hvali kako ste je divno dočekali. Ona te obožava. Piše mi: *Miomira voli tebe i ti voliš nju. Bila bih najsrećnija da ti uzmeš Miomiru.*

— I ja nju mnogo volim. Ona mi često piše. Slatka devojčica. Svi ste vi slatki! Ti si moje srce. A znaš šta sam htela da ti predložim: zašto ne bi otišao do mojih. Svi bi te dočekali s oduševljenjem.

— Ja sam pomišljao da ih posetim.

— Idi, oni će biti srećni. Koliko ostaješ kod svojih?

— Desetak dana.

— Hoćeš li me na povratku ponovo posetiti?

— Mislio sam.

— Jesi li, zbilja, mislio?

— Mislio sam, bogami! Ti znaš kako je meni teško bez tebe.

— A na jesen ćemo se videti u Beogradu. Ne, ovako ćemo da udesimo. Ti ćeš da dođeš k nama. Mi smo u vili sve do oktobra. Da provedemo nekoliko dana u vili, da se lepo odmoriš i spremiš za Beograd.

— To je sjajno.

— I moja će kuća biti gotova, u Beogradu. Zida se. Pokazaću ti plan Ja sam napisala tati kako želim i napravila sam mali plan, pa je arhitekta po tome radio. Na Dedinju je. Ja sam ti već pisala.

On je slušao i zaljubljeno je gledao. Oduševilo ga je njeno rumenilo obraza, njene blistave oči. Nije mogao da se uzdrži i priznao joj je:

— Ti sva odišeš zdravljem.

— Jest', dobro izgledam. Ali to ne sme da me zavarava. Ja bih mogla da odem kući, ali neću. Hoću da postanem potpuno zdrava. Hoćeš li me voleti?

— To me boli kad me pitaš.

— Ne bih volela da me voliš iz sažaljenja.

— Zašto iz sažaljenja? Zar moje lepo i pametno devojče da volim iz sažaljenja?

— Iskreno ti kažem, Nino, kad bih videla da neću ozdraviti, ja bih ti kazala: slobodan si, oženi se, nađi zdravu devojku.

Sakrila je glavu na njegove grudi da ne bi video suze. On joj podiže glavicu. Shvatio je zašto plače. Potresen je bio, i njegove oči umalo da se zamute suzama. Ali on je bio jak, nasmejao se, dirao je, hrabrio je, i mala devojka pomisli: „Oh, što nije uvek kraj mene?” Hrabrila se i sama, i osećala da bi mogla da umre za njim. A znala je da je on ne bi ostavio do njenog poslednjeg izdisaja. Zašto su joj navirale tako tužne misli u ovom trenutku najlepše sreće? Valjda zato što se ovde vidi i život i smrt.

Nino je ostao dva dana u tom mestu. Odseo je u hotelu i dolazio preko dana. Bolesnice su htele da ga čuju kako peva. Našle su gitaru i zamolile ga. Molila ga je i Miomira. On je znao italijanske pesme. A one su preslatke, tužne, ljubavne. One plaču od ljubavi, preklinju, uzdišu. Pevao im je. Miomira je prvi put čula te pesme. Bolesnice su bile oduševljene. Sve su bile rastužene i rasplakane od setnih pesama, od lepote njegovog glasa, od lepote njegovih dubokih očiju, njegove tamne kose. Bile su rastužene što i one nemaju takvog mladića.

Noć se spuštala sva ispunjena ljubavnom čežnjom za lepim pevačem, a on je mislio samo na svoju Miomiru. Ona je bila njegova čežnja, njegova ljubav. Ozdravi li ona, on će biti srećan. Dogodi li se ono najstrašnije? Nije smeo ni da pomisli šta bi bilo s njim. Ali je otišao raspoloženiji nego što je došao. Samo su ga rastužile uplakane oči Miomirine.

Pri povratku u Italiju došao je ponovo da se oprosti s njom. Zatekao ju je u postelji. Imala je temperaturu. Sve mu se zamračilo u duši. Pričao joj je kako su ga njeni roditelji divno dočekali, pričao joj je o svojoj majci i sestri, ali je kroz svetlost probijala tuga. Ona je bila jača od radosti i nade.

Da li će Miomira ozdraviti? Ta misao mu je ubila svu radost, zamračila mu budućnost. Ona mu je ubijala volju da dalje studira. Dolazilo mu je da sve napusti i da se vrati. Našta će mu sve to, ako Miomira ne ozdravi?

Nestrpljivo je čekao njeno pismo. Došlo je radosno i razdragano. *Sada sam dobro... Možda je mala temperatura došla zbog mog ljubavnog uzbuđenja.* Svaka rečenica je bila nasmejana, ali je na kraju spazio mrlju od suze. Zaplakao je i on.

Sećao se njenog poslednjeg zagrljaja. Obavila mu je ruke oko vrata, stegla ga kao da ga ne pušta i jecala: „Nino, voli me uvek! Nemoj me zaboraviti!" Da je zaboravi? Zar malu Miomiru? Bila mu je u svakom nervu, u mozgu, u srcu. Voleo je strasno, nežno, drugarski. Nežna pisma otkrila su mu krasnu dušu te devojčice. Koliko je nežnosti, plemenitosti i otmenosti bilo u njenoj prirodi. Našao je u njoj ono što je voleo. I kad je našao sreću, zar da je izgubi? Ona ga je volela, njeni su ga voleli. Gospođa Novaković mu je priznala: „Znam da se vas dvoje volite. Neka ona ozdravi, pa i ja i Aleksa nemamo ništa protiv. Vi ste dobar mladić, svršili ste fakultet, položili doktorat. Pa budite i pevač, kad to volite i vi i Miomira."

A direktor je rekao: „Možete se vi jednoga dana i predomisliti, pa se vratiti u banku. Ja ću vas uvek primiti." Pri polasku direktor mu je dao deset hiljada dinara. Nije kazao da je to Miomira pisala i molila ga da i on bude malo mecena Ninoslavu, i ispunio joj je želju. Obećao je Staši da će ga u avgustu pustiti da ide u Milano. Ninoslav bi ga dočekao u Veneciji, pa bi razgledali Veneciju, Padovu, Veronu i Milano. Taj bi put bio nagrada Staši za završeni sedmi razred.

Život se smešio Ninoslavu. Posle mučnih studija i on da bude srećan. Ali ga je bolest Miomirina bacila u očajanje. Zašto li je ova suza na njenom pismu? Da li će njegova Miomira, njegova mala slatka verenica ozdraviti?

Staša je upoznao tajnu života

Direktor Novaković je poslao ček Ninoslavu u Italiju i javio da Staša dolazi. Molio je da ga priček a u Veneciji, pa posle da odu u Padovu, Veronu, Milano. Ako im ponestane novaca, neka javi. U direktorovom pismu dodala je i mati nekoliko redaka moleći ga da čuva Stašu, jer prvi put ide sam, i odmah da javi čim stigne u Veneciju. Ček je glasio na veću sumu i Ninoslav je izračunao da mogu da vide i Rim.

Pisala je i Miomira, tužna što i ona nije mogla da putuje sa Stašom. Javljala je Ninoslavu da će ostati u sanatorijumu celo leto i celu jesen, možda i zimu. Jedna ga je rečenica potresla: *Ti ćeš pevati u operi, a ja te možda neću čuti, ja, koja sam najviše čeznula da postaneš operski pevač. Možda sam se sada pokajala. Oprosti mi što ovo govorim. Ali tužno je bolovati.* Nije znala da se i Nino pokajao... Sve mu se činilo da se Miomira ne bi razbolela da je on bio uvek pokraj nje.

Spremao se da ode u Veneciju i to mu jutro stiže pismo od Amerikanke. Javljala mu je tužnu vest: muž joj je umro naprasno. Ucveljena je smrću i doći će u Evropu da se uteši. U oktobru biće na jezeru Komo i doći će do Milana da vidi kakav je on uspeh postigao. Obećala je da će mu do kraja godine slati stipendiju, da ne brine.

Ninoslav je mirno ostavio pismo. To znači do januara. Ako ne dobije nikakav angažman, postaje nezaposleni pevač. A do sada je bio nezaposleni intelektualac. Bilo mu je svejedno. Ono što ga je mučilo bila je Miomirina bolest.

Čim je Staša sišao sa lađe u Veneciji, upitao ga je:

— Kako je Miomira?

— Dobro je sada. Mnogo je bolje. Mama je išla u sanatorijum. Bila joj je prsla jedna žilica, ali to je zaraslo, samo, lekari hoće da ona potpuno ozdravi i treba da bude u sanatorijumu do idućeg proleća. A znate Miomiru, ona neće! Najviše je jedi što vas neće čuti kad u Beogradu prvi put budete pevali. Sumnjam da neće dojuriti u Beograd. Mama vas je molila ako možete da odložite i da ne pevate u oktobru, nego da ostavite za proleće, kad Miomira sasvim ozdravi.

— Dabome da mogu. Nekoliko meseci docnije, to je još bolje za mene. Pravo da ti kažem: pokajao sam se!

— I mama kaže: „Ama, što je otišao u Italiju?" A tata vam je poručio da se vratite u banku. Ne znam šta vi mislite, ali ja volim što ste pevač. Taman kad ja budem student, vi ćete pevati u operi. Za klaku ne brinite! Ja i moji drugovi, ima da trešti galerija!

— Ti ćeš za godinu dana biti student? Ama, je li moguće?

— Je l'te, hteo sam nešto da vas pitam, ne znam da li smem?

— Šta?

— Pa... jeste li se vi verili s Miomirom?

— Ko to kaže?

— Ona je kazala mami, a mama me pita jednog dana: „Voliš li da ti Ninoslav bude zet?"

— A šta si ti kazao?

— Možete misliti šta sam kazao: kolosalno! A znate li da sam ja odavno mislio da će se Miomira udati za vas... I vi moj zet! Još više vas volim... A znate šta je tata kazao: „U banku ću ja njega da dovedem, pa da me zameni jednog dana i bude direktor. Kakvo pevanje!" Ali vi nemojte da slušate tatu... Uh, kad vas prvi put čujem!... Uh, šta je golubova! Hajde da i ja kupim jedan fišek kukuruza. Ovde bih mogao ostati mesec dana. A koliko ćemo mi ostati?

— Tri dana.

Tri dana su začas proletela. Stašu je sve interesovalo, a Ninoslav je hteo sve da mu pokaže i uživao je u njegovom oduševljenju. Išli su na Lido, u Padovu, Veronu, Milano. Iz Milana u Rim. Staša kao da je snevao divan san. Prvi put je bio u inostranstvu. To je za njega bio događaj, senzacija. Iz svakog mesta letele su dopisne karte drugovima i drugaricama. Ninoslav je spazio da najčešće piše nekoj Olgi...

— Je li, ko ti je ta Olga?

— Fino devojče! Ona je Beograđanka, a otac joj je general. Došli su pre šest meseci.

— A ti si je odmah osvojio? More, kako čujem ti si postao veliki donžuan.

— To devojke vole... One, tobož, grde mangupe, a najviše trče za njima.

— A šta je sa Anđicom?

— Ona je u domu učenica u Beogradu. Pisala mi je nekoliko karata i pisama, pa prestala. Poručila mi je da u Beogradu ima boljih i lepših đaka, i kaže da se u nju zaljubio jedan student. A gospođica Slavka se venčala! Znate li?

— Za kapetana?

— Jeste... Mi je đaci zovemo „gospođa kapetanica". Zaljubljena je do ušiju u muža. Ja sam mislio da će se ona udati za profesora, a ona kaže da su oficiri bolji muževi od profesora.

— Šta još ima novo? — pitao je Ninoslav, dok su sedeli pred jednim restoranom u Milanu.

— Ne znam šta vas interesuje?

— Kako gospođica Gina?

— Izgleda da će se udati za jednog poručnika.

— A Boško? Zar ga je zaboravila?

— Znam da je pričala da se on vazda predomišlja. Nešto se naljutila na njega.

— A kako su tvoje drugarice?

— Vode ljubav.

— Pa i ti vodiš... Je li, a jesi li ti mene poslušao za ono? Kazao sam ti da ostaneš čedan dok ne svršiš maturu.

Staša sav pocrvene.

— Što si pocrveneo?

— Što me to pitate? Neću da vam kažem.

— Vidim ja da me nisi poslušao.

— Evo kelnera! Hoćete li da platite?

— Platiću, ali mi odgovori. Hoću da mi kažeš ko ti je bila prva žena. Ja sam bio tvoj vaspitač i drug, i hoću kao drugu da mi kažeš.

— Kad pođemo, reći ću vam... Platite!

— Dakle, koja je?

— Ta Olgica.

— Učenica? Ti si je upropastio?

— A, nisam ja! Ona kaže da je to bilo još u petom razredu s jednim studentom, drugom njenog brata.

— Šta kažeš? Učenica!?

— I Stole je s jednom učenicom...

— Divno, bogami. Savremene devojčice.

— Zar me vi osuđujete?

— Koješta! Sad si pravi muškarac... Zato ti njoj pišeš svaki dan!

— Nemojte o ovom da pišete Miomiri. Ja sam to samo vama poverio. Niko ne zna, samo vi i Stole, jer i ja znam sve Stoletove tajne.

Ninoslav se osmehivao i gledao ga. Mislio je u sebi: „Njegova Miomira ima dvadeset tri godine i još je čedna. A ta Olgica je već u petom razredu htela da upozna život." Zašto njegova slatka Miomirica da leži u sanatorijumu? Rastužio se.

— Što ste se vi uozbiljili? — zapita ga Staša. — Ne cenite me više što sam vam ovo priznao.

— Naprotiv, cenim te, jer si pravi muškarac. Kad su žene lude, zašto da muškarci budu pametni?! Je li lepa Olgica?

— Sjajno devojče! Ima i lepo telo.

Ninoslav je opazio njegovu radoznalost. Žena je ono što muči dečaka! Sad ju je upoznao, i kao da je ceo svet osvojio... a posle će nastati reakcija... Neka ga... To svi doživljavaju...

— Sutra se vraćam — tužno je govorio Staša. — Kako su mi proleteli ovi dani! A svi su mi drugovi zavideli što ću da vidim Italiju. Kad im budem pričao šta sam sve video! Ali da vi niste bili u Italiji, ne bih još došao. Mama ima najviše poverenja u vas. „Kad si s Ninoslavom, sigurna sam kao da si sa mnom." A zaboravio sam da vam kažem: pozdravila vas je Divna.

— Hvala. Ti si mi o devojčicama puno napričao, a ne kažeš kako si svršio sedmi razred.

— S vrlo dobrim, bogami. Profesori su zadovoljni sa mnom.

— To mi je milo. Sad si maturant! Uskoro student! Šta ćeš da studiraš?

— Prava... Imaćemo kuću u Beogradu. Upravo, to će biti Miomirina. Ona hoće da ima stan u Beogradu, a ja da stanujem kod vas. Što ću da idem u pozorište! Svake večeri. To mi je najveća želja.

— Moramo na stanicu.

— Uh! Što mi je žao.

— Zar se ne raduješ da vidiš Olgicu?

— Ona je na letovanju. Neće doći do septembra.

— Samo budi oprezan... Znaš na šta mislim?

— Znam... Ne bojte se... Stole mi je sve objasnio. Njegov brat je magistar farmacije.

Ninoslav ga pljesnu po ramenu. Muškarac! Zakon prirode! Sami se dovijaju, jer ih niko ne upućuje.

Srdačno su se poljubili i on je ušao u voz. Ninoslav je stajao na peronu i govorio:

— Miomiru ćeš mnogo pozdraviti.

— Šta još da joj kažem?

— Da se čuva i da uvek mislim na nju.

— To sam mislio i sam da joj pišem.

Ubrzo voz krete. Staša je mahao Ninu dok ga nije izgubio iz vida.

Ninoslav se udaljavao smešeći se. „Nova generacija! Brže živi, brže se zaljubljuje, rashlađuje." On je osećao da je već starinski mladić. Njegova ljubav prema Miomiri bila je iskrena, topla, stalna, puna tuge. Dve godine kako se vole. Tugovao je što je bolesno njegovo devojče. Tugovao je, a sva njegova budućnost kao da je bila obavijena tamom. Dvoumio se neprestano: da li da bude pevač ili da se vrati u banku? Miomirina bolest je sve izmenila. Njegova je profesija noćna, a hoće li ona izdržati taj noćni život? A ona ne bi propuštala nijednu predstavu. I kako će njena ljubomorna priroda primiti kad on bude imao ljubavne scene na pozornici? Oboje su bili ljubomorni i voleli su se dubokom, strasnom i istrajnom ljubavlju. I koliko će vremena proći do njihovog braka? Ah, zašto je naišla ta nesrećna bolest?

Amerikankina ljubav

Bio je septembar. Jednoga dana dobio je pismo. Amerikanka je javljala da je u Milanu i pozvala ga da je poseti u jednom od najelegantnijih hotela. Zakazala mu je tačno u šest posle podne. On je nije video od dana kad je bila u gostima kod gospođe Stajić.

Otišao je tačno u određeno vreme. Sobarica ga uvede u apartman. Imala je dva odeljenja: spavaću sobu i salon. Vrata su se otvorila. Pojavila se jedna plavuša, platinirane kose, u elegantnoj crnoj toaleti, vitka stasa.

Pošla mu je u susret, opruženih ruku, govoreći loše italijanski:

— Vrlo se radujem što ste došli. Prvo da vas vidim. Osećam promenu na vama. Pravi umetnik! Vi ste mi pisali da ste postigli uspeh. Verujem. Vi ste imali odličan materijal — govorila je i zastajkivala gledajući ga s divljenjem.

Njegova lepota, otmenost, očarali su je. Taj mladić je još u Jugoslaviji ostavio na nju vanredan utisak. Bila je žena blizu četrdeset godina, umetnica, ali i ljubavnica. Njena karijera pevačice u Mjuzikholu bila je puna ljubavnih avantura. Zar je drukčije i mogla uspeti u životu? Avanture su završene multimilionerom. Tada je postala besprekorna supruga. Živela je u raskoši. Umela je da iskoristi bogatstvo. Imala je bogatog muža, ali poslovnog čoveka, Amerikanca, koji sve pruža ženi, samo zaboravlja na ono prefinjeno kavaljerstvo koje ženama ukazuju evropski muževi. Zato je Evropa puna Amerikanki koje uživaju u nežnoj i sladostrasnoj pažnji ljudi sa starog romantičnog kontinenta. U Evropi one traže prefinjenu osećajnost i egzotiku.

Amerikanka je našla tu egzotičnost u jednoj maloj varošici na istoku Srbije. To je bio Ninoslav. Zaljubila se u njega sa svim ćudima bogate Amerikanke.

Ona je volela da ima muža multimilionera, ali nije htela da se ovaj visoki lepi Jugosloven izgubi s horizonta njena života. Uticala je na muža da mu daje stipendiju. Volela je umetnost, ali još više je volela lepog Jugoslovena. Danas je slobodna žena, milionerka, a on je lep pevač. Videla je početak novog života, kakav je vodila nekad. Odvešće ga u Ameriku, udaće se za njega, lansiraće ga kao pevača. On će biti slavan i bogat. Biće joj zahvalan, voleće je. Ona je umela da očuva svoju mladost, i očuvaće je bar još deset godina. Telo joj je bilo lepo, a lepota lica može se podmlađivati i korigovati. Kradomice je bacala poglede na sebe i njega u ogledalu i bila vrlo zadovoljna. Biće šarmantna žena kraj njega. Bila je uverena da je sve ovo ostvarljivo. Pevaču je potreban savetnik. A svakom pevaču je ideal Metropoliten opera. Ona je imala veze sa umetničkim savetom. Rešavala se da postane akcionar opere. Sve radi ovog lepog pevača, Jugoslovena.

Tužno je ispričala Ninoslavu o smrti muževoj, jer je bio red da se seti i njega. Pohvalila je Ninoslava za lepi italijanski jezik kojim je govorio. Izašla je s njim u šetnju. Svratili su u restoran. Trebalo je da bude njen kavaljer sve vreme. Nije mu odmah saopštila svoj plan. Uživala je u ovim romantičnim šetnjama s lepim mladim čovekom. Opazila je da je on tužan. Mislila je da je to u njegovoj prirodi, i to ju je očaravalo. Kako su drukčiji muškarci iz starog sveta! O njima je snevala. Amerikanac joj je postao dosadan. Zamišljala je da se ovde lepše voli. Htela je da očara mladog čoveka. Bila je savršeno elegantna, otmena i vešta kao glumica. Čekala je momenat da mu kaže svoj plan. Odvela ga je u svoju vilu na jezeru Komo. Htela je da vidi svu raskoš njene kuće i bogatstvo u kome će živeti.

Tu joj je pevao u salonu, a ona ga je pratila na klaviru. Bila je iznenađena lepotom njegovog glasa. Priznala mu je. Ali mladi čovek je bio pogružen. Njegova mala Miomira ležala je u sanatorijumu, a on je na jezeru Komo. On se šeta, a ona leži u postelji... On peva, a ona, možda, plače...

Vozili su se u čamcu. Noć je bila bez mesečine. Italijansko nebo bilo je čisto, posuto zvezdama. Trenutak kad se šapuće o ljubavi. Amerikanka nije šaputala. Ona je bila žena novog sveta. Energična, slobodna. Bez uzbuđenja kazala mu je sve i zaprosila ga. Glas joj je bio tiši kad je nastavila:

— Ja ću vam stvoriti karijeru. Imam veze u umetničkom svetu. A vi mi se dopadate od prvog dana. Razumete li sada zašto sam vam dala stipendiju? Nisam mislila da će mi muž umreti, ali sam želela da budete u mojoj blizini. A kad nas je smrt rastavila, nema nikakve prepreke da se ponovo ne udam. Vi znate koliko je on bio bogat. Ja sam sve nasledila. Ali život bi mi bio dosadan samoj. A za milionera se neću više udavati. Ja sam bila i ostala umetnica. Volim da imam muža umetnika. Volim da ga vodim kroz život i da mu stvaram karijeru. A vi imate sve uslove da postanete slavni. Dakle, šta mislite o mome planu?

Ninoslav zaneme. Sve je mogao očekivati, ali prosidbu s njene strane nikad. Znao je da su Amerikanke ekscentrične žene, osobito bogate. Dolazile su u Evropu i udavale se za interesantne mladiće u koje su se zaljubljivale; nisu tražile položaj, jer su imale dosta novaca. Odvodile su ih u Ameriku ili ostajale u Evropi. Ali da njega zaprosi?! Dakle, ona je imala cilj kad mu je davala stipendiju i sad on treba da joj se oduži u naturi, svojom osobom! Morao je da bude vrlo pažljiv i obazriv kad joj je odgovarao, da je ne bi uvredio. Počeo je lagano, izdaleka, da bi se pribrao i smislio šta da kaže.

— Nisam imao prilike da lično upoznam Amerikanke. Vi ste prva s kojom sam se upoznao. Iznenadila me vaša pažnja. I vi, i vaš pokojni suprug, bili ste vanredno dobri i plemeniti. Vi ste mi ulili poverenje u moj glas. Ja vam to nikad neću zaboraviti. Vaš plan može mi laskati, kao svakom mladom čoveku. Ali meni je vrlo žao što ću vas, možda, ražalostiti. Ja vas molim da moju iskrenost ne shvatite kao uvredu, ali vam moram saopštiti da mi je nemoguće da primim vašu ponudu, jer već dve godine volim jednu devojku i nedavno smo se i verili. Ona čeka da stupim u operu i da se posle venčamo. Ja vam o tome nisam pisao, smatrajući da vas ne interesuje moj privatni život. Kao što vidite, ja volim jednu devojku i ona je cilj i smisao moga života.

Ućutao je i odahnuo, kao da je održao neki govor i laknulo mu je. A ćutala je i Amerikanka. Nijednu reč nije izgovorila. U polusutonu nije mogao da vidi njene oči. Bile su tužne. Ne, to nije bila uvreda, već tuga. Kako za njega ne znače ništa njeni milioni. Da, Evropa je romantična! I ovaj bi lepi Jugosloven umeo da voli. Ona je to osetila i htela je da proživi jednu novu, nepoznatu ljubav. Sad je sve propalo. Uzdahnula je i osetila da treba nešto da kaže. Pitala ga je tiho:

— Jeste li našli devojku koja razume vašu umetnost?

— Mislim da sam našao, jer i ona je bila oduševljena da ja budem operski pevač, isto kao i vi. Vi je poznajete, to je gospođica Miomira, koja vam je svirala na klaviru.

— Ona? — iznenadi se Amerikanka. — Da, ona je lepa i muzikalna devojka. A meni se čini da mi je gospođa Stajić pričala da je ona bila verena za nekog bogataša?

— Jeste... Ali je raskinula veridbu.

— Zbog vas?

— Bila je razočarana u njega. Čula je neke neprijatne stvari.

— A vi ste se posle verili s njom? Jeste li se verili pre polaska u Italiju?

— Ne... To je bilo skoro, kad se ona vraćala iz Pariza sa konzervatorijuma i svratila u Milano.

Amerikanka je opet zaćutala. Kako je očekivala ovaj susret. Verovala je da će mladić sa ushićenjem prihvatiti njenu ponudu. Da li je bio svestan koliko gubi? Nudila mu je slavu i bogatstvo, a on se svega odriče zbog jedne lepe devojke. Osetila je da nema više one negdašnje privlačne mladosti. Sve je veštačko na njoj. Prefinjenim čulom žene osetila je da se oko nje više ne skupljaju mladi ljudi. A bilo ih je nekada čitav roj. Nije mogla da zaboravi svoje uspehe pevačice u Mjuzikholu. Nije tražila ljubav od Amerikanca, jer Amerikanac je poslovan čovek, ali je čvrsto verovala da će biti privlačna ovom egzotičnom mladiću crne kose i zagasitoplavih očiju, koji je uz to još i umetnik. Htela je da ga odvede u Ameriku, da joj zavide na njemu. Prikazivala bi ga svuda kao egzotičnu interesantnost. Verovala je u njegov uspeh u operi. Ipak je on glupak. Šta njemu treba ljubav kad ima slavu? I ona bi umela da ga voli. A on hoće mladost. A mladost može da mu upropasti karijeru.

Prešla je sasvim mirno na drugi razgovor, kao da ga maločas nije zaprosila. Umela je da vlada sobom. Pitala ga je ima li još koja predstava pod vedrim nebom u Milanu. Ninoslav joj reče da će se davati *Boemi*.

— Moram da ih čujem, jer sada učim ariju Rodolfa.

— To je baš za vas. Ne mogu da zamislim malog i debelog Rodolfa. Smešno je kad je lep glas u komičnoj figuri. Junak je tada neubedljiv. Vi ćete biti ubedljivi u svakoj operi. Gde mislite prvi put da pevate?

— U beogradskoj operi.

— Koliko tamo plaćaju?

— Plate nisu velike. Mislim da stalni, najveći pevači, nemaju više od sedam hiljada dinara.

— Koliko je to u dolarima?

On joj izračuna.

— Pa to je bedna plata! Kako ti umetnici žive? I vi ćete se time zadovoljiti? Je li bogata vaša verenica?

— Dosta je bogata.

— Onda vi nećete brinuti. Ipak se pametno oženite. Pevač mora da ima veliki komfor. To nemojte zaboraviti.

Izašli su iz čamca i otišli u vilu. Ninoslav je noćio u vili kod nje. Mislio je da li će ta žena nešto pokušati kao onda Stajićka. Ali ona se držala vrlo uzdržano. To je sačuvalo u njemu lepo mišljenje o njoj kao umetnici i inteligentnoj ženi.

Sutradan se vratio u Milano. Ona ga nije zadržavala. Pročitao je tugu u njenim očima. Čudio se kako žene nisu svesne svojih godina. Sigurno je deset godina bila starija od njega. Zašto je želela brak? Zar nije uviđala razliku? Ili je prelazila preko toga, misleći da je važnije bogatstvo? A on je bio južnjak, strastan, i pun ljubavi za porodični život. Zar ima išta lepše od njegove male Miomire? Ona je njegova ruža i najlepši cvetić njene bašte. Samo da ona ozdravi! Neće joj pisati, niti reći da ga je Amerikanka prosila. Neka to ostane tajna. Njeno ljubomorno srce bi patilo. Ona treba da ozdravi. Ona mora ozdraviti.

Odmah joj je napisao pismo čim je došao u Milano i završio: *Srećo moja, misli na svoje zdravlje, jer tvoj je život i moj život. Dok si ti bolna, za mene nema radosti. Nemoj da žuriš iz sanatorijuma. Ostani što duže možeš, da se sasvim oporaviš. Ja neću pevati u oktobru. Odložio sam. Zar bih mogao da pevam, a da me ti ne čuješ? Veruj mi, anđele moj, ne veseli me više ni pesma, ni operska karijera. Voleo bih da proživim ponovo one divne dane u vašoj vili, u tvojim lepim sobicama, da sedim u fotelji, a ti da mi sviraš, da šetamo u predvečerje pokraj reke i da te držim zagrljenu, a ti da mi se naslanjaš na grudi. To je život za kojim čeznem...*

Može li da očekuje da mu Amerikanka i dalje daje stipendiju? To bi bilo nekorektno. Ona ga je volela i zaprosila, a on je odbio. Priznao je da voli drugu devojku. Ima li smisla da išta više očekuje od nje?

Dvoumio se. Šta da radi: da li da ostane još koji mesec ili da se vrati? Pevao je, išao na časove, ali je izgubio volju. On je sve ovo činio zbog Miomire. A Miomira je ležala bolesna u sanatorijumu.

Na predstavi *Boemi*

Amerikanka mu je opet javila da je došla u Milano i odsela u istom hotelu. Zvala ga je da je poseti. Znao je da posle ide u Pariz. Bogata žena. Njoj je ceo svet otadžbina. A on je u tom smislu bio tesnogrud. Voleo je svoju Jugoslaviju i kao da se sva Jugoslavija suzila u Miomirinu vilu, njene ruže, borje, njeno slatko lice s velikim očima i njeno lepo, nežno telo. Kako je on voleo Miomiru!

Pošao je elegantan i lep. Polagao je na svoju spoljašnjost, jer je znao da Miomira to voli. Najzad, čovek pobeđuje i sa odelom. Dosta je bio pohaban kao student. Sad je bio gospodin. I njegova Miomira je elegantno devojče. Neće je više postideti.

Portir u hotelu mu se duboko poklonio. Znao je da je on kavaljer Amerikanke, a gosti iz Amerike bili su mu najsimpatičniji. Oni uvek daju velike napojnice.

Kucnuo je na vratima i ušao u salon. Zastao je zapanjen, ne verujući svojim očima. Je li to moguće? Otkuda ova žena? Ala se ta svuda ćuška! Pronašla bogatu Amerikanku pa izigrava prijateljicu. Hohštaplerka jedna!

Visoka, utegnuta, zmijasta, lukavih zelenih očiju koje je umela da pravi sladunjavim, umiljata i mazna, diže se sa fotelje — gospođa Stajić.

— Niste očekivali da ćete me ovde zateći? A ja sam znala, i čekam vas. Možda ste me već i zaboravili, jer vi, mladi ljudi, imate slabo pamćenje. Ali ja vas nisam zaboravila, i trebalo je mnogo vremena da prođe pa da vam oprostim što ste bili nepažljiv mladić i zaboravili poziv jedne žene, a to bi drugom laskalo.

Pružila mu je ruku, očekujući da će je poljubiti, ali on se samo rukova.

— Zbilja, iznenađen sam... Otkud vi ovde?

— A volite li što me vidite?

— Prijatno je razgovarati maternjim jezikom u tuđoj zemlji. Davno nisam govorio srpski.

— Italijanski dobro govorite. Čula sam od Klare. Došla sam da utešim moju dobru Klaru. Sirota ona, sad je potpuno sama. Ići ćemo malo do Pariza, a posle ću je odvesti u Dubrovnik... da je malo raspoložim.

Iz sladunjavog tona prešla je najednom u oštriji i ljutit.

— Nisam mogla verovati da ste takav glupan! Dopustite mi da vam to kažem, jer zaslužujete.

— Zašto sam glupan?

— Zato što ste odbili Klaru. Znate li vi šta ste izgubili i šta biste dobili od nje? Multimilionerka! Možete li vi da zamislite šta to znači? I uticajna žena. Svojim milionima stvorila bi vam karijeru. Ceo svet biste obišli s njom. Ima oblakoder u Americi! A da i ne pitate za njenu vilu, imanje. Živi kao princeza. Vila na jezeru Komo. Videli ste. Ceo život bi vam bio provod, zadovoljstvo i putovanje... I voli vas... Ja znam da vas voli. Vidite kako sam ja iskrena prijateljica. I pored toga što se i meni dopadate, ja bih vas velikodušno prepustila njoj, jer vam želim sreću. A vi ste je glupo odbili. Zbog koga, pitam vas?

— Gospođo, ja neću da vređate moja osećanja i Miomiru. Miomira više vredi nego ceo svet. Ne bih ja ostavio Miomiru milijarde da mi se ponude! — odgovorio je žustro. — Ja sam Srbin, volim da imam svoju porodicu, hoću da proživim ljubav i mladost sa ženom koja mi odgovara. Ne želim da se prodajem za novac i da me iko vodi po svetu. Nisam ja odrastao u bogatstvu, pa mi nisu potrebni milioni. Ako uspem kao pevač, dobro, ako ne uspem, uposliću se kao činovnik. Moju ljubav prema Miomiri niko ne može da pokoleba.

Stajićka ga je gledala sažaljivo i progovori:

— Kako vas žalim! Ja već vidim vašu propast.

— Zašto ću propasti?

— Vi ništa ne znate. Znate li vi od čega je Miomira bolesna?

— Znam... prsla joj je jedna vena i leči se.

— Jeste... samo naprsla vena začas zaraste... Vaša Miomira je tuberkulozna!

— Pa i tuberkuloza se može izlečiti, ako se brižljivo neguje.

Uzdrhtao je sav, i da je mogao dohvatio bi tu ženu i tresnuo je o pod. Kako je opaka i zlurada! Kidala mu je srce. A njegova mala Miomira, njegova sreća, mora ozdraviti. Bilo mu je gorko u ustima, a usne su mu bile suve od jeda i potresa. Bio je hladan prema ovoj ženi i svojom odlučnošću pobijao je svaku njenu rečenicu. A ona je govorila:

— To je još pitanje da li se tuberkuloza može izlečiti i u kom je stadijumu bolest vaše lepe Miomire.

— Ja ću je uzeti pa makar bila i tuberkulozna!

— Kad vam je toliko stalo do bogatstva, zašto odbijate bogatstvo jedne zdrave žene kao što je Klara?

On oseti kako mu izbi vruć vazduh kroz nozdrve. Ah, ovo je demon žena!

— Da sam hteo bogatstvo, ja sam se još odavno mogao oženiti Miomirom. Ali ja sam želeo da postanem svoj čovek i da sam osiguram život svojoj ženi. To Miomira zna. Ona, sama za sebe, predstavlja najveće bogatstvo.

— Kako su zaljubljeni muškarci u zabludi! — govorila je, paleći cigaretu. — Vi u njoj vidite samo savršenstvo. Neka! Imaćete vremena da se razočarate... Setićete se vi mojih reči. Samo ako i vi ne dobijete od nje tuberkulozu...

— Ništa... umrećemo zajedno...

— Kao Romeo i Julija... Ili ćete se vi ubiti na njenom grobu...

— Nisam mislio, gospođo, da ste tako bezdušna žena.

— Bolje poznajem život od vas i htela bih da vas otreznim. Vi ćete se kajati što ste odbili Klaru. Ona je divno stvorenje. Takva žena je vama potrebna. Ona bi vas vodila kroz život. Ništa ne biste imali da brinete. Prosto da zatvorite oči i da uživate.

— Ja imam pouzdanje u sebe i nikad ne bih dozvolio da me žena vodi. Ja ću ženu da vodim kroz život i da je izdržavam. Ona će biti onakva kakvu ja želim. I nikada kao vi...

Ona se ironično nasmeja.

— Znate da vređate. Treba vam još dosta šlifa i vaspitanja da biste umeli da cenite ženu. Treba da znate da su sve žene kao ja, samo su pritvorne. Ja volim život, i to ne krijem. Umem velikodušno da oprostim i oprostiću i vaše uvrede, mada niste više balavac. Klara bi vas doterala. Treba da živite u velikom svetu, pa da steknete pravilne pojmove o životu. A vi ste odrasli po palankama i usisali u sebe pojmove malograđanskog života. Mislite li da će se s time složiti Miomira?

— Ona se već složila.

— Onda vi imate čudnovatu moć da preobražavate žene. A žene su mnogo jače nego što ljudi misle. Vi ste slabići prema njima... I vi ste slabić. Samo se šepurite. Kad osetite svoju slabost, vi bežite. To je kukavičluk — napravila je aluziju na ono što nije hteo da dođe k njoj.

Ninoslav joj odgovori ironično:

— To što vi smatrate kukavičlukom, možda je ponos muškarca koji ne želi da bude igračka u rukama žene.

— I onda se zaletite i oženite jednom Miomirom... Šteta za vas... Lep i zdrav mladić, i da uzme bolesnu ženu.

— Dobro, gospođo, to je moja lična stvar, ostavimo taj razgovor. Ono što sam naumio, učiniću i biću srećan. Nego, gde je gospođa Klara?

— Piše pisma. Sad će doći. Eto je u sobi. Znate li vi kako je to plemenita žena?

— Znam... I ja gospođu neobično cenim...

— Ona je lepa žena. Zar vi to ne vidite? Nije ni mnogo starija od vas. Šta je to trideset pet godina?! Najlepše doba u životu žene. Izgleda mlađa od vas. Vi dobro izgledate. Popravili ste se i vidim da ste vrlo elegantni. Bili biste lep par. Ona plavuša, a vi crnpurasti. Ja mislim da bi vas odvela čak do Holivuda. Ali, čovek mora na vas da se jedi. Takve životne perspektive vi odbijate! A ja volim ovaj život! Putovanja, hoteli, promene... Čas ste u jednoj zemlji, čas u drugoj... A vi, sigurno, hoćete ženu domaćicu... kuvaricu... Puno dece... pelene... porođaji! I kad žena narađa, muž ostane mlad i onda traži mlade devojke. Sreća te sam našla muža koji je pristao da se pomiri s mojim načinom života... Ali nemojte nikad zaboraviti da je Miomira tuberkulozna i ko zna kakva bi vam bila deca!

On je stegnuo pesnicu, spreman da smrvi ovu ženu koja mu je parala srce, hteo je da joj baci u lice uvrede, ali se vrata otvoriše i pojavi se Amerikanka.

Ninoslav je poljubi u ruku, što ne umače pogledu gospođe Stajić, i bila je zadovoljna što ga je najedila. Uzdahnula je. Zbilja, divan je i otmen. To je muškarac koji ume da voli. I častan je. U njenom životu uvek su bili sladostrasnici, ženskaroši i mangupi. Iskorišćavali su je i materijalno. Jer ona je ulazila u godine kad žena mora da bude veći kavaljer od muškarca. Nedostatak mladosti nadoknađivao se novcem. Razumela je Amerikanku i iskreno se zalagala za njenu ljubav, ali je bilo uzalud. Rekla joj je da je njegova verenica tuberkulozna. Utešila je da će se on, možda, rashladiti što je bolesna. A možda će i umreti. Ona će sa Amerikankom održavati prijateljske veze. Ko zna da joj jednoga dana neće sam Ninoslav pisati i pokajati se što ju je odbio. Multimilionerke se ne odbijaju. Novac više vredi nego ljubav.

Otišli su sve troje da slušaju te večeri *Boeme*. To je bilo za Ninoslava najtužnije veče u operi. Sedeo je između dve elegantne žene sav utučen. Mimi je umirala, a to kao da nije bila Mimi već njegova Miomira...

„Ona je tuberkulozna", neprestano su ga pekle te reči. Njegova mala Miomira, njegovo sunce života, zar ona da umre? I zar on da peva Rodolfa? Mimi je kašljala i pritiskivala grudi, a njemu se činilo da su to grudi Miomirine. Mimi je ležala na postelji, malaksala, ugušena, bleda, a to kao da nije bila Mimi nego Miomira... Zarivao je nokte u prste, stezao ih, a srce mu je jaukalo...

Zar Miomiru da izgubi? I ona je ovako bela na postelji. Ko zna kako joj je u ovom času, a on sedi u operi između dve dame... „Volim te, Miomirice, volim te lepoto moga života." Suza mu je mutila pogled, srce mu je bilo raskrvavljeno. Zašto on sedi uz ovu gnusnu ženu koja mu kopa srce noktima?

„Miomira je tuberkulozna", tužno odjekuje u njemu kao posmrtno zvono... „Ne, neće moja Miomira umreti, ja ću je čuvati, negovati." Rodolfo uzima malu bledu ručicu Miminu, i on se priseti belih ručica Miomirinih kad je ležao u postelji, kad ga je negovala i gladila mu vrele obraze mekim rukama.

„Ti ne smeš umreti, Miomira, srećo moga života." Mimi zatvara oči i glava joj klonu na jastuk... A muzika jauče, život je ugašen, čitav vihor bola izliva se iz orkestra. Rodolfo kriknu: „Mimi!", a srce Ninoslavljevo zadrhta, iskida se, zajauka...

Svetlo blesnu. Žene ga pogledaše i uhvatiše suze u njegovim očima... On brzo okrete glavu...

U automobilu Stajićka je pričala Amerikanki:

— Njegova verenica je tuberkulozna... ona će umreti... Ja sam to čula.

— Jadni mladić! — uzdahnu Amerikanka. — Kako mora patiti kad voli!

Videla je njegove suze i još više ga je cenila. Ljudi na starom kontinentu su romantični i duboko osećaju... Ovde još žive i Mimi i Rodolfo...

Ninoslav se vratio kući. Bio je strahovito potresen. Bacio se obučen na postelju i video neprekidno Miomiru na postelji u operi. Plakao je... On, snažan, otporan, izdržljiv u bedi, uvek gord, večeras je plakao... Plakao je za svojom Miomirom... A one strašne reči uvlačile su se kao opasni insekti puni otrova, ujedale ga, i bol se razlivao po celom telu. A reči su neprekidno naletale: „Miomira je tuberkulozna".

Brzo je ustao, izbrisao oči i napisao direktoru Novakoviću pismo. Molio ga je da mu odmah odgovori.

Posle se malo primirio i legao u postelju.

———

Direktor Novaković se smešio ulazeći u kuću. Mati, uvek brižna za Miomirom, već osedela od tuge razgovarajući stalno sama sa sobom, ne opazi njegovu veselost. Iznenadi se kad on reče:

— Imam jednu novost da ti kažem...

— Kakvu novost? — štrecnu se majka.

Novost je za nju zdravlje Miomirino, a ono teško napreduje. Prokleta je plućna bolest.

— Pročitaj ovo pismo.

— Od koga je?

— Od Ninoslava.

Mati pročita i pogleda veselije muža.

— Pa hoćeš li da ga primiš u banku? Treba da ga primiš. Bolje je što se vraća.

— Primiću ga. Nije trebalo ni da ide. Što je onda dunuo u Beograd? Nego, to mu je sve ćuškala u glavu Miomira: da bude operski pevač! Dosad je mogao upoznati sve poslove u banci. Neka ga! Isterao je ćef, pa će se smiriti. I ona da nije išla u Pariz, ne bi ležala u sanatorijumu. Tako oni... svi su samovoljni.

— Dobro, ostavi sad to. Možda joj nije Pariz navukao bolest. Je li ćerka onog tvog činovnika išla u Pariz? Nego nazeb, ne čuvaju se. E, baš mi je milo za Ninoslava. I zbog Staše. Da mu pomogne za maturu. Ti znaš da se oni vole? Miomira neće ni za kog drugog da se uda, samo za njega. Priznali su mi sve. „Ja ga volim, mamice, vi mi nećete braniti da pođem za njega. On je najbolji mladić...” Jeste dobar... Nemoj da mu zameriš što je bio u Italiji. Video je sveta, naučio jezik. Kaže mi Miomira da lepo govori italijanski. Bolje što smo ga i mi upoznali, a ne kao s Vladom. Niti ga je poznavala ona, niti mi. Šta mi je o njemu napričao Milan Polin kad sam bila u Beogradu! Propalica, sav bi miraz Miomirin prokockao i proćerdao sa ženturačama. Kako bi se unesrećili! Ja nemam ništa protiv Ninoslava. A ti?

— Nemam ni ja, samo neka Miomira ozdravi.

— Teše me lekari, kad sam bila u sanatorijumu. Nije kod nje tako strašno, samo da pazi na sebe. Eto, zato bih volela da pođe za Ninoslava. Da budu kod nas u kući. Da ja pazim na nju. Čini mi se ako ode od mene, opet će propasti. Neka, opametila se. Kaže: „Jaoj, mamice, kako sad umem da cenim zdravlje”. Leži po ceo dan i ne miče se. Veli: „Kad dođem, ja ću jednu naslonjaču na moj balkon, pa da ležim po nekoliko sati”. Eh, bože, šta nas to snađe! Je li, a koliku ćeš platu da daš Ninoslavu? Nećeš valjda da ga gledaš kao činovnika, već kao zeta.

— Na spisku će se voditi kao svi činovnici, a u ruke ću mu davati koliko mu treba.

— On je skroman mladić. Pričala mi je Miomira kako je štedeo od stipendije. Ništa nije dao da ona troši kad je bila u Milanu.

— Bogami, neka štedi. I ja sam bio siromah, pa sam stekao. Otac mi ništa nije ostavio u nasleđe.

— Hoće li on da stanuje kod nas?

— Što da ne stanuje? Ovolike sobe. I neka malo radi sa Stašom.

— Ama ovo se dete nešto mnogo uspalilo. Treba da ti pričam šta sam mu našla u džepu. Četkala sam mu jutros kaput i našla. Čekaj da ti donesem. Da on ovakve stvari nosi po džepovima! I šta će mu? On ima neku ženu...

— Šta ćeš, sin ti je muškarac. Bolje da se čuva i bude oprezan nego da natrapa na bolest.

— Tebi je to smešno. Zar on da ima veze sa ženama, a još je dete?!

— More, kakvo dete! Devetnaest mu je godina. Mladić je to.

— Ti sve olako uzimaš, a ja sam jutros premrla od straha kad sam mu ovo našla. Mlad je i neiskusan, bojim se da ga neka ne uhvati. Znaju da mu je otac bogat, pa će neka da ga uhvati i neće ga pustiti živog. Pokojni Mile je bio pametan, ali ovo je ludo.

— Nemoj da se sekiraš. Sinovi su na mene. Ni mene nije mogla nijedna da uhvati sem tebe.

— Otkud sam te ja uhvatila? Ti si mene našao. Koliko si trčao za mnom!

— Priznaj, i ti si mene volela.

— Zašto da ne priznam, volela sam te, bio si dobar... E, baš mi je milo što se vraća Ninoslav. Šta li će Staša reći kad dođe? Evo ga! Čujem kako tutnji uz stepenice. Hoćeš li ti za ovo da mu kažeš? Eto, majka sam, pa me sramota o ovome da razgovaram sa svojim detetom. Ti treba kao otac. Oni u školi ne vode o ovome računa. Njima je samo stalo da oni znaju lekcije, a mi roditelji patimo zbog njihovih avantura.

Staša upade u sobu, rumen, blistavih očiju... To je već bio mladić, lepo razvijen, izrastao, talasave kose, širokih ramena, a tanak u struku.

— Tata, šta ćeš da mi daš ako te nečim obradujem. Onako, da zvekne!

— Daću ti... za bioskop...

— Hm! Ala si kavaljer! Za bioskop ja uvek dobijem od mame... Ima da žrtvuješ nešto više.

— Šta ti mene ucenjuješ? Hajd' reci šta je?

— Dobio sam na zadatku iz matematike peticu. Znaš da sam odličan matematičar!

— E, to je dobro... Onda ideš na tehniku.

— Rešiću ja kuda ću, nego reši ti koliko ćeš da mi daš. Ajde, ćale, vadi novčanik.

— Pokaži zadatak.

— Ih, misliš da te varam. Šta ti je bankar! Sve cifre da ti budu na broju. Evo! Lažem li?

— Dobro... dobro... Koliko da ga častim, Jovanka?

— Koliko ti hoćeš. Ali dosta mu i ja dajem. Šta će tebi novac?

Majka se seti onoga što mu je našla u džepu. Da li će on to da odnese nekoj ženi? Gospod ih ubio, hvataju decu.

— Jaoj, ćale, što imaš hiljadarki! Što mi ne daš tu veliku? Uh, samo sto dinara!

— Kako, to ti je malo? A kad sam ja bio đak, otac mi je mesečno slao po sto dinara.

— Drugo je bilo vreme onda, i tvoj otac nije bio direktor banke.

— Nemoj ti da računaš na moj novac, nego imaš sam da zaradiš. A znaš li ti ko nam dolazi?

— Da nije Miomira?

— Drugi neko. Tvoj veliki drug.

— Ko to? Da nije Ninoslav?

— On. Vraća se u banku. Moli me da ga primim. Napustio je opersku karijeru. Ja sam, ipak, bio u pravu.

— Je li to istina? — pitao je Staša razočaran. — Što mu je to palo na pamet da se vraća u banku? Ja ga osuđujem. Zamišljao sam kako ću da mu pljeskam kao student. Što ću da ga izgrdim kad dođe. A šta će Miomira da kaže? Ona već zamišlja kako sedi u prvom redu i gleda ga kao Marija Kavaradosija. To me nije obradovalo. Volim što će da dođe, ali mi je žao što je napustio pevanje.

— Vidiš, Jovanka, svi su fantaste. Vole slavu, pozornicu, fudbal...

— Pa, šteta za njega! A ja sam svuda pričao kako će biti svetski pevač. Neće njemu dati Miomira da ostane u banci. Ja ću da ga nagovorim. On to na privremeno dolazi. Čućemo mi njega u beogradskoj operi.

— Nećeš ti njega ništa da nagovaraš. Bolje, sine, da on bude kod nas. Treba da znaš da za Miomirino zdravlje nije da noću odlazi u pozorište, i sva ona uzbuđenja! Slavni pevač! I ona s njim da ide po svetu. Ja volim da su oni ovde. On će nama da peva. Znaš kako si uživao kad ti je pevao i svi tvoji drugovi dojurili da ga čuju. Možda je osetio da ne bi imao uspeha? Kod tate će on u banku, pa gospodski da živi.

— A hoće li Miomira da se uda za njega?

— Kad ozdravi, neka se uda.

— To je ona njemu poručila da dođe ovamo. Krivo joj je što je on u Italiji. Znaš kako njega gledaju žene u Italiji? A lepe su Italijanke!

— Nemoj ti nama o ženama da pričaš. Ti si se nešto uspalio? Koja ti je ona što si juče s njom šetao? Nisam dobro videla u mraku.

— To je Olga, moja koleginica. Dobra devojčica.

Pocrveneo je kao da je mama mogla sve na licu da mu pročita. Jutros u školi, setio se šta je zaboravio u džepu od kaputa. Požurio je posle ručka da vidi da li je to još tamo. Zgranuo se kad je video da ga nema. Ah, to je mama našla! Bio je sav smušen i nije smeo mamu da pogleda u oči. A to je dao njemu i Stoletu njegov brat, farmaceut. Ali i ta ga Olgica ljuti. Gleda jednog potporučnika. O slavi je bilo mnogo mladih oficira oko nje. Bio je ljut. Ona će sa svakim da ide čim je počela život. A kune mu se da joj je on drugi. On je njoj drugi, a ona njemu prva. Osvetiće se on njoj. Naći će i on drugu.

Mati zaviri u njegovu sobu da vidi šta radi i povuče se. Htela je da mu kaže, ali nije mogla. A otac kao svaki otac. Puna mu glava poslova i svi važniji od dece.

Napisala je Miomiri pismo i javila da će Ninoslav doći u banku. Pisala joj je svaki drugi-treći dan. Razgovarala je s njom, hrabrila je, tešila. Brisala je suze dok je pisala pismo, a lakše joj je bilo kad joj napiše. Kao da joj odlazi u posetu, neguje je i mazi. Miomira je volela mamina pisma; spajala ih je topla ljubav i volele su se kao dve drugarice.

Taman je završila pismo, a uđe Staša u sobu.

— Mama, ja idem...

— Evo, da i ti napišeš Miomiri.

— Hoću. I da izgrdim Ninoslava.

— Ne smeš da ga grdiš. Samo je podbunjuješ. Imaš da napišeš kako se raduješ što dolazi, da je bolje da bude kod tate u banci, da mi svi mislimo na nju, da je volimo i jedva čekamo da dođe.

Morao je mamu da posluša, jer mu je stajala više glave i gledala šta piše. Pogladila ga je po lepoj crnoj kosi, sagla se i poljubila ga u kosu.

— Treba sestru da voliš, treba i mene da voliš. Ti ne znaš kako je meni teško. Bojim se za nju, bojim se za tebe.

— Zašto se bojiš za mene? Nemaš ti šta da se bojiš za mene, ja sam pametan.

Znao je na šta mama misli. Ah, što je bio neoprezan!... Poljubio je mamu da bi je odobrovoljio i umirio. Njeno materinsko srce odmah se raznežilo, ali strepnja ju je bockala i nije joj davala mira.

— Kuda ideš?

— Idem da prošetam.

— Nemoj da se zadržavaš uveče. Znaš da ti otac to ne voli. Naredio je da kod kuće moraš biti u osam.

— Ja sam uvek u osam kod kuće.

Pobegao je od maminih ispitujućih pogleda. Bojao se da nešto ne upita, pa bi se strašno ušeprtljao. Takva je i Stoletova majka. Samo mu čita. I Stole ima jednu devojčicu. Ali ona je poludevica. Sve mu dopušta, a čuva čednost. Sinoć je otpratio kući, pričao mu je, pa su pred kapijom dugo bili u mraku. Ta mala je u šestom razredu. Vrlo je zgodna. Poveravali su jedan drugom sve tajne i davali uputstva. Ulazili su u ljubavnički život nevešto i strasno, i voleli ljubomorom, prkosom, pretnjama i očajanjima. Taj prvi period ljubavničkog muškarčevog života bio je ispunjen istinskim osećanjima, ljubomorom i očajanjem. Tada su najiskreniji. Ali nešto se urezivalo u njihov karakter. Pomaljalo se nipodaštavanje žene, koje se tek docnije javlja u surovijoj formi. Nisu uzimali i ostavljali kao oni zreli. Duže su bile njihove ljubavničke veze sa devojčicama-ženama ili poludevicama, jer u njima je još uvek bilo bojazni i stida da ne doznaju roditelji, nastavnici, ulica. Bili su zahvalni i srećni kad bi se međusobno mogli pohvaliti kako su muškarci, ljubavnici. Isto su osećanje imali kao mlada nevina žena u braku. Srećna je što je ženka. S nekim pouzdanjem ide kroz život, sav organizam joj drhti od slabosti. Kao da svi muškarci u njoj vide ženku.

Tako je i Staša išao ulicom, zagledao devojčice, mlade devojke, čak i žene. Sve su ga uzbuđivale i znao je da vredi kao muškarac. Dotle nije vredeo. Zato je i bio nesrećan, melanholičan, neuravnotežen. Sad je tek upoznao i ocenio sebe i mogao reći sebi da je muškarac, da ume da zadovolji žene i da ga one vole što je pravi muškarac.

Razmišljao je i došao do Stoletove kuće. Ispričaće mu kako mu je na volšeban način nestala ona stvarčica iz džepa. Mora da je mama našla. Ispričaće i za Ninoslava i zajedno sa Stoletom napisaće mu pismo i poručiti da ponese što više šansona.

Preokret u duši male bolesnice

Prve snežne pahuljice kitile su visoke četinare u Sloveniji. Zabelelo se drveće u parku i odblesak snežne beline pao je na rumena i bleda lica bolesnica. Prvi sneg doneo je radost u sanatorijumu. Tu su naizmenično radost i tuga, kao što se menjaju boje dana. Tužno je ležati i čekati lagano odmicanje bolesti. Zašto ne odleti od njih kao oblak, kao ptica? Nego lagano, nedelja po nedelja, mesecima, pa i godinama. Kao da je u grudima nešto ogromno, nepokretno... Granit bi pre odgurnula nego klice bolesti. Tako sićušan bacil, a takvo čudovište! Rije, nagriza, množi se.

Danas su vesele sve tri. Njih su tri u sobi. Jedna Šumadinka, plava i puna šala i dosetki. Ona ih razveseljava, jer joj srce nije zauzeto. Druge dve su zaljubljene: Miomira u svog Nina i Beograđanka Ljupče u svog Milana. On je potporučnik i čekaće je dok ne ozdravi. I tako ne može da se ženi. Svakog dana joj piše. I Miomira često dobija pisma. U sanatorijumu znaju za njenog Nina, operskog pevača.

Poslednjih dana je tužna. Ljubomora joj cepa srce. Uvukla se neosetno, spontano. Uobrazila je da će je Nino zaboraviti. Otkuda je to došlo? Pisao joj je jednom kako je slušao *Karmen* pod vedrim nebom. I ona ga je već videla, lepog, visokog, s njegovim dubokim očima. Slike su se ređale u njenoj svesti. Pesnička fantazija ih je izmišljala. Uvrtela je u glavu da je napravio i poznanstvo. I onda dalje i dalje, maštanja, tuga, očajanje. On će biti pevač, njemu će aplaudirati, voleće ga. Ona će biti u zasenku, mala, beznačajna žena. Iza kulisa pevačice, balerine, a on lep i sjajan pevač. Žene nemaju skrupula. Neće reći da on ima lepu, slatku ženu, da ga ona voli, da je ona od njega stvorila pevača, da ga je naterala da uči pevanje. Žene su bezdušne. One će ga želeti, otimati. A zar će on biti ravnodušan? Doći će do scena. Ona će ga braniti. A šta će biti na kraju? Ah, zašto ga je terala da uči pevanje? Otkuda oni Amerikanci da naiđu? Da nije otišao, bio bi u banci, mogli bi se venčati, jer je lekar kazao da za godinu dana može da se uda, ali da ima miran, spokojan život. A ona se neće udati ni kroz godinu, ni kroz dve. Možda ga neće angažovati u Beogradu, a on neće njenu pomoć. Ubiće je njegova gordost.

Bile su tužne njene lepe oči, iako je napolju sve bilo belo. Plakala bi dugo. Čula je smeh u drugoj sobi. Te su devojke vrlo nestašne. Najedared su se ućutale i nastala je nekakva jeziva tišina. Da nije neka umrla?

— Šta je ovo? Zašto su se ućutale? — pitale su jedna drugu.

Šumadinka je ustala i vratila se uplakanih očiju.

— Kriju... ali sigurno je umrla. Videli su jednog gospodina i gospođu u crnini. To je njen muž. Ona je nastavnica. Ah, jadna ona! Neće je ni nositi. Sahraniće je ovde. Grob daleko od svojih.

Tuga je preplavila sva srca malih bolesnica. Zašto ih otrže svirepa smrt? Ućutale su, a oči su im došle velike, lica grozničava... Potresene su sve. Ne znaju šta i njih očekuje... Neke odu zdrave, pa se vrate kroz nekoliko meseci... Da li se nisu čuvale? Zaklinju se u sebi da će misliti na svoje zdravlje. Ali ko može odoleti radostima života? Svuda je provod. Zabavljaju se devojke, šetaju, flertuju. Nikad im nije dosta, iako su zdrave. A kako da odole iskušenju one koje su ležale nekoliko meseci lišene svega? Ah, da im je napiti se života kao i sve zdrave devojke. A one dugo moraju da ga srču, gutljaj po gutljaj, kao da je život bolest. Jeste, život je bolest. Ako se zalete u život, propašće, i strašni bacili će ponovo oživeti. U njihovim plućima se stišalo. Izgleda da je Miomira sasvim zdrava. Ali ona će se razboleti zbog Nina. On će nju zaboraviti. Zašto je u Italiji?

Doneli su poštu. Čas radosti. Miomira prepoznaje mamin rukopis. Slatka njena mamica! Kako joj neumorno piše! Uzela je njeno pismo i pritisla ga na usne, kao da ljubi mamu.

Čitala je prve redove sa osmehom. Nežna su mamina pisma. Najedared otvori očice. Je li to moguće? Nino se vraća! Biće u banci. Stanovaće kod njih. Napušta opersku karijeru. Spustila je pismo na postelju. Radost, iznenađenje, sve se izmešalo. Ali ni trenutka tuge što se vraća u banku. Ah, to on čini zbog nje. On će je čekati, negovati, maziti. Zna da je njoj potreban čist vazduh, odmaranje u šumici. Oni će proživljavati vereničke dane u šumi, u njenom borju, kraj klavira i gitare, pokraj reke. O tome je snevala, žalila što će nedoživljena poezija da im izmakne, što će doći u grad, tu se voleti, a njeno borje, njene ruže, vrbe i reka ostaće sami, bez njih, bez njihove milošte i ljubavi.

Bila je srećna i ćutala je. Zatvorila je oči da bi doživela sreću s njim. Koliko ga ona voli! Još više otkako je bolesna. Bolest raznežava, bolesnica još više čezne za ljubavlju. Ona je pravo dete. Zatvorila je oči i suze su joj klizile. To su bile suze radosnice.

Jedan vrisak potrese snežan dan i sve se mlade duše slediše u užasu. To je vrisnula nesrećna majka one nastavnice što je umrla. Život i smrt neprestano se preganjaju. Ispod pokrivača tresu se od jecanja bolesna pluća. Umrla je ona, a šta njih očekuje? Jeziva je tišina u sanatorijumu. Ni Šumadinka se ne šali više. Tuberkuloza je pokosila jedan život.

Iz obamrlosti oživljavaju jedna po jedna. Opet se budi nada.

Miomira je ustala da piše mami. Poručuje joj da tata dođe da je obiđe, da dovede Ninoslava i da ga vole kao nju. Zna da će joj ispuniti želju, jer je strpljiva i ležaće dok god lekari ne kažu da može da ide i da se uda.

„Bože, daj da što pre ozdravim i da se udam za Nina. Kako ću znati da čuvam svoje zdravlje! Kako ćemo se mi voleti! Sačuvaj me, Bože, smrti! Ja hoću da živim, ja volim život!", to je bila njena molitva koju je stalno upravljala Bogu, prirodi, nebu, zvezdama i lekarima.

Slavkin brak

Pahuljice snega promicale su veselo iako je bio tek početak novembra. Po suvoj zemlji slagalo se snežno pramenje kao paperje. Jato učenica izlazilo je iz škole u kaputićima, gologlave i s bereom. Među njima bila je i gospođa Slavka. Učenice su se jedva privikle da je zovu gospođom. Svaki čas bi se kojoj omaklo: „Gospođice!", a druga bi je odmah ispravljala: „Gospođo!" Vragolasto bi se pogledale i nasmešile. Zar njima svima nije bio ideal da se udaju? Slavkin muž, kapetan Lazarević, dopadao se svima, i ceo razred, kome je Slavka bila razredna, zvao ga je lafom. Pronašle su sve da se gospođa Slavka prolepšala, postala je još popustljivija prema đacima, uvek vesela, elegantna. Šapatom su se pitale da li će ona imati bebu? Neke su uveravale da neće, jer joj se ništa ne poznaje... Dok je sedela za katedrom i prozivala ih, one su je ispitivački gledale i zamišljale kako je muž grli i ljubi. Prosto su tražile tragove njegovih poljubaca i jednog dana, kad joj je skliznulo šalče s vrata, opaziše na vratu jedan modri pečat. Slavka oseti da joj je šalče skliznulo i brzo ga obavi oko vrata. Na odmoru su došaptavale jedna drugoj: „Jesi li videla šta joj je ono na vratu?" Mnogo su znale te male. Odrasli dečaci, maturanti, sada su drugim očima gledali gospođu Slavku. Ali svi su je voleli.

To snežno popodne žurila je kući i nosila uvijene u papir dve velike žute hrizanteme. Donela joj jedna učenica i uvila da se ne smrznu.

— Mi smo ih sačuvali u saksijama, mama ih je prenela iz bašte pre slane, pa sam vam ih donela. Mogla sam i saksiju — govorila je mala učenica gospođi Slavki.

— Hvala... Volim da ih metnem u vazu. Baš imam jednu lepu vazu za hrizanteme.

— A vama još neće mladenci? — govorile su njene sedmoškolke. — Naš razred će vam kupiti poklon.

— Pa kupile ste mi kad sam se venčala.

— Mi ćemo opet — uveravale su je prateći je u grupi i gledajući da li će je gdegod pričekati njen laf.

Ovoga puta nisu ga videle, a Slavka požuri svojoj kući. Vojnik je stigao pre nje, naložio peć u trpezariji i šporet u kuhinji, uzeo porcije i otišao da donese ručak iz oficirskog doma. Jedno vreme išli su u dom na ručak i večeru, a posle su videli da je bolje da donose kući. Raskomote se, odmore, i on poleškari, a onako, propadne im sve vreme u domu.

Otvorila je vrata spavaće sobe i, kao uvek, zastala i pogledala svaku stvar. Sa uživanjem je pogledala svoje dve sobe. Nije to više bio stančić u dvorištu, već čitav stan, zasebna kuća, s velikom baštom i voćnjakom.

Svukla se brzo, obukla jednu plavu domaću haljinu od somota, boje mora u sutonu. Plavo joj je divno stajalo i on je najviše voleo tu haljinu. Sva je blistala, kao mlada žena, mažena i voljena. Koža joj je bila glatka i rumena, oči vesele, a tamni kolutovi ispod očiju davali su im posebnu lepotu. Bili su srećni.

Nikad nije mogla zamisliti da će izabrati oficira za muža. Njen muž joj je izgledao malo drzak, grub, ženskaroš, dok ga je poznavala kao mladića. A kako je on bio nežan i dobar! Davno mu je umrla mati, imao je maćehu, umro mu je i otac, i nije upoznao pravu, roditeljsku ljubav. Kao oficirsko dete i sin ratnika sa Solunskog fronta, čije je grudi krasila Karađorđeva zvezda, primljen je u vojnu akademiju. Osećanje usamljenosti ispunjavalo je njegov život, ali to se nije videlo na njemu. Muškarac, lep i na položaju, bio je omiljen kod devojaka, davale su mu i slobodu, izgledao je ženskaroš, a u suštini je bio fina, nežna priroda koja čezne za porodičnim životom.

Šetkala je kroz sobe i gledala kako sneg sve više pada. Ograda se zabelela od snega, grane oraha kao da su bile od šećera, a na ulici kovitlac. Stavila je drvo u peć, postavila sto u trpezariji, porazmeštala male servijete od hartije, spustila vazu sa žutim hrizantemama. Kao kći seljaka, volela je rad. Iz ormana u kuhinji izvadila je sir, isekla kriščice i poređala ih na tanjir. On je voleo sir kao predjelo. Stavila je i kolače na jedan poslužavnik, a iznela je i lepe, rumene, krupne jabuke. Uživala je kad je sve spremno, a on dođe kući, rumen, zaljubljen, skine bluzu, obuče kućni kaputić. Bila je nežna ženica, nimalo ćudljiva, ni jogunasta, voleli su se i mazili jedno drugo.

On je doveče dežuran, a ona će popravljati zadatke iz srpskog jezika.

Kapija zacijuka na dvorištu. To je vojnik doneo ručak. Ušao je sav snežan i stavio porcije na šporet. Ona je pogledala jelo. Dobro je, baš ono što voli njen mužić.

Sedela je u trpezariji i čitala novine. Čula je njegove korake. Ušao je u predsoblje. Izašla mu je u susret. Očekivala je da će je zagrliti kao i uvek, dohvatiti je mahnito, besno i obasuti bujicom poljubaca njen nežni beli vrat, usne, lice, oči.

A on ništa. Skide mantil, okači ga i hladno izgovori:

— Posle podne obući ću šinjel.

Ona ga pogleda iznenađeno, a on ćuteći uđe u sobu.

— Ti si postavila?... Nešto nisam gladan.

Uzeo je odmah novine, a zatim podigao glavu, pogledao je, video da je sva sveža, rumena, lepa, i kao da ga to rastuži, naljuti, ponovo zagnjuri lice u novine.

Slavka je stajala i posmatrala ispitujući ga. Šta mu je? Morala je to saznati. Prišla mu je s leđa, obgrlila ga oko vrata, povila mu glavu i htela da mu se zagleda u oči.

— Tebi se nešto neprijatno dogodilo?

— Nije ništa — odgovorio je kratko.

— Jeste. Ne možeš ti da sakriješ. Nisi me ni poljubio. Dobro. Neću ni ja tebe.

Odmakla se i sela za sto. Nije ostala ni minuta na stolici, prišla mu je ponovo, nasmejana, dobre volje. Nije smela da se ljuti, trebalo je da ga ispita, uteši. Pritisla je svoje tople usnice uz njegov mrki, još hladni obraz, gledala ga i milovala po licu.

— Srce malo, šta ti je? Zar nećeš da kažeš svojoj ženici?

— Ne moram da ti kažem, ti to već znaš. Mora biti da si vrlo srećna. Ja sam doveče dežuran. A ti ostaješ sama. Sigurno voliš što ćeš biti sama?

— Ja te ne razumem. Šta to govoriš? Šta ja znam i zašto sam srećna? Da me nije ko oklevetao? Najzad, ovo je palanka, svašta se može očekivati. Molim te, objasni mi u čemu je stvar?!

— Ti ne znaš u čemu je stvar i da ti ja kažem? Nisi ga, valjda, videla?

Slavku nešto štrecnu. Znala je na koga misli, jer je Staša saopštio u školi: „Juče je došao Ninoslav", ali sasvim ozbiljna i umiljata, a pomalo i srećna što je ljubomoran, ona ga još nežnije i zaljubljenije zagrli, unese mu se u oči, poljubi mu usne navaljujući:

— Kaži mi sve! Hoću da znam koga si video?

— Tvoga druga sa studija, onoga u koga si bila zaljubljena, koji te je posećivao, i rešila si za mene da se udaš tek kad je on otputovao.

— Ninoslava? Je li?

— Njega, dabome! Otkuda on opet u banci gospodina Novakovića?

— On je Miomirin verenik. Zar ti to ne znaš? Staša mi je pričao. A i gospođa Novaković mi je kazala. A ti si ljubomoran na njega? Zar ja nisam bila čedna devojka i samo tvoja? Neću više da te poljubim! To nije lepo od tebe. Malo moje, pa ti si moja ljubav, moja sreća! Zagrli me.

Sela mu je na krilo i osetila kako je njegove ruke stežu, oči mu se smeše i sav se on raskravljuje, raznežava, naginje joj se očima i pita kao dete, mazeći se, još uvek pomalo ljut:

— Je l' ti samo mene voliš?

— Mislim da sam ti to već kazala. Nisam bila lakomislena kao devojka, pa zar da to budem kao žena, sad kad sam zadovoljna, srećna, kad imam našu lepu kućicu?

Njene reči su ga stišale i on joj priznade:

— Jutros sam ga video i celo sam jutro bio ljut. Sve sam mislio da je zbog tebe došao. Zna li on da si se ti udala?

— Sigurno da zna. Miomira mu je morala reći, Staša je bio letos u Italiji, valjda mu je kazao.

— A on ti nije pisao iz Italije?

— Jeste. Poslao mi je onu dopisnu kartu.

— Ti si se dopisivala s njim?

— Nisam, veruj mi!

Nije htela da mu prizna za pismo iz njegovog grada, iscepala ga je pre udaje i bacila u vatru.

— Je li to istina, da se on ženi Miomirom?

— Bogami, kazala mi je gospođa Novaković. Oni se vole.

— A on lepo peva. I ti voliš pesmu i gitaru.

— Ali više od svega toga volim tebe.

— Videćemo da li me voliš. Doveče ćeš biti sama kod kuće.

— I lepo ću popravljati zadatke i leći i slatko se ispavati.

— Milo ti je što ćeš sama da spavaš, je li? Ali ja ću da se prikradem i dođem pod prozor da vidim ima li koga kod tebe.

— Dođi slobodno. Bože, zar si ti tako ljubomoran? — pitala ga je, a oči su joj svetlele.

Kad ljubomora nije tiranija, ona je slatka mladoj ženi.

— Moram biti ljubomoran kad znam da ti je on dolazio, a mene nisi htela da pustiš u kuću.

— A da sam te pustila, ti me ne bi nikad uzeo. Zar nisi i sam priznao da ti se svaka devojka ogadila koja ti se dozvolila. Vidiš, ja to znam, a nisam ljubomorna.

— Zato što me manje voliš.

— Ne, nego što je moja duša čednija... Nego, hajde da ručamo. Jesi li gladan? Ima ono što ti voliš: podvarak sa ćuretinom...

Pošla je u kuhinju, a on je dohvati oko stasa.

— Voliš li me?

— Obožavam te. Ti treba da čuješ kako te hvalim u kolegijumu. Pitaj sina profesora Živkovića. On je poručnik. Neka mu kaže njegov otac kako te ja hvalim.

Seli su za sto i ručali. Šalili su se i pričali. On o kasarni, ona o onome što se zbivalo u zbornici. Posle ručka posilni ode. Ona je čitala zadatke, a muž je čitao novine. Muž je pogleda i zovnu:

— Hodi k meni.

— Čekaj, još ova dva zadatka da popravim.

Uhvatio ih je san, sladak, ljubavnički, kad se oči blaženo sklapaju, a glava ženina počiva na ruci muževljevoj. Bili su oboje srećni. Posle spavanja ona mu je donela slatko i kafu. Šalili su se, zadirkivali, tepali jedno drugom kao deca... Razgovarali su šta bi voleli da imaju, sina ili ćerku? Muž je hteo sina, a ženica ćerku. Ona je čeznula za decom. Rodiće dvoje, jer brak nije srećan kad nema dece.

— Tako... sad ostaješ sama — govorio je pri rastanku...

Ali, ljubomora se malo ugasila, jer mu je ženica dala dokaz ljubavi. Otišao je raznežen i zadovoljan.

A ona je dovršila popravke pismenih zadataka. Posle je uzela i vezla jedno goblen-jastuče. Otvorila je prozore u sobi da se izvetri od duvanskog dima i uživala kako se suton spušta, a sneg pada. Posle je zatvorila prozor, upalila svetlo i napisala Anđici pismo. Savetovala joj je da lepo uči i gleda da bude oslobođena mature. Da dođe za Božić i da kod nje provede raspust. Napisala je i Miomiri pismo i opisala joj svog muža. Uzela je jednu knjigu i počela da čita. Čula je kucanje na vratima. Ko li je to? Da nije Ninoslav? Sva je pretrnula od straha. Ne bi volela da joj u ovo doba dođe, kad muž nije kod kuće. Nije htela ničim da ga ožalosti kad je on ovako dobar. Sva uznemirena prišla je vratima. Najedared prsnu ženski smeh pred vratima. „Gina i Vida", obradova se Slavka. Otključa vrata i spazi mlade devojke, rumene, sveže, obasute snežnim pahuljicama.

— Imate li metlicu da očistimo sneg? Nećemo ovakve da uđemo. Znamo kako je kod vas čisto.

— Ama, uđite! Sneg se otopi.

— Čekajte da ga malo otresemo.

Nosile su obe paketiće. Skidoše mantile i okačiše u predsoblju.

— Prvo da vam ovo damo.

— Vi donosite kad god dođete.

— E, pa vi nemate mnogo vremena za domaće poslove — govorila je Gina. — Ovo sam vam donela da probate neke kolače. Danas sam mesila. Znam da vaš Sveta voli kolače.

— A mama vam je poslala grožđa. Malo je provenulo. Mnogo smo grožđa ostavili da se suši. Tako je slatko.

— Velika vam hvala! Čime da vam se odužim?

— Šta da nam se odužujete? Vi i gospodin Sveta vodili ste nas u oficirski dom. Kako smo se onda lepo provele! A znate li jednu novost? — uzviknu Gina pošto uđoše u trpezariju. — Stigao je Ninoslav.

— Čula sam.

— Vida ga je spazila kad je otišao u banku s gospodinom Novakovićem. Je l'te, zar on neće biti operski pevač?

— Ne znam ništa.

— On je veren s Miomirom.

— Izgleda.

— Staša mi je kazao — nastavljala je Gina. — Šta vi mislite: da li je bolje da bude u banci gospodina Novakovića ili da bude operski pevač?

— Biti operski pevač to je slava. Ali ko zna kako bi bio nagrađen. Naši pevači nisu naročito nagrađeni. Znam… Ja sam pevala u pozorišnom horu kad je bilo potrebno za veće opere, pa su uzimali „Obilićevce". Mnogo je sirotinje u pozorištu. A on će kod tasta gospodski da živi. I on će raditi u banci. Spreman je i inteligentan, doktor je prava.

— Samo da Miomira ozdravi.

— Gospođa Novaković kaže da je ona sada dobro — govorila je Slavka.

— Jadno joj dobro! Tako je bilo i sa onom do nas. Znate onog bakalina ćerka, Zorica… Ona lepa devojčica… Čas joj je bilo dobro, čas rđavo… I umrede.

— Ali ona se, Vido, nije lečila. Nigde je nisu slali, nego samo na selo. Sva će im deca pomreti. I ona druga devojčica kašljuca. Nisu umeli da ih očuvaju. A koliko je već vremena Miomira u sanatorijumu! Baš bih se radovala da ozdravi — tužno je govorila Gina. — Jeste li videli kako je osedela i promenila se gospođa Jovanka? Ja je često obiđem, a ona uvek plače.

— I meni je nje žao — uzdahnu Slavka. — Ja verujem da će Miomira ozdraviti. Ala će to biti velika svadba!

— Baš je divan Ninoslav! Što je elegantan, i lep! Imao je na sebi neko fino odelo i vrskaput... Javio mi se — pričala je Vida.

— Ja bih volela da se svaka devojka srećno uda — dodade Gina, koja je imala vrlo dobro srce.

— Ja i ti se nikad nećemo udati... E, sad ću nešto da vam ispričam za Ginu — ljutito izgovori Vida. — Vi ćete, gospođo Slavka, da kažete da li je trebalo da to uradi. Pisala ona prva Bošku. Što da mu ti prva pišeš, kad ste prekinuli?

— Zato... što ga volim... I on je mene voleo... a za sve je moj tata kriv.

— Šta tvoj tata? Boško je materijalista. Vazdan te ucenjuje.

— Nije on mene ucenjivao. Ja sam ga razumela: njemu je potreban novac za ordinaciju, a moj tata neće ni da čuje da dâ novac. A ja sam zaslužila da mi dâ, nisam učila školu i vodila sam celu kuću.

— Zar mu je malo tvoj tata obećao? Kuću i rentu od kuće od devet stotina dinara. A on hoće da mu ustupi i vašu kućicu u dvorištu za ordinaciju i da je popravi.

— Čekaj, molim te, ja ću da ispričam gospođi Slavki... Znate... on je meni kazao da bi se ona kućica mogla lepo udesiti njemu za ordinaciju. Tu bi bila čekaonica, soba za ordinaciju i jedna soba njemu za rad. On bi imao zasebno odeljenje za svoje pacijente, a stanovali bismo u velikoj kući s tatom. Tu ima četiri sobe. Dve nama, dve tati i Dobrili. I ima dva ulaza, bili bismo kao u zasebnoj kući. Tražio je i da mu tata popravi onu kućicu i da mu dâ nešto gotovine da nabavi stvari. A moj tata, koji je inače vrlo dobar, zainatio se, pa ne da. I ja da izgubim takvu priliku! Sve to ne bi ga stajalo više od trideset hiljada.

— Gazda Tasa treba to da dâ. Ja ću s njim da porazgovaram. Nije to, Vido, materijalizam, nego lekar mora da se zaduži ili da ženidbom obezbedi novac kojim će nabaviti ono što mu je potrebno. Boško je dobar mladić.

— Molim vas, kažite to tati... Ja ga volim. Kako mi je divna pisma pisao.

— A što je prestao da ti piše?

— Zato što sam mu i ja kazala da je materijalista i da voli samo novac. A čim sam mu ponovo pisala, odgovorio mi je i osetila sam da je tužan, da me još voli i da me nije zaboravio... Znate šta, gospođo Slavka, da kažete vi Ninoslavu da mu napiše da ja uvek mislim na njega i da se ni s kim ne zabavljam... Ja sam se istrčala u ljutini i napisala mu da ću se udati za jednog poručnika. A ja volim Boška... Hoćete li da kažete Ninoslavu? Neka ga on pozove da dođe, tobož, njemu u goste. A vi recite mome tati. Trgovcu je teško da odreši kesu, ali kad se tata reši, on je onda veliki kavaljer.

— Boško neće nikad naći bolju devojku od tebe.

— Kaži mu to.

— Ako hoćeš, ja ću mu napisati.

— Oh, to bi bilo najbolje!

— Na tvom mestu ja ga ne bih molila — prekori je Vida.

— Ne... danas moraš da moliš muškarce. On je doktor! Svaka bi devojka potrčala za njim.

— Ništa, svršiću ja stvar kod tvog tate. A Vidu ćemo udati za poručnika, onog plavog.

— Oh, on je divan. Kazala sam mu da ću poći samo za oficira. Njihove žene baš lepo žive. I vi ste se lepo udali. Zlatan je vaš Sveta.

— A je l' ljubomoran? — pitala je Gina.

— Bogami, jeste. Nemojte da pričate o Ninoslavu pred njim. Ninoslav je bio moj drug, ali on je još onda bio ljubomoran na njega.

— I Boško je ljubomoran. A ja to volim. Vaš Sveta je u vama dobio divnu ženu. I nastavnica, i domaćica, i lepa, i elegantna. Što divno večeras izgledate u toj plavoj haljini! Treba stalno da nosite plavo.

— I Sveta voli ovu haljinu.

— Je l' vas mnogo voli? — radoznalo je pitala Gina, koja je volela da joj priča o svom braku, maženju i milovanju.

— Voli me... On je tako nežan i umiljat. Može da se umiljava kao dete — govorila je Slavka i sva pocrvenela.

Ginine očice su blistale. Oh, ona je tako čeznula za mužem, poljupcima, strasnim noćima. Mlada, temperamentna, zdrava, ona je sva drhtala pri pomisli da se uda za Boška, koga je mnogo volela. Dve godine ispunjavala je njeno srce ljubav prema njemu, i čežnja, i tuga, i bol. Taj mladić je zašao u njene nerve, mozak, srce i nije ga više mogla iščupati. Išla je u oficirski dom, igrala, razgovarala, malo i koketovala, ali Boško je uvek bio u njenim devojačkim snovima.

Ustale su da idu i razgovarale stojeći. Vida je zvala:

— Dođite u nedelju posle podne sa gospodinom Svetom. Mama vas je pozvala! Ona vas mnogo voli. Uvek nam je žao kad pogledamo onu kućicu gde ste stanovali. Mama tek baci pogled na sat: „E, sad bi gospođica Slavka došla iz škole, a ja skuvam kafu pa je čekam da popijemo zajedno". Mnogo vas je moja mama volela! Što ste vi sa svakim bili ljubazni! Niste se vi gordili što ste školovani, nego sa svakim porazgovarate, bio to seljak, radnik, obična žena... Crna Gino, hajdemo kući! Znaš mog tatu, odmah se razgoropadi čim se uveče zadržim.

— Nemojte da zaboravite ni do mog tate da odete — napomenu Gina.

— Ne brinite... Obe vas moramo udati.

— Daj bože! — uzviknuše srećne i izgubiše se u lepoj, beloj i snežnoj noći.

Slavka uze kolače i poređa ih na tanjir. Probala je samo jedan, našla da su izvrsni, ali ih je ostavila za njenog zlatnog muža. On to voli i sutra će ga obradovati. Nije htela ni grožđe da jede sama. Duša joj je bila puna sreće i svakoj devojci je želela sreću.

Šta li će reći lekari?

Gospođa Jovanka je plela pulover za Stašu i svaki čas poglelala na sat. Bila je uznemirena, i ručnim radom je htela da se umiri. Večeras treba da se vrate iz Slovenije njen muž i Ninoslav. Otišli su da obiđu Miomiru. Otac će o svemu ispitati lekare. Bože, šta li će reći lekari? Kazala je mužu neka zamoli da mu lekari kažu pravu istinu. Jaoj, šta li je još očekuje u životu? „Bože, daj mi smrt, samo da ne doživim još nešto strašno u životu.”

Otkako je Miomira u sanatorijumu, nije bilo dana da nije proplakala. Plakala je za svojom decom, plakala je za njom, mladom i lepom, što leži u sanatorijumu. Druge devojke šetaju, igraju, idu u bioskop, na zabave, udaju se... a njena Miomira leži u sanatorijumu... Spustila je rad u krilo i uzela maramicu da obriše suze. Kuvarica Liza uđe u sobu.

— Gospođo, vi opet plačete! Nemojte!... Dobro je naša gospođica Miomira... Je l' vam pisala kako je rumena i zdrava! Nemojte gospođo! — tešila je i sama plakala.

Bila im je kao član porodice, njoj je gospođa sve poveravala, s njom se razgovarala, savetovala se. Liza je verna, iskrena, poštena i predana. Volela je tuđu decu kao svoju: plakala je u njihovoj nesreći, radovala se njihovoj sreći.

— Znam, Lizo, pisala je da je dobro, ali šta ćeš, majka sam, nesrećna, pa uvek strepim.

— Ja se svake večeri molim Bogu za našu gospođicu Miomiru. Još ćemo mi nju udati, imaćemo mi svatove! Pisala je da će mi kupiti haljinu od svile, pa ću i ja da sednem u auto sa svatovima.

Gospođa Novaković se osmehnu:

— Daj bože, Lizo, da njoj bude dobro, pa ćemo svi u svadbu. Je l' se tebi dopada Ninoslav?

— Ja nisam videla boljeg mladića od njega. Takav je muž za našu gospođicu Miomiru. I ona je dobra i svakog voli i poštuje. Zlato moje! Nigde ne ode, a da i na njenu Lizu ne misli, i uvek mi donese poklon. Moraju je moje molitve spasti! Hoće li gospodin večeras stići?

— Hoće, Lizo... Ja se bar nadam... Staše još nema, on je u školi. Da jednom i tu njegovu maturu proguramo. Dobro što je ovde Ninoslav. Malo će ga pritegnuti. Sve sam mu kazala za Stašu. Jesi li ti njega viđala, Lizo, s devojkama?

— Jednom sam ga videla. To su devojčići. Svi mladići šetaju, gospođo, s devojkama.

— Neka šeta, ali neka bude pametan. Dobro je, nema nijednu slabu ocenu. Jesi li videla, Lizo, kako je porastao?

— I porastao i prolepšao se.

— Tesno mu je odelo od prošle godine. Mnogo mi se kicoši.

— Neka se kicoši, samo kad je zdrav.

— Hvala bogu, zdrav je. Moja deca su sva zdrava bila. Ne znam kako da se Miomira razboli. Nije se čuvala. Ali sad će se čuvati. Videla je šta znači zdravlje. Je l' to auto?

— Jeste... Naš gospodin i gospodin Ninoslav!

— Čekaj da vidim. Da li su raspoloženi? Aleksa je nešto ozbiljan. Teško meni, Lizo, šta ću sad čuti? Da nije Miomiri zlo?

— Nije, gospođo. Ne bojte se — hrabrila je njena dobra Liza, mada je i ona osećala ledenu stravu.

Požurile su u predsoblje. Mati nije smela da upita kako je Miomiri. Otac se nasmeja, zagrli ženu, poljubiše se, poppljeska je po plećima:

— Dobro je... Dobro, Jovanka... Ne brini!

— Je l' istina?

— Pitaj Ninoslava.

— Miomira sjajno izgleda — obradova je i mladi čovek, ljubeći joj ruku.

— Oh, hvala ti, bože! A ja vidim kroz prozor nešto si se uozbiljio, pa me preseče: da nije opet rđavo?

— Odlično je. Pitao sam i lekare. Tražio sam da mi kažu istinu. Pokazali su mi i rendgen snimak njenih pluća. Sve je u redu. E, ali i ona se opametila! Da je čuješ kako govori o zdravlju. Poručila je Staši da se čuva. Više neće trebati da je opominješ da ponese mantil! Uvija se sada i ogrće sama.

— Je l' bila srećna kad ste vas dvojica stigli?

— Kako da nije? Ali ona je više volela što je njen Nino došao. Ozdravi čim ga vide! Znaš li ti da ona hoće da se uda? A ovaj obešenjak poneo prsten iz Italije. Pa, kao bajagi, pita me u vozu: „Dajete li mi ruku vaše Miomire?" A oni su to udesili još u Italiji. I ja ne imadoh kud nego mu dadoh njenu ruku. A šta bi ti radio da sam kazao: ne dam Miomiru? Kakva udaja? Kakva ženidba?!

Ninoslav se smeškao i govorio:

— Mislim da sam stekao vaše poverenje.

— Kako da nisi? — umeša se mati. — Samo je tebi i možemo dati.

— Stekao si, što si kod nas u banci. A da si ostao pevač, ne bih ti je dao — šalio se direktor, raspoložen.

— A šta kaže Miomira što je Ninoslav napustio pevanje?

— Ona voli što više nije u Italiji. Što je ono malo ljubomorno! Ne znam na koga je? — smejao se direktor.

— Pitaš na koga? Na tebe. I ti si bio ljubomoran.

— Nisam kao ona. Poručila je da Ninoslava čuvamo kao devojčicu. A ja se našalih: „Valjda će tvoj Nino smeti malo da prošeta". A ona pronašla ko će da je obaveštava... Slavka! Poručila je da ga zovemo: Nino! I, eto, on je sada naš Nino.

— Voli li što je s tobom u banci?

— Voli. Ali opet ima ona svoje bube u glavi: „Ti ćeš, tata, da ga pustiš da samo jednom otpeva u beogradskoj operi".

— Pa pusti ga kad ona voli... Neka otpeva jednom.

— Neću da pevam... Obećao sam tati.

— Tatu imaš da slušaš, razume se. I tvoja majka to ne voli.

— Dobar je Nino. Slušaće on tebe. Bogami, otkako si došao laknulo mi je malo. Ti u banci, Staša u školi, a ja tumaram po sobama, pa me obuzme očajanje. Dođe Liza, pa me ona razgovara. A sad se sita narazgovaram s Ninom.

— Vidite, gospođo, moja se molitva ispunila — govorila je Liza sva srećna. — Jeste li sad srećni, gospođo?

— Kako da nisam, Lizo? Ne mogu da verujem u ono što ona piše. Ali kad su sad i lekari kazali, onda je drugo. A je l' joj dosadno u sanatorijumu? Kad će da se vrati?

— Kazao sam da do marta ne dolazi. U martu ćemo preći u vilu i udesiti njene sobice. Tamo je šuma, čist vazduh, neka leži ceo dan ispod borova.

— A kada ćemo da ih venčamo?

— Do jeseni nema ništa od venčanja. I Nino je pristao. Da vidimo kako će biti sa njenim zdravljem.

— Što sad opet brineš za njeno zdravlje, kad kažeš da si video rendgenski snimak njenih pluća?

— Bolje je da još godinu dana priček. Pristala je i ona. A koliko sam godina ja tebe voleo. Štepovao sam još kao gimnazijalac pored tvoje kuće. Ovi sve hoće na brzinu. Mogu se oni još i ohladiti — namignu on ženi.

— Neće se naš Nino ohladiti. Voli on Miomiru.

— Vi ste se u to uverili. Verujte mi, ja sam zbog nje otišao u Italiju da učim pevanje; ali sam zbog nje i napustio pevanje. Njoj je potreban mir i spokojan život, bez ikakvih uzbuđenja.

— Ona je mala vatrena priroda — smejao se otac. — Fantazija! Ne može ona da zaboravi pozornicu. Ali ti mene da slušaš, jesi li čuo?! Ne fali tebi ništa u banci. Postepeno ćeš ući u sve poslove.

— Slušaće on tebe, Aleksa. Nego pričaj mi još o Miomiri. Je li radosna što si joj odneo onaj džemper i suknjicu od vunice?

— Odmah je to obukla. Divno joj stoji — pričao je Ninoslav. — Voli što ima crvenog na džemperu.

— A pita li za njenu mamu?

— Neprestano je pitala za vas. Molila me je da vam ne dam da tugujete i brinete.

— Kako da ne brinem i ne tugujem? Ima li dosta devojaka u sanatorijumu?

— Mnogo... Ali opljačka me. Znaš ti kako ona ume oko mene. Obećao sam joj da ću ova tri meseca da šaljem još za jednu devojku. S njom je u sobi, sprijateljile su se, i njoj roditelji više ne mogu da šalju.

— Ako, Aleksa! Ne vredi ni novac ni bogatstvo, kad nema zdravlja. Ja dajem i kapom i šakom svakom.

— Vidiš, ćerka ti je isprošena. Imaćeš svadbu u kući. Da si je videla kako je ono prstenče metnula na ruku, pa ga samo gleda. Vazdan su šaputali njih dvoje. Tek se izgube u šumi. A ona me svaki čas zapitkuje: „Voliš li ti, tata, Nina?" „Ne volim ga!", našalih se ja. Ona gotovo briznu u plač. Imaš, Jovanka, da joj čuvaš Nina kao oči u glavi. A on ima svakog dana da joj piše, naredila mu je. Eto ti, jesi li sad raspoloženija?

— Kako da nisam! Otkako ste otišli, nemam mira. Prokleta je majka! Šta ti sve ne pomislim?! Najbolje je ipak što si otišao. Jesu li lekari bili pažljivi prema tebi?

— Zašto ne bi bili pažljivi? Častio sam i jednu sestru. Dao sam mnogo bakšiša. A je li, gde je Staša?

— On je još u školi.

— Eto mu zeta pa neka ga pita, ako što ne zna. A ti ga, Nino, malo pritegni.

— On je dobar dečko. I dobro zna. Već sam ga ispitivao.

— Nino je došao kao poručen pred njegovu maturu. Položiće on, kaže mi i gospođa Slavka. Sutra ću da zovnem i nju i njenog muža na večeru. Dobar joj je muž. Lepo se slažu. Hvali ga uvek kad dođe. Znam da će je obradovati kad čuje da je Miomiri dobro. Srce mamino, da mi samo ona dođe kući, da je vidim veselu, čujem njen klavir. Je l' nije tužna? Reci mi, Nino.

— Nije tužna... kod njih je veselo u sanatorijumu. Sve je to mladež. Nestašne su kao deca.

— To ti se tamo, Jovanka, sve uzbudilo kad je došao Nino. Više im je ona pričala o Ninu nego o meni i tebi. Morao je i da im peva! Da si videla to oduševljenje! Raspalila ih ona za operu, pa sve pitaju kad će da peva u operi? Ne slušaj ti žene! Mene slušaj. Lepo će ti biti u banci... Umoran sam, Jovanka. Povečeraću malo pa da legnem. Nešto me boli glava.

— Hoćeš li kafu da popiješ?

— Daj!

— Lizo, donesi slatko i kafu. Nino voli slatko. Liza je skuvala lepu večeru. Da pričekamo Stašu. Kazala sam mu: odmah kući! Da ne švrlja ulicama, jer će doći otac!

Ustumarala se po kući, raspoložena. Teški teret joj je pao sa srca. Njena Miomira, njena mala Miomira, ozdraviće i udaće se.

———

Dani su brzo promicali. Zimski dan je kratak i začas se smrkne. Četiri sata, a ono već mrak. A sneg napadao, kao retko kada. Čitava brda snega dizala su se po dvorištima. Bila je prava zima.

Ispred kuće lete dečje sanke. Zveče praporci. Mladež prolazi u skijaškim kostimima. Staša leti na klizaljkama. Samo se Nino ne zabavlja. On čeka svoju malu devojku, svoju Miomiru. Iz banke dolazi kući. Svakog dana piše pismo Miomiri. Piše i za njenu majku. Ona mu diktira. A piše nekad i sama. Zna šta ćerka voli i svaki red je pun hvale o Ninu. *Volim ga kao Stašu. Eto, takvog sam ti muža želela! Dođe kući i sa mnom razgovara. Pričamo samo o tebi. Kako ćemo imati lep život u kući! On će ići s tatom u banku, a ja i ti ćemo poslovati po kući.* Čitavo pismo je bilo o Ninu, jer je znala da joj njegova ljubav i ljubav majke donose radosti i teše je u dosadi.

Ninova pisma su bila topla, nežna, strasna. Vraćao joj je svojom ljubavlju snagu života. Pisao je da jedva čeka mart. Zima će brzo proći. Evo već i Božića, pravog, sa snegom i mrazom. Puca drvo i kamen.

Već su se raspustili za Božić. Anđica dolazi na Badnji dan. Ona i Staša nisu se videli godinu dana. Mora da je lepša. Pisala mu je da je odličan đak. Biće oslobođena mature. A Olgica će sigurno biti odbijena. Ništa ne uči. Misli samo na muškarce.

Na Badnji dan došao je kući gospođe Slavke. Mama je spremila za nju kolač, jednu tortu, veliku teglu slatkog. Zna da je nastavnica, uposlena, sama u kući, i da ne može da stigne sve. A gospođa Jovanka je voli što je prijateljica njene Miomire i što joj često piše, pa joj spremila veliki paket i poslala po Lizi. Staša je pošao da se vidi s Anđicom, da prošeta po korzou. Obukao je skijaško odelo. Ima velike sanke. Sankaće Anđicu. Neka vidi Olga. Jedak je na nju i ogorčen. Njegova prva ljubavnica i prvo razočaranje. Žene su nestalne. Više je ne ceni, počinje da upoznaje karakter devojčica i pravi razliku među njima. Dosada mu je svaka bila primamljiva, samo ako je žensko. Čim je okusio ljubavnički život, iskusio je i razočaranje i uvideo da te što se lako daju, lako i zaboravljaju, i da ne vredi patiti zbog njih. Iz tog razočaranja pojavio se u njemu cinizam, a iz cinizma će se javiti nepoverenje koje će nositi dugo kroz život.

Prva ljubavnička kriza

Vraćali su se sankama. Staša je vukao saonice, a Anđica je išla kraj njega; sva rumena, usjaktalih očica, s nestašnim pramenovima kose koji su se lepršali oko njenog lica. Nije imala skijaški kostim kao Staša, ali se zimski utoplila: kaputić, čizmice, vunene pletene rukavice i šalče u dve boje koje je provirivalo kroz otvor kaputa.

Nedelju dana proteklo je kao lep san. Istina, pričali su joj svašta o Staši. Divna joj je kazala da se zabavljao sa Olgom, jednom došljakinjom, učenicom. Videla ju je i pomislila u sebi da ta Olga nije lepša od nje. Ironično je prekorela Stašu, ali u njoj nije bilo velike ljubomore. Malo su se udaljili jedno od drugog, ali njihov prvi poljubac ostao je kao čedna uspomena i drag joj je bio taj Staša, iako već mangupčić i prilično donžuan. Osetila je da je malo smeliji, čak i drzak. Pre dva dana, kad su se vraćali kući, i nikoga nije bilo kod kuće, on je ušao za njom u trpezariju, i ona ga je ponudila da sedne. A on poleteo na nju. Kako je samo dočepao, dovukao do divana, pritisnuo. Otela se, ljuta, razbarušena i očitala mu dobro: „Ja te cenim kao druga i iznenađujem se kako si slobodan. To su te druge naučile." On se malo zastideo, kleo se i lagao kako ga niko nije naučio, ali je već postajao muškarac, koji je jednom osvojio ženku i ljutio se na Anđicu koja je ili glupa ili se pravi naivna, i ne shvata šta je život. Dva dana se nisu videli, a trećeg je došao pokoran i umiljat. Morao je sebi da prizna da je Anđica bolja od Olgice i da on ne sme da naleće bezobrazno i bestidno na svaku devojčicu.

Danas su se sankali. Olgu nije video nigde. Tek pri povratku. Išla je sama u trgovinu. Njoj su rekli za Anđicu da je to bila njegova prva ljubav. Videla ih je i ravnodušno se javila. Staša je više nije zanimao. U glavi joj je bio bankarski činovnik Petrović, potporučnik i Ninoslav. Izašla je zato ne bi li koga videla od njih; njena ženska sujeta bila je uvređena što svi ne trče za njom.

Staša je hteo još da šeta, da vidi kuda će Olga. Voleo je i da ga vidi sa Anđicom, ali ona je žurila kući. Navikla je da ne sme dugo da se zadržava na ulici.

Vraćajući se srela je Divnu. Odmah je počelo ispitivanje:

— Kakva je ta Olga?

— Uobražena je i vuče Stašu za nos. Zamišlja da je svi mladići gledaju. U školi je slab đak. Verovatno će biti odbijena na maturi. Ne trpi nastavnike. Jedi je disciplina u školi. Da znaš samo kakve ima toalete! Kod kuće se oblači kao o prazniku. Kaže da joj škola nije ni potrebna, jer je bogata, ima bogatog dedu i babu, i sve će ona naslediti.

— A je li je Staša voleo?

— Išli su dugo, on joj je pisao iz Italije; sad izgleda da su se zavadili.

— A ko se prvi naljutio, ona ili Staša?

— Ne znam. Ona gleda sve muškarce. Znaš ko joj se najviše dopada? Ninoslav.

— Uh, baš je njega našla! On je do ušiju zaljubljen u Miomiru. Priča seja koliko je voli. I vereni su.

— Ništa to njoj ne smeta. Ja je ne trpim. A ni ona mene.

Ušle su zajedno u kuću gde ih je očekivala Slavka s mužem. Anđica je mnogo volela svoju seju i zeta i bila je srećna što se ona lepo udala.

Staša je odvukao sanke u kuću i vratio se da vidi s kim će Olgica. Kopkalo ga je da vidi kuda ide i da li će neko poći za njom. Znao je on njen život i nije mogao da joj oprosti. Bio je gotov na sve. Hteo je da joj se osveti.

Video ju je u jednoj trgovini, a spazio je i potporučnika na uglu. Čekao je. Stegnuo je zube i pošao dalje, ali je zastao da vidi kad će ona izaći. Izašla je i pošla u susret potporučniku. On je pozdravi i pođe lagano za njom. A Staša pođe za njima. Hteo je da napadne i nju i potporučnika, pa šta bude. Zastao je i dvoumio se: šta će reći Anđica? Ona je slatka i dobra devojčica. Ali ona je suviše čedna. Ne sme ni da je pipne. Neće ni da se ljubi. Hoće samo drugarstvo. Njemu je potrebna žena-devojka. To je Olgica. Iskusna, čak i perverzna. Ona mu je raspalila krv. I sad ga ostavlja.

Video ih je kako idu i ona se smeje. Taj njen smeh udarao ga je u mozak kao čekić. Smejala se, jer je bila srećna. Htela je da osvoji potporučnika. I njega će pozvati na žur. Udesiće ona kad mama i tata ne budu kod kuće. Kako je ona vešta i prepredena. Anđica je naivna. Drug je i inteligentna. „Ne, ne treba da idem. Treba da je prezrem." Ali oni zaviše u jednu poluosvetljenu ulicu. Ljubiće se u toj ulici. I on ju je vodio kroz tu ulicu i ljubio se s njom. Kako ju je mrzeo u ovom trenutku. U mržnji je zaboravio da će načiniti bol Anđici.

Oni su išli lagano i Staša je usporio korak. Neko je žurio za njim i ščepao ga ispod ruke.

— Ninoslave, vi?

— Jeste, ja! Kuda si pošao? Ideš za njom? Kako ne umeš da budeš gord! Ponižavaš se! Ugledao sam te još na korzou iz jedne trgovine, pa sam pošao za tobom i shvatio situaciju. Šta je, ljubomoran si? Ala si lud! Ja se nikad ne bih sekirao zbog takvih devojčica. Takve ćeš uvek naći. Koliko je tebi potrebna žena toliko i njima muškarci. Što si opustio lice? Samo što ne zaplačeš!

— Neću da plačem. Ali, znajte, izudaraću je!

— Misliš da ćeš biti junak i opametiti je? Eh, ti ne razumeš žene. Ponižavaš se što se ovako šunjaš za njom! Gde si bio?

— Bio sam sa Anđicom. Sankali smo se.

— Ostavio si Anđicu, pa pošao za njom. Nemaš ti nikakvu taktiku. Kad je tu Anđica, teraj joj inat s njom.

— Ona nas je videla zajedno.

— Možda i ona tebi inati s potporučnikom.

— Sumnjam. Ne poznajete vi nju! Ona je odvratna.

— A ti je voliš.

— Ne volim je, ali neću da me izigrava.

— Ona sebe izigrava, a ne tebe. Upoznaće je svi muškarci.

— Ne zna nju niko. Znam je samo ja.

— Misliš da je niko ne zna? A šta mi je danas Petrović za nju kazao. Trebalo je da čuješ. Nimalo laskavo.

— Šta vam je kazao?

— Kod kuće ću ti reći.

— A šta ste vi kazali Petroviću?

— Napomenuo sam mu da je ona tvoja simpatija i da se ne šali glavom da ti bude konkurent.

— Ako ste mu to kazali, neće je pogledati...

— Bože sačuvaj! Zar da konkuriše sinu svoga direktora? Vidiš, sve se to da urediti na lep način. Samo ti ovo večeras ne valja. Šta si mislio da uradiš?

— Da napadnem potporučnika.

— Još si zelen! Pametni muškarci izbegavaju skandal. Znaš kako se kaže: za ženom i tramvajem nikad nemoj da trčiš.

— Zašto?

— Zato što će doći drugi tramvaj i druga žena. A tebi je došla Anđica.

— Anđica je nešto drugo. Ona je čedna.

— Moramo te oženiti čim položiš maturu.

— A, neću ja da se ženim! Prvo ću svima da se osvetim. Da pate zbog mene!

— One će i jošte kako patiti!

— Kako vi umete tako da vladate sobom?

— Iskusio sam i ja što i ti. To je samo sa prvom ljubavnicom. Posle se sve lako podnosi.

Držao ga je ispod ruke i izašli su na korzo. Prošetali su se i vratili se kući.

Sofe su im bile jedna do druge pa su pričali. Ninoslav se smejao.

— Imao sam da otklonim tvoju pubertetsku krizu kad sam prvi put došao, a sad treba da izlečim tvoju ljubavničku krizu.

Sedeli su i dugo razgovarali. Malo umiren Staša je legao u postelju, a Anđičin lik sa rumenim obraščićima i plavim očicama neprestano je iskrsavao iz mraka. „Ona je idealna devojčica, ali to ne vredi. Ne smem da je taknem. Što su lude devojke!" Oči su mu se sklapale. Otvorio ih je i video svetlost u Ninoslavljevoj sobi.

— Šta vi radite?

— Šta „ti" radiš, slušaj, neću više da mi govoriš „vi".

— Dobro, zaboravio sam. Šta to radiš?

— Pišem pismo Miomiri.

„Kako on voli Miomiru i kako joj je veran, a sve ga žene gledaju." A zašto njega ne gledaju sve žene? „Ja sam još mlad." San ga je hvatao.

Ninoslav je pisao:

Anđele moj,

Ljubim ti bele ručice, bele i meke kao tvoje ruže; ljubim ti kovrdžavu kosicu i tvoje velike tople oči. Čeznem za tobom do ludila. Kad ću pritisnuti moje usne na tvoja slatka ustašca, i ispijati ih, ispijati i umreti na tvojim grudima...

Redovi su se nizali, jedan list, dva lista, topli, vatreni. Pismo je bilo puno ljubavi, kao sunčani zraci koji krepe i oporavljaju malu verenicu.

Povratak iz sanatorijuma

Mart je bio topao, kao maj. Čudan je mart. Dođe tako toplota iznenada, usplamti sunce, napupi drveće, a onda jedno jutro pojave se sivi oblaci, zafijuče vetar, i počnu da proleću pahuljice snega. Ali ovog proleća mart izgleda neće biti ćudljiv. Baba Marta je isterala svoje u početku, pa se izgubila, a sunce je ostavila i voćke pupe.

Novakovićevi su se spremali da pređu u vilu zbog Miomire. Njene sobe su se krečile. Poručila je iz sanatorijuma kakve boje da bude moleraj. Ninoslav je birao, nadgledao i dolazio svakog dana u vilu. A sa njim i gospođa Novaković. Posle će to biti njihove bračne sobe. Poručiće novu spavaću sobu, a klavir može ostati isti. U kući su svi bili raspoloženi. Staši se približavala matura. Ocene su mu bile dobre. Izaći će na maturu. Sa Olgicom je raščistio. Ne gleda je više. Anđa mu povremeno piše. Zaboravio je malo na žene, jer mora da uči. Interesuje ga jedna mala iz sedmog razreda. Ali već je staloženiji. To je uticaj Ninoslavljev. Postao je ironičan. Voli da se podsmehne devojčicama. Više im ne veruje.

U vili radovi su bili pri kraju. Dve žene su brisale prozore i glačale parket. Ilija nadgleda i zapoveda. On je glavni nadstojnik. Spremio je i novo odelo. Danas dolazi Miomira. Ninoslav je u banci i sav je uzbuđen. Ne ume da misli. Posle ručka će ostati kod kuće. Doći će s gospođom Novaković i usput uzeti i direktora. Staša ovo popodne nema predavanja.

Otišli su na stanicu. Došle su i Slavka, Gina i Vida. Sve tri su srećne. One iskreno vole Miomiru, raduju se njenom ozdravljenju i udaji.

— A kad će svadba? — pita mala Gina.

Ninoslav ne odgovara, nego gospođa Novaković:

— Pa... tamo... na jesen. Ići ćemo na letovanje... pa posle.

Gina pogleda Ninoslava. Da li je to njemu dugo? Jer i njoj je dugo čekanje braka. Šapnula je Ninu:

— Boško mi je pisao. Je li pisao i vama?

— Jeste... Onomad sam dobio pismo.

— Pa šta piše? — bila je nestrpljiva Gina.

— Vrlo prijatno za vas.

Ninoslav nije hteo da joj kaže, a Boško je napisao: *Gina mi se neobično dopada, ali njen se tata vazda pogađa i cifra. To će osujetiti naš brak.*

Pogledao je na sat. Još pet minuta.

Voz je imao malo zakašnjenje. Prošlo je deset minuta. Čuo se pisak lokomotive. Gospođa Novaković je bila uzbuđena, a Nino nije imao mira na jednom mestu. Pravio se hladan, a jedva je savlađivao svoju uzrujanost.

Voz se zaustavio.

Slatka, rumena, kovrdžava glavica proviri kroz prozor. Prvi pogled vatrenih očica pomilova Nina. Srce joj zalupa. Oh, svi su na stanici, svi je vole, svi je dočekuju! Čak i Slavka. Kako je srećna i zahvalna. Požurila je iz vagona i prvo pala majci u naručje. Mama je jecala od radosti i uzbuđenja. Sve se smešilo u njoj. Zagrlila je ne ispuštajući je, kao da se bojala da je bolest ponovo ne dočepa, da je smrt ne uvreba. A ona je bila vesela, rumena. Svi uzviknuše: „Sjajno izgledaš!" Uzbuđen je bio i tata, čiji su živci bili najjači. Nino, njen lepi ljubljeni Nino, poljubio joj je ruku. Ona ga je zahvalno gledala. Popravio se, i još je lepši. Pravi gospodin! Je li moguće da je to onaj negdašnji lepi, siromašni diplomirani pravnik? Koliko je otmenosti danas u njegovom držanju! Nije mogla da ga se nagleda.

— Staša, ti si porastao! Sad si pravi mladić. I Gina i Vida su se prolepšale. A što ste vi, Slavka, lepi! Kako se radujem što ste srećni. Da dođete sutra u vilu da pričamo. Tata, ti ćeš poslati auto po njih.

— Hoću... samo neka kažu u koje doba.

— Posle šest... Kad moj Sveta dođe iz kasarne. Sutra je slobodan.

Seli su u automobil pošto se oprostila s Ginom, Slavkom i Vidom. One će pešice, nije im daleko. Držala je mamu za ruku i ljubila je.

— Jesi li srećna, mamice?

— To neka ti kaže Nino.

— A je l' volite Nina?

— Moramo da ga volimo, kad si nam ti naredila — šalio se direktor.

— On je dobar. I on vas voli.

— To je naš drugi sin — nežno je govorila mati. — Nino me je uvek tešio. Dođe iz banke kući, pa razgovaramo i pišemo ti pisma.

— Niko nije u sanatorijumu dobijao češće pisma od mene. Ja sam po ceo dan čitala vaša pisma.

— On ti je svake noći pisao — dobaci Staša.

— Brate moj lepi! — nasmeja se Miomira. — A ti si pred maturom. Položićeš, je li?

— To se zna.

— On je junačina! — pohvali ga Nino.

— Ne brinem ja više za njegovu školu — govorila je mati.

— Oh, kako mi je lepa naša varoš. Vidi šta je sveta! Korzo je uvek pun. Ideš li i ti, Nino, na korzo?

— Korzo nije za mene. To je za Stašu.

— Nino se nije micao od kuće i banke — hvalio ga je Staša. — Ti ga kušaš, ali ja ću ti reći: on je najverniji verenik.

— To je ona njemu zapretila da ne sme da ide — šalio se otac.

— Nisam ja njemu ništa govorila, nego je on dobar.

Uhvatila ga je za ruku i pogledala slatko. Mati ih je nežno posmatrala, a otac je bio zadovoljan. Neka budu srećni, pa da žive svi zajedno. Samo kad se Miomira spasla bolesti.

Auto je jurio drumom ka vili.

— Baš je lepo kod nas! Pšenica već iznikla! Kako je sve zeleno. Lep je ovaj kraj. I plodan. Slovenija nije tako plodna. Tamo su samo četinari. A vilu ste okrečili?

— Imaš šta da vidiš. Sva blista! Tvoje sobe su najlepše. Nino je birao boje.

— Ja znam da on ima ukusa. Pevaš li?

— Nije mnogo pevao — požali se Staša. — Naučio me je italijanske pesme. One su najlepše.

— A je li te ko čuo u varoši kako pevaš?

Staša namignu Ninu.

— Opet te kuša. Ne boj se! Niko ga nije čuo.

— Ja volim da ga čuju. Priredićemo jednu večeru pa ćeš pevati... A što Slavka lepo izgleda! Je li srećna? — pitala je mamu.

— Još kako je srećna! Dobrog je muža našla. Da vidiš kako se namestila, pa kupila lep nameštaj. Zasebnu su kuću uzeli pod kiriju.

— Ona je to i zaslužila. Mučila se i pravo je da bude srećna.

— Pogledaj vilu!

— Jaoj, vi ste je i spolja okrečili! Gle, terakota! Što je divna! Ko je rekao da je spolja ovako obojite?

— To smo Nino i ja — pohvali se Staša. — Prvi je Nino kazao. Video je u Italiji jednu vilu tako obojenu.

— Zar nije lepša ovako crvenkasta u zelenilu? — pitao je Nino svoju malu verenicu.

— Ovo me je kolosalno iznenadilo! Kao da je nova. Kako me sve raduje! A nisam mogla da dočekam dan dolaska.

— Nemoj mnogo da se uzbuđuješ — dirao je tata.

— O, ne boj se, tatice! Neće mi škoditi uzbuđenje. Ja sam potpuno zdrava. Donela sam vam rendgenski snimak pluća da se uverite.

— Ali opet, moraš da se čuvaš!

— Nije potrebno, mamice, da mi kažeš. I ovde ću da nastavim moju dijetu kao u sanatorijumu. Što više ležanja. Nemojte me nazvati lenštinom.

Auto je ušao u baštu. Kapija je bila širom otvorena. Ilija, Liza i mala služavka čekali su u bašti. Liza je plakala. To je njeno dete; ona je s gospođom delila svaku radost i žalost. Miomira joj se baci oko vrata. Lizi srce da prepukne od radosti. Ilija joj poljubi ruku, a poljubi joj i mala služavka, sva uzbuđena i šapnu Lizi:

— Što je lepa gospođica!

Miomira zastade u bašti i okrete se da vidi njene ruže, olistale lipe, zeleno borje, travu i rondele.

— Kako je divno!

A divna je bila i njena radost što se spasla smrti. Koliko puta je oplakivala nad maminim bolom i nesrećom. Šta bi ona radila da je umrla? Ah, kako je strašna smrt kad je njena žrtva mladost. Zagrlila je mamu i poljubila, naslonila svoj glatki sjajni obraz uz njen, kao da je želela da joj povrati životnu radost. Videla je maminu sedu kosu i osećala da je svaka vlas osedela od tuge i briga. Bila je ushićena, jer svi su bili tu, i ona živa i zdrava među njima, a vrhunac sreće što je i on tu, veran, istrajan, zaljubljen, prekrasan, on, njen Nino, njen život i njena budućnost. Nije ga još poljubila, a usne su joj gorele, i srce lupalo. I on je bio sav uzbuđen, poznala je po njegovim očima, dubokim i toplim.

— Da vidim moje sobe — uzviknula je i pošla uz stepenice.

A Nino je pojurio za njom drhteći, sav raznežen, uzbuđen, nestrpljiv. U klavirskoj sobi je dohvatio u naručje, stegnuo na grudi, milovao joj kosu, ljubio oči, lice, sav u zanosu bezmerne sreće.

— Živote moj, sunce moje — šaputao je i držao je malaksalu u naručju, klonule glavice na njegovim grudima, zaklopljenih očiju, presrećnu.

— Da li je sve ovo istina? Da li sam ja ozdravila, Nino?

— Jesi, lepoto moja! Ti si zdrava i moja ljubav će te čuvati i štititi. Anđele moj lepi! — šaputao joj je.

Seli su na terasu, da se umire, da gledaju sobice, da se dive planinama, šumama, da se dive jedno drugom, s rukom u ruci, srcem uz srce, da se raduju njenom spasenju i životu.

Trogodišnjica ljubavi

U sreći dani su veseli, slatki i proleću neosetno. Ne zna se kad svane, kad se smrkne. A srce Miomirino je raspevano. Temperature više nema. Prošao je mart, evo i aprila, i nijednom nije dobila temperaturu. Pomalo je se plaši, jer to je skriveno zlo, iznenada dođe, začas otpočne toplota, groznica. Molila se Bogu da se zlo ne vrati. Nikad nije volela život kao sada. Svi su srećni: Nino, mamica, tata, Staša. I mama se boji njene temperature. Zarumeni se od sunca, a majka je pogleda, pritaji se pa tek upita:

— Da tebi nije rđavo?

Miomira se nasmeje i uverava majku da joj je sasvim dobro. Nepoverljive mamine oči kao da još sumnjaju. Ona uzima toplomer, stavlja ga pod pazuh, pokazuje mami, a mama Ninu, Nino tati, a pogleda i Staša.

— Jest'... Nema temperature — smeši se Nino.

— Onda daj gitaru! — moli mala verenica.

Kuća je puna pesme i gitare. Bruji klavir, ruže pupe i razvijaju se, lipe već bacaju senke svojih lepih listova, trava je zelena i sočna. Život buja u prirodi, a život buja i u organizmu Miomirinom. Bolest je pobeđena, a ona je pobedila nepobedivo srce Ninovo.

Tog jutra bio je malo hladniji dan, iako je bio april. Dobro se utoplila i sišla u trpezariju na ručak.

Tata i Nino stigoše iz banke. On joj poljubi ručicu i nasmeši joj se:

— Znaš da sam na današnji dan prvi put došao k vama. Sećaš li se? Sedeo sam u trpezariji, a ti si sišla niz stepenice u crvenoj haljini. Nikad neću zaboraviti tu sliku.

— Jeste... A ti si sedeo ovde. Sećam se dobro. Znam i o čemu smo razgovarali! Bila sam malo prkosna.

— I s nipodaštavanjem si govorila o ljubavi. Govorila si da ćeš uvek biti samostalna u braku, da tebi muškarac ne može da sudi...

— A ti mi već sudiš. Tako sam ti pokorna. Jutros nisam smela rano da ustanem i da te ispratim, jer si naredio da ležim. Sinoć nismo smeli dalje da šetamo, jer je tvoja zapovest glasila da je sveže i da moram kući. Onomad nisi hteo da napravimo izlet, i ja sam ti se pokorila. Ja ne marim mnogo za mleko, a zbog tebe ga pijem kao beba. Još ćete mi i cuclu kupiti. Opažaš li kako sam podetinjila i kako svima moram da se pokoravam? Svi ste vi moji gospodari, a ja sam slabačka i nemoćna da se branim.

— Jadno moje malo, kako ga tiranišemo! Ali ta tiranija je slatka, je li? Ti i voliš kad ja naređujem.

— Moram da volim. Ti me potčinjavaš.

— I to prkosnu, neukrotivu Miomiru! Šta si jutros radila?

— Moram li sve da kažem?

— Zar bi nešto smela da sakriješ?

— Ne znam. Pokušaću.

— Probaj samo! Ja sam strašno ljubomoran. Na onoj karti iz sanatorijuma mnogi su se potpisali. Ko je onaj što te mnogo pozdravlja?

— Oh, jadan je on! Teško je bolestan.

— Ali bilo je tu i rekonvalescenata.

— Sve si zapazio.

— Dabome.

— Znaš šta sam jutros radila? Pisala sam tvojoj mami i Dušici da nam dođu za Uskrs. Kazala sam da nema izvinjenja. Tvoja mama i ne poznaje moju. Divno ćemo se provesti. Imam Dušicu da snabdem haljinama za celo leto.

— To će ona voleti.

— A šta ti najviše voliš?

On približi lice uz njeno, toplo, rumeno, sveže.

— Moju malu Miomiru — uzdahnuo je.

— Zašto si uzdahnuo? I juče si uzdisao. Nisi raspoložen?

— Ti treba da me razumeš. Svakoga dana sam pored tebe i patim. Ne mogu više. Zašto se ne venčamo? Ti si gore, u sobi, a ja dole na straži. Nervozan sam. Ljubavi moja, hoćemo li se skoro venčati? Meni je teško bez tebe.

Tiho su šaputali sedeći na divanu. Tata je nešto čitao u svojoj sobi, a mama je bila u kuhinji. Devojka uđe da postavi sto.

— Nisi mi odgovorila? — šaputao je nežno.

— Ja bih se sutra venčala. Ne znam šta će da kažu mama i tata. Da pričekamo dok Staša ne položi maturu. A posle da se venčamo. I to znaš gde? U Beogradu. Neću da pravim svadbe i parade. Idemo svi u Beograd, pa na jutrenju. Posle Uskrsa da odemo u Beograd i da namestimo naš stan u vili. Medeni mesec ćemo provesti u Sloveniji i Beogradu. Ja više ne mislim na inostranstvo. A ti?

— Ja mislim samo na tvoju sobicu gore gde bih bio uvek uz tebe. Zar tebi nije žao što sam ja tako blizu tebe, a tako daleko? Sinoć si svirala na klaviru kad sam legao, a ja sam te odozdo slušao. Bio sam nervozan. Nemoj više noću da mi sviraš jer ću uleteti u tvoju sobu.

Njeni obrazi su buktali od uzbuđenja. Devojka ih je gledala dok je postavljala sto i uzbuđena strča niz stepenice. Šaputala je Lizi:

— Što gospodin voli gospođicu i što su lep par!

Mati spazi Miomirine razbuktale obraščiće.

— Što si ti tako crvena? Imaš li temperaturu?

— Nemam.

— Nemoj da me lažeš. Vidi kako su ti obrazi vrući! Staša, donesi toplomer.

— Ostavi, mama, nemam temperaturu.

Osmehnula se Ninu i on njoj. Znao je on zašto je ona crvena. I njoj se udaje kao što se njemu ženi.

— Dobro, Staša, donesi toplomer da izmerim temperaturu. Hoću da umirim mamu. Evo, pogledaj!

— Nema temperature, zbilja! A tako si rumena!

— Ja sam potpuno zdrava, a vi se neprestano bojite. Mogli bismo mi i da se venčamo.

— Gle, htela bi da se uda — nasmeja se otac.

— Šta misliš, tatice, ravno je tri godine kako se mi volimo.

— Otkud tri godine? Kad ste se verili?

— Mi se volimo od onog dana kad smo se prvi put sreli?

— Ljubav na prvi pogled! — ubaci Staša.

— Kao kod tebe, Staša, je li? — pitala ga je sestra. — Ti se uvek na prvi pogled zaljubljuješ.

— Varaš se. Bolje ja poznajem žene nego što ti misliš. Nijednoj ne verujem.

— A kako je Nino meni verovao?

— Ne znam. Ti si možda neki izuzetak.

— Dabome da sam izuzetak. I Nino to kaže.

— Nemoj sama da se hvališ, neka to Nino kaže — dirao je otac.

— Ona ponavlja moje reči. Mislim da se nisam prevario.

— Zamisli, tata, mi se volimo već tri godine.

— Ja sam pored kuće tvoje majke šetkao pet godina. Sećaš li se, Jovanka? Tvoja majka umalo što mi ne sasu lonac vode jedne večeri na glavu. Znaš kako sam se bojao tvoje majke! Bila je opasna žena. Nisi smela sa mnom ni da prošetaš.

— A kako je mamica prema nama dobra! Posle koliko godina ste se venčali?

— Posle šest godina.

— Ala je to dug rok — nasmeja se Staša. — Danas bi devojka za šest godina bar njih šestoricu promenila.

— Gle, a što ja nisam promenila Nina.

— Ne znam ja da li ti baš nisi nikog pogledala.

— Vidi, što je bezobrazan! Kakvo on ima mišljenje o devojkama.

— One se samo nazivaju devojkama. To im je titula.

— De, Staša, šta ti znaš o devojkama! Misli ti na tvoju maturu — ljutnu se otac.

— Ne brinite vi za moju maturu. Da mi je da bacim jednom ovu gimnazijsku kapu s glave. Metnuću šeširić kao Nino. Spustiću ga malo na oči.

Otac se nasmeja:

— A ja sam jedva čekao da kupim štap kad svršim maturu.

— Zašto štap?

— Takva je onda bila moda. Svršeni maturanti su kupovali štapove i samo švrćkali sa štapićima ispred devojačkih kuća.

— A kod nas u višoj ženskoj školi u modi su bili šlajer, punđa i dugačka suknja.

— A ove danas skraćuju suknju do kolena — peckao je Staša.

— Nešto si mnogo ozlojeđen na devojke? — zadirkivao ga je Nino.

— Neću ja nikad obožavati devojke kao što ti obožavaš Miomiru.

— Ja zaslužujem, zato me i obožava.

— Ne zaslužuješ da te obožava, kad si ostavila ovo parče pečenja. Ded, i ovo moraš da pojedeš — nudila je mati.

— Jaoj, mnogo sam jela!

— Moraš, moraš — zapovedao je Nino.

— Pa ja ću se ugojiti! Sve su mi haljine tesne.

— Žensko ne treba da je mršavo. I tvoja je majka bila puna, a važila je za najlepšu devojku.

Posle ručka, koji im je uvek prolazio u najprijatnijem razgovoru, Miomira se opet vrati na ranije pitanje:

— Mamice, ako ne dobijem temperaturu do maja, hoćete li dopustiti da se venčamo?

— Videćemo, dušo. Ja bih volela da se vi venčate. Ali zašto da žurite kad ste uvek zajedno. Bolje je da se ti još malo pričuvaš, pa da se venčate tamo na jesen.

— To je sasvim svejedno, mama. Ja se dobro osećam. Ništa me ne boli.

— Videćemo. Strpite se još malo, Nino je stalno pored tebe. To si ti volela. Zaboravila si na njegovu opersku karijeru. A ranije neprestano: da bude operski pevač, pa da bude operski pevač!

— Ja to nisam zaboravila. Jednog dana on mora pevati u operi.

— Je li, Nino, čuješ li ti ovo? Hoćeš li ti dopustiti da ti žena zapoveda? Kakva opera? On je moj činovnik i ostaje u banci.

— Ja ne mislim da on napušta banku, nego samo jednom da gostuje. Zamisli, tata, pisaće na plakatu: *Marija Kavaradosija peva gospodin dr Ninoslav Balšić*. I doktor i pevač!

— Što si ti fantasta! Ti to želiš samo da bi sedela u loži i da svi kažu: „Pogledajte! Ono je njegova žena...” Je l' ti to voliš zbog sebe ili zbog Nina?

— Kako me praviš sujetnom, a ja sam najmanje sujetna. Ja to želim zbog njega. Da svet čuje njegov glas.

— Čućemo ga mi. To je dosta. Peva on tebi svakog dana.

— Pevaće on jednom i u operi. Nećeš ti ni znati. Pročitaš tek jednom kritiku. Jednog dana probaćemo *Tosku*. Namestiću binu u mojoj klavirskoj sobi. Znam kakav je raspored. Levo su slikarske stepenice, desno kapela. Doneću lestvice od saksija. I ti ćeš, tata, prisustvovati operi.

Otac joj se dotače kose. Milovao je po glavi i šalio se:

— Ona je uvek bila šašava!

— Zar nisi srećan, tatice, što sam ozdravila?

— Kako da nisam srećan? Još samo da prebrinemo Stašinu maturu.

— A ja sam ti iduće godine student prava. Stanovaću u našoj kući, u svom apartmanu! — reče Staša.

— To, bome, nećeš! Nego ćeš stanovati kod moje Pole i Milana.

— Šta kažeš?

— To što sam kazala. Ti da držiš u Beogradu apartman? Nego pod nadzor ćeš ti moje Pole.

— Ti se bojiš da me ne uhvati neka žena.

— A zašto da neće?

— Ne dam se ja lako.

— Nisi ti baš tako nepobediv — nasmeja se Miomira.

— Ne poznaješ ti mene! Tata, daj mi jednu cigaretu.

— Šta će ti duvan? Kako je Nino ostavio?

— On je pevač. A ja sam običan mladić. Idem malo da učim, a posle ću do Stoleta. Radićemo matematiku.

— I malo da korzirate?

— To se zna.

Direktor se trže.

— A ti, Miomira, imaš jedno pismo. Metnuo sam ga u džep i zaboravio da ti ga dam.

On izvadi pismo u belom kovertu i pruži joj ga.

— Od koga je ovo? Iz Beograda.

Na kovertu je bio muški rukopis. Nino je posmatrao. Ona otvori pismo, okrete zadnju stranu, pročita potpis i sva pocrvene. Pismo je bilo od avijatičara Aleksandra. Sva zbunjena, previ pismo i gurnu ga u koverat, govoreći rasejano:

— Piše mi jedna prijateljica iz sanatorijuma. Ona je Beograđanka.

Ninoslav je zapazio njenu smušenost i prvi put je osetio da je izgovorila laž. Nikad je nije uhvatio u laži i ovo je bio udarac za njega. Ćutke je posmatrao, i u njegovim dubokim plavim očima prelivala se sumnja, bol, razočaranje... Digao se najednom od stola i otišao u svoju sobu. Miomira ga je čekala u trpezariji. Odlazili su obično na balkon posle ručka gde je bila njena naslonjača. Ona bi ležala u naslonjači, a on bi sedeo na stolici. To su bili slatki časovi koje su provodili u razgovoru, nežnom šaputanju, maženju... Često bi seo uz naslonjaču, opružio ruku, ona bi mu legla na ruku, on bi je držao u svom naručju malu, slatku, nežnu i umiljatu. Ovoga puta nije se pojavljivao.

Ona proviri u njegovu sobu. Vide ga opruženog na sofi.

— Nino, hoćeš li sa mnom gore na balkon?

— Doći ću — muklo je odgovorio.

Postajala je malo u sobi, a on se nije ni maknuo s postelje. Zatvorio je oči kao da je ne opaža.

— Slušaj, dođi da ti nešto kažem — prošaputa ona i izađe.

Daće mu pismo da pročita. Ona nema nikakvih tajni i nikad ih neće ni imati. Srce joj je bilo ispunjeno potajnom radosti. „Kako je divan u ljubomori." Koja devojka ne voli ljubomornog mladića? Htela je da se vrati i da mu da pismo, ali se predomislila: prvo da ga pročita. Ah, šta li piše? Samo da ne pominje da mu je ona pisala. To bi Nina zabolelo, mada su njena pisma bila vrlo ozbiljna. Nikakve nade nije davala avijatičaru.

Požurila je da ga pročita. Legla je u naslonjaču i čitala. Sve je mogao i Nino da čita, sem rečenice: *Nikada vas nisam zaboravio. Vaša dva pisma čuvam kao najlepšu uspomenu. Ona su probudila u meni nadu koju sam morao da ugušim. Ali ja se još uvek nadam i očekujem taj dan kada ćete mi javiti da dolazite u Beograd.*

Uh, da nije ovog, dala bi mu da pročita. Zašto je on osetio da mu ona daje nade? Ona je uvek volela Nina. Zna dobro da je i onda, kad je pisala avijatičaru, mislila na Nina. Kako da mu pokaže ovo pismo? Rastužiće se, posumnjati, a oni su toliko srećni i zaljubljeni, a njoj je potrebna ovakva sreća kao životvorni lek. Nju podiže njegova ljubav. Ne, iscepaće pismo. Ovog puta ga mora slagati. Počela je da cepa pismo, ali se dve tople, meke muške ruke spustiše preko naslonjače i zadržaše joj prstiće da ne dovrši kidanje pisma.

— Nino! Kako si neosetno ušao! — ciknula je. — Uplašio si me!

— Zašto sam te uplašio i zašto si htela da iscepaš pismo?

— Bogami, nema u njemu nikakvih tajni, ali ja sam najsrećnija i neću da ti išta pomisliš, jer ništa nije bilo, ti si uvek bio moja ljubav, moja jedina misao, sve najlepše u mom životu. Jeste, Nino, veruj mi.

— Zašto si toliko uzrujana? — nervirao se verenik.

— Zato, što bih volela da ti ne pročitaš ovo pismo.

— Onda je u njemu neka tajna koju kriješ. Ko ti je pisao?

— Jedan avijatičar.

— Avijatičar?! Otkuda avijatičar? Danas to prvi put čujem.

Ispričala mu je sve iskreno.

— Kad si se upoznala s njim?

— Najzad, evo ti, pa pročitaj. Dva puta sam mu pisala. Ja sam pesnički pisala, uopšte o avijatičarima, o avijaciji, zato se on seća mojih pisama. Uzmi, čitaj!

— Ne moram! — tmurno je govorio.

— Ali ja sad hoću da pročitaš. Posle ćeš biti miran. Nemam ja nikakvu tajnu pred tobom.

On pročita pismo i spusti joj ga u krilo.

— Vidiš da nema nikakve tajne.

— Kad nema tajne, zašto jedva čeka da te vidi u Beogradu?

— To mu ništa ne vredi kad ja samo tebe volim. Jesi li ti moj slatki Nino?

— Ja jesam, ali ti nisi moja slatka Miomira. Ti si se odmah utešila s jednim avijatičarem čim sam se ja odmakao od tebe. Je li to bila tvoja osveta? Ko zna kako si se ti meni svetila u Parizu?

— Nisi dobar kad tako govoriš. Jesi li ti mnogo ljubomoran?

— Nije to ljubomora, već neću da budem ismejan i ponižen.

— A ko te ismejava? Prvo, avijatičar pojma nema da sam se ja verila.

— A ti mu nikad nisi pisala o meni.

— Nisam ni znala gde si. Javiću mu sada da sam isprošena.

— Hoćeš li mu javiti i dan dolaska u Beograd?

— Što si takav? Što me sekiraš?

— Ti se ne sekiraš. Tebi je prijatno što svi luduju za tobom. Tebi je sasvim svejedno što ja cele noći ne spavam. Ne voliš ti mene! Ima Staša u nečemu pravo. Ja sam naivniji od njega. Ja se ni s jednom devojkom nisam dopisivao iz Italije.

— A kad sam ja bila kod tvojih, a ti dobio od Slavke pismo, ti si me uveravao kako je to bilo drugarstvo.

— Uverila si se da je bilo drugarstvo. Nisam je zaprosio. A avijatičar se još nada. Kako izgleda? Mora da je lep čim je avijatičar.

— Ti si lepši od njega.

— Ništa, biću i ja odsada pametniji.

— Dakle, varaćeš me? Dobro da znam. Ali, dok si mi još veran, hajde da se izmirimo.

— Nisam se ja ni svađao. Idem u banku. Pešice ću.

— Neću da ideš. Ako odeš, ja ću da idem u šetnju i tri sata ću pešačiti. Ako dobijem temperaturu, ti ćeš biti kriv!

— Možda si je već dobila posle ovog pisma.

— Srce moje, ti si nevaljao — skočila je sa naslonjače i zagrlila ga. — Nemoj da se ljutiš.

— Mogu ja izigravati i vrlo veselog verenika, ako želiš. Ja ne volim scene. Dosta je što znam da si se dopisivala sa avijatičarem. Zbogom!

— Dobro, idi — legla je u naslonjaču i prošaputala: — Nećeš ni da me poljubiš?

— Neću. Zbogom.

— Zbogom.

Osluškivala je njegove korake. Zastao je u klavirskoj sobi. Začula je jedan ton na gitari. Gitara je bila divna. Očekivala je pesmu, ali on je samo svirao, svirao nešto tužno. Kao da se jadao svojoj gitari i tražio od nje utehu svojoj ljubomori. Mlada devojka se diže iz naslonjače. Prišla mu je i sela na divan. On je svirao i dalje, kao da ona nije pokraj njega.

— Pevaj mi nešto — šaputala je sva raznežena

Odmahnuo je glavom. Pevati nije mogao. Spustio je gitaru i ustao.

— Zbogom — dohvatio joj je ručicu i poljubio.

Ona je očekivala zagrljaj, ali on je već pošao vratima. Ostala je sedeći na divanu.

Najednom, bat nožica i dve nežne ruke obaviše mu se oko vrata, a slatki šapat pomilova mu lice, oči, usne.

— Nino! Neću tako da odeš. Ti si moje zlato, srce moje, radost moja! Lepi moj mali!

On se raskravi, razneži, dohvati je u naručje, odnese na naslonjaču i pritisnu svoje lice uz njene rumene obraze.

Ali vereničke čarke su česte.

Jednog dana buknu Miomirina ljubomora. Spremala se da ga iznenadi u banci. Dan je bio sunčan, mek, mirisan, a ona u novoj haljini. Nije je video u toj haljini, jer ju je donela iz Pariza, razbolela se i haljina je stajala u ormanu. A ona je volela da bude lepa. Danas će otići u banku. Kazala je šoferu da dođe po nju. Čula je da ima dve nove činovnice u banci, ali ih nije upoznala. Staša je sve znao i izbrbljao je da je jedna vrlo lepa i da Petrović šeta s njom. To ju je malo bockalo, jer je Nino lep, gledaju ga žene, one se ne ustručavaju da otimaju muževe i verenike, možda će koketirati s njim, a on je muškarac i kako kaže: gladan nje, gladan ljubavi, izmučen apstinencijom, iznerviran, noću bez sna. Može se svašta dogoditi. Muški i ženski pol čine elektricitet. Što je više mislila, ljubomora je bivala sve žešća. Pogledala se u ogledalo i njena sopstvena slika raznežila je i rastužila što sumnjiči Nina. Njeno lepo, malo, ljupko, vatreno i zaljubljeno lice hrabrilo je: šta se bojiš, Nino je samo tvoj.

Ušla je u auto, a u očima joj je još uvek bila njena lepa slika iz ogledala. Šta li će reći Nino kad je ugleda? Sišla je pred jednom trgovinom, da ne bi čuo auto i video je kroz prozor. Ući će lagano u njegovu kancelariju. Ona je do tatine. Nino je veliki gospodin u banci. Zet direktora banke! A ostao je negdašnji skromni, diplomirani pravnik, ljubazan prema svakom poslužitelju. Oni ga svuda hvale: „Krasnog zeta ima gospodin Novaković". Činovnice ga na drugi način vole. Potajno uzdišu. „Ah, imati njegovu ljubav! To je san, to je bajka."

Vrata se nečujno otvoriše na Ninovoj kancelariji. Miomira uđe i umalo ne pade u nesvest. U kancelariji je sedela gospođa Stajić, prekrštenih nogu, ističući ih do kolena, u paučinastim čarapama, uzanoj cipelici, sva u oblaku duvanskog dima, poluzatvorenih očiju. Sedela je na stolici, a Nino za pisaćim stolom. Između njih je bio sto. Ništa sumnjivo. Ali maloj verenici se smrači pred očima.

Nino skoči sa stolice, pritrča joj, nimalo uzbuđen, kao čovek bez krivice, poljubi joj ručicu, pogleda je ushićeno, i prošaputa:

— Kako si danas lepa!

Kompliment nije došao u zgodan čas, učinilo joj se kao da dolazi iz straha, i lice joj preblede, srce se zgrči, oči se otvoriše, i stadoše, velike, nepomične. Čula je glas Ninov:

— Gospođa Stajić je ovoga časa došla, čeka tatu, a on nije u banci.

— Kao da sam znala da će doći moja mala kumica — obradova se Stajićka kao komedijaš i zasu je bujicom najslađih komplimenata: — Vi ste još lepši, kumice. Ko bi rekao da ste bolovali. Iznenadila sam se kad sam čula da ste u sanatorijumu. Nije to ništa. Bolje je biti predostrožan. Danas bi lekari svakom mogli da pronađu nešto i da ga pošalju u sanatorijum. Zato ja nikad i ne idem lekarima. A vi ste sjajni! Pa ova haljina! Uvek je moja kumica imala šika. Nema šta, slatko dete. Prava šiparica. To ljubav utiče na lepotu. Doista, vaš Ninoslav vam je veran. Videla sam to u Italiji.

Drugi udarac lupi Miomiru još strašnije: „Ona je bila u Italiji?", pitala se kao u snu, a ukočeni osmejak zadržao se na usnama:

— Kad ste bili u Italiji?

— Bila sam prošle jeseni. Posetila sam moju sirotu Klaru. Tada sam se uverila koliko vas voli Ninoslav. Odbio je njenu prosidbu. Zamislite, ludo je bila zaljubljena u njega.

Miomiri se sve okretalo i pitala je kao da ne shvata:

— U koga je bila zaljubljena i koga je prosila?

Stajićka se trže, ali se brzo snađe:

— Zar joj vi niste kazali? Kolika pažljivost! Ali to ste mogli reći. Kumici može samo laskati što vas je prosila jedna Amerikanka, otmena žena, dama u pravom smislu, i uz to multimilionerka! Ali ova dva lepa oka njega su opčinila. I ja bih to isto učinila na vašem mestu. Nije hteo ni da čuje za njenu prosidbu.

— A ti mi sve to nisi ispričao.

— Nisam ti hteo reći, jer tome nisam pridavao važnosti. Amerikanka je fina dama, ali njena ponuda braka dokazala je i da je ekscentrična žena. Niti je ona meni odgovarala, niti ja njoj, ni po godinama, ni po shvatanju života, ni po narodnosti. Zahvalan sam joj za stipendiju, ali nisam hteo da joj se odužujem svojom osobom, pa da je bila i dvadeset godina mlađa, jer ja sam od prvog dana voleo moju Miomiru. Ona to dobro zna... Je l'te da je slatka? — pitao je Stajićku i gledao svoje malo, zbunjeno, unezvereno, ljubomorno devojče.

Bio je ljut na ovu zmiju, koja je sve namerno govorila samo da ubaci žaoke u ovo čisto malo srce, da mu se osveti što je ravnodušan prema njoj, da mu vrati i za danas što je ostao tako hladan na sve njene komplimente i čežnjive poglede. Bila mu je odvratna i mrska, i sećao se njenih bezdušnih reči: „Miomira je tuberkulozna".

Uneo se u oči svoje male verenice, pun ljubavi i nežnosti, kao da je hteo svu ljubav da joj izlije svojim dubokim plavim očima.

— Jesi li došla da prošetamo? Ne znam kad će se tata vratiti. Vi ćete ga čekati? — opominjao je u stvari Stajićku da treba da ide.

— Da, došla sam zbog prodaje naše kuće. I da vidim oko mojih akcija u banci. Ništa, doći ću posle podne. Odsela sam kod moje prijateljice Matićke.

— Izvolite, dođite do nas. Mi smo u vili — savlada se Miomira i pozva je.

— Hvala, kumice. Ako svršim danas posao, sutra bih mogla doći. Dan-dva, neću duže ostati. Uh, palanka je odvratna! Kako sam samo mogla ovde da živim? Čudim se i vama! Napustiti opersku karijeru! Zar da živite u ovoj palanci, a imali ste pred sobom ceo svet? Amerikanka bi vam i sada mogla izraditi da pevate u Americi. Ne, vi, kumice, ne treba ovde da živite. Vi ste za veliku varoš. Šta ćete vi među ovim palančanima? Što ja ovaj svet ne trpim! Ne možete da prođete ulicom, samo izviruju. Znam koliko su me ogovarali, napravili su me kusom i repatom.

— Imate pravo, ovde je svet vrlo moralan i strogih pojmova. Meni nije dosadio.

— Videćete da li će vam biti dosadno! Nego, vi ste zaljubljeni, dovoljni ste jedno drugom, a ja volim društvo, izlaske, putovanja — pogledala ih je svojim zelenkastim očima. — Zbilja, lep ste par... Bogami, kumice, čuvajte ga... Ima ovde i lepih činovnica. Da li vas pogledaju?

— Ne znam da li me pogledaju, jer ja nikog ne gledam.

— Gde biste i gledali kraj ovakve moje kumice... E, ja sada idem. Sutra po podne doći ću k vama. Ovo je trebalo da svrši moj Andre, ali on mrzi da putuje. Što taj ima odvratnost prema železnicama, lađama, automobilima. A ja sam večiti turista... Da vas poljubim, kumice! Slatki ste!

Izašla je, a za njom kao da izađe neka mora koja je pritiskivala pluća, teme, slepoočnice.

Nino obujmi verenicu i privinu je uz sebe.

— Anđele moj! Kako si mi divna! Zašto si tužna? Hajde, nasmeši se! Miomirice, pogledaj me. Srce malo! Neću da si tužna. Zašto, reci mi?

— Nisi iskren, zato sam tužna. Tebe je volela Amerikanka. Ti si to morao znati... bio si u Italiji... Išao si na jezero Komo, bili ste sami.

Malaksalo se spustila na stolicu i podlaktila o sto. On joj diže glavicu i privuče je sebi.

— Miomirice, zar ti tako malo vere imaš u mene? Mogao sam ja svuda ići i sa svakim biti u društvu, svaka mi je mogla izjaviti ljubav, ali ja sam na sve ostajao hladan, jer sam voleo tebe. Znaš li ti koliko je moja ljubav prema tebi velika?

— Ne, tvoja ljubav nije velika — trgla se i ustala, sva iznervirana, svesna nečega što dosada nije znala, pogledala ga je u oči i izgovorila gotovo da brizne u plač: — Ti se nikada ne bi vratio u banku da si i dalje imao stipendiju! Kad si odbio Amerikanku, izgubio si stipendiju i odrekao se operske karijere. Ti si je se teška srca odrekao, možda sada žališ, a ja sam mislila da me voliš, da si zbog mene došao u banku, da bih ja bila na čistom vazduhu, da bih se potpuno oporavila. Ovo nije ljubav, ovo je žrtva koju ti činiš, ne iz ljubavi, već iz sažaljenja prema meni. Ja sam jedno bedno stvorenje, bolesnica. Oh, zašto nisam umrla? Bolje je da umrem.

Pošla je vratima, ali je on dočepa i posadi na stolicu. Privukao je drugu stolicu i dugo je gledao očima punim tuge i prekora.

— Anđele moj, zašto me sumnjičiš? Da, sve sam žrtvovao zbog tebe, jer si mi ti milija od karijere, od slave. Našta će mi reputacija operskog pevača kad tebe ne bih imao? Zašto sam ja otišao da učim pevanje? Da bih zadobio tvoju ljubav. A da li bih mogao da budem srećan kad bih te izgubio? Srce moje, ti si ceo moj život. Hoću da budeš zdrava, da imamo naš dom pun sreće, našu decu, da si mi ti uvek nasmejana. Nisam ja nikad mario da budem pevač. Znam ja šta je to karijera pevača. Konkurencija, izmučenost, umor, strepnja da ne izgubiš glas. Sumnjaš? Mala moja, kako si mi slatka! Voliš li me mnogo? Ako, treba malo i ti da patiš. Tebi pišu avijatičari. Čekaju te u Beogradu. Nisam ja to zaboravio. Peče to mene i jošte kako. A ti slušaš ovu ludu i furiju. Ja da se oženim jednom matorom babom? To je besmisleno i pomisliti! A imam ovakav cvetić!... Moju malu umetnicu... Kad si sašila ovu haljinu?

— Donela sam je iz Pariza. Nisam je ni oblačila.

— A danas si je obukla da te ja vidim. Uh, svu ću te izlomiti. Što te volim... ti si moja najslađa...

— Imaš ti ovde još slađih činovnica.

On se nasmeja, razdragan, srećan. Zar ljubomora ne potiče iz ljubavi?

— E, čekaj, sad ću te upoznati.

Zazvonio je, poslužitelj se pojavi.

— Zovnite gospođicu Perić i gospođicu Radišić.

Dve mlade devojke se pojaviše.

— Gospođice, da vas upoznam s mojom verenicom i ćerkom gospodina Novakovića. Vi ste želele da je upoznate. Evo, ovo je gospođica Miomira.

— Vrlo nam je drago — uzviknuše obe devojke. — Mi smo mnogo slušale o vama. Kažu da divno svirate. Čule smo i da gospodin Balšić lepo peva, ali nismo imale sreću da ga čujemo.

Miomira se stišavala.

— Ja ću prirediti poselo, spremićemo jedan mali koncert, i Nino će pevati.

— Oh, kako ćemo se radovati. I vi ćete nam svirati?

— Hoću.

Porazgovarale su još malo i devojke se udaljiše.

— Vidiš, to su skromne devojke. Zar ti misliš da bih ja ikada pogledao činovnicu u banci gde radim. Vidiš kako tvoj tata nikad nije imao aferu u banci s mladim devojkama. A direktori banaka nisu baš tako ispravni prema ženskom osoblju. A ja sam ti veran! Ti to dobro znaš. Je li, kad ćemo se venčati?

— Kad Staša položi maturu. Posle ćemo na letovanje u Sloveniju. Još dva meseca.

— Dva meseca! To je strahovito dugo!

Prineo je usne njenom glatkom vratu, uvu, obrazu i udisao njenu finu, mirišljavu, glatku kožu, opijen, zaljubljen.

U hodniku se začuo glas direktorov i oni se razdvojiše.

Pismonoša donese pisma. Jedno je bilo za Ninoslava. On je čitao i smešio se. Pogleda u Miomiru.

— Slušaj, da ti pročitam pismo. Da te malo razočaram.

— Šta da me razočaraš? Od koga je pismo?

Gledala ga je prekorno, a on se smešio, zabavljajući se promenama i uzbuđenjem na njenom slatkom licu.

— Možda ti imaš tajni?

Vrata se otvoriše i direktor se pomoli.

— A ti si tu, Miomira?

— Vrlo dobro, baš da i tata čuje pismo.

— Kakvo pismo?

— Hoću Miomiru nešto da razočaram, jer se u njoj ponovo probudila želja da ja budem operski pevač.

— Zar ti te bubice još nisi izbacila iz glave?

— I on voli da bude pevač, samo se pretvara.

— Je l' istina, Nino?

— Ama, nije, tata. Ona bi htela da mi to sugeriše. Slušajte, ovo je pismo od jednog operskog pevača.

Čitao je. On mu je odobravao što se ženi. Žalio se na malu platu, jadikovao kako retko peva. Sprema jednu operu, a nikako da dobije dve-tri probe. *Kako pevač može da uskoči u rolu? Nije to što i dramski glumac. Ja tražim bar tri probe sa orkestrom. Srećniji ćeš biti što se ženiš. Čuo sam da imaš najbožanstveniju verenicu, vrlo muzikalnu... i vrlo bogatu...*

— Pravo kaže čovek — potvrdi direktor. — Teraš Nina da se muči, a ovde gospodski živite. Ni tebi ni njemu ništa ne fali. Doduše, njoj nedostaje tvoja slava.

— Ipak, on će jednom gostovati. Ti nemaš ništa protiv toga, tata?

— Hajdemo u šetnju, pa ćemo razgovarati. Moja najbožanstvenija verenica — šaputao je držeći je ispod ruke.

— Baš sam ja dete i svi se ponašate prema meni kao prema detetu. Slomili ste mi volju.

— Žena i jeste dete, i treba muška volja da rukovodi njome. Mi smo muškarci mnogo nežniji kad se žene oslanjaju na nas i dopuštaju da ih mi vodimo i štitimo. Jake i energične žene nisu simpatične, već ovako male, sićušne, nežne i slatke, kao moja Miomira. Hoćeš li da odemo do pošte? Da ti poverim nešto. Hoću da pošaljem Dušici i mami pet stotina dinara. Ti nemaš ništa protiv toga?

— Zar još pitaš? I ja ću da dodam pet stotina pa neka bude hiljadu.

— Znam da si srce. Ja im ponekad šaljem, Dušica me je pomagala dok sam bio student.

— Treba svakog meseca da joj šalješ. To će biti moja dužnost. Ja tvoje toliko volim. Jedva čekam Uskrs da dođu k nama. Eno Slavke s mužem.

Susreli su se i srdačno pozdravili.

— Što divno izgledate, Miomira! — pohvali je Slavka.

— Osećam se vrlo dobro. Na imanju mi prija. Nema vas dugo k nama.

— Imam posla u školi, pa nisam mogla. Dođite s Ninoslavom do nas. U nedelju posle podne bićemo kod kuće.

— Hvala, doći ćemo.

— Jeste li čuli da je Vida isprošena?

— Za koga?

— Za jednog poručnika. Divan mladić. Mi smo joj novodadžisali.

— A šta će biti sa Ginom i Boškom?

— Izgleda ništa. Juče je dolazila k meni ljuta na njega. Napisao joj je hladno pismo da se više ne nada, jer je dobio mesto u unutrašnjosti. Roditelji su se zadužili da bi mu nabavili stvari za ordinaciju i on se neće skoro ženiti. Za to je kriv gazda Tasa. Ona mnogo žali Boška. Ali udaće se, opet. Gina je dobra devojka.

Pokraj njih prođe nastavnica Kostić i hladno se javi Slavki.

— Kako se slažete s njom? — zapita je Miomira. — Staša kaže da je ismejavaju đaci.

— Ismejavaju je zbog njenih avantura. Uhvatila se bila sa Stankovićem, a sad sa sinom industrijalca Popovića. Jutros je bio skandal u školi. Uhvatila dva učenika kako nešto pišu na času. Kad oni, zamislite, pisali o njoj, kakva je, kako se ponaša, ocrnili je. Došla je u kancelariju sva uplakana i tražila da ih direktor najstrože kazni. Dala im prilike da saznaju za njen avanturistički život, a traži da je đaci cene.

— Nema nijedne nastavnice kao što ste vi. Đaci govore o vama s poštovanjem i ljubavlju.

— Kad sam vaspitač, moram da dajem lični primer.

— E, čekajte, sad ću nešto da pitam gospođu Slavku. Šta vi mislite: da li je bolje da Nino bude u banci ili da bude operski pevač? Znate, stalno se oko toga prepiremo. Ja ga molim da bar jednom gostuje u operi, a on neće.

Slavka se setila šta joj je pričala gospođa Novaković: da voli da oni uvek budu pored nje, da za Miomiru nije noćni život, i prihvati da živo dokazuje kako je teška operska karijera.

— Neka on peva vama.

— Kao što i ti pevaš meni — dirnu je muž.

— Vi se divno slažete.

— Ja sam dobar i popustljiv.

— A zar ja nisam dobra?

— O, kako vas gospodin Sveta hvali, pričala mi je Vida. Kako ste domaćica i nastavnica.

— Ne bih je ni uzeo da nije takva.

— Dođite nam u nedelju.

— Sigurno ćemo doći.

Miomira i Ninoslav su se vratili kući. Mama im dade pismo. Bilo je od Živkice, učiteljice. Ona je sa mužem bila u drugom selu i pisala im je kako im je tamo lepše. Hvalila se kako su srećni. Bili su sami njih dvoje u četvororazrednoj školi. Pohvalila se i da je na putu skori porođaj. Oboje se raduju detetu i dosada ništa nije pomutilo njihovu sreću.

— Živkica je dobro dete, od dobrih roditelja i mora biti dobra žena — hvalila je gospođa Jovanka. — A otkuda Stajićka u banci?

— Došla da proda kuću. Sutra će nam doći.

— Kako izgleda?

— Uvek ista — govorila je Miomira.

— Uvek izveštačena i našminkana. Antipatična žena — dodade Ninoslav.

Miomira se pope u sobu i ubrzo zabruja *Toska*. Nino je ušao i stao iza klavira.

— Hoćeš li da probamo *Tosku*, ali da glumiš?

— Ne umem ja da glumim. Ja sam uvek istinit.

Nagnuo joj se, pridigao joj kovrdže i ljubio njen beli vrat.

— Hajde, pevaj — molila ga je raznoženo.

— Pevaću samo za tebe. Sviraj treći čin.

— Najlepša je ona melodija: *Te bele ruke*.

Njeni beli prstići malaksali su na dirkama dok su se gubili poslednji tonovi mekog i sjajnog Ninoslavljevog glasa. Uzdahnula je.

— Šteta što nisi operski pevač. Moja bolest je sve pokvarila.

— A zar nije sreća što si ozdravila?

Obuhvatio joj je glavicu rukama i gledao njene sjajne, tople oči.

— Ti si pravo dete. Ima nešto u tebi detinjasto, dražesno i slatko, što očarava i nikad čovek ne može da se naljuti na tebe.

Spustio je svoje usne na njene oči. Klavir je umukao, a sveži vazduh je ulazio u sobu s mirisom ruža.

Njihova je ljubav lepa kao majske ruže.

Prva slava

O Svetom Luki, slavi Novakovića, dan je bio topao, kao u aprilu. Slavili su u gradu, gde su se još septembra preselili. Slučajnost je bila da i Ninoslavljeva slava bude Sveti Luka. Prva zajednička slava mladenaca i Miomirinih roditelja. Venčali su se u julu, proveli najlepši medeni mesec u Sloveniji i dočekali slavu sa roditeljima.

Miomira se sjajno osećala. Ni traga od bolesti. Ali, svi su je čuvali i štitili. Nino je lebdeo nad njom kao nad detetom. Nisu joj dali da mnogo radi u kući, a ona se branila, nije htela da bude lenština. Staša je došao iz Beograda samo za slavu na dva dana. Pokazivao je posetnicu:

Stanislav A. Novaković, student prava

Kakav kicoš! Nije više nosio kačket na glavi, već šešir kao Nino. Na fakultetu je ostavio utisak među brucoškinjama. Našao se i sa Anđicom. Ali ona je bila stroga i htela je samo drugarstvo. S Ninoslavom je bio najiskreniji. Njemu je sve poveravao.

— Upoznao sam jednu brucoškinju iz Novog Sada. I ona je na pravima. Vrlo slatka devojčica.

A znalo se šta Staša podrazumeva pod tim „slatka". Meka, popustljiva, srdačna. Takve je on voleo.

U iščekivanju gostiju, šetali su kroz sobe praznički čiste i nameštene. Miomira je nameštala poslednje hrizanteme u vaze. Otišla je da se obuče i vratila se u haljini od velura boje rubina. Sva je zablistala, kao rumen sunca na zapadu.

— Pazi što se udesila! — uzviknu Staša. — Ne znam ti tu haljinu!

— E, to mi je Nino izabrao.

A Nino je ćutke gledao, zenice su mu bile sjajne, velike i tople. Mala ženica je bila srećna. Poznavala je njegov zaljubljeni pogled. O, kako se oni vole...

— A vidi kako Ninu lepo stoji ovo odelo. Crno ti izvanredno stoji. To je odelo za slavu.

— Pa ja onda nisam slavski obučen — uzviknu Staša.

— Ništa tebi ne fali i u tvom plavom odelu.

— Je l' da mi je dobro sašio? To je najbolji krojač u Beogradu.

Pojavila se i gospođa Novaković u crnoj svilenkastoj haljini.

— Vidi, kako nam je mama lepa!

— E, pa kad su moja deca lepa, moram i ja da se udesim.

Lepa ženica se smešila i gledala muža. Uhvatila ga je ispod ruke i prišla ogledalu.

— Baš smo lep par!

Uđe tata i nasmeja se:

— Hodi, Jovanka, da stanemo pred ogledalo da vidimo jesmo li lep par.

— Tebi je uvek do šale — dirala ga je žena.

— Bogami, mamica divno izgleda!

— A ja ne izgledam?

— Ti si, tata, laf! Je l' vam milo što sam student? Samo kad se vratim, imaćemo brucoško veče. To je interesantno, pričao mi je jedan student.

— A je li, braco, jesi li doživeo kakvo razočaranje?

— Ti misliš da mi muškarci očajavamo kao žene. Nikad ja neću patiti zbog žena, nego će one patiti zbog mene.

— Promangupisao se, vidim ja — govorio je otac.

— Onakav sam, tata, kakav treba da bude mladić današnjice.

— Ovakav treba da bude mladić današnjice kakav je moj Nino. Srce moje, ti si najbolji na svetu.

— Takav je, možda, jedino tvoj Nino, a više nijednog ne bi našla kao njega.

— Dobro, a zašto ti ne bi bio kao on? Svi možete da budete kao Nino. To nije teško.

— To je problem biti kao Nino. On samo misli na tebe, a ti samo misliš na njega.

— A na koliko njih ti misliš?

— Ja se ne obavezujem nijednoj.

— Lažeš!... A vidim da te je zagrejala ta Novosađanka.

— Nije samo Novosađanka. Ima nekoliko brucoškinja koje mi se dopadaju. Pričekaj, kad im zasviram na gitari i zapevam! One još i ne znaju da ja imam gitaru.

— A jesi li se video sa Olgicom?

— Kakva Olgica? I ne poznajem je više.

Staša je šetkao po sobi, zastajkivao pred velikim ogledalom i uživao u svom liku, a uživala je i majka gledajući ga lepog i visokog.

— Što nema nikog od gostiju?

— Tek je pola deset. Sad će i gosti. Prvi nam svake godine dolazi prota. On iz crkve pravo našoj kući sa protinicom. Mrzim što svet čeka veče da dođe na slavu, naguraju se pa ne možeš sa svakim ni da porazgovaraš.

— Lulo, dajte žito. Hajde, da se mi poslužimo.

— Staša, poznaješ li ti gospođicu Lulu? — pitala ga je Miomira.

— Kako da ne! Samo gospođica je porasla. Jeste li vi završili zanatsku školu?

— Jesam.

— Lulo, vi ćete služiti žito i kolače, a Zorica slatko i kafu. Samo vas molim da pazite da svakog lepo poslužite.

— Ne brinite, gospođo. Pazićemo.

— Ništa nije gore nego kad ti se na slavi ne zna red. A što sam žito napravila! Stavila sam malo i badema.

— Osobito je, mama! — hvalio je Staša.

— Posluži se i ti Nino, i ti Aleksa.

— Ja bih pre jednu višnjevaču — zatraži direktor.

— Gospođice Lulo, poslužite vi mene kolačima.

— Nemoj, Staša, da jedeš mnogo, pokvarićeš ručak. Žao mi što prija i Dušica nisu došle.

— One dolaze u nedelju.

— Znam da će u nedelju doći, ali mogli smo zajedno slaviti.

— Zaljubila se Dušica. Traži je jedan činovnik iz suda.

— Neka se uda ako je dobar čovek.

— Pravnik je — dodade Miomira, ali ne reče koliko će ona, snajka, dati u novcu svojoj zaovi. To je bila njena tajna.

— Pismonoša! — viknu služavka.

— Hodite, gospodine! Sedite da vas poslužimo — pozva gospođa Jovanka pismonošu.

Staša primi gomilu pisama i telegrama. Pregledao je poštu i izdvojio dve karte.

— Ovo je za mene.

— Od koga?

— Od mojih koleginica. Novosađanka mi čestita slavu.

— Evo i od Živkice! Dobila je sina!

— Neka joj je sa srećom!

— Moramo da pošaljemo povojnicu. Čestita nam i tetka Pola i Milan. Pogledaj, i Stajićka i njen Andra! Ovo je od Dušice i mame. I mi smo njima čestitali.

— Evo neko dolazi. Prota i protinica.

— Srećna slava!

— Hvala, gospodine proto! Vi ste nam uvek prvi gost.

— Ja ne volim da idem po mraku. A ima dosta slava, pa kažem mojoj Bosi da pođemo ranije. Danas je lep dan! Toplo je napolju, kao u proleće.

Miomira i Ninoslav poljubiše ruku proti i protinici.

Pojaviše se i drugi gosti za njima. Dođoše i činovnici iz banke. Napuniše se sobe. Miomira je bila lepa i rumena. Obraščići joj se prelivaju kao purpur uz njenu rubinsku haljinu.

Gosti dolaze i odlaze. Sveće pucketaju tiho i svečano. Soba je puna duvanskog dima i damskih parfema. Devojčice pažljivo služe. Miomira izlazi i nadgleda jesu li tanjiri s kolačima puni. Tu je i Liza, koja, kao domoupraviteljka, na sve motri.

Malo se raziđe svet. Već je pola jedan. Miomira uđe u maminu spavaću sobu. Nino požuri za njom.

— Zlato, što si mi lepa! Ne smem ni kosu da ti pipnem, je li? Ustašca smem — poljubio je strasno i brzo se izmakao da je gleda. — Lepoto moja!

Staša priviri, pa se trže. Spazi ih kako se ljube i uđe u sobu gde su bile Zorica i Lula. Mala Lula je bila vrlo zgodno devojče. On joj je pravio komplimente i devojče se zacrvenelo.

Liza je bila u trpezariji i nadgledala kako se postavlja. Svi su bili raspoloženi. U dvorištu se čuo ciganski orkestar. Staša je izašao na terasu i naredio šta da sviraju. Znali su svirači da slavi direktor Novaković i da će dobiti lepu napojnicu. Jedan pevač među njima zapeva. Ninoslav ga je slušao i smešio se.

Miomira je htela da izađe na terasu, ali joj on ne dade.

— Ti si u haljini. Nemoj, sveže je napolju. Zagrejana si.

— Presvući ću se za ručak, pa ću se posle ponovo obući.

Ustrčala je uz stepenice. Taman je skinula haljinu, a pojavi se Nino. Dohvati je u naručje i spusti poljubac na njena sedefasta ramena.

Sišli su u trpezariju, zaljubljeni i nasmejani. U kući je bilo pravo slavsko raspoloženje. Ručak se završio i Miomira je opet bila u haljini boje rubina. Bila je lepa kao rumeni cvet. Suton se spuštao, lusteri su blistali. U devet odoše i poslednji gosti. Jedanaest je sati bilo kada je mladi bračni par ušao u svoju spavaću sobu.

— Jesi li umorna? — brižno je upita muž.

— Nisam nimalo. Ja volim slavu.

— Odmah da legneš. Dobro bi bilo da popiješ čaj od lipe. To umiruje.

Nino zazvoni i naredi da devojka donese čaj od lipe. On je čuvao svoju malu slatku ženicu. Gledao je njenu lepu glavicu na belom jastuku. Crne kovrdže su joj se rasule, a trepavice su bile duge, crne, i lice ozareno srećom. Nagnuo se i poljubio je.

— Nino moj! — šaputala su nežna ustašca.

Svetlo se ugasilo. Kroz polusuton sobe i bledo svetlo sa ulica, začuo se nežni glas mlade žene:

— Nino, tako sam srećna. Ali imam želju da jednom gostuješ u operi. Hoćeš li mi je ispuniti? — pružila je ruke i obavila mu ih oko vrata. — Samo jednom da pevaš, a ja da te slušam. Hoćeš li? Nećemo ni kazati tati, nego sad, kad odemo u Beograd, da odeš do direktora opere i da ga pitaš hoće li da ti odobri gostovanje. Ja znam da će biti oduševljen tvojim glasom. Je li da bi to bilo divno? Ko zna šta posle može da bude. Ti ćeš da postaneš slavan. Hoćeš li?

— Razmisliću.

— Pristaćeš ti! Znam ja da ti voliš da budeš pevač. Slušaj, ići ćeš do direktora opere. Zamisli da pevaš jedne večeri. A znaš šta ću ja raditi? Pisaću moj dnevnik. To će biti dnevnik o tvojoj operskoj karijeri i našem bračnom životu. A posle godinu dana izdaćemo ga kao roman. Znaš kako bih ga nazvala? *Miomirin dnevnik.*

— Srce moje, ti si moja mala fantazija!

Pritisnuo je na grudi ne želeći i ne tražeći ništa više do samo nju, slatku, nežnu, zaljubljenu. Ona je bila slađa od slave operskog pevača. Ona mu je bila sve najlepše u životu.

— Ja sam te uvek pobeđivala i hoću li te i sada pobediti da se odlučiš za opersku karijeru? Je li, reci mi? Obraduj me!

— A ti da posle pišeš roman?

— O, to bi bio najlepši roman. Ja ću ga napisati i moram te pobediti.

On uzdahnu i privuče je sebi, opijen, ali snažan, pobednik, ali i pobeđen. Šaputao je mrseći joj kosu:

— Znači, ti ćeš pisati roman... Kako reče da će se zvati?

— *Miomirin dnevnik.*

BELEŠKA O PISCU I DELU

Milica Jakovljević, jedna od najpopularnijih i najčitanijih srpskih književnica međuratnog perioda u Kraljevini Jugoslaviji i svakako najznačajniji ženski autor istog perioda, rođena je 1887. godine u Jagodini u mnogočlanoj porodici. Otac Jakov, kao udovac sa osmoro dece iz prethodnih brakova, u treći je ušao sa Simkom Jakovljević sa kojom je imao još troje dece, ćerke Milicu i Zoru, i sina Stevana. Stevan Jakovljević, mlađi brat Milice Jakovljević, takođe je bio poznati srpski pisac, autor čuvene *Srpske trilogije*.

Zbog očeve činovničke službe, porodica se često selila po Srbiji. Detinjstvo i mladost, Milica je provela u Kragujevcu. Tu je završila osnovnu i pet razreda Više ženske škole.

Pošto je želela da postane seoska učiteljica, i bila odličan đak, roditelji su je poslali na dalje školovanje u Beograd gde je pohađala Žensku učiteljsku školu. Diplomirala je na isturenom odeljenju ove škole u Kragujevcu u koji se vratila zbog neizvesne finansijske situacije njene porodice.

Ubrzo po diplomiranju, dobija mesto seoske učiteljice u istočnoj Srbiji, u mestu Krivi Vir u podnožju planine Rtanj. Posle pet godina, premeštena je u selo Obrež kod Varvarina.

Po završetku Prvog svetskog rata u kojem je izgubila oba roditelja, odlučuje da okonča rad u državnoj službi i preseli se u Beograd. Tu počinje da radi kao novinar, najpre pet godina u listu „Novosti”, a zatim neprekidno sledećih petnaest u „Nedeljnim ilustracijama”.

Po savetu kolega novinara, autorske tekstove sve vreme piše pod pseudonimom Mir-Jam, a ovo umetničko ime odabrala je u znak poštovanja prema autorki romana na čijem prevodu je u tom trenutku radila — Mirjam Hari. Pseudonim je zadržala i kad je počela da piše romane.

Pošto su novine za koje je radila prestale da izlaze 6. aprila 1941. godine, i pošto je odmah zatim, iako egzistencijalno ugrožena, odbila da radi tokom nemačke okupacije zemlje, posle Drugog svetskog rata gubi status člana Udruženja novinara Jugoslavije, uprkos činjenici da je prethodno bila njegov član gotovo dvadeset godina. Zbog nemogućnosti zaposlenja, sve do kraja života živela je u velikoj bedi, potpuno ponižena i zaboravljena. Nije pomoglo ni to što je bila rođena sestra Stevana Jakovljevića, u tom trenutku prvog rektora Beogradskog univerziteta i narodnog poslanika.

Preminula je 1952. godine od posledica upale pluća. Sahranjena je na Novom groblju u Beogradu, a vest o njenoj smrti nisu prenele nijedne novine.

Napisan u prepoznatljivo toplom i pitkom stilu Mir-Jam, roman *Nepobedivo srce* donosi dirljivu i uzbudljivu priču o dvoje mladih ljudi iz potpuno različitih svetova — prelepe i razmažene bogatašice Miomire i siromašnog, ali ponosnog pravnika Ninoslava, koji dolazi u kuću uglednog bankara da podučava njegovog sina, ne sluteći da će tu upoznati osobu koja će mu zauvek promeniti život. Iako ih društvene razlike, okolnosti i predrasude razdvajaju, zajednički umetnički senzibilitet i iskrena osećanja povezuju ih dublje nego što isprva shvataju. Radnjom smešten između dva svetska rata, roman verno oslikava duh tadašnje Srbije, njene običaje i moralne norme, a kao i u ostalim delima Mir-Jam, ispod površine romantične priče kriju se jasne pouke o važnosti međusobnog poštovanja, razumevanja i snazi ljubavi koja istrajava i onda kada deluje nemoguća.